红色长篇小说经典

敌后武工队

冯志 著

人民文学出版社

图书在版编目（CIP）数据

敌后武工队／冯志著．—北京：人民文学出版社，2017（2025.2 重印）
（红色长篇小说经典）
ISBN 978-7-02-012976-8

Ⅰ.①敌… Ⅱ.①冯… Ⅲ.①长篇小说—中国—当代 Ⅳ.①I247.5

中国版本图书馆 CIP 数据核字（2017）第 159446 号

责任编辑　王永洪
装帧设计　陶　雷
责任印制　张　娜

出版发行　人民文学出版社
社　　址　北京市朝内大街 166 号
邮政编码　100705

印　　刷　北京中科印刷有限公司
经　　销　全国新华书店等

字　　数　349 千字
开　　本　880 毫米×1230 毫米　1/32
印　　张　14.125
印　　数　22001-25000
版　　次　2005 年 1 月北京第 1 版
印　　次　2025 年 2 月第 7 次印刷

书　　号　978-7-02-012976-8
定　　价　45.00 元

如有印装质量问题，请与本社图书销售中心调换。电话：010-65233595

写在前面

我所以要写敌后武工队这部小说,是因为这部小说里的人物和故事,日日夜夜地冲激着我的心;我的心被冲激得时时翻滚,刻刻沸腾。我总觉得如不写出来,在战友们面前似乎欠点什么,在祖国面前仿佛还有什么责任没尽到,因此,心里时常内疚,不得平静!

的确,心里的不平静,已有十三年了!

十三年前的那年冬天,也正是日本鬼子刚刚投降三个多月,在集宁驻防时,我就想抓起笔来,将武装工作队在敌占区和敌人酷斗、鏖战的一大段生活写一写。党组织给了我力量,鼓励我写下去,同志们也以最大的关怀要我去写。但是,由于当时的文化、政治水平很低,而主要的是蒋介石又点起了内战大火,所以想写的念头,不得不暂时放下,去参加解放战争。

虽说写它的念头放下了,写它的意愿并没有打消。战斗空隙间,武工队里的战友们的面影时常出现;武工队的一些惊险、感人的故事,也经常让我回忆起来。每当忆起,好像昨天发生的一样。人民解放战争刚刚取得胜利,我便开始动手写这部小说了。

冀中抗日民主根据地,在一九四二年遭到鬼子的"五一"大扫荡,整个局面起了变化以后,冀中九军分区的党,正确执行了党中央的方针,立即组织了一支短小精悍的武装工作队,深入到敌后的敌后,去开辟工作,去打击敌人。

敌后的敌后,就是敌占区。敌人自己称之为"确保治安"区,或"明朗化"的地区。在这种地区里,敌人有一套统治人民的严密、完整的组织机构,像连坐法,保甲制;敌人不仅兵力雄厚,而且还控制着交通线,真是一处有警,四处增援。

这地区的环境,既不同于一时变质的老根据地,也不同于敌我争夺的游击区。这地区的敌人力量强大,群众条件差。武工队就在这种极为不利的地区里坚持斗争,向群众宣传党的各种政策,开辟抗日工作,可想而知,工作是异常困难的。

在这种地区里执行党的政策,必须做到一步一个脚印,丝毫不能含糊。不然,不仅会给党造下难以挽回的损失,自己完不成任务,站不住脚,并有很大的可能会被敌人吃掉。

不过,这支武工队在党的领导下,始终和群众同命运,共呼吸,以群众的苦难为自己的苦难,以群众的欢乐为自己的欢乐,随时宣传党的政策,严格地执行"三大纪律、八项注意",因之才撒下了抗日的种子,鼓起了群众的斗志,开辟了地区,打击了敌人,直到逼得敌人退缩到老巢,我们取得了胜利。

书中的人物,都是我最熟悉的人物:有的是我的上级,有的是我的战友,有的是我的"堡垒"户;书中的事件,又多是我亲自参加的。在党的关怀、同志们的帮助下,现在总算完成了我多年的夙愿,把它写出来了。

《敌后武工队》如果说是我写的,倒不如说是我记录下来的更恰当。不管怎样,眼下它终于和读者见了面。如果它能在读者心灵上留下了一点点八路军艰苦抗战的印象,或对读者有一丁点帮助,也就算我没有辜负党对我的关怀和同志们对我的帮助。

谨以此
献给伟大的光荣的正确的党!
献给勤劳的勇敢的坚贞的人民!
献给我的亲爱的战友和同志们!

作　者
一九五八年十一月一日

主要人物表

杨子曾——武工队队长
魏　　强——武工队小队长
赵庆田——武工队队员
贾　　正——武工队队员
刘太生——武工队队员
常景春——武工队队员
辛凤鸣——武工队队员
李东山——武工队队员
胡启明——武工队队员

徐立群——县委委员
刘文彬——区委委员
汪　　霞——区妇救会主任，魏强的未婚妻
吴英民——区长
赵河套——抗日军人家属
大　　娘——赵河套的妻子
郭洛耿——武工队的情报员
郭小秃——郭洛耿的儿子，武工队员
李洛玉——村治安员
黄玉文——村干部
金汉生——铁路工人

梁　玉　环——村妇救会干部
周　敬　之——地主
黄　新　仁——伪乡长
田　　　光——黄新仁的女婿，伪军小队长，后反正
梁　　　邦——梁玉环的弟弟，敌夜袭队队员，后反正

松田少佐——保定日本宪兵队队长
坂本少佐——保定日本宪兵队副队长
刘　魁　胜——松田的亲信，敌夜袭队队长
苟　润　田——外号"哈巴狗"，伪警察所长
侯　鹤　宜——外号"侯扒皮"，伪军小队长
二　姑　娘——"哈巴狗"的妻子，刘魁胜的姘头

马　　　鸣——我区公所助理员，叛徒

第 一 章

一九四二年五月一日,冀中——这块盛产棉、麦的大平原,这块拥有八百万人口的抗日民主根据地,突然遭到了一阵地动山摇的大风暴:敌酋冈村宁次亲率七八万精锐部队,从四面八方来了个铁壁合围,轮番大扫荡。这就是冀中有名的"五一"突变……

久经考验、在战斗中锻炼出来的冀中军民,在党的领导下,从五月一日开始,就日日夜夜地和敌人苦斗鏖战起来。苦斗,打乱敌人的扫荡计划;鏖战,粉碎敌人的围歼意图。但是,在敌我力量绝对悬殊的情况下,为保存有生力量,主力部队不得不奉命暂时离开冀中,朝山区转移了。冀中的工作,也不得不暂时转入了地下。

人说:"五一"扫荡最残酷,其实,残酷莫过于"五一"扫荡过后、青纱帐撂倒、西风吹来的秋末季节里。

那时,真是炮楼成林,公路成网。有人说:"出门登公路,抬头见炮楼!"真是一点不假。维持会、"防共"团和敌人取联络的情报员,各村都有;县界沟、区界墙、四通八达的电话网,遍地皆是。地主、老财、二流子还了阳;鬼子、伪军、警察们胡乱窜。人人脸上失去了欢笑,个个心里布满了忧愁。剪发的妇女,都梳起假卷,紧闭大门家中坐;年轻的小伙子,都留起胡髭装老人。

在一个凄风苦雨的秋夜里,冀中九分区留下的一支坚持地区的部队,也被环境逼迫得跟随参谋长朝铁路以西的山区根据地撤退了!

人是地里仙,一日不见走一千。这支撤退的部队,经过一夜的急行军,爬沟、绕点、穿过平汉铁路、通过层层封锁线,来到了山区,在分区驻地——贾各庄住下了。

进山区后的二十几里路,指导员魏强的鞋底就磨透了。第二天,吃过午饭,他坐在院里,在日头底下,穿针引线地缀补起来。这时,排长贾正挑着两大桶水,登登登地闯进房东的屋门,哗哗地倒进了瓮里。

"哎呀,同志!瓮里都满啦……真,一住下,吃水就给包下了!"一阵尖细的、领情不过的话语,从屋里传来,这是房东老太太的声音。

"在咱冀中,想给房东挑也不敢。"贾正放下水桶,从屋里走出来。他一眼瞧见魏强手里的活计,笑哈哈地问道:"怎么,指导员,你这鞋也磨透啦?"

"可不是吗,你那鞋呢?"魏强用牙齿拔出针来,瞟了瞟贾正脚上的鞋。

"我这双鞋,是这次行军才穿上脚的。爬过铁路,走了七十里地,到杨各庄还满新呢;哪知,又往西走了二十五里山路,这卐字不到头的鞋底,就磨成了一张纸了!"贾正说着,抬起一只脚来给魏强看。接着又说:

"来到山里我有两怵。"

"一怵什么?"魏强剪断缝鞋的麻绳,抬起头来问。

"我怵山道长牙。不管你穿多么结实的鞋,只要爬上三天山,保准磨成透窟窿。"

"二怵呢?"

"我怵小米有沙。这边的小米,不管熬稀粥、焖干饭,吃起来常闹个'咯吧'!不过,这边就比冀中环境好,你看人们又说又笑又唱又闹的劲头,哪像是打仗?"

"你说的打仗,非得像咱冀中那样?天明了,急忙盼天黑;天黑了,又怕天就明。打仗,成了家常便饭;行军,当成正式课目。要知道,那是敌人逼的。我们不愿意过那提心吊胆的生活,我们喜欢太阳,我们要欢乐、歌唱,我们愿意没有战争,永远和平。也就是为的这,才拿起武器来战斗。……"在魏强说话的当儿,远处传来跳荡轻快的歌声:"……我们在太行山上,我们在太行山上,山高林又密,兵强马又壮。敌人从那里进攻,我们就要他在那里灭亡;敌人从那里……"近处,货郎子正有节奏地摇着二夹铃。咣啷,咣啷,咣啷啷!喜鹊,叫着从空中掠过。孩子们嬉笑地互相追逐乱跑。姑娘们哄赶驴驮子送粪。小伙子们挑着刚割来的山柴朝家走。这是欢乐、劳动的景象,这是幸福、和平的缩影。这一切景象触动了魏强的心。他立起来,跋上鞋子,意味深长地问:"贾正,你来说说,'五一'扫荡以前,咱冀中不也是这个样?"

贾正不吱声地点点头。

确实,"五一"扫荡前的冀中和这里一样,每到秋后,也是一片和谐、欢乐的景象:小伙子们甩着响鞭,赶着大车拉土、送粪;村边上,这里有人在打坯,那里有人在收拾大白菜;铿锵锵的锣鼓声,是村剧团在排练新戏;"打、倒、日、本、帝……"单字的集体朗读,是妇女们在上识字班;孩子们一蹦一跳地在场里打着霸王鞭;老人们蹲在庙台上晒着太阳闲聊天;咯哒咯哒的轧车声,嘣嘣当的弹花声,咔啦咔啦的织布声和嗡嗡嗡的纺线声交织在一起,响成一片和弦动听的和平劳动交响曲。……可是冀中现在变了。变成了一片凄凉、悲惨、血与泪的景色。想到这,魏强脸上热烘烘地有点发烧;贾正心里也翻上滚下的不大得劲。这两个在冀中生长成人的共产党员,他们知道自己的责任有多大。末后,还是魏强喃喃地说:"一切都是暂时的,要把它变过来!"

"有咱们的党,有我们的军队,有冀中的人民,咱们一定叫它变!"贾正挥动拳头也像发誓似的说起来。

"报告,魏指导员,参谋长请你和贾排长。"一个倒背小马枪、武装整齐的小通信员很有礼貌地冲魏强行着军礼。

"走!"魏强箍箍头上的毛巾,摸摸紫花裤子襟纽,按按腰间的驳壳枪,拽拽前后的底襟,和贾正一前一后紧跟通信员走出了大门。

参谋长一见魏强和贾正走进来,忙移开眼前的《抗敌报》,招呼他俩坐下。

参谋长本来就身高体壮,今天又脱掉便衣换了一套褪色的绿军服,所以更显得分外的魁梧、威严。他见魏强他俩对军服都露出喜爱的神色,凑趣地说:"你俩也喜欢这军服?军人嘛,只有在不得已时才穿便衣哩!"

魏强、贾正对视一下,笑笑,谁也没有言语。

"不过,现在你们还不能穿!你们跟我到这边来,是知道要干什么的!"

"知道!""知道!"魏强、贾正同声回答。

"知道就好!根据咱冀中现在的环境,根据党中央的指示,我们现在要抽调一部分具有一定战斗经验和文化程度,能掌握和贯彻党的各种政策的优秀的共产党员,组织一支短小精干的武装工作队,深入到敌后的敌后,去开辟敌占区。毛主席说:'东方不亮西方亮,黑了南方有北方。'鬼子让咱冀中根据地变了质,武装工作队就变成一把牛耳尖刀,悄悄地插到敌人心脏里,去搅和它个乱七八糟。分区党委决定调你俩去武装工作队,魏强同志担任小队长。你俩有什么意见?"

魏强听说分区党委决定派自己到武工队去,并且要担任小队长,当时不知是高兴,还是胆怯,总之,心里突突跳个不停。他,战斗参加的并不少,也负过几次伤,就是文化水平太低,对党的各种政策还不够熟悉;但是党对自己这样的信任,让自己负这么重的责任,却又觉得万分光荣;不过,他所担心的是完不成党给予的任务。稍一沉思,想到自己是个共产党员,在共产党员面前没有克服不了的困难,于是忙站起说:"服从组织需要,没有意见。"

贾正用舌头舔了一下嘴唇,也跟上一句:"没有意见。"

"那好,有什么问题,到了武工队还可以提出来。行政介绍信在这里。"参谋长说完,回手将桌子上的一封信拿起,递给了魏强。"到南峪找杨子曾同志。他原是十八团政治处主任,你们的老首长。现在是武工队队长兼政委。"

魏强一听说是自己的老首长杨子曾同志在武工队负责,心里高兴得立刻开了花,要不是在参谋长面前,他会像孩子似的高兴得蹦起来。他心里说:"这可好,又回到自己最熟识、也是对自己最了解的人的跟前做工作,真想不到!"

贾正也欢喜异常。他恨不得魏强立刻就走,也恨不得一步迈到南峪去会会自己分别好几个月的老首长杨子曾。

一切事情办好,魏强他俩转身刚要走,又被参谋长叫住。跟着,朝他俩递过一人一双毛边底、实纳帮子的青帆布鞾鞋:"带去,预备练兵、执行任务用!"

贾各庄到南峪,中间只隔个小山梁,不到二里地。魏强、贾正不到吃一顿饭的工夫就赶到了。

杨子曾三十刚挂点零,细高挑,微有拱肩,白白的脸膛,下巴颏长满了胡髭,说话不紧不慢,态度非常温和,凡是和他接近过的人,都感到他亲切、热情,因而,也多拿他当成自己的兄长来尊敬。

杨子曾见到魏强、贾正,心里高兴得不得了,东南西北地扯了些闲话,便将武工队的情况向他俩做了个简单的介绍。之后,将魏强分配到一小队担任小队长,贾正也被分配到一小队当队员。

武工队人数不多,四十六七个人,可是从人员到武器,真是棒得出奇。讲武器,除了有机关枪、掷弹筒等自动火器,每个人还有一支日造马步枪,绝大部分人腰间还插架驳壳枪;论人员,那真是好样的:二小队长蒋天祥是魏强抗大二分校的同学,来前,在通信连任连长;武工队的队员们,都是九分区部队的金疙瘩,富有战斗经验的班、排干部。魏强心里非常高兴,这些队员,他是认识的多,不认识的少。

蒋天祥听说魏强来了,忙找到一小队,还在院子里就"魏强,魏强"地喊起来。魏强从屋里跑出,两个多月没见面的老朋友,四只大手狠劲地攥在一起,立刻叙起离情来。

贾正来到武工队,一瞅,都是枪林弹雨里的老战友,更是高兴。少言寡语的赵庆田,是和他一起参的军,一起入的党;李东山、常景春……也是和他在一条战壕里生活了几年的。他们一见到贾正,就急忙围过来,互相打闹说笑了一阵子。贾正扭脸转向一直叼着烟袋光笑不说话的赵庆田:"你这一阵子怎么样?还蔫得像个大姑娘?真是江山易改,本性难移。"说着走了过去,和赵庆田并肩站在一起。

赵庆田笑眯眯地向贾正身旁靠了靠。

"怎么你也不说句话?"

"我这个脾气你知道,看到老战友就知道高兴,说什么?"赵庆田在鞋底上把烟灰磕打出来,顺便又挖了一锅子递给贾正。"来,抽锅吧!"贾正知道赵庆田的脾气,忙接过来,也就不再言语了。

"咱们这个小队长怎么样?"赵庆田憋了老大半天,才憋出了十个字。

"你说魏小队长?那可是个厉害上级。你说是打,是说,是写?样样都数头份。他是俺们连的指导员。我和你一分手,就跟他一起……"贾正本着自己知道的,向赵庆田介绍着。

魏强送走蒋天祥,就朝赵庆田、贾正走来。

"小队长来了。"赵庆田低声地说。

"好,贾正,你来啦!"这时,从大门外闯进一个身穿便衣、持马步枪的军人。瓜子脸、尖下巴颏,嘴上长着黑黢黢的一抹子短胡髭,个子准比贾正高出半头。他上来就把贾正的手攥住了。

"刘太生,这是咱们小队长。"赵庆田觉得在魏强——自己的小队长跟前,不应这样随便,忙介绍。

刘太生立正、挺胸、二目平视地报告:"小队长,刘太生值勤回来。"

"你们都是老战友?随便谈吧。"魏强点头回礼地说。

看到刘太生,魏强的脑际立即出现了一位身高体胖,慈眉善目的老太太,这就是他在清苑县张庄认识的那位模范抗属刘大娘。她在八月间,被鬼子松田和特务刘魁胜杀死了。这个小伙子,一旦要知道母亲被敌人杀害的消息,将不知道多么悲痛呢。他知道贾正也知道刘太生的母亲死的事,深怕贾正冒失地说出来,两眼不时地凝盯着他。

"刘太生,你家可出了个大事……"贾正一本正经地刚说到这,魏强立刻使劲地咳嗽了两声。贾正扭脸朝魏强一望,见魏强丢过来个眼色,马上把语气缓和下来:"你猜是什么大事吧?"

"我离家好几年,怎么会知道?"

"说给你吧,你二兄弟长生参加县大队啦!"

"这个? 我早知道,还是我妈送去的。是不?"刘太生对这个过了时的消息很不满足:"贾正,我妈结实呗?"

贾正不愿意在自己的同学、多年的战友、革命的同志面前说假话,但是,暂时又不能照实地说,只好忍着内心的苦痛,愧恶地小声说了三个字:"还结实。"

"刘太生,你这个大马虎,头晌午借老乡的镰刀,你还了没有?"辛凤鸣进来望见刘太生就问。

"哎哟! 没有。人家要啦? 我去。"刘太生很忏悔地扭头就要走。

"得了吧! 等你送,早破坏群众纪律啦!"

"你送啦! 好,我谢谢你!"

魏强虽然乍来到武工队,一见这起子生龙活虎般的队员,从心眼里痛快。确实,在这些人的身上,能看到一种雄厚的力量。这力量就是那坚强的意志,火般的热情。他们自己也都认为:有这样的意志,这样的热情,一切阻挡革命前进的东西,都将会被轧毁、碾碎。

第 二 章

一

一间光线不足又很狭窄的小屋里,摆着一张桌子,桌上摊有一张褪了色的地图。武工队杨子曾队长立在桌旁,手背揩下巴颏,看着地图沉思。魏强站在他身旁。

"魏强,你带四个人,傍晌午定要赶到康关。"杨子曾用红蓝铅笔指点地图说:"在那,和准备过路的干部们会合了,去马家庄吃下午饭。"

"嗯。"魏强顺从地回答。

"……从马家庄往下走,步步接近敌人的'治安'区。那是敌人的天下。各个据点的敌人,什么时候都可能出来,随时都有可能和敌人遭遇。因此,执行这次护送任务,就更要警惕。"杨子曾从怀里掏出盒边区造的纸烟,抽出两支,扔给了魏强一支。

魏强吸着烟,视线由地图移到杨子曾的脸上。杨子曾的表情是那么亲切、和蔼、庄重。

杨子曾狠狠吸了口烟,接着说:"今天执行的这个任务很艰巨,要你们用很少的战斗力,突破层层封锁线,踏过保定以西的整个敌占区,安全地把去冀中开辟工作的干部们送过铁路。"

魏强接受了任务,双腿一并,行了个注目礼,大步地朝门口走去。这时杨子曾又把他喊住了:"我们是革命军人,穿衣裳可不能破狼破虎的。便衣也得保持整洁。看你练习上房、爬墙,把棉裤磨得露出了黑羊毛,回去补一补!"

魏强回手摸摸露出羊毛的棉裤,不好意思地笑着回答:"是。"

下午,在群山耸立,怪石繁多的窄窄山道上,魏强和四个肩扛日造马步枪的武工队员,说说笑笑地朝着康关村前进了。

冬天的山风吹得挺硬,魏强他们因为紧走赶路,额上,手上,浑身却热得津了汗。他们时而爬上峭陡的山岭,时而跨过横卧的小河。

宽宽的蒲阳河,冻结成溜光、透明的冰板,人们活跃起来,都想在冰上溜滑一下。

"李东山,你穿着钉钉子的山鞋溜不了,给我捎着枪,我溜它个两样的。"贾正兴致勃勃的劲头,简直像个孩子。他见人们都溜了过去,立刻在冰板上紧跑了几步,左腿一蹲,右腿一跪,说:"我来个羊羔吃奶。"嗖的一下,朝东岸滑过来。

"嘿!还是白洋淀长大的!滑冰、游泳真有两下子。"李东山话音刚落,贾正溜到了岸边。他刚要立起,没注意脚底下一滑,咕咚!闹了个大仰巴跤,帽子摔出了老远,把人们都逗乐了。

"你呀!你呀!"魏强笑呵呵地指点李东山:"都怨你抬得高,把他摔了个重。"

"没关系,我这是表演老头钻被窝呢!要是他,就凭那钉了十四个铁帽钉子的山杠子鞋,还表演不了呢。"贾正说着爬起来,拾起毡帽,重新扣在头上。

太阳移到正南方,在康关村,魏强和二十八个准备过路的男女干部会合了。人们都上前询问:"铁路好过吗?""在什么地方过?""这条道,敌人是不是常出来?"魏强他们对询问的事,都笑嘻嘻地做了回答。

来到马家庄,吃过下午饭,在太阳压树梢的时候,人们都在村边集合了。魏强除单独给赵庆田、贾正做了布置外,把走的路线,应注意的事情和联络信号,一一地告诉给大家。最后嘱咐说:"万一碰上敌人,都要沉住气,前面专有人掩护。"

"专有人掩护?!""谁掩护?""谁?"人们都想看看担任掩护工作的人。

"他和他。"魏强指了指赵庆田、贾正。贾正顽皮地呲着没门牙的大嘴,缩了下脖;赵庆田腼腆地冲大家笑了笑。"要相信他们俩!如果在封锁沟的西面让敌人冲散了,咱们集合的地点,就是脚下的这个村;在封锁沟的东面冲散了,集合点就是五侯村南柏树林子里,到那里我来告诉。"

一切安排停当,赵庆田、贾正持枪先一步走去。魏强派出联络兵,又把两个带手枪的过路干部安排成了后卫,就率领这支人多枪少、有男有女的队伍朝正东、朝封锁沟、朝敌人"确保治安"区走去。

出了山沟,走过六七里地的丘陵地带,一望无边的平原展现在人们的眼前。掉在山后的太阳,虽然还留下一片紫红色,不太亮的冬月却像盘子似的从东方升了起来。

"看,炮楼子!"一个男同志指点着自己的新发现,惊异地说。

"又一个!"一个中等身材、声音清脆的女同志接上了茬。待魏强跨出一步扭头望他(她)们时,都不好意思地低下了头。特别那个女同志,见到魏强射过冰冷而又严肃的眼神,更窘得厉害。

"不要说话,这是敌占区。"魏强用严峻的口吻悄悄地向后传了这么两句话。这两句话一直传到了末尾的一个人。

鬼子的炮楼,像望乡台似的一个一个地在平原上戳立着,扇子面的望去,能望到七八个。

"小队长,尖兵已经上了沟。"担任联络的李东山持枪跑回来报告。

"先过去一个人搜索,特别要严密地搜索那两座坟。"魏强打发李东山走后,忙让大家停了下来。

不大一会儿,几个大土坷垃从空中飞过来,落在人们的周围。这是通知前进的信号。

风息了,月亮更明。夜幕苦起了沉寂的平原,大地显得分外宁静。

直上直下,一眼望不到底的封锁沟,真像神仙山的悬崖。"准备好,过沟!"魏强朝后打了个招呼,就脸朝里,像小孩打滑梯似的,哧溜了下去。脚挨住地,刚要站起来,一件东西从沟顶上砸下来,魏强知道这是溜下来的同志,忙爬起来去搀扶,一看,是个女同志。那个女同志发觉自己下沟砸住的,是刚才用冷冰冰的眼睛批评自己说话的小队长,就更不好意思了,笑了笑,忙跟在魏强的身后,脚手一齐动地顺东边高高的沟坡往上爬。两丈五尺深的沟坡,魏强爬上了多一半,忽听到李东山小声地在沟沿上朝下说:"这儿有死尸,别抓它。"

"死尸?"魏强紧蹬了两步,伸手扒住沟沿,一偏腿跳了上去,回身伸手,又把砸他的那个女同志拽了上来。

离魏强不到三尺远,横卧着一具赤臂、倒剪双手、没有头的尸体,腔子里还一个劲地往外津血浆。

"小队长,那边还有两个。"魏强顺李东山手指的地方望去,两具赤臂的尸体,也都光有腔子没头。从没有凝固的血浆上判断,魏强知道敌人行凶的工夫还不大,也知道敌人在这里这么做,目的是要吓唬过沟的人。

爬上沟来的人们,都身体前倾、大迈步子,一个紧跟一个地尾随尖兵朝前走去。

"口令!哪一个?"北面,玉山店炮楼上的敌人,可能听到了过沟的音响,嗷地嗥叫了一声。接着,巷北炮楼上的敌人,也"哪一个?哪一个?"地叫问起来。根据以往的规律,敌人问过几声就会开枪,魏强急朝后传了两句:"猫下腰,紧跟上。"就更加快了脚步。

两个炮楼的敌人同时开枪了。机、步枪的交叉火力像刮风般的横扫过来。子弹打得又低，又密。不过，魏强他们早已走远，子弹全都落在他们走过的路上。

一个村庄接近了，尖兵只是领着人们，贴着村边踏了过去。"注意，道南的柏树林子，就是咱们的集合点。"魏强指着一片夹杂几个坟头的树林子往后传。

他们平安地爬过了两道封锁沟，顺当地通过了大固店、张村、于桥等三个大据点，接近了离保定十八里地的江城据点。

江城的敌人，都是保定直接派出的：有日本兵、警备队、警察，还有一班子穿便衣的武装特务。这班子特务由一个叫佐藤的日本宪兵军曹带领着。人们都叫它佐藤特别工作队。佐藤特别工作队在江城一带活动得挺厉害，不分黑夜白日地出来。因此，越接近江城，魏强也就越提高了警惕。

腊月十四的月亮，悬在人们的头顶上，附近村庄传来了驴叫声，午夜到了。魏强率领人们抛开大道，踏着野地走起来。走到离江城二里地的石庄村北时，李东山匆匆地跑回来："小队长，前面发现有人，一大溜！"

"赵庆田、贾正呢？"魏强问。

"他俩原地伏下不动了。赵庆田说'像是背盐的'。"

"不管干什么的，告诉他俩，隐蔽地绕过去。"

"是。"李东山扭头跑了上去。很快，又回到魏强面前。"是背盐的。他们发现有人，跑起来了。"

"嗯？跑起来了？"魏强拧着眉头一沉思，果断地说："不！"刚吐出一个字，远方传来"干什么的"问话声。

"你们是干什么的？"贾正也挺气粗地反问过去。

"我们？我们是江城的，佐藤特别工作队。"

"噢！是佐藤特别工作队。看！差一点没发生误会。"赵庆田把话接过来，说得是那么柔和、亲切，简直真像遇到自家人，不过身子伏在地上依然未动。

"那你们是哪一部分哪?"对方跪立起一个来。

"哪一部分?还用问,满城的山坂特别工作队呗!"

"你们是山坂特别工作队呀!……"敌人真的把赵庆田、贾正他们当成自己人,也就不在意了。有几个站起来,持着步枪大摇大摆地朝赵庆田他俩走过来。

魏强一听对方是江城的佐藤特别工作队,即刻命令趴伏在身旁的刘太生把马步枪留给自己,叫刘太生带领人们迅速向石庄村南大坟地里撤。他和李东山准备打掩护。当人们刚刚离开,前面的枪声、手榴弹声,就响成了一团。

时间,一秒又一秒地向前移动,赵庆田、贾正,始终没见撤下来。魏强想到近三十名回冀中开辟工作的干部,需要今夜送过铁路,时间不允许久等,便带着李东山走进石庄村南的坟地。刘太生和过路的干部们都围上来打问情况。

魏强朝月亮望了一眼,月亮在正南稍偏点西。他知道已经过了午夜;也知道,眼下的时间最宝贵,不能再拖了。忙凑近人们:"同志们,检查一下,咱们出发。"魏强说着,把马步枪递给了刘太生:"你和李东山担任尖兵,蹚漫地一直朝着保定车站的电灯光走!"

新的尖兵箭似的朝正东走去。人们跟着魏强,也快步地朝正东走起来。

刚离石庄半里多地,背后传来:"有人在后面跟着。"

"有人跟着?"魏强一怔。又想:"看是一两个人,还是一大起子?要是一两个,就是赵庆田、贾正。"他很希望这样。他离开队伍,蹲下来眼睛不眨地朝后一望,却是一大溜人在行动。走得非常急促,还能隐隐约约地听到咚咚的脚步声。"难道敌人跟上了?"魏强想。"走!是敌人,还可能是遭遇的敌人跟了下来。"他肯定了情况,紧迈了几步,赶上了排头,忙朝背后传了句:"跟紧点!"说罢就带领着人们跑起来。突然,枪声从身后叭咕叭咕地响起来,魏强他们的脚步,也就跑得更紧了。

魏强带领人们跑了一阵子,枪声逐渐甩在了大后面。保定车站上向外照射的电灯,贼亮贼亮的,越来越清楚了。从紧北面开来的火车,嘁咔嘁咔地响着。

"撇开电灯,偏南点走,过了金线河,照直奔五里铺。"魏强把要走的路线,告诉给尖兵李东山和刘太生。

眼前,展现出一条不宽的结了冰的小河,人们怕滑倒,便手拉手地蹚了过去。靠近铁路了,停在车站上的火车哐哐的放气声,传送过来,人们的神经随着也就更加紧张了。

"几点钟?"魏强问他身后一个带着手表的干部。

"一点四十五。"

魏强从时间上知道,停在车站上的这趟列车,是去郑州的三十七次快车,再有十七分钟,就从保定开出了。"同志们!紧走几步,铁桥跟底下等它。"他把话传向后面,就又紧走起来。

五里铺村北,架在府河上的铁桥出现了。高大的桥洞,像没有关闭的城门。

嘁咔嘁咔的声音越来越大了,铁桥两头炮楼上放哨的敌人的咳嗽声,也被这嘁咔嘁咔的响动压了下去。在铁桥被火车轧的嘎啦嘎啦山响的时候,男女干部在魏强他们三人的掩护下,一个紧跟一个地沿着河边,猫腰钻过桥洞外的铁蒺藜网,穿过桥洞,胜利地过了铁路。

魏强顺着桥洞,望着这群回冀中开辟工作的人们的背影,心里有些说不出的羡慕。他一直等人们的影儿消逝在冀中平原上,才喘了一口气,顺手把驳壳枪插在皮套里。

二

赵庆田、贾正在石庄村北和江城的佐藤特别工作队碰上,能张嘴冒充起满城山坡特别工作队,是魏强事先布置的。要这样做的目的,就是在和敌人遭遇上以后,对敌人来个暂时的麻痹,以争取时间,让非战斗人员迅速撤下去。这个措施真的生了效。

当敌人听到是山坡特别工作队时,有六七个便衣特务一点都不顾忌地站起来就朝前走。领先的一个摇晃着脑袋,尖声尖气地边走边问:"山坡特别工作队,知道今天午夜会哨的口令是什么?"

"口令?"贾正的枪口瞄准了他,见他越走越近,说了句:"是这个!"一抠扳机,叭咕一声,领先的敌人被撂倒;赵庆田也叭咕一声,也撂倒了一个,接着又甩出一颗手榴弹,轰地爆炸了。他借着手榴弹爆炸的浓烟,三跳两蹦地蹿到了敌人屁股后面。

在赵庆田甩手榴弹的时候,贾正和一个便衣特务,同时抢占了一个大粪堆。要不是各占一边,中间让粪堆挡住,他俩近得就会对了脸。这时,谁都要设法隐蔽自己,待机消灭对方。敌人从粪堆的左方,偷偷地把支三八步枪伸过来。枪身长,亮不开,贴着贾正的后背就乓地开了枪。乘敌人退弹壳的一刹那,贾正一举马步枪,说了声:"找你五大伯去吧!"就把敌人打死了。

道沟里有两个鬼子,一个探着半截身子,在晃动着军刀;另一个露出头来,哇啦哇啦地怪叫。贾正把枪瞄向拿军刀的鬼子,没容他晃动几下,就用一颗子弹敲碎了他的头骨。

敌人乱了营。一切火器都朝贾正盖过来。猛烈的火力压得贾正连头也不敢抬。

蹿到敌人背后去的赵庆田,伏在一个坡坎上,正举起枪来寻找目标。道沟里一个指手画脚的鬼子,正好进入他步枪标尺的缺口,赵庆田知道擒贼要擒王,作战先打指挥官,一抠扳机,打了他个狗吃屎。

"咳呀,永山副队长也阵亡了。"一个敌人吓得嚷叫开了。

"是让背后的八路打死的。"又一个在打着嘟噜地叫喊。

敌人开始骚动、慌乱、惊恐起来。正面抗击敌人的贾正就在这

15

个当儿,一下滚离开敌人的火网,蹿进了石庄村。

贾正在石庄村口的一座高门楼下停下来。"怎么办?"他倚着门框想。"回五侯村南的集合点,这个当然可以,小队长和回冀中的干部们又怎么样了?是不是受到了损失?即使没有受到损失,剩下三个人,又怎样完成护送的任务?还有,赵庆田这个家伙是长是短?……"一连串的事儿,都涌到他的脑子里。他听听村北,刚才枪炮齐鸣,现在却变得分外沉寂。他探头望望移到西南方的月亮,知道已经过了半夜。"走,找小队长去。"贾正下定了决心。"反正他离不开五里铺的大铁桥。"把枪弹轻轻地推上了膛,保险机不关,用胳肢窝一夹,贴着墙根,悄悄地向东走去。

刚走到村东的场上,一大溜搀着、架着、背着、抬着人的人群,正从西北顺着去江城的东南大道,哼啊咳地、骂骂咧咧地走了过来。"王八蛋们,怎么又在这儿碰上啦?"贾正一见是刚才交过锋的敌人,急忙钻到一个坯垛后面去;回头望望身后,净是坯摞、柴禾垛,地形满好。"好!不叫老子痛快,老子也叫你们痛快不了!"贾正愤恨地咬着牙,把枪端平,瞄准了一个敌人搂了火;随后,又朝慌乱的敌人连发了几枪。

突来的枪弹,把敌人又打了个大卷箔。敌人稍一冷静,判断出对方的力量不大,马上集中火力,朝着坯垛的方向扫射。

贾正就利用地形和敌人斗起来。他从这座坯垛打几枪,绕窜到那边的柴禾垛后面;从那边的柴禾垛后面打几枪,又跳到另一座坯垛的跟前。就这样打打、跳跳,跳跳、打打地和敌人玩起了捉迷藏。

敌人正用全力对付贾正,猛地又从背后树林子里射来几颗枪弹。这下,敌人又丈二和尚,摸不着头脑了。"怎么回事?""八路到底有多少?"这时,敌人真像钻进风箱的老鼠,两头受气,再也不愿意在这神秘的黑夜里,十分不利作战的地形上多停留一秒钟,像被打的狗儿夹起尾巴朝江城遁逃了。

贾正见敌人落荒逃走了,心里不知是怎么回事,也就顺水推舟地用捅屁股枪来"欢送"。敌人退远了,他才发现对面二百米的树林里,有人也在用火力朝敌人追击。"这是谁?"他停止射击后猜测起来:"是赵庆田个老蔫?他怎么也跑到这儿来啦呢?"

贾正有节奏地拍了三下巴掌,对方立即击掌回答了两下。贾正一听答得挺对,正要蹿出去喊,忽然想到小队长批评自己的"冒失"两字,忙蹲下来问:"二哥,进城吗?"

树林里,慢腾腾地回答:"等我,穿皮袄去!"

又联络上了!贾正听清了是赵庆田的语音,蹿出坯垛就喊:"好你个赵老蔫……"跑上去就把从树林里跳出来的赵庆田搂起来。

"嗬!嗬!慢着点……"赵庆田用手捂着左臂小声叫起来。

"怎么?"贾正关心地查看。

"嗯,叫跳蚤弹了一下!"赵庆田不以为然地说:"走,这儿不是久站之处!"两人贴着村边,绕到石庄村南,隐没在坟地里。

借月光,见地上不少脚印,贾正趴在地上仔细一看,说:"瞧,这不是李东山的大熊掌!"他指着鞋印说:"左脚,前掌四个,后跟三个,整是七个铁帽钉。"

又往前查看了一回,脚印告诉他俩:人们已经朝东面走了去了,再追,也来不及了。他俩在一棵大柳树的跟前,肩靠肩地坐下。

"伙计,我求你点事。"赵庆田扭着脑袋望着贾正。

"什么事?你说吧。"听过赵庆田的话,贾正有点莫名其妙。

"你答应了,我才说。"

"我答应了。"

"好,求你回去千万别暴露我负了伤。"

"那……为什么?"

"你看,今天有一大群干部,回冀中开辟工作去了。明天,我们也会跳回冀中去。假如上级知道我负了伤,就会把我留在这边……"

"那怕什么？留下是养伤,又不是怕回冀中的胆小鬼。"

"你看你,说着说着就变了卦。"赵庆田有点埋怨。稍沉思,又央求地说:"我的好小贾,从一参军,咱俩就在一个连队,虽说有一度分开了,你还是了解我的。说真的,就是我这胳臂打断了,我也要回到冀中去。我不愿意手拿着武器,在这边瞅着鬼子杀害自己的亲人,糟害咱们的家乡。我求你,求你在这一点上帮我个忙。"最后这几句,还带点哭音。

常在一个战壕趴着的战友,贾正自然了解赵庆田的心。他知道赵庆田,不论什么事不考虑成熟是不肯说的。现在他听了赵庆田的要求,只得点头答应了。

"你答应了？回去有人问,请你还要帮我打打掩护！"

"行,不过你还得买通咱那卫生员！"

"那好办,难办的是咱们小队长。"

"可不,咱小队长的眼,尖得像把锥子！"

"这个,小队长不问便罢,问上了咱们就演双簧来蒙混！"

月亮偏了大西,后半夜的寒风,吹透他俩羊毛絮的棉衣。他俩爬起来,急忙奔五侯村的集合点走了去。

拂晓以前,又有三个带枪的人出现在石庄村北。他们由东向西拉着很长的距离慢步地走着,像在认真地寻找什么似的,土堆、粪堆、道沟、坑壕……处处都查看一个遍。有时,他们蹬到几颗子弹壳;有时,他们看到一摊凝固的血浆和被血染污的白棉花。

"小队长,他们可能从另一个地方走了。"李东山说。

"可能,没有尸体吗！"魏强很愿意这样。

"会不会被俘了？"刘太生本不想说,但又压不住。

"被俘？除非是他俩负了不能动弹的伤,叫敌人给抬走了。"这一点魏强不是没有想到,就是觉得可能性不大。忽然一个闪亮光的小东西被他踢得滚了几滚,他猫腰拾起来,是支水笔。贾正和赵庆田是没有水笔的,这支水笔是谁的呢?敌人的?还是过路的干部们丢的?不管谁的吧,先捡回去再说。"走,奔五侯村南柏树林子集合点去!"魏强把手一挥,领头朝正西走去。

黑糊糊的柏树林子越来越近了。还有一百五十多米,魏强就迫不及待地啪啪啪地拍了三下;柏树林子里立即啪啪地还了两声。魏强一听有门,忙蹲下,两个手掌圈捂着嘴唇说:"二哥!进城吗?"那边随着答出:"等我,穿皮袄去!"

魏强高兴地迎了上去,立刻和赵庆田、贾正二人会合了。五个人像叠罗汉似的紧紧抱在一起,就好似久别重逢那么亲热。革命感情冲激着每个人的心,每个人都激动地流下了热泪。

魏强他们听了贾正、赵庆田述说了战斗经过。李东山向赵庆田左臂被打破的地方一拍:"你这衣裳怎么撕破了?"

赵庆田没有提防,叫李东山这一巴掌打得又"嘀嘀嘀"地疼叫起来。

"怎么?"李东山一怔。

"怎么啦?"魏强、刘太生都赶上来问。

"没有什么,他打着我的小疮了。"赵庆田疼得噙着泪水,怕人细看,捂着臂膀说:"这破的地方是叫小枣树挂的。"

"穷长虱子富长疮。昨天换药,我看了看,长了有这么大。李东山这一拍,保准又拍得流出脓来!"贾正比比画画地一说,还真给赵庆田遮盖住了。

"真对不住,来,我给你拿枪!"李东山抱歉地说。

"来!把枪给我吧。"魏强伸手去抓赵庆田的马步枪,"怎么我就不知道你长疮呢。"

"不要紧,不疼了,我自己拿。"赵庆田话才说出,枪已被魏强抓了过去。

西山头托住了即将沉下的月亮。皎白的月光,变成淡红色,并且比在头顶上大了许多。启明星从东方跳起来,小北风飕飕地刮,四周村庄鸡啼了……天快明了。

魏强将赵庆田的马步枪朝自己的肩头上一搭,说了声:"走!"五个人怀着胜利的心情,快速地向西飞奔而去……

第 三 章

一

"这叫串皮?在卫生训练班里,俺学了一年,就没有听见这么说过。这叫打了个过梁,赵同志。"卫生员小魏左手的镊子,正夹住雷夫努尔药水浸透的纱布条,一边说着,一边用右手的探针,往赵庆田的伤口里填塞。探针每往伤口里塞进一截纱布条,赵庆田就疼得皱下眉头眨下眼。纱布条填好,卫生员正往纱布块上涂抹药膏,赵庆田就低声细语地说:"小魏,我这伤,可并没有伤筋断骨呀!我求你,可给我保密啊。"

"保什么密?"卫生员纳闷地问。

"你看,我偷偷地叫你到这儿来,就为的商量这个事。不管是串皮,还是过梁,我这伤反正碍不着吃、喝、行军、打仗。只要这四样都不碍,我就没有住医院的资格。再说,咱们武工队,这就一步步地往冀中挪蹭,说不定是明天,还是后天,就可能一头扎进去。养兵千日,用兵一时,咱们回冀中是解放咱的家乡,解救咱的父老们去。因此,我愿意和大家一起过去。不过,你要在队长和小队长面前一嚷叫,我就得留下……"赵庆田刚说到这,通信员小铁闯进门来:"卫生球,要不是房东告诉我,我可不知道你藏在这儿。你快给二小队的房东大哥看看去。他上山打柴,跑了坡①,胳膊、腿、脸都给跌破啦。"说完,看见赵庆田正光着左臂膀,等着给缠绷带,就问:"你怎么啦?老赵。"

"长了个小疮。"赵庆田手按着贴在伤口上的纱布,嘴里应付着小通信员,眼睛却盯着卫生员,生怕卫生员一句话,给说露了馅。

"这小疮长得个别,上下都有破口,不知道的活像个伤口。"小铁开始注意了。

"怎么活像个伤口?他就……"卫生员说着拿起绷带来缠。赵庆田一听到这儿,知道要坏事,就给卫生员使眼色。卫生员不理睬地缠了一遭,缠两遭,缠到第三遭,装作使劲地一勒,"……它要是伤口,还经得住绷带这么煞?快走吧!别鼻子插葱,跑这儿充象来啦。"

"对!对!对!咱不在孔圣人家门上卖百家姓,咱走。"通信员顽皮地一吐舌头,倒背马步枪跑了出去。

"怎么样?"卫生员问。

"够同志,谢谢你。"赵庆田在卫生员的帮助下,左胳膊套在袄袖里,系着纽扣,很感激地说。

"按战地救护条令,你这是贯通,本应该留在后方休养;不过,伤口既然四不碍,我也同意咱们一起回冀中。但你得知道,第一,你领不了抚恤金。"

"你快别提领抚恤金啦,只要不给暴露,我什么都干。"

"我可以不暴露你负伤。但是我不向上级报告,就是违犯军纪。所以,第二,你得永远不能讲。你就睁着眼睛地说是小疮,我就闭着眼睛地当小疮治。等咱们冀中的局面打开,整个环境好转了,组织上要你填写履历表,那时你找我,我再证明你在江城遭遇战中负过一次伤。"

---

① 从山上跌了下来。

"对！从今以后，咱俩就当没有这么回事，谁也别提它。"赵庆田没有料到，卫生员给帮这么大的忙，真是从心眼里甜丝丝的高兴、痛快。

二

根据冀中的形势，特别是敌占区的特殊而复杂的情势，根据武工队今后的任务和活动方式，以杨子曾队长为首的武工队，最近又来了个突击式的政治、军事大练兵。

政治练兵是分区政治部的同志们来讲授党的各种政策；军事练兵就与以往大不相同了。他们既不操练稍息、立正、齐步走；也不演习排疏开和野外战斗。为了发挥武工队的特点，适应于敌占区里活动，天天都是攀树、爬房、跳障碍、纵壕沟、夜间射击。

经过练兵大突击，收获真不小。大家不仅在政治、思想上提高了一大步，进一步懂得了党的各种政策，有了做宣传的资本；在军事行动上，高声说话没有了，夜间走路摔脚板子的声音听不到了，上房、蹿墙、跳宽壕，个个练得都比猴子还灵便。真是：增添本领情绪高，待进敌区逞英豪。

要巩固练兵的成绩，人们不仅时刻地操演、熟习，还相互测验，彼此考问。

贾正脸朝墙，刚默读了一遍对敌伪军的政策，转身就问身旁收拾东西的李东山："哎，老保守，你说为什么咱对敌人要实行宽大政策？"

李东山头没抬、眼没瞅，一面继续朝"万宝囊"里归拢东西，一面说："为什么？为争取更多的伪军、伪人员回心转意来抗日，用政策感召他们不真心去事敌！"回答的畅快劲，真像流水一般。

"要那样，是不是对罪大恶极的人也不惩处啦？无边的宽大呀?"贾正又提出个问题来。

"那,那不成了右倾思想啦!宽大必须得和镇压相结合!"李东山觉得贾正领会党的政策精神还有点问题,于是,把"万宝囊"随便地一包裹,满认真地讲解开:"我们掌握宽大政策必须得有限度,同时也得有分别:对真心事敌,又屡教不改的伪人员,就得严厉处治,把这样的处治一两个,会把别的伪人员吓一下,这就叫打一儆百!可是,昨天下午敌工科李科长给咱们上课时,说到之光① 地区的那三个害,哪一个也不能用宽大处理,只有镇压!"

"昨天下午讲的哪三害?我怎么不知道?"

"你怎么会不知道?"

"浑!你忘记我到野场背粮去啦!要不,你今天能吃上高粱面菜团子?"

"可不是,我忘啦!"

"忘了就得受罚!现在我要罚你把之光地区的三害说清道明,还要快!"

"好,我认罚!"李东山点头答应。末后,将手里裹好的纸烟一举,"等我抽着就说。"

两人抽着纸烟。李东山这才开腔:"说起之光地区的三害,咱李科长还把群众自编的一段顺口溜念了念。这段顺口溜我抄下来了!"说着从怀里掏出个旧布皮订缀的小报纸本,连翻了几页,接着就念起来:

> 保定东南乡,
> 出了三个害:
> 一个在城里,
> 两个在城外。
> 公鸡嗓的侯扒皮;

---

① 这是抗日时期冀中的一个县份,是以牺牲的县长李之光同志的名字命名的。

哈巴狗是个秃脑袋；
　　刘魁胜，出奇的坏，
　　杀人放火奸女人，
　　哪村他都欠血债。
　　虽说他仨凶，
　　难和松田赛。
　　老松田，胎里坏，
　　魔王转世阎王派。
　　杀人如捻蚁，
　　烧房像烧柴。
　　手下养群狗特务，
　　所有坏事包下来。
　　东杀男，西霸女，
　　要埋活人倒着栽。
　　瞅谁不顺他们眼，
　　抓到城里灌白开①。
　　抢掠财物平常事，
　　捆、打、吊人任意来。
　　盼星星，盼月亮，
　　盼着八路快过来。
　　过来给咱把胆壮，
　　过来给咱除祸害！

　　李东山一口气念完，把本子一合："这就是你问的那三害。听清了吗？同志！"

　　"这怎么是三害呢？连老松田不是……"贾正觉得李东山明明念了四个人，可为什么又偏称仨呢？于是就还问。

---

① 凉水。

没容贾正说完,李东山急忙抢过话来:"这,你看过戏吗?告诉你,先说的那三个,算是个帽,压轴的就是老特务松田。为什么人家编顺口溜的不先提他呢?这就叫艺术!要先提他,侯扒皮、哈巴狗和刘魁胜不就显不着了?其实,李科长说,这三个都够上单打一①的条件了!就说这个侯扒皮吧,在中间,他把人民勒索得十户就有十户揭不开锅,真是荞麦皮里挤油的手。还有那个刘魁胜,到底身上背了多少条人命?根本就没法计算。听说在唐河沿的一个什么王庄,他和松田一次就杀了一百七十多号人。"

"这,这他妈不是一伙子豺狼?"贾正听李东山说完,气得脸色发青,眼瞪圆,将手里捏着的小半截纸烟狠劲地朝地上一摔,锉着牙齿说:"宽大!宽大!对待这伙子吃人不吐骨头的野兽,就不用想!我看零刀剐了也都不过分。"

"说到剐,咱也没有这个刑法,不过,将来抓住开群众公审大会,我看这准没有跑!"李东山也推断地说了两句。

辛凤鸣强拉硬拽地扯着刘太生闯进屋来,冲贾正、李东山说:"光待在屋里,你俩谁知道人家刘太生又创造了一种新的上房法?"他嘴巴说着,双臂左右一伸,两腿一叉,模仿着:"人家在双手能按住墙的胡同里,不用跐人梯,就这么一扒一蹬,一扒一蹬,像闹玩似的就能上了房,看来真麻利!"

辛凤鸣本想通过自己的语言、动作,得到贾正、李东山对刘太生的称赞,哪知适得其反。他俩不但没说一个夸赞的字,反倒不约而同咧开大嘴哈哈哈地笑起来。

这一笑,可把辛凤鸣笑得有些茫然。他稍沉思,忙抢白:"笑什么?难道人家新练的这爬房技术咱不应该学?"

"学是该学!不过,"李东山揎揎衣袖,挤挤眼,瞅瞅贾正,望望刘太

---

① 是抗日时期对敌人的一种政策,目的是明确目标,专找最坏的镇压,借以争取教育更多的伪军改邪归正。

生,三人六只眼一下都射到辛凤鸣的脸上,跟着又都呵呵呵地乐了。

"家伙们,跟我捣什么鬼?"辛凤鸣见他仨抱成团来开自己的玩笑,真有点不耐烦。

"别不耐烦!按说你这号称'访员'、别名'百事通'的人,对这事就应该早知道,可为什么落后了呢?真是大不应该!"李东山说到这,脑袋连摇几摇,嘬嘬牙齿,又接着说:"刘太生创造了新的上房法,你问问他怎么练会的?跟谁练会的?"

没等辛凤鸣扭过头来开口问,刘太生指点着说起来:"跟你,跟贾正,还有老蔫赵庆田!"

"啊!这一手你们也都会?怎么我就不知道?"辛凤鸣这时才明白他仨笑的意思。心里对别人的练兵成绩立刻感到惊奇,同时,对自己却有些不满了。

"你,你跟小队长到沟外① 活动了几天,怎么会知道。其实,这也不是谁教的谁,是大家练习,大家创造的!"李东山见辛凤鸣面有愧色,赶忙解释。

贾正这时也上前劝慰:"你别看人家赵庆田臂上长有小疮,练这一手可真卖力气!为了学得快,你可以请他做指导!"

"伙计!你眼下就别光羡慕别人啦,快唱出《萧何月下追韩信》,连夜地'赶'吧!"刘太生亲热地握住辛凤鸣的手,也跟着说起来。

辛凤鸣拳头一挥,发誓地说:"对!赶!赶上去!一定赶上你们!"

三

一切情况掌握在手,一切本领锻炼在身的武工队,在一个云漫

---

① 是指敌占区。沟,是指敌人的围山封锁沟而言。

风吼的夜晚,一个猛子又扎回冀中,像一把锋锐的尖刀,直戳在保定城东南——之光边缘地区。

之光边缘地区共管辖三十几个村庄,连鬼子统治的保定东关、南关也都在内。这地区因它是以保定为基点,西壤张保①,北靠高保②,被两条公路人字形地相夹着,所以从地图上看来,就像个打开的折扇面形状。越离保定远,面积也越大了。

来到之光边缘地区的当夜,队长杨子曾就和这个地区的区委刘文彬接上了头。

刘文彬是当地人,四十多岁,不太高的个子,长得倒挺粗壮。他穿着一件肩头打着补丁、袖头露出棉花的青大棉袄;腰间煞条白褡布,头上戴顶栗子色的破毡帽,没修饰过的四方脸上,嘴边长满密匝匝的胡髭,几条皱纹也很明显地摆出来。他这穿戴和长相,完全像个在庄稼地里摔打过多年的农民。其实,他就是从地道的农民变过来的。

根据上级指示,杨子曾准备把魏强这个小队留在这里,配合当地的党坚持和开辟工作。于是,在接上头的那天夜里,叫过魏强来,将刘文彬介绍给他,并且明确地告诉魏强:"从现在起,刘文彬同志兼小队指导员,就和你们小队同吃、同住、同行动,所以,小队的工作你俩要共同负责!"

有当地党的负责同志跟在自己身边,魏强的心里是一百个高兴。他在杨子曾面前,把要说的话说完,要受领的任务接受下,就领刘文彬回到了小队。

那知刘文彬一到了小队里,就给刘太生带来了一件最悲伤、最痛苦的消息。

事情是这样:刘文彬跟随魏强刚迈到小队的住屋,刘太生就蹿

---

① 张保公路是从张登镇到保定的公路。
② 高保公路是从高阳到保定的公路。

了过来,拉住他的手说:"叔,你在这儿?"

"啊,你也调武工队来了?"刘文彬开始一怔,之后,像瞅自家孩子似的用喜爱的眼神,上上下下打量了刘太生几眼。"家里的事,你知道吗?"

"我知道长生参军的事。"

"不,你妈的事!"

"我妈?她怎么啦?"

魏强见刘文彬是刘太生的亲叔叔,又提念到他妈的事,无意间和贾正对下眼光。他们知道,刘太生母亲的不幸遭难,不能再瞒着了,也就没有阻止刘文彬;当刘文彬说到刘太生的母亲被老鬼子松田和特务刘魁胜杀害时,刘太生真像晴天打了个霹雳,头上挨了一棒槌,晕晕腾腾、昏昏沉沉地一屁股坐在机凳上,怀抱着枪,垂下了头,脸色比生过一场大病还难看,眼泪像断线珠子一般,哗哗地朝下流。

伤心莫过死了老子娘!凡是和刘太生在一起战斗过的都知道,不论行军、打仗,他从未叫过苦,嚷过累。"五一"反扫荡,一天打三仗,三天吃一顿饭,脚上磨得大泡套小泡,他照旧是那么乐呵呵的。今天他哭了,哭得真恸啊!把大家哭得鼻子都发了酸。

"人死如灯灭。难受一遭也当不了什么!杀你母亲的人就在城里,报仇算账的机会多得很。"刘文彬拽扯着棉袄袖子,擦抹下湿润的眼睛,劝慰地说。

"对,找机会跟他们来算这笔账!"魏强的眼里喷射着火花。

"给咱刘太生的老娘报这个仇!"

"能逮就逮,不能逮就敲!"

"骑驴看书,走着瞧吧!"

队员们也都七嘴八舌地安慰起刘太生来。

对母亲的惨死,刘太生伤心地恸哭了一大场。但是,他知道不早一天把鬼子赶出中国去,不知有多少母亲还会死在敌人的手下。

在之光边缘地区的几天秘密活动,杨子曾已把敌情、地形、群众的思想都摸清了。根据目前的种种条件分析,他认为有必要开展一个政治攻势,鼓鼓群众的情绪,煞煞敌人的气焰。交朋友,择好的;打敌人,拣坏的。于是,就把中间镇的侯扒皮当做开展政治攻势的试点了。

一天,吃罢早饭,一位皱纹满脸、头发花白的老奶奶,像平常串门的人一样,走进魏强他们房东的当院:"他婶子,吃过饭啦?"

"短天道,两顿饭,现成的馇馇一馏就行了!"房东迎出去回答。跟着,两人就小声地唧咕起来。魏强心里正在纳闷的工夫,门帘一起,那位老奶奶走了进来。

"老奶奶,听话音就知是你,就是不敢到门上接。是从队长那边来?"刘文彬下炕,亲热地紧打招呼。

老奶奶笑着点点头,接着就问:"谁是魏小队长?"

刘文彬伸手刚要指引,魏强却开了口:"我,魏强。"话音刚落,老奶奶却递给他一个很微小的东西:"给,这是杨队长叫我当面交给你的。"

魏强接过来看,原来是个绿豆粒粗火柴棍长的纸卷卷。他倒开逐字逐句地看完,回手递给了刘文彬。刘文彬的眼睛刚挪开那个纸卷卷,纸卷卷就被他填进嘴里。

"这个也是给你的。"老奶奶从袄袖里,拿出个二寸半宽、三寸长、化学玻璃夹子夹着的白纸片片。

魏强接过来,和刘文彬一齐看,正面,有酸枣大的三个字:"居民证";背面,贴着自己一张免冠的二寸照片,那是头过路,宋摄影员在分区给魏强照的。他心里想:"上级真处处想得周到。"抬起头来,老奶奶还像有事似的倚靠空荆囤等待着。

"老奶奶,你回去罢。"魏强凑近老奶奶说。

"回去?你不给我写个字儿?"老奶奶像懂又像不懂地讨要一个东西:"我不论给谁送东西,也没有空手回去过,连杜县长、曹政委也是这样。"

从话语里,魏强知道面前的这位老奶奶,不仅是个拥护八路军、掩藏抗日人员的堡垒户,也是个秘密交通员。他察觉自己的失误,抱歉地笑着说:"我也不让你老人家空手回去。"从日记本上,忙撕下火车票大的一块纸,垫着膝盖写:"收到,立即执行。魏"。也搓成个卷卷,递给了老奶奶。

"咳!这才合规矩。"老奶奶满意地接了过来,两手一抄,笑着走了。

魏强、刘文彬小声嘀咕一阵,刘文彬立即将穿的、戴的脱给了魏强。

魏强把德国老三眼的枪栓拽开,一条弹头有孔的子弹哗地按进弹槽。随枪栓的关闭,第一颗子弹,被推上了枪膛。他把保险机一关,枪口朝上,插在腰间。人们又帮他上下前后地做了次检查,没有看出一点破绽。

他把队伍交给刘文彬,胳肢窝夹上个旧钱褡子,趁街上没有人,跳出大门,直奔中间走去。

虽说还没出九,小风却暖融融地吹起来。东南天上的太阳,照松了上冻的湿土,照化了坑边上的薄冰,照得柳条显了绿,照得柏枝越发青。天天在屋里圈着的魏强,乍来到这空旷无边的原野,心里有说不出来的舒展。要不是周围炮楼子离得太近,要不是怕坏人发觉,要不是有任务在身,要不是为了长远的利益,他真想豁着嗓门地喊几声:"呔咳!呔咳!"然后再东跑跑,西颠颠,跳跳纵纵地随便地跑上几步。

魏强要在中间据点附近选择个明夜好开展政治攻势的地形。他混杂在赶集的人流中,大步地朝中间村里走去。在村边,被两个端枪的警备队[①] 员怒目横眉地拦截住了。

---

① 伪军的一种,像似地方上的保安队。

"居民证！"干瘦如棍的一个警备队员，瞪圆眼珠子，用石门造的假大盖一拨拉，怪叫了一声。

所有的人，都将"居民证"递给他。魏强学人们的动作，也就被放了进去。

今天是中间集。所谓市集，也只不过比平常日子多了一些人罢了。除了几个挑担卖白菜的，几个背布袋粜粮食的，几个挎篮子卖吃食的……粮食市、棉花市、牲口市、肉市、菜市……走到哪里，哪里也是人少货不多。中间大集的繁华景象，早已成了过去。

魏强眼睛巡视着周围，耳朵留神地听着八方。

几个拿大枪的警备队员伴同几个黑狗①，正围着个烟酒摊子耍贼横。"妈的！你集集像泥鳅，今个看你怎么对付？怎么逃？"一个头戴三块瓦皮帽的人，可能是掌柜的，他低头哈腰，笑脸相陪，敬烟又划火。

魏强习惯地把手伸到篮间，眼盯住前面伪军们的一举一动。他估摸这是敌人出来找外饷，假装没有看见，和旁人一样绕了过去。

他紧迈了几步，钻进街西的一条小胡同。在胡同出口朝北望去：一群不算小的炮楼子，就像坟地里一堆馒头围着一个大坟丘，把一座七截高的红炮楼子围在中央。望乡台似的大红炮楼底层不远的地方，修盖好几排青灰色的砖平房。穿军服的，穿便衣的，男的，女的，有的走进炮楼，有的走出平房。过春节，酒肉填满肚皮的敌人，还男唱女随地唱出"哥呀妹呀"的淫词浪调来。这些使人肉麻的声音，传到魏强的耳朵。他心里如同火上浇了油，暗暗地骂道："糟吧！糟吧！有一天老子会叫你们糟个够！"

炮楼周围是一圈像蛛网似的铁丝网。铁丝网外面，还有一条深沟围绕着。从沟里面高高的培土来判断，防护沟既不会窄，也不

---

① 指伪警察，因为他们都穿黑色制服。

会浅。放落的吊桥,像个长长的跳板,横架在防护沟上。这就是敌人出入的唯一道路。"敌人戒备得就算严!"魏强思忖地说。

吊桥对过,宽阔平坦的公路那边,有一排排高大的灰砖房,被七八尺高的围墙圈着。"嗯!这房是干什么的?是据点的一部分?"他佯装闲溜达地朝前移动,大门上拳头大的铁锁,越来越看得清楚。"啊!是一处闲房。好地方!明天就在这儿干!"

魏强脑子想着,两只脚迈上了公路。他想越过公路,到那片房子跟前仔细看一看。他刚横过公路的五分之四,呜——一辆土黄色的大卡车,像开玩笑似的擦他身边驶过。汽车的风浪,把他带了个大趔趄。车后扬起的尘烟,湮没了他的身形。他脚步站稳,扭脸想看看汽车上载的东西,咕嘟嘟,一辆摩托车又疾驶过来。一个头顶钢盔、戴着宽边风镜、大背步枪的日本兵,驾驶着摩托车。挎斗上,架有一挺轻机关枪,一个日本兵肩胛抵着托底板,眼睛注视着前方。后面,咕嘟嘟咕嘟嘟……一辆挨一辆,像赛车似的追赶着,超越着,拚命地朝前开,滚滚的尘土,掀起了一人多高。

魏强想紧迈几步离开公路,听到左后方咕嘟嘟咕嘟嘟的摩托响,不光越来越近,也不成个声。扭头用眼一扫,一辆摩托车像只吃人的饿狼,又快又猛地从背后扑来,像是要轧他个肉泥烂酱。"是敌人发觉了我,还是开我个玩笑?"他的脑子连打了两闪。为了防备万一,立即装成个胆量过小的老百姓,朝旁边一跳,来了个就地十八滚,滚到公路旁的深沟沟里。当他攥住枪把伏下身体抬头看时,车上的鬼子把摩托煞住:"胆量小小的,小小的!"大声叨念着,像办了件开心解闷的事儿,朝左一扭车把,和别的鬼子哈哈哈狂笑着,又顺公路快速地开走了。

虽说受了一肚子气,倒把明晚开展政治攻势的地形选择好了,所以他很满意地绕道离开了中间镇,按原路返回来。

第二天,当一钩新月升到聚满银星的东南方,武工队已静悄悄地踏进了中间镇。

按原计划,敌工干事韩新潭来到了魏强的小队;杨子曾带领二小队由秘密"关系"指引,召集伪办公人、伪军家属开"抗日讲解会"去了。

魏强胳肢窝夹住那支机头张开的驳壳枪,率领队伍静静地接近了据点,无响动地占领了吊桥对面的那一片青砖房。他先命令两个人掐断公路旁的电话线,而后让常景春用歪把子把吊桥堵上。一切安排就绪,他脚踩梯子隐在砖房后面,对手拿白铁做的歪脖子话筒的韩新潭说:"韩干事,可以开始了!"

"喂,谁站岗了?"韩干事嘴对着话筒,朝据点里大声地吆唤开。拢音的喇叭筒,嗡嗡的声音,在顺风的夜里,能听出二三里地。他紧跟着连问了两遍。随着声音,据点的灯光都灭了,跟着当当朝魏强他们打来了几枪,子弹射得很低。

"要打你就多打几枪,我们既来了就不怕!叫你们的侯队长上来答话。"韩新潭的最后一句,像是发布命令。敌人还继续射击。同时,警报器也嗷嗷地嚎叫起来。

"放警报没有用,快叫你们侯队长,八路军跟他有话说。"

"他妈的,你们有话就说吧!"据点里最高的炮楼上,一个公鸭嗓的敌人答了腔。

"你是侯队长吗?"

"你们想打招了问应了干什么?我是。你们敢进来杀我的头?还是咬我的球?"

"哎,你身为军官,说话怎么这样难听?"

"好听?他妈的这个好听!"啪!新口径的三八大盖,焦脆地发射了一枪,震得人们浑身一机灵。

"他妈的土八蛋,怎么给老子上这个。"贾正小声嘟囔。"这小子难怪叫侯扒皮,真不吃好粮食。"李东山也怒目横眉地骂。"好人谁干这个,你就听听他那个腔调,那不像《打渔杀家》里头的教师爷?"辛凤鸣也气愤了。

魏强向身后摆一下手招呼他们:"安静点,别说话。"

"我们刚和你接触,就觉得你这人太不讲面子。"韩新潭又一字一句地讲起来,"你不要执迷不悟,认为有日本鬼子仗势,会永远骑在马上,耀武扬威,到处横行霸道,到处敲诈勒索,抗日政府给你们记着账哪!有一天,八路军会找你算账的,老百姓会找你报仇的。常说,听人劝,吃饱饭。侯队长,你是聪明人,懂得什么是忠,什么是孝,环境所处,生活所迫,干了警备队也是没有法的事,只要别忘了自己是中国人,做到身在曹营心在汉就行……"

据点的敌人,像是听得入了耳,叫骂吵嚷的声音,都没有了。

"……你们只要放下屠刀,重新做人,抗日政府会宽大,八路军也既往不咎;如果要继续为非作歹……"

"继续为非作歹,你们怎么样?"楼上又传出几句蛮横又粗暴的发问。

"怎么样?抗日政府就要和你清算这笔总账了,就要找机会要你一气还清。"韩新潭也气挺粗地顶上去。

"好,就看你们怎么和爷们算总账了,爷们是老虎推磨——不听那一套。别给老子瞎哨啦,滚吧!"

"侯鹤宜,你铁心啦?"

"老太爷就是铁了心,你敢怎样?不行,明天拉出去打一打。"

"好!你既然敢说铁了心,日后我们有办法对付你。"

"我敢!敢!敢!敢定了。"侯扒皮在炮楼里边,咬着牙,跺着脚,发着狠说,"你们有办法就施展吧。我一个脑袋一杆枪,什么时候都接着。"

"这小子太狂啦,乖他一斗子。"常景春在机枪掩体里气得直搓手。

"擂他一炮,让他知道知道马王爷三只眼!"胡启明搂着八八式小炮,蹲在梯子旁边乱嘟囔。

魏强实在忍无可忍了,眼珠儿一转,跟着爬上了梯子,大声地吓唬起："你等着接你们警备队的子弹吧。'黄河'，你注意候扒皮的行动，假如他不改，你就准备接受任务，在里边找机会，敲死他。其实，去年三月，他在徐水大因村，调唆鬼子杀害那俩老百姓，就够死的条件啦！到中间来诈财，打老百姓，更是胆大包天了。不过八路军按照抗日政府的法令，还给他个悔改的时间。"

据点里，暂时变成死样的沉寂。魏强觉得咋唬一下，还起作用，也就："'长江''黑龙江'，你们俩也留一点心，帮助'黄河'搞。警备队的弟兄们，只要不真心帮鬼子干……"

当当当，据点里射来不分点的枪声，简直就像热锅里炒料豆子。魏强伸出话筒，还想喊两句，当！当！话筒被凿了两个眼。

杨子曾带通信员猫腰快步奔魏强他们走来："怎么，工作不顺利？"

"侯扒皮，软硬不吃。"韩新潭表示非常懊丧。

"不听也得听，反正指名点姓地教训了他一顿。"刘文彬像是很满意。

"可是咱也挨了一肚子骂！"魏强猛地想起炮手胡启明刚才的要求，也就要求杨子曾："擂他一炮吧！队长。"

杨子曾眨眨眼，搓搓手，听了听据点里不分点的射击，望了望村里黑糊糊有不少看热闹的人，最后答应说："可以，一定要命中中央的炮楼顶！"

站在旁边的胡启明，听到杨子曾允许了，还没容魏强下达命令，已脱掉了炮衣，跳进选择好的发射阵地，单眼吊线地一瞄，右手狠劲地一扳扳机，啪！传来一声不大但很焦脆的音响。轰！一声巨响，一片红光，炮弹飞落在中央炮楼顶上爆炸了，震得人们身子忽悠一下。据点的枪声，被这声巨响震得完全停止了。

"侯鹤宜，跟你这只是一个开始。好话说了千千万，一切都在你。日子长着哪，我们走着瞧！"魏强嘴对着话筒口俏皮地闹了几句，带起队伍，跟着杨子曾走开了。

四

　　武工队在中间文武齐下地闹了多半宿,也真把据点里的敌人吓坏了。侯扒皮虽说嘴帮子硬得赛块铁,心里也同样害怕得不行,要不,他为什么天一明就到村里抓人去深挖据点周围的封锁沟?特别是胡启明发射的那一炮,就像那一等的篮球队员投篮似的那么准确,不偏不斜,不上不下,正好落在中间的炮楼顶上。这一来,不光炮楼顶子炸了个大窟窿,还把侯扒皮的三个贴身马弁,炸伤了一对半。里边有一个是侯扒皮的小舅子,没等抬到城里就吹了灯。警备队员和黑狗们从听了武工队的讲话,心里也都在盘算日后怎么办。三天过后,有两个黑狗请了长假;再过一天,又一个警备队员开了小差。老特务松田听说中间据点挨了炮轰,赶忙带上二百多人马,由刘魁胜领路,坐上汽车跑了来巡查。

　　在敌人惶恐不安的同时,群众可高兴了!于是,许多夸赞武工队的神话,也在群众当中流传开了。

　　老年人说:"想不到,这回八路军的家伙这么硬!"

　　年轻人道:"不硬,怎敢指名点姓的跟侯扒皮碰?"

　　壮年人讲:"听说八路军这回的家伙都是新式的。那晚上朝中间大炮楼子放的那一炮,看见的人们说是电动炮,根本没有炮筒子!"

　　庙台上、街头、茶馆、酒铺……凡是有人聚集的地方,所谈的差不多都是这码子事。的确,人们消沉抑郁多日的心,让武工队在中间镇的一宿活动,给振奋起来了。大家好像在连阴天里看到了空中跑乏云,知道晴天的日子有了个指盼。

　　为了适应敌占区的环境和工作的需要,武工队经过短暂的集体活动,准备按之光、清苑两地区,把两个小队分开来。

夜里,队长杨子曾带着二小队去清苑以前,把魏强、二小队长蒋天祥叫到一块开了个会。

"……要知道咱分区的敌我斗争,和整个冀中一样,确已达到很残酷的地步。"杨子曾说着掏出个黑色的日记本来。他紧掀了几页,眼睛瞧着本子说起来,"到现在,咱分区这八个县①,被敌人用封锁沟、封锁墙、公路……细切碎分地画成了个破棋盘,共达五百多小块块。在这五百多小块块上,敌人又修建了据点和炮楼子四百五十多座。这且不说,现在敌人又实行了什么保甲制、连坐法,村村安了眼、拉了线,建立了情报组织,有点风吹草动,敌人立刻就知道了……"他合上本子,扫了魏强、蒋天祥一眼。魏强、蒋天祥都聚精会神地侧耳聆听着。杨子曾燃着烟,吸了两口,又接着说:"斗争是残酷的,困难也是严重的;不过,它吓不倒共产党人和人民的武装,更吓不倒坚决抗日的人民。我们今天所以回来,就是要想办法、寻时机打击敌人,开辟地区,争取把局面尽快地扭转过来。同志们都不畏艰难,不怕残酷,这种精神很好。但是绝不允许存有丝毫麻痹情绪。要知道,我们有一丁点麻痹情绪,就会走进极危险的境地。从路西过到这边,和敌人碰了两碰,我发现,在人们思想里滋长了一个非常可怕的东西,那就是麻痹大意不在乎!……"

杨子曾乍提到"麻痹""不在乎",魏强和蒋天祥听了都不由得愣了一下。他俩认为:每天,从太阳出到太阳没,谁都是扎在屋子里,不光大门不出,二门不迈,说话打喳喳,就是咳嗽都用手捂着嘴。到底哪一点麻痹了呢?……

杨子曾觉察到他俩的意思了,就一针见血地说:"我说的麻痹、不在乎,不是同志们高声歌唱,背上步枪满街逛;实际,同志们也知道环境不允许这样。而是那些不关紧要、人们不在意的小事情,就在这些小事情上,往往要出大问题,吃大亏。比方,"杨子曾举起左

---

① 指任丘、高阳、安新、肃宁、博野、蠡县、之光、清苑。

手,眼睛望着中、食指夹的自裹纸烟,"这颗烟,我们抽的剩下个烟蒂,不在意地扔在了当屋,这个被扔的烟蒂,会带来好多麻烦。清乡队来了,专低着头找这玩意。一旦发现,也证明八路军驻过了,轻者,罚房东一笔钱;重者,就得把人捆走、掐监入狱。像钢笔水嘀嗒在桌子上,甩在墙上;使用房东的厕所,大便后用纸揩屁股;在女茅房小便①朝墙根乱滋。这些都是清乡队寻找的目标,也是闯祸的根苗。昨天,二小队的祝文华,三把两把就把两页写满字的纸撕碎,像天女散花似的扬了个满地。有这种痕迹留下,不用清乡队,叫孩子看见,也准说是八路军驻过了,因为老百姓不干这个呀!"

杨子曾的话,给了魏强、蒋天祥很大的启示。魏强一边听着一边想:"队长这人就是行!人们认为那是些琐小碎事,经过他的眼睛观察,脑子研究再拿出来就成了了不起的大问题。事实,队长谈的这些,也就是造成大问题的根苗。"杨子曾队长的谈话,让魏强联想到昨夜的行军。

"昨天,是回到冀中的第七天,也是行军较远的一天。部队停在村边站住休息的时候,就稀里哗啦都小便起来,四十多人,四十来泡小便,都摆在道边上。今天,清乡队没有来。要是真的来了,根据这些小便,就会发现有部队过往或住下。"魏强想到这,觉得后脊梁骨直冒凉气,暗暗地责备自己:"谁麻痹?自己就是麻痹的一个。敌人今天真的来了,发觉了,是谁当的情报员?是自己,是武工队撒的小便。"从这一点,他认为杨子曾批评得全对,自己更应该受到严厉的批评。他羞愧地说:"不在乎的劲头,不仅队员们有,我也存在着。大便后,我就不习惯用砖头、瓦块揩;也有时候撕纸乱抛。"

"是啊!干部决定一切,就表现在这里。我们是领导干部,我们

---

① 冀中风俗女茅房在家,男茅房在街上。武工队怕上街被敌人发觉,只有在女茅房里大小便。

自己不习惯用砖头,我们自己弄碎纸乱丢,当然,也就很难怪队员们了。我在路西就说过,这不是咱家的炕头上,这是敌后的敌后,这是老虎窝。我们上这儿来,是要杀大老虎,捉小老虎,捣毁老虎窝,要是稍微不留神,就会叫老虎捕住吞噬了。因此要警惕警惕,再警惕!别看事小不算啥,可能就毁了咱武工队,要了咱的命……"杨子曾一句紧跟一句地说到这,狠狠地吸了一口烟说:"你们回去,跟队员们谈谈,让大家找找根源,想些注意的办法。这些,同志们比咱们知道得多。像一小队的赵庆田,别看不言不语的,事事都看得全面,想得周到。他那个疮好了没有?"

"他说,还有一个没掉痂!"魏强回答。

"怎么?他一个左胳膊长了几个疮?"

"这……听说是两个,又听说是一个,还听见贾正背后低声念叨,像不是疮,不过没有公开说过。"

"嗯?不是疮是什么?"杨子曾听后特别注意,紧忙刨根地往下追。

"听那个意思,像是挂的花。"

杨子曾回头望一下背后的卫生员,卫生员正蜷着腿在呼呼大睡。"小魏,小魏。"他一边拍打一边喊。

"嗯?"小魏爬起来,想揉下眼睛,没等把手举上来,就噗哧冲人们笑了。原来,刚才他在假装睡觉。

"你看,这个捣蛋鬼,你老实地说,赵庆田的左臂,是伤还是疮?"杨子曾喷着脸,右手指点着卫生员小魏。

"你们都知道了,我就别说了。他再三再四地恳求给他保密,我又觉得回冀中开辟工作也需要人,就答应了。这点,我错啦!"

"凭赵庆田一个人,神通多么广大,也蒙混不到今天,就是因为有了这么一伙子帮手。"杨子曾用手一划,连歪脑瓜听事的通信员小铁,也划在里边。

"可没有我。在马庄,我找他给跑了坡的房东上药去,他正给赵庆田换药。我一看,赵庆田的疮,是上下两个眼,就觉得奇怪。咱一个嘴问,人家勾串好了,俩嘴回答。咱不了解情况,没有发言权,就得信。闹半天,还是咱猜对了。"通信员小铁得意洋洋地卖谝。

"事情过去就算啦!"杨子曾扭过头来冲魏强说,"回去不要批评他。他负伤不告诉上级是不对,可是也有他不告诉的原因。他的心意是好的!现在谈谈离开的事:你们小队留在这边,不论碰到什么事,一定要依靠当地党委,多和刘文彬同志商量。这些天的活动,目标是暴露了。回去和文彬研究一下,在我们朝清苑转移的时候,你们可找几个极可靠的堡垒户,秘密地转移,悄悄地隐遁它几天再活动。记住,遇到什么情况,也不准轻举妄动!"末后,杨子曾又把联络的时间、地点、会合的日期谈了谈。就和魏强握别了。

魏强送走队长和二小队,回来和刘文彬同志研究了一下,在午夜刚过的时分,由刘文彬同志率领着,不走村,不过店,一直奔西王庄蹚了来。在西王庄村南头,刘文彬人熟地熟,不打窗户不叫门,踩着刘太生的宽肩膀,上了一家高房。工夫不大,大门轻轻地开开,人们没声响地拥了进去。

魏强他们来到的这个西王庄,是之光边缘地区数一数二的隐蔽根据地;他们所住的这一家,又是西王庄这个隐蔽根据地里铁桶般的堡垒户。

为什么这样说呢?因为西王庄这个不到百户人家的村子,虽然处在敌占区,并没有一个混伪事的。不管鬼子、汉奸闹得多么厉害,抗日工作从没垮过台;抗日民主政府的各种政策、法令,始终都在贯彻、执行着。所以有些工作人员就给它起了个绰号,叫:小延安。

的确,也称得起是小延安。"五一"大扫荡以前,这村男女老少高涨的抗日情绪就不用提,单说"五一"大扫荡以后,由于鬼子兵从根据地里回来,在这村驻扎了两天,就糟害个够呛。光用粮食喂洋马,就糟蹋了上万斤;猪羊吃个光,牛驴牵走了多一半,闹得今年开春种地都成了问题。别看村里受这么大的损失,人们的抗日心气还是非常的高涨,看来,比早先还坚决。虽然"保公所""联络员""防共自卫团"等伪组织都建立了,挂上了牌子,那是聋子的耳朵——摆设,实际上,里边都是抗日的村干部和抗日的群众,只不过用这些遮挡下敌人的眼目罢了。

再说说魏强他们住的这个铁桶般的堡垒户。这个堡垒户是老公母俩过日子。老汉叫赵河套,祖辈三代都靠扛长活、打短工、挑八股绳吃饭。家里穷,一年三百六十晌,有一半的日子吃糠咽菜。

因为穷,娘怀他十个月上,还到河堤坡上挖野菜,来不及回家,把他生在河套里,因此,他参就用"河套"两字当了他的名字。"赵河套"这三字一直叫了五十六年,也从没有人再给他起个大号。

赵河套大伯十二岁的那一年,村村闹霍乱,死的那人算海啦!后来,竟弄到有人死,没人埋的地步!赵河套大伯的爹妈都是在那次闹时疫里死去的。为了顾嘴,他只好跟他娘舅,在中间镇一个有顶子的财主家扛了小活。一直干了七年,到十九岁,长得是胸阔膀又宽,论劲,气死一头牛。东家喜欢他有股子傻力气,就又雇他当长工。光棍汉,不抽烟,不喝酒,一个人吃饱,"全家"不饿,工钱虽说不多,可是日积月累的也有了个小积蓄。扛了十八年长活,到了三十七上,娶了个媳妇。日后又积蓄十九年,才置了二亩地,买了眼下的几间房。娶亲的第二年,有了孩子,这才辞了活,一半打短工,一半在自己的土地上刨食吃。

赵大伯虽说嘻嘻哈哈爱说爱笑的,过日子那可是一百一,四季到头天天起早恋晚地干。过庄稼日子,他知道难;他也知道求人更难。特别求到财主家,好话说上千千万,也不一定求得动。即使答应了,还得领人家很重的情。因此,他最忌讳"求"字,哪怕累折了腰,他也愿意躲着"求"字走。但是,别人求到他,只要张开嘴,他就尽量照办;自己办不到,也给别人出主意,想办法。他办什么事都认真,只要他认为对,就得一条道走到黑,真有那个"不到黄河不死心"的劲头。但是,要真的办错了,他也敢认错。他嘴头上尖刻,说话损。遇上不爱见或不公正的事,他就不凉不酸地闹上几句,有时,弄得当事人又疼又痒痒地搁在心里难受着。

抗战开始的那年冬天,由于村东——大坑那边——东王庄韦长庚的大儿子韦青云招人起枪地组织人民抗日武装,曾把西王庄的年轻人带走了一股子。那时候,赵河套大伯对青年人打鬼子,为国家效劳的举动就非常羡慕;不过,他跟前的宝生才十四岁,想送去,根本就不够格,一直等到"五一"大扫荡的前一年——一九四一年,宝生长到十八岁,河套大伯才送儿子参加了抗日部队。

要知道,西王庄离保定只有二十里。当时,在这个地区,有人要当八路去抗日,叫鬼子知道了,算是闯下了滔天大祸,不闹个灭九族,杀满门,也得倾家荡产。河套大伯对这根本就没管它,也不管老伴愿意不愿意,和宝生商量商量,带上个盘缠钱,爷俩起五更,蹚过东王庄村东的唐河,赶到蠡县刘铭庄,就把自己看着长大的儿子——宝生交给了队伍上。回来,虽然老伴埋怨了好几天,他多会儿想起这码事来,也感到自豪。

在他的带动下,村里又有好些老人秘密地把自己的孩子送过唐河,参了军。

魏强他们住在这么一个村子的这么一个家庭里,如果没有极特殊的情况,真是再保险不过了。

鸡唱过三遍,蜷缩在炕头上沉睡的魏强,被窗户上哗的一个不大的响动惊醒了。接着,窗户上又哗哗地响了两下。这是在房上的哨兵用土洒打窗户,发出天快明的讯号。

魏强顺手推了下怀搂歪把子睡在他身旁的常景春,小声地说:"起!"忙爬起来,猫似的轻轻跳到地上。

"起!"这一声虽然很低,却比激励的号音还起作用。人们刷的一下都醒了。因为鞋没脱,装没卸,大家稍一活动,就怀抱枪,背靠墙地坐起来。屋里,除了有几个时隐时现吸烟的小红火,什么都看不见。在漆黑、寂静、空气混浊的小屋里,都精神集中地静听外面的音响,准备应付突然到来的情况。因为这正是敌人包围村子的时候。

魏强轻轻地开开二门,走了出去,顺着戳在房檐上的梯子无响动地爬上了房。

在房上,居高临下地四外望去,黑糊糊地什么也分辨不清。稍停,才看清辛凤鸣趴在烟囱后面。魏强弓背弯腰走了过去,问道:"有什么动静?"

"刚才东南角上,好像是中间镇,狗咬了一大阵子!"辛凤鸣低声地回答。

"西边,张保公路呢?"

"没有动静!"

"老辛,下去吧!"贾正和另一个队员爬上来换哨。

魏强在下房前,嘱咐贾正:"这会儿正是敌人包围村子的时候,要特别注意,听到一丝风吹草动,看到丁点异样征候,都要疾速报告!"

窗纸,越来越发白;屋里,越来越明亮;人们的鼻子、眼窝渐渐地都看清了。多事的拂晓,已经胜利地度过。房上的警戒撤下来,放到了二门的后面。

大门咣当一响,赵河套大伯肩背着粪筐走了出去;大娘紧忙抱柴禾,点火,做早饭。饭熟,她不等外出的河套大伯回来,自己囫囵半片地吃完,搬起纺车,拿着棉絮朝大门外走去。

不大会,河套大伯从门外走进来,搓搓手,就自己下手盛饭吃。魏强他们知道,房东家老公母俩,正在街上换着班给他们放哨,大家心里都有说不上来的感激。

"你们喝碗红薯白菜粥暖和暖和吧!"河套大伯端了一大碗冒出尖来的红薯白菜粥走了进来。

"不，"魏强拍拍盛小米面馍馍的灰色布袋，笑吟吟地说，"俺们带着干粮啦！大伯，你一清早就出去给俺们看情况去啦！"

"是啊！这是我理应合分的事。其实，我干的这点抗日活，要和你们这些有功之臣比起来，那可差得远！真要论功行赏，恐怕我连这稀白粥也喝不上！"河套大伯逗乐地说完，情不自禁地呵呵呵地笑起来，同时，也把人们逗笑了。

"你难道还不是有功之臣？你的功劳，抗日政府早都记在功劳簿上了。说真的，有些地方俺们还不如你给国家的贡献大呢！就说缴公粮吧，你多会不是晒干扬净，送头份；还有，你送儿子……"对河套大伯深深了解的刘文彬，又连声不绝地夸奖开。

河套大伯被夸奖得挺不好意思，伸扬着起满茧子的大手摇晃："算啦，老刘，就这么点玩意，有什么抖落头，说真的，我做的那点芝麻粒的工作，根本不值一提！"

来这以前，刘文彬把西王庄和河套大伯家的情况，都做了介绍，所以在魏强的脑子里，对河套大伯有了个粗浅的良好印象。眼下，再见河套大伯爽朗、倔强、朴实、奔放的性格，饶有风趣的样子，从心眼里更加喜爱，更加尊重了。于是他亲热地招呼河套大伯坐下，两个人面对面，随随便便地闲聊起来。

这一聊可真聊得远：从中国到苏联，从山地到平川，从三国到前清，从种地到修铁路，从冀中的吕司令到党中央和毛主席，从现在打鬼子到将来建设社会主义……真是海阔天空，简直没有谈不到的。别看河套大伯没进过学房门，古书、旧戏可知道得不少，净是一套一套的。人们越说越起劲，比开个小型娱乐会还带劲。

人们正蛮有趣味地海聊着，从街上忽然传来一阵凄惨、悲切的哀怨："老天爷，你就让这坏人老活着？孩们哪，都上哪去啦？盼，盼……"随后，呜呜地干嚎起来。

人们一时被这哀伤、悲怜的声音弄怔了。

"这是谁？怎么回事？"魏强诧异地问。

"东王庄的韦长庚!"刘文彬告诉魏强。

河套大伯摇摇头,嘬嘬牙,脸色立时变得非常阴沉。

"他是什么人?"魏强朝前挪挪,继续刨根地问。

"他是抗属,也是地地道道的庄稼人。劳碌了一生,种了一辈子地,末了,叫铁杆汉奸刘魁胜和老松田弄了个家破人亡,他也疯了!"

刘魁胜、松田这两个名字,在魏强他们的耳朵里并不陌生。特别是刘太生听到,真是气得咬牙切齿。李东山在这里听到松田、刘魁胜,忽地想起山里练兵时,李科长说的那杀一百六七十号人的事。他口问心:"难道说的那什么王庄,就是这东王庄?这到底是怎么回事?"魏强也想把这个军属被松田、刘魁胜搞疯的事,弄个一清二楚,于是又追问了一句:"他到底是怎么疯的?"

"怎么疯的?"河套大伯瞅了刘文彬一眼,刘文彬眉头紧蹙地在沉思。他长出了一口气:"这事,刘区委最摸底!"

刘文彬忙接过来:"大伯,要说知道韦长庚的家底儿,你是再清楚不过了,还是你给魏小队长他们念叨念叨吧!"

大伯开头没言语,经人们又一撺掇,他又长出了一大口气,才把韦长庚家里人的被害,韦长庚的疯,原原本本地讲述开。

第 四 章

要不是有个大水坑在中间隔着,东王庄和西王庄简直像一个村。头遭来西王庄串亲的,常跑到东王庄去打听亲戚家的大门口;东王庄的妇女喊狗舔孩子的屎裤子,常叫了西王庄的狗来。两村,谁家对谁家的锅台、炕,差不离都知道。

虽说像一村,办公还是分两下,各立账本,各理村事,油水不相掺。

东王庄净是姓韦的。老辈子传说:燕王扫北,有一对姓韦的年轻小两口,躲藏在河套的柳树丛里子,逃过一场大屠杀,以后祖辈相传,就扑腾了那么一大堆后代。所以,它不像西王庄,赵、钱、孙、李百家姓。

韦长庚早年和赵河套一样,也在中间扛了二十多年长活,日后,两个儿子慢慢地都长起来,他那颗常揪揪的心,才渐渐地宽松下来。

土地不多,都在河套里,年年一水一麦,父子仨过日子紧打紧算,真像是一把锁,所以越过越红火。事变前一年,二小子青章也娶了亲。两房里都有了孩子们,就是缺个男的。五十不见孙,至死不松心。韦长庚老公母俩都六十的人啦,盼孙子盼得简直睡不好觉。事遂人愿,前年冬天,他们老二家,偏巧添了个七斤半沉的胖小子。当时,可把韦长庚乐颠了,揣上平常舍不得喝的一瓶二锅头,三步两蹿地走进西王庄,找见年轻时一起拉锄把子、说话投缘分的赵河套,煎了几个鸡蛋,分坐在炕桌两边,连三盅地对喝起来。

"长庚哥,你这命不错,心里想什么,偏给你送什么来。"赵河套用筷子夹了块油汪汪的炒鸡蛋。

"不错！咱这多半截入土的人,心里正盼孙子,送生奶奶就给送了个白胖小子来。"脸颊喝得红扑扑的韦长庚,心满意足地把一盅酒倒进肚子,跟着又往嘴里填了口菜。他两眼乐得变成一条缝,习惯地捋捋下巴颏的山羊胡。

"大孙子来了,可得起个俊气名。"

"得起,得起。河套兄弟,你捉摸给起个吧！"

"我？可不行。这是识文断字的人们干的。"

正在外间屋和面的赵大娘,乍杈着沾满湿白面的两只手,走进屋里说:"大人给孩子起名,一个是给孩子留个记号;再一个就是给大人留个念想。要叫我说,长庚哥,你们老两口盼孙子,孙子就来了,干脆,就叫个'盼儿'吧！"

韦长庚把大腿一拍:"对！对。就叫'盼儿'。来来来！他婶子,我敬你一盅酒。"说着,把满满的一盅酒端送到赵大娘的面前。

"咳哟哟,我可没有量,酒一沾嘴边,就得变成关老爷。"话是那么说,还是慢慢地接过了酒盅,她像咽药似的一直脖,嗓子眼里咕咚一声,酒咽下去,忙呦着嘴填了口菜。

正在欢喜头上,偏偏祸从天降。去年刚穿棉衣的时候,三害之一——刘魁胜,领着三四百鬼子,以大水坑为界,把东王庄包围个严丝合缝,想溜出一个人来,真比登天还难。刘魁胜好像灌醉了酒,中了疯魔,提着个快慢机满街吆唤着:"老子今天上东王庄报仇来啦！我姓刘的,跟你们姓韦的,仇大如天哪！你们毁了我刘家一家,我要灭你们韦家的全族……"

铁杆汉奸刘魁胜为什么和东王庄姓韦的摽这么大劲呢？原因是这样:

"七七"事变刚开始,国民党的军队,在涿、良、宛一带稍稍地一丁当,就像开了口子的河水,呜——的一家伙,溃散下来。那年八月十五,鬼子占了保定,很快,又占了石家庄……

有血性的中国人,谁愿意当亡国奴?年轻的小伙子们,在共产党的领导下,纷纷组织抗日人民自卫军,积极参加游击队。

韦长庚的老大——韦青云也把当家族门里愿意参加抗日的兄弟、侄们组织起来,扯起抗日旗号,拉起抗日武装。人多,家伙少,就到处去起财主家的枪。刘魁胜家住在刘家桥,离东王庄十八里地,要去,不用过河,顺堤就能走到街里。但是,刘家桥村北,紧贴鬼子常来常往的高保公路,明知道有几家财主有枪,就是没人敢去起。

韦青云是个胆子大、主意正的铁汉子,抓抓脑瓜皮噌噌地冒火星子。遇事不着急,干起来,手头快,玩得利落,一般的人可比不了。

一天傍黑,他扇披着大棉袄,带领一伙拿家伙的人,朝刘家桥小跑步地奔去。

韦青云知道擒贼先擒王。在关大门睡觉之前,他带领那班人闯进刘魁胜的家。进门先上房——压顶,然后就找刘茂林。

刘魁胜他爹刘茂林,别说在刘家桥,就是在梁桥、苑桥、郭桥……一溜十五桥,也是跺跺脚四街乱颤的手。今天,见到有人在他家做出这样从没见过的举动,真不知道是个什么馅。二门叫人家堵住了,溜又溜不了。好汉不吃眼前亏,右手紧握三号勃朗宁,往棉袄口袋一插,装做很坦然的样子,从里屋走出来。他寻思来的这起子人,不是江洋大盗,必是绿林英豪。哪知出来一看,对面站着的是脏手巾箍头、破棉袄遮身的韦青云,是个顶满脑袋高粱花子的庄稼汉。他立即把提到嗓子眼的心,呱哒撂在肚子里。随着,板起面孔,左手舔着大拇指,眼角一斜楞,似点头不点头:"我是刘茂林,来我家有什么事?"

韦青云早就认识这个尖嘴猴腮的瘦家伙。他想:自己的行为是抗日救国,光明磊落,再加上腰间插有一支三号自来德;外面又有一班带武器的人给撑腰,也就不理不睬的左手一伸,指着靠桌子的太师椅:"你坐,事不大,得商量。"

"商量?"刘茂林没有坐,他觉得来的这个土头土脑的人,说话气挺粗,也就减了三分锐气,话语稍放缓和些:"好吧,只要我办得到,尽量地办。你贵姓?怎么称呼?"他的嘴里虽然在说话,心里却翻来覆去地想:"不论是谁,只要有两人拿枪在房上一压,底下有多少家伙,也难施展……"

"我叫韦青云,东王庄的。抗日救国的道理,刘先生比我知道得多。总起来,一句话,我们要打鬼子,枪不多;你家有枪,请拿出来,让我们用它抗日去。"

"要枪,打鬼子,这是好事。我要不是上了年岁,还愿意背上一条枪,和你们一道干哪!不过,老弟,说句知心话,你们这么……"

"怎么?"

"咱们是乡亲,说真的,要不是我姓刘的经得多,见得广,叫你们这上房压顶地一折腾,就得吓死!"说完,屁股朝椅子一歪,咕咚坐下了。"年轻人,火气就是足。"刘茂林觉得韦青云是个直出直入、愣头愣脑的庄家小子,动上一丁点智谋,就能蒙哄过去;要弄好了,还可能捡点洋落。他就打牙碰嘴,嘻嘻哈哈施展起他的伎俩来。

"刘老先生只要肯拿出枪来,房上的人,可以马上撤。"韦青云认为撤下房上的人,你也调不了蛋,即使有几个看家护院的,也不敢下手。就朝外喊:"人们,都从房上下来。"

兵随将令草随风。人们唏哩唿噜都从房上走下来,黑压压地站了半当院。

"人是下房啦,枪,你看怎么给吧!"

"枪啊?你也坐下,咱慢慢地谈,反正有。"他庆幸自己的第一个智谋实现了。他知道把人们诓骗下来,自己的人,会悄悄地爬上房去。到底爬上去多少?自己还摸不清。他怕时间走得快,就一拖再拖地磨蹭着,等候房上的动静。

韦青云不但没有坐,反向刘茂林靠近两步。他心里也思摸:"这个老猴崽子,要捣什么鬼?"稍沉,就单刀直入地问:"反正有!能有多少支给我们?你快说个数目,拿出来。"

"我快说出个数目来?嗯?"刘茂林用蔑视的神态摇晃着脑袋哈哈哈地狂笑了一阵。

叭喳!一块瓦从房上摔下来,院里立即引起一阵纷乱,"怎么拿瓦打人?""躲得不快,还不闹个大窟窿?"……

随着院里的瓦响,刘茂林立即转为强硬的口吻:"那你们有多少枪?"他认为韦青云他们已经成了钻进他这翻笼里的黄雀,瞎扑腾也逃不出去。

"我们?我们是抗日的武装,不能外传。你给多少枪,就朝外拿吧。"韦青云看他要变卦,也拿棒槌般的话语狠劲擂他。

"快朝外拿?不那么容易,即便我愿意,也得问问房上的人们。"刘茂林当时把自己比喻成一只狸猫,站在他面前的韦青云已成了一只他捕获的老鼠,可以用话语来捉弄他,戏谑他。他认为,韦青云迟早是他的口中食,就像小人得志似的用两个手掌圈着嘴唇,拿腔捏调地朝房上喊:"你们愿意把枪拿给外人?"

"不愿意。"四处房上,一起回答。

"人家硬要叫你们给呀?"刘茂林像吹风煽火似的又大嗓门地喊了一句。

"他敢!"

"看谁卡掉谁的!"

"把他们都扣起来!"

"……"

房上叽里呱啦地拉着枪栓,大嚷小叫地乱咋唬。

刘茂林扭过头来,双手狠劲一拍,又手掌朝上的左右一摊,歪着脑袋,撇着嘴巴地用极瞧不起的眼神,瞅着韦青云:"怎么样?"

"怎么样?我叫你举起手来!"韦青云嘴到手就到,黑亮的枪口,堵住刘茂林的胸膛,向前一蹿,左手朝他的口袋里一伸,蓝汪汪的三号小手枪立刻拿到手里。

刘茂林是个说大话使小钱的家伙,一见韦青云变成个凶煞神,吓得他浑身打哆嗦,脸比蜡都黄。又加上韦青云狠劲地揪住他的脖领子,简直软得像块泥片,噗咚跪栽在地上。

韦青云怕房上发觉开枪射击,单臂用力一提,把刘茂林提到二门后,枪口点着他的头,"你说怎么办?"

"给给给!"刘茂林扬脖看看韦青云的脸,韦青云的脸色非常严肃,额头上的青筋直个劲地蹦,眼睛一眨不眨地瞪着,真有一口吞掉他的劲头,急忙服软了。

"怎么个给法?"

"都给!都给!一支也不留!"

"你实实在在地说个总数。"

"大枪七支,两架盒子,一个小橹子,还有你拿去的那一个,长短十一支。"

"你喊他们,下房来撂下。"韦青云照旧揪住刘茂林。

"我喊?他们听啊!"刘茂林又想在这个节骨眼上要个花枪。他摆出副无能为力的样子,哭丧着脸子说。

"你是一家之主,谁敢不听。快喊!"

"我……"

"你怎么?"韦青云狠劲地用枪口一杵他的头。

"我喊!我喊!"刘茂林胆小地捂住脑袋,"德子!"他叫刘魁胜的小名,"下来把枪撂下吧。我为了抗日,把枪都……都……都给啦!"

"你还要说:'谁的枪,谁负责,大小都撂下'。"韦青云告诉刘茂林,刘茂林像鹦鹉学话似的,豁着破锣般的嗓子,又有气无力的朝房上喊起来。

工夫不大,枪,撂在院子的一个角落里,长的,短的,大的,小的横七竖八地占了不小的地方。子弹袋像长虫似的,弯弯曲曲,里面都满满的装有子弹。

韦青云一手提着驳壳枪,一手拽住刘茂林,气势汹汹地走出屋,在枪支弹药跟前,一一过了目。他冲着跟来的人们,说道:"都收拾起来!"

在人们背枪煞子弹袋的时候,他又拽刘茂林二次走进屋,随着心里的轻松,也就松开了揪着刘茂林的手。"论抗日,在咱们这一块,你算数了头一份。"韦青云把伸出的大拇指举在刘茂林的眼前。

"哪里,我不过拿出了几条枪。"刘茂林像只斗败了的公鸡,带着满脸的余惊,揩揩膝盖上的泥土,苦笑了笑。

"你是刘家桥的首户,在全村是说一不二的人。"韦青云先给他戴了顶高帽,接着说:"再麻烦你跟我们到几个有枪的人家,帮上两句抗日救国的话,也让他们把枪拿出来,给我们打鬼子去。"

"这……谁家有枪,可……可摸不太清。"

"我们知道。"韦青云把枪朝腰间一插,从怀里摸出刘茂林的小手枪,最后又掏出个纸片片。他拿张纸片片在刘茂林的脸前一晃,忙揣到怀里。"这上头写得清清楚楚,连你的枪,也在上边写着哪。其实,你都知道。"

"我知道的,"刘茂林抓抓歇了顶的脑袋,嘬嘬牙花,"刘洛殿家,有杆湖北造;春林哥家有杆老套筒;仁寿堂一大一小;张家大院是个独打一……"

"你还忘掉了一家人家。"韦青云根本不知底,他从怀里摸出的纸片片,也是个唬人的东西。他见刘茂林说完,又赶忙诈唬了一下:"不用看本本,我心里记得可清哪。你再想一想。"

呆了一袋烟的工夫。

"噢……噢,"刘茂林拍着脑瓜门,像想起来似的,"还有俺们老大他丈人家的那一支。你看我越老越糊涂,光说别人,忘了自己亲家。"

"你就受累跟着跑跑吧。"

韦青云伴同刘茂林,一伙子拿武器的人,紧跟在他的背后,像群上山打狼的猎人,挨户去起财主家的枪。

刘茂林在一溜十五桥是个说一不二的人,哪受过这个窝心气。经过起枪的一场风波,连惊带吓,又搁上气,不多几天就病倒了,没有两月的工夫,死啦。

临死前,刘茂林把他的两个儿子——刘魁胜、刘魁利叫到跟前:"爹这病是叫东王庄干游击队那个姓韦的小子气的。你俩要是刘家的种,一定记住这口怨气,给爹报这个仇。有朝一日到了东王庄,要杀姓韦的鸡犬不留,要把干游击队的都宰了;连个孩子芽,也要给我劈个两半……"他后槽牙咬着,双脚一蹬,脖子一挺咽了气。

刘魁胜家弟兄俩,发送了他爹,携带些细软,带领家口逃进保定城;日子不多,都在日本华北驻屯军桑木师团的津美部队当了便衣特务。

韦青云组织的那班游击队,待了不多日子,也调进山里,在完县编成八路军的三十三团。

驻保定的鬼子,自从有了刘魁胜、刘魁利这两个坏蛋就像瞎子有了眼,天天出来扫荡,三六九的来保定东南乡,不是抢了清凉城,就是烧了东顾庄,折腾得天昏地暗。

发大水的第二年① 秋天,韦青云带领三十三团的两个连过铁道,住在冉河头;天明,就和刘魁胜、刘魁利领来扫荡的鬼子打起来。刘魁利就在那次战斗中,又让韦青云的队伍给揍死了。

这下,刘魁胜跟东王庄姓韦的更是仇上加仇,恨上添恨。他总是编法地想朝东王庄闯。

去年晚秋一个阴沉的黑夜,东北风不停地吹打秫秸篱笆;秫秸篱笆像个心怀幽怨的妇女,呜呜地啜泣、悲啼。

刘魁胜像只狗似的,瞪着狡黠的双眼,在对面看不见人的夜

---

① 指一九四〇年。

里,提一支驳壳枪,领着三四百名鬼子,还有一群特务队,东张西望地从保定朝东王庄闯来。离东王庄一里多地,分成两路,一路顺唐河西堤根朝南蹚,一路由刘魁胜带路,沿着东、西王庄中间的大水坑坑沿,也朝南偷偷地蹚了去。两路都是一边走,一边选择地形,一边布置队伍。东王庄像个不知名的物件,慢慢被装进这条人为的布袋里。

傍明子,东北风哀嚎得更紧促,天色更加昏暗、阴沉。东王庄的南上空,刷的一颗贼亮的绿火球,像只箭似的升上去,划个火钩子形,急剧下降,消逝了;跟着,又是一颗。东西两路的敌人,用信号弹取上联络,会合了。这个人为的"口袋",就这样绑扎死。

树上,巢窝里栖睡的乌鸦,被突来的声音搅醒,噗啦飞离开,咦呀咦呀,在东王庄的上空,盘旋着飞叫了几声,便朝向远方飞了去。

阴沉郁闷的气氛,笼罩住东王庄;东王庄的人们,还浸沉在香甜的梦境里。

随着啪一声短促的枪响,四面八方都嘎嘎嘎咕咕咕,嘎嘎嘎咕咕咕像疾风骤雨似的响起了机关枪。

枪声惊醒沉睡的人们。宁静的村庄立即出现大人吵、孩子哭、驴叫、狗咬……一片嘈杂、喧闹声。啪啪啪,村外连续几声震耳的枪声,是敌人往回撵向外逃的人:"跑!跑!跑都打死你们!"

几个提手枪的便衣特务,都歪戴帽子,架着茶晶眼镜,有的还叼着烟卷,跟在刘魁胜的后面。刘魁胜戴着一顶灰色礼帽,呱哒着紫茄包子似的脸,像只闯出笼的红眼野兽,一边摇晃肩膀走着,一边嚎叫:"今天来到东王庄,也该咱姓刘的出出气啦!韦青云这个王八蛋,能仗着八路军毁我姓刘的一家,我刘魁胜要靠皇军灭了姓韦的全族!我今天要让姓韦的也唱一出《肉丘坟》。"

刘魁胜这样撕裂嗓子一喊叫,人们都知道今天的事儿不妙。有的往草屋里钻,有的朝粮食囤里藏。柜底下、红薯窖、套间里、柴草垛……只要能掩藏的地方,都变法地向里边躲藏。村里的抗日干部,听到枪响,就急忙朝外溜,一阵排子枪顶回来,赶紧又隐藏在平时挖好的预防万一的蛤蚂蹲①里。

没有藏严实的人们,都被刺刀、枪托子轰赶出来,押送到村东的唐河滩上。

锥子似的东北风,裹卷着牛毛般的细雨,从清澈见底的水面上吹刮过来,吹刮着河滩上的每一个人。在这里,胡须飘洒的老人们,都像佛爷似的板着皱纹堆垒的面孔,藐视端枪环立的敌人;头发灰白的老太太们,虽然都揪揪着善良的心,但是,还用慈眉善目的神态安慰苦痛的人们,时而揩揩啼哭的女孩儿的泪水,时而抱起撇嘴欲哭的男孩;肌肉坚实的小伙子们,个个怒目横眉,人人咬牙攥拳;有孩子的妇女,紧搂儿女吮乳;没有孩子的妇女,都握紧衣袋里掩藏的剪刀,准备反抗鬼子们野兽般的胡糟;以往对枪、炮、穿军服的人最感兴趣的孩子们,今天也畏惧地站在大人身后,纹丝不动地张望着鬼子手中明晃晃的刺刀,偷瞧着那架在四周一挺挺贼亮的机关枪。

人们,头顶阴沉落雨的天空,脚踩祖辈耕耘的河淤地,背靠唐河,面临河堤,被满脸杀气的鬼子兵簸箕形地包围在当中。灾难来临了,灾难并没有把中国人吓倒,个个都怒目挺胸,肩靠肩地静静屹立着。

端枪的鬼子兵,前后分站两排。前排面朝里,后排面朝外,间隔十步,都像吃人的野兽,瞪着灰黑的充血的眼珠,望着周围,望着这群手无寸铁的人们。

"哎呀!妈呀!妈呀!疼死啦!呀……"堤那边传来尖厉、稚气的孩子哭叫声。一个中年妇女,像有人戳动她的心尖,急得想一步冲开人群。只迈了几步,堤顶上,一群敌人簇拥而来。刘魁胜像只恶狼,咬着牙,揪提着一个布丝不挂的五六岁的孩子的耳朵,孩

---

① 一种很浅的地洞。之光县水皮浅,大部分村庄不能挖深的地道。

子踮起脚后跟,"哎呀哎呀"地双手挣扎着,大声惨叫着。刘魁胜狠劲地朝堤下扬手一摔:"你也算是一个数!"孩子连滚带爬地钻进人群,一头扎在那个面容苍白的中年妇女怀里:"妈——"

刘魁胜恭顺地朝着一个手拄军刀、身披黄色斗篷、鼻下留一撮胡子的鬼子军官——保定日本宪兵队长松田少佐,弯下腰乞求说:"请少佐给我做主!"待松田一挥手,他跃起身来,瞪起布满血丝的两只贼眼,冷笑着朝人们迈了两步:"我刘魁胜跟你们东王庄姓韦的,有杀父之仇,和你们干游击队的家属,有亡弟之恨。今天……"他发狠地伸张开干蜡般的左手,然后错着牙齿一攥:"你们都在我手心里攥着呢!"

"打倒汉奸刘魁胜!"人群里,不知道是谁高昂地叫一声。随着,爆发出"打倒汉奸刘魁胜!""刘魁胜是汉奸!""打倒日本鬼!""抗战到底!""胜利是我们的!""中华民族万岁!"的怒吼。大人、孩子、老人、妇女再也憋不住心头的愤怒,像座骤然爆发的火山,连火带岩浆地喷射出来。风,刮得紧上紧;雨,下得急又急,风雨交加的声音,让冲破凌霄的怒吼给湮没了!湮没了!

嘎嘎嘎,咕咕咕,嘎嘎嘎,咕咕咕,机关枪扇子面地横扫过来,打倒了愤怒的人们;人们在枪弹横飞的时候,还继续地呐喊,继续地高呼:"八路军会给报仇!""胜利是我们的!"

…………

人们都屏住呼吸,鼓着眼睛静听着。河套大伯说到这里停止了。

"怎么?都死啦?"贾正还想从赵大伯的嘴里,找出一线希望。

"是呀!都死啦!男女一百六十七口,都是老实巴交的庄稼人哪。"河套大伯摇摇头,长长地叹了一口气,"事后,抗日政府领着咱村的人去敛尸首,我也去啦。人哪,横躺竖卧地摆了一大片,又是刚下过雨,雨水和血水,掺和到一起朝唐河里流。人人的身上都打得像个筛子底,挨个三枪两枪的太少了。有个不满周岁的白胖大小子,还噙着他娘的奶头就死了,看样,娘俩像是挨了一个枪子。听说,那个胖小子,就是韦长庚的孙子——盼儿。唉!那个惨劲,石头人见了也得掉眼泪。"

"哎!韦长庚怎么逃出来啦?"提到他孙子,魏强想起了韦长庚。

"哪里!他要在里边,还能闯过这一关?他是沾了看闺女的光啦。他们大姑太太病啦,头天傍黑子才知道。他老伴忙打点了些东西,让他黑灯瞎火地送到韦各庄,那天晚上他宿在闺女家,才脱过这个祸。赶他回来一看,房子烧得剩下个空壳壳,人死了个净,他心里一急,就得了个疯疯癫癫的病,早先,不吃东西,光干嚎;以后,吃东西啦,还是傻傻苶苶的。有时上来劲,还嚷叫。刚才就是劲儿又上来了。"

"他生活怎么办?"

"大儿子韦青云在咱们队伍上,前年,调到热河开辟新地区去了。眼下,剩他一个人,就让他跟他的一个堂叔伯侄儿在一起过。一切生活费用都由抗日政府供给。"

"他侄家里还有人?"

"唉!跟他一样,是东王庄的村干部,就是沾了钻蛤蟆蹲的光,闹个死里逃生。"

"记住这笔血债!"刘文彬愤愤地接着河套大伯的话茬开了腔。

啪!啪!街里忽然传来两下焦脆的枪声。跟着,又啪啪啪连响几下。

魏强抃灭了烟,命令人们:"马上收拾好,准备战斗。"咕咚!咕咚!街上传来一阵急剧的脚步声。贾正拽出刺刀,咔嚓安在枪上;常景春脱掉歪把子的枪衣,将枪背带朝脖子上一套,机枪夹在自己的腋下;队员们各自握紧了武器。

"你们准备着,我看看去!"河套大伯手掌挡着嘴,低声地说了句话,像阵风似的走了出去。

第 五 章

一

魏强两眼送走河套大伯的背影,心里像猜谜似的翻来覆去的判断眼前的情况:"是敌人瞎串游呢,还是发觉了我们?既然发觉了,怎么不照直地奔这儿来,四面包围、上房压顶、堵门呢?要是瞎串游,怎么又丁咣地乱放枪?怎么街上的人咕咚咕咚地乱跑?"弄不清敌情的指挥员,就像夜盲眼半宿走在荒原上那样别扭、不好受。

刘文彬也觉得情况来得太突然。他紧蹙双眉地瞥了魏强一眼。

"走,院里听听去!"魏强朝刘文彬打了个招呼。

两人跳下炕,脚前脚后地朝二门走去。

魏强一条腿刚迈出门槛,啪!又是一枪;子弹,吱溜一声在他们头上掠过。

他俩想出去,不能;不出去,心里又急得直蹿火,只好背靠墙站在院里,等待着报告。可是报告却迟迟不来。魏强扬脸望望天,日头高高地悬在东南上,快晌午了。他回头看下刘文彬,刘文彬左手抄在右手的袖筒里;右手伸在左胳膊底下,攥紧夹在胳肢窝里的那支枪,不眨眼地望着关闭的两扇黑大门。

这时,街上寂静得叫人心里发烦。魏强紧锁眉头,烦得直搓手心。

大门吱扭一响,他俩像两只猫,嗖嗖钻进柴草屋。噔噔噔,音响不大、非常急促的脚步声由远而近地传来。魏强轻轻掀开谷草帘子一看,原来是河套大娘,她端着个盛棉花布絮的小笤筐走了进来。他俩急忙迎了上去。

"怎么回事?大娘。"魏强压低嗓子问。

"你们没有听见枪响?畜牲们又来啦!"大娘的神情非常紧张。

"来多少?"

"不知道。"

"是鬼子还是警备队?"

"摸不清。"

"他们哪儿下来的?"

"谁知道啊!"

魏强问得急,大娘答得紧。魏强连着来了个三问,大娘回了个三不知,急得他直劲地抓脑瓜皮。他不时望着大门,还盼望有个人挤进来。沉默一会,魏强又问:"大娘,他们从哪边进的村?"

"听说,进的北口。"

魏强听过,心又提揪上来。根据以往的规律,凡是进西王庄村北口的敌人,多半是从保定来的,结合刚才焦脆的枪声,极大的可能是鬼子。刘文彬也觉得情况有些严重,忙问:"大伯呢?"

"他到街上听风声去啦。"

"大娘,你老人家还是在门口给看着点吧。"

"咳,我这就去。"大娘从屋里忙又拿了把棉花絮,"我告诉你们,门口上有群鸡,要是畜牲们来了,我就大声地吆喝鸡,你们忙安排。"她说完又快步地走出去。

两扇黑大门刚对好,魏强向刘文彬说了句:"我到房上看看。"就快步走进夹道,爬上戳立着的梯子。脑袋快齐着房檐,他先摘掉毡帽头,用驳壳枪口顶着,朝上连举了几举,四外没有什么反响,才上了房,大猫腰地钻进房顶上的小屋里。

在多半人高、四面灌风的小屋子里,布满了蜘蛛网和垂挂的尘丝。他利用墙壁上的通风孔,朝着东、南、西三个方向望去:辽阔的原野,一眼望不到边。一块块返青的麦田,好像绿色的栽绒毯子,大小不等地铺展在地上;一行行发绿的杨柳,低垂着滑腻的枝条,忽左忽右地摆动着,一切都展示出春意。和煦、温暖的春天迟迟地来到了人间。心急如火的魏强,没有半点心思来观看这妩媚喜人的景色,他专心窥察着各个炮楼的行动。从东到西,从近到远,从胡指挥、中间……到清凉城;从清凉城到……田各庄、大冉村,马蹄形的十多个高矮不一的炮楼子,有的插着太阳旗;有的插着青天白日满地红的旗子,旗子顶端,外加个长三角的黄布条。面面旗子都像新坟头上直插的引魂幡,顺风摆动着。所有据点、炮楼都没有特殊征候,异样动静。村子近处的各条道上的行人、大车,都和往常一样,南来北往,平静无虑地走动着;不时,还出现一辆自行车。一些勤快的庄稼人,在村边菜园里,开始动手干活了。鬼子的进村,放枪,好像根本与他们没有关系。

他看了三个方面都是那么安安静静,又转向北面墙壁上的通风孔。

北面,砖房、瓦房、土坯房,房子一片,高低不齐。有的房顶子挂着像鱼鳞似的瓦垅;有的像苫着雨布似的抹着黄泥;还有洋灰搨的、垒花墙子的。突过房顶的榆树、椿树、大叶杨的枝干,像互相比赛似的向天空、向四外七杈八杈密密匝匝地伸展着。有的烟囱升起灰蓝色的炊烟:农户们开始做午饭了。

麻雀啾啾叫,公鸡喔喔啼。为什么鬼子在村里折腾,却没有异常恐慌、惊悸的气氛?

"敌人这是玩的什么名堂?刚才还啪啪地放枪瞎折腾,这会就像死人似的没有动静,真怪!"魏强扒着通风孔,左盼右顾地寻视。

啪！又是清脆的一枪。随着枪声响过,在西北角上,隐隐约约地传来一片听不清的嘈杂声,中间还夹杂几声哈哈哈的狂笑。

"这真是鬼子的天下,敌后的敌后!"魏强没有看到什么,心里暗暗思忖着走出房顶小屋。

"刘同志,小队长呢?"魏强听到房下有人问,知道隐蔽哨溜回来了,紧走几步赶紧下房。

"怎么样?"魏强顺梯子下来,急问。

"我什么也没有看到。"化装的隐蔽哨,肩头上的粪筐还没有撂下,筐里盛了多半筐牲口粪。

"你在哪儿放哨啦?"

"我在村北面。"

"那怎么没有看见敌人进村?"

"你看,我一步也没有离开,光在那一面转悠呢!"

"真怪,他们怎么来的呢？莫非……"魏强觉得敌人来得非常诡秘,心头也就越发沉重。

二

到西王庄来的敌人,是西面大冉村据点的。

说敌人进的村北口,也是,因为他们是在村北口出现的;说他们不是进的村北口,也真的不是,因为他们没有从村北面的大道上走来,秘密隐蔽哨当然就难发现了。

大冉村据点里的日本曹长一撮毛和一个日本兵,吃罢早饭,扛上步枪,率领两个警备队员,由外号哈巴狗的伪警长苟润田领着去打猎。他们下了张保公路,踏着荒洼野地朝东北走去,一头扎到南候、胡指挥两村的夹空里。走了十几里路,没有趟起一只兔子。他们五个人虽说都挺扫兴,还有点不到黄河不死心,又来个向右大转弯,朝正南,奔胡指挥直踏下来。走到胡指挥炮楼跟前,也没有见到一根兔子毛。

打猎瘾头最大的一撮毛,穿着牛蹄子式的黑胶鞋,鞋上沾满了黏糊糊、腻抓抓的黄胶泥。汗水,顺着鬓角往下淌,心里憋着一大肚子气。他手捋着左腮帮子底下的一撮寸半长的黑毛毛,鼻子不是鼻子,脸不是脸地说:"不够本,不够本,大大的不够本。回的!回的!"嘴唇噘得像个木橛子,扭头朝西返。

哈巴狗这会真像一只狗,摇屁股,晃脑袋,跑前颠后地给一撮毛献殷勤:"太君,按说开春的兔子,应该成帮成伙的,怎么今天没有见到一个呢?依我说,准是太君你的枪法太好,都给打绝啦!"

"哕!哕!兔子秋天的多,春天的少。你的说话不对。"

"对,对,就是。不过,春天虽然不是出兔子的季节,可是不能一个也不见哪!太君,依我看打不着地上跑的,那就打天上飞的去!"

"飞的?什么的打?雁的,雁的没有;野鸭子,野鸭子的见不到。"

"碰不上野的,你不会打家的?"哈巴狗在这个话茬上,比比画画地冒了股子坏水。"你,枪的有,老百姓鸡的大大的。啪啪!三个,两个的拿去,迷西迷西没有关系。"

"嘎嘎嘎的鸡?好的,好的,快快,前边村庄打的!"经哈巴狗一撺掇,立刻提起一撮毛的兴趣,刚才耷拉的那张大驴脸,马上换成乐模样,脖子后头都有了笑纹。他拍拍哈巴狗的肩膀,竖起大拇指:"你的,大大的好,参谋的有。"

"参谋?我的不行。"哈巴狗得到一撮毛的夸奖,真像得到主人扔给一块骨头的狗,高兴得有点不知道东西南北。"太君,你的辛苦大大的,我的两个扛扛没有关系。"他伸手拿过一撮毛的步枪,和自己肩头的步枪平放在一起。

走累的日本兵,也想寻个机会找找轻松,见到哈巴狗扛着一撮毛的枪,就气喘地撑着喊:"老苟的,大力士的!"撑上了,自己手里的步枪也撂在哈巴狗的肩上。

三支步枪,二十多斤重,一下都加在哈巴狗身上,确实够他呛。他的身材本来矮得像个皮缸瓮,再让浑身的胖肉一坠,三支步枪一压,更显得矬了多半截,弄得他昏头涨脑、龇牙咧嘴地走三步颠一颠,迈五步换换肩,浑身上下累得直出汗,简直就像从水里捞的一般。就这样,他还撸折胳膊袖筒里褪,咬着牙假充硬汉子:"没关系,没关系,大力士的没关系。"

五个人,就这样穿过东王庄的街里,来到西王庄的村东头,哈巴狗的肩膀上,这会儿才给卸了载。

哈巴狗朝北一望,正有一群鸡,在东北角的村边灰土堆上刨刨看看地找食吃,忙指引给一撮毛:"太君,你看!"一撮毛和日本兵一举枪,啪!啪!打了两下,一只鸡,打得没动窝;另一只鸡,还张开翅膀乱扑打。没打中的鸡,正在愣神的时候,啪啪啪,一撮毛、哈巴狗……他们五个人,又各放了一枪,跟着就跑过去拾。二次没有被打中的鸡,这时才嘎嘎怪叫,腾腾乱飞地惊了群。有三四只鸡,像撞见狐狸碰上黄鼠狼,不要命地惨叫着,钻进东西小胡同,连飞带跑地奔向大街逃去。

一撮毛手提着猎物,领着哈巴狗他们,嘻嘻哈哈,怪声怪气地喊叫着追出胡同口,来到大街上。

他们站的胡同口,只隔两个大门就是村北口。村里的办公人已托烟提水地迎上来。

在办公人们的陪伴下,他们又嘈了一阵子才走。

这些情况隐蔽哨哪里晓得?魏强急得一口连一口地狠吸自卷的纸烟,眼珠停止转动在沉思。他把希望完全寄托在河套大伯的身上,他相信河套大伯会抓来真实的情况;他不愿意听到街上大娘吆喝鸡的声音,又不能不做着准备。

街上,传来喊喊喳喳的一片说话声。

"……洛玉,从拜了年,你准还没有来过哪。"门口上,河套大伯在和谁说话,意思是朝家里让。

"要不,今个就串个门啦!"一个魏强不熟悉的声音传来。魏强扭头要往柴草屋子躲。

"不要紧,自家人。"刘文彬摆手把他阻拦住。

大门轻轻推开,一个四十多岁、头箍毛巾的人,跟河套大伯走进来。虽然是庄稼人打扮,黑乎乎的两个眼睛挺有神。大娘紧跟在他俩身后,又把大门虚掩上。

"老嫂子,我拉着扫帚给你找找魂去吧!"进来的这个生人一回头,就和大娘取笑起来。

"行啊,你孝顺得太早啦。等我死了,你愿意顶宝生的角,摔盆、打幡也没有人争。"大娘的嘴,也厉害得像把刀。

"老嫂比母,摔盆打幡不丢人。我说的是你刚才吓得那个变貌失色的样,连出气都不匀啦。真是骡马上不了阵。"

"别隔着门缝看人。我要是个五尺高的男子汉,早跟俺家宝生一块给国家效劳去啦。说真的,咱们的人在我这里住着,我是怕有个闪错。"

"啐——说那么好听,谁给你敛敛?"那个生人用右手食指把脸蛋子一拨拉,跟着挤挤眉眼。

魏强见到他们小叔嫂子逗闹得挺有趣,憋得想笑又不敢出声,只好手堵着嘴暗咕哧:"这人,真有个逗劲。"

"他叫李洛玉,明着是'保长',实际是咱的治安员。就仗他那两片子嘴,瞒哄了不少的敌人。外号人称百灵鸟,是个能耐手。"刘文彬望着大娘他们逗闹,跟魏强小声嘟念。

"没有事啦,你在外头还给当门神爷吧。"李洛玉开玩笑地给大娘布置了工作。

"我还当门神奶奶呢!你个把死人说活了的……"大娘伸出右手指,狠劲地剜墩几剜墩,笑呵呵地又走了出去。

"情况怎么样？洛玉。"刘文彬没有容洛玉走到跟前,就问起来。

"屎壳郎搬家,都滚他娘的蛋啦。"

"哪里下来的?"

"西边大冉村的。"

"又是哈巴狗领来的。"刘文彬好像看见似的连想都没有想。

"除非是他,哪有二个。三害到哪里,也是闹得翻江搅海,六神不安。"

"他们干什么来了?"

"吃饱了,想溜溜食,愿意上京绕获鹿走呢①。屋里说去,我还想办点事呢！"

刘文彬将驳壳枪关上大机头,枪口朝上,熟练地掖在腰间,习惯地拽拽棉袄大襟,就和魏强他们一起朝屋里走来。河套大伯给牲口添了半筛子谷草,也跟了进去。

"洛玉,这是武工队的小队长,魏强同志。"刘文彬给李洛玉指引。

"早听说过,今天总算盼得你们来俺村啦！"洛玉听说是武工队,从心眼里高兴。眼睛不受使唤地看了枪,又看人;看了这个,又看那个,真是眼里看着心里爱。

"你还接着刚才的话茬说,洛玉,大冉村的敌人怎么来得这么玄妙。"刘文彬抬抬下巴颏,让洛玉继续谈下去。

洛玉欠欠身子,一屁股坐在炕沿上。他把哈巴狗领着一撮毛出来到的哪里,净干了些什么事,从头到尾,从根到梢地谈起来。"……这伙子畜牲,丁啊当地打死几只鸡,还要上房掏鸽子。西北角上周拴柱家房檐的一溜鸽子窝,都掏了一遍。一撮毛好容易抓到一个'扑怔',腾又从他手里飞走了。鸽子没有掏着,却沾了满手

---

① 北京在冀中北面,获鹿在冀中的西南,"上京绕获鹿",讽喻闲得没事干。

粪，气得一撮毛直个劲地喘大气。等鸽子飞回来，抄枪就打，小子枪法准，啪，就撂下一个来。他们又蹲了一大会，等鸽子再飞回来，一撮毛又打了一枪，鸽子打中了，偏巧架在椿树上。拿棍子捅，够不着；让人上去拿，谁也老牛拉车朝后鞦，干咋唬，不动弹。哈巴狗想在这儿充充能耐，连朝手心啐了两口唾沫，搂着椿树就朝上攀。手短，腿又短，笨得像个猪，三爬两爬，爬上一截子，又出溜下去。以后，人们搁着屁股，鬼子用枪把顶着他的脚，费力巴结地算是把他架弄上去。哪知道，椿树枝子脆，经不起他那二百来斤肥肉一压，咔吧！咕咚！树枝断了，他也摔落下来。逗得一撮毛仰面朝天哈哈大笑。等人们把他搀架起来，小趴趴鼻子摔青了；发面馒头的脸，也划破了；要不是肉厚，准得摔个腿折胳膊断。”

“刚才那边的笑声，就是为的这个?”魏强这才明白了刚才的笑声。

“可不是为的这个！你听见啦?”

“嗯，我一个人在房上听见的。”

“这小子别看摔了个烂北瓜样，还硬充大肚子蝈蝈。你们瞧瞧我学学他那副奴才相。”他出溜下炕沿，立在当屋，像演话剧似的装模作样着：“起开，起开，我又不七老八小的，搀着架着干什么?”两胳膊一挥，像是推搡他左右的人。跟着腰板一挺，两手一卡，瞪着眼睛说：“三十、四十正当年，摔下子怕什么？三天就好了。三天就好了？让结巴来说吧。”洛玉连形容带比画，疯疯癫癫地一闹腾，把屋里的人们逗得轰地笑了起来：贾正咧着没有门牙的大嘴，搓着脚跟地往后仰；赵庆田手捂着还没好利落的胳膊直哎哟；李东山一个劲地喊叫心口疼；常景春身子趴在“歪把子上”，上气不接下气；辛凤鸣抹着笑泪问大伯：“他会演戏?”大伯口水流拉老长，光指点洛玉，笑得说不上话来。

“同志们别笑，我学的这是碾砣砸碾盘，实打实的事。”没容得洛玉把话说完，有的人又要笑，魏强连咳咳了两声，人们才把嘴并住。

"哈巴狗这东西是白脖屎壳郎,和别的两样。"洛玉放低嗓门继续说,"混伪事的,人性就够次啦,他还次有一等,事事坏得出奇,要不怎么叫哈巴狗呢？真看他主人的脸色行事。他们在这村糟够了,扭头就走,一出村西口,碰上个串亲的媳妇。一撮毛像蝇子见到蜜似的小跑步地蹿了上去。那媳妇一见,吓得浑身光哆嗦,连话都不敢说。'女八路,翻翻的有。'一撮毛嘴里叨咕,伸手就翻包袱,摸身上。哈巴狗明知道一撮毛在那个媳妇身上耍流氓,不但不解劝,非要人家解开裤腰带,让一撮毛去摸裤裆里是不是藏着手枪。你们说说,做的这事有多损！支应的人们一见,忙凑上前去,好说歹说的才算拉倒了。这东西给鬼子舔屁股,真有舔出大肠头来的本事。"

"他叫什么名字？是哪儿的人？"辛凤鸣插嘴问了一句。

"他叫苟润田,是铁路西南苟庄人。原先在满城干,因为坏得流了油,保满支队净指名点姓地找他。他觉得实在不能待了,才花了个钱,在清苑弄了个警长的缺。乍来到大冉村,还和联络员们点头哈腰,说些天官赐福的话。狼到底是狼,日子一长,就显了原形。你们知道,大冉村南头,有个长年流水的金线河,鬼子为了过汽车方便,大大前年抓人修张保公路,也就修了座木头桥,起个名叫'惠民'桥。实际上是座毁民桥。桥两头各蹲个大炮楼。警备队在桥南,鬼子、黑狗在桥北。分两头占着。这座毁民桥,可成了哈巴狗吐金冒银的聚宝盆。他在一撮毛跟前一嘀咕,关卡设上了,'修桥补路'捐也就敛起来。有钱要钱;没有钱留东西,除了拾大粪的,真是见什么要什么。连卖菜的上冉村赶集去,也得留下两捆作抵押。人们给他起个名,叫雁过拔翎的能手。就是荞麦皮,他也要挤四两油。这东西还净办些笑里藏刀的缺德事。他跟谁都是嘻嘻哈哈像个喜神,哪知脚底下净使扫堂腿。去年,连雨天,摸摸哪里,都是潮的,谁家做饭也没有烧的。乡里乡亲的一撺掇,套上三辆大车,上城里去拉煤。一去,入上几个钱,过去了;等回来,正好碰上哈巴狗在桥头上,事也就跟着来了。他跟日本人一捅咕,连人带车都给扣了起来。晚上,一撮毛亲自审问,非说拉的煤是给八路军修械所送的。不承认就动刑过热堂。六个人,个个打得皮开肉绽。你们说,这不是飞来的横祸?村里明知是他冒的坏,还得花钱送礼,托他这个人情。有罪无罪,是他一句话;关起来,放出去,单凭他的舌头一鼓蠕。他打了你,骂了你,吃了你,花了你,还要向你卖弄:'不是我姓苟的出名打硬保,这几个人都得送进宪兵队,那……死不了也得脱层皮。'他就是那么坏。"

"这个坏劲,能跟刘魁胜、侯扒皮拜盟兄把弟。"贾正听到哈巴狗办的坏事,也就联想到另外的两个坏人。

"对,对。这仨人是黄杏熬北瓜,一色货。用不到同志你说,老百姓早把他仨拴到一堆啦。我刚才念叨的,只不过粮食堆里的一个谷子粒;要查起来,我这里就记上了半本。"李洛玉一边说着,就将右手伸进怀里摸。一个油布裹的、比巴掌大点的包包,从怀里掏出来。他慢慢地打开包裹的油纸,里面是个三寸多长,二寸多宽,毛边纸订的小本本。他平平地放在桌上:"事忙先写账,谁有笔?借我用下,把今天哈巴狗、一撮毛的账记上。"

魏强忙将去冬护送男女干部过铁路时,在石庄村北捡的那支钢笔从衣袋里拿出来,拧开,递给他。

钢笔是橘黄色;笔帽上,缠绕两道耀眼的金箍;镀金的笔卡子,在正面镂有几个外国字码;黄澄澄的大笔尖上,有米粒大的一块白金。从外形上就能看出这是支好水笔。

洛玉接过笔来,端详端详,反用正使地在本子皮上画了两画,又挪到眼前仔细瞅瞅,才说:"哎,怎么这笔好面熟?"

"你认识这支笔?"魏强听洛玉一说,忙打问。他为这笔找主人发了好长时间的愁。

"早先,俺们县的敌工部长黄占立也有这么一支笔,我常借着使。你这支笔的里里外外,笔尖、笔杆,都跟黄部长的一模一样。"

"他,'五一'扫荡以后过路啦?"

"没有,他一直在这边坚持;不过,去年秋后,他在黄庄让松田、刘魁胜带着清乡队给包围住,牺牲了。你们不知道,那真是好样的。"洛玉说到黄部长的牺牲,语气很沉重。

"我以为这支笔找到主人啦,结果闹个假欢喜。这支笔是去年腊月护送干部过路时拾的,不过,地点是在铁路西。"

"别说钢笔,就连人也还有一样长相的哪。"刘文彬搭上了一句。

李洛玉把小本子翻开,页页都写了密麻麻的字。"过年啦,得给他重立新账。"在一页白纸上,他写了:民国三十二年,接着又写上:一九四三年五个字。中指沾下唾沫,跟着一按纸张,就把刚写上字的那页掀过去。他手在写,嘴里在叨咕:"今天是二月初十,阳历是三月……阳历是多咱?刘同志。"

"今天是三月十三号。"刘文彬顺嘴告诉给他。

"十三号。打死王恒家母鸡三只,伤一只,都提走;打死周拴柱鸽子两只;吸三塔烟一盒,喝茶叶水一壶,摔了一个茶碗;还调戏外村的……"

好打听事的辛凤鸣,瞅着李洛玉一笔一画的记,挺好奇,凑到跟前去看。字写得虽说歪歪拉拉,倒挺清楚。等他写完,就问:"你记这个干什么?"

"嘿——干什么?你觉得他们吃了老百姓,喝了老百姓,糟了老百姓,拍拍拍打屁股一走就算完啦?没有那么便宜的事。有一天,咱还跟他们算总账呢!"李洛玉说得那么轻松愉快,好像算总账的日子就在眼眉前。

"要这么记,从鬼子到中国快六年啦,那些罪恶还能记得过来?"

"没有个记不过来的事。全中国四万万人,一个人两眼两耳朵,你记,他也记,大家一起记,想要赖账也不行。我记的这叫人头账。谁办的坏事,出的坏点子,就写在谁的名下。另外,俺们还有一笔总账,像哪个炮楼要去十石小麦,三百斤白面,肥猪六口;哪个据点,修炮楼要去几千块砖、几百斤灰、多少木料;是谁家的,谁家又出了多少……都在那本总账上记个一清二楚。不光村里记,出砖、出木料的人家自己也记。不用说远处,河套哥家就有,其实,家家都有,村村都记,到时候一对就行了。"

"大伯,你家有账啊?"

"有。你等我给你拿去。"河套大伯说完,扭头就走。

"你们记那砖、瓦的干什么?"

"哎哟,难道口头老在正南?难道鬼了老在上风头?难道他们修上炮楼、据点,就像安家立业似的住上一辈子?那不是癞蛤蟆要吃天鹅肉,心高妄想?他们心里是那么打算的,就是在咱八路军手里通不过。你们回到家乡干什么来啦?老百姓天天盼望你们回来,又是为的什么?就是为的叫他们早点吹灯拔蜡。有朝一日咱们翻过手来,炮楼端了,据点拿了,把他们五花大绑地逮住了,炮楼、据点的砖、瓦、木料……一切还都是咱的,物归原主,谁家的还归谁家。预先记下,省得将来费事。你说呢?"

"好!好!我明白啦!老百姓就是看得远,想得周到。"辛凤鸣对这种做法,是五体投地的佩服。

魏强听了李洛玉的这一番话,也深受感动。他想:群众虽然在苦难中过活,抗战必胜的信念确实都在心里扎下了根。有党的领导,有胜利信心十足的群众支持,环境即使再残酷,也能坚持下去,搞出个名堂来。他越想越高兴,不由得笑了。

"你看,这就是我那本账。"弄得袄袖子、胸前、膝盖上都是土的河套大伯,兴冲冲地走进来,像显宝似地把一个纸卷撂在桌子上。

李洛玉打开,辛凤鸣、贾正、李东山……像看稀罕似的围了一群。离近点的,低头不语地端详;离远一点,踮起脚,向里扎脑袋。

纸上面记的不是字,净是像孩子画的画儿。里边有的画着一只手,手旁边挨着画了长短不齐的三竖道;有的画个大圆圈,里头还有个十字;有大的、长方的框框,框旁边有横的五道,竖的三道,末了又是横的七、八道;有……

辛凤鸣抬起头来问:"大伯,你记的这是什么?真是天文,咱看不懂。"

"大伯记的,大伯知道,你看懂看不懂的干什么?"贾正朝辛凤鸣噎揉过去。

"算啦,让大伯给咱讲讲吧。"赵庆田急忙答言解围。

"大伯讲讲!""讲讲你这让人看不懂的账吧!""讲吧!"贾正、辛凤鸣两人的斗嘴,人们都没有理,都像小孩要听故事似的要求大伯讲那篇看不懂的账。

"这个,别看你们识文断字的人不懂,让我这没有沾过学房门的,拿起来一看就能说个明白。"大伯从桌上拿起纸卷来指点给大家:"这一只手,三个竖道,是我在冉村挨了一撮毛三个嘴巴。为什么三个竖道有长有短呢?那长道是记的他打我狠的那一下。这个大圈还画个十字,是我过冉村桥哈巴狗要了十块联合票。这框框是记的砖;五横道是五百,三竖道是三十,末了的七八个横道,是零头,联到一堆是:砖五百三十七八块……"大伯照纸上画的,有来有去地给人们一解释,周围的人们都从心里佩服,脸上露出了笑。

"同志们,账,老百姓都左一笔、右一笔地记下来,怎么个算法?谁给我们做主,叫我们去算?就看你们啦。"李洛玉把小账本重新用油纸包好,揣在杯里,像渴望什么似的冲着大家慢吞吞地说:"老百姓的心里都知道,只要自己的队伍过来,什么难撕掳的账也会找鬼子,找老松田,找'三害'算清的。"

李洛玉的话儿不多,分量倒挺重。话语里的每个字,都拨响了人们的心弦。

屋里,一片暂时的沉静,武工队员们都托出一张非常严肃的脸。贾正握紧拳头地望着顶棚;赵庆田低着头沉思;刘太生不眨眼地锉着后槽牙;常景春下意识地抚摸着歪把子;辛凤鸣口问心:"你将怎么办?"李东山怀抱着枪呆坐着,望下房东大伯。房东大伯正用父亲般的眼神巴望着每个人,嘴鼓蠕两鼓蠕,又把想说的话咽了回去。

"有共产党和抗日政府的领导,有你们的支持,有我们在,会找敌人算这笔账的!"魏强挥动握紧的拳头,像发誓似的打破屋里的沉寂,"往后的日子长着哪! 咱找他们挨个地算。算不清,重算;算清了叫他们还,一定都叫他们还清!"他代表大伙,表示义不容辞地把算账的任务承担起来。

第 六 章

一

春末夏初的时候到了。大地披上了绿装,垂柳随风轻轻摆舞,大叶杨哗哗地作响。

转瞬之间,魏强他们单独活动已经三个多月了。三个多月里,虽然和杨子曾他们集中了几次,但很快又分离开了。

之光县的边缘地区,大部分村庄都留下了魏强他们的足迹;群众的脑海里,对武工队也都有个粗浅的印象。没有见过武工队的人,净当稀罕事儿背地里打问;和武工队接触过的人,净显示自己的眼福,偷偷地传播:"武工队,一个人长短两大件。""人不多,机枪不少。""个个都是能文能武的人!""讲起天下大事,都是一套一套的。""小伙们年轻、利落,'率'得出奇。""人家都是左右开弓,打两架盒子的手。""个个都能百步穿杨。"后来竟把武工队的队员描绘得简直像《七侠五义》里边一些来无影去无踪的人物。真是越传越神奇。这些神奇的传说,就像泛滥的春潮,在四面八方荡来荡去;也像春天的和风,向着苦受严寒的人们身上吹送,人们身上暖和了,心房也被震动了。

武工队神出鬼没地活动在保定市郊,昼伏夜出地和敌人周旋,弄得各个据点、炮楼的敌人,真有点迷迷糊糊、懵懵懂懂的。鬼子的宪兵队逼着村里的秘密情报员赶快搞武工队的活动规律；警备队的联队部和"治安军"十四团,也派密探下乡去侦察。情报来得不少,也组织过几次"联合清剿队"下乡清乡、讨伐。不管心机费得多么大,路儿走得多么远,想见到武工队的影儿,那可是难上加难。

保定的日本宪兵队长松田少佐是"联合清剿队"的指挥官。因为出去几次什么都没有抓来,心里挺烦躁,对送来的情报也就不大相信了,有时竟指着情报狂骂："废纸的、骗人的一堆鬼话。"他表面上是这样做,心里却另打鬼算盘。他常独自望着地图沉思,一思索就闹个大天亮。

黄庄有个五截子高的大炮楼子,一天晚上,魏强他们神不知鬼不觉的就在炮楼跟前住下了。

"嘿嘿嘿！你们看那个花猫……"李东山像个孩子看到稀罕似的,手指点炕头上蹲坐的小花猫。小花猫舌头舔舔右前爪,不停地刷洗它那毛茸茸的虎头脸。

赵庆田把小花猫拢在怀里,抽出一只手来扑拉它那细柔光洁的皮毛。小花猫在他的怀里,眯缝眼睛,呼噜呼噜地发出鼾声。

"这小家伙真有意思。"李东山喜爱地凑上去,也扑拉了两把。

"你说猫洗脸有什么讲究？"辛凤鸣像考李东山似的问。

"咱不知道。你这'访员'听得多,见得广,给咱讲讲吧。"

"用他讲？正定府到天津,整个冀中,谁不知猫洗脸主有客来！这是老年人的妈妈论,没有人信啦。"贾正抢着说。

"你知道,你知道,知道怕你偷吃了。谁问你啦,真仨鼻子眼多股子气。"辛凤鸣戏谑地说。

大伙说说笑笑逗着小猫,魏强却纹丝不动地瞅着油灯在静思。刘文彬趴在对面桌上,借着灯亮,刷刷地在个本子上写东西。

"刘太生怎么还不回来？……"魏强一见刘文彬合死面前的本子,便好像自问自地小声说。

"人熟地熟,不会有什么闪错;不过,倒是该来了。"刘文彬边说边把钢笔拧上帽,送给魏强,顺便说了句:"你这笔就是好使,谁丢了也得心疼一阵子。"

后山墙忽然传过咚咚咚咚四下微弱的音响,人们愣住了。跟着,又敲响了三遍。刘文彬听敲过第四遍时,说道:"看,有人和我联系来了。"便从炕上跳下来,朝院里走去。

"你看,客人来了吧。"辛凤鸣用胳膊肘搗撞了下头靠他肩膀待着的贾正。

"你不用拱,客人来,猫也不会知道。"贾正掀开眼皮,脑袋也就离开辛凤鸣的肩头。

"我也没有说猫知道。"

"那你干什么问我?"

门帘一动,刘文彬领进一个二十来岁的妇女来。胖乎乎的中等身材,长得挺四称;一张白光光的脸儿,镶有亮晶晶、水灵灵的一对大眼睛;再让长长的睫毛一配,忽闪忽闪的活像两颗星;鼓鼻梁,尖下巴颏,不说话也托出副笑模样。头一眼望到她的贾正,心里嘀咕:"我在哪儿见过她。"李东山也觉着有点面熟。赵庆田拿眼角一扫,也在寻思见过的地方。

"来,我给你们介绍,这是汪霞同志,这是……"刘文彬手指魏强,话没有说出,魏强早蹦下炕来:"汪霞同志,我们认识,就是没有说过话,名字更不知道。"

"是认识,你是魏小队长,我也不知道名字。"汪霞说到这,脸上泛起两朵红晕,轻快地笑起来,"名字没有记住,我可记住护送我们过路那天,你瞪我那一眼。"

一句话把大家说笑了。

贾正、赵庆田、李东山也都想起去年腊月护送那起干部时见过她。

汪霞接着说:"你瞪了我一眼,我下沟时砸了你一下。砸了你,你没有哼声,伸手倒把我拽了上去……没想到今天在这里又见面了。"她说到这里,眼睛朝人们一扫,好似想到什么事来。随即问道:"那次过路,半路上和敌人在前边打仗的那两个同志回来了吗?"

"回来了!那不是吗?"魏强指指贾正和赵庆田,他俩向汪霞点点头笑了。

刘文彬拨拨灯花,请汪霞坐下,转向魏强要水笔:"我再使使。"魏强把那支橘黄色的水笔递过来。汪霞的一对大眼睛,立刻集中在那支水笔上,心里鼓蠕几鼓蠕,溜到嘴边的话儿,又狠劲地咽了回去。

"老吴也可能来,先谈谈你的吧。"刘文彬拧开笔帽,翻开本子对汪霞说。

汪霞从蓝士林褂子布袋里,拿出个小本和一截铅笔,朝魏强瞥了一眼。魏强正扬颏地瞅着她。她的脸儿有些烧,忙低下头:"说真的,从咱们的武工队在各村一活动,群众的抗日心气又都高起来,不论布置什么事,贯彻什么工作,都完成得彻底、漂亮。就拿做军鞋这码事吧,别看妇女们都白天下地栽红薯、耨小苗,可是一到黑夜,便刷夹纸、纳底子地赶着做起来。像东、西王庄不到十天的工夫,就把一百五十对大皱鞋做齐了……"

"敌人的情况,你知道多少?"

"有些炮楼子是显着蔫点!可是有的比早先还咋唬得欢。中间的侯扒皮又把据点对过那座学校占据了,现在正抓人要伕,在周围大挖封锁沟。哈巴狗这回在大冉村对那座毁民桥把得更严,要钱比往常更凶。听说,老松田、刘魁胜今天又带着'联合清剿队'到南乡去了。"

"到南乡去啦?听到那边发生了什么情况?"魏强心头一缩,马上想到去张保公路西面取联系至今没有回来的刘太生。他口问心:"会出问题吗?"

"别的不知道,就听到那边响了一大阵子枪。"汪霞见魏强对松田在南乡清剿是那么关心,猜想里边定有细因,忙问:"怎么?"

"不怎么。我们有个同志到那边去,现在还没有回来。"魏强把事情告诉给她。

后山墙又咚咚咚咚地响起来。刘文彬听罢声音说道:"可能老吴来啦!"他说完便要下炕。

"我去吧。"汪霞说着,转身,像一阵风似的走了。

"这个汪霞同志,年岁不大,看样子倒挺能干的。"魏强说。

"她在咱们这个区顶个台柱子。别看是个年轻的女同志,干工作可是挑得起来,戳得住个手。从我来到这个区,就没有听她叫过苦,嚷过难……"刘文彬正念叨到这,汪霞一步闯进来,"什么苦啊难的……"随她进来的是个个子不高、羸弱、精瘦的人。

"正说你的本事呢!"刘文彬说完,就赶忙跪在炕上,去和刚进来的人握手:"老吴,你怎么这会儿才来?我给你们指引一下,这是武工队一小队长魏强同志;这是区长吴英民同志。"魏强抓住吴英民伸出来的手,嘴里说着:"坐、坐。"左手把自己刚裹好的一支烟从炕桌上拿起,"给你先抽这个。"

"吭,吭,别客气,我有这个玩意。"一说话就咳嗽的吴英民从腰间搭布上摘下荷包、火镰、小烟袋,熟练地挖了一锅子,抽着。魏强也把那支自造烟抽着了。

"本想早来,因为在东顾庄开了个会,耽搁啦,吭,吭。听说老松田在路那边今天糟得挺凶,吭,吭。"吴英民吧嗒吧嗒地抽着烟,不紧不慢地说。

"你听到那边发生了什么事?"魏强目光烁烁地盯着吴英民道问。

"吭,吭,听说,吭,吭。往常都是拂晓全队人马包围村,今天是晌午过了才出来,吭,吭。这次还都是带短家伙,穿便衣,三个一群,五个一伙,分了多少路来的。吭,吭,到了中冉、小屯里……五六个村,净装问路的、串亲走错道的,吭,吭,钻胡同,找背旮旯的地方,不显眼的矬房子串。吭,吭,听说在小屯里,碰上咱们一个同志,两边就打起来了。那个同志穿身棉衣裳,子弹打完了,跑又跑不动,最后跳了井!吭!吭!"

吴英民最后的几句话,触动了人们的心。大家不自主地同时抽搐了一下。

"敌人没有打捞尸首,找武器?"魏强从衣着上立刻想到跳井的可能是刘太生。贴着墙壁坐着的赵庆田、贾正、李东山……都像让针扎了一下似的,有的移动向前凑,有的伸长脖子;辛凤鸣张张嘴又闭上了;刘文彬的脸色也变成了蜡黄色。

"怎么啦? 同志们? 吭,吭。"吴英民看到人们不愉快的神色,心里有点莫名其妙。和他并肩坐着的汪霞,小声地告诉:"咱队上有个同志到公路西边去执行任务,至今还没有回来。"

"他穿……"他像咳痰似的吭、吭两声,眼睛扫了一下瞅望他的人们。全屋的人,除了刘文彬、汪霞和自己换了季,别人都还穿着一套蓝粗布、露出黑羊毛的旧棉衣,脑袋上戴着顶白毡帽头。他明白了,吭了两声,接着说:"鬼子打捞不打捞尸首不知道,就听说鬼子在小屯里抓了好多人;还听说敌人捡了顶白毡帽。"

"啊! 捡了顶白毡帽?"人们不约而同地愣了一下,很明显,这是刘太生的帽子,因为,冀中老乡很少戴白色毡帽的。

二

在约定的地点,刘太生和联络人员顺利地接上了头。他把一切事情办完,转身背着一层薄云遮不住的日头,像个平常串亲访友的人,不紧不慢地朝东北的黄庄走去。

离着立夏虽说还有十几天,天气却越来越热了。

辽阔平坦的冀中大平原上,远近都呈现一片绿苍苍的颜色,真是一眼望不到边。这青翠有活力的景色把刘太生感染了,他情不自禁地小声哼哼起:"二月里来好风光……"

他知道自己有个健忘的毛病,脚步不停地迈动,右手常往怀里摸,摸他那内衣口袋里队长给魏强的那封叠成三角形的信;有时还背诵一遍杂七烂八的事。对周围的炮楼、据点却不拿眼皮瞟一瞟。他坦坦然然地走着,有时一个骑车子的人儿从背后响着铃当撵上来,他朝旁边一闪,让了过去;有时遇上汗水津津、推搡重载小车过道沟的人,他就上去搭把手帮助推。虽然这是敌人的"确保治安"区,他觉得,今天还算平静。

快走到小屯里,他找个叉巴道,准备绕过村去。朝北一蹽,离村半里来地,正好有条东西笔直的大道,道上还走着一个浑身是土的庄稼人。他紧走了几步,等前面的人一扭头,才看清这人三十来岁,于是,就很和气地问道:"借光!大哥,这是上大冉村去的道吗?"

那个人把脚步放慢,扭头瞅瞅他:"是啊,你到哪去?"

"我想进城,你是哪村的?"刘太生急走两步撵得和他并了肩。

"就是这村的。听语音你也是当地人哪?"

"是啊。我家在南乡,唐河沿上。你做什么活去?"刘太生就跟他闲聊起来。

"唉!我正浇着园,听说孩子放牲口把驴放跑啦,我去找一找。你这是打哪里来?进城干什么去?"他好像对刘太生的打扮感到奇怪,总是用眼角偷偷地打量他。

"家里老娘病了,到白城、白团接先生,都出门啦。想到大冉村再碰碰。不行!就豁着个钱进城请一位。"刘太生看到老乡的眼神有些不对,就漫天撒谎地说了一下。接着他又说:"怎么?大哥,你看我这穿戴有点……"

"嘿嘿,没有什么。"

"我常春前秋后地进山赶个牲口。这穿戴还是在山里置买的呢！只说家来换换季,没承想老娘病了,只好再将就几天！"

"咱是老乡,说真的,你这穿戴就是有点扎眼。哎,你常上山里去,那边八路多不?"庄稼人的最后一句话,说得声很低,也很亲切。

"嗯?"刘太生又打量对方一下,觉得没什么问题,也就顺话题小声地说:"嗬！可多着哪！一进山,咱冀中的十八团、二十四团都在,净是老乡。"

"十八团?我兄弟还在上头呢！你不进山啦?要去,捎个信该多好！我娘净念叨。他在二营六连,指导员姓曹,叫曹天池,是个细高挑,白净子,说话山西口音。"

"没有今朝有明日,多会进山,一定找你。大哥,你怎么称呼?"

"我叫何殿福,俺们老二叫何殿禄。你进村一打听,都知道。"

"行呵！只要我进山,这事儿很容易,就在小祝泽过路,不用绕脚就把事问了、办了。"两人越说越投契,越谈越合辙。刘太生也就从侧面问了一句:"何大哥,咱这边有没有八路军?"

"有哇,就是不明着干算啦！听说,新近过来一伙武工队,净是能文能武本事大的人,走起道来像阵风,鬼子的汽车都追不上他们。可是我没有见过。"

"真的?那敢情好。"

"嘿！老百姓都哄嚷动了,要不鬼子老下来清剿！"

两人东拉西扯说话搭理地来到村东北角。刘太生张大明亮的眼睛,扇子面地一望,心里不由得愣了一下:在村边上站着三个人,好像在看什么;在迎面大道上,前头一个,后头两个,拉开一定距离,一边缓慢地走动,一边也在张望着什么。他俩虽然还有一搭无一搭地闲聊,刘太生的心里却七上八下地犯了猜疑。"大忙的时候,怎么有闲逛的人?"他很随便地问道:"何大哥,村头上那三个人是干什么的?"

"村头?"何殿福扭过脸去一瞅,马上也站定了脚步,摇摇头:"摸不清,不是俺村的。"

"前面溜溜达达的那三人呢?"

"也不认识,看样子都挺闲在。"何殿福也觉得这几个人有点奇怪。

刘太生的眼珠滴溜滴溜地转个不停,脑子里一闪一闪地捉摸:"莫非今天要出事?"他想找个抄道、岔道绕过去。抄道、岔道没有望到,他却看清了周围的地形:有树林、大坟地,有安水车的井,有半人高凹字形围着井的短墙。"万一碰上躲不开,在这个地形上也能顶挡一气。"他回头望望,村西北角又有三个人空着手儿朝大道上走来,好像把退路也卡断了。"管他是狼不是狼,得做打狼的准备。"他想到这,对何殿福说:"我解个小手。"就朝几墩柳条丛子走去,假装解裤带,便把驳壳枪从腰间拽出来,顺手又摸摸口袋里的信,对自己上下检查了一遍,把枪身插在左边袖筒里,装作抄手的样子,右手握着枪把,大拇指紧克着保险机,食指贴在扳机上。他一转身,迎面大道上那个走在前边的人,快步地朝他俩迎上来。

刘太生像没事人似的紧走几步,高声地说:"殿福哥,今年雨水勤,什么庄稼都长得这么好!"

"可不是,庄稼人就盼着庄稼好。"何殿福随话答音地说了一句。

他俩和迎上来的人越走距离越近了。

刘太生看着对面来的人,也就肯定自己的预料,虽说是个平常人的打扮,两个牛蛋子般大的眼睛,瞪个圆上圆,满脸横肉,让人一见就讨厌。"嗯!冤家路窄,碰上啦。"他咬住下嘴唇告诉自己,精神上作好了战斗准备。

"你们是哪儿的?"对方像老鸹似的叫唤一声。

"我就是这村的。"何殿福站住了脚。

"他呢?"对方的脑袋像个拨浪鼓似的向刘太生一拨楞。

"他是南乡的。"何殿福说。

"你们的'居民证'呢?"

"这不是!"何殿福飞快地从口袋里拿出来,举着给他看。

"你是干什么的,要看'居民证'?"双方虽然仅仅离着二三步,刘太生不慌不忙地在探询。

"妈的!老子是干这个的。"那人刷地从腰间拽出一支"快慢机",刘太生没容他端平枪,一步蹿上去,用乌黑的枪口抵住对方的胸膛,左手一伸,把对方蓝汪汪的驳壳枪抓夺过来。

"别误会!别误会!我……我是'联合清剿队'的。"敌人吓得说话直打嘟噜。

"就凭这个,才误会不了。你们来了多少人?"

"他们,他们都是。"敌人浑身筛着糠,用脑瓜乱指点。他所指点的就是那儿伙蹓蹓跶跶、走走望望,使刘太生心里发生怀疑的人。

"妈的,到底来了多少?"

"这……这个不知道,反正村村都有。同……同,八路老爷,你……"

"少废话!"刘太生平端着驳壳枪,退了两步,对直楞两眼呆看着的何殿福说:"大哥,你快朝北走,周围都是化装出来的敌人清剿队。"

"啊!"何殿福惊叫了一声,撒脚便朝北面跑了去。

东、西、南三面穿便衣的敌人,都手提驳壳枪,快步朝刘太生这厢跑来。刘太生用枪口点着敌人:"老老实实地跟我走!"就拿他当成护身皮,也朝北面大步杈子地走去。

敌人发觉了。啪啪啪!椅子圈形地朝刘太生射击起来。刘太生左手用枪督着敌人后背,同时右手用枪还击一两下,朝炷墙那边跑去。

枪声越响越密,敌人越来越多。东、西、南三面的敌人一边射击,一边朝上攻;北面伏着的敌人,也露头射击起来。密集的子弹,一个劲地在刘太生身旁钻,脚底下落。

刘太生逼着那个敌人,三步两蹿地蹿进凹字形的矬墙里面。他看见何殿福在里边,急得跺脚说:"大哥,你怎么还不走?"

"不!我地理熟,要走一块走。"何殿福像对待自己哥们兄弟似的关心刘太生。

"我的好大哥,不行!我是八路军,你是老百姓,不要为我牵累上你!"刘太生喊着,急得涨红了脸。

"可我是抗属,我不能瞅着家里人出了意外!快把他收拾了,跟我走。"何殿福更着急。

"咳呀!老爷们,你们饶了我吧!我家还有八……"那个敌人听到"收拾他"三个字,急忙跪爬在地上,磕头礼拜地闹腾起来。

敌人这种行动,让刘太生从心眼里厌恶。他眼望着这个跪拜的敌人,立刻联想到自己母亲的惨死。他眼珠瞪圆,一抬手枪,就要结果这个家伙;忽又想起俘虏政策,举起的手枪又放下来。"住嘴!"他朝趴着喊叫的敌人踹了一脚。

枪声更紧了。啪!一颗子弹从刘太生的耳根底擦过去,把矬墙打起一股黄烟。刘太生眼望四面进攻的敌人,着急地喊:"何大哥!你是老百姓,鬼子逮住也不会怎样,我掩护你,快走。"这时,一个敌人从东面蹿上来,刘太生一挥驳壳枪,把敌人打了个倒栽葱。当啷!敌人的一颗枪弹揳在水车轮子上。刘太生扭头一瞅,北面的敌人,像豺狼似的唔呀呐喊,三三两两地疏散圈围上来,再想让何殿福走,也走不出去了。他望望何殿福,何殿福正使膝盖抵住被俘的敌人后背,用搭布倒剪二臂地捆绑着,勒得敌人直劲地喊饶命。

何殿福把敌人拴在水车上,咬着牙说:"饶命?一会要你的狗命!"

何殿福粗犷的行动,刘太生很满意。他笑着把何殿福叫过来,咬咬耳朵:"大哥,你把他身上的子弹掏给我,我打他们个转遭转。"

何殿福很快爬到敌人跟前,急急忙忙去掏皮五联里的子弹。

一共掏出七条,还摸出两个四十八瓣的日本手榴弹。他凑近刘太生:"给你!"

"嘀!还有这么两个宝贝疙瘩。"刘太生很高兴。"好,有它更不怕了,咱光着屁股淋闯雨,干吧!"他狠劲用牙一叼,拔掉手榴弹的保险针。

刘太生蹦蹦跳跳,东打西射,全无一点惧怕的劲头。这些,何殿福看到眼里,从心里起敬。他觉得这个八路不是个普通人,就像浑身都是胆,大战长坂坡的赵子龙。有这个人给他堵挡四面,使他忘记了担惊,扔掉了害怕。

"朋友,缴枪吧!"敌人的劝降声音逼近了。

"缴吧,卖命为什么?难道就为的五黄六月捂棉衣,戴顶破毡帽?"

刘太生一摸脑袋,才发现白毡帽跑丢了,跟着责备自己地骂了句:"妈的,马马虎虎被敌人捡了个胜利品。"

"北面上来了!"何殿福像个观察员似的喊着。刘太生扭头看去,五六个敌人抱成团,嘴里"缴枪""缴枪"地乱喊着,奔凹字口处蹿上来。

刘太生把手榴弹朝水车轮子上当地一磕,"缴你个脆甜瓜!"一抡右臂扔了出去,轰!在敌人群里爆炸了,炸得敌人呼爷喊娘,连滚带爬。

"好啊!"何殿福情不自禁地跳起来,跟着"咳呦"一声,忙猫下腰。

"怎么?负伤啦。"刘太生急忙问。

"没有。同志,叫你这一折腾,把我也给折腾糊涂了。"他指着安装八卦水车的那口不大的砖井说,"你看,这不是俺村北的小砖井?守着它,咱还担的什么心!不行就来个跳井!"

"跳井?"被绑在水车上的敌人以为他们想要跳井自杀,像看到希望似的说:"朋友,好死不如赖活着,你们只要放了我,把枪一缴,我保证你俩都有好处。"

"你胡说八道！我日你姥姥,你想找揍?"何殿福骂着就要朝上闯。

"趴下！"刘太生大叫了一声。何殿福身子刚贴了地,轰！一颗炸弹在砖井沿上开了花,弄了何殿福满脸土。他用袄袖抹擦一下,望望刘太生:刘太生像个碰到洋灰地上的皮球,霍地从地上跳立起来;他又望望捆绑在水车上的敌人,敌人的天灵盖掀去少半块,白花花的脑子搅和着黑红的血浆,直劲的往下淌。

"哎！有来有往,也送给你一个！"刘太生嘴里叨念着,就把第二颗手榴弹狠劲地扔到矬墙外面。"又撂倒他几个！"他乐洋洋地回头向何殿福说。

他俩占的这块五六平方米大的地点,好像出了活佛的圣地,四周围炮楼、据点的敌人,都先后跑出,往这里来朝拜。敌人越来越多,越聚越密。在凹字形的矬墙四外,一百二三十米远的地方,有穿军服的,有穿便衣的,有戴闪亮钢盔的,有戴黑色大檐帽的;有说中国话的,有讲日本语的;有骑马的,有骑自行车的。手枪、步枪、机关枪,密匝匝的围了个转遭转。敌人好像闻到蜜味的绿豆蝇,都想飞来尝尝,可是又怕被蜜沾住脚。他们瞪着凶狠的红眼,准备待机猛扑上来。

"朋友,你看看周围的阵势。""想出去是不可能啦！""没有人给你们解围来。""皇军喜爱你这样的英雄。过来有一千块钱的赏。""让你当大队长！""唯一的出路是缴枪,投过来。"敌人枪不响,炮不鸣,在周围互相助威地嚎叫着。

"同志,咱跳井吧！"何殿福一见墙外敌人的声势,觉得时候到了。

"跳井?"刘太生看着何殿福,何殿福并没有半丝为难的神色。

"嗯,跳井。我先跳。"何殿福贴着刘太生的耳朵说了几句什么,就扒住乌黑的水车斗子,刷刷刷跳了下去。刘太生趴在井沿上,朝井下一望,井筒子有两丈多深。平静的井水,让何殿福一跳,荡起了一层不大的波纹来。他朝井里投了块砖,噗咚一声,使他感到井水很深。"妈的,要真跳,保准完蛋!"他把自己的驳壳枪往腰间一插,又小心地摸摸口袋里的信,和背后插着的那支刚缴的快慢机,按照何殿福跳井的动作,扒着水斗子跳了下去。井水又受到震动,但是,慢慢地平静下去,平得像面大镜子。

日头挨了地皮,喊叫的敌人并没得到一声回响。

老松田气得小胡子噘了老高。他挂着鲨鱼皮把的军刀,凝眉瞪目吼了一声:"吹号!"

随着凄厉的号音,四周的步枪、机关枪像火药库爆炸似的骤然响起来。所有的子弹,都朝凹字形矮墙里边放射,中间,还不断地响起掷弹筒的爆炸声。

一阵剧烈的枪声响过,敌人端起刺刀,猫着腰,"呀呀呀"地嚎喊着冲了上去,冲进了凹字形的矮墙。矮墙里面仅仅发现一个倒剪二臂,掀去半边脑袋的尸体。

松田昂头阔步地跟进去。审查一下周围,周围一无所有;探头瞅瞅井里,井帮毫无痕迹。"嗯!他们地遁了?!"他拧眉望着落日,心中有些茫然。

三

深夜,万籁俱寂。

远处传来一阵驴叫的声音,天交半夜了。

魏强同刘文彬做了商量,一抬屁股从炕上立起来,对大家说:"今天敌人清剿公路西边,备不住明天到公路这边来,大家休息,拂晓转移。"人们这才七手八脚地安排睡觉。

"谁的哨?换岗去。"魏强问。

"我。"贾正拿起自己的马步枪,沉着脸走出去。

"汪霞同志,你怎么个宿法?"魏强想跳下炕来,一眼瞅到今天还有个女同志,就蹲在炕沿上问。

"我在房东屋里,跟老奶奶在一堆宿。"汪霞说完,凑到魏强跟前:"你看刘同志。"魏强扭过头去,见刘文彬这会儿像个泥菩萨似的坐在那里,回过脸来说:"他是比别人难过,因为我们没有回来的这个同志,是他的亲侄子。"

忽然,门帘一掀,贾正像吃了喜鹊蛋似的闯了进来,张着没有门牙的大嘴光傻笑。大家睁大眼睛一看:五大三粗的刘太生,光着脑袋,咧嘴笑着跟在贾正身后。

"小队长,我回来了。"刘太生说。

刘太生的猛然到来,人们像发高烧的患者吃了块冰凌核似的那么痛快,一下把他围住了。

刘太生吸了口烟,就把他今天的经过一五一十地说了一遍。

原来那井里大有文章。刘太生脚先伸到井桶里。他脚跐水车斗子,手一扒,就顺着一串斗子朝下走,越走光线越暗,越走越离水皮近。待他脚离水皮二三尺,左腿腕被一只有力的大手攥住。"同志,朝这边伸!"他的左脚被那只大手拉到一个坚实的地方,身子一缩钻进了洞。"你朝里先走,我关上。"何殿福等待刘太生大猫腰地朝前迈了两步,吭当一声,那个直径二尺的小门被一个东西关堵上。刘太生睁大眼睛,黑咕隆咚的任什么也看不见。他用手朝前摸摸,前面是冰凉棒硬的土墙;向左右一搕拉,左右也是潮湿、坚实的墙壁。"何大哥,这里是个死胡同?"

"不,秘密机关在你脚底下呢!"何殿福说着,就用手拽他,"来,咱俩换个地方,我去摆弄。"他的前胸贴着刘太生的后背,倒换了位置。他摆弄一会,啪嗒响了一声。"好啦!你往里头走,我把它再划上。"他牵着刘太生的一只手,像领瞎子绕路似的走过去。刘太生越走越觉得前面道儿高。他猫着腰走了五六尺,便站住了。这时何殿福伸着两只手叫:"同志,同志,我还来领着吧。"

刘太生背靠墙,侧着身子想把何殿福让过去。路儿太窄,怎么让,也是不行。

"过不去啊!同志。"何殿福挤了两挤,也没有挤过。

"这么过不去,有过去的办法!什么事也难不倒咱。"刘太生温声地说着,身子朝前往地上一趴,"何大哥,你在我身上爬过去吧。"

"哎呀!这可委屈你啦!"何殿福怕蹬坏了刘太生,小心翼翼地从他身上爬了过去。"这就不要紧了,让鬼子自己折腾吧!"

何殿福猫着腰,深一脚浅一脚地领着他向前走,边走边叫:"朝里手拐!""往外手去!""这儿揳着一堆橛子,小心绊倒!""陷阱!来,给我手,迈大步跳过来!"

走着走着,何殿福一站,说道:"到村边上了。"刘太生虽然看不见何殿福的脸,从语音上听,何殿福是高兴的。他真想不到今天能够逢凶化吉,心里真有说不出的痛快。

"咱俩抽袋烟,歇歇腿就上去。鬼子再怎么糟,到掌灯吃饭的时候,也得滚蛋!"何殿福就地一坐,梆叽,打着一撮火绒,吸着一锅子烟。"同志!你先抽这袋,解解心头火。"

"不,大哥,我卷好了,你抽欢点,我对个火就行了。"刘太生跟着把自己卷的烟抽着。

"你们八路军都有这个本事,俺们老二也会卷这个玩意。"何殿福吧哒吧哒贪婪地吸了几口,烟锅里的小红火儿,一闪又一闪的在放亮光。

"同志,你打仗怎么那样刁?"

"跟鬼子打仗,不刁棒点还行?!"

"我看过打仗的书,听过打仗的故事,就没有见过真杀实砍的。你今个算是叫我开眼啦!就是妖魔鬼怪碰到你,也得吓得蒙了台。同志,你叫什么名字?"

"我叫刘太生。"

"在道上,我一见你那穿戴,心里就有点犯嘀咕,可是叫你三言两语地遮混过去了。刘同志,你……"何殿福把烟袋拿出嘴来,朝刘太生凑了两凑。

"我,怎么啦?大哥。"刘太生嘿嘿笑了笑。"你有什么话,就尽管说吧!"

"你是不是武工队上的?"

"是啊!"

"嘀!我这眼力不错,打仗的工夫,我就猜到这一点。莫怪人们传说,武工队打鬼子刁棒、蝎虎得厉害,净是百步穿杨的能手,果然名不虚传。好,好,有你们在,老百姓抬头的日子算来了。"

"大哥,要不是有你,我再有天大的本事也不行。说真的,我得谢谢你,没有你,我怎么会知道有这个地道?"

"其实,要谢,你得谢抗日政府,得谢共产党。抗日政府和共产党怕老百姓被鬼子包围在村里跑不了,逃不脱,学了公路东面的东王庄,才在去年冬天领导着人们黑夜来挖这个。没有想到,叫你我用上了。说句不受听的话,'闹早了,不如闹巧了',只说费工夫不顶用,哪知真顶大事。"

"顶大事!今个没有这地道,咱弟兄俩要想活着出去,真是万难。"

"可不是!"

刘太生、何殿福烟抽足了,话说够了,抬起屁股,拐了几个弯,朝前走了一大截。"刘同志,咱上去吧!上去就是俺们家的炕头。要没有事,你吃饱喝足再赶道。"何殿福站住侧耳听了听动静,伸手朝上前方狠劲一推,只听到上面哗啷一声,不知道什么东西被搡倒了,跟着透过不大点的光亮来。他一纵身子爬了上去,回手把刘太生从漆黑的地道里拽出来。

被褥阁子被掀倒,惊动了外间屋的人们。何殿福的母亲、老婆,还有他的两个孩子都急忙跑进来看。一见被阁子后面,洞口里钻出的是何殿福,另外还有个生人,都惊呆了,睁大眼睛,像是问:"这是怎么回事?"

"瞧你们,还怔个什么劲?村北打仗的鬼子走了没有?"何殿福一时不能理解家里人的心情,着急地问他老婆。

"都走啦!一直闹到掌灯的时候才走。你跑到哪儿去啦?看叫家里人这个找劲。"他老婆没有好气地说。

"走了就好。娘,赶快烙两张饼给这个同志吃,吃了他还赶道呢!"

刘太生帮助何殿福把被褥阁子弄好,跳下炕来,笑着问:"大嫂,他们打捞尸首没有?"

"打捞啦!就是什么也没有。在村北小砖井打仗的是你呀?"何殿福的老婆在刘太生的身上像发现了秘密,欢喜地上前问道。

"不光我,还有何大哥呢,要不是他,我……"

"快别说啦,你那个厉害劲头,二郎神碰上也要愁得脑仁疼。我今天算是都看到了。"何殿福在他老婆面前,指指划划地夸奖刘太生,同时,也在卖谝自己。

"何大哥,今天这事,因为是自家人,我就不多说一句客套话。"刘太生用手指指漆黑的窗户外面,接着,真情实意地说道:"天不早啦,我有紧事,得忙着赶路,不能再麻烦你们啦!"

何殿福一听,伸出两只大手掌就去阻拦:"不管有什么紧事,也得吃饱肚子。"他母亲伸着两只沾满湿面粉的手,也从外间屋走进来:"到家,不吃饭还行?再稍等一会就得了。"他老婆也留拦:"你俩既是患难朋友,更别见外。"两个孩子一起跑上前来,一个孩子抱住一只大腿叫着:"叔叔,不让你走,不让你走。"

何殿福的全家好说歹说,诚心诚意地拦留,也没有把刘太生留住。何殿福的母亲,觉得实在拦不住了,长出了一口气,冲她儿媳妇使了个眼色,何殿福的老婆匆匆跑了出去,转回头,拿进几个焦黄的玉米饼子和湿漉漉的腌蒜:"大兄弟,不吃饭,揣上两个饼子道上吃。"说着就朝他怀里掖。

人们听完刘太生的跳井经过,个个都感到地道是个开展平原游击战的上好法宝。魏强扭头冲刘文彬说:"咱这边不能挖地道?"

刘文彬摇摇头:"咱这边河多,水皮浅,挖不下三尺,就出水啦!大多数村子试过,都不行!"

刘太生掐死抽剩下的烟蒂,扔到摊在桌子上的一包大叶烟里,伸手朝怀里摸,摸了好半天,才把信摸出来。"给你,小队长。"

魏强打开信,凑近灯亮,从头到尾地看完,回手递给刘文彬;接着又朝刘太生问道:"还有什么事?"

"今天和我取联系的是祝文华。他告诉我,张司务长说,你要去,最好借两辆车子,带一个人去,回来好驮单衣裳。还有,粮票、菜金都没有发下来,要咱们借着吃……"刘太生怕忘了什么事,每说一件就想一下。末了,他像想起一件大事,红着脸羞答答地说道:"小队长,今天我跟敌人打仗,马马虎虎又差一点吃了亏:我把那个特务的枪卡过来,就没有再搜查他,也没有捆;后来,从他身上又弄出两颗手榴弹来。瞧,这多危险?"刘太生说完,将缴获的那支快慢机递了过去。

"是危险。危险的事多咱过去了也后怕。这对咱大伙都是个教育;对你,当然更深刻。"魏强觉得刘太生敢于正视自己的缺点,也就没有再批评。

"这个信不是叫你……"刘文彬指着信说。

"不过,从刘太生今天的遭遇看来,这身衣裳是吃不开了。"

"那,咱就操持着换。这个事我和汪霞来办。"刘文彬觉得这是分内的事,忙瞅了下汪霞。汪霞知道把这个工作交给了自己,笑眯眯地点点头,答应下。

四

迎着东照的夕阳,魏强身穿一件藏蓝的大褂,头上戴顶剪去宽沿的灰呢帽,脚下蹬着双青帆布的千层底鞋子,骑着一辆半新不旧、带有车兜子的自行车,像支离了弦的箭,疾速驶过张保公路,来到清苑地区。刘太生扶稳双把,两腿紧蹬自行车,拉开距离跟随着他。刘太生今天也换了季。除去头上戴的一顶烟色礼帽,从肩下到脚上,打扮都和魏强一样。他俩胸前,都别有一颗椭圆形、蓝色珐琅的小牌牌。

近几天,下过一场春雨,麦子、春苗都长得像水葱,让风吹得摇摆着、起伏着。

魏强他俩走了一大截子,选了个四处望不到人的地方站下了,又各自检查下枪弹、装束。魏强对行动重新做了个部署,跷腿上车子,继续朝前走起来。

没有两袋烟的工夫,魏强他俩蹬出四五里地了。这四五里地,是步步朝上走的大慢坡。走到顶点,魏强朝前一望,下陡坡,必须向右拐个大死弯。他仔细地听听,坡下没有动静,就轻轻地捏住车闸,徐徐地顺着陡坡滑下去。到坡底,刚一拐弯,迎面碰上了二十多个武装齐备的警备队员,正赶着一辆大车向坡上走来,坡陡,车载得重,两匹骡子拉不动,警备队员们正在车后面叫着号子朝上推搡。

"妈的,还骑?推着绕过去!"前面一个横眉立目的家伙,紧拽着菊花青的蹶骡子,甩着脑袋瓜嚷叫。

"好,好。"魏强跳下车子,笑嘻嘻地满口答应着,就朝道旁谷子地里蹚去。他觉得就坡下驴地来这一下挺侥幸,只要绕过去,上了大道,骑上车子就算脱身了;再放它两枪,也就通知了背后的刘太生。

"哎,哎!你眼皮坠住磨盘啦?怎么瞧都不瞧就朝前闯……"警备队里一个歪戴大檐帽,松挂着武装带的家伙,斜楞着眼睛望着魏强咋唬开了。

魏强见这人疙疙瘩瘩的橘皮脸上,趴着个蒜头鼻子,大嘴巴,厚嘴唇,两个小眼挤巴挤巴的,要多难看有多难看;又见他衣领上缀着一杠一花的领章,连忙站住脚步,恭敬地点点头:"队长,你辛苦!"

"撂下你那鸡巴车子,过来推车!"警备队长把俩小眼珠子一瞪,不干不净地叫骂起来。

"怎么办?"魏强脑子连转了几个弯,"帮助推去?枪在车兜里,手里扣着子弹;不帮着推,看样子他是不会放。唉,演戏,说好话地哄吧,也许能混过去。"想到这里,就摆出一副可怜的面孔,点头哈腰地哀求:"队长,不怕您笑话,我是个残废人。"他把扣着子弹的左手,朝袖筒里褪褪,想抬胳膊,又装作不敢使劲抬的样子,"我这是小时候抽风落下的病,这条胳膊不能吃劲。像我这号人,就是上去推,也出不了牛毛大的劲;再说,乡长让我办个急事,去晚了,过时不候。请队长高高手,叫我过去吧,将来到俺们大乡里,我补付。"

警备队长哪听他这一套,忚斜着眼朝身后的警备队员们一努嘴,稀里呼噜蹿上七八个端枪的,他也跟了上来:"你是他妈的哪个大乡的?你们乡长他爹死啦,让你这个数不着的干孙子报丧去?"他指着鼻子剜撅眼地朝魏强骂起来。

魏强火头一下蹿到嗓子眼。他思摸思摸,没有来发作。他按按火气继续苦笑地来对付:"我是田各庄乡的,今天于庄车站的煤业组合①让各大乡七点钟赶到,过磅领配给煤。七点钟过了,煤领不上,早缴的钱也白花啦!"他就瞎编胡诌地撒起谎来。

---

① 鬼子垄断煤炭的一个经济组织。

"噢,你倒是个好人,着急走,是怕给乡里糟了大钱。哈哈,这不难,龙画好了,就请点这个睛,点了,走你的。"警备队长皮笑肉不笑地嘿嘿两声,就假装踱步地走向一边去。

魏强一听,知道这是想敲他的竹杠,心里捉摸:"这可是叫花子碰上个要饭的,穷对穷啦。"但是他为了应付着过去,还是装模作样地将右手伸到怀里去摸钱,他摸着摸着忽然起急地说:"看我这记性,明摆是自己装的钱,怎么摸不着啦。掖到哪儿去啦……"

警备队长开始见魏强伸手朝怀里摸,心里真有点甜丝丝的高兴。但是,一见魏强在怀里摸索了半天,掏不出来,嗷地大叫了一声,跟着骂道:"刮风下雨不知道,自个摺的钱怎么会拿不出!一看你这个熊样,就不像个吃好粮食的!"

小狗跟着大狗叫,警备队员们也随和队长不三不四地叫骂起来:"你是涮着爷们玩!""真不是个好廖子攮的。"骂骂咧咧地就朝魏强跟前挪蹭。

这时,魏强被骂得脸色由红变黄,气得浑身直打颤,顶到嗓子眼的火儿,跟着蹿上脑瓜门。他抽出摸钱的右手,想伸到车兜里抓,但又把手儿停下来,火气朝下一按,忙托出笑脸来说道:"别生气,队长,都怨我。"他拍打腰间,望着警备队长:"浑身摸个遍,没有,准是丢啦,没有今日有明日,哪回儿不见呢?您到田各庄找我。"

"找你?你还不定是什么玩意变的呢!"

"您看,这不是证章。"魏强右手指指胸前的蓝牌牌。

"去你妈的罢。老子认钱,不认那玩意。早知道你是不吃野牧味不上膘。去,翻翻他是个什么东西。"警备队长把脑瓜一摆,那几个警备队扇面形地围上来。一个警备队员威胁地说:"好汉不吃眼前亏,有钱朝外掏。惹翻了我们队长,你白搭一条命!"

七八个警备队员七八个枪口,黑洞洞地对准魏强。魏强知道对付不过去了。心里想:"要翻,老子就叫你们翻个热闹的。"他纹丝不动,坦坦然然地笑着说道:"先生们,不怕麻烦就翻吧。干什么还用费这么大事,拿枪逼着?别说我是个残废人,就是个好人,是只老虎,还能蹿出去?"他这么几句话倒挺见效,一个警备队员把端起的步枪朝地上一戳,鼻孔哼了一声:"量你也蹿不出来!"别的警备队员,有的把枪斜背在肩上,有的也戳在地上。

"要翻,让我把车子撂下。"魏强一边说着,一边朝地上放车子。车子刚刚撂稳,驳壳枪也被他迅速地拽了出来。他气昂昂地喊叫:"叫你们翻!"跟着啪的一枪,警备队长闹个仰面朝天。接着,他挥手,又朝面前的警备队员们一抢,只听到啪啪啪……警备队员们死的死,伤的伤,没有沾到边的惊慌失措地四散奔逃。枪声震惊了牲口,牲口拉着大车从警备队员们的身上叽里咕噜地轧了过去。魏强这时扭身一蹿,便朝西南上撒了"鸭子"。

打懵了的警备队员们稍一清醒,就在魏强背后叮咣开了捆屁股枪。子弹在他的头上、身旁吱溜吱溜地乱飞乱叫。

魏强提着驳壳枪朝前跑着跑着,噗咚,被摔了个前趴虎。警备队员们一见打倒了,像窝蜂似的一齐蹿了上来,嘴里叫着:"拿活的!""可打躺下啦!"魏强趴在地上动动四肢,摇摇头,哪里也没感到不舒服。跟着,从地上跳起,一回手,又将刚按上的一条子弹朝追来的警备队员们打去。警备队员们又被按在地皮上。魏强借着这个工夫,一轱辘滚到一条半人深的交通沟里,马上将第三条子弹按进弹槽。他扭身趴在沟沿后面,正要观察警备队员们的动作,这时陡坡顶上,啪啪地响起枪声,子弹直朝警备队员们跟前落。他知道这是刘太生打来的枪。

受到两面夹击的警备队立刻放弃了魏强,歪戴帽子拖着枪仓仓惶惶地朝向东北逃了过去。

第 七 章

一

太阳刚刚钻进地皮,西边天空还留下一抹子淡红的颜色。魏强像只斗胜了的雄鸡,怀着兴奋的心情,走进了和队长约定会合的那个村。他按队长信上的规定,贴村南边来到第三条胡同口上,见四外无人,进了胡同,钻入了一个黑大门。一个提着手枪的人从西厢房走出来,朝魏强笑着小声说:"魏小队长,你来啦,队长在北屋子东头。"

杨子曾正在屋里看文件,见魏强进来,把文件朝炕上一撂,忙握住魏强的手。他像个老妈妈似的从小队的领导,到每个队员的生活起居;从部队的活动,到敌人的情况……前后问了个仔仔细细,也没有松开魏强的手,握得魏强的手心直冒汗。

"你看,光说话,忘了叫你抽烟啦!"杨子曾说到这,才把魏强的手松开,将炕桌上的一包大叶烟朝魏强跟前一推。"抽吧!劲头足,有点阜平大叶的味道。"

魏强手里裹着纸烟,耳朵听着杨子曾说为什么要他到这里来的缘由。杨子曾还告诉他,待一会,县委徐立群同志也到这里来参加一个会。

徐立群也是魏强的老上级,"五一"突变后,魏强一直不知他的下落。今天听说他要来这里,并且将来还要负责之光县的整个工作,自然喜欢加高兴,顺嘴连说了几个:"好好好!"

院里传来一阵自行车飞轮的音响,刘太生赶到了。他进门瞅见魏强就问:"没有伤着哪儿吧,小队长?"

"没有!"魏强亲热地拉住刘太生,"叫你绕个大弯子!"

刘太生见到杨子曾,马上立正,习惯地先叫了声"主任",跟着很尴尬地笑笑,改过嘴来说:"队长,我来了!"

"你来了,很好!"杨子曾又伸出手来和刘太生握握手,接着就夸奖起来:"前些天,你可把老松田耍了个苦!松田要是肚量小,就得学了周瑜。"说完就把视线从刘太生的脸上移到魏强的身上来:"听你俩刚才说话,好像你今天也碰上敌人啦?"

"是,碰上了!"魏强点点头承认。

"你看,帽子叫敌人凿了两个眼!"杨子曾忽然发现魏强的帽子顶上有两个指头大的窟窿。魏强摘下帽子一摸,头发被子弹齐楂地擦了很长一溜不深的沟,不以为然地笑了笑。

"这些日子,你们俩都摸了摸这个地区敌人的屁股,怎么样?"杨子曾取笑地问。

"不怎么样!"魏强用轻蔑的口吻说。

"等青纱帐一起,大部队朝这边一开,还不该把据点、炮楼来个一扫光?"刘太生说。

"当然……不过咱们不能朝那方面想。咱是武工队,就要根据武工队的工作任务考虑……"刚说到这儿,张司务长一挑门帘走了进来,看到魏强他俩,高兴地说:"好啊!几天没见,把我的鼻子眼都想得合不上了。你俩都好?"

张司务长的脾气,全队的人们都知道,别看他快五十岁了,工作却是雷厉风行。他不等魏强、刘太生答话,就接着说:

"你们小队的东西都操办齐全了,不过同志们也捂了个够呛。来,刘太生你跟我拿去,每人还有一双大靸鞋。都是妇女们黑夜赶出来的。活儿做得结实、地道,保准合脚可体!"说罢,拉着刘太生走出了屋。杨子曾朝炕沿上一努嘴,让魏强坐下。他把刚才看的那张军用地图往桌上平板板地一摊,压低声音说:"最近分区指示我们,要配合一下山里的反扫荡,在这个地区搞一下。"他指着画有红圈圈蓝道道的地图,画了一下。"怎么个搞法,待会人们来了就研究。二十四团有几个连昨天夜间过来了。你现在爬过夹道的梯子到东院把蒋天祥叫过来!"

魏强点点头,扭身走了出去。

魏强和蒋天祥爬墙过来时,杨子曾屋里已坐满了人。魏强在灯影处的一条板凳上刚刚坐下,忽然一只粗硬的大手伸过来抓住了他的肩头,他扭头一瞅,是二十四团六连连长杜万增,便使足劲去攥老杜的手:"刚听说你们团过来,一想就会有你们连!"

"你想到他,不会想到我!"山西口音掺杂冀中语调的人在魏强的右后方开了腔。

"啊!曹天池,没想到,你什么时候离开的十八团?"魏强握住了这个人的手。

"出山的前五天。我在二连和梁树明搭伙计。那不是,边守森也来了!"曹天池朝脑后一指,魏强从曹天池的肩头望去,圆方脸,黑参参的边守森正和蒋天祥低声细语地说道什么,这时张大两只闪闪的眼睛瞅向魏强,跟着点点头。

"开会吧!"杨子曾的一句话,屋内立刻鸦雀无声了。魏强向看着他的县委徐立群同志欢愉地点下头,忙移到杜万增和曹天池的中间,坐了下来。

"今天开会的中心,是如何配合山区反扫荡的问题。之光县委徐立群同志才从分区回来,请徐同志谈下配合山里反扫荡的战斗方案。"杨子曾把开会的目的说了一下。

徐立群清了清嗓子,说道:"敌人正往易县、涞水、满城、完县、唐县、曲阳、行唐、平山靠山的这一条线上调集兵力,要扫荡咱晋察冀边区的一、三、四分区。敌人第一线兵力一进山,必定调集咱冀中西部点、线上驻的日本兵组织二线。别的地方上级另有布置。在咱之、清地区,根据内线来的情报,"徐立群捏着一支铅笔,指点桌上的地图,人们的眼睛都集中在地图上。"敌人要把驻张保公路上的一村中队调走,五天以后,从保定开出五辆汽车到张登,长虫脱皮地往保定接。大家知道,张登,"他指着地图下方一个画有红圈标志的村落,"驻的是一村中队部和秀英小队,龟山小队是以田各庄为中心,分班驻在南店、北店、大冉村。"徐立群把铅笔轻轻地朝地图上一撂,看了下杨子曾。在徐立群谈情况时,杨子曾两肘分拄在桌上,双手搭在一起,成个桥形,下巴颏正蹲在桥顶似的手背上,二目似睁不睁地在想什么。徐立群谈完以后,杨子曾抬起头来,将干瘦的右手掌往地图上一按:"分区首长要我们在一村中队部、秀英小队和龟山小队的两个班坐汽车回返的时候,在田各庄村北公路两旁的枣树林子里,用多他十倍的兵力打他个伏击,一口吞下去。只要隐蔽好,这个胜利是稳拿把攥了!"

"分区的命令,这个任务由二十四团的三个连去执行。"杨子曾代表上级分配任务了,"之、清两个年轻的县大队配合主力部队在实战中锻炼锻炼。具体做法另研究。根据以往的规律,田各庄村北一打响,龟山小队驻大冉村的一个班,会约同哈巴狗苟润田手下的警察们一同来增援,这股敌人由武工队来负责吃掉。"徐立群插话:"所有的区小队都要跟着武工队学学打仗。这一次是联合作战,打响了,要勇猛、迅速、紧密配合,争取尽快地结束战斗……"

听完战斗部署,人们当时都没有吱声,待了一大会子,才有人朝地图跟前凑了凑。

魏强听说在这次战斗中,要打万人痛恨的哈巴狗,心里分外痛快,脸上立刻堆起了笑容。

二

开完会,魏强、刘太生就朝回返。

初夏。一弯新月挂在天空。旷野里,不时地吹过清凉的小风。树上,布谷鸟凄惶地断续鸣叫。远方,蛤蟆乱鸣。周围炮楼的枪眼里,不时映出几颗魑魅的灯火;楼顶上,时时发出虚惊的嗥喊声。

他俩刚接近公路,四匹快马,驮着四个敌人,托托托地由南而北朝大冉村一溜烟地跑了去。

"准是敌人的巡逻队!"刘太生低声地说。

"不是!巡逻队不会这样走。"魏强说。敌人骑兵过去之后,他和刘太生小跑步地穿过了公路,来到一座树林子里站住了脚。

这是有钱人家的一个大坟地。这里除了有大小不同的土坟头,还有石人、石马,另外还有背驮着大石碑的石龟。青松翠柏遮住天,蒿子芦草长满地。二尺高半圆形的坟圈圈,丛生着墩墩柳子、墩墩桑。大坟地西面,是一片藏不住人的春苗地。这就是五天后,魏强他们这支武工小队伏击敌人的地点。

魏强借着时被片片乌云遮住的月光,认真地瞅下整个的地形,猫腰朝西望望不到百十米远的公路,仔细地想想队长的战斗部署,怎么想,也觉得是个瓮中捉鳖的事。

"小队长,你看!"刘太生像发现什么似的,手儿指向公路的南端。魏强伏下身子一瞅,是一大溜黑压压的人。

月亮,刚从一片像旧棉絮似的灰云里钻出来。月光下,只见前面的三个像扛枪的样子,后面的都像徒着手。错错落落的队形里,还隐隐地传过哼啊咳的悲惨凄凉的呻吟声。魏强向刘太生耳语:"看样子像给进山扫荡的鬼子抓的伕!"

"对!"刘太生同意地点点头。

魏强觉得应该尽一切力量把这群被抓的老百姓截夺下来。要不,送到山里那可就……扭头一想:"截夺可以,但必须得弄清押送的敌人有多少啊!"公路上,忽然传过两个语音不同的叫骂声:"你们他妈的,走快点不行?""骑马打前站的早到保定啦,你们还跟俺们磨蹭!"

"八个人。"魏强隐着身子,借着不太明亮的月光,一个一个地数着戴钢盔的脑瓜儿,回头小声地说。"我俩不能让敌人像赶牲口似的把老百姓赶到山里去挡枪子。刘太生,你把自行车藏到麦地里,咱朝大冉村村北公路边上蹓。"

他们二人快步离开了大坟地,凫过了冰凉的、够不到底的金线河,来到离大冉村三里来地的一个破窑疙瘩后面。魏强蹲下朝公路上一望,大队人影过来了!

两个人猫着腰,像捉迷藏似的隐没在两垅麦子的中间,匆匆地朝公路走去!

离公路五几丈远,他俩止住了脚步,四只眼睛朝公路上一望:只见被抓的人们都倒剪二臂,牢牢地拴在一长条大沙绳上,个个都一步挪不了四指地朝前移动着脚步。一个胡子挺长、脑袋低垂到胸前的老人,痛苦地咳呦咳呦地走过来。一大片椭圆形的黑云遮住镰刀形的月亮,大地骤然暗下来。老人让块大土坷垃一绊,噗咚跪趴在地上,前后拽倒十几个人。人们赶紧相互去搀扶。一个拿大枪的警备队员,从人群后面快步地钻了出来,嘴里臊气得好像野狗滋了尿:"老兔崽子,装他妈什么蒜!"举枪把要朝老人身上戳。魏强说了一声:"上!"便像蹿山跳涧的猛虎,嗖地蹿到那个警备队员的跟前。魏强用驳壳枪朝敌人一逼,刘太生劈手把枪夺了过来。

缴了械的敌人惊吓得傻了眼,被捆绑着的群众奇怪地愣了神,停下来,谁也估不透眼前发生的是件什么事。

"咱们都是中国人。你说实话,有多少人押着?"魏强用驳壳枪指着俘虏的头,问。

"大部队在博野、蠡县那边正清剿,抽不出人,就俺八个!"俘虏双腿颤抖地回答。

"你们带队的呢?"魏强刚问到这,前面远处一个端枪的警备队员嘴里骂着:"妈的,后面怎的不走了!跟老子捣什么鬼?"就朝他们这儿跑。

俘虏扬手一指:"他就是俺们带队的,是班长。"

魏强向俘虏说:"你说这边有个快死的,喊你们班长过来!"跟着一拽被绑着的人群,呼啦,都躺卧在地上。刘太生紧忙将缴获的步枪摘下大栓,交给俘虏说:"快喊!"俘虏接过枪喊道:"班长,这儿有个人快死啦!"

"死了扔在沟里喂狗,嚷什么?"伪班长不耐烦地答应着来到跟前。魏强斜楞眼睛瞅着,暗暗朝伪班长的腿腕上一伸左脚,把伪班长绊了个狗吃屎。"妈的……"伪班长骂骂咧咧地刚要爬起,刘太生像鹰抓兔子似的伸出钢筋般的五指,揪住伪班长的后脖领。伪班长摇晃脑袋抬头一看,又一支乌黑的短枪口对准了自己,吓得急忙爬起来,双腿一屈,噗咚跪在地上:"爷们,饶命吧!"

"起来!喊你的弟兄们到你这儿集合。"魏强命令说。

伪班长顺从地双手圈围着嘴唇,凸出眼珠豁着嗓子朝公路北面喊:"张云,郭庆生……到我这儿来,快点!"接着,又朝公路南面喊:"黄玉印,张小气……你们也到我这儿来集合,跑步!"

警备队员们听到班长一吆唤,不知道出了什么事,急忙跑过来。早来的早缴枪,晚来的也被魏强他们把枪卡了过去。武装齐备的警备队员们,稀里糊涂地就在自己这个"确保治安"区里被缴了械,哆哆嗦嗦地挤在一起,瞪着迷惑的双眼,瞅着这两个穿戴不同、手提驳壳枪的人。

魏强他俩用手枪逼着俘虏们,命令他们赶紧给群众去松解绳索。

"啊!八路军?""自家的队伍!"群众都觉得这是做梦也想不到

的事情,纷纷地小声说,"要不是碰上你们,命算完了!""你们的胆真大!"被解开绳索的人,忙动手去给别人解。你帮我助地一会都解开了。

"你们帮虎吃食,给鬼子干事,都知道是个什么罪过吗?"魏强低声地问俘虏们。"该死,该死,我们是被逼得没办法……"伪军班长点头哈腰地回答。魏强说:"只要你们改邪归正,重新做人,八路军就会宽大你们。你们跟着走一截子。"俘虏们满口答应:"是是是!"魏强扭头又对群众讲:"乡亲们,你们被解放了,快离开这里回家吧!"

虽然是个云遮月的夜间,也能看出人们的高兴劲头,大家都蹦蹦跳跳,高高兴兴地朝公路东面跑了去。那个有病跌倒的老人跑下公路,又像想起什么似的磕磕绊绊地急忙返回来,抓住魏强的手,笑嘻嘻地小声问:"你们是咱八路军的哪一部分?"

"我们是武工队!"魏强把嘴伸到老人耳朵跟前告诉他。

"武工队,武工队,好,好!好个神奇的武工队!我要记你们一辈子。"乌云躲闪开,月亮走出来,原野明亮了。老人借着明亮的月光,睁着昏花的眼睛,把魏强、刘太生上上下下重新仔细地看了一遍,点点头,连声说了这么几句,才欢欣地走下了公路。

"小队长,巡逻的装甲汽车过来了!"刘太生朝八里庄方向一指,只见两个贼亮的光柱出现了。跟着,警报机声嗷嗷嗷地传了过来。

"走!"魏强用枪一指,八个俘虏背着被摘下大栓的步枪,乖乖地跟着魏强他俩跑下公路去。

三

回到小队,魏强将配合山区反扫荡、准备打伏击的事情告诉给大家。大家心里都乐得开了花,像办喜事那样忙忙碌碌地做着各种准备工作。

刘文彬和区长吴英民离开魏强他们去各村动员大家操持绳子、木棍,秘密捆绑担架;汪霞出东村进西庄地悄悄筹划接收伤员的事。

武工队员们开始擦枪,磨刺刀,揩拭子弹、手榴弹,缝缀子弹袋和鞋带子。

一眨眼,五天过去了。

第六天的拂晓,魏强率领自己的小队,按照杨子曾的命令,蹓到大冉村村南、张保公路东侧的那块松柏参天的大坟地里。

脱掉棉衣换上春装的人们,好像卸下了千斤重载,真是蹲跳觉得轻松,爬起卧倒感到利落。

魏强根据地形,把人员划了七个战斗小组。人们都用柳枝桑条做了伪装,按照命令分别隐蔽在坟圈圈里。常景春生怕敌人看出破绽,搞了好半天,累得满头大汗,才搞出一个满意的、伪装好了的机枪阵地。

人们在自己的阵地上隐蔽好以后,魏强又做了一次检查,末了,凑到贾正的跟前,咬着耳朵说:"你们记住,哈巴狗是个矬胖子,打响以后用枪盖住他,我们争取逮活的;实在不行,再朝死处揌。"

一切刚安排好,两辆开着探照灯、放着警报机的巡逻装甲汽车从大冉村方向开过来。探照灯的光柱来回地横扫着大坟地。突然,像发现什么似的,有一辆车在大坟地前的公路上停了下来,同时,探照灯的白光,也纹丝不动地射向了大坟地里。

"嗯?"魏强在两墩桑条子后面,二目死盯住装甲汽车,心想:"难道没有隐蔽好,暴露了?"

"小子,你敢朝老子跟前来,就会让你吃一串西洋糖葫芦!"常景春抠着歪把子的扳机,暗暗地发着誓。

"小队长要下个命令,我一炮就擂它个灯熄火灭!"胡启明攥住八八式的炮筒捉摸。

贾正握紧枪把,瞪着两个大眼睛,心里说:"不怕死,你就来来看!"赵庆田心里思忖:"它为什么停下了？莫非……"李东山早在眼前摆上一颗揭开盖的手榴弹;辛凤鸣的那把头发丝沾上就断的刺刀,已上在自己的马步枪上;刘太生蜷缩着两条长长的大腿,不出声地叨念:"来吧,来会餐！这里又有黑枣又有糖,外带两个酥脆大菜瓜。"

装甲汽车上骤然像刮风似的响起了机关枪,枪弹打得枝条树叶噼里啪啦地直往魏强他们身上落;跟着,十几个戴钢盔的鬼子,叽里哇啦地说着话儿从车上走了下来。

魏强的心立刻提揪到嗓子眼。对付这辆装甲汽车上的敌人,魏强并不在乎。不过真的一打响,整个战斗方案就会全部破坏了。死马当作活马医,魏强认为眼下的办法,就是隐蔽。他立即用极微小的声音向左右传:"隐蔽！"

装甲汽车旁,一个鬼子叨念了两声听不懂的话,接着,唰！探照灯从东扭向了西,车上的机关枪又朝西面猛扫起来。

"鬼子这是玩的什么把戏？"魏强暂时松了一口气,跟着就捉摸起来:"说他发觉了,为什么又转到西面去？说他没有发觉,他为什么老在这儿泡起来？……"

四周围村庄里的公鸡,像竞赛似的啼叫起来。魏强轻轻地大扭了一下脖子,朝东一看:启明星蹿起三丈多高,东方出现了鱼肚白。回过头来朝西一望:巡逻装甲汽车还纹丝不动地蹲在那里,鬼子们倚着车子,抱着大枪抽起烟来,火儿时明时暗。"他们蹲在这里干什么？他们在等什么？他们要真的在这蹲上半天,可真是个大麻烦……"魏强又暗自捉摸开,不时警觉地查看背后,生怕敌人预先知道了作战计划,从后面偷袭上来。但是后面并没有动静。

呜呜呜！呜呜呜！公路北面大冉村方向传来分不清的马达声,声音越来越近。一对对白亮的灯光,好像大毒蛇的眼睛,一闪一闪地顺着公路朝南面过来了。五辆汽车,已经开到魏强面前的公路上,停在巡逻装甲汽车后面,马达继续响动着。地上抽烟的鬼子们掐灭烟火,急忙爬进坟丘子似的巡逻装甲汽车里。一会儿,巡逻装甲汽车飞快地朝南驶了去,五辆汽车头顶屁股地紧紧跟随着。

天,渐渐地亮起来。

这时,魏强明白了:巡逻装甲汽车蹲在这儿的目的是用火力侦察这一带的复杂地形。趁太阳没出来,地里没有人,他忙派个观测员爬上一棵高大的叶子茂密的榆树,自己也伏在地上等待起来。

火红的太阳在正东偏点北的地方拱了出来,升啊升的,好容易上升了一房高,又像站住似的纹丝不动了。人们趴在潮湿的地皮上,被露水浸透的新紫化单衣,又渐渐地被晾干。大家的脸比弓上的弦都绷得紧,眼珠不错地瞅着面前的公路,盼着南边快点传来报喜的枪声。

公路上,走动的人多了。大冉村据点两个炮楼顶上并插的日本旗和青天白日满地红、外加个黄三角布条的旗子,也看得清楚了。

南面,田各庄附近,忽然响起魏强他们久已盼望的枪声。枪声异常激烈,中间还有不少咚咚咚咚的手榴弹爆炸声。

南面枪声一响,公路上的来往行人,都一个劲地朝公路两侧躲。人来车往的公路,顿时变得冷冷清清。

在树上瞭望的观测员像打滑梯似的从树顶上出溜下来,爬行到魏强跟前低声报告:"小队长,敌人出来了!"

"敌人出来了,沉住气!"魏强又一次向人们发出命令。

没有一顿饭的工夫,敌人在公路北面露了头。十二个鬼子戴着钢盔,穿着土黄色的军服,肩扛着上了刺刀的三八枪,耀武扬威、齐一步伐地迈动着罗圈腿走过来。从敌人的行动上看,那种傲慢的劲头,好像世界上只有他们"大和"民族才是人类的统治者。离着鬼子有一大截,九个身穿青制服、头戴大檐帽的伪警察,都把枪放在胳肢窝里夹着。他们好像得到了不祥之兆,一面走一面扒头探脑地窥察公路两侧。

鬼子过去了,警察们已和魏强他们隐蔽的大坟地成了东西一条线。就在这时,埋伏在公路西面的二小队那儿,哗哗哗地响起了排子枪。警察们吓毛了脚,跌跌撞撞、滚滚爬爬急朝公路东面乱跑;鬼子却原地卧倒对抗。但是,冰雹似的枪弹,最后也逼得他们不得不退下公路,朝向东面撤。在后撤的时候,有两个鬼子栽倒没有爬起来。

剩下的十个鬼子变成了三个战斗组,像麻雀似的蹦蹦蹦蹦、纵纵跳跳,一边还击一边退,渐渐地接近了魏强他们占据的大坟地;警察们也狼狈地朝大坟地跑来。

魏强狠盯住敌人,没有吱声。隐伏在阵地上的人们,都攥住手榴弹把,拉火弦套在手指上,拧眉屏气地等待着。

相距只有三十米了,魏强眼盯住鬼子,震天撼地地喊了声:"打!"咚咚咚!……二十来个手榴弹一起甩在鬼子群里,有些不动了,有些卧倒就开枪。常景春的歪把子也开了叫。

"警察们闪开,我们打的是鬼子!打的是汉奸苟润田!"魏强在坟圈后面,拉开嗓门一喊,人们也就"警察们闪开!""怕死的躲远点!""中国人不打中国人!""硬上,枪子没眼!"地呐喊起来。警察们听到八路军一嚷叫,知道保住了命,谢天谢地地赶紧朝后蹿。

敌人往公路下面撤时,贾正、刘太生的四只眼睛一齐咬住警察群里一个又矮又胖的家伙,他就是哈巴狗。贾正想:"枪子没眼,可别敲死了!"刘太生寻思:"能像封神榜上的人,有个'扣魔钟'该多好!"等手榴弹摔响,机关枪扫过,哈巴狗还长命百岁地活着。两人心里非常高兴,就像猫逗耗子似的跟哈巴狗耍笑起来。哈巴狗想朝后跑着退,贾正使枪朝他头上盖;哈巴狗吓得卧倒了,刘太生怕他滚逃,拿枪弹在他腚后封锁。他俩左一枪,右一枪,前一枪,后一枪,枪弹打成了梅花瓣,打得哈巴狗动不了窝。他俩正用火力封锁着哈巴狗,全小队同志端着刺刀,"呀呀"地喊叫着,从坟圈子后面跳了出去。发起冲锋了!

辛凤鸣端着亮晶晶的刺刀冲到前面,一个左腮帮子下面留有一撮毛的鬼子端着刺刀迎上来。仇人相见眼睛红,二话没说,"呀呀"地拼刺起来,刺刀碰枪身,磕得丁当山响。

贾正、刘太生看到辛凤鸣和一个粗壮的鬼子拼刺,手里都捏着一把汗。他俩朝哈巴狗揳两枪,就忙朝辛凤鸣这边看。这时,赵庆田、李东山共同拼掉了一个老鬼子,便急忙往辛凤鸣这边纵跳过来。李东山立眉瞪眼地拉着长声"呀——",朝一撮毛的右肋用刺刀尖虚虚一点逗,一撮毛紧忙右腿后撤来躲闪,就在这时,"呀"的一声,赵庆田把一尺多长的刺刀,狠劲地戳在一撮毛的左肋上。

贾正、刘太生不约而同地喊了一声:"好!"可是扭头一看,哈巴狗已打着滚,钻进了蹲裆深的麦地里逃走了。

"妈的,煮熟的鸭子又飞了!"贾正挥臂骂了句,二人悔之莫及。

太阳高挂在东南方向,南面的枪声由激烈变成稀疏,而后渐渐消逝了。一场伏击战漂亮地结束了。

第 八 章

一

　　在敌占区作战,必须打得干脆,撤得利落,走得诡秘。结束了战斗,魏强简单迅速地向杨子曾报告了战绩,然后按照指示,领着小队的同志,带着胜利品,朝东北方向,不过村不进庄地转移了。

　　待老松田陪同津美联队长,带领四五百名鬼子,坐着土黄色的卡车,风是风,火是火地从保定城里赶来增援时,已是"正月十五贴门神——晚了半月啦"。

　　汽车首先在武工队伏击的地点停下来。松田没有等到汽车站稳,就拖着三尺长的战刀,跳出了车门;津美联队长摘掉白手套,朝上推了推架在鼻梁上的托力克的金丝眼镜,顶着松田的后脊梁,跟了出来。两人谁也没有说话,漫步朝大坟地跟前走去。长筒皮靴上的刺马针相互磕碰得发出当啷当啷刺耳朵的响声。

　　这里,还弥漫着呛人的火药味和腥臭味。津美联队长左望,左边躺着中弹死去的"大和"武士;右望,右边仰卧的是拼刺阵亡的日本士兵;个个都是血肉模糊。在横躺竖卧的尸体旁边,散丢着弹壳和打穿了的水壶,还有爆炸后的手榴弹木把。一张张印有日文的红色传单,搁放在日本兵尸体上;一张张印有中国字的绿色宣传品,散摞在周围的土地上。他板着面孔,缓缓地迈动脚步边走边察看。在这个"明朗化"的地区,"皇军"竟遭到了这种想不到的严重打击,他的心情烦乱至极,扭头望望跟在他右后方的松田。

"少佐!"津美联队长声音显得挺平淡。

"有!"松田答应着急迈了两步,立正站住了。

"今天,在你统辖的这个治安区里,发生这样意料不到的事情,你觉得怎么样?"津美联队长一字一字地问。

"我觉得,在我说来,曾经多方面地了解了这个地区的情况,对敌人的防范是严密的。从拂晓到天明,又专派出几辆装甲汽车分段地进行了巡逻,对每个复杂地形都用探照灯照了,用机关枪扫了。但是……但是……"松田像个雕塑的泥胎,站在津美联队长的面前,时有点不知所措。因为,他知道,这个顶头上司声色愈平静,说话愈缓慢,那就是他愤怒到达极点的表现。

"但是什么?"津美挥动摘掉的一只白手套,指点着松田发起了脾气。松田低垂着脑袋,"是,是"地要解释……

忽然,坟圈圈里面的几墩柳子后边,一个日本兵呻吟着喊叫起来:"哎!太君的,大大的太君!我的还活着。"他的双腿都缠满了雪白的绷带。

搜索的日本兵要去抬,军官们也要朝前凑,津美联队长挥舞着手套,瞪出眼珠地喊:"都站住!"所有的日本官兵都刷地停住了脚步。

"你,受伤啦!"津美联队长走了过去,叉开两腿,狠盯着受伤的士兵,像要用眼睛瞅化他似的,吐着很不满的声调问。

"是,太君!我的两腿被打断,八路军给我包扎上,把我抬到这里来的!八路说……"负伤的士兵强打着精神报告。

"住嘴!你为什么不战死?皇军的败类!"津美联队长一肚子怒气向伤兵倾泻出来。眼前的这个负伤的兵士,不但没有战死,居然接受了八路军的包扎,在他看来,这简直是"大和"民族的耻辱。他伸手拽出亮晶晶的战刀,咔咔扎进了负伤兵士的心窝。负伤的兵士"啊——"地惨叫了一声,咽了气。远处呆立的日本兵都吓得狠闭双眼,低下了头。

津美联队长将沾满血迹的军刀在长筒皮靴底上反正地一擦,狠劲地装在刀鞘里。"走,南面的看看!"

日本官兵爬上了汽车,津美联队长钻进了驾驶室,汽车拖着一股子黄烟,朝皇军第二个倒霉的地方——田各庄附近驶了去。

二

家家闭门入睡的时候,魏强他们顺着唐河的西堤根,蹚着齐腰深的麦子,悄悄地进了西王庄,钻进老房东赵河套大伯的家里。

守在一盏昏暗的菜油灯旁吧嗒吧嗒吸烟的刘文彬,听到院子里的响动,忙跳下炕来朝外迎,门帘没抓到手,魏强早已进来了。

刘文彬高兴地握住魏强的手,跟着便和陆续进来的人们招呼:"咳呦,都辛苦啦!"

人们揩抹枪的揩抹枪,清点子弹的清点子弹。有的在脱光膀子洗脸,有的在用热水烫脚。辛凤鸣头上扣上一顶钢盔,端着缴获一撮毛的那支三八枪,腆着肚子,噘着嘴,瞪着两个眼珠,装着日本兵的样子冲着李东山说:"老保守,你有多少'大八勾'① 的?赶快拿来,我的'新交''新交'②!"

"'大八勾'我的不多,统统地拿去没关系!"李东山点头哈腰,双手托着一盒绿兵船牌的纸烟,送到辛凤鸣的面前。辛凤鸣伸手刚要拿,常景春一把抓了过去,顺手装到自己紫花裤子的口袋里。

"哎!别半道上打闷棍哪!"辛凤鸣忙去抢烟。

---

① 日语:纸烟。
② 日语:给的意思。

"从你们手里缴来的,怎能再给你们抽!"常景春捂着口袋挣扎、抗拒。

"给他吧,你忘记优待俘虏了?"李东山逗趣地讲着情。常景春将烟掏出来,说:"我们这是优待俘虏'一马斯'!"

在这敌占区,大家虽然不敢高谈阔论,狂笑海闹地庆祝今天伏击的胜利,但是,人们的心里都洋溢着愉快的情感,脸上都充满着喜悦的笑容。全屋,都被喜庆的空气笼罩着!

河套大娘兜一大兜红枣走进屋,哗啦一声,倒在炕桌上。

"弄这个干什么?留着……"魏强话没有说完,被大娘接了过去:"干什么,吃呗!大娘没有好的慰劳你们!"

"是啊,瓜子不饱是个人心!"河套大伯帮腔说着,又把拐进来的一篮子红枣放在了炕上。

"你们这一打,算是把人们的心打豁亮啦!咱伤人了吗?"大娘担心地问。

李东山指着刚长起的头发,凑到大娘眼前,说:"连个头发丝也没碰到啊!"

"阿弥陀佛!那敢情好。真是老天爷保佑,要在早先,我非得请一炷子香烧一烧!"大娘两个手掌合到一起,点头作揖地说。大家知道老大娘的心情,虽然想笑,都没好意思笑出来。

"得了吧,又搬出你那封建脑袋来啦!"河套大伯又气又笑地顶噎了大娘一句。

汪霞、李洛玉也来了。洛玉张嘴就问:"一撮毛打死了没有?"

"没有打死,让他拿刺刀戳死啦!"魏强指着端着一盆洗过脸的脏水的赵庆田。赵庆田难为情地咧咧嘴,迈步刚要朝外走,河套大伯两手一插,抢过脸盆去:"怎么能叫你这英雄干这个!"端了就走。弄得赵庆田红着脸退到一边。

"你看,这是一撮毛的枪。"辛凤鸣把枪送到李洛玉面前。李洛玉嘴唇叼着烟卷,双手把枪接过来,上上下下仔细地看了又看;汪霞、河套大娘也凑到跟前去抚摸。

"你们撂倒一撮毛,哈巴狗呢?"李洛玉怕把枪磕碰着,轻轻地往地上一竖,抬头朝人们问道。

"你问哈巴狗,就问他们俩吧。"辛凤鸣指了下贾正和刘太生,"为这件事早吃小队长一顿批评了!"

"还说呢!要不是你,他十个哈巴狗也逃不出俺们这两条枪!"贾正没好气地说。

"你们这是一笔什么账啊!叫人听了挺糊涂。"李洛玉从话音里知道哈巴狗是逃跑了,到底怎么逃的,他还真的闹不清,便开口打问。魏强把事情学说了一遍,人们这才闹明白。

"咳!学有学规,营有营规,没有个管教也不行。常说打油的钱不买醋,你俩怎么在枪子底下还东张西望的?看把个坏羔羔子给放跑了。"大娘听到魏强一学说,指指贾正,点点刘太生,好像教训她家宝生似的教训了一阵子。贾正、刘太生都低垂着脑袋,不吭一声。大娘扭过脸来,又冲魏强说:"他俩担心自家人吃亏,也是出于好意,放跑了哈巴狗也真该挨顿批评。当队长的说说他俩就算了,两个都是好小伙子,会知错改错的!"

"只要他俩认识到错就行了。不过,"魏强又自我检讨地说道:"哈巴狗的跑掉我也有责任。我过于强调逮活的了!要不然,凭他俩的枪法,说真的,有十个哈巴狗也早躺下不动了。"

"叫刘太生那一枪,恐怕他也得带点伤!"贾正扬起脸来说。

"带点伤就好,不给个厉害也不行。今天跑了,还有明日呢!总之,今个咱是一人不伤的大胜利!大家就乐乐呵呵地庆祝这个胜利吧。执行任务有过错,以后注意就行了!"刘文彬觉得屋里的气氛有点过于严肃,忙拽扯人们转话题。

"你们不知道,我是当探马来啦。群众听说军队打了胜仗,正操持还愿哪!"李洛玉比比画画诉说自己的来意,跟着问大娘:"老嫂子,你操持得怎么样啦?"

"我？哎哟,你要不提,我还忘了。"大娘像想起一件没做完的事情,冲汪霞说:"闺女……"以后声小得听不到了。汪霞的脸上虽然满带笑容,嘴里却一个劲地说:"可别！可别！大娘,可——别！"大娘说完,笑呵呵地走了出去。

"还什么愿？""群众有什么愿还？""怎么个还法？"人们又让李洛玉给说的有些糊涂了,大家就七嘴八舌地上来打问,特别是辛凤鸣问得更上劲。

"这个,要知村里事,必问当乡人！"李洛玉竖起一个手指,在空中来回画着圆圈地说,"群众许下的是:'打死一撮毛,家家吃煮饺。'一撮毛不是完戏啦,人们也就该吃了！"

"今天要打死哈巴狗呢？"辛凤鸣紧问。

"那就吃肉喝烧酒！"李洛玉连想都没想地告诉给他。

"像打死侯扒皮、刘魁胜,群众也一定有愿许,是不？"辛凤鸣还接连地打问。

"当然有啦！你听我给你念叨念叨。"李洛玉揎揎袖子,左手五个手指伸出,右手按曲一个指头,就说上一句:"'打死侯扒皮,摆酒吃顿席';'打死刘魁胜,家家把酒敬';'打死老松田,重新过大年';'打倒日本帝国主义,敲锣打鼓唱对台戏！'这不都是群众许的愿？"

魏强他们听后都咧着嘴笑了。

"你们今天前半晌这一打,可把群众的抗日心气给打足了！说真的,有些户,乐得一宿都睡不着觉。"李洛玉说,"我走啦,好告诉人们切韭菜整馅子去。"李洛玉朝脸上抹了一把,跟刘文彬咬咬耳朵,刘文彬点点头。

李洛玉走了出去。汪霞说:"不光这村的老百姓这么高兴,方圆左右村子的群众,也都高兴得不得了。都说:'盼星星,盼月亮,总算把这一天盼来了！'有些村,还偷着操持慰劳的事！"

寂静的夜晚。远处,传来一两阵声嘶力竭的猪叫声,是谁家在宰猪;近处,还能听到断断续续刀剁案板的声音。

人民的胜利,人民是知道怎么来庆贺的!这胜利仅仅才是一个开始。

三

不知是养成了习惯,还是心里惦记事,没等到公鸡张嘴,魏强神经一机灵,一个骨碌从炕上爬起来。揉揉眼睛,见刘文彬正坐在炕桌旁的油灯下看文件。"你还没有睡?"

"没有。你怎么醒啦?天还早呢!"刘文彬觉得魏强还应该多睡会。

"不想睡了。"魏强打个哈欠,摇摇脑袋,拽拽滚皱了的衣服,凑到灯前,吸着一支烟,问道,"情况怎么样?"

刘文彬从文件包里拿出一张纸,"这不是,二十四团在田各庄村北,共缴获四挺歪把子,一挺重机枪,四个掷弹筒,还有三十六支三八大盖和三个王八盒子……"

"嘀!人家这大网,就是逮大鱼。敌情有什么变化?"魏强称赞地说完,立即又转向另一面。

"敌情?"刘文彬撂下手里的文件,说:"咱刚打完仗,津美联队长就带领十几汽车鬼子,和老松田气汹汹地赶到部下倒霉的地方;在你们打仗的那个地方,还亲手用战刀扎死一个受伤的日本兵。"

"这东西们,真比狼都残忍!"魏强脑子里立即出现了卫生员小魏给负伤的日本兵包扎伤口以及赵庆田、李东山两人把他抬到树荫下去的情景。

"听说,老松田还挨了一顿骂。"刘文彬说:"敌人把两个被伏击的地点,都照了相,画了图……"他边说边翻腾文件,很快拿出一张折子满满、字儿密密的白报纸。"这个情报里说,津美联队长亲给张保公路沿线各据点下了一道命令,要他们抓派民伕,把公路两侧二百米以内的所有树木都伐倒,所有的坟丘、土堆、埝子都铲平,所有的坑坑洼洼都填满,所有的麦子都割掉。从保定到张登,要割五十里地的这么一条大胡同,这么一来,可真糟蹋海了……你看怎么办?"刘文彬说到这里,头歪靠在左手掌上,他两个手指夹着的那截燃着的纸烟,在脑后徐徐地朝上冒着蓝烟。"……除了这个,向山里扫荡的敌人昨天进山了;津美联队后天就要朝山边上开拔。"

魏强一直在默默听着,他的眉头愈皱愈紧。当他听到津美联队要进山,眉头立刻松展开,说:"只要他滚蛋,这事就好办。"

"好办?我觉得也不太容易!不过……"刘文彬为这码事的确绞了半宿脑汁。他忽然脑袋离开左手掌,朝魏强凑凑:"我觉得朝这个门闯闯也可能……"于是,两人低声细语地咕哝起来。窗户由黑变灰,渐渐地发了白,他俩也不知道,直到汪霞走进屋来,才打断了他俩的谈话。

汪霞的脸上浮罩一层灰尘,眼白上有些红丝,眼角有点眵目糊,眼皮有些浮肿。很显然,她这一夜也是没有合眼。

"你的眼都熬肿了,快到大娘屋里打个盹去。"刘文彬用带点劝说的语气对汪霞说。

"也不觉困,就是脑袋有点蒙。"汪霞扬起手来把垂散到脸颊旁的黑发朝耳后一拢,笑了笑,想坐下。

"快借大娘个被子盖上睡一觉。常说,不会休息,就不会工作!"魏强也帮助劝说。

脾气倔强的汪霞今天并没有丝毫执拗,冲魏强笑了笑,便朝大娘的屋里走去。

吃罢早饭,李洛玉肩担两个筐子来了,一进院就喊:"老嫂子,谷草撂在哪儿?"他没等房东大娘答腔,早把筐子上边的谷草放在南房跟前。接着,扁担上肩,挑着沉甸甸的两个筐头朝魏强他们住屋走来。

"老李,你这又是演什么戏?"魏强心里觉得有点奇怪。

"我今天要给你们演出《慰劳》。"李洛玉说着从筐头里提出两只猪大腿。"我要学曹操的大将典韦,唱一出《战宛城》! 铿锵锵! 铿锵锵! ……"他两手舞动着两只猪大腿,嘴里打着家伙点地闹了一阵子,逗得人们止不住地乱笑。

"老乡们都很困难……"魏强有些不好意思地说。

"报告小队长,你就收下吧!"洛玉又摆出了军人姿态,将猪腿放在桌上。

李洛玉的一言一语,一举一动都能让人发笑,好像他浑身上下,处处都是"笑"字。他那滑稽的动作,风趣的语言,让人们心灵上增添了无限的欢愉,让屋里的那种和谐气氛更加和谐。

李洛玉放下猪腿,又从筐头里提出白报纸包装、麻绳儿捆的两嘟噜东西。另外,还有用几层伪报纸裹包的两条纸烟。"话说到前头,魏小队长。"李洛玉见魏强有点不愿收下的样子,就先发制人地说,"这是老百姓的一点心愿,我是奉老百姓的命令来的。你要不收,就自己退回去。这猪说真的不是为你们杀的,是老百姓为了还心愿,吃饺子,搭楂合伙分买了两口猪,昨天黑夜杀了的,大家都愿意弄出点肉来,送给子弟兵吃。"

"群众叫鬼子汉奸敲诈勒索得都挺苦哈哈的,我觉得……"魏强刚说到这,李洛玉赶忙接过来:"你就别心里不落意。老辈子打仗,旗开得胜回来,还有犒赏三军一说呢! 给你实话说吧,昨天黑夜,老乡们推车担担地乱找队伍送慰劳品,他们打头碰脸地争上咱这小延安来问讯,要不是遇上汪霞同志,就得跑折了腿。"

刘文彬觉得打了胜仗,群众慰劳部队不是个稀罕事,也就随声附和地说:"就收下这些慰劳品吧,拥军优属嘛,吃点也不算框外!"

"当然不框外! 群众说,'东西送给自家人吃,从心眼里痛快舒坦……'"汪霞揉擦刚睡醒的双眼,随话答音地走了进来。

李洛玉见到三张嘴说得魏强不再拒收了,真比拾了狗头金还高兴。他咧着嘴把两个筐子轻轻地并摆在一起,指指筐头,朝瞪着大眼瞅他的贾正说:"这里都是怕磕怕碰的东西,可别蹾啊砸的!"贾正小心地掀开谷草一瞧,里边都是粉红皮的和白皮的大鸡蛋。

"洛玉,咱谈个事。"刘文彬拍拍炕席,等李洛玉坐下,面对面地谈起鬼子要在公路两侧割麦子砍树木的事。"在这个地区,鬼子要这么干,咱不能不依随,最好在依随的时候破坏它。比如,割麦子、伐树、平坟、填坑,敌人要让咱一起干了,咱派民伕时不让他们带或少带点应手的家具,没有家具,他不就割不成麦子伐不成树?再一个就是动动大冉村警备队的小队长。这家伙别看官小,门头可硬:有个当大队长的哥哥做后台,他怕什么?只要弄通了他,麦子、树的,可能会保护下。怎么个做法,要投他的心坎来,这,晚上再研究。我们还要把带家具的办法告诉给各村。"

"明天,津美联队一走,咱用这两个办法从里到外地一来,就能把公路两旁的麦子、树木保住了。"魏强补充说。

"对,咱一定把这麦子保护住。大冉村的小队长,我还能玩得转他。"洛玉说完,急速地走了。

魏强翻看裹包纸烟来的伪报纸,看着看着,噗哧地笑出了声。刘文彬、汪霞和别人都不知道是怎么回事,眼神马上盯在魏强手拿的那张报纸上。

"这有一段,我念给大家听听。"魏强两手抖抖手里的伪报纸,开口念起来:"标题是:我军机智骁勇,击毙匪徒一名。"魏强念完标题,指着自己鼻子说:"击毙的匪徒就是我。听我念内容:'五月二十二日讯,昨天,我驻魏村官兵一小队,返保途中遇一可疑之人,小队长只身上前盘问、搜查,突遭对方射击,幸官兵久经锻炼,终将匪徒击毙于道沟中,缴获自行车一辆。'完了!"魏强念完将报纸一扔:"你们说,这叫个什么?"

"这叫阎王爷贴告示——鬼话连篇。"刘太生笑着指指报纸。

"不,他是屎壳郎打嚏喷——满嘴喷粪!"贾正挥动拳头朝炕沿上一砸,气呼呼地抓过摊在炕上的伪报纸,揉成蛋扔在炕桌上。

"叫我说,他这是扣着腚眼上房——自抬自。"李东山瞅着桌上被揉搓成一团的伪报纸。

"他真会打肿了脸充胖子!刘太生的那顶白毡帽,他怎么不写成赫赫战果?"赵庆田又将揉搓成团的伪报纸拿起,慢慢舒展开来看。

"他要再为缴获一顶白毡帽发条消息,那更该让人笑掉大牙啦!"汪霞说罢,将披到脸上的头发向后一甩,也哈哈地笑起来。

日头从东朝西走,眨眼,又过了多半天。

"吃饭吧。今天伙食大改善,又有猪肉又有蛋。"贾正张着大嘴,双手端着炖得红头花色、打鼻香的一白瓷盔子稀扒扒软的肘子走进屋。

"嘿,不用吃,看着就能解馋。"刘文彬撂下手里的书本夸奖说。

"这是谁的手艺? 真该表扬。"魏强瞅见,心里也非常满意。

"咱们汪霞同志!"两手端着三碗二米饭① 走近炕桌的李东山说。汪霞正在擦湿手,她以为魏强明知故问,想看又不敢看魏强地笑了笑,白皙的脸儿,刹那变成绯红。再加上魏强端起一碗饭朝她亲昵地招呼"吃吧",不知为什么,她的心咚咚地跳了起来,脖子上也跟着红了。

集体吃饭,没敬没让。人们都大筷子地夹猪肉,大口地吞着饭,吃的真香甜! 真痛快!

人们吃着吃着,忽地有人发现骨头上有梅花桩般的几颗钉子帽。这几个钉子帽引起了人们的注意。"这是怎么回事?""谁揳上的钉子?""揳钉子干什么?"魏强一面吃一面想。赵庆田、李东山齐用筷子按住瓷盔子里的肘子肉;贾正攥把钳子,在朝外拔钉在骨头上的钉子。贾正拔一颗,说一句:"又是一个炮楼子!"再拔下一颗,又取笑地说:"这家伙就像个据点!"人们见贾正叨叨念念拔得挺有

---

① 大米和小米掺着做的饭。

意思,都不住地乱笑。

"对,现在吃肉拔钉子,将来,要用我们的工作和战斗来拔炮楼,除据点。群众给我们搠有钉子的肉吃,是希望我们用拔钉子的办法来对待敌人!"魏强忽然明白群众搠钉子的用意了,举着手里的一双筷子,指点贾正拔下撂在桌上的三五颗钉子郑重其事地说:"同志们,明白吧,群众正是要我们拔钉子……"

四

李洛玉刚回到保公所,驻大冉村的警备队派了两个警备队员和两个警察要民伕来了。洛玉亲自出马,先烟后茶地一照应,末了,又满口承担地说:"虽说人们正忙着耪小苗、扛场准备过麦秋,我们还是一切照办,请弟兄们回说给王小队长,以后就别再费心派人跑辙了!"

洛玉把伪军们欢欢喜喜地打点走,忙跟几个村干部们合计了合计。最后,按照刘文彬、魏强他们说的办法,开始在群众中布置开。

第二天,洛玉穿得干干净净,左手提上一瓶衡水酒,右手托着一个蒲包——里面是一只烧鸡和些熏鸡蛋,带着一伙扛镐拿锹的七老八小的民伕,走到大冉村据点跟前。他让人们站到吊桥外,自己大摇大摆地走进据点里。

大冉村警备队的小队长绰号叫王一瓶,山东人,三十来岁,个儿不高,嗓门挺洪亮,是个见酒如命的手。他常说:"只要有酒灌,三天不吃饭!"他外出讨伐也带个小酒瓶子,进村见了办公人,张嘴就说:"快给闹四两去!"一瓶子酒到他手里,不喝得瓶底朝上不拉倒。王一瓶的绰号,也就是因为他贪杯得来的。

洛玉嘴里"王队长,王队长"地叫着,身子刚钻进屋,就叫一股子呛人的酒气顶得倒退了两三步。他朝屋里一瞅,首先看到的是一只细长脖的空瓶子蹲在桌子上;另一只空瓶子在桌上横躺着。四个碟子:一碟灌肠,一碟快吃完的熏肉,一碟炒鸡蛋只剩一丁点了,一碟粉皮拌黄瓜,还有一点酱油汤。

"我当谁呢,闹半天是你!"王一瓶敞着怀走进来,一眼望到洛玉手里的一瓶酒,咧起快要暴皮的大嘴唇,笑了。

"可不是我。这两天过八路,也没工夫来看你。前十天有个亲戚上衡水,我知道队长喜欢喝两口,特地托他给你捎了两瓶老白干!"洛玉说着将酒递到王一瓶的面前。王一瓶接过来,在桌子角上磕掉铁皮盖,扬脖咕嘟闹了一大口,接着咧嘴问:"那一瓶呢?"

"别提啦,大前天过八里庄,让皇军给'新交'去啦!"洛玉像真有那么回事地说。

"我日他个祖奶奶!"王一瓶满脸不高兴地骂了句,随后,又嘴对嘴地灌了一大口,回手给洛玉搬了个机凳。"我的好朋友,你坐下。"他把洛玉按在座位上,一伸手将碟里仅剩的一点鸡蛋抓起来,飞快地填进嘴里。

"卡去就卡去吧,以后再托人给你捎。"洛玉身子落了座,解开蒲包,拿出烧鸡来,添油拨灯地说:"吃吧,这也是从正定府捎来的,味道不比马家老鸡铺的赖!就是让皇军也卡了一只去。皇军嘛……"

"皇军?龟孙!我就不听那一套。前天,一撮毛叫我去增援,我就没听,他咬我的球啦!"王一瓶攥住酒瓶子,军装扣子没系,两腿叉立在桌子跟前,啃着鸡大腿,喝着烧酒,嗷嗷地发起狂来。

"王队长你可以,远远近近谁不知你是这一份。"李洛玉跷起大拇指,给王一瓶灌起米汤来。"听说,田各庄的中队长都得怕你三分。可是你辖管的这一片老百姓,就得听人家日本人的摆布。就说割麦子、伐树木这码事吧……"

"割麦子、伐树怎么啦?"王一瓶拿着鸡肉的两只手,停在嘴边上。

"那是皇军下的命令,谁敢不听?"洛玉特别把"不听"两字朝上扬扬。

"奶奶的,我就不听!"美酒助胆量,王一瓶扬颏连喝了几口,什么也不顾地大喊起来。"就是不割啦!就是不伐啦!"

"报告!"门外一声喊叫。

"进来!"王一瓶酒瓶子挪开嘴唇,朝进来的人一瞅,是他的一个上士班长,忙问:"民伕们都来了没有?"

"都来了,小队长,就等你去分段干呢!"上士班长双脚站到一条线上回答。

"你出去告诉民伕们,麦子不割啦,树也不伐啦,坟不平啦,坑不填啦,都回家!"王一瓶喝一口说一句地下着命令。

"是!是!是!"上士班长行了个举手礼,走了出去。

"不割恐怕不行,这是……"洛玉假惺惺地说。

"这没关系。下命令的今天进山扫荡去了,奶奶的,还不定回得来呢。就是回来,麦子也熟透拔完个龟孙啦!县官不如我现管。"王一瓶神色坦然地又撕下鸡胸脯上的一大块白丝丝肉,朝着嘴里填去。

"咳呀,这可太好啦!要是咱这条路上都修下你这样好心的队长,老百姓还不乐得烧高香?"洛玉知道王一瓶有个大门头,就想借王一瓶的酒劲,把事儿办得一竿子扎到底,又是捧又是拍地说起来。

"这个,等我把这瓶子酒喝干,一个电话给我哥哥就办了。"王一瓶一口两口连三口地喝起来。一只烧鸡送下肚,一瓶酒喝个光,空酒瓶子朝桌上一顿,领着李洛玉朝电话室走去。

鬼子割麦子伐树的计划,让一瓶子酒、一只鸡就完完全全给破坏了。

第 九 章

一

哈巴狗像只老狡兔,趁猎人稍一疏忽,便从枪口下滚爬到大冉村村南蹲裆深的麦子地里逃跑了。可是,右腿挂了彩。回到大冉村,倒在自己的床上,怎么想也觉得这条平坦笔直的张保公路,成了个危险的境地:一撮毛带领的十一个日本人都没有回来,由田各庄、张登乘车去保定的一中队日本人,也都叫八路军一口吞了下去……在这块"明朗化"的地方,出现了这么厉害的八路军,他们隐蔽得那么诡秘,打起来又是那么神妙。特别想到自己在那座大坟地前面让八路军的两条枪盖上打下的情景,心里后怕得还咚咚地乱跳,额头上的汗水刚擦掉,立刻又滚淌下来。他坐起来,按按自己腿上的伤口,虽说有点疼,并不那么厉害。他知道这是个串皮伤,过不了三五日就会好。但是,他眼望着缠上绷带的伤口,又不禁高兴得乐起来。他指着伤口小声地嘟念:"这真是个天赐的宝贝啊!"他打定主意:要利用腿上的这块痛楚不太大的伤口,来达到他的欲望,到保定好好活动一番。他决定回保定了!

在旧社会里,人们常说:好汉无好妻,赖汉子娶仙女。别看哈巴狗身板长得像个腌咸菜的大粗瓮,脸子像块橘子皮,却娶了一个年轻貌美的媳妇。她二十四五岁,个不高,体不胖,腰儿挺细,黑黢黢的一张小圆脸上,安着两个让人喜爱的小圆眼。两片子小嘴唇,说起话来呱呱的,像爆竹似的那么清脆,哄得人,特别一些年轻的男人,都愿随她的手指的转动来转动。据知道她根底的人说,她是一个破落地主家的女儿。因为她排行第二,人们都叫她二姑娘。

二姑娘的年岁不大,风流艳事并不少。据说,事变的那年冬天,她跟上一个相好的跑到土匪孟克臣的队伍上混过一个时期;孟克臣的队伍被八路军解决的时候,她又跟上现在的丈夫哈巴狗——苟润田,溜到了保定城。

二姑娘不论在什么时候,到什么地方,一吃饱肚子,就擦胭脂抹粉、描眉点唇地打扮自己。鱼找鱼,虾找虾,苟润田不在家时,有一伙子伪军和特务常找她来往。在这班伪军和特务里面,有一个和她最要好的,那就是日本宪兵队长的大红人,铁杆汉奸刘魁胜。

哈巴狗驻南乡大冉村的时候,刘魁胜就来哈巴狗家顶哈巴狗的那个坑。这个事哈巴狗并不是没有耳闻,因为自己的权势小,职位低,也就睁个眼闭个眼地装作不知道;有时候他就用另一种人生哲学来安慰自己:"你搞我老婆,我再搞别人的。女人可算个什么?"

这次哈巴狗回到保定,天天都拐着腿子串大街、走衙门,到处指着伤口吹拍卖弄:"大冉村村南那一仗,要不是我一杆枪顶着打,警察们要想都回来,那是妄想!""八路军枪法准,难得我会武术,三滚两滚我就滚出来了!""不是我苟润田拿枪顶着干,八路军真有拿大冉村据点的可能。"他在县公署、警察局胡诌乱咧地一吹嘘,还真吹住好些个人。有的背后议论:"苟润田本事就是不小!"有的当面奉承他:"润田兄堪称文武双全的警长!"比他高两三级的伪官员们,也常拍拍他的肩头夸奖说:"你是咱们清苑县出色的警长啊!""有前途的好干家!"碰到这种场合,他总是先将帽子摘下,点着那秃脑袋"哪里,哪里,蒙你抬爱"地谦恭一番,然后就察言观色、转弯抹角地来卖弄。他卖弄的内容不外是：一，请调离开张保公路；二，给个比警长权势更大些的差事干。他的心头话，曾和几个上司暗示过几次。但是，真正解决问题的，却不是这些捧场、喝彩，给他擦俊药戴高帽的人。多日的钻营吹拍，不但没能达到目的，甚至连一点希望也没有让他看见。

他的腿跑肿了，心费烂了，还是闹个瞎子点灯——白费蜡。他明白了，要凭自己的活动，来满足升官调任的欲望是不可能了，他开始看风转舵，要在他老婆——二姑娘的身上打打算盘。

于是，对二姑娘就格外殷勤起来：天天陪伴她逛马号①，蹓市场，进时装店，吃迎宾楼。二姑娘要什么，他给什么；说什么，他答应什么，哪怕借债拉亏空，他也是百依百随。弄得这位风月场中的女人，不由得在脑子里画了个问号："他这是怎么啦？"

一个燥热的夜晚，躺在床上偎依在哈巴狗胳膊上的二姑娘，伸手捏了捏他身上的厚肉撒娇说："怎么这几天你像瘦了一些？"

"瘦？是瘦了。什么人也架不住犯愁啊！伍子胥过昭关，为什么一宿白了头发？就是愁的！"哈巴狗说完，像憋着好多委屈事似的长出了一大口气。

"你吃不愁，穿不愁，票子大把进，媳妇怀里躺，你可愁的哪家哪业？"二姑娘一时难解地问。

"唉！别看咱俩是夫妇，我肚里有本难念的经，你也是不知道。"哈巴狗说着顺手替二姑娘拢了拢披到眼前的头发。

"是啊！我不是你肚里的蛔虫，当然是不知道啦！"二姑娘把哈巴狗那只替她拢弄头发的像五个小红萝卜的手指攥住，拉到自己的胸前。"你能不能把你那犯愁的事儿，给我念叨念叨？"

"我那犯愁的事？"哈巴狗想说又不愿意说地斜望着二姑娘；二姑娘的两眼也睨视着他，等待他继续开口。

---

① 保定的一个市场。

停了一会,哈巴狗才把话吐了出来:

"我那犯愁的事,前后思摸了好几天,怎么思摸也觉得非你办不可!"

"我!?"

"你,就是你!"哈巴狗翻个身,趴在床上继续说下去。"你和刘魁胜好,这个我知道。"二姑娘虽说不在乎,猛地说到这件事,心头也不由得跳动几下,黑黢黢的脸立刻变成酱紫色。她望了望哈巴狗,哈巴狗的脸色照旧是那么平和,她的心才渐渐平静下去。她微微地媚人地一笑,像不好意思地说:"这又不是一天半天的事,当然你知道了。"

"我知道,我不怪罪你。"哈巴狗像很体谅二姑娘似的接着说,"年轻的女人,结了婚啦,男人不在家,短不了走个歪道。可是,我问你,你既和刘魁胜相好,刘魁胜他能听你的话吗?"

"按说,你不在家,人家照管得我就算周到。听话吗?也算听,像他那路人,只要喜爱上自己心上的一个女人,怎能会不听话呢?不过他还不像你。"二姑娘说着将头扎在哈巴狗的胳膊弯里面咯咯咯地笑起来,笑得让人浑身发噤。

"好,他只要听你的话,那我就托你明天到石桥找他,让他办那么两宗事。你就好好施展本事赖着他,逼着他,让他办也得办,不办也得办。"哈巴狗又朝二姑娘跟前挪了挪,手搭在她溜光的脊背上,就一五一十,一字不漏地把自己的欲望一股脑地说出来。

二姑娘听完,伸出一个手指头,拨拉着哈巴狗那张蜂窝似的大胖脸,撇着小嘴,轻蔑地从鼻孔里出了股气,跟着,咯咯地笑着说:"你用这种办法升官,将来可拿什么脸见人?哎,我都替你害臊!"

"拿什么脸见人?这个,现今咱河北省省长吴赞周知道得最清楚。你再看看那本《官场现形记》也就更不觉得稀罕了。从唐宋元明清到中华民国,一直到眼下的东洋人,谁要想在官场上步步登高,不走黄门① 就得走红门②。我比你知道得多,也是慢慢学的。"二姑娘对哈巴狗的讥讽嘲笑,哈巴狗不但不觉得难为情,反倒夹说带劝地给二姑娘来了这么一套。"只要把这件事办成功了,你和刘魁胜的事,我保准不管。"

"这话可是你说的!"二姑娘觉得哈巴狗真心实意地许下了愿,又朝实处砸了两砸。

"君子一言,快马一鞭,我说到哪儿,做到哪儿,只要你俩不谋害我就行了!"

"好,那明天一清早我就去!"二姑娘像拾了洋钱票子似的,笑哼哼地靠在哈巴狗身上……

二

吃罢早饭不久,二姑娘搭上去高阳的汽车,来到石桥炮楼跟前,然后穿过吊桥,径直奔向刘魁胜的住屋走去。

二姑娘的突然到来,乐坏了刘魁胜。他嘴里叨念着"我的小宝贝,我离开城里才十几天,你就……"也不管二姑娘乐意不乐意,两胳膊朝前一伸,就把她圈抱起来,撂在自己的床上,才撒开手。

二姑娘今天打扮得特别妖艳:身穿一件刚过膝盖、小开气、卡腰的月白大褂,肉皮色的高勒丝线袜子,套在她那白白的大腿上,脚下穿着一双皮底的粉缎子绣花鞋:这些都是哈巴狗新近给她置买的;脸蛋涂了很厚的一层官粉,眉描得又细又弯,唇点得又红又艳。

情人相见分外亲,两人调笑逗闹了一大会,才转上正题来。

---

① 指黄金、钞票。
② 指女人。

"你到这里来,到底有什么事?"刘魁胜一头倒在床上,头枕枕头,左胳膊一字形地舒开,抚摸着她的手问道。

"我是无事不登三宝殿。"二姑娘轻轻地按了按蓬松的飞机头,回脸轻轻地一笑,"我到你这来,一个是心里怪想你,前来看看;再一个是托你个人情,给办两宗事……"刘魁胜听到哈巴狗想托他运动一下,提提职位,一个鲤鱼打挺坐起来,连忙问:"让我给他运动,可以!他给我什么好处?"

"看你这个人,"二姑娘撇着两片子小薄嘴唇说道,"人家这不是把我这么个大活人给你啦!"

"这个,他不给得行啊!"刘魁胜说着又去搂二姑娘;二姑娘假装生气地推他:"不行,你撒开,我不跟着你!"一个是假推,一个是真搂,二姑娘愈挣扎愈和刘魁胜挨近了。

"算啦!不看僧面看佛面,不看鱼情看水情,你顶着毒日头大远的来了,我怎能把你的面子驳回呢!真是大将难过美人关,像我这样杀人不眨眼的汉子,也得跪拜在你这石榴裙下。"

"三句话不离本行,一提就是你那杀人的事。像东王庄死的一百多个冤鬼,有一天会把你活抓了去。"二姑娘说到这里又是噗哧一笑,手摸着刘魁胜的胸脯喃喃地说:"哎!你要说人话,就办人事,明天,咱就一块搭高阳来的汽车回保定。嗯?"

"行,只要哈巴狗不管咱俩的事,你要活人脑子,我马上就给活挖个热的来。你要吗?"

"我要,你弄去吧!"二姑娘故意嗔着脸来了这么一句。

"好,我就去,吃活人脑子是大补,干痨气臌噎,百病都治。"刘魁胜说着就从床上爬起来。

门外突然传来一声:"报告!"

"什么事?说吧!"刘魁胜恢复了凶煞神的面孔,腾地跳到地上,粗声野气地朝外面问。

"昨天逮的那个人,您不是说朝保定解吗?现在去高阳的汽车返回来了。"门外站的人,像请示又像报告地一口气把话说完。

"不解啦!你告诉他们,快把那个人的脑子给我取出来,我有急用!"杀个人,在铁杆汉奸刘魁胜说来,是个很平常的事,所以他下个杀人的命令随便得就像说平常话。

门外的人答应个"是"字,迈步就走,刘魁胜转换一副笑模样,把脸扭过来,瞅瞅二姑娘;二姑娘两手扯着床铺,半坐半仰地静望着他,脸上显露出极满意的神情,先是媚笑了一下,然后又说:

"给你说着玩呢,谁真要活人脑子吃!你积点阴功德行吧。"

"积阴德?这个人可是八路军的情报员!"

"那还是解到保定去吧。"二姑娘像下命令似的说。

"好,好,你说怎么办,我就怎么办。"刘魁胜立刻又把走去的那人叫住,重新作了个吩咐。

三

哈巴狗走的这个红门挺见效,三天以后,提升为警察所长的委任状送来了。哈巴狗像接圣旨似的那么虔诚,双手捧着印有"国旗"、按有关防的那张又厚又硬的道林纸,像老鼠谒见猫似的走进屋。瞅瞅床上躺着的二姑娘,望望坐在椅子上抽烟的刘魁胜,再看看两手托捧着的卷成圆桶形的委任状纸,情不自禁地咧开大嘴哈哈地笑起来,笑得眼泪直往外冒。

刘魁胜屁股没抬,身子没动,夹烟的手儿朝委任状一指,说:"润田哥,兄弟办事一步一个脚印吧!"

"当然!这是二姑娘常挂在嘴边上的一句。"哈巴狗将委任状放在摆有座钟、花瓶的桌子上,簸箕般的大屁股朝床上一坐,压得床铺略吱略吱出响。"魁胜兄弟,这仅是个开始,以后不光麻烦你,还得请你多关照。不过要用我,我也是万死不辞。"

刘魁胜觉得时机不可错过,掐死手里的烟头,抬身离开椅子,手掌朝腰里的快慢机狠劲一拍,"大哥既这么说了,我就领情了,以后多给方便吧!"嘴里说着,眼睛飞向了床上的二姑娘。哈巴狗虽说心里酸溜溜的一百个不愿意,但是领了人家的情,自己又在二姑娘面前说了"保准不管",也就厚着脸皮笑了笑,默认啦!

　　二姑娘心里挺高兴,眼里却故意露出副不满意的神色说:"你俩一拉一唱倒对付起我来。我不愿意看你俩有什么辙?"说完,小黑脸一嗔,两个腮帮子圆圆的鼓起来。

　　哈巴狗和刘魁胜都摸准了二姑娘的脾气,不光没有劝,反倒一齐张开大嘴,冲着二姑娘哈哈哈地大笑起来,笑得二姑娘再也绷不住脸儿了,两手朝床上一扒,脸儿埋藏在两臂中间,也咯咯地来了一阵骚荡的狂笑。

四

　　在哈巴狗接到委任状的时候,也正是清苑县公署重新划区编乡的时候;在哈巴狗按指定的日期到县公署报到的时候,也正是区划好乡编完的时候。

　　哈巴狗修饰洁净,穿戴整齐,欢欢喜喜地向二姑娘道了别,小跑步地朝县公署的大门口走去。县公署的黑大门像个闭不上的老虎嘴,长年六辈子地开敞着。他朝左右两排告示牌望去,左边告示牌前,没有一个人影;右边的告示牌前,却拥挤着一大群人。他知道人们在望什么,也栽侧身子顺着人缝挤进去。

　　他挤进去得慢,钻出来倒挺快,真是高兴而进,败兴而出。他连县公署的大门也没瞅,垂着头,耷拉着脸,一溜烟跑回家来。进门一见二姑娘,劈头就骂:"你瞧瞧你干的好事!他妈的,这哪是叫我上任做官,简直是杀人不用刀,安心来毁我!毁了我好不碍你们的眼哪!"

二姑娘一见哈巴狗这副气汹汹的劲头,心里非常不高兴,强按住火性说:"你出门是碰上丧门神啦,还是吃枪药啦?怎么火这么大,气那么粗?"

"怎么?我问你,你到石桥怎么和刘魁胜个王八蛋商量的?"哈巴狗手指着二姑娘的鼻子尖,下颚抖动着逼问。

"你让我怎么说,我就怎么跟他说呗。你说怎么商量的?"二姑娘也不示弱地从床上立起来,眼珠子瞪个圆上圆地顶噎着他。"人家一句话让你离开了张保公路;人家跟松田一嘀咕,让你当了警察所长,人家一步一个脚印,人家哪一点办错了?"

"不错还对?"哈巴狗嗷地叫了一声,震得钢精水壶嗡地反响了一下。"你俩想做长久夫妻,就抓住我朝火坑里推。唉!"他手掌擦抹头上的汗水,欠身坐在刘魁胜上次坐的那张椅子上。

"你跟我像只疯狗似的叫唤了半天,我也不知你着的哪门子急,起的哪家火。你有话慢慢地说,干什么老骂人家?"二姑娘见哈巴狗消下点气,忙跳下床来,给他倒了一玻璃杯水送过去。

哈巴狗听到二姑娘的最后一句"干什么老骂人家",立刻醋性大发,啪啦一声,将玻璃杯摔到桌下。"我骂他,将来翻过手来,我还要揍死他呢!这个霸占人家媳妇,坑害人家男人的个坏枣擦的;这个……"他越说越有气,越骂声越高,先骂刘魁胜,转身又骂起二姑娘:"还有你这个浪货,跟谁来不行,非跟他?将来你得学了黄爱玉,非骑了木驴① 不可……"

哈巴狗放开大嗓门一骂,气得二姑娘脸色由红变白,嘴唇止不住的乱哆嗦,浑身抖动的就像筛了糠,心头火一起一落地真想和哈巴狗对骂一通。扭头一想,觉得哈巴狗正在气头上,要是真和他一

---

① 骑木驴,是封建社会对女犯人的一种极残酷的刑罚。黄爱玉是中国旧小说《刘公案》里的一个谋害亲夫的女人,她受了此刑。

对骂,不是朝火上浇油吗?因此,她就和颜悦色地望着哈巴狗,微笑着一句话也没说。哈巴狗是个说大话使小钱,干打雷不下雨的人,别看他在屋里跟二姑娘叫骂得挺凶,不但震唬不住二姑娘,闹来闹去还得顺着二姑娘的杆子爬。

哈巴狗骂她,见她不理,就慢慢地将声音放低了。二姑娘觉得时机已到,单刀直入地说起来:"你胡骂乱卷地闹够了,现在该说说为什么啦?"

"为什么?"哈巴狗拧着眉毛说道,"你到县公署告示牌前看看去,一看就明白了!"

"告示牌前怎么啦,有了老虎啦?有了妖魔啦?怎么你望到告示牌就那么害怕!"二姑娘见哈巴狗消了火,马上一脸沉,把气鼓起来。

"比老虎,比妖魔不在以下。他们要分配我到中间那个区去当警察所长。中间啊!"哈巴狗把"中间啊"这三字念得特别沉重,好像这三字里面让他望到了极大的恐怖。他无可奈何地望着二姑娘:"中间那一弯子是八路的老窝,共产党出没无常的地方。别说到那儿去当所长,真要早知道,就是给个大总统我也不干哪!"

二姑娘直怔眼地听哈巴狗一气说完,最后,拉着长音地"噢"了一声,白斜哈巴狗一眼,说:"我只当你这五尺高的汉子,是个了不起的人物,闹半天是个草包,是个怕死鬼!"说完,把小嘴巴撇得像个瓢,脸儿扭向了一边。

"谁怕死?怕死,我苟润田就不干这个!"二姑娘的轻蔑语气确实刺激了哈巴狗的自尊心。他拍打胸脯说道:"别人不清楚,你还不知道!在满城一带,不能说杀七个,宰八个,也确实崩过几个人。连那边的八路军都知道我苟润田的鼎鼎大名。"

"既然是那么一条汉子,干什么上中间当所长去就那么怕?"二姑娘又用激将的办法兜了两句。

"谁说我怕?话我不得不那么说。这事……"

没容得哈巴狗把话说完,二姑娘就接过来:"是呀,你这么大吵大闹的,叫人家刘魁胜知道了也不够朋友!再说,分配你到中间去是县公署决定的,恐怕刘魁胜也不知道。这么着吧,你先去中间试试,若是实在不行,我再给刘魁胜说说,调调地方。你现在这么一闹,得罪了刘魁胜,将来人家不管了,怎么办?还有,刘魁胜你得罪得起吗?"二姑娘这一席不凉不酸、不软不硬、劝中带吓的话,在哈巴狗的身上也真生了效。二姑娘一见他软下去了,又给他抹了一把粉:"我跟你五六年啦,你对我的恩情我知道,我还能坑害你?"说着,笑嘻嘻地凑到哈巴狗的跟前:"走吧,快上任啦,我也到迎宾楼给你饯饯行!"右手朝哈巴狗的左胳膊底下一伸,半搀半倚地将哈巴狗拽出了门。

第 十 章

一

敌人调集大批部队进兵晋察冀边区,目的是要把山区的八路军荡平,把抗日根据地摧毁,把坚强的人民杀服。没想到如意算盘拨拉错了,弄了个偷鸡不成白搭上几把米。唐县齐家佐一战,八百名鬼子丧了命;易县车厂挨了个伏击,近千名"皇军"送了终;津美联队长在去车厂增援的路上,腹部受了重伤。到处挨打、四面受敌的鬼子,被打得恼羞成怒,退一村,烧一村;撤一庄,杀一庄;平阳镇上,集体屠杀了群众八百个;野场山村,二百多个老人、孩子、妇女被机枪点了名。到处留下了血债,到处写下了暴行。

撤出山区的敌人有一部分回到了保定。张保公路沿线,马上又驻扎了一中队日本兵。张保公路两侧的村庄,立刻从较平静的状态变成动荡的局面。家家都防备鬼子的"清剿",户户都提防敌人的出动。刚建立的秘密游击组,加强了对村边的巡逻;收下麦子的人们,都尽快地埋藏粮食;伪军们又都像还了阳,死气沉沉的公路,很快又喧闹起来。

麦收刚过,保定的伪清苑县公署发出了征收小麦的布告:一亩地缴小麦四十五斤,麦子缴到保公所,三天后全部送到各大乡。

四十五斤就是三斗。家家都觉得这是个剜肉摘心的事。怎么办呢？群众经常为这事在家里、地里、人前、背后议论着。

老人们躲在阴凉里说："八路军光让人们藏粮，是怕人家抢。人家不抢，明着要，谁敢不给？"

老太太们纺着线叨念："只说藏粮没事了，谁知道还得往外刨。八路军有办法，能给出个好主意？"

小伙子们一听鬼子要粮，都气红了眼。有的说："他要就是不给！"有的说："不给不行！给他弄点秕秕瞎瞎的应付过去就算啦。"毛头火性的人说："算啦？还有大天呢！秕秕瞎瞎也不拿！"心里有路数的人说："不用着急，反正咱八路军有办法！"

敌人的暴敛，群众的议论，早都跑到魏强、刘文彬的耳朵里。在收麦前，魏强他们曾反复地向群众宣传了"拨工互助收割快、快收快打快藏粮"；收麦时，魏强他们也曾在各村给抗属、孤、寡、老、弱户拨过几宿麦。他们深知，粒粒麦子拿到手，都要付出一定的劳动代价；还有，麦子是物资，物资被敌人拿去，就等于给敌人增加力量。绝不能让敌人将粮食抢走；但是在这种地区——敌后的敌后——又该怎么办？

"能想个什么办法把敌人的征麦计划破坏了？"这，已成了魏强、刘文彬的一宗心事。

"分头向群众宣传不缴，群众听了可以办到。可这是敌人的天下，你不缴，敌人就下来抢，这又怎么办？咱们又没有力量拉出去和敌人对抗，结果，还是群众吃大亏。"魏强大口大口地吸着纸烟，背靠墙，眼睛半睁半闭地望着纸糊的破旧的顶棚。

刘文彬虽说拿着一本书，眼睛并没有看书上的字，脑子转转悠悠地也在考虑破坏敌人征麦的计划。"不让群众缴，眼下没有力量保护群众的利益；让群众缴，群众都睁着眼睛等待着共产党、抗日政府、八路军拿出办法。用什么办法呢？哪个钥匙能开这把锁？……"他为这事也真的犯了愁。

赵庆田进门凑到魏强跟前，声音不大但全屋都能听见地说道：

"小队长,河套大伯他们正在草屋子里,点着灯,朝口袋灌麦子呢!"

好像有个巴掌打在魏强的脸上,他腾地一下站起来,心好像被油煎着那么不好受。

"小队长,不能把麦子送给敌人吃!"辛凤鸣听赵庆田一说,知道河套大伯灌的麦子是缴给敌人的,就向魏强建议,"你知道拔了几宿麦子把我累成什么样,到现在胳膊还抬不起来呢!"

"叫我说,干脆命令老百姓一粒也不给!"李东山一脸不愉快地发了言。

"不给,敌人要来'清剿',要来抢粮,那怎么办?"

"怎么办?拉出去揍他!"贾正站起来,用拳头朝空中一捣。

"对,揍他!"刘太生同意地喊了一句。

赵庆田缠好子弹袋,瞅瞅大家,看看魏强、刘文彬,慢腾腾地说道:"打,咱们确实都有枪。不过咱这手里的枪,是保护咱武工队在这种环境里做各种工作的,不是叫咱用它在这里来蛮干。"

"这话对。有我们在,群众照旧听敌人的摆布,给敌人缴麦去,在咱们说来,是件不光彩的事。"魏强把话接过来,"如果怕不光彩,就要来个蛮干,结果会给群众造成更多更大的损失,那就更不光彩。大家不愿意让群众缴麦子,就得往大处打算,共同想办法解决。常说'三个缝鞋匠,顶个诸葛亮',咱这二十多个共产党员和三个鞋匠比起来,就强得多了。现在咱们就大家出主意,集体讨论个破坏敌人征麦的办法。"

大家聚集在菜油灯的周围,油灯映红了人们的脸。人们围绕破坏敌人的征麦计划,你一言他一语地讨论起来。

多半宿的讨论,人们一致认为:用"真截假要"的办法最可靠。根据田各庄、大冉村——这两个小麦集中地点的敌情、地形,可以在群众缴麦的那一天,将小队分成两部分,潜在两据点周围的青纱帐里,待送麦群众赶到,用鸣枪、追嚷的办法一闹腾,将送麦的群众拦回去,然后打发各村联络员进据点报告,说麦子让八路军截走了。

这个办法,魏强认为可以,刘文彬觉得也行。于是,就决定后天这么干他一家伙。大家觉得这么做,能让群众保下一部分麦子,都从心眼里痛快,也都积极在为后天黄昏的行动做着准备。

第二天,天刚过晌午,太阳直上直下地晒着地上的一切,屋子里像蒸笼似的那么热。有的同志的腰间,让子弹袋煞得起了一层小米粒大的痱子;有的同志热得口干舌燥,有的同志汗水淋淋,一股劲地喝凉水。贾正弄块蘸湿的手巾,缠裹在头上;李东山从"万宝囊"里拿出上次打伏击捡的一盒万金油,让大家来擦抹。

大娘走进屋,开口问魏强:"外头有个六十来岁的老太太,问我赵河套家在哪儿住,开头两回,我没告诉她,她走了;待会,她又走回来小声跟我说:'你就是,怎么光让我跑瞎道耽误工夫?快领我找他们去。'好像她知道你们在这儿的样子,看怎么办?"

魏强心里寻思:"这个老太太定有来历,干什么的?"刘文彬脑子也捉摸:"这老太太怎么就知道这家驻队伍?怪!"人们都望着他俩那惊奇的眼神,房东大娘也直愣眼地望着他俩,等待他俩开口回答。

稍沉默,魏强觉得不叫进来也暴露了,忙跟大娘说道:"叫她进来吧。"

工夫不大,房东大娘领着个穿深蓝裋子,青裤子,裤脚用副三寸宽的青腿带子扎着的老太太朝屋子走来。她左胳膊挎个小篮子,右手拿块手巾,使劲地擦抹脸上的汗,斑白的鬓角,让汗水浸得都打成绺。

"你这老嫂子,真有个逗,让我来回跑了三趟。"老太太和河套大娘一面走一面说,"让他们看看,我是生人吗?"

刘文彬听清语音,忙朝炕沿上挪,魏强边挪着答了言:"老奶奶,怎么大晌午头上赶来了?"

"别说大晌午头上,就是刮黄风下雹子,也不能耽误工作呀!"

老奶奶说着,将胳膊上挎的半篮子马齿菜撂在炕上。

"老奶奶,你快坐下,喝这碗凉开水,喘喘气。"跳到地上的刘文彬双手捧着一碗水,递给了老奶奶。

人们认得进来的这位挎篮子的老太太,是刚到冀中不久,给魏强送信要收条的那位老奶奶,都一齐上前热情地去照应她。

老奶奶忙从裤腿里取出两封信,递给魏强。魏强将一封交给刘文彬,忙低头看自己手里的信。二人看完,又互相交换地看了一遍,末后,魏强抖动手里的信说:"按照这上面的指示去执行,事就解决得更好了!"他说完,和刘文彬的笑眼一对,跟着,都咧着嘴乐起来,乐得屋里的人都有点莫名其妙。

二

几天来,魏强他们蹲在闷热的屋子里,一边作着执行任务的准备工作,一边像新郎盼好日子似的盼望执行任务那一天早点到来。那天,终于无声无息地被盼来了。

吃罢后晌饭,刘文彬将驳壳枪掖在腰间,跟魏强笑着说了一句:"明天公路上见!"匆忙地走了。到半夜的时候,魏强也带领队伍出发了。

麦子剃了头,高粱没了牛。麦收刚过,又连下了两场渗地雨,高粱、玉米长得都吞了脖,谷子、黍子也都蹲裆深。人钻进庄稼地里去,就像鱼儿跳进了水,连个影儿都望不见。

鸡叫以前,魏强率领他的小队,串着庄稼悄悄地朝大冉村据点走来,没声响地来到金线河南岸的那座炮楼跟前。

五六丈高的炮楼子,直橛似的揳在地上。一个挺长、不太宽的木制吊桥,在炮楼东面防护沟的里面,紧紧地拽起,高高地悬在半空中。

魏强看了下地形,带领队伍在一块葱茏茂密的高粱地里潜藏起来。他从腰间解下昨天领来的那根不粗但挺长的导火索①,问道:"昨天领的炸药在谁那儿?"

"在我这儿!"贾正抱着两个包包疾步走到魏强跟前。暗想:"这次任务准是分配给我。"心里高兴极了。

"我这儿也有两包。"赵庆田在贾正身后小声地说。心里也在想:"这任务一定给我啦!"

魏强知道他俩都想去执行这个任务,但是,他决定把贾正留下,自己便和赵庆田申着庄稼地,照直奔金线河堤走去。他俩爬上堤顶,一秒钟没停,先后朝河身滚了下去,一直滚到水边。

金线河的河身不宽,流头挺急。不太平静的水面上,反映了无数的银星,顽皮地在挤眉弄眼睛。它就像天上的银河移挪到地上,摊摆在人间,摆放在魏强他俩的眼前。

魏强趴在潮湿的河边上,朝西望了望近在咫尺的两座炮楼子。黑糊糊的炮楼顶上,不时地传过来哨兵的咳嗽声。两个炮楼中间,一架木制的大桥,横架在金线河上,离水面不过七八尺高,这就是那座毁民桥。魏强心里想:"水深,炸断桥,任务就完成了多一半。"他扭头望下趴在身旁、手托炸药的赵庆田轻声地说:"你悄悄下水,量一量水有多深。"

赵庆田上下脱得不挂一条线,脚丫子轻轻地朝水里一伸,整个身子也就钻了进去。他像蛤蟆似的不声不响地凫到河中央,脖子一缩,一个猛子潜到了水底下,好半天,头才从水里钻出来。他抹了一把脸上的水,继续朝前划动,一直划到河的对岸,朝上游爬行了六七十米,才又凫水朝回返。

"中间有两丈多深!"赵庆田被水浸得浑身发抖。他大猫着腰快步走到岸上,紧忙登上裤子,魏强帮他把褂子披上。

---

① 点燃炸药的药绳子。

"走,咱们到桥底下去,给它放上。"两人各用右手托举着两包炸药,左肘儿不停地捣动身子,一纵一纵地朝向毁民桥底下爬了去。

能对开两辆卡车的毁民桥,从上到下都是木头搭成的:木头桩子、木头架子、木头板子、木栏杆。湍急的河水,冲击得木桩啪啪作响。桥两头、炮楼顶上守卫的敌人,喀喀的咳嗽、咳痰声,听得异常清楚。他俩轻快地爬到桥下。赵庆田脚踩着魏强的双肩,攀着木桩朝上爬;魏强肩上负着赵庆田,手上还托举四十斤重的两包黄色炸药,在等待着赵庆田弯腰伸手来取。

赵庆田不慌不忙地把四包炸药安放好,拿起导火索的一头,插进炸药里。

魏强生怕赵庆田急里出错,低声向他叮咛:"别急,插接牢固再下!"

"嗯。"赵庆田嗓子眼哼了一声,接着说了句:"接插好了!"魏强深深知道赵庆田干什么事都是认真仔细的,即便在危急紧迫的时候,也是一竿子扎到底的手。但是,他觉得今天的任务特别重大,关系到之光、清苑群众饱饿的问题,也就不得不再嘱咐:"要仔细再作一遍检查!"赵庆田使劲地推搡推搡放在桥架上的四包炸药,晃动晃动插接在炸药里边的导火索,他觉得万无一失了,便十分肯定地说:"你放心吧,小队长,一切都好,保证没错!"

他俩倒放着细长的导火索,刚要离开毁民桥,咯哒咯哒,无数笨重的脚步声从桥顶上传过来。魏强和赵庆田立刻退回桥下,端起驳壳枪静听着桥上和桥两头的动静。一截抽剩的烟蒂,带有指甲盖大的红火,从桥上滚落下来,掉在水里,发出呲的一声。

巡逻装甲汽车呜呜地开来,叽里咕咚地在桥上滚轧着,桥顶上的泥土被轧震得直劲地朝魏强他俩身上掉;探照灯的白光,映得桥底下对面能看清人的眉眼。他俩背靠桥桩,眨眨眼对视了一下。桥上的巡逻装甲汽车过去了,笨重的脚步声也消逝了,桥周围立即又恢复了原来的寂静。

魏强先爬出木桥,赵庆田拉着导火索飞快地跑了上来。他俩将胶布裹包、精致而细小的导火索掩蔽在青草里,一直拉上堤顶,通到了堤外……

"任务,大家知道,主要是封锁吊桥,只许他进,不许他出。他要反击,我们就用火力压盖他。具体的作法……"魏强将任务清清楚楚地布置完,大家也就紧忙在吊桥对过百米左右的地方悄悄地做起隐蔽阵地来。

常景春知道自己今天要担多少斤,虽说觉得有些沉重,心里却满欢喜。他在一座姑娘坟① 旁稍稍一伪装,歪把子机枪立即隐蔽好了。贾正、刘太生、辛凤鸣……都悄悄地在常景春的左右疏散开,挖修隐蔽的单人掩体。之后,大家像进入山区的狩猎者,头顶伪装、手握武器地蹲在掩体里等待豺狼到来。

天明了,太阳在地平线上笑得龇了牙。炮楼子顶上,嘀嘀哒哒地响起了号音,号音像似出殡起棺时吹响的大喇叭。随着号音,桥北头的鬼子炮楼也嘟嘟嘟地吹起了口笛。过了一顿饭的工夫,魏强对面的炮楼跟前传过"一二一"的口令声和沉重的跑步声;北面桥头旁边的鬼子炮楼,也传过"呀呀"的练习拼刺的嚎叫声:一水相隔的两个炮楼的敌人都出早操了。炮楼顶上一个胳肢窝夹着枪的警备队员,正面朝南,凝神眺望公路的远方。

魏强知道炮楼顶上的警备队员朝南面望的是什么,心里想:"今天要能按计划圆满地完成任务,那群众又该高兴得蹦跳起来……"他想到这,回头望了下身旁的人们。大家伪装得非常好,即使离个五七步远,也难辨别出伪装底下有人伏着。他把视线又移到南面的公路上,公路上已经有了行人。公路两侧的泄水沟,今天已变得与公路相平了。他知道这是刘文彬领着人们突击了两宿

---

① 姑娘死后多埋在地头上,是个孤零零的坟头。

的结果。忽然，炮楼顶上发出一片喊声："来啦！露头了！""嗬，不是，一百多辆！"

炮楼顶上又出现几个警备队员，他们面向南指指划划地嚷叫、咋唬，他们这一咋唬、叫嚷，就像是一群义务观测员，自动向魏强他们报告情况。时间不大，从公路南面传来人嚷、驴叫和叽里嘎哒的无数大车走动声。送小麦的大车，三辆一排三辆一排地朝大冉村乱腾腾地拥了过来。十个日本兵肩扛步枪，距离拉得很长，在大车的两侧慢步地跟随着。二十多个警备队员，有的徒步走，有的坐在大车上吸着烟。他们以为大白天在大冉村据点跟前不会发生什么意外，因此，走路、说话，都像赶集、串亲般那么坦然随便。

前面的三辆大车，走到距大冉村警备队驻扎的炮楼不到二百米的地方，稀里哗啦都陷进积水的泥坑坑里。"得得得！驾得，驾！"一个头戴草帽、身穿紫花衣裳的掌鞭人，大嚷小叫地在赶一骡一驴的二套车，鞭子甩得比炮仗都响。别看隔着层层庄稼，听那声音，魏强就知道是刘文彬。刘文彬在公路上手晃鞭子，嘴里不住地大声吆唤牲口，眼睛却止不住地朝茂密的庄稼地里望。待了会，后面上来几个人，帮助刘文彬加推带搡地闹了一大阵，陷住的大车，一辆也没赶上来，累得牲口顺着四条大腿朝下流汗水。

押运大车的日本兵和警备队员都陆续走上来。他们望望陷在泥里的大车，再瞅瞅赶车的人，看起来没有一个不卖力气的。

一个日本兵咂咂干涩的舌头，摇摇头说道："苦力，休息休息的再走！"说了，同另外几个鬼子，肩扛着枪朝毁民桥北日本人驻的炮楼走去。二十几个穿草绿色军服的警备队员，见日本人让休息，也就三三两两地离开运送小麦的大车队，大摇大摆地奔警备队炮楼出进口——吊桥走来。他们到了，吊桥也哗哗放落下来。

魏强爬到机枪手常景春的跟前，问道："怎么样？"

"你瞧好吧，敌人敢顺吊桥冲，我就痛快地给他点点名。"

"点炸药！"魏强扭头向赵庆田下达命令。

轰隆一声巨响,震得大地都颤动,两个炮楼子连晃了两晃。一股浓烟在金线河上升起,直升到半天空。北边炮楼上"八路""八路"地喊叫起来,南边的炮楼顶上也大声喊叫:"王队长,大桥崩塌了一大截子!"

刘文彬在炸药一响、牲口双耳竖起的时候,挥鞭朝拉长套的灰叫驴连甩了两下,灰叫驴四蹄蹬紧,啊啊啊地一阵叫唤,就将陷在泥坑里的大车拉拽上来,走下了公路,很快就钻进青纱帐里。刘文彬背后的所有拉麦大车,都像刘文彬那样朝公路下面赶,一百几十辆大车,转眼之间,都离开张保公路,没在青纱帐里了。

"粮车!粮车!""粮车让八路军截跑啦!""奶奶的快冲出去!追!""放枪截住!截——住!"敌人在炮楼上朝拉走的大车啪啪地射击起来,子弹满天横飞,却没有把一辆粮车拦截住。

赵庆田汗水淋淋地从河堤上撤到魏强跟前,刚说完:"任务彻底完成!"对面炮楼子的吊桥,哗哗哗地放落下来,一群持枪的警备队员,慌慌张张,懵懵怔怔地连对面地形都没看,踏上吊桥就朝外面追。

"堵住他!"魏强眼珠瞪圆地吆唤常景春。常景春像开玩笑似的随着说:"一个也出不来!"一勾扳机,歪把子就嘎嘎嘎咕咕咕地狂笑了,笑得那么焦脆。

跑上吊桥的警备队员们,像群被打惊的鸭子,唧唧呱呱地嚷叫着,撅起屁股朝回跑。跑不动的,朝里爬;爬不动的,就朝防护沟里滚。

"这次给你们留了面子啦!再朝外冲,别怨不客气!"魏强大声朝炮楼里的敌人嚷道。

啪!一颗枪弹从炮楼的第三层的枪眼里射出来,在魏强的右肩头上擦过去。贾正没容对方抽枪退弹壳,啪!也放了一枪,枪弹送进枪眼里,从枪眼里探出的半截枪身,再也没有抽拽回去。

常景春用歪把子朝吊桥上一扫射,整个目标立即暴露给炮楼顶上的敌人。一个警备队员探出少半截身子,歪头用枪瞄住常景春,刚要抠火,刘太生一举步枪,啪！那个警备队员的脑袋,像个砸碎的破尿壶,脑浆和血,"嗯"的飞溅一下,就不见了。

吊桥重新拽起来。南北两个炮楼集中火力向魏强他们乱射击。远处,南北两头的公路上,连续响起了枪声,敌人的援军赶来了。子弹在天空嚁嚁地乱叫唤。等王一瓶率领警备队员们冲出炮楼,冲到魏强他们的阵地上,连个人影也没看见。

敌人在张保公路两侧征集的麦子,就这样被八路军截走了。群众忍痛送给敌人的小麦,要在今天夜里如数地领回来。

第十一章

一

哈巴狗硬着头皮来到了中间镇,和侯扒皮驻在一个据点里。他俩,一个是糟害群众的祸首,一个是欺压百姓的魔王,二人站到一块,坐在一起,真是妖魔对丑怪,没挑的一对坏。

侯扒皮想往口袋里多弄个钱,哈巴狗就费尽心思地出谋划策,不是给赶集的买卖人增个捐,就是给庄稼主儿加个税;哈巴狗想在老百姓里面建立点威信,侯扒皮不论在什么地方,会见什么人,总是把哈巴狗的"爱国"、"爱民"的"德政"撂在前面,没边没沿地宣扬一番。不管他俩谁给谁抹俊药,群众都知道他俩肚子里是一挂什么样的烂杂碎。

哈巴狗来到中间据点没有五天,当地的老百姓就偷偷给他俩编了一段顺口溜:

> 侯扒皮、哈巴狗,俩鬼做事手拉手。
> 狗给猴子来帮腔,猴子给狗找理由。
> 杏熬北瓜一色货,都是百姓死对头。

伪清苑县公署在给张保公路各点线下命令进行"夏征"的时候,也给哈巴狗送来一道强征小麦的命令。侯扒皮是个钱串子脑袋,觉得征麦又是个拢钱的好机会,就"润田兄"长、"润田兄"短地紧着溜舔奉承,和哈巴狗套近乎;哈巴狗觉得手下虽有二十几个警察,但,个个都是鹰嘴鸭子爪,能吃不能拿的手,催讨小麦的事,只能依靠侯扒皮。哈巴狗说:"一溜十五桥一定得缴!"侯扒皮忙派人将一溜十五桥的保长、联络员抓来做人质。侯扒皮知道多征能多落,有时就说上句:"清凉城该多征。"哈巴狗顺从地将亩征小麦四十五斤立刻改成五十。

在这段时间里,由于武工队集中精力捉摸破坏张保公路两侧敌人的征麦计划,安排截夺麦车的事,就把中间这个据点暂时撂了撂。这样,就让哈巴狗一时得了手。他在中间周围的一些村子里,又坐催,又逼要,又吊打,又扣押地紧闹腾,日子不长就将麦子征了多一半。

麦子征上来,粮包围着炮楼堆成个小山。开始,哈巴狗每见这堆麦子,就摆出傲慢的神色,挺起胸脯说:"看我苟润田本事多大!"有时,高兴得还唱两口二黄:"我本是,卧龙岗……"但是日子一长,特别遇上阴天,他就望着大垛麦子犯了愁。他本打算麦子征齐了,一个电话给城里打过去,县公署会很快派几十辆卡车来起运。这样,自己圆满地交了差,有了说话的资本,在县知事面前显摆一下,或许通过这事,还能提升提升。电话去了无数次,卡车始终没有来。之后,因为如意算盘落了空,他也就紧拧双眉围着麦垛转起来。他想让侯扒皮助他一臂之力,向各村要百儿八十辆大车朝城里运。一听说张保公路上日本人押送的运麦大车都叫八路军给截去了,心里像吃了冰疙瘩,一下凉了多半截,私自要车运送的念头也就打消了。

麦垛围着炮楼堆积,确实也妨碍了侯扒皮对据点的警卫。侯扒皮就让哈巴狗紧忙想个完善办法。这一来,闹得哈巴狗左右为难。他知道侯扒皮是个见钱眼开的手,忙粜十几布袋麦子,将款送过去,算是给帮助征麦的弟兄的赏钱,末了,让侯扒皮给想个妥善办法。

两人唧咕唧咕就把据点东面的那座学堂做了临时仓库。封锁沟在开春的时候就挖好了,只要派一班人马去看守,事情就算妥了。

三天以后,围炮楼的麦子垛,全都搬移到炮楼对过的那座宽敞、通风的学堂里。天天夜晚,一班警备队员和六个黑狗到房上去守卫。这下,哈巴狗又高兴起来了。

二

截夺了敌人的运麦大车队以后,魏强他们天天夜间到各村召开抗属会、教育伪办公人员、做宣传……他们黑夜工作完毕,白日在青纱帐里找个有树有井的地方,把警戒一放,像在屋子里一样,睡觉的睡觉,学习的学习,擦枪的擦枪,下棋的下棋……人们长期在屋里闷捂的那张黄白脸,经过几天的风吹日晒,都变成漆油子黑。

贾正就咸菜吃着干焦不白的发面饼,每咽一口,就端起水罐子喝口凉水,喝完了还接着吃,吃得是那么香甜有味,看样子真比吃八八席还带劲。李东山瞅望贾正狼吞虎咽地捣嚼着,凑趣地说:"你几辈子没吃东西啦?真像饿死鬼托生的。"

"不用饿死鬼不饿死鬼,咱在这个环境里,要是一年到头老有这个玩意吃,那就强多了。这比吃一个肉丸的饺子,加上碗鸡蛋汤不在以下,不信,你也吃吃看。"贾正把嘴里捣嚼的一大口干粮咽下,又伸手捧起罐子,扬脖闹了一气凉水。

"嘿,你真不觉羞。"李东山从贾正手里接过罐子来,也咕嘟咕嘟地喝起来。

魏强正倚着树写日记,见贾正一口凉水一口发面饼地吃,手里那支捡来的橘黄色的钢笔不自主地停止了活动,一些往事立刻涌现在他的脑子里。

一九三九年夏天,他跟十八团在路西的完县山区整训,一个点的大雨,整整下了三十多天,下得到处山洪暴发,下得家家房倒屋塌。就在这时候,保定的鬼子纠集完县、满城的敌人出动了,照直地奔岭西向东、西安阳扑来。那时,他是个侦察班长。为了配合杨成武将军的老一团歼灭这股进犯的敌人,他摸黑冒雨出发了。蹚了无数条河,爬了无数座山,三天水米没打牙,任务完成回来,饿得真是前心贴了后心。

一九三九年冀中发大水。第二年,普遍闹春荒,家家没有隔宿米,户户没有当天粮;麦苗、麸子搅苦里①,这是上好的饭;榆钱、谷糠熬野菜粥,这是可口的美食。赶上鬼子春季大扫荡,他从保定工作回来,没容吃饭,揣上个麸饼子连夜去博野白塔,和三十大队的一个连取联络。拂晓,遭到敌人重重包围,那次战斗打了个天昏地暗,日月无光。末了,他也负了伤,躺在阵亡同志的尸体堆里,肚子没食,伤口又流着血。他纹丝不动地待了十多个小时,等敌人走了才悄悄地爬出来。

一九四一年又一次负伤,去山里休养。七月间,赶上了敌人秋季大扫荡,他住的那医院转移到涞源的黑山口,后来被敌人逼得上了白石山。白石山是晋察冀边区有名的大山。人们常念叨:"青虚山,高又高,赶不上白石山的半截腰。"在白石山上看飞机都得低下头来。山高缺水没粮吃,渴得人们嗓子直冒烟,饿得肚子直叫唤。白天暴日晒,夜晚山风吹,三天、五天、七天、十天……半个月过去了,人们只能在拂晓吸吮那草叶上的露珠;天明,找点山蒜充饥。轻伤号慢慢地躺倒了,重伤员再也不能动弹了!人们加渴带饿,瘦得剩下一把干骨头。

---

① 一种不用粮食做成的食物。

一九四二年,"五一"大扫荡时,敌人从沧石路畔把他追赶到滹沱河边,从平大公路①又撵他到了束鹿、晋县。部队一天打三仗,三天吃不上一顿饭。从麦熟坚持到秋后才过路回到山区,偏赶上山区又是个大馑年,再加上鬼子实行经济封锁,推广"强化治安",群众没粮吃,军队粮食供应发生了恐慌。牲口饲料当军粮,一天两餐黑豆,红高粱饼子泡盐水,吃得人们肠胃出了毛病,他也拉了半个多月的痢疾。

不论多么硬的汉子,五天不吃饭,就得饿眍瞜眼,见块糠饼子也馋得流口水,拿起来吃觉得比蜜甜。魏强尝过这种挨饿的滋味,他知道挨饿是个什么味道。他暗暗地想:"贾正说得对,只要能保护下粮食,只要一天有两餐,环境再残酷,也能坚持下去,打出个局面来……"

魏强合上本子拧上笔帽,端起水罐子喝了两口,清甜的凉水喝下之后,浑身感到无限爽快。他用手掌抹抹下巴,指着贾正手里的发面饼问道:"小贾,你刚才说:'在这种环境里,总有这玩意吃就蛮好!'这是心里话?难道在伙食上你没有更高的要求?"

"我?"贾正听魏强猛然一问,开始确实有点不解,稍寻思,劈头就说:"人就是人,怎么会没有更高的要求呢?不过,在眼下这个环境里,没有朝这方面想过。"他咬了一口黑乎乎的发面饼,傻笑着说,"还是那句话,眼下有这玩意吃,就知足了!其实比这再差万分,只要边区一天天扩大,把鬼子和汉奸打得投了降,也就心满意足了!"

魏强听过贾正的话,连连点头。他知道,这是从贾正心眼里说出来的话;也是武工队员们的心里话。瞅瞅贾正,又望望李东山,他满意地笑了。

"小队长,"在树上放哨的辛凤鸣低头小声报告,"咱们刘文彬

---

① 北平到大名府的公路。

同志回来了！"

听说刘文彬回来了，魏强很高兴。因为刘文彬去县委开会，一定会带来不少新的消息。

高粱地里钻出了个光头、手拿草帽当扇子的人，魏强一看，正是刘文彬。他脸儿晒得像三国里的关云长，干渴得说不出话来，把帽子地上一扔，急忙凑到水罐子跟前，端起喝了一大气，才转身向魏强说："今天，咱要执行个新任务！"

"新任务？"魏强两眉一立。贾正、李东山听说有新的任务，从心里愿意听听，但一想眼下还不是自己该知道的时候，互相使个眼色，悄悄地走开了。在树上放哨的辛凤鸣，也朝高处爬了一大截子。

"嗯，新任务！这次还是要到猴嘴里掏枣去。目标是中间，具体的做法，县委说……"两个人吸着烟谈起来。

三

天刚黑下来，大地的余热正在放散着。魏强领着队伍串着庄稼地接近了中间，在约定的地点集结了。刘文彬也从中间村出来和他碰上了头。

"万事俱备，只欠东风。"刘文彬抹了下脸上的汗水，低声说。"现在咱可以进村找徐立群同志去！"

"徐同志来啦？"魏强很高兴。

"是的，咱今个的任务是他亲手布置，亲手指挥。"刘文彬和魏强边走边说，队伍跟在他俩背后，脚步很轻地走进了中间的南北大街。这条大街在魏强说来，非常熟悉。那次单身来这里侦察时见到警备队、黑狗诈财要钱的情景，他还记得一清二楚。

由于村头上有敌人盘踞，中间街上夜晚并没有乘凉聊天的人。

太阳刚沉落到地里,家家早都把大门关紧,五百几十户人家的村镇,入夜就变得非常冷清。

魏强穿过冷清的大街,到村西北角,在那儿布置上警戒。

几个庄稼人朝魏强走来。有一个大步地走近,小声说:"你们来啦,魏强!"魏强一瞅,紧紧地握住对方的手:"啊!徐同志,你好?"

徐立群同志连声说:"好好好!"首先问问小队的生活和情绪,接着才把话题转到执行的任务上。"今天执行这个任务,从始到终,唯一的要求是诡秘。哈巴狗、侯扒皮总觉得他们是清苑东南乡的两霸,本事大得出奇。今天咱就挫挫他的锋芒,掰掰他的尖。他魔高一尺,咱道高一丈,给他俩变个戏法看。怎么变,我都安排好了,你们手头上只要玩利落就行。"

"我们能玩得利落!"魏强蛮有把握地回答。

"那你们先把警戒布置好,见到临时仓库的房顶上发出信号,就开始行动。房上我们那个'关系'叫黄玉印,你记住他的名字。见面会认识的!"徐同志松开魏强的手。魏强点点头,连说几个"好"字。他脑子稍一思索,便想起黄玉印这个人儿来。黄玉印是在张保公路上劫救民伕时俘虏过来的一个警备队员,他个头不高,一双大眼睛,没想到又在这个据点里当了警备队员,而且还成了我们的"关系"。

村里虽然万分沉静,村西北角的炮楼里,却吹拉弹唱闹得挺凶。贴墙根站着的贾正,不耐烦地朝炮楼的方向一瞥:"妈的,看你这秋后的蚂蚱,还能蹦几蹦?"

嘟噜嘟噜!炮楼里响起阵阵哨音,跟随哨音又传出:"睡觉啦!""熄灯了,多注意警戒!"

在中心炮楼里,一个公鸭嗓的声音朝公路东面临时小麦仓库的房顶上问:"大门上好没有?"凭声音,魏强他们知道这是侯扒皮。

"上好了!"临时仓库的房顶上有人回答。

"再去检查一遍!"侯扒皮下着命令。

"是,再去检查一遍!"房顶上又复诵一遍。时间过去不久,临时仓库的大门叽哩咣啷地响了几家伙。这声音似乎是在告诉炮楼上:"大门上结实了!"也使魏强他们明白这巨大的一阵响动,在说明着什么。听着响动,魏强乐了。

夜,越来越深了。除了东边磨坊里哗喇哗喇的脚蹬箩筛的声音和油房里吭噔吭噔的打油声在单调地响着,一切都在告诉人们:夜,是安宁、平静的。

魏强转身轻轻地朝中间街里走去。漆黑的街里,不知什么时候来了那么多人。人们都静静地坐在沿街的墙根下,个个面前都撂着一大捆麦秸根子。

喳,一根火柴在吊桥对过临时仓库的房顶上划亮了,随后,又划亮了一根。魏强看到了光亮,就将余下的人交给刘文彬,要他负责掩护,自己带上赵庆田、贾正、刘太生、辛凤鸣、李东山,还有常景春和他那挺歪把子,一个跟一个地朝临时仓库的西大门爬行过去。

他们刚爬到仓库的防护沟跟前,第三根火柴又在仓库顶上擦亮了。

"谁?哪一个?"据点里的中心炮楼上传来一声蛮横的询问。人们立即伏下不动了,魏强心里想:"难道让敌人发觉了?"

"怎么老划洋火呀?"中心炮楼上的哨兵问道。

"五黄六月烟反潮,抽着又灭了,不划洋火还行?你是吃河水长大的,干什么要管这么宽?"临时仓库房顶上的岗哨也不示弱地朝回顶撞。

"不管你怎么长大,净他妈的暴露目标。"两边胡骂乱卷嚼了阵子舌根,又都不言语了。

当炮楼上的哨兵和仓库房顶上的岗哨胡扯乱谈的时候,魏强他们已经蹲到仓库门前。魏强伸左手朝门轴处一摸,湿乎乎地沾了他个满手油。他明白里面的黄玉印早把这些安排停当,就慢慢地将门挤开一条缝儿钻了进去,其他人也都像燕子般轻捷地进到院子里,然后大门又没声没息地关闭上。

魏强布置下警戒,正要上房,房檐边上露出个黑糊糊的人头,脸朝下地悄悄说:"别急,我叫黄玉印,自家人,他们都睡死了。来,这边上房。"

魏强右手提着驳壳枪,左手扶着梯子朝房上爬去。他来到房顶借星光一瞅,只见大豆虫似的十一个人,都一丝不挂地躺在两片席子上。他回头望见赵庆田他们跟上了房,忙朝正西面花墙子一指,常景春猫腰走过去,歪把子的枪口,立刻瞄向了据点里的中心炮楼子。

魏强望下黄玉印,黄玉印忙凑到他耳下说:"你忘了我啦,魏小队长?"说完,咧嘴笑笑。魏强赶忙小声说:"没有!没有!"说着就和黄玉印握握手。

"我听了你的话,为抗战打日本办了这么点事。"

"好!好!"魏强称赞地轻轻拍了拍他的肩头,接着问道:"他们的武器呢?"

"我都敛在一起,放在那里啦!"黄玉印用步枪朝屋顶东北角上的小岗亭一指,李东山、辛凤鸣轻手轻脚地朝岗亭走去,转瞬,每人抱一抱枪弹走出来。

武器卡过来,房上甜睡的警备队员们还呼噜呼噜地打着鼾声,做着美梦。魏强凑到一个五大三粗的警备队员跟前,轻轻地推了推。警备队员说着呓语:"别闹!粗,粗,粗的带蛋啦!有点就赢。"

魏强强按住笑,用手枪朝说梦话的警备队员顶了两顶,声小力足地说:"别睡啦!八路军把你们俘虏啦!"

这个警备队员,迷迷瞪瞪地一骨碌坐起来,揉揉眼,望了下拿着手枪的魏强,顾命不顾羞地光着腚跪下就磕头。

"别说话,穿上你那衣裳!"魏强和被叫醒的警备队员正说话的工夫,赵庆田、贾正和黄玉印分别将熟睡的警备队员们都叫醒,让他们穿上衣服,不出声地押着下了房。

贾正他们押着被俘的警备队员使用撬山洞①、大铁锹悄悄地在东面的围墙那儿掏起窟窿来。很快,一人多高六尺多宽的大豁口掏成了。通外面的门儿打开了。徐同志在防护沟的东面,指挥人们把携带来的大捆麦秸根子都填在沟内。眨眼,三丈深的沟儿填了个平上平。十一个俘虏被辛凤鸣、李东山押送过了沟。县委徐立群踩着麦秸根子垫的松软颤动的道儿,走到新打开的豁口跟前,见到魏强,夸奖地说道:"你们手头上玩得利落,任务完成一多半了。"

魏强微笑一下,跟在徐同志身后,又返回院子里,朝装麦子的房子走来。

几排教室,都叫装着麦子的大麻包塞得满满腾腾的。那些动员来的小伙子们,一个个膀宽腰圆的,二百斤重的一麻包麦子,一挺腰板就扛走了。扛到村外,紧忙放到大车上,又快步跑回来。不多会儿,几排教室里的几十万斤小麦,渐渐少了下来。

无论人们怎么闭住气,放轻脚,终究人多声音重,中心炮楼的警戒,像听到什么似的大声问:"平房上谁的岗?"

"我的岗,怎么啦?"黄玉印坦坦然然地回答,跟着,立了起来。

"怎么仓库东面老咕咚咕咚乱响?"炮楼上提醒地说。

"我这东边?我看看去!"黄玉印摇摆着身子板,走到房子的紧东头,眼望着一个挨一个运麦的黑影,转过头来高声说道:"什么也没有啊!你打盹了吧?"

"没有,你好好听听,是有动静。"

"有动静也不是我这儿。我确实听不到,看不见。"

在黄玉印和炮楼上对话的当儿,魏强走进警备队员们的住房,划火柴点着桌子上的油灯,找了一张白窗户纸,拧下笔帽,写了一

---

① 专为挖窟窿掏墙用的一种器械。

封信。在写"冀中军区第九军分区武装工作队"的下款时,徐立群同志也迈步进来:"魏强,你在干什么?"

"咱八路军是明人不做暗事,给侯扒皮、哈巴狗留下封信,算是收条吧。你看行不行。"

酸枣大的字迹,很匀实地摆在洁白的窗户纸上,自配的紫墨水,写出字来非常光泽流利。徐同志看到头几句就憋不住地噗哧笑起来,说:"你这信开头队长、警察所长的一称呼,很够味。"徐立群眼睛在纸上移动着念起来:"很对不起,我们今夜没通知你俩,就到你们的仓库里,运走了你们费了九牛二虎之力从老百姓手里'征集'的小麦,带走你们的人和武器。其所以不通知、不告诉,主要是怕惊扰了你们甜蜜的美梦。我们八路军办事从来不藏不背,光明磊落,因此,留信达知。同时,对你们二位也提出警告,要你们今后……"

"小队长,麦子运完了!"刘太生进屋报告。魏强点点头说:"知道了。"刘太生退出去,徐立群已将信看完叠好,用另一块大纸包上。他刷刷几笔写好了信皮,拿起个茶杯将信压在桌子上,说:"明天侯扒皮、哈巴狗看到麦光人净,再看看这封信,就够喝一壶了。"

魏强笑了笑说:"咱们走吧。"

徐立群从口袋里掏出小铁牛① 来,打开盖子,看了看说:"是清晨三点过五分了!天快亮了。"他将表盖扣上,吹灭了小油灯,同魏强走出屋去。

四

哈巴狗听说麦子全都被八路军没声没响地运走了,擦着汗水

---

① 一种钢壳怀表。因它经砸耐摔,人们给它起了一个绰号叫"小铁牛"。

跟在侯扒皮的屁股后面,朝临时仓库的院里跑去。前后各排房子一查看,一颗麦粒也没剩,痛惜得呼天唤地、顿足捶胸地嚎起来:"天哪,八路就给我这个不好看,可叫我怎么交代……"他嚎的不是这几十万斤麦子,而是怕小麦丢失了,他这个上任不到两个月的警察所长的职位也将保不住。"这帮看仓库的,都是吃霸王饭给刘邦干事的人哪!……"

在哈巴狗嚎啕大哭的同时,侯扒皮像霜打了的青草,脸色灰虚虚的,紧皱眉头来回在院子里踱步,想:"他妈的,这熊八路硬给人眼里插棒槌,鼓不擂,锣不敲,生把一班弟兄擒走了!"他低头想着想着,猛地想到大门,忙跑到大门跟前,一查看,门蹲子上还有一汪油。他直直腰拍拍脑门,明白是内部有了问题。忽然想到,正月间,八路军喊话顶牛时叫"黄河""长江"的那码事,脑袋跟着嗡地响了一家伙,心里犯嘀咕地说:"我只说八路军是瞎咋唬,闹半天'黄河''长江'就在眼下了。哪个是?现在是不是还有?谁?……"他抬头瞅瞅出来进去的警备队员们,他们像看笑话瞅稀罕似的抿着嘴直劲乐。他两眼一立楞,豁嗓门地呐喊:"他妈的,都给我滚,滚回去!"警备队员们被他立眉竖眼地一吆唤,都像夹尾巴狗似的溜逃了。

他不耐烦地走到哈巴狗的跟前,用瞧不起的眼神瞥了哈巴狗一眼,轻蔑又奚落地说道:"润田兄,麦子是不能哭回的!"

哈巴狗知道侯扒皮在讥讽嘲弄他,用手绢擦抹一下脸上的泪水,也报复地说道:"麦子哭不回来不哭啦!你着急起火,能把丢失的武器、被捉去的弟兄急回来?"

"我那兄弟被捉,我那武器丢失,你有很大责任。要不是看守你那招惹是非的鸡巴麦子,怎么会出这个错?"侯扒皮瞪着两眼,气呼呼地看着哈巴狗。

"你派人看麦子,你有光沾。谁不图黎明肯早起!"哈巴狗脸色涨红,擦抹聚满汗珠的秃头顶用硬话搪。"你要不是派些吃里扒外的人,我那几十万斤麦子也不能丢。这个责任比十几杆枪、十几个人都大,你不负能行吗?"

"我负?"侯扒皮青筋暴露地问。

"当然是你!"哈巴狗一口咬定说。

"我是铁路巡警,管不着你那一段!"

"不用嘴头硬,到时候你会知道锅是铁打的。"

"锅是铁打的,你敢把老子怎么样?你有能耐上宪兵队告我去,要不就找你那叉杆① 来!"

"你别胡呲。别以为这是八路的天下,没人敢管你,会有人找你的。"

"你要敢给我捏造罪名,我就敢……"

"你要敢投八路,我就会……"

侯扒皮、哈巴狗像两只咬架的野狗,一句抵一句,一套顶一套,都喷着脸互不示弱地对揭秃疮痂。

一个警察小跑步地走上来,双腿并齐,举手礼行过,捧托一个白纸包包说道:"在宿舍里,发现有所长、小队长的一封联合收启的信件。"侯扒皮伸手抓过来,打开便看。哈巴狗这时撇掉刚才和侯扒皮的对骂,忙凑到跟前,也看起信来。

侯扒皮气得眼珠子瞪圆。他左手朝大腿一拍:"警告爷们,爷们是老虎推磨——不听那套,对老百姓是外甥打灯笼——照舅(旧)!武工队你有能耐就施展吧,我姓侯的豁出去啦!"

侯扒皮一叫骂,哈巴狗晃摇着秃脑袋也开口骂起来:"什么鸡巴五(武)工队六工队的,我姓荀的打遍铁道东西,根本就不在乎!警告?警告你敢咬我的球?胆大明着来,小偷的干活算个什么?……"

两人虽然嘴帮子硬得赛块铁,心里都偷偷地乱敲小皮鼓,后脊梁出的冷汗,一直流到屁股沟。八路军说到哪,就要做到哪,这是

---

① 靠山的意思。这里是指刘魁胜。

他俩都见过的。特别是这支做事神奇、行动诡秘的武工队给他俩发出警告,更让他俩心里发怵。他俩嘴里骂着心里想着,越想越觉得后怕,像得了一样病症似的,两人的四条腿都不自主地颤抖起来。

第十二章

一

麦熟前后,魏强他们从张保公路到中间,接二连三地狠狠地搞了敌人几家伙,确实把敌人搞得有些晕头转向。松田觉得近来武工队在东南乡活动得挺厉害,打算向上级请求抽调些精锐"皇军",好好地"讨伐"一次。

由于驻在保定周围、平汉线两侧的日本军队准备朝中条山调动,他的请求计划也就搁了浅。

火烧眉毛得顾眼前。松田根据青纱帐的蹿起、武工队的活动、部下的吃亏、大皇军的南调……察觉到分兵把守碉堡、据点,像个五指伸开的手掌,总不如攥成拳头有力。于是,就把远处的和不太重要的碉堡、据点撤掉了。在保定东南乡就稀里呼噜一下撤了七八个炮楼子。撤走的兵力,都集中在高保、张保两条公路上和金线河的北岸。

侯扒皮和哈巴狗也撤离开中间镇。他们怕中途遇上飘忽不定、出没无常的武工队,连大道都没敢走,串着藏得住身的庄稼地,蹿到金线河北的黄庄据点里。

他俩虽说在中间丢了"征集"的麦子,损失了人和枪,但经过各托门子、互花钞票那么一运动,这件事总算大事化小、小事化无,没动官职地过去了。

常说:"人有名,树有影。"侯扒皮、哈巴狗不论走到哪里,臭名儿也跟到哪里,他俩就像两只身长恶性毒疮的癞皮狗,脚步迈到哪里,毒疮的臭气就散熏到哪里。

侯扒皮和哈巴狗带领他们的喽啰们来到黄庄,侯扒皮凭借他的门头硬,一下变成据点的太上皇;哈巴狗虽说跟他是棉花、线子——两样的事,到底侯扒皮有权势,也得紧着巴结随和。两人仍旧一唱一随,还是臭味相投的好朋友。

狗总改不了吃屎。侯扒皮一来到黄庄,又编算要在黄庄这一带敲竹杠弄钱。武工队对他的警告,也曾在脑子里想过;不过,他认为黄庄距保定不过十二里地,武工队即便敢来,也不至于像在中间那样活跃。这儿是个"孩子胡糟娘不管,打了孩子娘出来"的地区。于是,当他们接到保定警备联队要他们重修炮楼、翻盖宿舍的命令,又认为有了生财之道。

一个燥热的下午,没有一丝风。各村的保长都顶着毒日头,脸上的汗珠朝下流着,前前后后赶到黄庄据点里。他们是接到侯扒皮的通知赶来的。谁的心里都像长了毛毛草,一见面就互相询问,不知道侯扒皮叫他们来是为的哪本戏?

到底是什么事?这的确没有一个保长知道。

"干咱这事的是钻到风箱里的老鼠,得受两头气。管他什么事呢!能办就办,不能办再商量。这年头,谁要不脑筋活动点,谁就会吃亏。"说这话的是河南小黄庄保长黄玉文。他说话通达,办事利索,在黄庄周围的保长群里,算得上一个人物。说实在的,也真是一个人物。不论是鬼子还是警备队,只要提出个事来,他能抗就抗,能赖就赖。因为他们村小,拿的不多,再加他嘴头子俏,有时就真的抗赖过去了。今天,他这么一说话,人们都点头表示赞成。

十几个村的保长都赶到了,午睡刚醒的侯扒皮打了个哈欠,从床上爬起来,吆唤上哈巴狗,来到保长们的落脚处。这是一间不太大、光线倒挺充足的屋子。前后窗户虽然都打开,并没有减轻屋里的热度。有些人虽然手里不停地扇扇子,汗水仍旧湿透了衣裳。"都来了!"侯扒皮皮笑肉不笑地冲人们点点头走进屋;人们都赶忙站起来,七言八语地说:"来了!来了。""都来了!""有多紧的事,接到通知也得来。"大伙点头哈腰,不笑强笑地恭维、奉承。

刷!侯扒皮熟练地打开手里的黑折扇,边扇动边朝人们望;人们也都扬着下巴颏瞅瞅他,再瞅瞅他身后的哈巴狗,等待他俩快张嘴。

哈巴狗向人们咻咻地笑笑,也将视线移到侯扒皮的身上。侯扒皮像故意和人们开玩笑,黄眼珠子滴溜滴溜地转个不停,嘴刚要张开,又闭上了。

一时,屋子里的气氛立刻紧张起来。人们的心加速了跳动,呼吸也变得短促,满身淌着热汗。

"兄弟我来到这里的日子不多,给各位添了不少的麻烦。"侯扒皮扇着扇子沉默了五分钟,才咧嘴开了腔。"哪里哪里……""侯队长来到这里维持地面,还不是为了老百姓……"人们嘴头上虽然说得都像抹了蜜,心里真比吃了蝇子还腻歪。

"大家不嫌麻烦,这很好。"侯扒皮明白人们嘴甜心不甜,冷笑了一声,顺着人们的话音跟上来,"本来嘛,为剿灭共匪,过安生日子,就得麻烦点。今天把各位请来办宗事。别看事不大,它却和军事、警务有莫大关系,一点也不能含糊。"他将扇子从后背挪到了前胸,呼答呼答地扇着,接着说道:"眼下咱这炮楼子只有五截子,在上面想将河南边的一切都瞭望到,根本不可能,所以得接它两截;另外,再修四个抱角楼;还有弟兄们住的那些刮风就要倒的破烂房子,也得翻修一下。上头要我们当地筹划材料,设法兴建。这是命令,只能服从。现在人工、砖瓦都不缺,缺的是檩木,这就得各村摊派。军队说话就是命令,我左右思摸,觉得十天期限满能缴齐,就给你们十天,过了七月十五集,一定缴来,不行,就以违抗军令论。"

人们听说是要檩条修炮楼,盖营房,呱哒,都把心放下来了。没容得侯扒皮话说完,又嗡嗡地吵吵开:"侯队长要檩条,写一个条子不就办啦!""可不是,队长干么费那么大心。""十天的期限?不用了,五七天就能送来。"

"大伙接着听我的。"侯扒皮在人们高兴的劲头上,哗地泼了一桶凉水,"是檩条儿,但是一定得合规格。土木工程人员说,柳木杨木都不行。"

"咱拿榆木的!"南村的老保长笑笑说。

"榆木的也不够格!"侯扒皮将脑袋一拨楞。

"杜木、槐木保准可以吧!"小黄庄保长黄玉文站起来答了言。

"什么榆木、杜木、槐木的,就不要在关里的木料上打算盘。"侯扒皮说着,扭头瞅瞅身后的哈巴狗。哈巴狗右手拿着黑色的大檐帽扇着风,左手正拿块手帕擦拭脖底下的汗水,白眼珠一翻,同意地点着头,连说几个"是是是"。他转脸再望望面前的保长们,保长们都用惶惑的眼神呆望着他。"要行,大热的天,也不会惊动你们。"侯扒皮继续说,"正如你们刚才说的,弄点纸条写写数字,分头一送,什么事办不了?今天是要一字的东北红松,怎么找,各位自己设法筹划吧!日期十天,过期都知道是个什么罪名;当然也跑不了我,走不了苟所长。"说完,连嚷了几个"热,热",朝哈巴狗看了一眼,匆忙地朝门外走去。

要红松做檩,修接炮楼、翻盖房子,这还是头遭听说过的事。人们不由得咯噪开了:"檩好找,要红松可难!""这年头上哪儿找东北红松?""十天,五个十天也够办的!""有钱难买,没货哇。"大家嘴里叨叨,眼睛瞅望着哈巴狗。哈巴狗看到人们犯愁的劲头,也猫哭耗子地出了口长气,像十分为难地说:"用红松做檩,就是难倒换,可上级偏又下了这个命令,愁得我们俩也是走投无路的。别急,一起来想办法。人多主意多,凑到一起就是个韩信。"看他那样子,像非常同情人们,在为人们想办法,可是人们都知道他葫芦里装的什么药。

"哎,我看使使这个办法怎么样!"哈巴狗在闷热的屋里稳稳地踱了几遭,猛地将大腿一拍,"红松檩咱眼下不是没有吗?咱有钱,有钱就能买得鬼推磨。各位,咱可以用钱来变通变通上头。这一来既省心,又省力,你们瞧怎样?"哈巴狗几句话捅破了窗户纸,人们心里也早就料到了这一着。

大家嘴巴没鼓蠕,眼睛却转向了小黄庄保长黄玉文。

人们的沉默,给哈巴狗个很难堪。他眨眨眼,冷笑了几声:"我是为大伙好,要都赞成用钱变通,我就和侯队长动动腿,费点唇舌去和上边谈。如果不同意……"

"罗锅子的腰——一就了。我看,就这么办!回去操筹钱吧!"黄玉文的身子离开板凳,说完,便朝外走去。人们觉得他多会儿给炮楼上办事也是磨磨蹭蹭地对付,今天反倒痛快地答应下,心里都挺奇怪。在胡乱猜疑的时候,也都脚前脚后地跟了出来。

"人们眼睛都盯住你,你今天怎么答应得那么痛快?"南村的老保长歪头问。

北庄上的保长在鞋底上磕出烟锅的灰,也问了过来:"他说要钱,咱二话不说的就操办?"

黄玉文不言语地将人们领到一棵大树底下:"这事咱不应下也不行。侯扒皮和哈巴狗早商量好了,你想给他变过来,那还有门?先点头应下来,以后再商量办法!"

大家在树荫下唧唧咕咕地商量起来,最后总算想出一个办法来了。

二

从明处看,敌人撤回好多碉堡、据点,腾出好多地方,但是在魏强他们说来,要想朝公路附近,朝保定跟前扎一扎,却比以前更困难了许多。不论怎么困难,青纱帐起来,他们照旧进行活动。侯扒皮、哈巴狗朝周围村庄要红松做檩,修接炮楼、翻盖房子的事,当天夜里他们就知道了,也立刻开"诸葛会"来研究对策……

七月十五定旱涝,八月十五定收成。一年只有一个的七月十五又来了。每到这时,只要谷子灌满粒,高粱晒红米,牛犄角般的玉米扭出棒子秸,珍珠似的豆粒蕴藏在豆荚里,庄稼人会高兴地说:"今年年景可能差不多。"

事变前,庄户人家一到这时候,遇上这样的好庄稼,都要过节吃上点好的。靠河沿岸的村庄,到夜晚还要敲锣打鼓,笙吹细乐地顺河流放阵河子灯,来庆贺即将到来的大丰收。事变后,鬼子占领了这一片,人们虽说还过节,敲锣打鼓放河子灯的事却都没有心思再去闹。

今年年头不错,鬼子走了不少,伪军们大部分蔫了些,因此,人们又都想要过过节。黄庄附近村子的群众,过节买卖东西就得赶黄庄集。虽说侯扒皮、哈巴狗常常出来捣乱,但是,人们一想到近来黄庄周围那些神出鬼没的武工队,又都觉得像有仗势的在,赶集胆怯害怕的念头也就减轻了好多,谁也想到黄庄集上走走。

"晚赶集,早回家"。这说明了事变后,敌人统治这片地区时的人们心理。太阳出来一竿子多高,通向黄庄的条条道上,出现赶集的人群:担挑的,背筐的,推小车的,轰驴驮子的,骑自行车的……像河水归海似的从四方朝黄庄集上灌。

魏强头上戴顶破马莲草帽,身穿破洋布白褂子,紫花裤。裤腿角挽得过了膝盖;小腿上都沾满了泥巴。他夹在从南面赶集的人流中间,朝黄庄村奔来。赵庆田穿一身破旧的紫花衣裳,一双露指头的鞋子蹬在脚上,跟在魏强后面。旁边,拍拍脑门就蹿火星子的贾正和五大三粗的刘太生脚前脚后地扯着闲话朝前走。辛凤鸣、李东山,还有好几个人都在老后面跟着。

七月十五的集,是个迎丰收的集。人来得多,货也上得不算少。看来是比往常红火、热闹许多。

魏强双脚踏进集市,两眼虽然瞅西看东的,但那牲口经济人褪袖摸手指的神秘样子,那斗房刮粮端斗、边唱边倒的劲头,那货摊前面的主顾,那……他都视而不见。他瞪大眼睛所要寻求的东西,却老不见到来。"这是怎么回事?莫非……"他有些焦急,不自禁地将草帽摘下来,一会朝脸上扇扇风,一会又举过头扇他那青头发楂子的脑瓜顶。这样的扇法很快传给了赵庆田,赵庆田也摘下草帽扇起来。贾正、刘太生……都是这样边走边扇着。

魏强顺南北大街挤挤插插地走了一趟,刚要转身往回返,小黄庄的保长黄玉文胳肢窝夹个钱褡子走过来,声音很高地招呼魏强:"赶集来啦?买点什么?"

"想买点东西,走了一趟街也没有遇到啊!"魏强很随便地答着向黄玉文靠拢过来。

黄玉文笑了笑,低声告诉他:"我刚从炮楼上来,你们可准备好,听说,他们吃过饭就出来。"

"他俩都出来吗?"

"起码出来一个。听说哈巴狗前天进保定城,要接二姑娘来黄庄,刘魁胜不答应,干了一架。说是刘魁胜骂了他一顿,还扇了他几耳光子,气得病倒了。真是个软瘫子货。"

"管他们这些乌七八糟的事呢!只要侯扒皮出来,事情就办了多一半。炮楼还有什么新情况?"

"侯扒皮又催红松檩款子的事了。今天是五天头,他说无论如何过六不过七。过十七号,拿保长是问。真是望乡台上打莲花落,不知死的鬼!"黄玉文撇着嘴说。

"不过十七号?他要真出来,就让他过不去今天这个十五!"魏强末了的这个"五"字,说得很重。

"要叫他过不去五,那人们可该摆席啦!"黄玉文挤眉弄眼嬉笑颜开地哈哈了一阵子,忙又放低声音说了句:"我再去看看!"说罢,大步流星地朝炮楼走去。魏强转身又挤到赶集的人群里。

火烧般的太阳挂在高空,炙烤得人们滚淌着汗水,嘴里渴得光捣黏沫沫。

卖冰水的拿腔捏调地拉长声音吆唤:"快来喝!快来喝!五分钱,不算多,闹上两碗败心火!"卖凉粉的也"一毛一碗,解渴解热"地大声吆唤着。魏强真想去喝上两杯,闹上一碗,但是他口袋里只有两角边区票,而这地方公开流行的是伪钞。他用唾沫润润嗓子,正扬颏大步朝前走,突然,身后的衣襟被一个人扯拽了下,跟着,一个很熟的声音从脖子后面低低传来:"一个班下来了,街口都站上岗,听说要戒严!"魏强听罢,心头一怔。他暗暗地捉摸:"莫非有坏人通了信,敌人发觉了?不然,为什么要戒严?……"他扭过脸来轻声问道:"还有别的吗?"黄玉文刚要张嘴,赶集的人们都用紧张的语气你传他送地念叨起"侯扒皮下炮楼"的消息。有的掖藏钱,有的掖藏东西,很多人都把"居民证"放到手底下。

"加上他,共十一个!"黄玉文又把敌人到集上来的人数告给魏强。魏强点点头,努了下嘴,黄玉文急忙转身走了。

魏强将手里的草帽高高一扬,跟着,扣在了头上。他低头瞅瞅自己的打扮,和眼前赶集的人们并没有两样,转身朝北望望,赵庆田、贾正他们的草帽子也都扣在头顶上,有的看货色,有的闲抽烟,但都在用眼角扫视着他。魏强将情况做了个分析:村边敌人已布上警戒,集上的人是那么稠密,自己和同志们又是这样的打扮……觉得收拾侯扒皮没什么问题,只是为哈巴狗不下来感到遗憾。

忽然,拥挤不动的人群,像遇到浪高流急的洪水,刷地一下冲成两半,让出一条胡同来。除了贾正以外,魏强、赵庆田他们十一个人都被冲挤在东面的人群里。集上喊喊喳喳吵吵嚷嚷的声音,眨眼之间沉静下来,上千的人都像止住了呼吸。在人为的胡同中间,在不干净的黄土道上,走过一列肩扛步枪、贼眉鼠眼的警备队。

侯扒皮扎着武装带,走在最末尾,屁股后面驳壳枪上的枪缰来回甩打着。魏强望望西面的人群,看见黄玉文和贾正并肩站在一个烟卷摊子旁,也在看热闹。侯扒皮他们越走越近,赶集的人躲闪得越急,把做买卖的杂货摊、广货挑、煎饼锅、火烧炉、布车、肉杠……挤了个东倒西歪,七倾八斜。

一个老太太叫起来:"哎呀,看蹬了我这豆腐锅!"

"乡亲们,少使点劲,烟架子挤散了!"又一个尖嗓门的嚷起来。

"站站吧!乡亲们,看把桃都挤烂了!"一个老头在大声央求。看来,桃子像有不少魅力,一下把侯扒皮吸引住。他挥动手里的藤子棍朝人们吆喝:"赶集!赶集!都赶集!"迈大步子朝卖桃的老汉跟前凑过来。两筐青皮红嘴的大白桃,立刻摊摆在侯扒皮的眼前。他哑着嗓子用藤棍敲打筐子问:"这是你的桃?多少钱一斤?"

"是我的!你吃吧,先生!"卖桃的老汉害怕得嘴唇乱哆嗦,不笑强笑地说。

"他妈的!"侯扒皮像挨了蝎子蜇似的叫了一声,手里的藤子棍也杵到老汉的脸上。他歪着脑袋问道:"他妈的!你说的这像什么话?吃吧,吃吧,白吃你干?"

老汉被他这对凶神杀气的一吓唬,浑身止不住地抖动开,光张嘴,话儿说不出来。侯扒皮嘴角一咧,冷笑了一声,一猫腰从筐里拿起几个桃子,掏出条手绢略略一擦,吭哧咬去少半边,赶忙嚼了嚼,又用舌头咂咂滋味,扭过脸来,冲立在他身后的喽啰们说:"这桃不坏,你们都尝尝,也开开口味!"喽啰们早愿听到这一声,像群饿狗似的呼噜扑到两筐桃子跟前,伸手探胳膊、大把抓小把拿地就往自己口袋里头装。

两多半筐大白桃,一眨眼被托去了少一半,卖桃的老汉疼得心里直打哆嗦,眼睛噙着泪花朝侯扒皮央求:"先生,我是个小买卖人,这一来就把我的老本倾了!"

"嘿!刚才还大大方方地说:'吃吧!吃吧!'一转脸,就变成个小气鬼了。"侯扒皮喷着脸,嘴里捣嚼捣嚼,将一颗桃核从嘴里吐到地上,顺手抓过老汉盛钱的面口袋:"老头,放心,给你钱!来,再给我装上半口袋子。"

"先生,那、那……那是我的钱口袋,你……"老汉一见钱口袋被拿去,脸色急得通红,太阳穴上的青筋止不住地蹦跳。他想伸手去夺,又不敢,光猫腰作揖地苦苦哀告。

"口袋里有钱怕什么,回头到炮楼上一块算账去!"侯扒皮满不在乎地说。

"先生,你可怜可怜我吧,我家有六口人,都……都指着它吃饭呢!"

"吃饭谁挡住你?吃你的桃子给钱,一不崩你,二不坑你,你干什么冲我说这个?"侯扒皮将口袋递给另一个警备队员,不三不四地骂着走到老汉跟前。

"先生,先生,我是说……"侯扒皮没容得老汉说下去,后槽牙一咬,发狠地骂道:"你个老兔崽子是想挨打!"嘴到手就到,一巴掌扇了老汉个栽不楞。老汉的嘴角立即淌出了鲜血,鲜血染红了白褂子。

"喂,来个人挣口袋,我来装!"侯扒皮根本就没理会老汉脸肿嘴流血,继续撅屁股猫腰地两手去拿筐里的桃子。他那张开大机头、装在木套里的驳壳枪,挂在腚后,正冲着贾正。

贾正瞅瞅侯扒皮的驳壳枪,望望魏强。魏强眼睛朝人们一扫。跟着,将左手朝空中一举,这动作就像一道总攻击令,贾正像箭似的蹿到侯扒皮背后,左手拽出侯扒皮木套里的驳壳枪,右手提着的驳壳枪已杵在侯扒皮后脑勺,就听啪的一声,把他打了个嘴啃地。

警备队员们发现有人打死了侯扒皮,顿时个个全愣了神。待脑子转过弯来,想串着人群溜逃,每个人的胸前都出现了一支乌黑光亮的短枪口。这一来,谁也不敢再动了。手里的步枪,身上的弹袋,都紧忙地摘掉、解下,交给用枪逼住自己的人。

魏强紧忙从口袋里拿出折叠好的一大张写满字的白纸递给赵庆田。赵庆田接住,掏出带来的糨糊,迈过断了气的侯扒皮,把它——抗日民主政府判处侯扒皮死刑的布告,庄严地贴在墙上。它向人民宣布了侯扒皮的罪行。卖桃老汉一见侯扒皮被一个没门牙的小伙子打了个脑浆迸裂、黑血直流,吓得不知该怎么办。猛听到魏强喊:"乡亲们,我们是八路军的武工队,我们打死侯扒皮是为的给老乡亲们报仇除害。你们……"他这才明白土匪般的警备队员们,一眨眼都叫八路军给拾掇了,立刻高兴得从地上爬起来,蹿到挣口袋的那个警备队员跟前,夺过了钱口袋,扬手扇开了大耳光子。他一边扇一边骂:"叫你吃桃,吃桃,叫你们都吃黑枣!"老汉越狠劲地打,四周围赶集的人们越高兴,有些人高兴得忘记了身在炮楼跟前,助威地呐喊:"狠劲打!都打死他们!"那个警备队员让卖桃的老汉打得手抱脑袋吱吱呀呀光叫唤。

魏强、赵庆田、刘太生忙走上前去阻拦。魏强拉住卖桃老汉的手,劝解地说:"大伯,气出啦,拾掇拾掇赶快走吧!"

"不,同志,你给我枪,我崩了他个汉奸。"老汉脸色气得蜡般的黄,张开大嘴喘粗气。

"对,崩了他!""都崩了!""拿刺刀挑了他们!"赶集的人们又气愤愤地叫嚷起来。十个被俘的警备队员,生怕落了侯扒皮的下场,吓得浑身打哆嗦,紧抱双肘挤成一团团。

"让我们带走处理吧!乡亲们,该散散啦,待会儿,炮楼上的会下来,保定的鬼子也会赶来的……"魏强再次提醒大家,人们听罢,才纷纷收拾东西朝四处散去。卖桃的老汉挽绳穿担子,将两个筐子挑上肩,不知是感激还是痛快,笑着凑到魏强跟前,咬耳朵地说:"我叫傅洛广,在傅村西头住,有空到我家去!"末了,还嘱咐个"一定!"等魏强点点头答应了,才走开。

魏强把赵庆田、贾正、刘太生叫到跟前,小声地嘟囔两句后,他仨串挤着赶集的人们,朝大街南口飞走。魏强和队员们押着俘虏也奔向了街南口。

魏强的脚步没到街口,贾正手提支步枪笑哈哈地走回来:"小队长三个家伙,擒住一对半。这样的熊兵,怎么打仗呀?"

第十三章

一

哈巴狗见到侯扒皮血葫芦般的尸体，真是三魂吓丢了两个半。他回到自己的住屋，迈着方步前后捉摸，越捉摸越后怕。他觉得今天要不是受点窝囊气，浑身不舒服，说什么也得跟侯扒皮上了集。只要双脚一踏到集上，也一定得走了侯扒皮的这条道。今天没去，多少还沾了生闲气的光，因此心里暗暗感激二姑娘和刘魁胜。等转过头来一想，又觉得这也是该着的事。要不是鬼使神差，怎能让我苟润田把这场灾难躲过去？这又证明自己的命大，将来有造化。不论怎么胡思乱想，侯扒皮死后的惨象始终在他脑子里盘旋着，他尽量想法摆脱，却总难摆脱掉。从侯扒皮的死，又联想到八路军的武工队。"武工队的道行到底有多大？怎么说来就真的蹿了来？他们都是些什么人？"他跟武工队打过两次交道，也听到好些关于武工队的神奇传说。一想到武工队，脖子后头就冒凉气。"怎么把武工队的凶劲打下去？"这又成了他盘算的主要课题。他想来想去，总觉得驻外勤不同驻在保定城里，因此，就应该用软、用缓来麻痹武工队。在缓、软当中，来抓武工队的活动规律，把搜集的情报供给城里，然后来个聚歼。他觉得这个法儿绝妙，满认为自己想的这个办法真的实行起来，就像张开的大网，总有一天会把武工队捕捞住。

他很得意地将胖手朝自己肥厚的大腿上一拍,抬腿就去给上司打电话。刚走到门口,门外传来声"报告!"他赶忙朝后退了几步,神态很郑重地说:"进来!"等一个穿军服、徒手的警备队员进来向他敬礼时,他奇怪地"噫"了一声,跟着问:"你怎么回来了?朱印章。"

"不光我,一过河,人家武工队把我们都放回来了,还让我们给所长你带来一封信。"朱印章双手举着一封叠成三角形的信,朝哈巴狗递过去。

哈巴狗拆开信,眼不离纸地一口气把信读完,跟着,头上出了一层冷汗。他一屁股坐在自己的床铺上,眼又落在信纸上:"……两月以前,在中间曾留信警告你俩不准再继续胡作非为,你俩偏将警告当成耳旁风。刚撤到黄庄,就来了个要红松檩修炮楼的事。你再敢为买红松檩向各村的老百姓要钱,侯扒皮的那条道儿也在等着你……"武工队信里的强硬劲,弄得他浑身光起鸡皮疙瘩。他认为还是自己刚才的想法对,"眼下驻外勤,应该尽量做到软、缓;在采用软、缓的时候,再……"他冷笑笑,将信撂在床上,抬起头,撩起眼皮来看看,朱印章还直橛般地站在当屋。哈巴狗离开床铺,语气平和地说:"你回去告诉回来的弟兄们先吃饭吧!"

朱印章刚走出去,就听到门外传来一阵喊喊喳喳的说话声:"这真是想不到的事!怎么八路来就没有人知道?""要知道了,侯队长也不会落成这个结果!""真是天有不测的风云!"声音越来越近,屋门一响,说话的人们都拥进哈巴狗的住屋。这些人都是黄庄周围村庄的联络员。联络员们在哈巴狗的面前,有的嘬牙花,有的出长气,都对侯扒皮的死表示惋惜,末了,大家将话转上了正题。

南村的联络员说:"不知苟所长知道不,俺村操办买红松檩的钱都叫八路弄走了,还把老保长也带了去!"

北庄的联络员道:"俺村的保长也叫八路带走了,操持买红松檩的钱,一个也没剩!"

傅村的联络员说:"八路军真蝎虎,不来便罢,一来村村都有,办公人,买檩的钱两样都要,一起弄着走。"

小黄庄的联络员说:"算啦,大年初一吃饺子,都一样。现在请所长做主,看怎么办吧?"

哈巴狗扬起右臂,用四个手指搔搔秃头顶,待了好一会子才憋出两句话:"八路军到你们村净说些什么?你们学学。"

"八路军说,谁要敢再为炮楼上买檩敛钱,就叫他走侯……侯、侯队长那条道。"

"八路军说,村里再敢为炮楼上要一个钱,他们知道了也是个算不清的账。"

"八路军说,怕你还要,已经给你写来一封信,让你免了这个要红松檩修炮楼的事,有这码事吗?苟所长。"

"是,八路军在俺村也说给你写了一封信!"

各村的联络员加油添醋地一念叨,闹得哈巴狗心里更发了毛。末了,他将信拿到手,装成很老实的样子说:"各位,侯队长的死,应怪他自己素常为人办事不检点。我姓苟的到这里也会有不检点的地方。但是,我能改。武工队的来信收到了。"他抖动一下信纸:"他们要我免去凑钱买檩修炮楼子的事,我可以尽量做。不过,这是上头的命令。常说:'当官的动动嘴,当兵的跑折腿'。我和侯队长都是听城里吆喝的人。八路军告诉你们不准再敛钱;也有信给我,要我免掉这件事。我打电话跟上头商量,尽量地照办。为了咱们都好,除了遇上八路军的武工队念叨念叨这码事,可不能乱讲;要是让日本人知道了,咱们都吃罪不起。算啦,大家不哼不哈,就当没有这码事,回去吧!"

哈巴狗顺水推舟地这么一闹腾,联络员们看到武工队出的这个主意,教给的这套办法真的生了效,个个心里都十分高兴,于是,也就前拥后挤,满带笑容地离开了黄庄炮楼子。

二

敌人紧撤,武工队紧赶;敌人撤过金线河,魏强带领他的小队,又在金线河的西侧日日夜夜出没无常地活动起来。有时钻进保定附近一个村,召集起伪办公人开个"身在曹营心在汉"的抗日爱国会,告诉他们支应敌人、哄骗敌人的办法。有时,走到一个庄,把混伪差事、干伪军的家属召集到一块,谈谈国际国内形势,说说中国必胜日本必败的道理,要他们去劝自己家里的人,不要真心给鬼子干事,做事都留个后手。此外,撒宣传品,教育炮楼里的伪军,开基本群众会,建立秘密抗日政权……啥工作都做。掏特务、镇压汉奸更是他们的拿手好戏。连住在保定城里的一贯道日本总坛主老松冈也都被擒出来,镇压在曹琨公园里。魏强他们在这一弯子搞了个地覆天翻,闹得鬼子六神不安。

老松田虽然又组织过几次"清剿队",领着刘魁胜一班杀人不眨眼的特务外出清乡,剔抉过几次,结果,比春天失败得更惨。春天是费尽心机也看不到武工队;眼下净叫武工队打个措手不及:不是在青纱帐里迎头挨顿打,就是屁股后头挨上一阵子揳;要不就射来一阵密集的子弹,在中间拦腰一切截;等追过去,神秘的青纱帐,又把神秘的武工队掩藏起来。这样一闹,老松田的心里更蹿火。

近来,老松田又屁股不离皮转椅,挖空脑子,费尽心机地捉摸对付武工队的办法来。从开春到秋收,在他这块"确保治安"区里没有一天平静的日子:小屯里,千军万马没把一个武工队员擒拿住;大冉村村南,一村中队被吃去了三分之二;张保公路上的一百多辆运小麦的大车被截走;中间的小麦一宿被运了个空;黄庄警备队小队长侯鹤宜的死……现在,武工队还在一步步地朝市沟里面搞,简直快搞到皇军的床铺上来了。"这真是岂有此理的事!"松田想到这里,微微地睁开合死的眼皮,心想:"用什么办法把这个武工队吃掉?……"他左手攥攥右手,反过来,右手又去攥左手,越思摸越觉得刘魁胜推荐的黄庄警察所长苟润田所想的办法大有可取之处。他同意苟润田所想的办法;另外,他还要在这个办法上再发展一步。他像落水者摸到了救生圈,眼睛睁开,右手狠劲往桌上一拍,自言自语地说:"就这样做!"

三

"今天的情报有个研究头!"魏强把手里的一张纸儿递给了刘文彬,"老松田怕明着磕青鼻子碰肿脸,又想从暗地里捞捞本,真见他的鬼!"

"松田让铁杆汉奸刘魁胜当队长,网罗些亡命徒成立个夜袭队,这说明他要在咱身上下些本钱,花些工夫!"刘文彬看过情报说。他觉得敌人组织了夜袭队,武工队的工作,可就会增加更多困难。"今后,不论咱武工队,还是地方干部,甚至村里的群众,都应该提高警惕,不然,要吃个大亏!"

魏强没答言,心里也在捉摸夜袭队这码事。夜袭队自然是夜间活动的队伍,到底什么样?没打过交道,光凭想是不行的。在这个地区活动,就像进深山打猎的人,处处得寻找野兽,时时还得提防野兽的袭击。只有摸准野兽的出没规律,才能下手猎捕它。

武工队员们听到敌人组织起一班夜袭队,也都相互说道开:

"夜袭队?名字怪好听,谁知道干起活来怎么样!"常景春抚摸着歪把子,抽着自卷的烟卷说。

"什么他妈夜袭队,我看是野鸡队。遇上我,要不打他个唧唧嘎嘎满天飞,我就不姓这个贾。"贾正立在当屋,指手画脚地讲。

四

天近半夜,魏强带领一个战斗宣传小组,来到了范村。

范村紧挨保定市沟,背贴高保公路,西面是鬼子的飞机场;飞机场北面,隔公路是"治安军"和警备联队训练新兵的兵营——老炮队。要没有青纱帐,老炮队的营房,飞机场上的瞭望台,即使在黑夜,也能从范村看得一清二楚。范村离保定说八里地,其实,出保定南门,过电灯公司朝前走几步就是。它是出城来东南乡的头一个大村了。户头多,人也复杂,光在城里混伪事的就有二三十个,村里的大权掌握在地主周敬之的手里。那里我们的力量单薄,工作基础很差,群众想为抗日政府做些工作,也得偷偷地来。工作人员很少来这村,即便来了,从未过过夜。一般的工作任务,这村也能接受做一点,遇上比较重要的工作,像征收公粮,贯彻合理负担……就不行了。不是里折外扣地讲个价钱,就是拖着时间不办。

魏强几次想来范村住一住,因为摸不清周敬之的面目,摸不透村里的整个情况,所以也没敢住。为了让这村群众都知道夜袭队,提防夜袭队,这天晚上,他们来到范村东南角的一个大场里。这里到处堆放着谷堆子、高粱垛、玉米穀辘、绿豆捆捆。他和刘文彬咬咬耳朵,等刘文彬带领一个队员朝村里走去的工夫,便大步向一个看场的窝棚走来。

"大伯!大伯!……"魏强见到窝棚里睡着两个上年纪的人,忙凑到他们耳根底下轻轻地叫起来。他耐着性子,一口一个大伯地叫,两个看场人都像是聋子,继续打他们的呼噜,睡他们的觉。他轻轻地推了推左边的老头,这老头呱哒几下嘴巴,翻个身子又睡着了,他伸手去推右边的老头,同样也不醒。魏强心里明白,这两个人都醒着,就是胆小怕事不敢答言。他把声音放低,语气放得更缓和,亲切地说:"大伯,都别害怕,我们是八路军的武工队,上次在黄庄打死侯扒皮的就是我们……"这时,两个看场的老人虽然鼾声消逝了,却仍不答言。

村里走出来三条黑影,步步接近了大场。

魏强抛开看场老人起身迎上去,刘文彬和一个个子不高的人走过来。这个人叫刘连三,是范村的地下党员。他见到魏强,热情地握住手说:"魏小队长,这一程子老没来!我当你们走啦!侯扒皮是你们敲死的?"

"是啊!群众有什么反映?"

"人们不是自个许下的愿,'打死侯扒皮,摆酒吃顿席'吗?什么反映?一个字:好!"

魏强、刘连三和刘文彬说着话走到窝棚跟前。窝棚里那两个看场的老头听到刘连三的语音,早爬了起来。躺在左边睡觉的老头说:"这几个同志可把我们老哥俩吓了一家伙。"

睡在右边的老头摸摸嘴边的胡子,"我俩以为是城里的夜袭队呢!真吓得连大气都不敢出。"

魏强将头钻到窝棚里,笑乎乎地问道:"这会儿还害怕吗?"

"有连三在这,当然是自家人,怕什么?""没有他来,你就是说破了嘴唇,恐怕俺老弟兄俩也不会吱声。"两个老头说着就朝窝棚外边挪蹭,魏强忙把窝棚口儿让开。

刘连三等两个老头趿拉上鞋子,忙凑到他俩耳朵底下,嘟囔了几句。他俩一个朝村里,一个朝村边走去。走时,刘文彬忙追嘱上两句:"有一点沾那边气的人,也别叫来!"

两个老头先后说:"这个你放心,别看上了年纪,也不能糊涂到那种地步!""要叫的保准是些老实巴交跟咱们一条心的人。"

工夫不大,一条黑影又一条黑影,从村里,从附近看场的窝棚里走过来。见到魏强他们,个个心里都甜丝丝地乐,有的摸摸队员的枪,有的看看魏强的脸,摸也好,看也好,都不吱声。本来都是拉锄把子种地的庄稼汉,到这种场合却像很有纪律的人,大家看了会子,都默默地脱掉鞋子,在屁股底下一垫,坐下了。不算小的平板光场,密密麻麻快让人占满了。

刘连三把人们分成两片,把魏强、刘文彬围两堆,开起小会来。

夜深,声音传得很远,魏强、刘文彬嗓音放得很低,但大家都听得很清。他俩由秋收藏粮,讲到为啥不割地里的秫秸、棒子秸;又由留地里的秫秸上讲到敌人为什么成立夜袭队,大家怎么来提防夜袭队,夜袭队将要怎么活动……每讲一句话,就在人们的心上划了一道很深的痕迹。当刘文彬谈到让玉米和高粱的秸秆在地里多长个时候,以便武工队在里面隐蔽活动的当儿,看场的两个老头低声说:"不砍它就是少落把柴禾,对抗日军队有利就好。""俺不光不砍,还要串通认识的人家也不砍。只要大伙都做,天大的事也就办了!"

刘连三听到提防夜袭队半夜出来装八路的事,心里思摸:这可是个大事,要不小心,真容易上了特务刘魁胜的当,便插嘴说:"不管他真八路,还是假八路,没听见暗号,咱们一概不承认他是八路,别管他央告、哀求,你就给他来个不理;实在不行,你就……"刘连三这么一说,很多人不由得笑了。原来愁怕夜袭队的人们,现在眉间都舒展开,紧张的心情,立刻松下来。

秋风刮得庄稼叶子哗哗出响,蛐蛐在青草坑里嘟噜嘟噜叫个不停。进村里刷改标语的人们回来了,魏强、刘文彬临时召开的群众会宣告结束,群众渐渐走散开。

"……关于周敬之,要再仔细查看他一程子,看看他到底有没有问题,下次咱们再谈。"临走时,刘文彬叮嘱刘连三。魏强接过话来说:"现在尽量让周敬之闹,他越闹得凶就越能看出他是个什么东西,将来……"

魏强他们离开范村,走出没有一里地,范村正南偏点西的方向,咚咚咚,传来几颗手榴弹的爆炸声,跟着,又响起爆豆般的枪声。魏强双脚站稳,侧耳一听,立刻辨清枪响的距离和地点。"这是在新安村,准是贾正、刘太生他们小组和敌人打上了!"

刘文彬抖动露水打湿的衣服,眼睛张望响枪的方向。那儿枪声并没有停止,中间还夹杂着听不清的吆唤声。

"走!赶上去!"人们听到魏强果决的命令,跟在他身后大步流星地朝新安村方向跑去。

第 十 四 章

一

在魏强他们朝新安村跑来的时候,枪声由剧烈变稀疏,而后停了下来;唔呀呐喊声也由大变小,渐渐地消逝了。

魏强领着人们来到新安村的东北角。村里除了传出几声狗叫,任什么动静也没有了。他一手提着驳壳枪,一手拨拉着沾满露水的庄稼叶子,又轻轻地朝村东面绕去。

"做好准备!"魏强左脚趾在一条小土埝上,眼睛望着新安村的村东口;常景春轻轻拉开歪把子的拉火杆;别人都将步枪口瞄向村里。

嗖!一个人从街南的胡同口里蹿出来。这人手里恍惚还拿着武器。常景春眼珠瞪圆,把歪把子的托底板朝自己的肩头上一扣,魏强低声叮嘱他:"别急!"

蹿出胡同的人,并没有朝街上走去,他像个夜里活动的能手,背贴着南墙山待住不动了。魏强知道他在观察东西两头的情况,心里暗自思摸:"这家伙可是个打夜仗的老手!"刘文彬脑子一转:"是个夜间活动有经验的人!"那人贴墙根待了不久,忙朝胡同口里发出:"呱,呱——"的一短一长的蛤蟆叫声。

声音传到魏强的耳朵里,他的心情马上松了下来。他赶忙用讯号取上联络,跟着跳出土埝,快步朝街里走去。隐蔽在胡同里的人们也都拥了出来:一共三个组。

"你们到这里发现了什么?"魏强张嘴就问。

"我们到这,枪不响了,搜索一回什么也没见到!"赵庆田回答。

"我们在楚庄,听到枪声就赶紧朝这儿跑,跑来见到的是他们!"李东山凑上来,手指赵庆田报告。

"我们比他们两组都来得晚!"辛凤鸣代表他们的战斗宣传小组向魏强说。

"村子的周围都看了?搜索了?"魏强又追问两句。

"都看了,搜索了,什么也没有。"赵庆田继续回答。

魏强挨个地扫了人们一眼,人们都紧握手里的枪,板着面孔等待魏强的新决定。魏强朝街两边一望,好多面墙上都是刘太生用麻刷蘸石灰浆写的抗战标语:"打倒日本帝国主义!""中国必胜,日本必败!"刘太生、贾正他们这一组今天和敌人碰上,到底受到了损失没有?这只有回到规定的集合点才知分晓。

二

贾正、刘太生和队员老边三人所组成的战斗宣传小组,在新安村向群众做完宣传工作,等群众走散以后,忙舀水合灰浆,在沉静的街上写起标语来。

刘太生虽说只上了四年小学,大字写得蛮棒。事变前,在他们张庄村里就有个写一手好字的小名气。黑夜,灰墙写上白字,非常清晰醒目。他们三个人一个提灰浆桶子,一个写,另一个胳肢窝夹枪,眼睛寻视着东西街口,耳朵听着周围动静。

贾正等刘太生将"一切为了抗日"的最末一个字儿写完,说:"来,换换!"抓过麻刷,朝桶子里的灰浆润了润,先写了几条号召伪军反正的标语,又掏出个小本本,眼睛凑近,借着星光仔细看着,按葫芦画瓢地写起教育日本士兵反战投诚的日文标语来。

刘太生见贾正写日本字像小孩初学写大仿那样吃力,憋不住噗哧乐了:"你写的这一串串日本字夹中国字的标语,能认得下来?"

"要说认,我可真不认得,要说念,不用瞅着,我也能念下来。不信,你听我念念这条。"贾正将手里的麻刷朝刘太生提的灰浆桶里一扔,咚的一声,溅了刘太生一胳膊灰浆。他背冲墙,张开缺少门牙的大嘴小声地念:"洼里洼里洼,森搔尼寒呆斯路!"

"哟!这不是我们优待俘虏的那句日本口号?要这样,我还能念呢!"

他们边写着标语,边朝西移动,待所有的墙壁写完时,他们也来到了新安村的街西口。

"你看,道那边还有三间房子!"刘太生左手指着西北角上那一排黑糊糊的房舍说。

"有房子就有墙,过去给他写上两条!"贾正两眼顺刘太生的手儿朝西北方向望过去。

三个人,像三个淘气的孩子,蹿蹿跳跳像阵风般地越过南北大道,来到西北角的房跟前。

"我当是人住的房子呢,闹半天是神住的庙宇!"刘太生手提驳壳枪从庙里搜索一下走出来说道,"这地方后有窗户前有门,飕飕的小风吹着,真是个歇凉的好地方!"

"庙里供的是什么神?"

"我看像三义庙,里头有三个泥胎,距离相等地并排坐在一起。"

"管它三义庙、二郎神呢!现在抗日高于一切,他敢阻挡就以汉奸论。"贾正枪口朝上地将驳壳枪插到腰间,捞出扔在灰浆桶里的麻刷,递给刘太生,"来,先在东墙上闹上它一条'中国共产党万岁!'"

刘太生润好麻刷,马上飞快地写起来。转眼之间,柳公权体的七个秀气的大字,很匀实地趴在了墙上。

"咱们再在西面墙山上写一条'驱逐日寇出中国!'"贾正说出下一副标语,忙扯刘太生朝三义庙西墙山跟前走去。

"正冲大道的北墙,咱该写个什么呢?"刘太生在西墙山上写完,伴同贾正来到北墙的跟前,手拿麻刷,下巴颏扬着,眼望那镶满银星、万里无云的天空,止不住地想。贾正背靠墙,双目瞅着野草地,也在想个绝妙的词句来充当北墙的标语。

"哎,看用这两句怎么样?"贾正像猜中谜语似的召唤刘太生,"'鬼子成立了夜袭队,要随时提防多注意!'看行不?"

"蛮好!来,写上它。"刘太生润润手里的麻刷,三笔五画,从东到西把一条长长的标语写出来。然后,倒退十几步远,端详着写在墙上的字,冲贾正说:"人们都说:'人怕上床①,字怕上墙'。我这字拿上去,也还满顺眼的哩!"

"绱鞋不使锥子,针(真)好;狗赶鸭子,呱呱叫。比我强一百倍。抗战胜利了,你可以当个教写字的先生。"贾正开着玩笑地夸赞了一番。

"写字的先生我倒不想当,等把鬼子赶出去,蒋介石要不捣蛋,战争没有了,我倒真乐意当个拖拉机手,种地去!"刘太生甩甩湿漉漉的麻刷子。

"开拖拉机种地,那可是好事,不过我不想干那一行。"贾正把桶子里剩下的一点灰底磕倒在地上,慢吞吞地说。西面,平汉线上传来喊咔喊咔的火车开动声,跟着哞——的一声长鸣,火车进了保定车站。贾正直起腰板,羡慕地望着火车响动的方向:"将来只要消灭了战争,我就请求上级批准我到铁路上学开火车去。到那时,

---

① 北方俗语,指人死后停尸在床板上。

在火车头上一坐,机器一拧,拖拉一列车抗战有功的军民,哞——的一声到了北平,哞——的一声到了南京、上海。要是建设得快,铁轨铺到了延安,我还要开火车见咱毛主席去。到那时,可就再也不像今天这样驾驶'十一号'骑路了。"

贾正海阔天空、煞有其事地冲着刘太生一闲聊,逗得刘太生想笑,又怕笑出声,捂着嘴光"噗哧"。末了,用肩膀抗撞下贾正:"还瞎吹呢!看你老憨到什么样!"

"怎么老憨?我说的都是实情。"

"是实情。不过抗战胜利了,咱毛主席就不在延安了!"

"可不是。大城市都属了我们了!你看我……"

"算啦,到什么山上唱什么歌!眼下还是开辟地区,教育群众,攒足劲地打夜袭队!"刘太生将手里的湿麻刷投到沾满石灰浆的空桶子里。"咱到庙里抽袋烟去!"

三个人迈步走进漆黑的庙堂。他仨这一进来,倒把倒挂在屋檐下的蝙蝠惊起,个个都扑啦扑啦争先恐后飞离开。

他仨闭上眼,稍停一会,再睁开就望到神座上一排坐了三个姿势不同的泥胎。三个泥胎只能看清中间的脸膛是白的;两侧站立的四个泥胎,都顶盔披甲,托印举刀地相互对视着。他仨,就地坐下,各自裹了一支纸烟,随着火镰磕碰火石,火石溅出了火花,火花落在火绒上,三支烟先后吸着了。

贾正狠劲地吸了两口,烟火旺了两旺。"累了抽袋烟,赛过活神仙!"他说着,一头躺在砖漫的地上,四肢用力地一伸展,真是舒服极了。

嘭噔嘭噔,从庙后面隐隐地传过一阵时轻时重的声音。

"听,有动静!"贾正耳朵贴在地上听了听。刘太生和老边也都身子趴下,头挨地地听着。声音越来越近,越来越大,贾正他仨一骨碌从地上爬起来。贾正见老边端起马步枪,掩在庙门后面,监视庙门外,就忙和刘太生纵身跳到神桌上,分左右绕过当中的泥胎,接近了六角形的后窗户。

通过后窗户,朝远处望去,心里都不由得一惊。星光下,只见庙后面的一片高粱地里,像鬼魂似的先后蹿出三个穿便衣、箍白手巾的人:两个端马枪,一个大背马枪,手里提架盒子。三人来到庙的后墙,脚步还没站稳,高粱地里又钻出二十来个穿便衣、手拿武器的人。个个脚步轻得像鞋底粘了海绵,一点声音都没有。一个中等身材的家伙,见到刘太生写的标语,小声地骂道:"他妈的,真快,咱们才刚成立这几天,就把提防咱的标语写出来了……"

另一个说:"待会给他擦抹掉!"

贾正听到外面的对话,心里明白他们就是夜袭队,从腰间飞快地拽出一颗手榴弹;刘太生也将拽出的手榴弹的铁盖子揭开。俩人咬下耳朵,一起拉断手榴弹的弦,从窗户里投向外面的人群。他俩从神像后面左右分开地跳下神桌,轰轰两声巨响,立刻传送过来。他仨紧忙蹿出庙门。在刚要朝庙前的一片玉米地里钻的工夫,背后,敌人扔来的手榴弹,咚咚地爆炸了,枪声也响成一个点。

贾正他仨知道捅了马蜂窝,夜袭队不会轻易地放过他们,三个人就一面还击,一面朝南撤。敌人唔呀喊叫着,仨一团,俩一伙,一边射击,一边紧追赶。

刘太生跑着跑着,一个前趴虎摔跌在地上。

"怎么?"贾正蹿上来问。"打着了?"

"嗯,打着了!"刘太生左手捂住右边的腰间,牙一咬,身板一挺,重新站立起来。

"老边,你搀架他,我掩护!"贾正嘴里吩咐着。

在黑夜的青纱帐里,他仨左摇右晃地很快将敌人甩脱开,背后的枪声也渐渐停下来。

在金线河边一块方圆十几亩大的高粱地里,贾正、刘太生和老边会合了。刘太生浑身发冷,感到伤口疼痛。他实在支撑不住了,就躺在潮湿的地上,额头直冒豆粒大的汗珠。贾正解下自己的救急包,从中取出一粒止痛丸填到刘太生嘴里,随后给他绑扎伤口。每当绷带缠到伤口处,刘太生就疼得浑身打颤,但还狠劲地咬住牙齿嘱咐:"你给我缠紧点,缠紧了少出血!"

一切收拾停当,贾正将刘太生的马步枪朝身后一大背,肩头扛上自己的枪,冲老边说:"你搀架着他,我在前面开道!"老边猫腰伸手去搀,刘太生后槽牙一咬,一个鲤鱼打挺从地上爬起来,右手捂住肋下说:"五尺高的汉子,让跳蚤弹了一下,干什么还搀着架着地闹腾?走吧!"

三个人串着庄稼地,慢步朝规定的集合点——西王庄赵河套大伯家走去……

三

魏强听过贾正在新安村和夜袭队遭遇的汇报,嘴里虽没言语,心里却着实的不愉快。他吹灭油灯,最末一个躺到炕上,由于思虑过多,好像喝过一大碗酽茶,总是久久不能入睡。他的两只眼睛骨碌骨碌转个不停,一直瞅望那面灰糊糊的窗户。

贾正虽说四平八稳地倒在炕上,上下眼皮也没有合上。夜袭队的枪弹虽说没打中他,却给他上了一课。他心里责备自己:"是艺高人胆大,有了轻敌思想?没有啊!没有为什么工作完了,刘太生说句到庙里抽袋烟,自己就跟了进去?发现夜袭队为什么要打一下?打了又该干什么?为什么当时不用脑子,不让脑子多转几个弯?……"他越想越觉得自己办了件错事,因此,心里也越发难过。特别是他想到向魏强汇报完后,魏强光直楞两眼地望着自己,虽说话语挺温和,没有批评一个字,但是,真比狠狠地训斥一顿还难受。同志们虽说默默不语地瞅望着自己,一对对眼睛就像一双双利箭,箭箭都射中自己的心,真比直言批评还疼痛得厉害。

"……我的过错！我的过错！"平常爱逗爱闹爱说爱笑的贾正,今天,陷入了沉思,静静地仰卧在炕上,连个大气都不愿意喘出来。

四邻的公鸡,像竞赛似的欢叫着,窗纸由灰白逐渐地明亮了。人们像吃饭、喝水那样习惯地迅速从炕上爬起来,抱着枪倚墙坐下。魏强、贾正虽说脑袋都感到胀膨膨的,睡意却始终没有来临,随着人们的起床,倒更精神了。

魏强轻步走到外间屋,只见河套大娘站在锅台跟前,两手托捧个白胖滚圆的东西在认真地拾掇着,仔细一瞅才看清楚。接着就说:"大娘,我说怎么芦花公鸡今天不打鸣啦,闹半天给宰啦！留它啼鸣该多好？"

"可是给有功的人吃了肉,那不更好？"五十多岁的老人,别看牙齿掉了多一半,笑起来还是那么爽朗、响亮。魏强很过意不去,说道:"我的好大娘,你怎么这样闹？贾正说,'昨天黑夜,就麻烦你个手脚不拾闲',今天怎么又……"

河套大娘见魏强两手搓搓着,急得那个样,笑声更止不住了。她手指魏强说:"亏你是个领兵打仗的队长,怎么连大娘杀只鸡都经不起？别说杀了鸡是给受伤的人吃,就是慰劳给你们,也是理应合份啊！"

大娘伸脚蹚起一大股柴禾,熟练地填到灶膛里,回身走到案板跟前,抄起切菜刀,吭唧吭唧地剁起来,一只挺大的肥鸡,转眼就变成了一堆红枣大的肉块块。

魏强没有再说什么,帮助大娘朝灶膛里添了两把柴,揣着颗不安的心走进了房东大娘的住屋,没声响地坐在刘太生的身旁。刘太生脸朝房顶,双眼紧闭,鼻翅均匀地扇动着,睡得非常香甜。魏强想抬屁股悄悄溜走,刘太生忽然睁开了两眼,轻叫了声:"小队长！"左胳膊拄着炕,直胳膊挺胸地想爬起来。魏强急忙上前按住:"躺着吧,还疼不？"

刘太生撩开房东苫在身上的被单,指点右肋下说:"这儿,没有伤筋动骨,不怎么样。过个十天半月就会好!"刘太生话是这么说,可他的伤口却在一蹦一蹦的疼。根据眼前的环境,受伤的人是不能随队的。不随队,就要留在后方。这个所谓"后方"就是"坚壁"在群众的家里。"坚壁"在这种地区,三天两头有鬼子、特务、警备队们来,真不如跟部队活动好,除了这个,更主要的是他从来没有和集体分开过,尤其长时期的分开,他更不知道是个什么滋味。因此,他生怕为伤把他留下,故意将疼说成不太疼,争取随队行动。他说着话,眼睛死死盯住魏强,恨不得一下从魏强的脸上看出自己希望的结果。这点却让他有些失望。

魏强根据刘太生的伤,根据夜袭队的成立,根据这个地区的情况,前后掂量又掂量,也没掂量出个更好的办法来,不得不探询地说:"就根据你这个伤,你认为跟大家一起行动好,还是找个可靠的房东'坚壁'起来好?"

"还是跟大家在一起行动好,'坚壁'起来我可受不了。再说,我这伤,怎么也比赵庆田那伤轻。别为'坚壁'我作考虑啦!"刘太生听到魏强的话儿有点活口,心里像吃了顺气丸那么痛快,也就大胆提出了随队行动的请求。

魏强没有表示可否。他移坐在旁边的一个杌凳子上,像个雕塑的石膏像,一动不动地在为安排刘太生思摸着。

第 十 五 章

一

自从刘魁胜领头成立了夜袭队,确实给魏强他们的活动增添了不少麻烦。原来,夜晚完全是我们的,现在似乎让夜袭队夺走了一半,出去工作时,都得把心提到嗓子眼;原来能够由若干战斗宣传小组分头到各村工作,从有了夜袭队,不得不集中起来有重点地突击。对夜袭队的诡秘活动,群众怕得厉害,恨入骨髓。有的说:"真不知夜袭队是什么托生的,说来比驾旋风都快,说走,眨眼就没影,比泥鳅都滑!"有的说:"从穿戴到言谈,样样都像本乡本土的庄稼人,说话稍走点嘴就得上了当。"

近来,魏强、刘文彬对夜袭队的活动,也真费尽了心血。

虽说警惕常挂在嘴旁上,攥在手心里,但继刘太生在新安村负伤后,接二连三地又出了些事,并且大小事情都发生在和夜袭队打交道上。

十几天以前的一个黄昏,贾正背上半筐青草,拿把镰刀,从张保公路西面和队长联系回来,将接近公路时,就抛开大道,装作砍草的,钻进了没人的庄稼里。他正蹚着棉花地,准备朝剪了穗子的高粱地里奔时,高粱地里突然蹿出三个人。有一个人戴顶窝头草帽,穿件白褂子,其他两人都头箍羊肚毛巾,身着一套紫花衣。戴草帽的人儿,双手朝腰间一捎,召唤贾正:"过来,过来打听个道!"

贾正止住脚步,眼珠朝对方转转,听着语气不对味。心想:凭他仨从庄稼地里钻出来,就一定不是好人,也就随话答音地来了句:"你问吧,干吗非过去!"嘴里说着,眼睛死瞅着对方动作,心里在防范万一。

对面三人六只眼相互瞅了一下,戴草帽的说:"我们想上白团,你说该怎么走?"他说着就朝贾正近前凑,那两个尾随着,走成个三角形。贾正来了个先下手为强,将驳壳枪口对准凑上来的三个人,大吼了一声:"都他妈的站住!"

就在他亮枪喊叫的时候,对面三个人像听到了一个口令似的,忽地都趴在棉花地里,跟着就开了枪。

贾正知道自己很难对付三个敌人,同时,后面还有多少敌人他一时也摸不清。他不敢久停,急忙打滚朝玉米地里撤。当他刚扔掉草筐,两颗手榴弹一齐甩过来爆炸了。黑烟连接在一起,形成一幅人为的幔帐。贾正在这幅幔帐遮挡下,急忙爬起,头也没回地串着庄稼逃走了。

在贾正出事的第三天,魏强他们隐蔽在新安村村边上一家堡垒户里。这天中午,他们一连接到了范村刘连三派人送来的三份情报,内容都是:"石桥据点的三个警备队员,刚从保定取回一架修好的机关枪,现在正在饭馆里打尖,望赶紧设法搞到手。"

队员们听到刘连三的这个情报,都乐得满脸堆笑,心里乱鼓蠕。贾正觉得是个捡便宜的机会,估计魏强一定得捡,忙整理自己的装束;赵庆田翻来覆去地掂量半天,也认为这是送到嘴边上的食,不吃真有点可惜;辛凤鸣……

魏强、刘文彬乍一接到这个情报,也觉得是个稀罕事,确实让这挺机关枪馋得有点直咽唾沫。转头一想,又觉得味道不对。魏强思索一会子问刘文彬:"敌人为什么不搭汽车把机关枪运回石桥,偏让三个警备队员扛回去?"

刘文彬说:"我也在想这个问题。"

"我想,敌人是投咱们的所好,用机关枪当食,想把咱引逗过去,然后在咱吃这块食的时候,把咱们搞住。"

刘文彬鼻子抽动两下,说:"不过敌人要用这架机关枪当食,在机关枪周围必定藏在撒食的人。从刘连三的情报上看倒是没有。又是谁在撒这个食?夜袭队?他们是多半在黑夜活动,大晌午头来弄这个?恐怕不一定。"

"不——一——定!"魏强说这三个字时,把间隔拉得挺长,末后,左手托着下巴颏沉思起来。过了一会儿,像对自己,也像对刘文彬说:"如果真的不是敌人布好的局,那警备队员们敢这么明目张胆地来,又是什么原因?……"

他俩都紧锁双眉为这挺机关枪翻来覆去地分析、推断,总觉得这挺机关枪含着秘密。是什么秘密?他们一时还真捉摸不透,所以也就很难下定决心。

嘎啦嘎啦……一阵车子飞轮响动,刘连三推着自行车走进院子里。他放下车,手擦汗水,心里起急地走进屋:"要这挺净光发亮的机关枪真是易如反掌的事,怎么就不动呢!真急得人牙根疼!"

魏强、刘文彬两人紧着问:"除这三个人还有别人不?""这仨警备队员现在在哪里?"

刘连三喘着粗气说:"我左看右查就是他仨,来的时候,他们刚喝过酒,现在正吃饭呢!这可是送到手里的东西,就看咱们接不接!"末了的两句话,像炼铁炉旁的吹风机,想把八九分火候立刻吹成白热化。

魏强歪着脑袋又进一步问:"你说,为什么三个警备队员敢扛一挺轻机关枪在大道走?他们为什么不搭汽车?你说,这是不是敌人在挽个套儿,引逗咱们朝里头钻?"

"要挽套儿那就是夜袭队,不过夜袭队都是属鬼的,黑夜活动多,大白天他们不会这么闹。再说,也没见有旁人在扛机关枪的两侧走啊!"刘连三像个参谋在帮助判断情况,也像个小学生在回答试题。"他们不搭汽车我看他们是没赶上。汽车都是早晨开,他们小晌午起身,自然坐不上。我想他们三个人敢扛着一挺机关枪朝回返,恐怕和误信夜袭队的宣传、与离保定非常近有关系。这两天咱们的人连着被夜袭队撺了两次,跟着就不大明着行动了,这样一来,他们又认为天下是他们的,当然就敢亮开胆子这么走了……"

刘连三有条有理这样一说,慢慢打中了魏强、刘文彬的心坎;机关枪的香味,也像在引逗魏强、刘文彬的馋虫。他们一面听一面点头,四只眼睛好像都在说:"你怎么就想得那么周到,说得那么对!"

魏强、刘文彬又简单地做了个研究,决定抛开范村,到范村东北角接近石桥的地方去迎头吃掉这口食。刘连三觉得自己地理熟,自告奋勇当向导。魏强把赵庆田、贾正、李东山组成个突击小组,三人各拿了一张镰,装作下地收割庄稼去。刘连三扛条挽有两根绳的扁担领着他仨出发了。魏强、刘文彬带领剩余的队员,都倒背马步枪,拉开距离尾随着。

事情虽然决定了,魏强心里还是犯着嘀咕。多年的经验告诉他:把什么事情看得简单、容易了,往往就是复杂、困难的开端。今天,部队一出发,他就感到有点把问题看简单了。于是,他的两眼窥察着周围,暗暗地想:"难道今天缴这挺机枪比吃小葱抹酱还容易?鱼儿常常见饵不见钩,吞了饵也上了钩。我今天会不会成了鱼?不想当鱼,就需要有魔高一尺道高一丈的本领。要真低估了敌人,钻进了圈套该怎么应付?我一定要在卡这挺机枪以前,将情况观察个清清楚楚?"他扭头望望日头,回过脸来瞧瞧周围。起晌以后,秋收农忙的季节,没让他看到一个做活的人。这点,心里又是个谜。他忙转身朝后连连摆手。后面,疏散的部队立刻停在原地,隐伏起来。他踮起脚后跟,望望走在前面的赵庆田他们,他们都蹲下朝西北角——范村通石桥的大道上瞭望。刘连三捏腔拿调地唱着河北梆子:"王先生在大街又把文卖,我只说王先生文才好……"装作闲散的样子走出庄稼地。

魏强溜到地边上,朝公路上,朝石桥、黄庄……这些据点、炮楼张望了一下,表面上看来还算安定。他自慰地说:"可能将这挺机关枪捡下了!"

"小队长!扛机枪的三个警备队员都喝得醉里呱唧的,正在树底下歇凉呢!"贾正猫腰回来,凑到魏强跟前报告。随他来的刘连三也补充说:"我刚才看到他们醉得都像块泥片,不用人多,两支枪就能擒过来。"

"赵庆田他俩呢?"魏强蹲下来问。

"老赵他不放心,自己爬上去……"没容贾正说完,赵庆田蹿到魏强跟前,像发现什么秘密似的大喘粗气地说:"小队长,我看不对劲,这仨家伙怎么看也不像喝醉的样。他们东张西望像等待着什么,他们附近庄稼地里的庄稼直劲地晃摇,像有人在伏着。"听过赵庆田的话,魏强像被针扎了一下,眼睛瞪圆地问:"你怎么看出来没醉?"

"醉人醉嘴醉腿。人家说话少,眼不直,腿利落,机枪抱在怀里,似乎作着戒备……"赵庆田汇报自己观察到的迹象。

"你都看准了?"魏强紧着问。

"我这俩眼保准比照相机都准,没有错。"赵庆田肯定地说。

魏强知道赵庆田干个针尖大的事也细心得不行,所以对他的见解,多少要比对别人的见解更尊重。事不宜迟,他立即做了决定:"放弃这个便宜,叫李东山回来,咱快走!"说完就扭头朝疏散隐蔽的队伍走来。脚步迈出不过十几步,辛凤鸣手持马步枪迎跑上来:"小队长,左面棒子秸地里像有人朝咱屁股后面走动。"

"有人走动?"魏强稍愣神的工夫,伤口刚刚好利落的刘太生,也大猫腰端着马步枪快步走来:"右面庄稼地里像有人在行动!"刘太生的话茬刚落,贾正、李东山从后面跑上来:"报告,三个弄机枪的,听对面庄稼地里唔的一声,有两个忙钻了进去,剩下的一个,正在手把壶的摆弄机枪,真他妈的怪!"

从眼下的情况看,魏强知道上了当。他心里肯定:这是敌人想布个十面埋伏,搞个一网打尽;他也估计到:搞这一手的不是一般的敌人,一定是比狼狠比狐狸还狡猾的夜袭队。他知道,自己完全暴露了,在这种狠毒、狡猾的敌人面前,处在这种被动、不利的局面,虽说心里直劲地蹿火,但并没拿到脸上来。他的行动照旧是那么稳重、沉着。他快步地来到部队跟前,和刘文彬咬耳朵说了两句话,忙指派赵庆田一宗事。赵庆田朝贾正、李东山一摆手,三人像三支离弦的箭,照直奔南飞跑过去。他瞥了常景春一眼,常景春像早领悟了他的心意,机枪衣脱掉,背带挎上左肩,平端着歪把子蹲望着魏强。

魏强左手揎掖右袄袖子,右手一挥驳壳枪,说:"跟我来!"快步朝南走去。

事先在青纱帐里潜伏、这时正朝两翼运动的夜袭队,一发现钻到套里的武工队锣不敲鼓不响地拨马而回,紧忙集中火力来截拦,于是,背后响起了机关枪,枪弹在魏强他们头上啾啾乱叫,扫得庄稼叶子噼里啪啦地乱响,乱落;"拿活的!""不能叫他们出去!""跑不了啦!"的声音,在周围叫嚷起来。显然,隐蔽在青纱帐里的敌人把他们包围了。

常景春听到周围猫头鹰似的乱嗥叫,气得浑身乱抖动,右食指狠劲一勾歪把子的扳机,嘎嘎嘎咕咕咕!一串子弹朝嚷声最多的西南面横扫过去,敌人顿时变成了哑巴。

"走,朝正南突!"魏强指挥人们还击;敌人从两翼射来的枪弹更密集。背后,引逗他们上钩的那挺机枪越扫越近了,枪弹直在他们的脚底下落。一个队员肩头负了伤,跟着,在魏强左边的刘连三,胸部连中数弹倒了下去。魏强弯腰伸出左臂刚要搀他,突然像块砖头打在左臂上,胳膊朝前一甩搭,袖筒立刻淌出鲜血来。

"你负伤了,小队长!"刘太生要去搀他,魏强将头一拨楞:"没有!"枪朝腰间一插,扯下籀头的毛巾,牙齿帮助右手将伤口狠劲一煞,说:"刘太生,你帮辛凤鸣背起连三哥的尸体,走!"

他们紧走,敌人紧截。枪弹稍一稀疏,他们就突几步;枪弹一紧密,他们就伏下。这时,突然有几声巨响从东南方——敌人背后传来,这是赵庆田他们突出去,绕到敌人后背干开了。

魏强朝常景春喊了声:"端起来打!"常景春端起歪把子,像个怀抱水枪的消防队员,瞪眼挺胸的,朝响手榴弹的方向横扫起来。一阵猛打,立刻把敌人的火力压了下去,敌人筑垒的人墙被扫了一个大缺口。魏强他们顺着这个缺口,相互掩护着,像阵风似的朝东南方向突了出去!

五天以后的一个后半夜,魏强他们从朱连阮[①] 布置准备秋征的任务回来,在黄庄西北二里地的高秆庄稼地里又和夜袭队遭遇上,武工队又有一个队员负了伤。

群众刚蹲起的抗日情绪,由于夜袭队的闹腾,随着武工队的数次挨打,在逐渐下降着。真正给敌人办事的伪人员又像抽足鸦片的烟鬼,精、气、神都来了。保定的伪报纸天天为夜袭队吹牛助威。蹲在黄庄据点里头的哈巴狗,也人模狗样地走出据点到集上晃晃,好像说:"我还是我。什么八路军、武工队,都属兔子尾巴的,没有个长!"

二

什么事都怕碰上连三下。魏强他们在不到一个月的时间里,接连出了几个岔,队员们的情绪多少也有点波动。贾正一天到晚

[①] 保定东南的三个乡村,正名叫:朱庄、连庄、阮庄。

噘着个嘴,李东山哭丧个脸子不吱声。有的说:"什么样的脑瓜咱都摆弄过,怎么夜袭队的头就剃不了啦!"有的说:"天天提心吊胆的提防那夜袭队,干脆大干它一家伙算了!"

魏强明白他们并不是怕夜袭队,而是觉得受了几次夜袭队的气,心里窝憋得慌,都想抓住它的规律找个机会狠狠地教训它们一顿。他自己又何尝不是这样呢。但,他是小队长,他要克制自己,说服人们。他挎着打伤的左臂,瞥了大家一眼,说:"常说,骑马就有跌跤的时候;常出门,怎会碰不上个刮风下雨天?干革命不是走洋灰马路,跑顺风船,别忘了咱们唱的那支歌子:'抗战好比上高山,坡又陡来路又远'。确实是那么回事。特别我们在这个地区活动,更是难上加难——双料的难。要不组织上也不派咱们来,上级也不会称咱是'咬牙'干部,同志们也不会见面跟咱叫'光荣'。咱们不能叫土坷垃绊了两下,就当成上山跑了坡。常捅马蜂窝,要不挨几下螫,那才是怪事呢?我,刘太生……"他把负伤的几个人都指名点姓地叫了一遍,"俺们四个都是挨螫的,你们没挨螫,也叫马蜂赶了几个跑。这没关系,咱可以从挨螫赶跑里面找教训。常说:不经一事,不长一智,不当兵,难知打仗的滋味;不碰碰夜袭队,怎会知道夜袭队的本领?还是我那句话,时间长着哪!咱们攒足劲,找个机会施展下咱的本领,什么夜袭队!非得让他变成野鸡队,揍他个野鸡不下蛋。你说呢?贾正。"

魏强像拉闲话似的闹了一套,末了朝贾正一问,问得贾正真有点张嘴结舌,支吾了半天,才说:"打个野鸡不下鸡蛋,我没意见。反正能早出这口气,就比晚了强。"

"对,就得早点!""仗好打,气难生。""咱不能老吃这个!""让他打听打听武工队是干什么的?"人们七嘴八舌地小声嚷嚷开。原来那种低沉、窒息的气氛像乐曲转调似的,转瞬变成了激奋、高昂。

事情都是说起容易做来难。要抓夜袭队的活动规律,也真不是那么容易的事。有两次,根据内线送到的情况,觉得是个搞掉一股的良机,可是,网儿张好,鱼儿偏不来。

季节进入晚秋,青纱帐由绿变黄,地里除了晚秋的棉花、红薯和荞麦,剩下的就是收割后特意留下的玉米秸、高粱秆。一块块割净豆子、收去谷子的白地出现了,自然的屏障渐渐破坏了,夜袭队像那秋后的兔子、荒山上的狼群,比有庄稼时更狂妄了许多。他们不分黑夜白日,没有一定方向,没有准确时间地瞎出溜。

一封急信从清苑县转过来。魏强按信上的指示,率领小队在黄昏的时候,当着老百姓的面儿,直奔西南出发了。

"小队长,怎么咱今天明着干哪?"担任联络兵的辛凤鸣朝魏强问。魏强嘣着脸说:"你走吧,这不是你现在要知道的事!"辛凤鸣吐下舌头,转身朝前走去。

夜,降临了。魏强他们越过张保公路,朝向西南一头扎了去。之光县甩在背后,越甩越远了!

三

武工队离开之光县的消息,很快在群众中传开了。群众都像倒了靠山,失掉主心骨;人人紧锁眉头,个个吊胆提心,日日夜夜在防备着夜袭队。

敌人刚听到武工队撤走的消息,怕上了当,轻易不敢出来。后来觉得千真万确了,就像停上床板的僵尸,立即还了阳。哈巴狗的主意奏了效,老松田对他很赏识,电话通知清苑县"知事",要他亲写嘉奖令,通报表扬,还给他额外提级加饷。夜袭队队长刘魁胜出谋划策领头干,和武工队连碰几次,虽说每次都伤了人,到底还是占了上风头,好不洋洋自得。每逢松田拍他肩膀,挑大拇指称他"大大的好"的时候,他像只舔屁股的狗儿,总是摇头晃尾巴地围着主人转;但对别人却气粗得厉害,并且仗着松田,把驻保定的日本人也都不放在眼里了。武工队走了,他说是让他打走的。从此,他就不知天高地厚,经常带领夜袭队出来活动,花样也日渐增多。有时,化装成押运日本俘虏的八路军,叫老乡的门;有时,化装成抗日人员,大白天让鬼子、伪军追着跑,央求老乡掩藏;有时,三更半夜跳进老乡的院子,假装武工队,扒在窗台上低声细语地叫上一阵大伯、大娘……

夜袭队昼夜不分、七十二变地乱折腾,群众分不出真假,有时真的上了当。谁家上了当,不光人受苦,还得搭上全部家财。人们在这个时日里生活,都像在刀子尖上度命,巴望着武工队赶快回来。武工队到底上哪里去了?谁心里也是个猜不透的谜。

武工队并没有走远,他们过了唐河,蹚了六七十里地,秘密地隐藏在一个群众基础非常好的小村子里,一直待了半个月。

在一个伸手不见五指的黑夜,魏强率领他的小队作前卫,无声息地从唐河南岸博、蠡、清① 三角地区又蹚了回来,一直朝红光映天的保定附近奔了去。

越走越离保定近。保定乾义面粉公司洋楼顶上的一对探照灯,活像一对大蟒的眼睛,射向了远方;火车进站的声音,也听得更加真切。他们脚步放轻,走得更快了。

"小队长,到了!"担任联络的辛凤鸣回来报告。魏强站住脚扭头朝后传:"告诉队长,到了!"

队长杨子曾领着二小队长蒋天祥赶到魏强跟前,认真地朝周围看了几眼,扭头朝队伍说:"到地里去,伏下!"便和魏强、蒋天祥串着干了叶子的高粱、玉米秸地,朝大道旁的两个大土疙瘩走过去。

两个大土疙瘩紧紧地夹着从东南乡伸向保定城里去的一条平坦的大道。土疙瘩上长满了枯干的、没膝深的扎蓬棵、笤帚苗和铺

---

① 博野、蠡县、清苑的简称。

满地的蔓子草;疙瘩下面还长着几棵小树,黑夜,辨别不清是榆,是杨,还是柳。

看了一遭地形,杨子曾蹲下来对魏强和蒋天祥说:"这个地方在马池的东南角,离保定南城根不到三里地。如果真像情报里说的那样,拂晓以前,敌人真会在这儿过,我们这个网就不会白撒。只要敌人不搜索,就要统一行动;敌人要是搜索的话,搜索哪边,哪边就打。现在蒋天祥在东;魏强在西,开始布置吧!"

阴沉沉的天,不时掉下几颗雨点,掉在人们的脸上,脖颈里还挺凉。正西偏北的马池村里的公鸡一唱群和地叫起来。分伏在东西土疙瘩上的人们,随着鸡的鸣叫,不知是紧张,还是高兴,心情马上激动起来,个个睁大眼睛,顺着平坦的大道,朝东南的远方望着。

辛凤鸣凑近常景春,刚张嘴想问:"怎么还看不见人影?"话没出嘴,让常景春用胳膊肘子捣了回去。

"来了！来了!"从魏强那边传来很微弱的这么两句。它像两只有力的巨掌,一下将人们的脸儿按得贴了地皮。

黑糊糊的一溜黑影慢腾腾地从东南方向走了来,脚步轻得像群夜游鬼。他们越走越近了,总共不过十来个人。魏强心里不由得嘀咕起来:"难道就是这几个人？夜袭队不是四几十号人吗？那些个呢？"

来的这群人,走近西面的土疙瘩,像走到自家炕头上,一点也没搜索,有的坐,有的躺,乱七八糟地吸起烟来。一个家伙说:"今天没有白跑腿,总算抓到几个。"另一个家伙不满地说:"这几个都是挤不出油水的穷棒子,有什么用处？"

魏强探头仔细一瞅,只见歇腿的人个个手脚灵活,没一个像捆绑的样。"噫！抓的那人呢?"他心里纳闷地说。

夜,本来就神秘,眼下更让人感到神秘异常。三丈多高的大土疙瘩,连着两起见面就红眼的人:一起在上;一起在下。上面的早知晓;下面的鬼不知。上面的像打狼除害的猎人,举起枪瞄准好单等行动信号;下面的像饱餐人肉蹲下歇腿的一群豺狼。现在,虽说彼此不相扰地平安相处,一眨眼,就会枪弹横飞,刀枪并举地厮杀起来。

伏在东面大土疙瘩上的二小队,突然响起了手榴弹,魏强他们立即将手榴弹甩到了土疙瘩下面的敌人群里。轰!轰!轰!一阵手榴弹响过,赵庆田、贾正、李东山……十几个人疾速扑了下去。一阵突如其来的手榴弹,打得夜袭队蒙头又转向。打死了一些,一些没死的忙钻进高粱秸地。就在赵庆田他们猛扑下去的时候,土疙瘩西面的玉米秸地里突然蹿出十几条黑影子。他们猫腰轻脚地朝土疙瘩跑来。这是又一股夜袭队。这股夜袭队既没走大路,也没走小道,他们捆押几个抓来的群众,从漫荒郊野里走过来。他们本想钻出玉米秸地和先来一步的伙伴们会合休息一下。不料刚一露头,前面打开了。他们见到有人从土疙瘩上朝南面冲下去,便无声息地从土疙瘩后面朝顶上闯,想占领这个制高点。刚爬到顶,刘太生发觉了,他大喊了句:"西面有敌人!"这时,三个夜袭队员已经蹿到他的跟前。刘太生举枪就打,子弹哑了火;甩手榴弹,距离太近,不能了。一转眼,三人同时按住了刘太生。刘太生心一横,拉断了身上的一颗手榴弹弦,轰!敌人和他都趴下不动了。这时,魏强、辛凤鸣、常景春……都扭过头来。常景春抱起歪把子,调转枪口,横扫过去,像扫驴粪蛋子似的,把扑上来的敌人一股脑地扫下了土疙瘩,没有死的都钻进玉米秸地溃逃了。魏强跑到刘太生跟前,两手朝身子底下一抄,将刘太生扶坐起来。刘太生二目紧闭,脖颈软绵绵地将头一歪,扎到魏强的怀里,他的左手里还挽着那根不长的手榴弹弦。魏强扯下左臂系扎的白毛巾,揩掉刘太生脸上的鲜血,然后抱起来,像抱着一个睡熟的孩子,生怕惊醒他似的,一言不发地走下了土疙瘩。

为了民族解放事业,刘太生光荣、壮烈的牺牲了!

刘太生壮烈战死的消息传进每个人的耳鼓,人人心里就像锥扎刀绞似的那么难受。黑夜,虽然不能说话,大家都燃起了复仇的火焰,默默地在发誓:"要报仇!""要报仇!""继续找夜袭队报这个仇!"

密密的雨点从天空落下来,武工队抬着死去的战友刘太生,在黎明前最黑暗的时刻里,踏着泥泞的道路,消逝在秋末的原野上。

第 十 六 章

一

自从在马池村东狠狠地敲了夜袭队一家伙,武工队又像扎住根似的在保定附近活动起来。

魏强的小队回到之光边缘区,马上和刘文彬、汪霞他们会合了。在夜袭队刚挨过打,群众情绪又蹿上来的时候,他们趁热打铁搞了个政治攻势:分散到各村去秘密召开群众大会;个别登门教育伪人员;三六九日召开伪军家属座谈会;经常不断到炮楼跟前给伪军上政治课;等等。什么事都搁不住日子长。天长日久老百姓更懂得了"敌必败,我必胜"的道理。为了胜利,他们净偷偷地尽自己的力量作抗日工作;和鬼子有点瓜葛的人,常秘密托门烦人地拉关系,找出路。

冬天天短。这天是阴天,天黑得更快。

魏强紧卷了支烟,擦着火柴,吸着,回手点亮炕桌上的油腻乌黑的灯盏。门帘一挑,汪霞走进来。她声不大地朝魏强问:"哎,你见到了我那截铅笔吗?"对魏强这样不加称呼地说话,汪霞还是第一次。为什么这样,她自己也不知道。当她猛地醒悟过来,脸烧得像喝过了烈性酒。她用眼角偷偷地扫了一下人们,人们正全神贯注地瞅着贾正。贾正张着没门牙的嘴巴,像在对人们讲学什么,谁也没注意听她说话。只有魏强笑了笑,帮助她东翻西摸地找。她忙加解释:"魏同志,你看,正想写东西,它偏丢了!"话语自己听来都不自然,赶忙装找的样子低下了头。

炕上,席下,炕沿缝里……找了个够,也没发现那截三个手指头捏不住的铅笔头。魏强便从自己衣袋里拿出那支拾来的钢笔递过去:"给你,拿去使!"

汪霞接过笔来,心中立刻涌出一种说不出的情感来,这正是她哥哥——之光县敌工部长汪洋(化名叫黄占立)送给她的那支钢笔,去年到冀中来的道儿上丢了。当她发现魏强拾了这支笔时,有很多次想借机告诉他:"你知道吗,这笔是我丢的啊!"但不知为什么,每当这时,另一个想法把她滚到舌尖的话语挡了回去。"不!不能!眼下,他是多么需要笔呀!再说,笔是我的,我丢了,可是,他拣了,是他呀!他……"汪霞借灯光看着自己心爱的钢笔在想,不觉,脸儿忽然热烘烘地发起烧来,她偷偷地瞅了一下魏强。哪知魏强的两眼没离开她的脸,四目一对,羞得她再也不敢抬头了。

"你使罢,别不好意思的!"魏强指着汪霞手拿的那支橘黄色的钢笔说,"你知道,这支笔不是我的,是我那次送你们过铁路,在石庄村北打仗的那个地方拣的。我捉摸,可能是咱们人丢的。谁的,可就不知道了!将来碰见这丢笔的人,一定……"

魏强说到这,逗得汪霞噗哧一笑。汪霞心里说:"谁的?我的。就是不告诉你。你个傻……"

"你笑什么?这是真实话!"魏强以为汪霞不信服。

汪霞立刻点头说:"谁说是假的啦!不过,环境这么残酷,地区那么大,同志们东西南北到处都是,你想找这支钢笔的主人,可是个海底捞针——难办的事。叫我说,干脆死了那份心,当成自己的家什用吧,我保证没有人来认它。"她说完,像个淘气的小孩子,歪着头,斜着眼,冲魏强微微一笑,好像在说:"这些话,你自己捉摸捉摸吧!"

看到汪霞的最后一笑,魏强就是有点莫名其妙,又一回味汪霞的语意,特别是末了几句,觉得里面好像有玩意。是什么呢?他思前想后地捉摸了一阵子,也没有捉摸出来。这时小炮手胡启明从岗上被换回来。他身披着一层白雪,大口吐着热气走进屋子,将刘太生使过的那支马步枪朝炕沿上一戳靠,用手扑打扑打身上的雪粉,跺哒跺哒脚上的泥土,不高兴地坐在炕沿上。

"怎么?单思病还在犯?真是钻牛犄角找套里间的手。"常景春抄起扫炕笤帚扔给了胡启明。

"什么单思病?大骡子大马使唤惯了,现在硬给个驴驹子摆弄,真不顺手!"胡启明像怀有多大委屈似的叨念。

贾正听过胡启明的话,心里老大的不高兴,于是开口就说:"亏你是个老兵,怎么就忘了步枪在战斗中的作用了?'八八式'天好,炮弹放完,能端起来冲锋?机关枪是件好武器,可它没有刺刀,打不了白刃战。"他说着抄起马步枪,像拿麻秸秆似的掂量掂量,"这玩意离远了能开火射击;离近了刺刀一上,两手一端,两眼珠子一瞪,腾地跳出阵地,呀的一声,冲到敌人跟前,一个跳直刺,就戳敌人个透心凉……"

胡启明鼓起眼睛,望着贾正;等贾正喷着唾沫星子一气把肚里的话儿说完,小嘴一撇,鼻子一哼,心怀不满地叨叨开:"谁也不是刚入伍的新战士,干什么一套套地上军事课,讲步枪学。马步枪是好武器,比咱早先那'独打一'胜强百倍,我有什么理由不愿使唤它?我是太结记那门跟我几年的'八八式',总怕别人不爱护它,我跟它的感情太深了。"

"既然有那么深的感情,你怎么不和它结婚?"辛凤鸣插过一杠子,逗得人们轰地笑起来。

"废话!你天天夸你的马步枪好,怎么不和它结婚?"胡启明反顶过来。

"算啦,算啦!"魏强凑上来给解围。"人哪,不论对什么,只要产生了感情,就从心眼里喜爱,喜爱上了,就时刻不忘地结记着。这不是个怪事,当然更不是个错误。只要不妨碍整个工作就行。你那'八八式'人家借去几天当教练武器用,很快就会还来。"

"对呀!"贾正拍下巴掌阴阳怪气地叫了一声。别看他是个鲁莽汉子,眼里可搁不下细沙。多半年的活动,他从魏强、汪霞的眼神上,话语间,已看到他俩有了意思。所以等魏强话说完,接过来补充:"小队长说得对。特别是人与人之间要有了感情,结记得更周到!"他说完,又朝汪霞挤挤眉眼,好像说:"我在说小队长和你汪霞同志呢!"贾正说话时,汪霞头没抬,手里老是用那支橘黄色的钢笔在纸上画。不过心儿直跳,白白光光的脸蛋,早已变成了粉红色。虽说抿着嘴地乐,心里却在责备魏强:"你说这么几句干什么?真……"

听话音,咂滋味,魏强心里明白贾正是冲他和汪霞来的。他要转移人们的注意力,扭头瞅瞅黑糊糊的窗户,转过脸来便问:"外边雪下大了?谁知老刘同志他们什么时候能到马池?"说完起身跳下炕,朝外间屋走去。

人们送走魏强的背影,瞅瞅抬起头来的汪霞,都不出声地笑了。

二

天交半夜,刘文彬和赵庆田顺田间大路向马池村走去。忽然,保定车站的南边响起一阵枪声。他俩一愣,然后,警惕地提着手枪避开道路,漫踏荒地继续奔马池走来。他俩来这个村是想找见秘密"关系",了解一下敌人的情况。

这个"关系"家的人口不多,就是父子两个过日子。父亲叫郭洛耿,不到五十岁,跟前有个刚满十五周岁的儿子,叫小秃。爷俩是老的挑八股绳儿到城里卖菜蔬,小的提破面口袋子拣煤核、拾烂纸维持生活。爷俩赚多了,吃口稠的;挣得少了,喝点稀的。什么年哪节的,从来没有过过。

别看家业穷,郭洛耿穷得非常志气,从来不跟混洋事的人乱掺和。

一天,小秃在南关车站旁边拣煤核,碰上他的娘舅。舅舅看他们日子过于艰难,小秃十五六也不算小了,就想在县衙门里托人给他找个提水打杂的差事。小秃非常愿意,煤核不拣了,三蹿两蹦跑到家里,欢欢喜喜地跟他爹一学说,想不到反倒叫他爹狠狠地训斥了一大顿。

"别看咱爷俩是个任啥没有的穷光蛋,一天到晚凭仗拣破烂、挑八股绳吃这口有上顿没下顿的饭,可是咱饿死也不能给鬼子干事。咱要给鬼子干了事,等死了拿什么脸去见地下的祖宗?"郭洛耿知道小秃是个孩子,知道的事太少,应该借着这个因由好好地教训一顿。他喘了一口粗气,就又说起来:"我告诉你,你祖爷他老人家就是好样的。光绪年间,他们见洋人在咱中国修兵营,盖教堂,胡闹八开地乱糟,就参加了义和团,在这一弯子和东洋鬼子、西洋鬼子,还有老毛子,真枪真刀地干开了。越闹越凶,当时真把鬼子们打了个乌眼青。后来,因为没人接济,洋人又从大沽口开进来,人家使的都是洋枪洋炮,你祖爷他们使的是大刀片、红缨枪,末了,被挤在城里一个大院里都给打死了。你祖爷他们在洋人面前,都是宁折不弯的汉子,咱怎能为个嘴丢掉了良心?秃子,这年头,谁要是丢了良心,老百姓也是不答应的!"

郭洛耿常用讲古比今的办法来开导小秃,小秃慢慢地恨起鬼子,瞧不起混洋事的人们来;对他娘舅给他找事的这码事,也就回绝了。

郭洛耿为人耿直,不跟鬼子来往,在这一弯子是有名的。就为这个,早在夏天的工夫,他就被武工队秘密地发展成个"关系"。从此,他确实做了不少抗日工作,武工队在马池村东土疙瘩上打夜袭队,就是洛耿和他儿子小秃在地里连蹲了半个多月,才把刘魁胜他们日来夜去的规律抓住的。不过,他做抗日工作,有好长时间都背着小秃。有时,小秃半夜撒尿,发现爹不在了,等到鸡叫天明,爹又四平八稳地躺在炕上睡起来;有时,他在半睡眠状态里,恍惚听到院里有人小声地跟爹说话,自己本也想听听,但听不到三五句就又睡着了。

总之,这些事,在小秃说来,就是个猜不透的谜。

有一次,小秃牙疼,半夜里睡不着觉,疼过劲,刚想睡,嘭!嘭嘭!嘭!窗户棂子有节奏地连响了几遍。他平仰在炕上,睁大眼睛瞅瞅窗户,窗户漆黑一片,任什么也没望见。他慢慢地扭过脸去,眯缝着眼睛望望身旁的爹,爹连咳嗽了三声,跟着翻了个身坐起来,揭开身上的破被单子,轻轻地苫在小秃身上,下炕,跋上鞋子,没有一点声音地开开门,走出了屋。

小秃像只顽皮的小猫,翻身爬起,嗖地一蹿,来到窗台跟前。他单眼吊线地顺着撕破的窗户纸朝外望去,几条黑影你搀我架地跳到院墙外面去了。"他们干什么来敲这窗棂子?爹为什么一听到窗棂子响动就咳嗽?咳嗽了就出去跟着走了?他们是干什么的?……"刚踏进生活大门的小秃,心灵纯洁得像张白纸,他见到了什么都觉得稀罕,充满了各种幻想。他正在漫无边际地思摸着这件稀罕事。忽然爹手里拿着一条上有刺刀的大枪,押着一个倒捆双臂的人走进屋来。

"秃子,点上灯。"爹吆唤。小秃一划火柴把灯点着,就灯亮一瞅,爹他们抓来的不是别人,是在南关车站旁扇自己耳光、夺走自己煤核的那个警务段名叫万士顺的副段长。"怎么这家伙落在爹手里?爹怎么知道我受过他的气?"他高兴地蹦到地上,从门后头拽出自己那条一小把粗、五尺长的齐眉棍,朝警务段副段长一指:"你认识我不?不认识我来告诉你,我叫小秃,在车站上咱俩常见面。你夺我的煤核,扇我的脑袋,我都记着哪!在车站上你仗你鬼子爹,今天,你鬼子爹管不了啦,你看我的!"说着,齐眉棍抡圆,噼里啪啦像雨点般地落在警务段副段长的身上,打得他直劲地翻白眼,就是不吭声。

他爹,还有和他爹站在一起的几个人,都齐声呐喊:"打,朝狠处打!""打死这个没良心的家伙!""这种没人心没人味的东西不能留!"

小秃狠劲地打,人们就在旁边呐喊助威。一棍子打在脑袋上,噗地放了西瓜炮,溅了小秃满脸、满身腥臭的血。小秃一见吓坏了,心里捉摸:"这可怎么办!"

"打哪里不行?"爹瞪圆眼珠子急了。"怎么拿棍子在这里……"说着朝小秃扑了过来,小秃吓得浑身一哆嗦,两眼一睁,醒了。屋里照旧那么黑,听他爹在背后说:"怎么在这里睡起来,快躺下!"他这才明白,原来自己趴在窗台上睡着了,作了个痛快梦。他怕爹察觉他的行动,一声没吭地躺在炕上了。

洛耿知道小秃人大心也大了,也就常用诱导的办法跟小秃说些"打日本,救中国"的道理。

"咱不光不给鬼子干事,能做点抗日工作就得做点抗日工作。"洛耿有一天吃晚饭的时候跟小秃说。

"那你深更半夜的出去,就是做抗日工作去啦?"小秃直言直语地问。

从小秃的问话,洛耿察觉到儿子已经知道了自己的行动,也就不隐瞒地说开了:"是!爹黑夜出去都是帮助咱八路军做抗日工作去了。"

"八路军?是不是那些左右开弓、百步穿杨的武工队?"

"是啊!你怎么知道的?"

"武工队这个名字,连城里的鬼子都知道。爹,他们再来,你一定叫我看看都是什么样。人家说他们本事可大呢,能飞檐走壁,会珍珠倒卷帘。"小秃听到爹是跟武工队打交道,也觉得爹是个了不起的人物,心里不光对爹更喜爱,同时,也为自己有一天能看到武工队感到幸运。

"在咱这一弯子要做抗日工作,最要紧的是嘴严,不能像个鸭子屁股,随便乱噗哧。要知道,噗哧出去,就有杀头的危险。你年岁不小了,遇事要长个心眼,爹的事别打问,要你干什么,你就干什么……"洛耿像提揪耳朵似的在一句一句地叮嘱小秃。小秃坐在板凳上,直着脖、歪着脑袋一动不动地往下听,两只炯炯有神的小眼睛,忽闪忽闪的像两盏小电灯。

小秃,从此也算干抗日工作的半个成员了。

在路上,刘文彬和赵庆田将月白色的棉袄里子翻过来穿上,轻轻地迈动脚步,从马池村东北绕了个大弯,来到了西口。在场边上的一个秫秸垛跟前站住,听听村里没有动静,才一前一后,十分警觉地钻进村西口,贴着墙根朝街里溜。他俩忽然发现一溜被雪刚刚蒙住的脚印。刘文彬扭脸望一下赵庆田,赵庆田也回头来瞅着他。二人心里都盘算:"是谁三更半夜的到这村里来?为什么我们朝这边绕的时候,没有见到有人从东口走出村?"

刘文彬凑近赵庆田咬着耳朵地说:"这些新脚印有点奇怪,我看小心没大差,先去一个人到老耿家看看,说不一定……"

"让我先瞅他一眼去!"赵庆田从腰里拽出驳壳枪,放轻脚步朝洛耿家走去。路上,他看见乱七八糟的脚印都是和他走的一个方向,等他快接近洛耿家的院墙时,发现这些脚印,也多半是朝洛耿家走去的。"噫!这是怎么回事?"他脑子连打了两个转,身子比猴子还灵巧,朝北面一纵,蹿到洛耿家斜对门的一个黑梢门跟前。他怕里面有埋伏,双手用力轻轻地推了两推,跟着后背贴在门上,脸儿转向了郭洛耿家的栅栏门口。他借着秫秸寨篱门的空隙,朝院里望过去,心想:"夜袭队难道又还了阳?难道他们发觉洛耿是我们的'关系',想演出守株待兔的戏?要不,为什么有这么多的脚印？为什么脚印都是奔他家去？"

洛耿家的院里并没有什么动静。正猜疑中,忽听背靠的黑梢门响了一下。他朝旁边轻轻地跨了两步,端枪刚回过头来,黑梢门的小角门猛地敞开,一个手端驳壳枪的家伙,迈出了一只脚。赵庆田没容他探出头来,迎上去抓住对方的驳壳枪,一使劲,夺了过来。赵庆田的突然动作,吓呆了敌人。敌人狂叫着朝后退,赵庆田没容他动,啪!将他杵倒了。梢门里边一阵骚乱,枪弹隔着黑梢门,当当当地打了出来。同时,洛耿家院墙里面隐藏的敌人,也都探出头,猛烈地朝向赵庆田射击。两边交叉对射,立刻构成个小火网。赵庆田不敢多停留,一个就地十八滚,从火网里滚出去。待他立起,刚蹿回刘文彬的跟前,敌人像群饿狗似的,乱哄哄地喊叫着追过来。刘文彬、赵庆田狠狠地揳出两条子弹,又贴着墙根顺原路溜出了村子。他俩刚跑到进村时站脚的那座秫秸垛的跟前,一条黑影,像只枪下逃出的小兔,不要命地朝东北方向跑了去。当时,把他俩跑愣了。

"这儿怎么又出来一个?"赵庆田惊疑地小声问。

"说不定是敌人的一只眼,捉住他!"刘文彬说着,便和赵庆田像两只展开翅膀飞腾的老鹰,朝前面跑的黑影子追扑过去。

三

马池村东一仗,打得夜袭队好长时间不敢出城。刘魁胜在那次战斗里,左耳朵被手榴弹削去了少半块。虽说好了,却留下个挨打的记号。他天天发誓赌咒要为自己的耳朵报仇,要设法给武工队个样子看,转转夜袭队的脸。

宪兵队长松田,虽然为武工队挺焦心,却没在脸上显出来。刘魁胜吃了败仗回去,他不光没斥责一句,反倒直劲地安抚:"灰心的不行,跌倒了爬起来。你们《三国》里的曹操,八十三万大军统统的完蛋,还是照常哈哈大笑的!你的,小小的失败没关系!伤的,慢慢的养;枪的,人的,我的统统的给!"

刘魁胜对松田感激得真是涕泪交流,真想趴在地上磕个响头,叫上几声亲爷爷。有伤也不去医院养,天天研究如何外出活动,如何对付武工队。老松田还常亲自来给他们讲武装特务的活动办法。

夜袭队慢慢地恢复了元气。他们像群脱掉毛又长硬翅膀的老鸹,准备再次飞到窝外去坑害人。

下雪的这天夜里,头起更的时候,郭洛耿、小秃爷儿俩的怀里各揣了一颗手榴弹,在指定的地点和过路的几个同志接上了头,由他爷俩领路,直奔五里铺村北铁桥走去。当一列票车在铁桥上面朝南开过去的时候,洛耿已经把几个去山里的同志平安无事地送过了铁路。

"爹,咱这又算做了件抗日工作吧?"小秃挨近洛耿,又天真又自得地问着。他右手习惯地伸向怀里,又去摸那光滑的手榴弹木把。

"是一件哪!全中国人要是都这样做抗日工作,鬼子保准得早二年完蛋!"洛耿意味深长地说完,拽拽头戴的破猴帽,盖住冻得发疼的耳朵,用耍圈的棉袄袖子把胡髭上的雪冰擦掉。"秃子,你是小孩,在前面奔金庄走,万一有个风吹草动的,咱好分着躲。"

小秃点点头,小腿紧蹬了几蹬,加颠带跑的一会把洛耿甩下一里多地。他正在五马三枪地走着,突然,在背后的道旁几十墩柳子里传来不大的声音:"站住!"吓得他浑身一抖动。他扭头朝后一瞅,一个提驳壳枪、穿便衣的人从柳子后面走过来:"你这边来。这么晚,上哪去啦?"

小秃朝柳子后面一望,还蹲着三两个人。他知道这是夜袭队,心儿不由得咚咚跳起来。他想起爹告诉的"遇事要长个心眼",又想到走在后面的爹,脑子忙转了几转,跟着,满带哭腔地大声喊:"我爹他在……"

"小点声,嚷什么!"走上来的夜袭队用枪朝他脑袋上一杵,就把小秃的大嗓门压了下去。

"我爹在车站上顶晚班,妈叫我给他送干粮去了!"小秃说着擦拭起眼泪来。夜袭队瞅瞅他个子不高,奶声奶气的,也就没再多盘问,脑瓜子朝东北角上一拨楞:"妈的,朝止舫头绕着走!"

小秃走去工夫不大,夜袭队截住了郭洛耿。一个家伙像对待小秃一样,枪口对住郭洛耿的胸膛问道:"你是哪的?深更半夜胡串游什么?"

夜袭队一露头,郭洛耿就觉得事情不妙。"啊!先生。"说着掏出了"居民证"。"我是马池的!坐刚才那趟票车从京里来。嘿嘿!"洛耿面前的夜袭队,左手按亮褪进袖子里的手电筒,比烧饼大一点的白光射照在洛耿手里的"居民证"上。他很认真地瞅瞅上面的相片、家乡住处、门牌号数和县公署的圆形钢戳记;随后又照向洛耿的脸,洛耿一直微笑着。从"居民证"上,他没找见丝毫的破绽;从脸上,他没看出一点可疑的神色,顿时打消了对洛耿的怀疑:"走你的,奔止舫头!"

洛耿一听说叫走,呱哒把心放下了。他认为自己是"逃出狐狸嘴巴的一只鸡",连着答应几个"哎哎哎",踏着铺满白雪的野地,加快脚步朝东北角上走。走出不多远,听到背后影影绰绰地说:"……你怎么不搜他?"

"马池的,刚从北京来,有什么搜头?"像是看"居民证"的那个家伙的声调。

"那也得搜!把他喊住,去几个人搜!"洛耿听到末了这句话,脚底下加快了,听到后面连喊几声"站住",立刻跑起来。他一跑,夜袭队也就不分点地朝他开了枪,一颗枪弹打中了他的左腿。在夜袭队挤着疙瘩蹿上来的时候,他知道怎么也是个死,忙掏出怀里的手榴弹,等两个夜袭队跑上来按他的功夫,猛地一拽弹弦,轰的一声巨响,手榴弹爆炸了……

夜袭队从洛耿身上翻出那个"居民证",唧咕了一阵,小跑步地来到了马池,按门牌号数找到了洛耿的家。悄悄地跳进院墙,捅开门一翻,任什么也没发现。他们盘问邻舍,知道洛耿家有个十五六岁的孩子。他们马上联想到路上遇见的那个自称上车站上送干粮的孩子。另外,估计还会有人来取联络,就偃旗息鼓地埋伏在洛耿家和对过的黑梢门洞里。

赵庆田一接近黑梢门,夜袭队就发觉了。他们本想把赵庆田稳住,慢慢地开开角门,猛扑上去擒活的,没料到:偷鸡不成蚀了把米,丢了枪,还死了人。

四

刘文彬他俩朝逃跑的黑影追了去。他俩越紧追,前面那条黑影子跑得越快;黑影子越跑得快,他俩就越拼命地追。保定南关乾义面粉公司洋楼顶上的两条巨大的探照灯的光柱,离他们越来越近了。雪,像绢箩筛出的面粉,刷刷地朝下落。刘文彬、赵庆田冒着满头大汗,踏趟着没脚面的深雪,继续朝前追。

"日你们姥姥!你们再追,咱就一块死!"前面的黑影,突然站住了脚步,双手紧握一个看不清的东西,扭过脸来,任什么不怕地张嘴就骂。别看个头不太高,声音亮得好像那古庙里敲响的铜钟;态度非常严峻,活像个凶煞神。

从声音到体形,都引起刘文彬他俩的好大注意。刘文彬脚步站住,贸然地叫:"你,你是咱小秃?"

小秃稍一愣神,像迷路的孩子见到了亲人,迎着刘文彬他俩跑去,土圪垃一绊,跌倒了,哇的一声哭起来。

他俩凑到跟前一看,小秃手里紧握一颗盖子揭开、拽出弦来的手榴弹。"孩子,别哭!"刘文彬左手一扶,将小秃的上半截身子揽在怀里。"秃子,你爹呢?"

"我爹他,他……他准是在回来的道上,让夜袭队给打死了!"小秃哽咽地说完,将流满泪水的脸儿朝刘文彬胸前一扎,又抽抽搭搭地哭泣开了。

刘文彬右手擎着驳壳枪,用左臂将小秃抖动的身子往怀里紧紧一搂,闭紧嘴唇,眼望夜空里飘洒的雪花,纹丝不动;沉默了片刻,才叫小秃领着到洛耿牺牲的地点,把洛耿的尸首悄悄地掩埋上。这时,附近村庄已传来鸡啼,棉絮般的大雪,让风卷刮着,扑打扑打地降落下来,降落在辽阔的冀中大平原上。平原裹在一片银白之中。刘文彬抚摸着小秃的脑袋说:"走!跟我去。咱们一起给你爹报这个仇。"

小秃回头瞅瞅父亲的坟头,拽住飞了花的棉袄袖子,狠劲抹去眼上的泪水,咬住下嘴唇,仰头望着刘文彬点点头。

第十七章

一

"秃子,今天城里有什么新闻哪?"贾正见郭小秃向魏强汇报完情况,亲热地把小秃拽到自己跟前。

赵庆田从灶膛里拿块烧熟的红薯,烫得两手来回捯换,嘴里一个劲地"嘘嘘"。"来,秃子,二一添作五!"说着用劲一掰,热气腾腾的、瓤儿红红的一大块红薯递给了小秃。郭小秃接过来,张嘴闹了一大口。

别看小秃十五六岁了,由于身子骨长得单薄,看来倒像个十二三岁的孩子。根据他这个不太显眼的孩子劲头,再加上他很熟悉保定的地理,就让他当了侦察员。武工队的人们都非常喜爱他。白天,小秃每次出去前,人们总把焦黄、香脆的小米面饼子留出一个,让他带上;晚上,热乎乎的炕头让他睡;夜行军时,总有专人照顾他。开始,他心里还是想爹,有时还偷偷地哭鼻子,以后,见到人们都像老大叔、老大哥似的疼爱他,也就渐渐地好了。他每次侦察回来,总是要念叨念叨自己在外边见到的稀罕事。有些事经他一学说,真把人们乐得前仰后合,捧着肚子直不起腰来。今天,贾正一问,他咬了口烧红薯,像讲评书似的又说开了:"我到南关车站上溜了一趟。在车站上,就听到一堆警务段们念叨,昨天晚上,刘魁胜可吃了个大亏。"

"咱们又没揍他,他吃了谁的亏?"辛凤鸣扬颏打问。

贾正见到辛凤鸣又插话接舌地问起来,不耐烦地说:"睡不着你听着点,干什么又来审案子?"

近来贾正说话直出直入,确实给辛凤鸣好大的不愉快,虽然没说出来,心里也真的有些意见。今天听贾正一噎嗓,以往的事情都勾起来了。他想起贾正脸红脖子粗地批评胡启明,他想起自己多嘴问事,遭他的白眼、顶撞……憋在肚子里的话,一下都涌到舌头尖。他正想发作,不料赵庆田却搭上腔:

"问不问,一猜就准。准是在铁道西,让保满支队揍了一家伙!这一回又伤他哪里啦?"赵庆田蛮有把握地猜了起来。他一面是取乐;另一方面也是怕贾正和辛凤鸣顶撞起来。

"你说错了!"小秃连皮带瓤地吃完手里的红薯,接下去说,"他这一回是吃的日本人的亏!"

"刘魁胜不是老松田瞧得起的红人吗?""那他怎么吃了日本人的亏?""是哪部分日本人窝的他?""到底是怎么窝的?"刘魁胜挨了日本人的窝,人们都觉得是宗稀罕事,也就七嘴八舌地问着朝前挪蹭。魏强、刘文彬都撂下手里的工作,鼓起了眼睛,也等待小秃学讲刘魁胜吃亏挨打的这码事。

原来,这些日子,刘魁胜抛开哈巴狗的老婆——二姑娘,在平康里和一个刚由天津来的、名叫"贵妃"的妓女泡上了。

"贵妃"年纪不大,道行却不小,再加上人材、口才都有,不论什么样的男人,只要一接近她,她就像一贴膏药似的把人粘住,想揭都揭不下。在风月场中堪称魁首的刘魁胜,一瞅见"贵妃",口水馋得就流出三尺长。"贵妃"头一遭遇上刘魁胜,就像熟习自家孩子似的把刘魁胜的脾气、秉性摸了个透,然后投其所好,甜哥哥蜜姐姐地施展起自己的技能来。开始,刘魁胜还能戳住点个,以后就晕头转向,连东西南北也分辨不清了。每次出发回来,就朝平康里跑,好像"贵妃"手里有条线儿扯着似的。

　　刘魁胜包下了"贵妃",有些人很吃醋,但他是日本宪兵队长的大红人,手下又掌握一班杀人不眨眼的夜袭队,所以都只敢怒而不敢言。天长日久,有些人还是想办法要钻个空子去接近"贵妃"。

　　保定南关车站的站长是个日本人,名字叫小平次郎。他还兼着警务段长的职务。小平次郎在这一弯子是一霸,厉害得出奇。无论黑夜白日,他想到谁家就到谁家,他想干什么就干什么,从来就没有人敢拦挡。他这人喜欢吃顺,车站里的人们也就投其所好,说话做事都顺他的竿子爬。每当有人给他脸上搽粉抹俊药时,他眼镜后面的一对母狗眼,欢喜得立刻挤成一条缝,这时候,你求什么都好办。小平次郎手底下有个副段长,名叫万士顺。这是个帮虎吃食、百依百顺的坏家伙,什么事他都顺着小平次郎的意思来,同时也是个拼命抓钱的手。因为他过于贪色,夜夜滥嫖,尽管敲诈勒索得不少,剩在口袋里的倒不多;越剩得不多,越编着法地抓,倒霉的自然又是周围的老百姓。

　　自从平康里来个"贵妃",万士顺就日夜地盘算找接近的机会。但是"贵妃"红,嫖客多,总靠不着边儿,又让刘魁胜一包占,他的欲望更达不到了。贪色的欲火熬得他比遭任何罪都难受。后来他费尽九牛二虎之力,好不容易踏进了"贵妃"的房间,但还没容得张嘴说话,刘魁胜那熊掌般的大巴掌,左右开弓地扇了他个南北不认识。他双手捂着热乎燎辣的双颊,壮壮胆子地扬起脑袋来说道:"有话好说,你干什么动手打人?"

　　"干什么?你装什么明白糊涂?打你!"刘魁胜额头暴凸青筋,狠瞪眼睛地说:"打你还是好的,你真要敢再来,老子就敢敲折了你的两条狗腿!"刘魁胜不知他打的人是干什么的,气汹汹地一边说着,一边将袄袖子重新挽了挽,真有吃掉活人的劲头。

　　万士顺也不示弱地紧握拳头说:"你凭什么不让我来?这个臭娘们是你姐姐还是妹妹?你知道我是干什么的?……"说着就朝前凑。

一场武打戏就要在"贵妃"的屋里演起来。"贵妃"知道,只要格斗一开始,不仅自己肉皮子要受苦,屋里的一切摆设也得完了蛋。她不能不张嘴了。她双手乍权开,抖动青紫的嘴唇,露出一槽整整齐齐的白牙,结结巴巴地说:"咳呀!今天你们是大水冲了龙王庙,自家不认识自家人啦!……"她本想自己上来一劝,就像一条棒子打散两只咬架的狗儿那么有效;但是,没容得她说完,副段长万士顺的脸前,不知道什么时候出现了一支黑亮的驳壳枪口,吓得她"啊"的一声,急忙朝后退了十几步。

"你问我凭什么不叫你来,就是凭的这玩意儿。你是干什么的,老子没工夫管你;老子向来明人不做暗事,告诉你,我是夜袭队的,在西大街住,名字叫刘魁胜……"说着用驳壳枪口敲打着对方的脑壳;对方的脑袋上,雾眼之间,出现了无数个红枣般的大疙瘩。

副段长万士顺一见眼前的这个阵势,马上来了个好汉不吃眼前亏,由硬变软,由老太爷一下变成三孙子。他点头哈腰,满脸赔笑地骂着自己:"都怨我瞎眼,都怨我年轻不懂事,我太混蛋了,我跑到这里胡呲些什么,让刘队长生了这么大的气……"他开口责骂着自己,还举手呱呱地扇着自己的脸。

刘魁胜见到副段长万士顺自骂自、自打自的那副熊样子,心里暗自好笑,肚子里头的火儿,一下灭掉了七分,像驱赶狗似的冲着万士顺骂道:"滚你妈的蛋吧!"就把万士顺从"贵妃"的屋里赶跑了。

副段长万士顺虽说逃出刘魁胜的枪口,逃出"贵妃"的住屋,心里却记死了刘魁胜。他回到南关车站上,天天跟他那一抹子人念叨,要他的盟兄把弟出主意,帮他报这个仇。

万士顺挨窝受气的风儿,慢慢吹到小平次郎的耳朵里。

一天下晚,小平次郎喝了不少白兰地,脸儿红红的,一溜歪斜地走出了餐室,一眼望到了万士顺正和几个警务人员叽叽咕咕地在念叨,两步三晃地走了过去,乜斜着醉眼,用僵硬的舌头问:"你们,在这里,谈论什么的?"

万士顺带领人们慌忙敬了个举手礼,接着就吞吞吐吐,想说不说地把在平康里受侮辱的事,一五一十地说了出来。他像演戏的角儿,说着话儿,泪水直劲地朝眼外流,活像个向大人诉说在外面受了侮辱的小孩儿。他自己加油添醋地说着,别人在侧面煽火浇油地乱叨叨:"咱是小平站长的警务啊!""他敢对待万副段长,当然也没把小平次郎段长放在眼里。""常说,打狗还得看主人哪!""这真是给咱站长眼里插棒槌。"……

小平次郎是个最喜人奉承的,不光自己愿意让人说好,对自己的部下,也不喜欢让人说孬;对他的部下不礼貌,简直就像对待他一样,他从心里不痛快。今天,听过万士顺原原本本、有根有叶地一哭诉,再加上喝了不少的酒,像汽油遇上了炭火,轰地燃烧起来。他习惯地摘掉眼镜,用绒布揩了揩,说了声:"准备,平康里的开路!"头也没回地朝城里走去。他来到平康里,副段长万士顺带领几个警务人员,携带着武器撵了上去,径直奔向"贵妃"的房间走来。

近来,有人花笔钱在刘魁胜手里赎回几个被抓的人,刘魁胜的口袋也就比早先鼓胀了许多。腰里有钱,气粗精神爽,也就天天泡在"贵妃"那里。今天,他洋洋得意地眯缝着眼睛,单手打着拍节地欣赏"贵妃"清唱《醉酒》,小平次郎满脸酒气地闯了进来,当时弄得刘魁胜一愣。平常他并没把日本兵放到眼里,今天一打量走进来的小平次郎,是一杠两花的军官,狗怕主人的本性立刻摆了出来:先立正,后又笑脸相迎地说:"太君,你的请坐!"

"你的,叫什么名字?干什么活计?"小平次郎慢腾腾地走一步吐一字地问。眼睛红红的,活像个饿肚三天的老狗熊。

刘魁胜知道,不是假日逛窑子,是件犯纪律的事。在这个满身酒气的日本军官面前,他怕吐出真名实姓惹出乱子来,就撒谎地说:"我买卖的干活,姓刘,叫……"

"你叫刘魁胜,买卖的不干活!"小平次郎话说完,人也走到刘魁胜的面前,双眼不眨一下地盯着刘魁胜,盯得刘魁胜牙齿打颤腿发抖,脸色灰白得像张窗户纸。他忙改换口气说:"是是是,我叫刘魁胜,太君的认识,我的错误大大的!"

"刘魁胜,夜袭队队长说谎的不行,枪的拿来……"小平伸手逼着刘魁胜,刘魁胜老老实实地将驳壳枪抽出来,双手捧交过去。小平抓住枪把,后退一步,用枪逼住刘魁胜说:"你的坏坏的有,人的来,三宾①的给!"

万士顺领着一班人早在外面侍候着。一听小平次郎吆唤,呜地簇拥进来。在灯光下,抡圆巴掌,反啊正地朝刘魁胜的脸颊扇打起来,打得刘魁胜吱吱呀呀地抱头嚎叫。"贵妃"吓得双手捂着脸,浑身发抖地蹲在墙犄角,连看都不敢看。屋里的打人声、狂骂声、哭啼声、告饶声,乱糟糟地搅成一片。茶壶、茶碗、镜子、花瓶……摔个噼里啪啦;桌子、椅子、窗户、门子……砸个喊哩喀喳。最后,刘魁胜七窍淌血地倒在地上,万士顺他们仍不歇手,皮鞋踢,家具砸,砸踢得刘魁胜光哼哼不能动。

啪啦,耀眼的磨砂灯泡被掷上去的茶碗击个粉碎,屋子顿时变成漆黑一团。小平次郎满高兴地说:"统统开路!"领着手下的喽啰大摇大摆地走去。屋里剩下了一个嗓眼仅有口气的刘魁胜;他身旁躺的是那上下剥得一条布丝不挂、昏厥过去的"贵妃"。

从此,夜袭队算和南关车站的人们拴上了仇,作上了对。宪兵队长松田亲自出马调停过几次,也没从根上解决问题。两边天天见面,见面就找茬挑错;谁见谁都是"二饼"碰"八万",斜不对眼!

二

听过铁杆汉奸刘魁胜和南关车站副段长为个妓女争风吃醋、

---

① 日语:打嘴巴子。

打架殴斗的故事,人们并不觉得奇怪,也就左耳听,右耳冒,谁也没朝肚子里搁着。但是,魏强、刘文彬听过却不然。他俩好像在这件值不得一提的事情上看到了什么问题,都非常感兴趣,因而,也就当成一项极重要的情报吃到肚里,记在心坎上。为这个情报,二人曾掰开揉碎,翻来覆去地研究过几次。他俩怎么研究,也觉得敌人的现有矛盾是有隙可乘的,当然,也就要捉摸利用这一隙缝搞它个大名堂。

"……根据近几天刘魁胜伤已痊愈,日走南关,夜进东门的规律,和夜袭队每次过南关车站怒目横眉找斜茬的劲头;根据南关车站的敌情、地形和万士顺对群众敲诈勒索的罪行,以及老松田明后天去北平开会等情况,我觉得按照咱们研究的计划,可以在三五日内行动了!"听过小秃第五次去南关侦察回来的报告,魏强沉思了一大会,开始向刘文彬掏拿自己考虑的意见。他的手里虽然早拿起一支裹好的纸烟,却一直瞅望着、把玩着,并没有吸它。

"嗯!"对面坐着的刘文彬点点头。他那两只深思远虑的眼睛,一直望着面前的一堆大小不一、纸张不同而都写有密匝匝字的各地来的情报,双手来回抚摸自己的双腿接下去说:"眼下时机已经成熟,我同意你的意见,可以行动了!不过,执行这次从没有执行过的任务,对我们直接参加战斗的人说来,必须得掌握住:要装得像,一定得拿出个十分样,从言语到行动做派,丝毫也不能有一点差异;不然,馅儿一漏,完不成任务,还会吃个大亏!……"

"这一点,从我到去执行任务的每一个人都应该学一学!"魏强赞同地点点头。

刘文彬将炕桌上的情报收敛起,继续说:"是,是得学!你们现在就学,我呢,马上也试验一下电话机;到时候,你们去那里,我就到刘守庙桥南头去等。"

行动决定了,跟着来了一阵忙碌。

冬天,太阳的光和热本来就微弱,当它溜到西南天空,离地皮一竿子高的时候,耀眼的光芒一点也不存在了,活像个滚圆的大鸡蛋黄儿,吊挂在那儿。

就在这日落黄昏以前,九辆自行车像九匹脱缰的奔马,从范村方向沿着高保公路疾驶过来。车上人们的穿戴非常特别:有穿一身青洋布棉裤袄的;有青棉袄外罩件驼色毛背心的;还有穿长袍的。他们头戴的有毡帽、礼帽、土耳其帽、三块瓦的黑皮帽。有的鼻上架副茶晶镜子;有的将雪白的口罩捂在嘴上。他们个个都明挎着一支机头张开的驳壳枪。身子骑在自行车上,双手稳扶车把,当啷当啷啷地按着铃铛,洋洋自得地摇晃着屁股,嘴里哼着肉麻的小曲,朝保定南关走去。

一路上,来往行人听到铃铛的急响,就知道不是常人到来,忙急闪在道旁,就连身披"虎皮"、肩扛七斤半的伪军们,也都止住脚步紧忙让开路。

在接近一个小村子的时候,头前的一辆车子放慢了。头戴一顶烟色礼帽的贾正,扭过脸来压低了嗓门,冲着戴三块瓦皮帽子的魏强说:"没在村边上见到他!"

"没见到就进村!"魏强将下巴颏儿朝村里一扬,贾正脚下用力紧蹬了几下,伴同当啷当啷啷的铃声钻进了村子;魏强他们紧跟在后面,朝村里驶去。

"先生们,歇歇腿吧!"驶到十字路口,路南黄大门里,一个穿长袍戴帽盔的人,慌慌张张地朝魏强他们迎上来。魏强斜眼朝门口一望,那里挂着一块"刘家村保公所"的木牌子。

家家关着大门。连见到生人就扑来狂吠的狗儿都夹起尾巴,躲在老远老远的地方乱汪汪。

"歇歇就歇歇!"魏强在这离保定城不到四里的村庄,想打听一下情况,顺手牵羊地跳下车来。迎上来的那个人一见魏强、贾正、赵庆田他们,个个都是满脸傲气,一副凶狠的模样,连连点头地说:"先生,我是这村的保长,刚才送走你们九位便衣弟兄,没想到后面……嘿嘿,慢待你们啦!请原谅,原谅!"说着,赶紧从口袋里掏出盒三塔牌的纸烟,双手哆哆嗦嗦地撕开个口儿,一支又一支地朝魏强他们递过去。"抽着吧!抽着吧!"旁边另一个三十多岁的中年人忙划着火柴。咔吧!魏强按着自己的打火机,随着,两股灰色的烟雾喷出了鼻孔,心想:"这一下算是走对门道儿了!"他知道保长说的那帮人是夜袭队,也是九个人,觉得真是太巧了。为了把估计的情况弄得更确切,又问保长:"刚过去的那九个弟兄,这会儿走出多远了?知道他们是哪一部分的?"

"他们眼下也不过走出一里多地。哪部分的可没敢问,听口气倒像是夜袭队的!"保长很谨慎地回答。"不论哪一部分,反正都是一抹子人!"末了,不笑强笑地嘿嘿了几声。

"是咱们夜袭队!不认识别人,还不认识刘队长?他长得跟您差不多,您乍进村时,让我猛一看,还以为是刘队长带着人又返回来哩!"那个划火柴点烟的中年人说完,也嘿嘿笑起来。

伪办公人把刘魁胜的特征说得千真万确,魏强为了慎重起见,更把情况砸实,顺手掏出他那装假"居民证"的化学玻璃夹子,指点里面的一张二寸相片,招呼两个伪办公人:"你们看,这是谁?"他俩迈着小碎步子轻轻走来,紧忙看了两眼,异口同声地说:"那不是刚过去的刘魁胜刘队长吗!"

"行,你俩的眼睛够尖的。不跟你们打牙碰嘴地耗费时间了,走!"魏强在这里弄清他需要的情况,掖起夹相片的化学玻璃夹子,将少半截纸烟狠劲地朝地上一扔,说了声:"赶队长去!"飞身跳上自行车,当啷当啷按着车铃,飞快地离开了刘家村。

"小队长!"小秃在村西北角一墩柳子后面连声吆唤着蹿了出来。魏强双手一按前后车闸,急忙跳下来,劈口就问:"你见到刘魁胜了吗?"

小秃骂骂咧咧地说:"他们九个人刚过去,和我走了个碰头!王八蛋们,车子骑起来,呜呜的就像驾旋风!"魏强问:"是九个吗?"

小秃说:"一点不错,是九个。眼下车站上也没有变化。我回来的工夫,听说小平次郎到西关开会去还没回来!"

"嗯。"魏强朝挨地皮的太阳瞧了一眼,扭过头来对大家说:"根据眼下的情况,咱们就踩着刘魁胜他们的脚印走,到时候再改变路线。"他转脸又朝小秃叮嘱:"你现在可到刘守庙桥南头去找老刘同志,我们完成任务后也立刻赶到!"魏强说完,正要打发小秃走,两个戴大檐帽、穿黑色制服的家伙像耗子似的朝他们溜过来,魏强高声地嚷:"哎!见到我们那九个骑车子的到哪里啦?"

"他,他们到刘守庙啦!""也就是刚到的样子!"两个家伙胆小怕事,结结巴巴地回答。魏强嗔着脸回过头来,冲郭小秃连骂带卷地说:"滚你妈的蛋吧,小兔崽子!"伸手假装朝小秃背后一拍,小秃朝前一扑,撒开丫子地跑起来。魏强他们骑上车子,大模大样地紧贴着两个穿黑制服的家伙身边疾驶过去。

敌人的行动正如了魏强的心愿,刘魁胜他们仍按以往的规律,在一条岔道上朝北一拐,又要进东城门回窝去了。魏强望着敌人的背影,俏皮地说:"回家等着吧,我们替你到车站上报仇去!"说罢,调头朝南关车站奔去。

太阳刚刚落下,天气还不太黑,一切都还能看得清楚。南关车站越来越近了:铁轨那边的平坦站台、站台跟前的一排电灯闪闪的红房子,和房门前荷枪的卫兵,完全呈现在他们的眼前。

走在前头的贾正,刚想骑车越过铁轨,一列火车在他们面前哞哞地怪叫着驶了过去,贾正被这个飞快的庞然大物震得直劲挤眼吐舌头。

魏强见列车刚刚驶过,说了声:"走!"人们照直地奔向坦平的站台走来。

"不行!不行!统统的下去!"站岗的日本兵摆晃左手,大声叫唤,意思是不让魏强他们推车子走上月台。

魏强他们根本没有理睬。他们刚走上月台,靠稳车子,一个说中国话、穿日本军服的人从站房里走了出来,豁着嗓门嚷叫:"你们是哪部分?这又不是乡村,不是老百姓的家里,可以让你们胡糟!这是……"贾正没容他说完话,蒲扇般大的巴掌,呱唧打在他的脸上,打得那家伙两只眼睛冒金花,耳朵呜呜乱响。贾正气势汹汹地说:"不认识吗?哪一部分?夜袭队!"在此同时,李东山像开玩笑似的卡过卫兵的枪。他熟练地卸下刺刀,摘掉枪栓,嘴里自言自语地叨叨:"要这个玩意没有用!"一件又一件地朝站台下边的远方扔去。

"夜袭队!夜袭队就敢跑到站上来打人?走,找站长去!"被贾正打了耳光的敌人,见到红房子里簇拥出一大堆人,狗仗人势地揪住贾正的衣袖,喊冤叫屈地嚷叫;贾正狠劲甩了两下,也没有甩脱。

"副段长,你撒开他,他还能跑得了?"拥出来的一群人里闪出一个警务段的人,气势汹汹地走着说。他的一句话,告诉了人们:贾正打的那个人正是副段长万士顺——刘魁胜的冤家对头。

赵庆田知道对这种坑害老百姓的家伙应该怎么处治。他眼一挤,一步蹿上去,用枪点着万士顺,左手指指站在旁边戴口罩和茶晶眼镜的魏强,大声地说道:"好你姓万的,俺们刘队长就是叫你闹得趴了半个多月的炕,今天你是飞蛾投火,可不能怨我们夜袭队!"一拘扳机,啪的一声,把万士顺打倒了。

车站上立刻纷乱起来。警务段所有人员像打惊的鸭子,唔呀闹叫地都朝背后的红房子里跑。敌人的行动,魏强一识就破。他狂喊了一声:"都别动!冤有头,债有主,不动没关系,谁动打死谁!打死由我刘魁胜负责任!"

一声吆唤,把大部分敌人镇吓住。敌人吓得个个腿颤身发抖,谁也不敢再移动一步了。

有两个日本兵,哪管这一套,拔腿继续跑他的。贾正知道他们要去拿枪,喊叫着:"叫你们跑!"抡枪当当就是两下,两个鬼子像倒塌两堵墙,咕咚咕咚平摔在地上。

"给刘队长报仇,找小平次郎去!"贾正呐喊着,手提驳壳枪,像只展开翅膀的鹰,嗖——的一家伙,钻进红房子里。他没登高去摘墙上挂的几支手枪;也没有伸手去抓枪架上倚戳的十几支三八大盖;鼓囊囊的子弹袋他没着眼看,亮闪闪的刺刀他没用眼瞅。他提着手枪左察右看要找人。他在桌子底下,像抓小鸡似的抓出一个穿日本军服、光着脑袋的人来。"你的,快快的说,站长在哪里?不说,死了死了的有!"

"先生,先生,饶命吧,我是中国人,站、站长到西关开会去了。副站长在……在……"他吓得脸色焦黄,浑身哆嗦地朝床底下指。贾正顺他的手朝床底下刚一望,当的一枪,从床底下射出一颗子弹,子弹擦着贾正的左肋飞过去,射中了光脑袋的胳膊。贾正没谷床底下放出第二枪,啪啪啪!接连几枪把床底下的日本鬼子打死了,回手拽着那个胳膊流血的光脑袋走出门来。"刘队长,小平次郎上西关开会去了,让我把他们的副站长给交代了!"

"你领他上队长跟前跑什么,这边来!"赵庆田怕抓来的敌人从魏强身上看出破绽,紧忙招呼贾正。

被卡掉枪的日本卫兵和被吓傻眼的所有警务段人员(包括贾正俘虏的那一个),都被押解到赵庆田的跟前。赵庆田挺着胸脯,用驳壳枪点着俘虏们的头,气愤地说:"今天便宜了小平次郎个王八蛋,不给你们个厉害,你们也不知夜袭队有几只眼。看看到底谁厉害?"

"老哥们,那天打刘队长我可没去!"贾正抓来的光脑袋,左手捂着血流不止的右臂,哭哭啼啼地跪在地上;日本卫兵膝盖一弯也跪下了,别的俘虏一见他俩的动作,也先后模仿起来,扑咚扑咚都下起跪来,黑压压的跪满了一地。

"费那些唇舌干什么,一切我刘魁胜兜着,告诉他们,有本事到西大街找我姓刘的去!"魏强站在远处,望着这边训教俘虏的赵庆田,像天塌了都不怕的样子冷冷地说。

"听到了吗？告诉小平次郎,有本事,就找我们刘队长去!"贾正阴阳怪气地指指魏强。

车站上的搬运工人和附近的生意人,见夜袭队砸了车站,打死了人,都急忙躲散开,喧闹嘈杂的南关车站,几分钟里就变得异常冷清、沉寂。魏强他们个个手推自行车,大摇大摆地走下了站台,不慌不忙地骑上车子,一直朝保定的南门驶来。走到离府河桥不远,趁路灯昏暗,人们不太注意的工夫,飞快地钻进了僻静的小胡同,拐弯抹角地朝保定郊区的刘守庙桥南头驶去。

小秃和刘文彬带着电话机,正在刘守庙等着他们。

三

宪兵队长松田去北平开会,家里一切事情都由副队长坂本少佐来管理。坂本少佐也是个中国通,中国话也说得非常流利。他身子骨不结实,个高、肉少,干瘦得活像个秋后的螳螂。这个人轻易不撒火,一旦把肝火斗上来,却很难扑灭。平常,他对刘魁胜他们的一举一动很不满意;不过夜袭队的事务都由松田一手承揽,自己想过问,也无法来插手。近来,他恍惚地听说,夜袭队里有人和武工队有勾串,到底是谁？有几个？他很想弄个明白,但大权没在手,干着急,只是狗咬刺猬没处下嘴。坂本少佐不满刘魁胜的神态,刘魁胜也略有觉察。但一切都由老松田给他做着大主,对坂本少佐,也就没太放在心上。表面上他对坂本少佐非常尊敬,心里却抱个井水不犯河水的态度,尽量避免打交道,有时干脆就躲。他越这样,坂本少佐越觉得刘魁胜瞧他不起,因而更加不满,对刘魁胜的猜疑也就一天比一天加剧。今天,坂本少佐听过南关车站站长小平次郎的报告,只摇头,心里不由得翻了几个个子。对刘魁胜率领夜袭队干的这桩事他还真的不太相信,心里捉摸:"刘魁胜是个目空一切、手狠心黑的家伙,平常对自己口是心非,在平康里打架殴斗,这一切他都能干出来。但是,明目张胆地领着夜袭队砸车站,开枪打副站长、副段长,恐怕他还不敢。"

"他们一共几人?你的说。"坂本少佐沉思了一会,将脑袋一扭,很严肃地转向从南关车站跑来报告、右臂负伤的光脑袋,好像他很愿意从问话里找个破绽。

"九个,一个不多,一个不少。骑的车子,穿的衣裳,带的武器,说话的神气,都和夜袭队刘队长中午带过去的那一班子人马一样。别看刘队长站在远处,一望他那穿戴长相,就没有错。"光脑袋像放连珠炮似的当当当一气把话说完。

"开枪打人,也是他下的命令。"和光脑袋一同来的一个伪警务段人员进一步证实。"人打死了,他还说他的负责!枪没拣,东西没拿,骑上车子进了南关门。这些都是我亲眼见的。"

坂本少佐耳朵听着报告,脑子里一闪又一闪地在分析。他不愿意把这个事放到刘魁胜的头上,他愿意从别的地方找出枪击南关车站上人员的人儿来。"谁?除了八路军的武工队谁敢这么干?但是大白天武工队敢到我眼皮子底下来?即便来了他们也是为的武器和物资。为什么打死了人,不拿武器,不捡物资?在这个地方打仗,谁也懂得速战、速决、速撤,既是八路军,为什么战斗结束不后撤,反向城里钻?难道真是夜袭队?是刘魁胜干的?刘魁胜为什么要干这一家伙,难道他为了发泄私愤,就忘掉了军法?……"坂本少佐双脚像长在地板上,身子板一动不动。牙齿咬住下嘴唇,眼睛凝视着玻璃窗子,又在反复地思考判断着。小平次郎和他的两个士兵规规矩矩大气不敢吭地站在他身旁。大吊灯照在他们四个人的脸上,四个人的脸色都比斗败的火鸡还难看。坂本少佐的鼻翼扇动着,额上冒出了一层汗珠。显然,他表面上虽是纹丝不动,而内心却非常焦灼起急。

坂本少佐突然抽出插在裤袋里的右手,指逼伪警务段人员的鼻尖问:"你说,刘队长亲自指挥开枪的,我问你,刘队长的头部有什么特征?"

"他,他头戴大皮帽,嘴捂大口罩,再加上一副茶色眼镜,把脸捂了个严,即便有特征也看不出!"伪警务段人员一点也不犹疑地回答。

"不用看,那半个左耳朵就是证明,还有,听语音也能听出他是夜袭队长刘魁胜!"拐着伤胳膊的光脑袋也添油加醋地帮腔。

"少佐!"小平次郎走上一步提醒地说:"从整个情况听来,从刘魁胜的平素表现,肯定地说,是他干的!夜袭队为什么敢这样干?刘魁胜为什么敢胡闹八方,目无军纪?那是因为有人宠他,恐怕……这个,少佐会比我更明白!"小平次郎这几句话,挑动了坂本少佐的嫉妒心,他的心不由得连跳了几下。同时,他想起最近听到的谣传:夜袭队和武工队有勾结,心想:"这不是发泄私愤的事,这里面含有别的因素。要不然,为什么除了万士顺以外,打死的都是日本人?是有目的。他们都是中国人,中国人,日本人,同在一起,心的不一样。他们干了这个,还会干那个!"但是在黑龙会① 学习时的那句"遇事要多想,退几步想"的警语立刻在他耳边响起来。他两眼发直地又沉静的思索了几十秒钟,快步走到桌前摇起电话来。他要和夜袭队通话,找刘魁胜问问"他们什么时间从乡下返回的,进的哪一座城门?"他抓住电话机的摇把,狠劲地摇了几摇,拿起听筒放在耳朵边上,耳机子里立刻传出了"要哪里,要哪里"的询问声。坂本少佐张了几张嘴,末了,他怕打草惊蛇,溜到嘴边上的话,用舌尖一裹、咽到肚里,耳机子也慢慢地放下了。他的手还没离开耳机子,当啷啷响起一阵急剧的电话铃声。他二次抄起听筒,听筒里传出:"您是宪兵队?我找坂本少佐讲话……"

坂本少佐手擎耳机子,嘴里连声"啊啊啊"答应,忽然,他神情

---

① 日本特务的鼻祖——头道山满搞的特务组织。

紧张地问:"你们南关警察所亲眼看见了?那九个人里有刘魁胜?看清啦?进的南门?……"从坂本少佐的神色上看,显然对方回答得非常肯定,不然,他不会气得眼珠瞪圆,肩膀直劲地乱抖动。

这一个电话,奠定了坂本少佐处理夜袭队的决心。他双眉拧凑到一起,搓搓双手,刚要朝门外喊:"部队集合!"电话又当嘟嘟地响了起来。

坂本少佐抄起刚撂下的耳机子,劈口就说:"我是宪兵队,你干什么?哪里?南关防卫第七警备中队。什么,南关车站夜袭队打死人的事,知道啦!马上处理……"他望望面前两个挨刘魁胜打的人证,两次电话又给他增添了两次旁证,刘魁胜平素的行为,夜袭队勾串八路的坏消息,都像一瓢油又一瓢油地朝坂本少佐心头燃烧起的火苗上浇,他再也不朝别的地方想,他生怕夜长梦多,刘魁胜出了意外,匆忙地扔掉还在传话的听筒,朝院里吼叫了一声:"部队的集合!"怒冲冲地挎上战刀,三步两蹿地跳出明灯火仗的屋子。

四

在刘守庙的僻静处,魏强他们假借南关警察所和第七警备中队的名义,通过电话局里的"关系"接插,连给坂本少佐打了两个电话。两个电话像两瓢助燃的油脂,浇在坂本少佐的火苗上,坂本少佐的火气一下蹿了个高。他坐上小卧车,带领一中队红了眼的日本兵,风似的拥进了大西门,很快将夜袭队的队部包围起来。

外出清剿的几拨夜袭队,到掌灯的时分都陆续回来了。刘魁胜率领八个夜袭队员,刚走过护城河,城的老南边传来一阵不大的枪声。城关周围,傍黑响枪不是什么稀罕事,再加他狗改不了吃屎,心里在惦记那病愈的"贵妃",径直进东门而来。一进东城门,自行车把朝右一扭,钻进了东耀街,照直奔平康里走去。剩下的人有的朝队部赶,有的下馆子,有的往自己的姘头家去。

虽说夜袭队外出了不少人,在家的还占多数。每次清剿讨伐回来,都得捡点"外饷"(敲诈百姓的财物),今天大家伙儿正呼你唤我地在交谈自己的"外饷"事,房顶上传来咯吱咯吱的走动声。一个愣家伙说了个"房上有人!"撒腿就朝屋外跑,接着在庭院里喊起来:"房上有人啦!你们快出来看这些人是干什么的!"

屋里的特务们听说房上有人,你推我搡挤挤插插地跑出屋门。就在这时候,站在房顶上的坂本少佐狠劲一挥亮闪闪的战刀,上下齿间迸出个"打!"九挺歪把子像刮风似的朝房下、朝屋里哗哗哗的扫射起来。谁想从这样密的枪弹底下不沾一点彩脱逃了,那可真是白想。一串枪弹,一溜火光;一溜火光,一阵浓烟,一座四合房的小院子,完全让这突来的烟火笼罩住。

魏强听到城里骤然响起了开了锅般的枪声,高兴得从地上跳起来。他冲着刘文彬、冲着拆线、收拾电话机子的赵庆田、贾正俏皮地说:"火点着了,狗咬狗,让他们去咬吧!咱们走!"

第 十 八 章

一

坂本少佐瞎驴撞槽地忙了多半宿,待一切都造成了事实,他才察觉到自己上了武工队的当。这下肚子气得鼓鼓的,活像个癞蛤蟆,干瞪眼直劲搓搓手心,真是哑巴吃黄连,有苦难说。事情传到北平,老松田急得就像热锅里的螃蟹,心里蹿火,爪子紧抓挠;天没响午,忙坐上急行车赶回保定城。

被气得眼斜鼻子歪的老松田,进门一看见坂本少佐,开口就骂了一串"巴格牙路"。坂本少佐明白自己错误的严重性,任什么话也不敢说。日子不多,日本华北驻屯军司令部将坂本由保定调走了。

魏强他们玩的这一手,轰动了全保定城。身前背后人们一闲谈,就拿它当谈话资料。混伪事的常胆战心惊地议论:"这武工队就是厉害得出奇!""手腕真高明,简直杀人不用刀!"伪军们背后乱嘀咕:"宪兵队、夜袭队个个都是鬼难拿,照旧钻进武工队挽成的套子里。咱这还不是摆着的小菜!"

日本人提起来脑仁疼,特务们一念叨就摇脑袋。

什么事情都是有哭有笑的。群众一提这事心里就乐开了花。城里的人们常讽刺地说:"皇军天天推行'强化治安',治得八路军快进城了!"城外的人们就讥笑地讲:"鬼子的本事不小,不费吹灰之力就拾掇了夜袭队。""武工队都是足智多谋、文韬武略的人们!"消息越稀奇就越传播得远,不几天,北平、天津、石家庄……都知道了。消息传到哪里,就给哪里的人们带来了鼓励,送来了欢笑。

进入腊月,旧历年关一天天地接近了。

鬼子早在青纱帐刚撂倒时,就开始对冀中腹地组织了规模不同的几次大小扫荡、清剿。因为军民一心,靠了地道,到处狙击,勇敢坚持,结果,鬼子每次都碰了一鼻子灰;山崎、横尾、小久保等敌人在高阳、任丘搞的所谓重点"誓约""新国民运动"等等花样,经几次打击,也遭到了彻底破产。冀中的环境在转变,秘密根据地的工作慢慢由隐蔽转到公开,游击区也都建立了隐蔽根据地。随着形势的发展,环境的转变,冀中区党委决定在春节以前,开展"减租减息"运动的同时,再开展一次"拥军优属"和"拥政爱民"运动。

一个天气晴朗的午夜,魏强、刘文彬头顶密麻麻的寒星,口吐一团团的白气,兴冲冲地从联欢会上走回来。魏强拨拨炕桌上灯盏的灯花,搓搓冻僵的两只手,一蹦,跳到了炕上说:"老刘,这个会可开得不赖,看群众的情绪多高啊!"他还想说下去,见汪霞托着一张冻得红扑扑的脸,像个喜神似的从外间屋走进来:"你俩的腿真快,转眼,在人群里就找不见了。"汪霞今天也很激动,她熟练地从橹子枪里退出顶上膛的子弹,一对水灵灵的大眼睛瞅瞅刘文彬,望望魏强,欢欣地接着说:"群众一见到你们这些拿枪的,就欢喜得不得了;又听说你们就是崩了老松冈,敲死侯扒皮,砸南关车站,专和夜袭队、刘魁胜打交道的武工队,恨不得跑上去搂着你们亲亲。没见那个坐在我身旁的抗属大娘,她非让我告诉队长是谁。等我偷偷地指点给她,又非让我领她见见你。可好,会一散,你们就拿了腿。哎,小魏,"近来,汪霞也开始叫他小魏了,"我问你,你和马鸣熟识吗?"

"你说的是刚才唱《八路军进行曲》的马助理员吗？不熟！"魏强摇摇头回答。

"小队长，汪霞同志在会上唱的那段《拴不住》①，你说比火线剧社的路玲怎么样？"贾正见他们在一边说话，想开个玩笑。魏强哪里知道贾正的用意，就随话答音地说："行，我看蛮好！"

"当然满好啦！你说她那表情，她那声韵，特别走到你跟前唱的那句'我为你作一件新衣裳'，那水平简直不亚于剧社路玲的表演；假如你真扮二虎的角色，那可真……"贾正立在地上，加动作带表情地说完，脖子一缩，闹了个鬼脸，弄得魏强脸儿刷地红起来。他想说话，刚一张嘴，就被人们的笑声顶撞回去。汪霞假嗔着绯红的脸，骂了他一句："狗嘴里吐不出象牙！"就跑到外屋去了。

在这种地区，能够开一个党政军民都有的小型联欢会，宣传"减租减息"和"拥军优属"，几年来还是第一次。会的规模虽然很小，却给了人们很大的鼓舞。群众在会上宣誓似地保证拥护军队，支援军队，让所有的抗日军人家属都过上丰衣足食的日子……

刘文彬、汪霞、魏强和武工队员们也非常兴奋，他们交谈着联欢会的情形，说说笑笑好不热闹。

停了片刻，汪霞拿着一封信走进来，递给刘文彬："农会王主任来的信，他说近来天冷，吴区长咳嗽得更厉害了，劝他休息，他不听……"

"这个同志，工作起来就不要命，麦熟时，工作累得吐了血，养好了就忘。你当面劝他，他多会答应得也满好，一离你的眼，还得依他的老主意。唉！"刘文彬看完信，没办法地长出了一口气。

魏强搔搔头皮说："环境好点了，叫他去分区休养个时期。"

"叫他休养去？你说破大天也怕不行！那个拧脾气，恐怕徐同

---

① 晋察冀边区在抗战时期演出的一出新型歌剧。内容是新媳妇送新郎参加子弟兵。曾在边区，特别在冀中流行一时。

志说他,也不一定听。"汪霞对吴英民光工作不注意身体的劲头,又气又恨又疼得慌。"我看,干脆别给他工作,看他怎么办。"

"嗯,这也是个办法。"刘文彬点点头,稍沉吟一下,"不过,眼下减租减息的工作,上级要咱们在旧历年前全面开了花,让农民都过个好年,他不去独当一面,又让谁去?"

"叫马鸣去。"魏强插嘴道。

"快别提他了。"提起马鸣,像扎了汪霞的肺管子,她鼓起腮帮子说道,"他不单光说不做,他那作风在什么地方也不受欢迎。会上,你们没瞧见他那涎皮赖脸的样,群众,特别是青年妇女们,谁拿正眼瞅他?《八路军进行曲》是支多么庄重、雄壮、激昂的歌子,叫他油腔滑调地唱成了什么啦?叫人听了脊梁骨发冷,直想吐。有些堡垒户背后跟我念叨,说他的行为做派真不像八路,说老实话,影响太坏。日子长了,为他,群众会对我们有意见,应该想个办法。"

"唉,出身不同么!旧社会的毒中得挺深;不过年岁不太大,可以教育好的。"刘文彬对马鸣不是不了解。马鸣出身在一个破落的地主家庭里,属于大少爷之列,从小养成一种轻浮作风,工作很不踏实。他的毛病是不少,但是,他能在这种地区,黑夜白日咬牙坚持,这点,也就不简单了。所以,刘文彬认为汪霞的看法有点片面、过火。"如今,凡是愿意抗日的人,咱们都得设法团结。马鸣是缺点一大堆,人家终究从家里走出来,直接参加了抗日工作。凭这点,咱就应该好好团结他,咱们要用模范行动来影响他。十个手指头不一般齐,对这样的同志一定要耐心。当然,见到错误不批评,不斗争,一味地迁就也是不对的。这点,吴区长做得很好,将来碰对机会我也和他扯扯。思想改造是个最艰巨细致的工作,如同给病人吃药,吃少了不顶事,吃多了还会砸锅。绝不能看成像眨下眼吹口气那么容易……"

魏强对马鸣本来不熟悉,见他在会上以不严肃的态度唱《八路军进行曲》，就有个不大好的印象；如今，又听汪霞这么一说，对马鸣的印象就更不好了。但是，听过刘文彬的话，他又觉得句句说得有道理，从心眼里同意。他没吱声，只是吸着他那自卷的纸烟，一直听下去。

二

有武工队在，在敌人"明朗化"的保定周围，一样能推行抗日民主政府的各种政策。这两天，保定东南各村的农民，都暗地里酝酿减租减息的事。不少村庄的地主富农，见到农民的劲头挺足，也听武工队宣传过减租减息，再加上胆小怕事，都自动打了退堂鼓，老老实实按照抗日民主政府的法令减了下来。不过，个别村庄还有地主扯皮耍赖地朝后拖。范村因为有地主周敬之，所以拖得更厉害。

周敬之家里拥有土地三百多亩，是范村的首户。范村二百多户人家，半数以上租种他的土地。事变前他家没有在官面上混事的人，现在也没有混伪事的。不过，早先有几门亲戚在官面上，如今，也有两门混伪事的亲戚。像刘守庙的伪大乡长黄新仁就是其中的一个。凭这个，周敬之虽说从没有在村里干过事，如果事事不和他商量，就很难行得通。他在村里说句话，出个主意，都像板上钉了钉。所以村里人给他起了个外号，叫周大拿。

周大拿到现在还拿着村里的一些事，村里的地主和富农，大多看他眼色行事，因此，村里的农民抬不起头来。以往，武工队不了解他的政治面目，再加上范村是个大村，人烟多，离敌人近，所以在这个地区活动快一年了，一直没有住下过。

汪霞分配到北小区，范村也在她的工作范围之内。她曾傍黑子去，傍明子回来地到范村工作过几夜，向地主富农们谈过减租减息对抗战有好处的道理,也和农民们谈过作好了减租减息人们有多大光沾,生活有多大保障的道理。地主富农们都眼睛瞅望周大拿的举动。周大拿一说:"拥护,减减减!"其余的也就八哥学话似的:"减减减!保证执行政府法令减下去!"别看嘴里答应得蛮好,就是光说不动;对农民们谈了,农民们一百个赞成,待推选代表向地主们去办交涉时,那可就难了,都比上法场还怵头!推选了谁,谁也是借故向后跐。结果,她费了九牛二虎的劲也没做出点眉目来。为这事,她愁得有两天光喝水,吃不下东西。

这天,她又懊丧地走回来,想请刘文彬想个好办法,偏巧刘文彬去东小区了。"怎么办?要不跟他谈谈?"汪霞瞥了魏强一眼,心里思摸思摸,最后还是和魏强谈起来了。

"……你尽管说破嘴,跑断腿,费尽力气,减租减息的工作还是难在范村推行。"汪霞说完,没办法地摇摇头。

"为什么开展不起来?这得追根问底。"魏强眼睛不离汪霞的脸盘一字一板地说。汪霞两眼也像两把锥子似的盯望着魏强。过去,他们是让爱慕的心情结合在一起;今天,工作又让他俩密切地结合了。"比方,范村也有咱的工作,群众听说咱们来了,也高兴得不得了,那为什么咱不愿意在范村住呢?中心是咱对周大拿不了解;减租减息工作开展不起来,一定也在周大拿身上。他在范村像杆大旗:扯向东,地主富农跟向东;扭向西,地主富农转向西。大旗镇唬住农民,农民从心眼里怵他。"魏强说到这里,手掌一拍桌子,"咱首先得把这杆大旗砍倒了!"

人们刚进入梦乡,魏强他们已走进沉睡的范村。汪霞带领两个队员找见自己的秘密"关系",取上联系回来时,魏强已打发人爬上周大拿的砖平房。

吱扭!大门开了一扇,魏强他们轻轻地挤了进去。

周大拿的房舍是里外两套院:外院是柴草屋、牲口棚、长工的住处;里院才是周大拿和家里人的住宅。

魏强他们朝里院走。先走进里院的赵庆田,已经将周大拿从熟睡中唤醒。

周大拿听说八路军来到他家二门上,真是晴天打个霹雳,心儿止不住突突乱跳。八路军到他家来到底是什么馅,他一时还猜不透,总之,认为对自己不会有好处。他火没划,灯没点,登上裤子,趿拉上鞋,边系皮袍纽扣跑出二门,怀有戒心地站在砖砌的台阶上,假装十分亲热的样子招呼:"你们太辛苦啦,同志。大冷的天道,怎么还在院里站着,快,快都进屋里歇着!"人们大部分没动,只有魏强、汪霞跟他走进屋。

一根火柴点亮了八仙桌上的二号泡子灯。灯光照亮屋子,也照清每个人的脸。借灯光,魏强认真地瞅瞅这杆范村的大旗——周大拿。

周大拿中等身材,敦实个儿,年纪五十挂点零,由于他平素保养得不错,真是红光满面,膀宽腰圆,很像个清朝的小武举。尽管他四处长得匀称,可是,一对又圆又尖的小老鼠眼,在他那胖乎乎的大圆脸上一趴,要多难看有多难看。

"请坐,请坐,都请坐!"周大拿嘴让着坐,手儿紧开抽屉,很快拿出盒红锡包纸烟,迅速地抽出两支递向了魏强和汪霞,口里一个劲地说:"抽,抽,抽吧!"

经汪霞介绍,周大拿认识了面前坐着的这位粗敦敦,个不高,两眼亮得像两盏电灯似的小伙子,就是常在这弯子活动的武工队魏小队长,不由得心里咯噔一下,自问:"他到我家里来干什么?"忙抬起屁股恭维地说:"汪同志倒见过几次面,虽说没见过魏小队长,却已久仰。咱是一遭生,两遭熟,认识了就是朋友,只要用到我,尽管说话,我能办就尽量办;在抗日工作上我哪点做得不好,也请多指教。"

从面容、眼神上看,魏强早猜透周大拿正为他们的到来在焦心。周大拿越起急,魏强越稳当。他不慌不忙地一句一句地说:

"虽说从前没见过面,周先生的为人我还知道一些。既然你愿意抗日,咱们又交了朋友,当然再客气也就显着不对劲了。"魏强说着扫了周大拿一眼,周大拿连说:"是是是,就是不客气好!"

"那就谈下我们的来意。我们有事,需要在这村住下……"没容魏强说完,周敬之忙接过来朝别处引导:"住这村,这……魏小队长!恐怕,这个我不说你也知道,这村是北靠高保公路,离老炮队、飞机场又只是一虎口远,城里的上这村来,就跟串亲走平常道那样随便。"

"这些情况我们都知道,没关系!"魏强话说得干脆、利落、肯定。

周大拿觉得对方的住宿计划很难变更,又觉得他们并没提住在自己家里,心里略略坦然一些,忙顺从地说道:"魏小队长既然觉得没关系,那就住吧。那我可以帮助找处偏僻背静、出入方便的人家!"周大拿觉得自己的这个主意武工队一定会依从,说完抬身站起来,意思想朝外领。

魏强身子未动,反倒冷冷地说:"我看,倒不必那样麻烦你啦,就在这住蛮好。"说到这,他低声地朝外喊:"赵庆田!贾正!"赵庆田、贾正应声持枪进屋,同时问:"什么事?小队长。"

"我们今天在周先生家里住,看样子,他家房子不宽绰,告诉大家准备在院里露营!"魏强在朝他俩吩咐。

周大拿没想到要住他家,他真是又恐惧,又着急,心里像吞吃了一大块薄荷冰,顿时凉了多半截。脑子胀膨膨的像填满谷糠,豆粒大的汗珠趴满前额。他很明白,要真的住下,日本人、伪军不来便罢,要是来了,他的家产,他的妻儿老小,连他自己,一切的一切都得完蛋。"怎么办?还能商量吗?别看他们都手拿家伙,也是人,也要活,只要把利害关系告诉他们,他们也不会拿鸡蛋朝碌碡上碰。这样就能逼迫他们改变主意。"他假装不在乎的样子,等魏强说完,赵庆田、贾正转身要朝外走时,两只胳膊一乍开,笑模笑样地说道:"等等,同志们!"像十分关心似的瞪着滚圆的两只小眼,拥推着赵庆田、贾正,轻轻地走到魏强跟前,右手掌举得快贴近嘴唇,生怕人听见的样子,温和地说道:"魏小队长,我说句话,你可别多心。在我这住,这是我盼不来的好事,说心里话,是在赏给我脸。不过,从抗日工作,从咱们的安全上想,可是弊多利少啊!"末后这五个字他是单崩个地念出来的。特别"啊"字拉得声音很长,好像这五个字表明他说的是千真万确,不听就会有大祸临头那样可怕。

"怎么办呢?"魏强故作惊恐的样子,屁股离开机凳立起来。汪霞知道魏强要耍耍周大拿,也趁水和泥地走上来问:"有什么弊呀?"

魏强、汪霞的神气,在周大拿看来,以为真的上了他的圈套,也就更认真地说起来:"常说,树大招风。我这高房大屋虽说没有戳在四通八达的十字路口,住的地方也很重要。他们那边也准是走顺了腿,一到范村,必上我这来。有时,三拨两拨的来。你说,要万一碰上,咱不是干受损失?所以我说……其实,这也是……唉,可别误解我的意思。"周大拿满认为他活灵活现地一说,就会说活动了魏强。没想到,魏强朝后退了两步,又重新坐在机凳上,顺手抹了一把脸,不以为然地也拉长音地先"啊——"了一声,接着说:"我当什么重要事呢!原来是这个。谢谢周先生的好意。我们是来者不善,善者不来。八路军干的是打鬼子的活,没见鬼子就想藏躲,那叫什么抗日?"他怕周大拿继续啰嗦,索性给他来个一竿子扎到底:"在这种环境里,周先生为我们担心,这个很容易理解,我们只有领情。不过,你再看看他们,也就会放下心的!"他的话音一落,手儿立即指向了赵庆田、贾正。

周大拿扭头望望赵庆田、贾正,他们都是手里紧握一支上有明晃晃刺刀的三八大盖,腰间斜插一支机头张开的驳壳枪;他俩那种勇武威严的劲头,真像那为群众守家、被群众喜爱、贴在两扇门上的两尊神像——尉迟敬德和秦叔宝,什么样的鬼怪妖魔碰见也得牙颤腿抖、浑身哆嗦。周大拿眼里看着心里想："好家伙,这么棒的小伙,这么硬的家伙,一人两件。鬼子真的来了,还不得在我家里打得开了锅。那么一来,谁胜谁败搁在一边,最倒霉的恐怕就是我。我该怎么办哪,老天爷!"眼下叫天天不应,喊地地不灵的周大拿,挤眨挤眨小圆眼,捋捋两撇仁丹胡,像那进网的鲤鱼,想再拼命地撞一下,假装镇静地说道："咱武工队在打鬼子上,连三岁的小孩也都知道个个是英雄好汉,厉害得出奇。听说连老鬼子松田提念起来都吓得浑身发抖,愁得脑瓜仁疼。"他先恭维了魏强他们一番,接着转了口气："我是说,小心没大差。咱武工队是人精家伙硬,可像队长你刚才说的那句'在这种环境里',人家在城里,离这儿太近了,在我这里住下,万一双方碰上了,呼喇!人家像一窝蜂,都来了,你说……"他手儿比比画画,声儿忽粗忽细,样子简直就像戏台上鼻子抹白的三花脸。

一向不大愿意说话的赵庆田,听周大拿阴阳怪气地瞎叨叨,非常不顺耳,忍不住开了腔："都来了?都来了就打呗!一只羊牵着,两只羊也是赶,来多了,让我这俩玩意打着才过瘾呢!"他气冲冲地左手拍下腰间的驳壳枪,右手里的三八大盖猛地朝周大拿一送,吓得周大拿倒退了好几步。

贾正早就不耐烦了,他跟随赵庆田的话音,立刻叫起来："是啊,不信就让他多多地来,保准我打得他个对个吃东西都不香甜了。什么离城里近啦!人家呼喇都来啦!听蜥蜥蛄叫就不用耩麦子哩!"他拧着脖子瞪着眼地将大腿狠劲一拍,鼻子跟着吭了一声。

赵庆田、贾正朝周大拿的头上哗哗浇了两瓢冷水,魏强觉得心里格外痛快。他故意板起面孔申斥："去去去,这里说话不需要你俩插言。"跟着,眼光挪到周大拿的脸上："还是那句话,你的好意我们领情。既决定住在你这里,我们也就不动了。周先生,你喊人开开大门,赵庆田你派两个岗在大门外站上,贾正你到外边去安排露营!"

周大拿千方百计地,软的硬的说了千言万语,并没有把魏强的心说动分毫。当他又听说门外要布设双岗,真有点魂飞天外,再也沉不住气了。他怕赵、贾走出,用四棱子身板挡住二门,朝魏强说:"队长你们一定要在我这住,我叫家里人起来腾房,十冬腊月,怎么也不能睡在院里。不过,在大门上设双岗,这个得捉摸捉摸。你们都拿着家伙,能打就打,不能打拔腿就走,什么也不怕;轮到我就是个不得了的大事,为俺家大人孩子,还是请、请别在外头吧!"他怕还不答应,一直用乞求的眼光盯着魏强,好像说:"在这点上,你让了步吧!"魏强眨眨眼,故意沉思一大会,末后点点头说:"也好,部队不怕,得为群众着想。汪主任,你说呢?"他向汪霞征求意见,目的是要让范村的这杆大旗——周大拿心目里有这个妇会主任的印象;叫周大拿知道,眼前的这个年岁不大的妇女,也同样掌握着大权哩。

聪明伶俐的汪霞,当然能领会魏强的用意。忙表示:"是得为群众想想,那,把岗设在二门后头吧!"

"对,设在二门后头!"魏强果决地重复了一遍,眼睛扫向赵庆田他俩,他俩都出去了。

这一天,周大拿像只跳山猴,从日出到日落,两条腿就没有个闲时候:一会,到大乡里探询探询;一会,到村边上察看察看。有时,脸儿吓得变成土色跑回来:"你,你们可别出屋,好几十个鬼子,正在村边上等汽车呢!"有时垂头丧气,哭丧着脸走进来:"清乡队来了,要不是派人拿钱紧维持,今天非出了事不行。"总之,他感到过这一天比过十年还难挨。他觉得天长得出奇,他认为日头在和他闹别扭,他恨不得变成一只天狗,立刻跳上天空,把太阳一口吞下去,让宇宙瞬间变成漆黑一片。

好容易盼到日头钻进了地皮,周大拿像卸掉千斤重载,长出了一口气,紧锁的眉头舒展开,失神的眼睛恢复了光亮。当家家掌灯户户闭门的时候,他欢喜地走进魏强的住屋,没枣打三竿子地说道:"托大家伙的福,这天算是平安无事地过去了!"他见魏强左手两个指头夹着一截自卷的纸烟在吸,忙从口袋里掏出盒红锡包,递向魏强:"来来来,请换换!魏队长。"

魏强举举手里燃着的、自裹的纸烟满意地说:"抽这个就满好!"低下头去又看他手里的十大政策① 文件,弄得周大拿送递不上,抽回很难,便不笑强笑地将烟放在炕桌上。他没抓没挠地静坐了一大会,才开口试探着说:"队长,你们一天两顿饭怎么样?是不是要在头走前再做点东西吃?"

"嗯?"魏强稍一寻思,已明白了他的话意,眼睛离开文件,像早考虑成熟的样子说:"惯了,别说今夜住着不动,就是走也没关系!"

魏强平平淡淡地说了这么几句话,周大拿听了真比吃了蝇子喝了醋还腻烦,刚放松散的心,瞬眼之间,又抱成个团团。他呆呆地望着魏强,心里想:"怎么他们还要住?他们住在这里干什么?难道我要倒霉?不然,怎么和我泡上了?"他眼珠不动地盯住魏强,整整盯瞅了十多分钟也未言语。魏强虽说眼睛转到文件上,脑子却在捉摸周大拿。他偷偷地朝周大拿瞥了一下,周大拿坐在炕沿上,呆呆的像个木头人。和周大拿打了半宿一天交道,他已知道这是个夹不住尿的家伙;方才的一句话,又吓了周大拿个目瞪口呆,更觉得范村这杆大旗不是什么戳得住,摆得下的人。遇到这样的人,算不算擒到手,揪住了?魏强还不敢这么乐观地想。他嘱咐自己:"小心!小辫揪住别撒手。"他望着发呆的周大拿,口气放得非常缓和:"周先生,今天你为我们担了惊,受了怕,可是我们的工作今晚上才能插手办,要是办不完,还得继续麻烦你……"

"噢噢!"周大拿听到这儿,嘴里哽住心里想:"是什么工作扯得

---

① 十大政策是中共中央政治局一九四三年十月一日提出的。内容是:一、对敌斗争;二、精兵简政;三、统一领导;四、拥政爱民;五、发展生产;六、整顿三风;七、审查干部;八、时事教育;九、三三制政权;十、减租减息。

他们老在我这里泡?难道我不可以问问?"他壮壮胆,提提神地说:"咱是熟不讲礼,魏队长,听说今晚你们才插手工作,是什么工作?我姓周的能搭把手,帮个忙吗?"

"抗日工作是大家伙的事,你周先生只要愿意,我们是求之不得。等汪主任来了,咱一块商量商量!"魏强刚允诺,偏巧汪霞跟两个队员走进来。"你来得正好,周先生愿意协助工作,咱们在一块谈谈。工作完得早,早走!完得晚,晚走!完不了就长住此地不走了!"魏强像是取笑打哈哈地说,其实也是在说与周大拿听。

"那好!我就谈。"汪霞靠近炕桌说起来,"到这村就是做减租减息工作来了。抗战要想胜利,前方必须有充足的物资供应。物资要充足,重要的是发展生产。减租减息就是抗日政府发展生产的一大措施。因此,全冀中,全晋察冀,所有的抗日民主根据地都要做。这些道理我们在范村虽然几次三番地谈过,可是那些出租放债户,都是嘴头答应不肯下手做。这个事周先生也知道。现在周先生愿意协助,村里的情况你又熟,当然我们也有个耳闻,就请你给想个完善的办法。"

汪霞末尾的几句,准是捅着周大拿的要害,周大拿的脸色刷地红起来。他心里思忖:"闹半天你们是为这码事来的!好家伙。早知道你们跟我玩这个,我可不磨蹭。"转头他又一想:"不行,要是按照抗日政府的'二五减租'政策一减,我就吃大亏啦!不减,他们又不走。这该怎么办?"他前伸伸不得,后退退不得,左右为难地一个劲地抓脑瓜皮。

"今晚,只要周先生帮我们做了,我们一转移,再也不结记范村减租减息的这码事了。"汪霞看出周大拿的心里在斗争,又忙朝死处砸砸。魏强一直二目圆睁,瞅望着周大拿不言语。

从汪霞的话语里,周大拿像见到一点空隙,赶紧朝空隙里钻:"行行,减吧。其实早先人们不减也真有难处,都不知怎么做。既然魏队长、汪主任都在这里指教,那我先学学,学好了明天就由我领头做。"

心里怀着鬼胎的周大拿像只地老鼠想找个空子钻一下,可是偏遇上了聪明机智的魏强和汪霞。魏强未等他说完,就朝他顶来:"你不用学,一听就会,做得蛮好!"

"这工作我们是做了一村,再做一村。如果你明天做,那我们势必再住一天,再让你担一天惊。"汪霞也接着说起来。

周大拿这下没钻好,又想别的法门。他觉得范村离保定这么近,八路军绝不会老来住,眼下就答应减,真减假减,你八路军走了就得由我。

他认为这是"掺糠喂鸡哄蛋"的好办法,哄走了武工队,目的也就达到了。顺嘴说了句:"减吧,你们说怎么减,我就怎么做!"

"就这么做!你按这上边的名字把他们叫来,一开导就行了。"汪霞递给周大拿一张写有出租、放债人家的名单。在周大拿走出以后,汪霞带领两个队员也走了出去。

放债、出租的人家,都被周大拿叫了一个人来。周大拿将名单交回魏强说:"请查对一下,按名单一个没落,都叫来了。"也就在他报功显能的时候,汪霞领了一大群比地主、债主多十几倍的佃户、债户来。周大拿的三间上房虽说不小,让来人挤挤插插一站,闹个满上满。人们虽然花插着同聚一堂,从衣着到神情上看,贫富立刻分出来:有的穿得破上破,补丁垒补丁,喜笑颜开有说有笑,保准不是佃户也是债户;有的棉衣厚墩墩,干干净净,哭丧脸子低下头,不是地主也是吃利钱的放债户。

魏强捅捅他身旁的周大拿,和他咬咬耳朵。周大拿跳上炕,像心甘情愿的样子:"乡亲们,老少爷们。在咱村人都称我是首户,首户干什么也不能走在后面。抗日政府为了把鬼子早日打出去,让胜利早日到来,要发展生产。生产必得人干。要是咱有钱的不为穷苦点的人们想,他们自然不好好生产,所以就颁发了减租减息法令,这个我从心眼里拥护,要减就先从我这来。谁是我的佃户,谁是我的债户都到我这来,我是按规定减下去。"他这么一说,别的地主、债主虽说心里不愿意,觉得有八路军在,周大拿都领头减了,自己也找佃户、债户修改租佃规程,按政府法令制订了新的契约。

没过两个钟头,人们都在新的字据上签了字,画了押,按了指纹。范村的减租减息工作,就在忙忙碌碌的不长时间里结束了。

在人们要分散离开时,魏强跳到炕上叮咛:"减租减息工作做了,过了年,都好好盘算下生产。还有,"他低头瞅瞅周大拿,两眼平射着穿长袍、戴皮帽的人们,提醒他们说道,"减租减息我们做了,可不能转回头来变了卦。要是明减暗不减,或是打折扣地减,都叫作违犯政府法令,政府察觉了,要按法律制裁的!"

魏强的话,像把利剑戳中周大拿的心。他的脸色一红一白,汗水止不住地朝外津。他脑袋不抬,眼皮不睁,支支吾吾地说:"不敢不敢!谁敢拿国家的法律当儿戏?"

人们都散尽,魏强他们也离开周大拿的房舍,走出范村。他们拐了很多弯,绕了不少路,又毫无声息地钻进了一个村。常在村边放哨、侦察的郭小秃,越看房舍、树木、街道……越认准它就是刚离开的范村。他心里正疑惑正画问号时,魏强偏又在这个村庄选个僻静的人家,静悄悄地住下了。

果然,在魏强他们离开周大拿家第二天,周大拿立刻变了卦。他像秋天的野兔子——又撒起欢儿来。他扬言吹风:"别看昨夜我领头减,今天我还领头免!"他把他的佃户、债户找了来,威风凛凛地冲他们说:"昨天黑夜,我是半路出家,挤兑得不得不应着做。什么减租减息?都是胡扯蛋。我的地,我的钱,我愿意要多少租,行多少利,那是我自己的事,别人管不着!嫌租高利大,可以不种、不使,要种地,要使钱,就得按照我家的老规章办事……"真的大旗一动,喽啰跟行,范村的地主、债主也都仿照周大拿的帖子做起来。胆大的,干脆撕毁昨夜新立的契约;胆小的,背地里商量打起折扣来。魏强嘱咐他们的话,都当成了耳旁风,政府的法令都扔在脖子后。在范村已完成的减租减息工作,又被他们三下五除二地破坏了。

破坏减租减息以前,周大拿也想到过抗日政府的法令和魏强叮嘱的话。但是,他总觉得武工队闹得天凶,也不会常到老虎嘴边上转。范村在保定脚下,武工队即便来也是百年不遇的事。另外,他也作了事败就朝城里搬的打算。哪知道,就在他事情办完,点上灯,心满意足地正要喝四两痛快酒的时候,三条黑影蹿进他的住房,气势汹汹地立在他的面前。

"周先生,我们又来了!"魏强面孔严肃得逼人。

"啊?魏队长,你,我……我,你快坐,喝盅酒……"魏强的突然到来,真叫周大拿慌了神,他前言不搭后语地忙朝炕下出溜。魏强左手一摆,说个:"你别动!"他连说:"是是是!"蜷腿抱膝,坐在原地方了。

"周先生,没想到你辜负了我们的希望!"魏强刚说到这,由于周大拿没想到魏强他们还住在范村,心情稍稍一沉静,便装作没事的样子,摸摸唇上的胡子:"魏队长,你这话是从哪里说起?我真有点丈二的金刚,摸不着头脑!"

魏强心里暗暗骂道:"你他妈的真会装蒜!"面上并没有显出来,接着话茬说:"哪里说起?这个你心里明白。昨天晚上,一提减租减息,你是满口拥护、赞成,领头减;今天白日呢,你又满口抱怨、反对,领头免。在范村,你是个说一不二的人,你一做,大小地主、债主都效法起来,抗日政府的法令,就叫你们这样给破坏了。你……"周大拿一听,心里不由得直发毛,身子好像蹲在冰窖里。他越捉摸越害怕,他怕眼前拿武器的人带他走,他怕抗日政府处分他。他左思右想,想了个办法,就装疯卖傻地两手扇打起自己的脸,嘴里呜呜呜像刮风般的哭骂自己:"我混蛋,我不是人,怨我太看重'利'字啦!我……"

"周先生,你这是干什么?"魏强很不满地质问他,眼里露出极讨厌的神色。

"咳呀,我做错事啦,没脸见你们哪,请原谅我吧!"周大拿在炕上跪趴着继续折腾。

"原谅你可以,抗日政府一向是宽大。但是宽大也有个边,那就是让一不让二。"周大拿听到这个,真像掉进阴沟又看到光亮的癞皮狗,慌忙从炕上爬起:"千错万错都是我的错,魏队长,原谅我这一遭,以后,我一定听政府的话,叫干什么就干什么。"

"那就好。不过,减租减息的这口锅是你砸的,你还得动手锯起来!"魏强给他画了一条道。"现在你跟我到村边学堂里去一下,到那里跟人们说说你的错误,表明今后怎么办就行了!"

周大拿本心不愿意,又觉得不走这条道又不行,硬着头皮跟在魏强的身后来到学堂里。在这里他借昏暗的几盏灯光瞅了瞅,昨晚在他家开会的人们,今夜一个不漏地聚在这里。地主、债主们用责备的眼光盯望他,像是说:"都是你的过!"佃户、债户们轻蔑地瞥他两眼,像是说:"你白天的那股神气呢?可还撒疯啊!"他谁也不敢瞅,低头挤到讲台跟前,冲汪霞强笑笑,又忙将脖梗儿缩进腔子里去。

"乡亲们,静一静。"魏强登在一只方凳子上,声不大但挺有力地喊了一句,呜呜囊囊的吵吵声,顿时沉落下去。"今天,到这里开会的恐怕都是昨夜参加减租减息的人们。为什么昨天减了租减了息,今天又把大家邀集来?这个,我们知道,大家知道,周敬之先生更知道。现在让周敬之先生给大家谈谈。"他跳下凳子,汪霞对周大拿低声的谈话已结束。

几十年,从没在人前说过自己半个"不"字的周大拿,今天,要在这么一大堆熟人面前,在以往自己说一不二的佃户、债户面前,像个偷儿似的低头说软话,认罪赔不是,真是打心眼里不愿意。人在矮檐下,怎能不低头,胳膊腕叫人家攥住了,只得甘认倒霉。他厚着脸皮跳上凳子:"可是叫我说什么呢?我口是心非,领头破坏政府的法令,一心为自己,让贫乡亲吃亏,给魏队长、汪主任添麻烦……"

以往在范村一处吆唤,八方应声的周大拿,今天是锐气完全丢掉,威风完全灭绝,所谓摇不动的一杆大旗,就这样给砍倒了。

第 十 九 章

一

过年以后,几个月来,由于黄河南和华北的鬼子大调防,由于需要向群众反复宣传抗战十大政策,由于需要巩固减租减息的成效,由于要发动敌区的人民也把大生产搞起来,还由于夜袭队被坂本少佐打垮后,元气伤得太大,还未恢复起来,魏强他们已突进保定市沟里,在各个村展开工作了。一直到麦子吐穗扬花,谷子开锄间苗的时候,他们像歇腿般地回到了西王庄。

河套大娘今天特别欢欣,她饭没顾得吃,就走进魏强他们的住屋,好像她家宝生回来了似的絮絮叨叨地说起来:"你知道你们这一程子没来,可把大娘想坏了,从大年初一盼到正月十五,从二月二盼到三月三,你们人不来怎么就不捎个信来呢?"她转身奔向靠北山墙的大躺柜,伸手从柜上抱起沉甸甸的一只大花瓶,朝炕桌上一倒,稀哩呼噜一大堆红鲜鲜、鼓溜溜的枣子散出了酒的香味。"这是去年我给你们醉上的,只说你们过年来呢,那承想去了这么多日子。还愣个什么劲?快吃!"她说着就一把把地抓起来,朝向人们手里塞。

河套大娘朝人们递送着醉枣,继续说:"上两个集,区里的马鸣来了,我跟他打听打听你们。我说:'马同志,你知咱武工队上哪里去啦?'猜他怎么说?他脖子拧成绳,眼睛瞪得像鸡蛋,朝我丧谤地说:'你打听这个干什么?'我说:'他们来了就住我这,我是他们的房东呀!'他这才口气放得平和点:'那谁知道,反正他们在天底下,地上头呢!'当时气得我一扭头就走了。我真有心不给吃喝地晾他一天干。这哪是工作人说的话,就像那没受过调教的生马坯子!"

听到河套大娘的学说,贾正气得醉枣不吃了,直劲地挽袖子。他心里思摸:"将来我碰上这个马鸣,非拽住他问问,他怎么做的拥军优属爱护群众的工作?"赵庆田也觉得马鸣这号人真成问题。魏强见大娘满脸恼色,忙说:"大娘,别太生气了,马鸣同志年轻,参加工作日子不长,你这抗属老大娘就得担待点。俺们知道大娘想俺们,嗔着俺们不来,说实在的,工作忙,光一个劲地盘算做工作打胜仗的事,就是有点忘了!"

"噢!眼下得了点胜利,就把大娘给忘了;将来打进保定府,坐了北京城,更得把我扔在脖子后头啦!要是我穿得破破烂烂的进京上府找你们,说不定还会装不认识我这脏老婆子呢!"大娘磕打牙地开着玩笑,逗得人们咯咯直劲地乐。河套大娘身旁的贾正笑得更欢。大娘故意把脸一嗔指着贾正:"怎么,大娘说到你心眼里去啦?到那时你要真的那样对待我,看我撕了你的皮!"

"好好好!我要真的那样对待,大娘就来撕。要不放心,现在撕下也可以!"贾正笑得流出了眼泪。

俗话说:一只眼不是眼,一个儿不壮胆。房东大娘一辈子就生了个宝生。宝生在他们老公母俩心上,真像命根子,宝贝疙瘩。真有点脑袋顶着怕歪了,嘴里含着怕化了的劲头,生怕出了意外。河套大伯要将宝生送给抗日救国的八路军,当时真像摘大娘的心,不过大娘噙着难割难舍的眼泪,还是将干粮、行李拾掇好送宝生走了。眼下,每逢武工队来她家一住,她总觉得是她家宝生回来了,真是眼里瞅着心里爱。她瞅见哪个,哪个也都像她家宝生似的粗壮,魁梧;从脾气秉性到言谈举止,个个都像她一手抚养拉扯大的宝生。所以每逢人们一来,她不知道要挨着个儿地看上多少遍,脸皮薄的就得给看腻了。今天,她和人们扯着闲话,又用眼睛点起名来。她挨个地瞅了一遍,二十几个人在她眼里,确实感到缺个什么。兵荒马乱的年头,动兵打仗的日月,在队伍上她知道最容易发生的是什么事。她很怕,她怕一问真的成了事实;母亲的心又迫使她不得不问。她犹疑了好大一会,心里突突地跳着,狠劲张张嘴巴,才朝魏强问起:"怎么没见到刘太生?他哪里去啦?伤好了吗?"

时间过去了多半年,河套大娘骤然提到了他,一下把旧事勾挑起来,大家立刻收敛起笑容。魏强觉得事情虽过很久,告诉了老人,老人同样会受到刺激,强笑出声来说:"刘太生?刘太生他调动工作了!"赵庆田也答上言:"大娘还提他那伤呢,人家早好利落了!走的时候又白又胖!"贾正跳到地上说:"大娘,他还告诉我,要我替他谢谢你老人家呢!我这就,"他把双腿一并,胸一挺,脖颈一直,"敬礼!"

河套大娘瞅瞅人们的表情,半信半疑地点点头说:"只要伤好利落,没出什么意外就好,这年头,你们都要给我加小心哪!"她眼球转了几转,像想起什么事儿似的说:"你看我这记性!"紧忙走了出去。

河套大娘二次走进屋。她的衣袖沾满了塌灰,右手掌托着个让线绳绑缠好的蓝布小包包。"看,这是太生去年养伤时丢在我屋里的!里头有个小布袋,装的什么我可不知道。拣起来我都没对你大伯说,忙藏到佛龛里。"

魏强接过来,打开了一层又一层,连打开六七层,露出一个旧绿布缝制的、长方形的小布袋儿来。他慢慢地将布袋一头缝着的白线拆开,喀啷,从布袋里滚落出两颗光闪闪亮晶晶的圆形的小铁东西。

"奖章!""他的两枚奖章!"赵庆田、贾正情不自禁地叫道。

两枚奖章：一枚是镌有镰刀、斧头的模范共产党员奖章；一枚是镌有骑着战马、挥舞战刀勇猛直冲的战士的一级战斗英雄奖章。这两枚奖章是一九四〇年冬季，在定县西城总结"任河大战役"①的评功大会上奖予刘太生的。在那个会上，魏强、赵庆田、贾正、辛凤鸣、李东山等人，也都获得了同样的两枚奖章。物在人不在，人们不由得思念起老战友来，虽说坐立的姿势不同，心里的沉重却是一样的。

"他掉的是两个什么牌牌，叫你们看到那么不高兴？"河套大娘让人们的神色吓愣了。她瞅瞅人们阴沉呆板的脸色，又把炕桌上放光闪亮的奖章来回看了几遍，末后，不明白地问起魏强来。

魏强忙改成笑模样："没什么，是看到这个想起别的事。这是两枚奖章，是刘太生打鬼子有功，上级授给他的！谢谢你老人家的保存，以后见面我给他吧！"

"是奖章啊！大娘再看看。"她拿起奖章，生怕掉在地上摔碎了，双手小心地托着，反看了正看，看了这个看那个。"真稀罕人，只有有功之臣才给这个玩意挂着呢！谁知俺宝生能得这个不？要真得了这样两个，也叫大娘大伯光荣光荣！"

"能得。能让大娘大伯光荣上！"魏强说。

"别说你家宝生哩，像我这样的还得了两个呢！"贾正手里也托出和大娘手里拿的两枚一模一样的奖章。"只要对国家忠心耿耿，没有一点私心，打鬼子要狠，爱护老百姓像爹娘，就能得上这样的奖章！"

"你也得了两个，真是好样的！"大娘夸着贾正，将手里的奖章递还给魏强，转脸问："赵庆田，你得过几个奖章？"

扯闲话，赵庆田多会都是靠后，要遇到夸功、表露个人的时候，他更不爱谈。今天大娘朝他一问，他的脸顿时红得像个鸡冠子，一

---

① 指"百团大战"中在任邱、河间、大城三县内进行的一次战役。

个劲地傻笑,话儿吐不出来。

"你看他,越到这时候,就越腼腆得像个大姑娘。"贾正手指赵庆田说。"人不可貌相,别看他蔫头蔫脑的,打鬼子,做工作,样样都不让人,号称老模范,他比我还多一个呢!还有,我们小队长有四个奖章,比我整多一倍。"

"好啊!环境刚刚变了一点,你们就产生了麻痹思想!"村治安员李洛玉轻轻地走进屋,见到人们光嘻嘻哈哈的谁也没注意他,便开玩笑地嚷叫,"这我要是个特务,门口一堵,手枪一逼,喊一声'都别动!'那你……"

他背后一个人冲他的耳朵紧接说道:"那你就缴枪、举手、当俘虏呗!当俘虏我们优待一麻斯!"逗得魏强他们轰地笑了起来。李洛玉回头一瞅,原来是刘文彬,刘文彬旁边还站着汪霞。汪霞说:"你看我们的李同志可不麻痹,人家踩他脚后跟走路,他都不知道。真少见!"

"行啦!给添海带吧,别上笋(损)啦!真怪,怎么你俩跟我进来,我就没听到脚步声?"

河套大娘伸手把汪霞拉到身旁;刘文彬靠炕桌坐下,捏一撮烟放在一条纸上裹起来。"你觉得怪吗?其实就是你的麻痹思想在作怪,你光顾前面,不管后面,说到底还是个麻痹大意。你没想想,人家住在屋里,院子里能不设岗?要真不设岗,魏强这个小队长就该撤职了。"

"百灵鸟,天天叽里呱啦的,你可还说嘴练贫呢!"房东大娘在一旁敲边鼓儿地挖苦李洛玉。"总觉得自己道行大,不赖孬,有能耐你可别栽跟斗,当了俘虏!"她说着回身捧了捧醉枣放在汪霞怀里。"你说,是呗?闺女。快吃!"

"嘿!看你这个得理不让人的劲,怎么我这小辫子叫你揪住了?你无论怎么说,你们女人……"李洛玉是想说"你们女人的话也不值钱",一眼瞅见吃醉枣的汪霞,前半句话说出,后半句话又咽回去了。

"你说你说！你个软盖王八。你是不是又要褒贬俺们妇女？"大娘右手指点着，几步迈到李洛玉跟前。"今天你要敢胡呲，看俺们妇女主任怎么批评你。"话说着，手指头杵到脸上，杵得李洛玉头歪脑晃地朝后躲着央告："不敢！不敢！老嫂子。"

近来要防备敌人在青纱帐起来前进行清剿、剔抉，冀中到处在开展"三通"① 工作。之光边缘区大部分村庄地洼水皮浅，不能开展。在金线河南的大部分村庄，只能做到房上通、户户通的"两通"工作。

刘文彬、汪霞今天看了看西王庄的"两通"工作，并和群众交谈，察觉到这里面存在些问题。"洛玉！"刘文彬把正和河套大娘逗闹的村治安员拽过来说："我们刚瞅过你村的'两通'工作，做得不错，干的劲头也挺足，不过，听说话，还像是有点意见。"

"有点意见？这可是没想到的事！"洛玉一时不能理解。

"没想到，就告诉你。在咱们这地区，咱们这伙人，一天到晚光盘算打鬼子的事，对生产的领导常常忽略了。刚才我和汪霞到掏墙搭桥的那儿看了看，个个都是年轻人。他们说：'半个月了，没有下过一天地，一个壮壮的身子，光干这个！'这四句话不多，你仔细咂咂滋味，真是话里有话。小黄庄黄玉文他们安排得就不错，白天下地干活，晚上搞'两通'；第二天，上年岁的人一检查，没弄好的找补找补；搞好的拿东西堵盖上……"

刘文彬的话语给李洛玉很大启示。他直楞着眼睛一想，对，是没把对敌斗争和搞好生产安排好。他接受了刘文彬的意见："是这么回子事，群众说得有道理。我们应该向小黄庄学，今天黑夜开个会，好好把工作、生产重新做一下安排。"

"洛玉，你们的联络员回来了没有？"魏强见人们坐稳，话儿谈

---

① 指抗日战争时期冀中人民开展地道战的三种形式，即：地下通、房上通、户户通。

完,忙打听情况。

"我就是为这个事来的!"洛玉像个抽水机似的哗哗地说起来。"联络员回来说,大冉村住的老鬼子走了以后,昨天又添了一拨从黄河南换回的鬼子兵。他听说,保定周围都是换的这个。还有,夜袭队经过这些日子休整,今天拂晓又开始探头伸爪了。队长还是铁杆汉奸刘魁胜。"

夜袭队也真像条气命大的红眼狗,砸死了,醒过来;再砸死,又醒过来。夜袭队的又一次还阳出动,在魏强听来还属于一个新的情报。他刨根问:"这个联络员是听谁说的?可靠不?"

"联络员是咱自己人,没问题。"洛玉说得很肯定。"这事是黄庄的联络员对俺村联络员学说的。傍明子,几十个伪军坐两辆汽车到了黄庄据点。里头有个叫梁邦的,他偷着和黄庄联络员说,他是梁家桥的,拜托联络员偷着给田家桥他姐夫田常兴捎个口信,说他还活着,在夜袭队里混事呢!让他姐夫抽空去告诉他老娘一声。这一来,人们才知道那伙子伪军都是夜袭队装扮的。至于田家桥有没有这个叫田常兴的人,就是另一回事了。"

"有这么个田常兴,我知道。"汪霞把醉枣朝桌上一撂,离开大娘凑过来。大娘一见人们谈起正事,挪脚就走了。"这个人'五一'扫荡以前是咱游击小组的成员;他媳妇叫梁玉环,也是村妇救会的干部,夫妇到现在还净偷着做抗日工作。梁玉环他娘家在梁家桥,刚说的那个姓梁的,就是她的亲兄弟,在前年'五一'扫荡时叫鬼子抓去当了伪军。为这事,梁玉环几次问我该怎么办好,他那寡妇老娘为想梁邦都想出病来了。没想到怎么又干上了夜袭队!这事要传到梁玉环的耳朵里,她那爱面子好强劲,不知又得哭多少天!"

"在这种地区,净是想不到的事。有这么个情况告诉你们就算啦!"李洛玉不像旁人那么关心这件事,他关心的是本村游击组。"魏小队长,俺村成立秘密游击小组有多半年了,上个冉村集才领来十几个手榴弹,还有两支独抉枪,一颗石门造。家伙有了,人们光摆弄都不知道怎么使唤。天黑你们派两个老师去教教,看行不?"

"这怎么不行?晚上,让赵庆田、贾正他俩去,多咱教会多咱散。"魏强听说村里的民兵组织有了武器,高兴得蹲在炕上,把游击小组有几人、这些都多大年岁、早先净干什么、他们对抗日工作怎么认识等等都问了个到,末了又问洛玉:"你看,除了让人教去,还需要什么帮助?"

"还需要什么帮助?……"洛玉吧嗒吧嗒嘴,瞅下刘文彬,意思说:"可以张嘴说吗?"刘文彬点点头。他这才不好意思地把眼光移到魏强脸上,嘿嘿了两声:"从领枪来,人们真比娶了媳妇还高兴。光为擦枪,就凑钱买了只老母鸡熬了些鸡油。就是……哼……就是子弹太少了。满打满算才给了九粒子弹,里头有两个还是凑数的,你看这……"

魏强说:"你干什么说话绕脖子?干脆说'给俺们几粒子弹'不就完了。赵庆田,你给洛玉三排六五子弹,过后再自己调剂。"

李洛玉接过光上光、亮又亮的三排子弹,粒粒都是三道眉、红脖圈的日本炸子儿。他好奇地一粒粒地从弹夹上摘下来,又一颗颗挨个儿排排上,孩子般地数着数:"十五粒,加上九粒,一共二十四粒。二十四粒刨去两个臭的,还有二十二粒。二十二粒也不算少啦,可要是再……"他朝人们身上缠绕着鼓鼓囊囊的子弹袋瞟了一眼,自知再张嘴有点太不知足,望魏强难为情地笑了。

谁当上游击组的负责人,都愿意将游击组整得好好的。洛玉的心气也不例外。虽然没说话,魏强从神色上一看,就知道他还在想什么,便取笑说:"人哪,不宜给好,你要开开门让他进来,他就又想上炕了!赵庆田,再拿十粒子弹给他吧!"

魏强的话说乐了人们,也说到李洛玉的心坎上。李洛玉高兴得一蹦老高。他二次接过子弹,连看都没看,稀里哗啦都装在紫花布的衣袋里,右手五指并拢,举到右额角上,胸脯挺起,说了一句:

"敬礼!"乐呵呵地跑了出去。

二

夜袭队还阳的消息传到保定四乡,四乡的人们像听到恶性瘟疫即将到来似的,心头又布上了一层愁云;家家都在日夜防范着夜袭队的突然降临。

夜袭队再一次网罗了一批亡命徒,经过好长时间的特务训练,又像恶鬼妖魔般的张牙舞爪了。

这一次出来活动,他们不论走到哪个村,都是冠冕堂皇地讲:"我们是哪里丢了哪里找,和老百姓没关系!""夜袭队出来是找的武工队,武工队是夜袭队的死对头!""只要不欺骗夜袭队,不掩藏武工队,夜袭队绝不糟扰!"他们这么嚷叫的目的,就是要破坏群众和武工队的关系。有些胆小怕事的人,一闻到抗日的气,也就真的不敢过问武工队的事了;绝大多数群众都知道夜袭队的葫芦里装的什么药,也就把他们说的话当成了耳旁风,照旧干抗日工作,帮助武工队。

夜袭队舌头嚼烂了,唾沫耗干了,软的办法使尽了,始终也没得到武工队住在哪里的情报。武工队的活动,似乎比早先更神速、更诡秘了许多。

老松田倒背双手,叼着香烟在屋子里来来回回地走着方子步,对站在房子里的刘魁胜,他好像根本就没有看见。

"捞不到武工队驻扎在哪里的情报,那武工队是走了?没有!没有又在什么地方呢?就在保定周围的村庄里,掩蔽在刁顽的老百姓的家里。这样长时期地掩蔽着,为什么就不知道呢?显然是村里的'眼睛'不管事。现在各村的'眼睛'还有多少?"老松田沉思到这,摇摇头。他知道,各村的"眼睛"被武工队处决的处决,逮捕的逮捕了,即便剩下几个,也吓得不敢再干了。"否则撒出去的'眼睛'为什么看不见武工队呢?是撒得不远呢?是布置得不当呢?还是这些人不可靠呢?"松田在绞着脑汁思考着。刘魁胜见到松田这种样子,吓得连大气都不敢出。他立在一边,眼珠子随着松田的走动来回转。

"嗯,要这样的干干看。"老松田好像思索出一点门路来,回身对刘魁胜说:"眼下,在咱这个'明朗化'的地区,没有依据地抓人、杀人,到村子里去胡搜、乱找,对皇军说,都是不大体面、有害无益的事。所以,能不这样干,就不这样干。不这样干又怎么干呢?"松田像问自己,也像问刘魁胜似的呆愣着。他那出神的眼珠一动也不动,浮肿的眼皮急速地眨了几眨。刘魁胜腰板挺直,眼睛盯住松田的嘴巴,等待吩咐。

"要这么干,要到黄庄渡口附近去干!"老松田挥动长满黑毛的双手,果决地嚷叫。"人不要多,要精。我和你们一起去,一起去蹲他几天,或者……"

三

周大拿这杆大旗一砍倒,范村的大门也算打开了,样样工作,怎么布置,怎么执行。要说头年冬天汪霞感到最怵头的村庄是范村,那么现在正相反。她已把范村当成赶集上店去的平坦大道。有时,一个人也敢住下过夜。

今日,她又在范村住了一夜零多半天。

汪霞根据敌人一天没出动的情形,估计天黑不会再有意外的情况发生,即便发生了意外的情况,现在已是麦子没过膝,春苗罩住地,也可躲躲藏藏了。就凭这两点根据,她决定头擦黑过金线河,到小黄庄去。

她将平时带在身上的一绺又黑又粗又长的假发拿出来,面对镜子絮在自己的头发里,口叼手绑挽了个扁平、周正的圆盘头;还用梳子在额前梳出个寸半长的齐眉穗。她挎上只苫着羊肚手巾的小竹篮子,装做走娘家的年轻媳妇,趁街上没人,蹿出房东的大门,走出了范村,顺着通向东南去的黄土大道,照直奔黄庄村东——金线河的渡口走来。

春末夏初的季节,不冷也不热。汪霞从路西回到冀中一年多了,就没顶着太阳走过路。今天,她一脚踏进这绿葱葱、香郁郁、充满活力的天地里,看到那肥硕的麦穗、茁壮的春苗、参天的白杨、倒挂的垂柳……心里有说不出来的舒畅,脚步也随着轻快了许多。

黄庄据点的炮楼子愈来愈近了。她看到炮楼子,立刻想到炮楼里住的哈巴狗,神经一紧张,下意识地揭开了竹篮上的苫布。她瞅瞅里面平放的橹子枪,心情又平和下来。最近她的枪里添了七粒绿屁股门的新子弹,那是魏强在马池村东伏击夜袭队缴获后送她的。从魏强给了她这七粒子弹,她的胆子更壮了。由枪里的子弹,想到魏强对她的关心、体贴,她脚步迈得更轻快了,心想:"要是今天跟魏强在一起走,我装成回娘家的媳妇,他扮成送媳妇的女婿该多好啊!我篮子里撂着支橹子,他腰里插架盒子,俩人不紧不慢,说话搭理,一起在这个敌占区里活动,共同开辟一村又一村的该多好。即便碰上敌人也不怕。凭魏强那个胆量和本领,根本用不到我放枪。"少女的心,秋天的云,真是变化多端,有时候胡思乱想地连点边也沾不上。当她意识到这一点时,不觉吃了一惊。

"多逗人笑,我怎么想到这些事上去了,莫非,莫非我爱上他了?"她问自己。其实,这个问题,她问过自己不知有多少遍,但总没有勇气承认,但也没有理由否认。"大概我是爱上他了,要不,我的脑子里为什么除了工作,就是想他。就算我是爱上他了,他爱我吗?为什么不和他谈谈?对,要抽个空儿直接和他谈谈……哟哟,不行,不行,那叫什么话呀!"她想到这,脸儿羞得直发烧,不由得暗笑了。

"真,我真傻,干什么我非得张嘴说?我就不能……"她噗哧一声,笑了。她的心里乐滋滋,甜丝丝地胡思乱想着,不知不觉绕开了黄庄据点,来到了村东面一条路口上。前面,不到三十几步远的地方走着两个背草筐的中年妇女。她紧迈几步问讯:"借光,大嫂子,上小张村,是不是在这儿过河?我这道儿走得对不?"

汪霞的口音、穿戴、做派,都地地道道地像个没出过远门的本地年轻媳妇。两个中年妇女止住脚步,朝她连瞟了几眼,也就不见外地开了腔:"对,没错!过了河,奔小黄庄,贴小黄庄南边走,到村东头,朝里手一拐,就瞧见那眼紧挨小柳树的大砖井,那儿就是奔小张村去的道儿。上了那条道,你闭着眼就走到街里了。"

"噢噢,沾光了!"汪霞在她俩停下指路的时候,紧走两步和她俩并了肩。妇女们到一堆,三句话过后就熟了。从闲谈里,汪霞知道她俩是到堤根背草去。两个背草的妇女也就随便地问起汪霞:"你婆家净什么人?妯娌有几个?有没有小姑子?女婿多大啦?他在家还是出外?疼你不?……"问得汪霞心里好暗笑,脸儿一红一白的,可还得撒谎应付。

那个白四方脸盘的妇女,扭脸瞅了汪霞一眼,咯咯笑着问:"怎么你出了门子,也不开脸① 哪?"

"怎么不想开脸?这年头不是买不到细洋丝线吗?"汪霞手摸自己的脸儿,装作不好意思地回答。

"这可好,破开盘头,再梳辫子,又变成没出阁的大闺女啦!"另一个妇女说完也咯咯咯地笑起来。

三个人越说越近乎,越谈越热闹,唧唧嘎嘎、嘻嘻哈哈,陈谷子烂芝麻地摆列开。三个人一直说到快上河堤,才分开了手。两个背草筐的妇女眼瞅汪霞一步步地上着河堤,还大声地嘱咐:"她大

---

① 姑娘出嫁时,要用丝线绞去脸上的汗毛,谓之开脸,以表示是结了婚的妇女了。

姐,从娘家回来,你可要进村到我家去歇歇脚啊!"

三人剩一人,一阵欢笑变沉寂。汪霞爬上堤顶,让飕飕的小风一吹,热乎乎的身子真有说不出的快意。她扭头朝西望去,太阳刚刚钻进地皮,余晖把西面天空染成了一片淡红的颜色。

她扯下苫竹篮的羊肚手巾,擦擦湿润润的脸,朝河套里左右瞅瞅。河套麦地里的远处,有几个背草筐的人,边砍草边朝堤坡上奔;近处,有些看地的庄稼人,也闲散地朝堤跟前移动。那些人都各干各的,谁也没理会她,她也就不在意了。她刚要朝前迈脚下堤,背后,突然传来轻贱的两声:"哎哎哎,小娘们,你过河到哪里去?""这么年轻俊气的小媳妇,怎么一个人走路?你站下,我俩和你做伴走!"

好刺耳的声音!汪霞听过,猛着惊愕一下,心想:"要糟!"她下意识地将右手伸进左胳膊挎的竹篮里,抓住子弹上膛的手枪,暗思摸:"不是遇见特务,就是跟上坏人了。要真的是坏人,那可是他们有眼无珠了。"她转身朝后面用眼一扫,两个庄稼人打扮的家伙,直愣愣地望着她,蹚着麦子踩着春苗,斜着奔堤坡走来。她的脸色一嗔,说:"你们家没有大男小女,怎么说话那么轻浮?真少失调教!"

"嘿嘿嘿,跟咱说这个啦!你站住,打问你个话儿再走。"一个家伙说着话爬到堤半腰。

"你过来,你过来,小娘们!"另一个家伙在堤下也喊叫起来。

汪霞听话音,看面容,知道碰上了敌人。先下手的为强。她伸手拽出了橹子枪,照着先上来的那个当的一家伙,咕咚!那家伙被撂倒了,跟着,像球似的朝堤下滚了去。后边的家伙原地趴下,当当当!向汪霞开了枪。突然,像有人用棍子朝她的大腿打了一下,她朝后一仰栽倒了。她知道大腿受了伤。但,她没管流血的伤口,一翻身爬坐起来,二次瞄准对方,继续射击。就在这时,堤下面的麦田里,呼喇喇站起好多人,个个都平端手枪,朝她头顶盖过来;嘴里喊着:"别打死她,留着逮活的!""女八路,快把枪扔掉!"说着紧朝堤上跑。

汪霞左右一瞧,三面受敌了,心想:"逮活的?不那么容易!我要让人死枪毁。"她张开嘴巴用手托抵住自己的上嗓膛,狠劲地用拇指一抅扳机,只听叭嗒一声,子弹哑了火。她狠劲一拉枪栓,一颗哑火的子弹跳出来,枪栓再也推不回去——子弹打完了。枪没子弹是块废铁,废铁也能打死人。她使尽全力,将手里的空枪,照准第一个扑近她的敌人头上投过去,敌人哎哟了一声,栽倒在地上。这时汪霞打着滚朝堤的里坡滚去。她打算顺里坡滚下去,跳河。第二个敌人嗖地蹿了上来,狠劲将她按住了。虽说天色渐黑,她看不清敌人的面目,她心里明白:"真的叫他捉了去,可比死了还难受!"就抓、咬、踢、蹬地泼死挣扎。她想用这挣扎去惹恼敌人,让敌人用枪弹敲碎她的脑袋,或射穿她的胸膛。

敌人越上来越多了。他们喘吁吁地爬到堤顶上,个个心里敬佩松田队长指挥的英明,庆贺这几天没有白蹲,终于抓到了猎物。他们欢跳着嚷叫:"这个女八路真捣蛋!""秋后的蚂蚱,还能有几蹬踏?""不用按住,她也跑不了!""看!把这朵鲜花搓成什么样子啦!"……

第 二 十 章

一

没有不透风的墙。不管老松田怎样诡计多端,也不管夜袭队行动得多么诡秘,一遭两遭目标可以不暴露,再来三遭四遭就会露出马脚来。

"黄庄村东的渡口两旁,有三三两两可疑的人在溜达!""常有成伙的人在堤北麦地里趴着睡觉!""今天,又有两起生人在堤西坡砍草。"这类情报,接二连三地送到魏强那里。"怎么,难道夜袭队最近要学学七十二变的孙猴?"魏强天天思摸这些情况,也天天对这些情况进行判断、分析。

汪霞住在范村的当天,魏强他们正住在靠金线河南岸的小黄庄。

早饭后,到河北黄庄据点报告"平安无事"的小黄庄联络员,因有闲事进了趟保定城,直到过响午才回来。他到家就找保长黄玉文报告:"河那边的外堤坡又有了砍草的生人。"黄玉文急忙将这个消息偷偷地告诉给魏强;魏强立刻把小秃派了出去。

小秃今天的打扮,更像个地地道道的庄稼小子:剃得光秃秃的脑袋,顶着个耍了圈的麦莛草帽子;上身穿件褪色的绿背心;下身穿着一条将过膝盖、又脏又旧的紫花裤衩;污泥沾满了两腿,两脚蹬着一双撮缝后跟崩开鲇鱼嘴的纳帮鞋。他肩膀背上个空草筐,手里拿着一把飞快的镰刀,颠颠颠地走出小黄庄,照直奔金线河走来。他左右望望河套里溜腰深的麦子,蹚过了河,抛开大道又跳到麦海里。

时间不允许小秃作更多的逗留,任务要他尽快地将堤那边的情况侦察清楚。他蹚出麦田,爬上了大堤。在堤顶上,用犀利的眼睛,扇子面地搜寻起来,只见堤下面有三个砍草的庄稼人。"难道小黄庄的联络员就是指他们说的?"小秃想,"既来了就得弄个究竟。"他光着两只脚丫子走下了堤,筐子一撂,腰一猫,小镰刀一挥,芦草锥、马辫芽……一墩墩一撮撮地砍起来,一会一满把,一会一满把,不到吃两顿饭的工夫,他屁股后头一把一把地撂下一大溜。他越砍越离草越远,越砍越离三个砍草的庄稼人近。别看他低头猫腰砍着草,眼角却不住地偷扫那三个人。"嘿!砍草的庄稼人怎么舍得抽这么贵的烟卷?"小秃见一个人拿出盒绿炮台烟卷,三个人抽起来,心里暗自捉摸。他又连续砍了几把,将小镰朝背后的腰间一别,一把把地朝回敛起草来。

"来来来,到这儿歇歇!"那个掏出绿炮台烟的家伙朝小秃招手吆唤。"瞧,你这小孩比俺们大人都干得棒!俺们刚砍了一筐头,你就砍了那么多,真行。哪村的?"

"马池的!"小秃歪着脑袋回答。

"马池的,怎么到这砍草来?"因为小秃是个孩子,他们没经心地随便问起来。

"干脆凑到你们跟前,看看你们到底是个什么玩意变的吧!"小秃把怀里的草就地一撂,满不在乎地朝那三人走来。"家是马池,我这是到亲戚家'掸忙'来啦!"

"那你家里呢?"另一个吸烟的家伙问。

"我家?"小秃在他仨对面一坐,小镰子抽出,拿在手里,低头剜着土坑胡编起来。他知道黄庄炮楼里有他个远房哥哥当警备队的中士,是前年城里要兵抓丁时抓去的。他就指着这中士哥哥的名字说:"家里就是弟兄俩,我哥在警备队上混事,剩我一个人在家,有时我也到炮楼里住上个十天半月,有时在亲戚家待个半月二十天的,没有个准头!"他嘻嘻哈哈地跟他仨说着,眼睛老是偷瞧他们的手和脸,观察他们的腰间。从他们那青黄紫皂的脸上看,个个都像是大烟鬼、白面客,手儿又细又干巴,根本就没做过庄稼活。再看看他们的腰间,虽说都用肥大的褂子盖着,照旧还显得鼓囊囊的。

"你哥叫什么名字?在哪个炮楼上当警备队?"第三个家伙将少半截烟头朝远处一扔,斜眼咧嘴地问。小秃眼望着扔出去的那少半截烟,心里说:"真他妈的大方!"就凭这一下,他也看出眼前的几个人都是什么东西。"我哥叫庆生啊,早先在张登驻防,从去年秋天才拨到这儿来。"他说着用手里的小镰朝西面黄庄炮楼指指。"怎么,你们跟我上楼瞧瞧我哥去?他大小是个官,保准错待不了!"

"到炮楼找你哥去?那真是王麻子的膏药,没病找病。我可不去!"吆唤小秃来歇着的家伙,装做好人的样子说,"你俩谁去?"

"不去!不去!""我更不去!"仨人挤挤眉,弄弄眼,哈哈哈地笑起来,笑得小秃从心里起腻。"妈的,他们到底来了多少人哪?"小秃心里自问自。他正要想法探探,忽听见麦地里传来几声布谷鸟"布谷布谷"的连续叫唤。一听叫声,和小秃坐在一起的三个家伙,爬起来,草筐一背,说了声:"走!砍草去!"头也不回地朝麦地中间的坟地里走去了。

小秃望着他仨的背影,狠狠吐了一口唾沫,骂道:"哪国的布谷鸟在他妈地里叫唤,见鬼!"他敛巴敛巴砍倒的青草,装了多半筐,背上就朝回返。一想:"到底来了多少敌人?"不到黄河不死心的郭小秃,转身朝麦地里走去。他一瞅麦田都是南北垄,心想:"你就是变成兔子、地老鼠藏在麦垄里,我也能看得见!"他刷刷地横穿麦地走着,朝左一看,一个家伙像狗似的顺麦垄横趴着。"妈的,一个!"跟着,又发现一个!发现一个!一个……再望望右边坟圈里,也有五六个人。他快走近黄庄,看到的敌人也不过十几多个。

小秃把敌人看到眼里,记在心上。他像个出征凯旋的勇士,背上给自己当护身皮的多半筐青草,高兴得三蹿两蹦地绕道返回了小黄庄。

二

小秃浑身流汗,嘴喘粗气地赶到住地,太阳已经溜到了大西边。他将看到的情况,从根到梢原原本本地一学说,魏强心里就思前想后地盘算开了:"可以肯定,就是夜袭队。这两天,他们老不离黄庄渡口左右,是想干什么?想在这里逮人?能不能逮住,那就是两方面的事。一是看我们警惕性怎么样,再就是他们的行动是否诡秘?不过,从小秃的报告和这两天的情况看,敌人把戏演漏了。"搞军事工作的人,多会都是掂摸敌人,衡量自己,遇到力量弱于自己的敌人,马上就捉摸吃一块还是全吃掉的法门。他盘算来盘算去,觉得要是敌人黄昏时不走,就可以过河上堤设伏,再派两三个人绕到背后去轰他,即便吃不掉,把他赶跑了也有好处。他将意见和刘文彬一商量,刘文彬一百个赞成。

事情决定,立刻执行。在汪霞离开范村的时候,魏强他们也走出了小黄庄。当打扮成新媳妇模样的汪霞刚来到堤顶上,用眼朝河套里张望时,魏强他们正装成砍草的、看地的,疏散着朝堤坡上运动。以往,虽说都是在一个锅里抡马杓,今天,由于事前没联系,再加上彼此化装化得特别好,距离也远些,一边当成是走道串亲的年轻妇女,一边当成看地砍草的庄稼人,谁也没把谁看出来。等汪霞在堤上当地放了一枪,魏强这才悟察到堤上的妇女是自家人,同时也联想到十有八九是汪霞。他一挥左臂,喊了声:"上!"就纵身上了堤顶。就在敌人爬上堤顶庆幸自己获得胜利,准备捕捉汪霞的一刹那,魏强在堤顶上的"土牛"① 后面,大吼了一声:"开火!"顿时响起不分点的、急剧的枪声。枪弹扫得敌人互不相顾,乱滚乱爬,各自奔逃了。魏强带领赵庆田、贾正,还有怀抱歪把子机枪的常景春,一阵风似的冲了过去,和汪霞厮打的那个敌人松开手,刚扭头撒腿跑出三五步,魏强吆唤了一声:"你朝哪儿走!"一甩驳壳枪,把他打了个嘴啃地。

经过一场紧张的搏斗,搞得精疲力尽的汪霞,在猛烈的枪声里,忽地听到个最熟悉的声音在呐喊。喊声给了她无限的力量,她不管身体的疲劳,不顾伤口的疼痛,挣扎着抬起头来,在仅有的一丝丝光亮里,睁大眼睛寻找呐喊的人。当一个最熟悉的身形跳近她跟前时,她三挣两扎地爬坐起来;当那人蹲下刚要用手去搀扶她时,她已把对方的手儿紧紧攥住了,两只眼睛透出了欢快的光泽,瞅着对方欣慰地叫了声:"小魏!"由于过度的兴奋,她一头倒在魏强的怀里,二目一闭,晕厥过去。

三

几场渗地雨下过,春苗像气吹似的长起来,不几日,一年一度的青纱帐又出现了。这时,魏强他们像鱼得了水,在保定跟前,在公路附近翻江倒海地活动起来。他们时聚时散,时东时西,时而据点里,时而公路上。上午,才在大冉村村东卡下几十车鬼子抢来的小麦,把抢麦的鬼子打了个落荒而逃;傍黑,又在高保公路上截住一辆去高阳给鬼子运送军需物资的卡车,连车带人一并押下公路,

---

① 河堤顶上预备堵口的土疙瘩。

朝东南方向开了去；闹得鬼子眼跳耳鸣,弄得特务胆战心惊。炮楼的吊桥高高吊挂起；公路两旁的沟壕又深挖好几尺。老松田曾调集些日本兵,带领着夜袭队,再加上警备队、"治安军"配合,大片大片地清剿、扫荡过几次,几次都是闹了个瞎子点灯白费蜡,受的累不小,走的村不少,拉网似的也把青纱帐趟了几个遍,就是没见到武工队的影儿。武工队到底哪里去了？中国人说:武工队准是怕皇军的威力,早吓得远走高飞了；日本鬼子思摸:在河南,汤恩伯的正规军都被追得稀里哗啦,小小的游击队还能经住几锤打？没吃过黄连的人,很难知道它的苦味道；没和武工队交过锋,当然不知道武工队的厉害。对武工队,老松田和刘魁胜知道得最清楚。尽管刘魁胜嘴帮子挺硬,可是,什么时候率领夜袭队外出都心惊肉跳；老松田不管腰板挺得多么直,在黄庄村东渡口,要不是哈巴狗紧忙带人掩护接走,他那一百大几十斤,十有八九得撂在那里。在每次进行拉网清剿中,他俩都盼望一下找到武工队,一举把武工队歼灭掉。但是事情总不随心愿:腿跑细了,腰累弯了,费力巴结地翻遍了村庄,蹚遍了青纱帐,始终也没望到武工队个影儿。在松田、刘魁胜的眼睛里,已经把魏强他们看成一伙子极神秘的人物了。

难道武工队的人都会奇门遁甲？都能七十二变？不是！就在老松田领着一班庞大的人马进行拉网式的清剿时,魏强他们不但没离开松田他们的家门——保定城附近,反倒闯进大门,和敌人来了个大换防,到保定南关歇腿来了。

今天,他们又在保定南关铁路工人金汉生家中住下了。他们驻扎的这一家房子的后面,隔条不窄的胡同就是警备队城关第七防卫中队的中队部。中队部房上的四个抱角炮楼,像四根粗大的橛子,楔进房子的四个犄角,矗立在天空里。

住在这里,只要不暴露,真是万无一失的保险地；可是,一旦出了事,就是个大的。所以每次从来到走,大家都像趴在打伏击的阵地里,聚精会神地准备应付突来的情况。

天色接近黄昏,屋里光线逐渐暗下来。关闭了一天的窗户、门子都打开,西南风飕飕地吹进来,吹散了屋里燥热的空气,人们的心房也稍稍得到了宽松。赵庆田从瓮里舀了盆凉水,轻轻地撂在炕上;贾正怀抱枪,一声不吭地拿出带来的干巴饼子吃起来;其他人也都不声不响地喝着凉水、啃吃着饼子。吃得真香啊!

哒哒哒!嘀哒哒!嘀嘀哒!……一阵尖厉、凄怆的号音,在屋子的后面——第七防卫警备中队部的一个抱角楼顶上吹响了。人们听到号声,神经不由得紧张了一下。不知谁蹲在炕旮旯里骂了句:"他妈的,蛤蟆蹦在脚面上,咬不咬倒吓一家伙!"

魏强隔窗户望着黑暗蒙盖起来的院落,侧耳听着敌人的阵阵号音在沉思。

吱扭!大门轻轻地开了一条缝,跟着挤进两条模糊的人影儿。不言不语地朝屋子走来。

"老刘,小黄庄来人啦!"声不大,嗓音洪亮。这是房子的主人——金汉生,后面是小黄庄的保长黄玉文。

"别看小秃人小,心里可灵啦,十个大人也比不了,真是秤砣小,能吊千斤!"黄玉文一进门先把小秃夸了一通,跟着就一五一十地念叨起来。

原来,近些日子,魏强给了小秃一个极特殊的任务。小秃按照魏强的指示,离队来到黄庄据点里。

凭他的年岁小,个儿矬,鬼头蛤蟆眼的精灵劲,又是保定城边上的人,再经他当家子哥哥——在据点里担任中士班长的郭庆生一保荐,立刻补了个吃饭不领饷的名,干起斟茶倒水、划火点烟的打杂勾当来。

小秃自从成了武工队的一员,事事都留心学,可是和别人比起来,事事都觉得自己差得远。步枪、手枪自己都会使了,但等到一遇上事,就不如别人沉得住气;提到张嘴作宣传,就更不如别人。

如今,魏强把小秃派到这里来,要小秃完成这个特殊任务,在小秃说来,还是大姑娘嫁人,头一遭的事。所以从来到据点里,他处处加小心,生怕自己露了馅。头两天,他光低着头做这干那不说话地乱忙活;两天过后,跟警备队员们混熟了,也就随便乱串地活动开了。

小秃知道他的远当家子哥哥郭庆生,是去年头麦熟在张保公路上,黑夜押运民伕叫武工队俘房后释放出来的一个人,就准备按魏强的指示对他做工作,争取他,以便来个里应外合,活擒哈巴狗和警备队长王一瓶。——王一瓶是去年在侯扒皮被敲死后的两月,从大冉村调来黄庄据点的。——哪知道,经几天的观察了解,他觉得他这个远房哥哥郭庆生不像魏强说的那个样,他太靠近哈巴狗和警备队长王一瓶了。说话、做事都和他们一个鼻孔出气,已经成了哈巴狗和王一瓶的一条胳膊、一只眼。要想通过他去活擒哈巴狗,缴掉王一瓶的枪,毁掉这个黄庄据点,根本就没个指望。小秃了解到情况变了,就想告诉给魏强,让魏强再想新的办法。小黄庄保长黄玉文是每天进据点明送东西暗和他取联系的。小秃将情况告诉他,他却说:"外面鬼子正组织拉网式的清剿,咱们的人不知到哪里去了!"

小秃乍一听到了这个消息,好像失去了主心骨,真是急得抓耳挠腮。这里的一切他看够了,他恨不得一下离开这伙子牲口般的人们,走出这座囚笼似的据点。转头一想,自己是八路军的战士,八路军的战士就得服从命令听指挥,三大纪律八项注意的头一条就是它。凡是上级要自己待在什么地方,不管上级在不在面前,都应该踏踏实实地工作,一直待他个钉糟木烂。"是,不能随便离开!"小秃告诫着自己。他再也不朝离开的道上想了。

"嗯?难道我就待在这里老侍候敌人?我侍候他们一阵子是为了什么?"小秃总觉得没有目的地侍候敌人,和敌人在一堆鬼混,是件丢人的事,所以这阵子他不论是吃饭喝水,总是围着这个题目转来转去。当魏强平常说的"一个武工队员,一定得有单独作战的本事,不管情况变化得多么快,都不能叫情况的变化迷惑住,束缚住……"几句话在他脑子里转起来时,他的心地又豁亮了。他心想:"我现在就是单独作战的武工队员了,我得自己想办法拿主意,办上级要我办的事。"他相信自己能想起个好办法。一天,他的当家子哥哥郭庆生背支步枪,晃摇着肩膀来找他时,小秃两眼凝望着郭庆生,心里想:"看我不用你这鸡蛋能做成槽子糕不?"

"秃子,这回可该你走运啦!苟所长和王队长都觉得你聪明、勤快,愿意叫你给他俩当个不离身的随从,叫我问问你,看愿意不?要愿意,一个月七块联合票,黑夜成局打麻将的头钱也都归你。哥一听这是好事,就一口应下了!"郭庆生挤眉弄眼地咧嘴说。小秃觉得要是这么着,到给工作带来很多便当,心里虽然很高兴,脸上却显出难为情的样子说:"哥给我找这么门差事,我是乐不得的。谁知我能干得好吗?"

"能干得好!有哥我的面子,即便有个小小的差错,他们也会担待。你尽管放心好了!可是有了好处,也别把你傻生哥丢在脑勺后头。"郭庆生小弯下腰,一会拍拍小秃的肩膀,一会摸摸小秃的头,真把小秃当成个百事不知道的小孩子。小秃懂得他末后两句话的意思,也就尽力装做憨厚的样子朝郭庆生嘴里填糖抹蜜:"看生哥你说的,在这,除了你是我的亲人那还有谁,至死我也不能忘了你呀!"

自从小秃当上了哈巴狗和王一瓶的贴身随从,在据点里可真够神气。一身草绿色的警备队军服穿上了,一顶药辗子般的战斗帽戴上了,一条寸半宽的皮带也煞在了腰间,有时候还把哈巴狗和王一瓶的驳壳枪,十字披红一边一支地挎上,摇摇晃晃地走出又走进。哈巴狗和王一瓶看着小秃出来进去那种威武、英俊的样子,也从心眼里喜欢。小秃要讨哈巴狗和王一瓶的好,也真像贴心的随从那样照顾他俩:不论吃饭、喝水、睡觉或是要钱,样样他都结记得周周到到。几天,就把哈巴狗和王一瓶哄了个滴溜溜转。哈巴狗、王一瓶一口一个郭秃好,喽啰们谁又敢说孬?也就把溜溜敬敬那一套给年岁不大的小秃端上来,当时,真把小秃抬成个黄庄据点里说一不二的二太爷。不过,小秃的肚子里还有自己的老主意。

这一天,黄玉文又送东西来了,同时也悄悄地告诉给小秃,"武工队派人和他取联系"的消息。小秃听到部队派人来找自己的消息,真像离娘多日的孩子听到母亲的唤声,心里十分痛快。他急忙把这里的枪支、弹药都在炮楼二层上集中,白天除了吊桥里有个卫兵和炮楼顶上有个瞭望哨等情况及自己安排的计划都告诉给黄玉文,并催着黄玉文要赶快跟取联络的人一起去报告魏强。

黄玉文把这些和魏强一念叨,魏强心里好不高兴,心里越发看重小秃。他和刘文彬商量商量,赶忙拉过黄玉文来,用极低的声音说:"你回去告诉小秃,这么办……"

四

嘟嘟嘟!嘟嘟嘟!一阵急剧的哨音把小秃从床上叫醒了。他和往常一样,轻轻地走进哈巴狗和王一瓶的住屋,先为他们各打了一盆洗脸水,跟着,将清水注满漱口盂子,挤出的牙膏抹在蘸湿的牙刷上;等哈巴狗和王一瓶从床上爬起来,他又忙着擦桌扫地,整理床铺,洗涮痰桶。虽然办这些事和往常一样,心情却大不相同,老像大海的波涛那样动荡着。他明明知道这是清晨,来联系的人不会那样早到,但止不住地想要到外边去张望。

早饭过后,他又将两架驳壳枪分左右地挎起来,不过今天他像个久上疆场的老战士,把子弹压进弹槽,推上枪膛,耐心地等下去。他知道,只要今天来人,保准就有任务到;任务能不能完成,自己的行动将会起很主要的作用。想到这,他心里有点怕,怕自己一不小心,影响任务的完成。"要真的那样,我这一块肉不是弄个满锅腥!"又一想自己是个武工队员,于是又有了十足的信心,怕的念头立刻打消了。

天刚到小晌午,黄玉文快步地来到了。他背着个筐头,一步一颤地走过吊桥,朝小秃大声招呼:"啊啊,郭先生!昨天你不是说,所长、队长要想吃鸡吗?我送来了,还给王队长送来一瓶二锅头。"说着回手从筐头里把满当当的一瓶烧酒拿出来。他递给小秃时,小声地说:"都来啦,魏小队长说,歇晌的时候看你的讯号行动,讯号是……"黄玉文嘟嘟囔囔地说着,小秃哼哼唧唧地答应。正事说完了,黄玉文高声嚷道:"把筐撂在你这,我上街买点东西去,回头再来拿!"

"好吧,到时候不拿,筐子剁剁烧火了!"小秃取笑地说着把筐子接过来。他抬头望望炮楼顶上插的旗子,旗子让风刮得哗喇喇山响,旗杆旁边一个瞭望哨露出个球似的头来,向远处眺望着。小秃眼皮翻了几翻,把筐子里的活鸡和手里的烧酒拿到屋里去。

吃罢午饭,小秃的心情越来越紧张了。他到底还是个十几岁的孩子,没有见过大阵势。今天,千斤重担放在他的肩上,这还是第一次。他身上的驳壳枪没卸掉,饭也没心思吃。午睡时,他见哈巴狗脱了衣服睡在床上,又去看了看鼾声如雷的王一瓶。不管警备队员睡不睡晌觉,他快步地朝炮楼里走去。一层、二层……一直上到了炮楼顶上。虽说是灼热的五黄六月,楼顶上让飕飕的小风一吹,比秋天还凉爽。

"在这上头站岗,可真是蛮舒服!"小秃身上挎着两支驳壳枪,喘着粗气地朝放瞭望哨的王四喜说。

"舒服?真是谁不养孩子,就不知道肚子疼!"王四喜正让大便憋得没好气,一见小秃就先抱怨了两句,但又不敢贸然让小秃代替,央求地说:"劳驾,你找个人来替替我,我得到茅房大便一下。"

真是来早了不如碰巧了!这机会小秃觉得打灯笼也难找,忙伸手抓过王四喜手里的枪,说道:"我来替你站。""好兄弟,先谢谢你。"王四喜下楼去了。小秃估摸他已下到炮楼的底层,便三脚两步地下到放武器的二层楼上,扣上门鼻子,咔嚓!用一把拳头大的铁锁锁了上。紧忙又噔噔噔地爬上了楼顶,凑到旗杆跟前,刷刷刷,将那面青天白日满地红外加条黄三角的汉奸旗子降下来。他知道,就这一下,立刻要引起一阵骚动。

果然,在小秃降下汉奸旗的时候,吊桥跟前那个卫兵的枪,已经让假装进据点取筐子的黄玉文用支独抉给卡了过去。这时,魏强带领赵庆田、贾正、李东山……像一阵风似的蹿过吊桥进了据点。由黄玉文和被俘虏的卫兵指引,照直地朝哈巴狗和王一瓶的住屋走去。

小秃在炮楼顶上朝下一望,见到哈巴狗和王一瓶还没来得及穿上军服就当了俘虏,倒剪二臂,耷拉脑袋被押出屋时,才放心大胆地在炮楼顶上一蹿一蹦地叫喊起来:"小队长,我在这儿哪!赶快叫人进炮楼吧!"

小秃尖细的呐喊声,就像那焦脆的霹雳,一下震惊了据点里所有的敌人,也震动了整个黄庄村。黄庄村里的老百姓,齐顺声音朝炮楼顶上张望;据点里的敌人却昏头昏脑的还不知眼前出了什么事,张皇失措的样子就像热锅上的蚂蚁。有的出来四处窥探;有的想朝炮楼里钻,拿武器去。

小秃居高临下地瞅见敌人四处奔逃的狼狈样,真是又好笑又好气。他砰地朝高处打了一枪,跟着喊起来:"都站住。谁也不准乱动!"他的一声吆喝真管用,所有的伪军都呆痴痴地立在原地不动了。

赵庆田和贾正"小秃!""小秃!"地喊着朝炮楼跟前跑来;小秃也在上面蹦跳着朝人们乱吆唤。哈巴狗和王一瓶偷偷地拿眼角扫一下楼顶上的小秃,心里完全明白了:倒霉就倒在这个年轻的贴身小随从身上。哈巴狗深知自己罪大恶极,那秃脑袋慢慢地低垂到胸前。从走下吊桥,走出据点,一直没有力量把它再抬起来!

第二十一章

一

一年一度的秋收季节又到了,庄稼人天天起五更睡半夜地忙起来。看来,今年的年景要比去年好。

在之、高、安①三角地区田家桥村休养的汪霞,虽因天热伤口化过一次脓,但由于没有伤筋断骨,慢慢地封口结了痂。

没等到伤好利落,汪霞就想回到工作岗位上去。因为没和刘文彬、魏强他们取上联系,干起急也不能迈腿就走,只好天天帮助房东刷锅洗碗、推碾子捣磨地干些家务事。

她在田家桥住的这家房东,就是田常兴、梁玉环家。这一对夫妇"五一"扫荡前,都是咱们的村干部。如今环境不好,不得不隐蔽着做工作。

今天一大清早,田常兴就下地割谷去了。

太阳刚出来一竿子高,汪霞给梁玉环搭帮手做熟了早饭,等玉环反锁门朝地里送饭的时候,她胡乱地吃饱了肚子,找了个小板凳,在新收的玉米堆跟前坐下,剥起叶子来。

汪霞手剥着玉米,心里想起负伤的那天她被魏强他们救出、宿

---

① 之光、高阳、安新三县的简称。

在西王庄赵河套大伯家里的事情来。

那一天的夜里,魏强每次查哨回来,都去大娘的住屋看看她,有时,伸手摸摸她那微热的前额;有时,嘴凑到她的耳旁悄悄地问:"你喝水吗?"魏强的关怀体贴,像电流似的传导在汪霞的身上,使得她十分激动,心房剧烈地跳动着。每回,她都是睁开疲倦的双眼,露出既是感激又是幸福的神色冲魏强微微一笑。这笑,也引逗得魏强眉眼舒开,欣慰地微笑起来;这笑,把俩人久已集聚在心头的爱,像魔术家揭开变幻莫测的蒙布,一下明朗化了,并使相爱的情感朝前迈进了一大步。

第二天夜晚,领导决定将汪霞送到之、高、安地区去休养。

黄昏,魏强将汪霞那支手枪送过来:"给你,带上它,预防万一!"

汪霞瞅瞅魏强,望望那支橹子枪。橹子枪蓝汪汪的那么光洁明净,她明白魏强给擦拭过了。接过枪,身子朝里挪挪,说:"你坐下吧!"等魏强在她眼前坐下了,她像个不知足的孩子,坦率地说:"你光给我枪,可一粒子弹也没有,我要它干什么呀?"

"子弹?"魏强笑道,"子弹我已替你压满了枪梭,都是昨天缴获的好子弹,这里还有五粒,你也带起来!"他将攥着五粒小橹子子弹的右手,伸到她的面前。

她再也控制不住自己的感情了!她用噙着泪花的眼睛环扫一下宁静的屋子。屋里就是她,还有靠近她坐的魏强。她伸手去接子弹,同时,也紧紧攥住了他的手,大胆地揽在自己隆起的胸前,而后,又挪到嘴边上来亲吻,小声地叨念:"你呀!你真好,真是叫人……"泪水夺眶流出来,滴落在枕头上。

什么叫恋爱?恋爱又是个什么滋味?以往,魏强只是脑子想过,今天,他才真的尝到了。他眼睛盯着脸上泛起红晕的汪霞,心头止不住突突乱跳,比第一次参加战斗都跳得厉害。他想抽回手,抬起身来走,可是,身子、手都好像是不由脑子支配。身子不仅没抬起来,相反坐得更挨近了汪霞;没抽回的右手倒和汪霞纤细的手儿握了个紧上紧,就像鳔胶粘住了一般。

他俩全浸沉在幸福里!

就在那个短暂、欢愉的时间里,汪霞将早已勾织好的浅绿色的钢笔套塞在魏强的手里:"拿去吧!装上我丢的那支钢笔,再丢了……"魏强笑着将钢笔套拿到眼前,看了又看,瞧了又瞧,而后,将橘黄色的钢笔装进去试了试,万分喜爱,很小心地装在自己的内衣袋里。

"后来,就是因为去养伤,和魏强离开了。这一离开就是两个多月。两个多月的工夫,敌人组织了几次兵力,今天清剿,明天剔抉,天天围住青纱帐拉网,谁知这一闹把魏强他们闹到哪里去了?显然是没在这里,要在这里,他早来看我了。他既没在这里,那昨天又是谁们拿下的黄庄据点?一准是他们。那他为什么不来看看我?……"汪霞手剥着新劈下来的玉米,心里忽东忽西地乱想着。

"庆叔,大秋头子上,你这一人骑着自行车上哪里去?家来歇歇不?"院门外,传来梁玉环的声音。

"好几年没来,要不是碰上你环姑太太,我还真忘掉你家大门啦。快领我家去。真,想不到的事,偏偏就出来了。"一个男人的回答。话说得非常急促,语气里还像夹杂着愤懑和不幸。

"吼嘘,吼嘘"的轰鸡声,从门外传进来。这是梁玉环向汪霞发的回避讯号。汪霞扭头走进自己养伤的住屋。

"这不是小板凳?你坐下,庆叔!我娘她怎么样?"

没等玉环把话说完,庆叔气囊囊地学说开:"事情告诉你,你也别太难过了。事情已经这样了,它像洒出的水,想收也收不回来。你娘她过去了!"

"啊?!"梁玉环听说老娘死去,眼睛发直嘴张大,不言不语,不走不动地戳立在院子里,泪珠一串串地朝下滚落,一直待了好半天,她才卡出哭声来。玉环和她兄弟梁邦从小没有爹,是寡妇老娘一手拉扯大的。玉环的老娘身板本来还算壮实,到底得的什么急病,死得那么突然呢?

玉环她娘家——梁家桥,在刘家桥村西,相距不到半里地。它坐落在高保公路北面,和公路肉贴骨头地紧挨着。因为它处在之、高、安三角地区,又在保定东面,是清苑管辖的一个大村子,所以"五一"扫荡以后,鬼子在这村村南,贴公路按了个据点,据点里修了个七截高的大炮楼子。这个据点从修起的那天起,就没断过鬼子,最多驻过一个中队,最少也是一个班。另外,伪军们也有个五十几号人。总之,算是个不小的据点。

现在梁家桥据点住着一个班鬼子兵。这个班的鬼子兵也是去年从河南打败汤恩伯以后换过来的。乍一来到,都还带着胜利者的劲头,什么也不在乎;天长日久,碰过几次小钉子,再加上伪军们常念叨念叨八路军武工队的厉害,也就处处小心戒备起来了。

日本人怕八路军夜间来偷袭他们,就给据点周围村庄下了一道"命令":日没以后,田野、街巷不准有人行走或干活,违者开枪射击,打死勿论。

就在日本人下达"命令"的当天夜里,玉环她老娘正睡到半夜时分,一阵嘎嘎嘎的鸡叫,把这个老人从梦里叫醒了。常说,老太太三宗宝:闺女、外孙、老母鸡!这一点不假。玉环她娘一听老母鸡叫声,褂子没披,鞋子没穿,光着脚下地就点灯,端起来就朝屋外跑。她刚端灯要过二门槛,炮楼上叭呴一声枪响,将她打倒在地上。一直到第二天吃早饭的时候,才有人发现她死了,庆叔赶紧给玉环送信来。

"……娘啊,你做了一辈子活,受了一辈子苦,想不到落这么个下场……"玉环低声哭诉着,真有点上气难接下气。汪霞生怕玉环的哭声传出去,引来更多看热闹的人,在屋里急得直搓搓手心。抬头见到蒲囤子顶上撂个板升子,顺手一拨拉,呱哒!板升子掉在地上。这声音传到正哭泣的玉环耳里,她稍一愣神,立刻压住了啼哭,变成低声地抽泣。

送信来的庆叔以为屋里的响动是猫踢蹬下什么物件来,根本就没理会,瞅见玉环光掉泪不出声,他忙上前劝说:"人死如灯灭,她怎么死,在哪里死,这都是命里注定的事,由不得人,你哭坏身子还是自己吃亏。咱得赶快商量安置后事要紧。我来的时候,村里也派人给小邦送信去啦!人们捉摸只要不告诉你娘是被枪打死的,凭他那个孝顺劲会回来的,他们队上也会让他来。只要回来,今晚就能赶到家。"

给梁邦送信去了,这是个意外的消息。汪霞从这意外的消息上,忽地想起前两天来这里躲情况的同志谈的话:近来清剿的敌人像长了眼,不用人指,就照直朝"关系"家里闯。能趁机抓住这个夜袭队的特务梁邦,不是就把敌人在各村安上的所谓"暗眼"都能剜出来吗?"是,是得利用这个机会捕住他!"她开始考虑起捕梁邦的办法。

玉环听到这个消息,又勾起她的心事来。她把母亲的惨死和兄弟在夜袭队干不名誉的事情加到一起,真是要多伤心有多伤心,要多难过有多难过,于是哭得就更厉害了。但是,她堵住鼻子捂住嘴,尽量不把声音放出来。

又哭了一阵,才强抑制住。

梁玉环把报丧的人儿打发走,急忙跑进屋,她一头扎到汪霞的怀里,叫着:"大妹子,你救不了死的,救救活的吧!我兄弟今天要回来,你想个法子救他出了这火坑吧!别看他当了特务,可是个好孩子……"她哭诉着,央求着。

玉环她兄弟梁邦到底是个什么样的人呢?这个,汪霞的心里像明镜似的。

梁邦在村里的确不是个嘎七溜八的人。他五岁上没了爹,姐姐比他大五岁,都跟着寡妇娘过日子。他从小就像大人一样地干庄稼活。事变后,各地组织游击队,各村成立抗日团体,他也在"青抗先"① 里干过一个时期。不过,"五一"扫荡的时候,他被鬼子抓进了保定城,后又送到老炮队受了六个月的训练,发给了一身军装,就扛枪当上了伪军。

在警备队里不光天天学跪下、卧倒、瞄准、射击,还要学打拳。早年,梁家桥有一班子少林会,梁邦小时候在少林会里曾学会了几套拳术。物以稀为贵,警备队的头子苏沛霖听说手下有这么一个人才,立即提拔他当了个武术教官。

夜袭队被坂本少佐打了以后,由老松田亲自出马指名点姓地到处要人。不知谁朝刘魁胜通了下消息,说梁邦能蹿房越脊,武艺高强,身板灵活手脚快,一般的平房,小跑步一拧身子就能上去。刘魁胜在老松田耳朵底下一嘀咕,没过一天,梁邦被调到了夜袭队,干起武装特务来。

"是的,我应该想办法,应该帮助你。你别急,容我再想想。"汪霞很理解玉环内心的痛苦,同情地安慰、劝解她。到底要想个什么办法,她思前想后地思量了好半天,也没思量出个眉目来。她决定找魏强、刘文彬去。她向头发散乱、两眼红肿的梁玉环说:"嫂子,你给我打点个衣裳包,我去找人想办法!"

梁玉环知道汪霞出去要为自己办事,心里说不上来的感激。她用袄袖抹下脸上的泪水,二话没说便朝自己屋里走去。等她手提一个红色的小衣裳包再出来时,汪霞已把假盘头梳好了。

"你在家等着听信吧!"汪霞接过小包袱,把橹子枪朝包袱里一掖,安抚了玉环一句:"放心,我一定把事情办妥当!"迈步走出门去。

---

① 青年抗日先锋队的简称,它是当年党领导下的一个青年组织。

二

魏强他们拿下了黄庄据点后,没敢多停留,一把火点着了炮楼子,带上缴获的枪支弹药,押着俘虏,串着淹没头顶的秋庄稼,迅速地朝正东转移了。受环境所迫,他们不能带上俘虏进村,更不敢带上俘虏到堡垒户家里住。只好在一块高粱地里停下来,分头来对俘虏做调查登记,进行教育。直到日落西山,才把几十名俘虏按照回家路程的远近,发给路费释放了。末后,单剩下穿着短衣短裤、胖得像只脱毛猪的哈巴狗。哈巴狗知道武工队不问也不放他的原因,眯着眼默不作声,心里暗暗地打着脱逃的算盘。

在刘文彬召唤魏强的时候,魏强冲贾正努下嘴:"去,给他扎扮扎扮!"贾正明白这是什么意思,拿起一面肮脏的汉奸旗,走近哈巴狗,嘴里说着:"秋天,蚊子多,咬肿了你这没头发的光脑袋,可有点吃罪不起!"像包篮球似的把哈巴狗的整个脑袋严严地包起来。李东山帮着他架支胳膊,呼呼地原地转了十好几个圈,从此,哈巴狗再也辨别不出东西南北来了。

小鸡子刚叫头遍,露营多半宿的魏强他们,披着露水打透了的衣裳,走出庄稼地,钻进个不大的村庄住下了。这村在汪霞养伤的田家桥西南的金线河南岸,距田家桥不过八里地,也是属于之、高、安三角地区的一个村庄。

哈巴狗虽说是个血债累累的铁杆汉奸,如何处治他,得由政府决定,武工队并没怎么难为他。将他关进黑咕隆咚的牲口房里,摘掉包裹他脑袋的汉奸旗。刘文彬腿没歇,亲自出马寻找县政府去请示这件事了。

天快亮的时候,赵庆田到牲口房对过的西厢房来替换掩在门后、隔着门缝负责看押哈巴狗的贾正:"哈巴狗怎么样?闹了没有?"

"闹不闹的干什么？还不是等个时候了！他正倚在牲口槽上，闭着眼睛念佛呢！"贾正扬颏回答赵庆田。

"这家伙是条狼，捆着他也不会老实！"一贯心细的赵庆田，没为贾正的爽快回答而放松了检查。他转身匆忙朝押放哈巴狗的东厢牲口房走去。他进去得慢，出来得快，脸儿绷着，眼睛瞪圆，一把抓住贾正，气喘话急地问："哈巴狗呢?！"

不在战场上，从没见赵庆田这么严肃过。贾正知道他不是开玩笑，没顾回答，箭般地钻进喂牲口的东厢房，只见屋里就有小毛驴嘴巴扎在槽里，安详地嚼着青草。哪还有什么哈巴狗？窗户没动门没开，哈巴狗哪儿去了？莫非他会隐身术？真见鬼！哈巴狗今天的遁逃，明天，也或许是今天就要给这个村，给这一家招来天大的灾祸。想到这儿，贾正不由得凉汗出遍全身，心里发出阵阵的绞痛。"都怨我！"他捶着自己脑袋，右脚狠劲一跺，咚！吓得毛驴后退了好几步。

哈巴狗的逃遁，在武工队里引起了一阵骚动。人们七言八语，胡乱猜测地就像搅翻了江。魏强认为窗没动门未开，哈巴狗逃掉是件极不可能的事；但，他又深知贾正，虽说脾气暴，说话粗，却是个恪尽职守的好队员。

到底哈巴狗怎么逃遁的？人们，连魏强在内，一时都猜不透。

三

汪霞手提着个不大的小衣裳包，走得很快。天傍小晌午，她已走了八里多路，来到这个小村庄。她想进村找"关系"，打问下有谁住在这里，但又怕大秋头子上人们不在家。"怎么办呢？"她在村边的两株柳树跟前站下来，手儿按按假发挽成的圆盘头，又放下卷起来的裤腿脚,掸掸沾在鞋上的泥土,用手巾擦下脸上的汗,然后才从包袱里将手枪拿出来。正想往腰间掖的时候,就听身旁的柴草垛哗啦哗啦直响。她不由得一哆嗦,立刻警惕地抓起手枪来,身子轻轻地朝柴草垛跟前一贴,眼睛盯住发出响动的地方。"是什么东西待在柴草垛里?"她正在疑惑,忽听草垛又哗啦哗啦响起来,跟着,一颗油光闪亮的大秃脑壳顶着杂乱的柴草从垛里钻露出来。

"不准动!干什么的?"汪霞用手枪一指,压低嗓子喝道。柴草垛里的那个家伙身子颤颤抖抖地说:"是,是,是,不动!不动!"同时,两只手战战兢兢地举了起来。

汪霞继续用枪逼住对方,命令着:"快给我出来!"

对方连连答应"是是是",他像个在泥粥里打滚的母猪,鼓蠕了好半天,才从柴草垛里钻了出来。

汪霞上下打量打量站在面前的人,心里说:"这是个干什么的家伙?"的确,对方的长相、神情……样样看来都不顺眼:长得像个地魔,胖得像个猪,浑身是泥,满脸是土,一双狡狯的小三角眼安在螃蟹盖脸形上,上身穿着衬衣,下身穿着小裤衩;双腿颤抖,龇着牙"嘿嘿"了两声,这更叫汪霞犯了猜疑。怎么瞅,她也觉得眼前这个家伙不像个好人。

这家伙就不是个好人,他就是从盛牲口的东厢房里逃遁的哈巴狗。他到底怎么逃的? 原来,押放哈巴狗的牲口房里的牲口槽旁,有个新挖好的地道口,房东大哥放哨去时,因为忙乱,只用草把洞口苫盖好,却忘了告诉武工队。一会,盖在洞口的草叫毛驴踢开,被哈巴狗发现了。他常听警备队员们说:"凡是有洞口的就有地道,地道大多能通村外。"这个发现在他说来是个意外,就利用槽腿的棱角来磨捆绑手腕的麻绳。只要功夫深,房梁磨绣针,一会儿就磨断了。他轻轻地跳进了地道。他怕留下痕迹易被发觉,又伸出手去归拢柴草,将洞口原封堵挡上。

哈巴狗跳进地道后,滚滚爬爬、跌跌撞撞地摸索着朝前跑,恨不得一下跑到另一个洞口钻出村外去。当他的脑袋突然碰到软乎乎的柴草时,忽然一丝丝光亮透过来。这下他高兴得心都要跳出来。"这真是上苍有眼,天不灭曹!"他再不顾一切了,双手紧扒柴草,身子朝外钻。头刚露出来,猛听尖脆地叫了一声:"不准动!"这一声,可把哈巴狗的苦胆吓破了。他以为没逃脱武工队的手心,忙举起双手,服服帖帖地连说:"是是是!"等从草垛里爬出来一瞅,是一个拿手枪的女人,脑子一转:"妇女?昨天没见武工队里有妇女呀?"再一回味刚才吆唤中的一句"干什么的?"更觉得这个妇女和武工队是两回事,于是像吃了副定心丸,立刻由惊恐转为坦然,马上指手画脚地胡呲起来:"同志,你这一声,胆小的真得吓破胆,我当是炮楼上下来的伪军发现我呢,瞧我出的这汗!"他眼角扫着汪霞端平的手枪,低头朝前凑,心想来个冷不防,将汪霞的手枪踢飞,然后再夺过来。

汪霞的警惕性提得比天都高。她退了两步,立眉瞪眼地用手枪朝哈巴狗一点:"你别动!"

"哎哎,我不动!"哈巴狗一瞅眼前这个女八路有点不太好斗,忙赔上一副笑脸。"同志,当然这也难怪你。不过可别拿我当成坏人。我是……一提你保准知道,我是城里裕丰酱菜园的掌柜。孩子暑假里偷着进山当了八路,宪兵队知道了,非要抓我去顶账,不得已我这才跑出来。刚才望到了伙伪军,怕他们把兜里的钱弄去,就藏到这里了……"哈巴狗嘴里漫天撒谎地说,眼睛却不时地察看周围。他知道这里不是久站之处,恨不得一下溜进身旁七八丈远的高粱地里去。但是,眼前汪霞的这支枪在威胁着他,同时也吸引着他。他觉得,凭自己的经验,只要能接近,就能把对方的手枪夺过来;转头一想,又觉得立即离开是上策。"对,好汉子报仇,十年不晚!留着青山在,怕它没柴烧?"他这才果决地放弃了夺枪的打算,一心一意在选择机会准备溜逃。他很坦然地和汪霞说着,忽然,变貌失色地朝远处庄稼地那边一指:"哎呀!同志,你看,警备队!"就在汪霞扭头寻瞧的一刹那,他像条黏滑的泥鳅,吱溜,钻进了茂密的高粱地。

受了骗的汪霞有心去追,又觉得单人钻入青纱帐,就像鱼儿跳进水,想再捞上来可不那么容易。"这个胖家伙是干什么的?敌人的密探?要是敌人的密探,这村就要出问题!"她背倚柴草垛,瞭望对面的高粱地在捉摸。一阵急促的脚步声从垛后传来:"是谁又到这里来了?"她扭头一望,高兴地喊了句:"魏强!"兴冲冲地迎上去,魏强张口就问:"你没见到这柴草垛里钻出个人来?"

从魏强、贾正、赵庆田、李东山等人严肃的神色上,她明白了刚才在自己面前溜走的不是个一般的人,忙说:"看见了,他已经钻庄稼地跑了。"

"跑了多大会? 冲哪个方向跑的?"

汪霞手指前面的高粱地:"就从这跑的,时间不大。"

贾正二话未说,就带着几个人追下去了。

魏强告诉她逃跑的那个人就是"哈巴狗"。

汪霞悔恨自己不认识这个哈巴狗,也羞愧不该让这个自己已经看出的坏人,在枪下逃脱了。愧悔交加,她的心里像撒上了一层胡椒面,又火,又麻,辣乎乎的疼痛。

四

贾正他们分头在庄稼地里追了半天,也没有追着哈巴狗。

哈巴狗的逃走,确实给魏强带来了好大的不安。他知道,哈巴狗逃回据点,只用一个电话,就能从保定把大批的敌人,连老松田在内给勾引出来。为了早做提防,先把情况告诉了村干部,并通知群众做好一切准备;同时他也将部队拉出村,钻进了一眼望不到尽头的青纱帐里。

不过,汪霞送来的这份关于梁邦的情报,却引起了他好大的兴趣。他仔细地思考好大一会,总觉得为了了解各村的秘密情报员,去争取或是去捕捉回家办丧事的梁邦,简直像用一搂粗的木料做镰把,有点大材小用。所以他对汪霞所提出的办法,一百个不同意。他不同意的理由是:根据梁家桥村的工作基础,群众条件;根据梁家桥据点里现有的"关系";根据鬼子、警备队爱看娶媳妇、出殡埋人的劲头;根据梁家桥据点和村子紧相连的地形……他左思右想地考虑了好大一回,决心要大作一下文章。

他把自己的计划告诉给汪霞,汪霞考虑考虑,觉得他这办法确实比自己的好。她连连点头夸赞:"好好好!到底是你们做军事工作的人,对情况思考得那么透彻,计算得那么深远!"

"我,我思考的这个还不定怎么样呢!"听过汪霞一夸奖,魏强倒有点不太好意思了。"这只是我自己捉摸的,等刘文彬同志回来,咱们再好好地做个商量!说真的,这一弯子谁家的锅台、谁家的炕,他都比咱了解得仔细,摸得透!另外,事事也比咱想得更周到。"

起晌以后,刘文彬戴顶窝头式的破草帽,裤腿卷过膝盖,褂子在脊梁后头披着,肩背筐,手拿镰,跟在送水人的后边,串着庄稼地走了来,见到了汪霞忙问:"你的伤口怎么样?看让敌人追的,工作忙得,快三月啦,就没去看过你一眼,真——"他把个"真"字的尾音拉长,话儿也就结束了。

刘文彬是接到哈巴狗逃跑的报告以后赶来的。哈巴狗跑到哪里去了?刘文彬花了整整的一个响午,派人到各据点里探听,终于探听到了。原来,哈巴狗串着庄稼地一气跑到了梁家桥,到了梁家桥据点里。他吓得再也不敢动弹了。想搭由高阳去保定的汽车回城里,可当天的班车过去了,他只好等待明天。

这个情况,更增加了魏强要在梁家桥上大做文章的决心。

刘文彬听了魏强考虑的计划,很满意,又低声细语地补充了一些意见,然后就分头去进行准备工作。

五

汪霞返回田家桥梁玉环家。玉环和她的丈夫田常兴正瞪大眼睛盼她来呢!

满肚子心事的玉环,见到汪霞像见到救苦救难的活菩萨,攥住她的双手:"大妹子,为俺家的事可辛苦了你,你找见了吗?"

"找见了,都找见了!"汪霞说着,接过田常兴递给的一碗凉开水,呷了两口,"听到你老娘的不幸消息,上级都挺生气;我又把你的想法一学说,都认为你看得远,做得对,愿意尽一切力量帮你们的忙,问题就在你兄弟梁邦那里了!"

"在他那?"玉环一时捉摸不透,两眼傻愣愣地瞅着汪霞。

"是在他那!"汪霞扳着手指头说,"一来,你兄弟是不是一准回家料理老娘的后事?"

"这个,他是会来的。他不是那种没老没少忘恩负义的人。"玉环十分有把握地说。

"再一说,他即使来了,咱八路军可该用什么办法接近他呢?即使接近了,能用什么办法把他规劝得弃暗投明,用真心来帮助咱八路军抗日?"

"这个,你更不用担心。我自己当面锣对面鼓地去和他说。俺俩是一奶同胞,他的脾气、秉性我摸得最透。他从小就听我的话。"在这一点上,玉环似乎把握更大。

"玉环姐,你别把事情看得那么简单了。他既不是你背着抱着时候的小兄弟,也不是在家里的梁邦了。他人大心大了。俗话说,跟着啥人学啥人,跟着巫婆会跳神! 天天和特务们花天酒地的鬼混,就是成佛做祖的人,也难说他不变心。当然,从他跟夜袭队的几次清剿看来,他还不是那么罪恶深重,所以……"

梁玉环没等汪霞说完,紧忙接过话茬来:"他呀!别看在夜袭队里应个名,他的心怎么着也变不成块黑炭。大妹子,你虽没见过我兄弟,总有个耳闻,他可不是那钻了脑袋不顾屁股的人!"

"就是因为这样,上级才让我找你来共同想办法,把他争取过来。如果能把他劝说得真的改邪归了正,不光他自己跳出火坑,摘掉夜袭队的特务帽子,八路军还要尽力帮助他,给你们死去的老娘报冤仇。"

玉环用衣襟擦着泪水说:"只要报了娘的仇,救我兄弟出了火坑,八路军要我怎么做就怎么做。大妹子,你就尽管说话吧!"

玉环她丈夫田常兴,过去是干过游击小组、跟鬼子打过交道的人,今天听汪霞一说,心中就明白了七八成。他心里想:"要真那样,也该让我那藏了二年多的老独抉出出世啦!"等他媳妇说完话,也憋不住地说起来:"汪霞同志,你知道,俺俩论抗日,多会也没落过后,今天,事情是出在俺们亲戚家身上,你就尽管布置吧!我还跟在游击组里一样,绝对服从!"

汪霞在这儿养了三个月的伤,对他们夫妇是摸透了的,也就照直地说:"现在中心问题是把你兄弟的工作做好;只要把你兄弟的工作做好,下几步棋就好走了。我跟你一块到梁家桥去,咱们共同和你兄弟梁邦见上一面,看看他的态度再考虑怎么做工作。千万别鲁莽了!"

"那我是不是也可以跟去呢?"因为汪霞光冲着梁玉环说,常兴生怕甩下自己,抓了个空子忙打问。

"你是闺女女婿,当然应该去!多一个人多一分力量,对工作只有好处没坏处。"汪霞的回答,田常兴听了很高兴。他说了一声:"我到红薯窖里取老独抉去!"风般的朝院里跑去。

汪霞重新换套裤褂,三人拾掇利落,又把争取梁邦的具体办法做了个商量。末了,汪霞叮嘱:"咱去了得处处加小心。你们管我叫小霞,有人问,就说是近门的小姑子!"三个人脚前脚后地奔梁家桥走来。

道上,田常兴手提着一大串吊丧用的金银箔,远远地走在前面;心里过于悲恸的玉环,一声不吭地低头走着;汪霞跟在一旁,认真地听着两旁庄稼地里的动静,脑子里一直在惦记梁邦来不来的事。梁邦要不回来,魏强的计划天好,也要大费周折;当然,还可以走另外一条道。

就在汪霞她们出村的时候,梁邦骑着车子,挎着盒子枪,跟着送信的人出了保定城,朝别离两年多的家乡——梁家桥急冲冲地走了来。

还好,今天由于夜袭队没有外出清剿,送信的人一去就找见了梁邦。送信的人怕老松田和刘魁胜心里起疑,不让梁邦回来,假说梁邦的老娘是黑夜得暴病死的,根本没提让炮楼上鬼子打死的事。

梁邦听到老娘死的信,真像有人在头上浇瓢凉水,强压着自己悲痛的感情,到刘魁胜面前去请假。别看刘魁胜是夜袭队长,却不敢做这个主,他忙跑到松田跟前去请示。由于这几个月的清剿,公路上的封锁沟加深了,防务增强了,老松田看看地图,又知道梁家桥紧挨着据点,靠近公路,为了买动人心,就准了梁邦三天假归家治丧,还送了些东西发了笔埋葬费,并且一再嘱咐梁邦,要像模像样地办理办理。为了显示对部下的关怀,老松田还特意给梁家桥据点的日本曹长挂了个电话,要他们对梁邦办理的丧事多多给予协助。

电话打到梁家桥,确实起了好大的作用。清早,梁家桥日本曹长听联络员说:"夜间,一个端灯外出的老太太被打死了,是城里一个干夜袭队的母亲。"当时,他根本就没拿耳朵听。他觉得打死一个中国人就好像碾死一个蚂蚁。等接到宪兵队长松田少佐的电话,知道捅了马蜂窝,生怕落贬斥,担不是,因之,松田在电话里怎么指示,他就怎么答应;松田没问人是怎么死的,他也没有提。等他撂下耳机子,忙将乡长、保长传了来,让他们在梁邦到来以前,赶紧将办丧事的一切东西操持齐。梁邦和他姐姐玉环还没到,家里就热闹起来,不过出来进去的都是些伪乡公所里的人。

去保定送信的是梁邦近房里的叔叔。当他陪伴梁邦来到离村三几里远的地方,才告诉梁邦他娘死的真实情况。梁邦听说,立刻蹲在公路上大哭起来,一边哭啼,一边责骂:"都怨我,怨我这个混蛋儿子不孝顺,让老娘落了那么个下场。我家去拿什么脸见那街坊四邻?见我的姐姐?……"他近房叔叔好说歹劝,劝了一大会才算劝住了。

梁邦从地上跳起,擦擦眼泪,顺公路朝东望去:梁家桥村南据点里的炮楼子,像个高大的望乡台。就是这座炮楼子里的日本人,用枪弹夺去了他母亲的生命。他低头看看腰间的枪,恨不得立刻去报仇,可是……枪是日本人发的,眼下自己还在夜袭队,那又怎么能行?不,娘的仇不报,五尺高的汉子,又怎么去见人?他像个沙漠里的夜行人,一时难以确定自己要奔的方向,心里烦躁异常。梁邦进了家门,一眼瞅见躺在床板上的老娘,扑上去"娘呀娘呀我的娘"地喊叫着,放声大哭起来。

玉环领着汪霞,抛开村南的据点,绕过公路,"娘啊,娘啊"长一声短一声地跟在他男人的背后,啼哭着进了村。汪霞用块羊肚手巾捂住脸,挽住玉环的右臂,也"婶子""婶子"地哭起来。二人互相搀架着一直哭到梁邦家的院里。

梁邦鼻涕眼泪地跪迎出来,向汪霞和他姐夫田常兴各磕了个孝子头,而后,陪同着来到他母亲的尸体跟前,又"唔哇唔哇"地大哭了一场。

天黑下来,里间屋的窗户挡上,点上了油灯,帮忙办事的人们都回了家。不大的屋子,只剩下四个人:梁邦、玉环、田常兴和汪霞。

汪霞瞅瞅哭丧着脸背靠墙坐在炕边上的梁邦。他中等身材,身子板很结实,古铜色的四方脸上,一双有神的大眼睛,并不带有那种贼古溜滑、立眉横眼的特务样。外形不能说明内心。汪霞叮宁自己说:"不能这样看人。"

"娘的死,你是知道的。六十多岁的人啦,落了这么个下场,真,你看怎么办吧?"玉环扯起衣襟擦擦滚流不止的泪水,抽抽搭搭地说。

梁邦听了姐姐不凉不酸的这么几句阴阳话,心里像吃了几颗蒺藜豆,扎扎刺刺地疼。他睁大眼睛没奈何地说:"怎么办?我又有什么办法呢?"

"你有什么办法?这就看你的心意了。在城里你混着有权有势的差事,谁见了都怕二分。娘拉扯大了你,没沾过你的光,得过你的济,难道有你这样的儿子,平白无故被人家打死了,就一声不吭地两杠子一夹、抬出去埋了算拉倒?要那样,你这做儿子的心里过得去?"

"我心里过不去,可又该怎么办?"

汪霞怕墙里说话墙外听,忙朝田常兴丢了个眼色。田常兴立刻朝院里走去。接着,她提醒姐弟俩说:"自己家里人说话,将声放小点,万一说走了嘴,讲个犯病的话也不要紧。"

屋里沉静了好半天,梁邦心里七上八下的乱翻个子。他一根连一根地吸着呛人的纸烟,烟雾塞满了昏暗的小屋。

"姐,实话告诉你吧,"梁邦将甩到屁股后头的驳壳枪拽到胸前说,"大霞妹子也不是外人,当时我真想钻进炮楼子揳死他几个,给娘报这个仇。可是……"他眼睛一轮,问:"我姐夫呢?"

"他到院里去了,有什么话你只管讲吧。"梁玉环说。

梁邦摇摇头,出了口长气,坐在炕沿边上自言自语地说:"干我这个差事,人不是人,鬼不是鬼,叫个什么!"汪霞觉得这个时机应该张嘴说话了,欠欠身子,略向前一挪:"既然邦哥没把我当成外人,我就插一句。说实在的,俺们村凡认识你的人,都知道你是孝子,如今你又在城里混着有名气的事,要是我婶子这么不声不响地掩埋了,别说亲戚朋友看不下去,就是我,也觉得大不应该。"

"看怎么个不应该呢!"玉环接过来说。"你要真的不声不响地掩埋了屈死的老娘,得让街坊四邻笑掉了大牙,当家族门点你的脊梁骨,就是你姐姐我,也难出门见人……"

梁邦烟不离嘴地狠劲吸,两个人的话语像利剑戳着他的心,让他疼痛难忍。早先,他也是这村里的一个勤劳、正直的农民。村里从有公开的抗日组织时起,他就是"青抗先"的一员。从被鬼子抓走,迫逼着进了警备队,他觉得自己像块沾染上墨迹的白绫子,很不愿意见熟人,所以从离开家,虽说路途不远,也没回来过一次。他抱着过一日少俩半天地混;特别被调到夜袭队后,他更感到自己在步步朝着悬崖边上走。怎么止步?怎么脱身?他总也想不出个办法来。积极办法没有,走消极。每次随夜袭队出去,他常嘱咐自己:"能过去就过去,苦害了别人,自己的下场也不会甜。"今天,见到母亲死得这么惨,他确实想上炮楼去拼一家伙。但是,拼了以后,是不是还能出得来?即使是能出来,自己又能到哪里去呢?他朝八路军这边想过,又觉得八路军不会原谅他这样当特务的人,即便原谅他,又怎能立竿见影,拿据点、杀鬼子地替他报冤仇?就说行,又在哪里去找见这八路军?要不等把娘的后事办完,找找村里的洛群。洛群在头"五一"是村农会主任。虽说现在村里有据点,他一定还会偷着和八路军联系的。不过偷着的事,别人很难知道。要是我这样当特务的人去问,保准人家脑袋一摇,说出一百个不知道。要不,进炮楼撂倒几个鬼子再去找他?可是,撂倒几个鬼子以后,我……

梁邦左想了右想,一扭脸,又看到停在外间屋床板上的母亲。母亲被炸子打中胸部,伤口足有茶碗大。虽说塞上棉花缠上布,血水还是浸透了寿衣。"母亲啊!生养自己的老娘啊!为什么让我的老娘落了这样的结果?这难道就是我当伪军、干武装特务的报应？我没有杀过人,放过火,绑过票,诈过财,欺侮过妇女呀!"

梁邦心里正像走马灯似的不停止地瞎想着,玉环火上浇油地说:"看你这五尺高的大男子汉,还在府里混'官'事呢,怎么就掏不出办法来呢?……"

梁邦像挨了一鞭子那样疼。他眨眨眼,很坦白地说:"姐,我不是不想办法,我也不是就瞪眼瞅着老娘这么死,可我总觉得我想的办法做不到。你是我亲姐,有什么好办法就尽管说,保准你说到哪,我会做到哪。"

根据以往梁邦听话的劲头,玉环就想摊牌。她刚要开口:"要我说——"汪霞伸手一捅她,她假装嗓子眼里有痰,连连咳了几声。汪霞把话接过来:"指望妇道人家说可不行,邦哥。主意还是你自己拿,别人参谋参谋倒可以。你不是说你想的办法都觉得做不到吗?你净想了些什么办法!拿出来给家里人念叨念叨有什么关系?"她扭脸又对玉环说:"你说呢?嫂子。"

"霞妹说得是呀!你说给我们听听。"

梁邦两眼稍稍一眯,随后,蓦地站到地上。他探头望望黑咕隆咚、没声没响的外间屋,朝他姐姐走近两步,说:"要想给娘报冤仇,只有一条道,投八路去。不过,我也为投奔八路犯着愁:一、谁知那八路军在哪?二、即便知道了,找了去,人家八路军是否相信我这种当特务的人?……"

梁邦的声音很低,但是,每个字在汪霞听来,都很清楚。于是,对他的担心马上打消了。

"小邦,要是按你的想法,姐我真给你找见八路军,让你为娘报仇投过去,你是不是真愿意?"玉环又向实处砸了一句。

"姐,只要八路军信任我,我就投过去!我是个武装特务、夜袭队的人,可我没杀过人、害过命、狠劲地坑害老百姓,我能重新做人,戴罪立功!"梁邦像已经投奔了八路军,他的思想完全在汪霞面前剖白开。

汪霞追随梁邦的话尾问道:"要真的见到八路军,那你怕不?"

"大扫荡前,这屋里也住过八路军。我又没做过大的亏心事,我不怕。只要八路军信任我,我这一肚子冤屈可该有处说了。可是,眼下又能到哪里去找八路军哪?!"梁邦词意恳切,没有丝毫虚假。

"好,那就实话对你说了吧。"汪霞觉得说明的时机已到,手枪拽出,朝炕上一拍:"我就是八路军。就是为帮助你俩给死去的老人报仇,上级才派我来的。你刚才说的要是假的,那就……"

随姐姐来的这位年轻而稳重的霞妹子,一眨眼就变成个端庄、严峻的女八路,一下把梁邦惊愣住。随后,他又眉舒眼展地笑了。他照旧叫着大霞妹子:"我要有一点假意,就让我死在你的枪下。"

"我们是为了你,也知道你是真心。等人来了再商量给你娘报仇的事。你在外头站会岗,叫你姐夫屋里来。"汪霞打发梁邦出去,田常兴马上来到汪霞跟前。

"你到木匠洛群家去,告诉刘文彬同志说,这儿的工作一切都顺利,请他来。去了,召唤的信号是……"汪霞说。

田常兴说了个"好吧",扭头走了出去。

六

在梁家桥,梁洛群是个精明强干、心灵手巧的人。庄稼活上,耕、耩、锄、耪样样会;春前秋后抹房、垒灶、糊顶棚……件件通。他没有拜师学过木匠活,凭自己心钻手勤,学会了做各种木器家具。

抗战初期,各村都建立起各种抗日组织,梁家桥的农民公推梁洛群当了农会主任。直到"五一"大扫荡来了,斗争残酷得实在不能在村里再待下去,经组织批准,他才逃到亲戚家躲藏了几个月。扫荡的风暴刚刚过去,他又返回,在村里秘密领导抗日工作。

虽说洛群是个少言寡语的人,做工作确实有办法。别的不提,就说梁家桥据点里的几个可靠的"关系",都是他去据点里做木器活当中发展的;到现在他还在按照上级的指示教育和掌握着他们。

今天,洛群的心里像揣了什么难解的大事,总是两眼发直,一声不吭地在沉思。虽说太阳从南移向了西,他老婆早将午饭给他拾掇好,他仍不拿筷不端碗地呆坐着。刘文彬、赵庆田进了院,走到他身旁,他也没有发觉。

"你看!谁来了?"还是他老婆从屋里走出来,笑嘻嘻地迎接了客人。"怎么你们……"她本想说:"怎么你们大白天就来了?"洛群一摆手,把她的后半截话顶了回去。他朝老婆吩咐了句:"你在院里听着点!"拽住刘文彬,领着赵庆田紧忙走进了上房屋,张嘴问道:"你们知道了?"

"知道?知道什么?"刘文彬一时不解洛群的问话。

"什么?你俩不是为梁邦他母亲的死来的?"

"是啊!你怎么知道的?"

"看你说的!工作这多年,要再捉摸不透这个还行?"洛群抹了一把脸,自夸地说。"咱们的人个个都鼻子灵,几十里地开外就能闻到了味。其实你们不来,我也在盘算这码事呢!"洛群这个人,心细得很。依他自己说是:"小心没大差。"无论大小事情,他都要思前想后地考虑周到,而后才下家伙。他心里暗思忖:"凭梁邦是夜袭队的特务,回来一准带着枪。只要梁邦回到家,便找个得力助手,借掸忙的机会在夜深人静的时候,瞅他个冷不防先卡过枪来,而后再捕他。"眼下他见到了刘文彬,又知道他们是为这码事来的,自然高兴万分。等他把自己编算的计划朝刘文彬一念叨,刘文彬不由得手捂嘴唇笑起来。

"你想得蛮好,应该表扬!"刘文彬伸手朝洛群的肩头上一拍,"你坐下,咱仔细商量一下,看怎么把这事办得更好、更妙!"刘文彬念叨完武工队的计划,洛群乐得嘴巴合不上了,说:"魏小队长和你是想撒下大网,逮条大鱼吃啊!要这么一来,哈巴狗明天也得重进网兜儿!"

"对,要干就得干出个名堂来!"刘文彬挥动着忽张忽握的手掌,蛮有把握地说。好像梁家桥据点里的敌人,个个都在他手心里攥着一般。"……棺材的事,等晚上再共同操持;眼下,你先到据点里去一趟,把要执行的任务,给'关系'们秘密地谈一谈,看他们有什么意见;末后,把'东海'找来。"

洛群说:"'东海'昨天调保定去了,我看招呼'南山'来吧!"

刘文彬眨眨眼,稍沉思,才点头同意说:"也可以!"

洛群将工具箱子一背,转身走了出去。

一切要做的工作安置就绪,天道也渐渐地黑了下来。

刘文彬和据点里的"关系"——"南山"在约定的地点接上头,任务布置好,再次来到洛群家。听洛群学说,梁邦、梁邦的姐姐、姐夫和一个近门的小姑子也赶来了。他明白汪霞第一步工作做成功了!心里想:如果第二步工作——教育、争取梁邦投诚过来,也做得那么如意就更好了。

"你看这棺材咱该怎么操持?"洛群盛过了一碗菜粥递给了刘文彬。

"无论怎么着,装殓梁邦他娘的那口棺材不能含糊!"刘文彬怕烫地用筷子围着碗边拨着粥皮,话说完了,接着狠劲地吸溜了一大口。粥的香味,沁入他的肺腑,让他的肚子痛快地叫了好几声。从早晨到现在水米没打牙的刘文彬,真的饿了个前心贴后心。他一边喝着菜粥一边叮嘱梁洛群。

"要那样,干脆把给我做的那口六寸厚的柏木材抬去吧!"梁洛群话是那么说,心里并不真愿意。他觉得用这么上好的棺材装殓特务的老娘,简直是毛驴备上银鞍鞴,有点不配。于是不愉快地闹了句:"不过,要争取不过梁邦来,给他娘这个材就是有点冤!"

梁洛群的心情,刘文彬很能够理解,所以也就没再说什么。

吃罢晚饭,筷子一摆碗一推,大门外有人压着声音叫:"洛群哥,耧腿修好了没有?"洛群答应着:"修理好了!"忙走出屋。工夫不大将梁邦的姐夫——田常兴领进来。

"老刘,汪霞让你过去!小邦的思想和咱一致了!"田常兴兴致勃勃地说,"他呀,只能走这条道!"

在洛群这儿该办的事情办妥了,汪霞在梁邦家里又把工作做得挺应手,刘文彬非常高兴。他扭头吩咐赵庆田:"你跟洛群到村南去,把魏小队长他们叫到梁邦家来。"等赵庆田走后,他跟随田常兴急忙朝梁邦家走去。

刘文彬刚到,魏强率领一部分队员也赶到了梁邦家。院子不大,挤满了默默不语的人们。魏强走进屋子,第一眼瞧见的就是身挎盒子枪,面有愧色的梁邦。经汪霞一介绍,他安抚说:"别不好意思,投过来就是一家人。你有困难,政府会帮助你解决;有冤仇,八路军会帮助你报。咱哪儿丢了哪儿找,一定帮你为老娘报了冤仇。"

魏强的一席话,梁邦听来又亲又甜,心里又感激又惭愧。他朝后退了两步,在地上一趴,咕咚磕了一个头,接着就说:"八路军待我恩重如山,我要有个三心二意,让我死无葬身之地!队长,请你指派我工作吧!"说着话,热泪又流落下来。

"这样,你才叫尽忠尽孝呢!起来,咱谈谈替老娘报仇的办法。"刘文彬说着一弯腰把梁邦搀起来。

梆!咣!一声梆子一声锣,已经起更了。

"夜深了,为了遮挡敌人的眼目,你还是带枪到据点里睡觉去。借这机会也可以了解一下情况。假如情况没有变化,你明早八点就回来,咱出殡。家里的大小事情都交给我们罢。请放心,你家的事就是我们的事,决不能有半点含糊。保证将老人打点得黄金入柜,入土为安。再说,有玉环姐在场指拨,有不合适的地方也能改。"魏强的话语一丝不苟,梁邦听了只有百依百顺。

梁邦他姐姐玉环,听了魏强的话领情不过地说:"你们为俺们家里事,费这么大的心,别说俺姐弟俩,就是死去的老娘,也会在地下感恩知情的。"

田常兴手指梁邦插了嘴:"就凭八路军给咱家热心办事的劲头,你更该做出个样子来报答。"

梁邦走了以后,魏强、刘文彬、汪霞、玉环夫妇、老农会主任梁洛群、武工队员们,还有几个抗日积极分子,都锣不敲鼓不响地忙碌起来……

在银星满天的秋夜里,梁邦拎着他那架盒子枪,由赵庆田伴同,一步步地朝梁家桥村南据点走来。他们在吊桥外面的青纱帐里碰到了贾正。贾正正全神贯注地仔细听察据点里喊喊嚓嚓、吭吭噔噔的响动。"你们听,吊桥那边有动静!"

"咯噔!咯噔!"好多人走路的声音,隔着据点的防护沟,清清楚楚地传了过来。梁邦听到也不知道是怎么回事,只是点头表示:"听到了!"

"谁知敌人要捣什么鬼?莫非他打算出来!"贾正说。

"不,不,他们出来可不行。"梁邦知道,假如敌人真出来,刚才和八路军研究的计划会全部落了空。他将腰板一挺,毫不犹豫地说:"我去,我去察看、应付。"冲贾正他们点下头,照直奔吊桥跟前走去。

梁邦大摇大摆地走到吊桥口,拉起长音喊叫:"喂!哪位值勤啦?我是保定夜袭队来的!"等据点里应了声,他才把自己的姓名、身份一并告诉给对方,请对方落下吊桥,让他进去。准是因为携枪反正,投归八路军的原因,梁邦一望到沟那边黑压压站了一大群人,心里不由得突突乱跳起来。他自问着自:"这会儿集合队伍要干什么去?难道我的事被发觉了?是不是要去抓我?……"

梁家桥据点里的日本曹长,自从接到保定宪兵队长松田少佐亲自打来"协助夜袭队员梁邦料理母亲丧事"的电话,心里就犯了嘀咕。虽说通知大乡公所、保公所紧忙出人拿钱地办理,心里还像有十五个吊桶打水,七上八下地不安宁,总认为松田宪兵队长如此重视,那梁邦绝不是一个平常的人。

接到电话以后,他水饭未咽,坐卧不宁,心想:"怎么偏偏打死了他的母亲呢?他母亲被打死,是因为违犯了夜禁的命令。他会因为这个不追究吗?不可能!这会,谁有一点势力,谁就要耍一点威风。他是夜袭队员,是宪兵队长手下的得力人哪!他不用明着来,只要暗地里在宪兵队长面前讲我几句坏话,那我就……"他想到这里,就像预感到最大的不幸,猪肝花似的圆脸,像涂上层黄油彩,真是又灰又白;太阳穴上暴凸起青筋;酒糟鼻子头沁出了汗粒。他两手一攥:"不能,不能,不能等待,事情是人为的,要想办法把这个不妙的局面转化过来,要转化!"他给自己打气,鼓励自己想办法。"用什么办法能讨得这个夜袭队员不和我结仇作对呢?赔礼道歉讲好话,这是个能将大事化小、小事化无的好办法。该怎么道歉?亲自出马吊孝?现在死人还没装棺入殓,那怎能行!大请客?大请客倒是个填深沟、解冤仇的好办法。酒助英雄胆,它能让人讲义气、重感情。上好的酒席一摆,请几个人一陪,好话说尽,最不讲情面的人也得重友谊。这样,天大的事儿也就会烟消云散。"心里犯嘀咕的曹长,从发现了这一着,好像个失足落水的人一把抓住条通向岸边的藤条,高兴得立即给大司务下命令:"预备一桌上好的酒席,晚上用!"

天擦黑,梁邦没来;点灯以后,梁邦还没有到。近一更天,保定宪兵队长又打来一个电话,要据点里保护梁邦的安全,无论如何也要他夜晚到据点里休息。日本曹长一口一个"是"地答应下来。这时,村里已经报敲了一更。"他怎么还不来?是真的在生我的气,不想和我来往?不,该来了!"日本曹长又没边没沿地猜疑起来。

"他的安全,我要负责!我得去,去把他请来。一旦出了事,我更吃不消。"他二眉紧锁,嘴里乱咕哝着朝外走。他准备带上几个日军士兵,再加上十几个警备队员,到村里去请梁邦。顺便将宪兵队长刚才在电话里说的话,一并转告给他。他估计,梁邦在这种情况下会来的。

日本兵和警备队员混合编成的一支队伍集合在吊桥处,曹长刚要命令放吊桥,梁邦在吊桥外面吆唤起来。

经翻译一学说,日本曹长听说梁邦没请就来了,暗暗地想:"事情也可能不会像自己想的那样严重。"不禁一阵高兴,马上命令放吊桥。

梁邦的心里本来就犯着猜疑,一听到日本人的嚷叫,更猜疑得厉害,悄悄地打开枪套,掰开盒子枪的大机头,告诫着自己:"加小心,看苗头不对就下家伙!"他怕神色显出不安,尽量沉着气站在那里等待着。吊桥放好,日本曹长单独一人叫着"梁先生,梁先生",跑来亲热地和他握手。他这才将心放到肚里。

日本曹长拉住他的手儿,一直领到一间东洋式的小客厅里才撒开。

客厅里的陪客有:高个的警备队长,警察所驻本地的矬个警长,还有刚从武工队手里逃来的原黄庄警察所长哈巴狗。翻译指名点姓地一一作了介绍,梁邦还端着夜袭队的架子,佯佯不睬地只是点下头,算是打了招呼。由于魏强的嘱咐,他特别在哈巴狗的那张疙疙瘩瘩的胖脸上,不错眼珠地盯了几秒钟,心里想:"今天你跑得利落,明天还得一勺烩。"

从进了这间灯烛辉煌,雅致洁净的客厅里,梁邦听到的总是赔礼道歉的话。一会,日本曹长装作抱愧的样子,无可奈何的两手按在胸前,用生硬的中国话说:"梁老太太的过世,我们十分的痛心,大大的抱歉。这是战争带给的不幸,没法子。明天,我一定亲自路祭吊唁。"他准是怕梁邦没有听清,单将"还亲自路祭吊唁"强调地重说了一遍。警备队长咧开他那张破瓢般的大嘴,一口一个梁先生的称呼:"军队上的事情你比我们懂得多,军队上的命令就是六亲不认。皇军执行起来更严。老太太的不幸归天,谁都难过,日本朋友更难过得厉害。"他嘴里说着眼睛瞅着日本曹长。曹长很会逢场作戏,真像十分难过的样子,从裤袋里掏出块方手帕,慢慢举到干涩、凸出的眼上来揩拭。

死里逃生的哈巴狗,由于心里余惊未消,只伴笑着,反复地说"梁先生是位宽宏大量的人"这么句话来奉承梁邦;警长捧茶递烟地溜须几句。总之,梁邦听口气,感到这起子人都对他母亲的死关心起来。为什么?他一时也没想透,他哪里会知道松田宪兵队长从中耍过手段!

开始,梁邦见到日本人、中国人都服软道歉,就想借机发作,但一想到魏强临来对他的嘱咐——"遇事要冷静、沉着,从长远着想",发作的念头立即打消了。谁来解劝,都客客气气地以礼相待:"我们老太太出了这个事,也真没得可怨。因为军令在先,她自己犯了么!咱们这一抹子都是灭共防匪,建设东亚新秩序的人,能有什么说的?"

看来,梁邦胸怀开阔,语言间没有半点责难,这使在场的人都很高兴,日本曹长更高兴得出奇。他双手推拥着让梁邦坐到上座,然后,交杯换盏,敬酒送菜地招待开。

"你的,大大的好朋友。你的母亲,我的一样。"日本曹长痛快得连灌了三杯烧酒,左手翘着拇指向梁邦伸了伸,然后,用竹筷子朝陪客的警备队长、警长和哈巴狗画了个半圆:"明天的我的路祭路祭,你们的统统像今天一样,作陪作陪的!"

"作陪!作陪!""一定去陪祭!"警备队长等人都笑着连连点头,随声应和。

席间,梁邦话说得很少。他不时在警告自己:"酒是坏水,不能多贪。"别人都以为他心事沉重,谁也没有太介意。

七

哈巴狗遁逃以后,贾正虽说没有受到严厉的批评,但是,以往那种嘻嘻哈哈的乐和样,完全失去了。从昨天午前到今日清晨,他一直是少言寡语的。依他自己说:"再难受莫过于自己察觉事情做错了!"的确,他已难过到了顶点。他十分痛心地想:"唉!贾正呀,贾正呀!……"他伤心地落下泪来,痴呆呆地坐了一会儿,又天真地想:"假如我有孙悟空的本事,能驾跟斗云,会七十二变,不用说一个哈巴狗,即便十个哈巴狗,跑到了天边,我也能手到擒来。"

别看他满心怀着痛苦,夜间照样和人们一样忙碌。他觉得,多做工作也是弥补过错的一个办法。再者,作为一个从炮火里锻炼出来的人,瞧见夜晚人们的繁忙劲头,也预感到明天会搞出个大名堂来。搞哪里?怎么搞?他不知道,军队纪律的约束,也没敢张嘴去问;但是,他已经暗暗地下定决心,要在这次行动里立个大功,来弥补昨天失职的过错。

傍明子,一切安排就绪。通过魏强的战斗动员,贾正明白了今天的任务。当他知道据点里有在他手下逃跑的哈巴狗时,一下心里有了谱,哭丧脸顿时换上笑容颜,心里说:"这叫踏破铁鞋无处寻,得来全不费工夫。想不到昨天跑的,今天又能抓住他,这真是无巧不成书。"他趁魏强稍一闲暇,忙去请求:"小队长,我能不能在前面搀孝子?"

"搀孝子?"魏强马上明白了贾正要搀孝子的用意,笑着点点头:"行!"

吃过早饭,梁邦挎着他那支盒子枪,蔫蔫地走进自己的家门。由于他跳出了火坑,思想上减去了多年的重担;由于有了给母亲报仇的希望,昨晚那种悲痛、愁闷的阴影,已经在他脸上消退了。他第一眼看到的是停架在院里的棺材。棺材让油漆漆得黑中透亮。围着棺材有不少人,有的戴着白布做成的孝帽子;有的还穿着肥大的孝袍子。昨晚随姐姐来的那个女八路,白布箍头,白衣罩身,穿了身重孝。他们,这些陌生的孝子们都用亲昵的眼光瞅望自己。他和人们点点头,就朝上房里奔。他姐姐玉环右手托着麻冠,左臂抱着个孝袍子走出来:"给你,把它穿上!"

梁邦穿起孝袍子,玉环把麻冠戴在他的头上。玉环手里拿针在给他戴的麻冠上缝缀枣大的棉花球时,低声说:"昨晚刚过半夜,咱娘就入殓了。棺材是八个头的柏木材,铺的、盖的、穿的、戴的样样我看了个遍,都很好……"

梁邦听他姐姐的口气,对母亲的后事处理很满意,自己也就赞同地说:"只要姐姐看着好,那就好!"

姐俩正喃喃地说着,魏强穿件又脏又肥的孝袍子走近了梁邦,头戴孝帽的刘文彬也相随着走过来,他将一大张裹着炒鸡蛋的白面饼递给梁邦:"吃着说,情况有什么变化?"

"到我来时,情况没变化。"梁邦咬口大饼,边嚼边说:"昨天从你们手里逃走的那个姓荀的警察所长也在。他今天还要陪日本曹长出来路祭呢!"

站在魏强右侧,也穿件大孝袍子的贾正,听到哈巴狗也要陪着出来,还参加路祭,高兴得真想跳一跳。

魏强、刘文彬听到鬼子要路祭,都觉得这是给执行中的计划来了个锦上添花。齐声问道:"鬼子要出来路祭,是真的?"

"是真的!是日本曹长昨夜亲口说的,今天我还见他们在准备呢!"梁邦说得满有把握。

"那就好!""好!"魏强、刘文彬心里高兴,嘴里同声说出。

"他要路祭咱欢迎!这倒省得咱闯到里边挨个地寻找呢!"魏强冲刘文彬刚说完这两句逗趣的话,梁洛群声色不动地溜了进来。他将魏强、刘文彬拽到一边:"我刚从据点里面来,人们都准备好了,'南山'要我对你们学说,鬼子今天要出来路祭小邦他娘,愿你们借这个好机会动手……"

这意见魏强他们是一百个同意的。魏强看看天色,望望准备好的人们,正要叫人们做准备,在据点外公路附近放隐蔽监视哨的小秃,一溜风地跑了进来。他走近魏强,小声说:"刚才有辆汽车从东开来,开到据点里;工夫不大,又朝保定开走了!"

这是个新的情况。"开来的汽车给据点撂下什么东西了?装了什么东西走?"魏强问小秃。小秃摇着脑袋说:"这点可就闹不清了!"

魏强眼珠不动地沉思一大会,说了句:"不管它!"扭脸就问梁邦:"几点钟啦?"

"八点二十五!"梁邦望望手表回答。

"夜长梦多,现在就行动!"一声命令如山倒。魏强挥动拳头,刚将话儿说出口,人们立刻忙碌起来。

噼里啪啦,一阵鞭炮响过,十六个头顶孝帽子的小伙子一齐呐喊:"起!上肩!"连棺带罩齐抬起来。梁邦右肩扛起白纸扎糊的引魂幡,由魏强、贾正左右搀着,"妈啊!""娘啊!"哭哭啼啼地跟随着怀抱柳编斗子、走三步撒一把黄纸钱的刘文彬。棺材抬出了院子,顺着南北大街照直奔村南走去。三五个头戴孝帽的送殡人,个个手拿一束点着的葬香,低头默哀跟在棺材后面。汪霞陪伴梁邦他姐慢慢地爬上一辆俩骡拉的大车,宽幅孝布一蒙脸,撒泼地哭起来。田常兴掌鞭子赶动大车,小秃这会又更换任务,替他拉着梢,尾随着送殡的人群。

虽然在秋收农忙的季节里,看出殡的人还不少,大男小女、老人孩子背贴东西墙山挤挤插插站了个满上满,老农会主任梁洛群也挤在看热闹的人群里。

有些多嘴多舌的人,眼里望着嘴里叨咕:"梁邦家这么个大事,怎么村里揎忙的没有一个?"

"名声挺坏的,谁愿意帮这个忙!"年轻人回答。

"这些送殡、抬杠、搀孝子、撒纸钱的都是哪儿的?"老太太瞅望这起给梁邦家搉忙的生人,小声地问他身旁的儿媳妇。儿媳妇用轻蔑的语气告诉她:"鱼找鱼,虾找虾,都是梁邦他那一抹子的呗!"

刚出村南口,搀扶梁邦的魏强故意放慢了脚步,斜着眼睛望望据点东北面的出入口,出入口处高悬的吊桥,像个撒把的辘轳,哗啦哗啦地擢放下来。一个穿日本军服说中国话的人,站在吊桥上连连摆手吆唤:"请站站!我们的太君就来路祭。"两个日本兵抬了一张摆满干鲜果品的六仙桌,一言不发地走过吊桥,安稳地放在魏强他们的跟前。魏强冲梁邦悄悄说声:"大哭!"跟着一拽,梁邦、魏强、贾正一起跪趴在地上,娘啊老子地恸嚎起来。贾正放开声音哭着,心里想:"要低下头,可不能让哈巴狗发现了!"他的嘴一劲地叮咛他的心,他的眼睛却偷偷地朝吊桥那边窥视着。魏强回头望下抬杠的人们,抬杠的人们都虎视眈眈地瞅望吊桥和吊桥那边。准是他们动作不一,将棺材摆放歪了,歪得材头直冲着吊桥口。

一个徒手的日本人,领着个穿绿军装的警备队长,一个穿黑制服的警长,低头垂手,脚步轻轻地走上吊桥。在他仨的背后,簇拥着一大群不挎刀不拿枪、身着黄、绿、黑色制服的军警。他们走近吊桥,都高高地站在桥内防护沟沿上,就像群看热闹的,在看着上司们的路祭及出殡的行列。

贾正斜眼朝吊桥上一瞅,见一个日本人背后有个穿黑制服的紧跟着,断定他就是哈巴狗,不禁心里怦怦直跳。

见日本人走过吊桥,魏强、贾正和梁邦低一声、高一声"呜呜"哭叫得更欢了。他们的右手都伸到了腰间。日本曹长由警备队长和警长陪同走近祭桌,恭恭敬敬地刚要冲棺材猫腰行礼,居于中间的梁邦把引魂幡一扔,拽出盒子枪朝日本曹长一点,啪!打他个仰面大朝天。魏强、贾正用枪弹也把陪祭的两个家伙都撂了个大跟斗,躺在地上不动了。

枪声就像讯号,砰的一声,棺材头打开了。趴伏在棺材里的常景春,歪把子瞄准了站在吊桥里面沟沿上的鬼子和伪军们,嘎嘎嘎!咕咕咕地扫射开。抬杠的、送殡的、撒纸钱的、赶大车的,都从腰间拽出枪来,参加到战斗里。常景春两斗子子弹射过,爬出棺材,枪背带朝肩头一挎,两手一抱歪把子,眼珠瞪圆,像个金刚似的跟在魏强的背后,随着冲过吊桥的人群冲进了据点。

敌人被追撵得到处乱钻,乱跑,乱躲藏。有两个鬼子跑去拿枪,刚走近炮楼门,让迎面走来的一个左臂箍白毛巾、身穿警备队服装的、我们的"关系"——"南山"一梭子冲锋枪弹点了名。一心要想捉哈巴狗的贾正,抓住了一个"黑狗",用枪点着他的脑袋问:"你说,快说,哈巴狗在哪儿?"

"哈巴狗?"被俘虏的这个"黑狗",一下被贾正给问愣了。他露出莫名其妙的眼神,困惑不解地问:"长官,什么哈巴狗呀?我真的没见过呀!"

"胡说,他昨天跑来的,你怎么没见过?"

贾正话说得狠,手头又揪得紧,一下将俘虏吓毛了脚。俘虏央求地问:"长官,我不是跟你撒谎,确实不知道。你告诉我,昨天跑来的哈巴狗是黑的是白的,还是花的,我好跟你一块再找去!"

一句话提醒梦中人,贾正这时才恍然大悟。也难怪俘虏不知道,一则,哈巴狗不是这个据点的;再则,哈巴狗这个外号,是四乡里群众背地奉送的,他们自己人又怎能知道呢?不知不怪。贾正撒开俘虏说:"我说的哈巴狗,是个人的外号,这个人就是黄庄据点的警察所长苟润田,他不是昨天跑来的吗?"

"他,他在八点钟路祭以前,坐高阳来的汽车回保定了!"

"回保定啦?"贾正知道,俘虏在这节骨眼上不敢撒谎,头上像浇了一桶冷水,心想:"好啊,今天又算他交了好运,脱逃了⋯⋯"嘟嘟囔囔地将张开大小机头的驳壳枪狠劲朝腰里一插,带上俘虏奔人声喧嚷的方向走了来。

内线"关系"——"南山",额头滚淌汗粒,衣袖揎过臂肘,手持一支冲锋枪,背后还背了支三八大盖,兴冲冲地下了炮楼,朝魏强、刘文彬走来。他身后边还跟着四个和他一样打扮的人,其中有一个肩头上还扛了挺蓝汪汪的歪把子机关枪。

魏强、刘文彬知道来的这四个警备队员,也是在据点里做内应、控制炮楼这个制高点的"关系",忙迎上去,握手寒暄了一阵子。

巧妙的战斗,获得不小的胜利。枪支弹药堆成垛,其他的物资算也算不过来。老农会主任梁洛群指挥好多辆大车朝外拉。俘虏一站站了两大溜,有穿绿衣服的,也有穿黑制服的,个个脸色灰溜溜的,就像土地庙里跑出来的小鬼。他们都由小秃、田常兴来看押。一支崭新的、上有刺刀的三八大盖代替了田常兴手里的老独抉。看来,他的精神比往日更加抖擞、健旺。

部队集合了,魏强用眼来回扫了几次,就是没见到赵庆田和李东山。"这两个人哪里去了?"他寻思着朝四处张望了一下,正要打发辛凤鸣去找,赵庆田、李东山手提驳壳枪,押着两个日本俘虏跑回来。两个俘虏像才从水里捞出来的落汤鸡。

人们见到赵庆田他俩抓来两个日本俘虏,情不自禁地嚷嚷开:"看人家,一人抓住一个!""怎么那个俘虏在背后皮带上别着两面小旗?""准是旗语兵!""怎么都弄成个泥巴蛋啦?""一定这俩家伙跟老蔫他们捣乱了!"

是,这俩家伙是和赵庆田他俩捣了阵子乱。

枪响,这俩俘虏本想跑到炮楼里去取枪,一见面前跑的两个伙伴让迎面来的穿警备队服装、臂缠白毛巾的人用枪扫倒了,知道大事不好,扭头就奔旁处钻;又发现赵庆田、李东山从身后撵上来,急得任啥不顾,噗咚!噗咚!先后跳进了两丈五尺深的防护沟。沟里水深没顶,他俩本想凫水爬上那边的沟坡,钻串青纱帐逃跑,由于水深、坡陡、脚底下滑,再加上赵庆田他俩当!当的拿枪一个劲地盖,爬抓半天也没爬上去;末后,还得拽着赵庆田扔下去的绳子,慢慢地再爬上来。

人马到齐,胜利品刚运清,高保公路上的东西两头丁当响起了枪声,增援的敌人出来了。

魏强望望浓烟卷裹烈火的炮楼子,率领部队迅速地离开了。

第二十二章

一

不是高阳开来一辆去保定的汽车，哈巴狗想从梁家桥再次逃出武工队的手掌，势比登天都难。哪知，这辆车救了他的命。等他得知在他离开梁家桥不远，武工队就把梁家桥拿下的消息，吓得头皮连炸了几炸。依他自己说："这又是上苍有眼，天不灭曹！"

回到保定，哈巴狗怕为黄庄据点的丢失，上司扣他个失职的帽子，所以钻到家里从没有露过头，和外面的接触、联系，都靠他的老婆——二姑娘。

自从平康里的"贵妃"回天津去了，二姑娘在刘魁胜手里又算得了宠，虽然不能说一不二，说十回却有九回准。哈巴狗知道二姑娘的这点道行，又要揪住这根小辫再来利用一下。

刘魁胜自从给哈巴狗运动了一个警察所长之后，和二姑娘的明来暗往更是理直气壮。他自己不愿意来可以，如果他来，哈巴狗稍有一点点不高兴都不行。眼下，哈巴狗又丢了官落了架，也就更不敢不高兴。每逢见到刘魁胜来，即便在床上躺着休息，也忙爬起来，点头客气一下就躲开了。

经过二姑娘在刘魁胜跟前无数次甜言蜜语地说道，经过刘魁胜迭次在清苑县公署奔走和在老松田面前推荐，哈巴狗总算脱掉了"黑狗"皮,在夜袭队里吃上了一份。哈巴狗到了夜袭队真是小人得志,便衣一换,手枪一插,比干警察所长更神气了百倍。由此,他对刘魁胜更加感激,为了报答刘魁胜的恩情,索性不回家过夜。在别人看来,他好像根本不是他家的主人。

夜袭队添了哈巴狗,都觉得在东南乡多了两只眼睛,因此,也都认为日后对付东南乡会有办法。

魏强听说哈巴狗回到保定,干上了夜袭队,并不觉得稀奇。不过,他知道哈巴狗当了夜袭队,对保定东南乡,却是个很大的祸害。

"要消灭他,要在他没有发挥作用施展本领以前,想尽各种办法,通过各种'关系'将他消灭掉。"魏强自己默默地寻思着。他扭脸瞧一下靠墙静思的刘文彬。刘文彬的脑子也围绕着哈巴狗在转。他特别想到哈巴狗借地道逃遁的那个小庄子,认为那个小庄子早晚是哈巴狗立功建勋的一个目标。迟早有一天,哈巴狗会领着夜袭队突袭一家伙。防洪造林,防水筑堤,要防备夜袭队的突然袭击,必须在青纱帐摆倒以前,将小庄子的积极分子动员起来,秘密地修改地道;特别是哈巴狗走过的那条线路,出入口都要改,并且要马上改。

他俩交换了意见。在谈到消灭哈巴狗的办法时,魏强磕掉烟灰说道:"要能够借刀杀人,指挥敌人自己干掉他,倒省我们好多事。"

"借刀杀人?"与魏强相处一年多的刘文彬,深知他是个智囊,不过,一时还摸不清他要借谁的刀。他睁大期待的眼睛瞅着魏强,意思是让他继续说下去。魏强笑了一下,说出了自己的打算。二人凑近,细声细语地又商量了老半天。

二

梁家桥是高保公路上的一个重要地方,在武工队端掉据点的第二天,敌人又动手在原地修起炮楼子来。

梁家桥据点的重新建起,魏强他们并不怎么在意;在意的是青纱帐一摞倒,老松田、刘魁胜带领夜袭队又要清剿、剔抉一个跟着一个地来。事实上,青纱帐戳立的时候,他们的清剿、剔抉也没有断过。不过,那时候要打、要走、要躲藏,魏强他们可以随自己的意。

近来,因为接二连三地打了几个胜仗,胜利品拣得不少。根据战斗的需要,经杨子曾批准,缴获鬼子的一块带保险壳的夜光表由魏强使用。戴手表,在魏强说来是大姑娘坐花花轿,头一遭的事。他一会听听机器嚓嚓嚓的响声,一会看看秒针突突突地飞快行走。对手表的喜爱,并不亚于对驳壳枪和那支装在浅绿色笔套里的橘黄色的钢笔。

两个便宜仗,也让李东山的小"万宝囊"越来越大了,原来的土绿色的旧包袱皮,现在让一面鬼子旗代替了。他今天打开包袱要大收拾一番,里面杂七烂八、古里古董的,什么针头线脑、刀子、剪子、二百二、纱布块……都摊露出来。

"瞧咱这'保守'同志,连这个都收拾了!"辛凤鸣眼睛尖得像把锥子,只一扫,李东山"万宝囊"里的东西,都看了个一清二楚。他用枪探条一挑,两面红白各半的小旗被平挑起来。这是在梁家桥缴获的鬼子旗语兵使的联络旗。

李东山将东西归堆好,顺手夺过辛凤鸣探条上挑的小旗子:"到冬天,这就是好几副包脚布,现在不收拾,天冷了谁给你?到时候看你要不?"

"小队长,我回来了。"门帘一挑,贾正从外面走进来,张嘴就报告。"今天,我见到队长了。前天张保公路上枪响,那是二小队把卧马庄的炮楼子端了。八个'黑狗',二十一个警备队员,都乖乖地做了俘虏。他们这次战斗,不但得了武器弹药,还得了一匹膘满肉肥的枣红色大洋马。"贾正说到"大洋马",立刻联想到常景春过去

313

的绰号。瞅了常景春一眼,调皮地冲他做了个鬼脸,笑了,接着从怀里掏出来一封信。

魏强接过贾正手里的信,贾正抽着一支烟卷,继续对人们学说他的见闻。

"……咱缴的那挺小歪把,二小队使了使,可得呢!哎,赵庆田,李东山,你俩在梁家桥捉的那两个日本俘虏,眼下还跟着队长他们哪!他俩见了我,准是有那一面之交,还冲我点点头。"

赵庆田对两个俘虏的未能及时送走,感到很惊讶:"噫!怎么队长还老带着这俩家伙,说个话也不方便。"

"说话到不用发愁,眼下有两个翻译跟着呢!一个是韩干事,他又从分区回来了;还有一个日本朋友,说是反战同盟支部的,叫小林,也是才从分区来的。有他俩跟日本俘虏做伴谈话,队长也就不用操心了。听说,经过这些日子的教育,两个俘虏大有转变,开始反对侵略战争,咒骂他们的长官了。"

贾正将快烧手指的烟蒂又连吸了两口,在炕沿上掐灭,又冲胡启明说道:"有个好消息,我也告诉你!你的'爱人'明天县大队就送回来了。见到你的'爱人',你的单思病不用治就好了。听说,在送你'爱人'回娘家的时候,还带来了几个'崽'!你听见这个保准不再昼思夜想了!"

胡启明一听说借出去的八八式快回来了,还给带来几颗炮弹,欢喜得再也绷不住嘴唇了。

"你看!"魏强伸出右手食指指点着左手拿着的信件,低声地跟刘文彬说:"到这个日子要我们会合去执行这个大任务!"刘文彬眼睛盯住信上的字句,不住地点头回答:"这是个艰巨的任务!不过,分区把这个任务交给武工队是有根据的。你们对敌情了解,都有战斗经验,再加上地理熟悉,完成这项任务满有把握。走以前,把这边的工作安排安排,到时候就放心会合去好了!"

三

魏强和汪霞的关系，在人们的心目里已经成了个公开的秘密。大家都为他俩的倾心爱慕，在暗暗地祝贺着。的确，他俩的相爱，是在彼此帮助、互相鼓励的情况下发展起来的。

这一时期，魏强和汪霞在一块活动过几次，不过，要离开之光县到张保公路那边和杨子曾会合执行任务的事，从来没有谈过，汪霞当然也就不知道了。偏偏在魏强他们要去会合的头一天拂晓，汪霞找到魏强他们的住地。她来这里是向刘文彬请示一件工作。

掌灯以后，队员们都轻轻地走到院里去准备集合。刘文彬深知这对年轻恋人的心情，愿意让他们离开前说上几句体己话，搭讪着说："小魏，让汪霞帮你拾掇拾掇，我照看下队伍去！……"匆忙地走出屋子。

在汪霞眼睛里的魏强已经是个英俊、勇武、年轻有为的小伙子，真是眼里瞅着心里爱。她见枪背带在魏强的后背拧成个麻花形，忙凑近给他扭正，顺手又替他拽拽后衣襟，问道："这次离开，小魏，估计什么时候能回来？"魏强羞得脸色顿时变成块大红布，他嗫嗫嚅嚅小声："这，我可不知道。反正，反正不会待得太久了！"

汪霞解开盛文件的小包包，拿出对白布袜子，这是她抓休息的空儿赶做的。"还好，把它做上了。天冷啦，再光脚丫还行？"忙递给了魏强。

魏强瞅瞅手里这双崭新的粗布袜子，望望正裹包包的汪霞，心里不由得涌出一种很难说出的滋味。

"快装起来吧，叫小贾他们看见又该乱说啦！"汪霞催促魏强将袜子装进口袋，接着问："要走啰，看有什么话说？"她闪动着明亮的大眼睛等待着魏强开口。

"没有什么说的!一句话,多加小心,别再出黄庄的那样危险事啦!"

"不经一事,不长一智。放心,不会再有黄庄堤坡的事儿发生。说我,你也要注意,党把这班子人马交给你,更得加倍的小心!"

"对,我们都加小心,我该走了。"魏强赞同地说着,随即将右手伸给汪霞,微笑地点点头。汪霞朝前迈了两步,将魏强暖融融的手儿紧握住,身子也挨近了魏强……

穿过张保公路,在预定的地方,魏强见到了队长杨子曾。

杨子曾虽说刮了胡子,脸上还满挂着疲惫的神色:眼窝塌陷,两颊朝里抽了许多,拱肩比早先更高了,不时在干咳。杨子曾的肺部有颗敌人射进的子弹没取出来。这颗子弹不仅阴天下雨的时候折磨着他;每年一到秋末冬初,寒气逼人的季节里,折磨得他更厉害。现在离着立冬节气还有四五天,他的痛苦有增无减。见到魏强,他亲热地握着魏强的手,说:"来了好,咱们的任务也变了!"

魏强握住杨子曾滚烫的手儿,本想说:"队长,你在发着烧?"但是,让杨子曾用话挡了回去。

"你们在东面打,二小队在西面干,秋头子上,可把敌人打了个苦!怎么样,打了两个胜仗,同志们没露出骄傲自满的苗头?"杨子曾随便地说着,末后几句话,是在了解战后人们的思想。

魏强深知杨子曾不论何时最注意抓思想工作。"思想工作是一切工作的基础。思想工作做好,一切工作都能保证完成;思想工作跟不上,想做好什么工作也不可能!"这是杨子曾挂在嘴边上的几句话。魏强回忆一下这些日子队员们的情形,还没有发觉有什么骄傲自满情绪,便说:"还没发现这种苗头。"

"那就好,不过要随时注意。"杨子曾吸着纸烟,转了话题。"眼下,敌人正在平汉线上增兵,估计又要扫荡路西的一、三、四分区。根据这个情况,上级交给我们的武装掩护运粮任务,由二十四团二、六连提前一天护送过去了。他们执行了我们要执行的任务,因而他们原来的任务,还要我们去执行。近来,咱们冀中腹地的局面逐渐打开了,过去转入地下的工作都已逐渐公开活动。地区扩大了,咱们的经济力量要急速跟上。他们由山里接运过来的一大批边币①,要我们用两天的时间送到分区。这任务比原来的任务重,回去给人们谈谈,可不能疏忽。顺便把你们逮的两个日本俘虏给分区送去。提起那两个俘虏,他们在本国都是凭两手找饭吃的工人,是被征来当兵的,所以转变得都挺快。他俩都提出要加入日本反战同盟支部,参加反战斗争。"

魏强脸上挂着笑容,自言自语地说:"这一来,咱又多了两个同情咱们抗战的日本朋友!"

"是啊!他俩一个是旗语兵,一个是机枪射手。那个机枪射手天天热心地教二小队的祝文华学习射击技术。咱是正义战争,即便是敌人,只要能利用一切有利条件做思想工作,同样能攻动对方的心。现在继续谈咱执行的任务。这趟任务关系到冀中八百万军民吃饭、穿衣和对敌斗争的问题。执行当中要行动诡秘,动作迅速,遇事沉着。咱们今天路途不远,拾掇好,过张保公路,到之光县田家桥西南你们经常存放东西的那个小庄子上宿营。到了那村,把你们去年缴获的日本军服取出一部分来。一人穿一套在里头,一来,天道越来越冷,大家穿上遮遮寒;二来,剧社的路社长在上月来信说,他知道咱打了几个胜仗,如有可能,在胜利品里挑些鬼子军服给他们演戏用。回分区,咱换上冬装,就将鬼子军服给剧社撂下好了!"

别看魏强不是文艺人,对剧社却有深厚的感情。今天听说剧社想要东西,从心里愿意尽力帮忙。他毫不悭吝地说:"要那么着,把那战刀、长筒皮靴都给他们捎着,那一堆皮鞋、钢盔、绑腿,还有装行李的大牛皮背包,也给挑点带着。"

---

① 是晋察冀边区银行发行的货币。

这次运送边币,要通过四道封锁线,其中最难过的是敌人昼夜封锁、不停巡逻的府河。裹包边币的都是雪白的小粗布,黑夜行起军来,白白的一溜子,目标显得很大。杨子曾正在捉摸遮掩的办法,一听魏强提到鬼子装行李的大牛皮背包,心里立刻敞亮开,高兴地说:"有大牛皮背包,那很好。这次运送边币都把它使用上!"

"别的呢?是不是也给剧社带着?"

"愿意带就带吧,反正撂着也没有用!二小队在卧马庄得的那匹大洋马,也给分区首长带过去。"

熟路熟村,魏强的小队担任前卫,刚过半夜就赶到了上次哈巴狗借地道逃跑的那个小庄子上。

这个小庄子,从哈巴狗借地道逃跑以后,就根据区委的通知,很快将地道的路线、出口、入口做了修改。武工队来到这个庄上,魏强将坚壁的鬼子军服、钢盔、皮鞋……取出来。将包装边币的白布包,都装进日本军用大牛皮背包里。

贼亮亮的钢盔,黄喳喳的军服,笨呼呼的大皮鞋,堆了足有多半炕。人们都七手八脚地挑着,拣着,说着:"这衣裳真像蚂蚱鞍!""除了皮鞋大得像熊掌,鬼子的玩意都小!"

"要这个干什么?"贾正拿起件军装上衣,指着狗舌头般的红色肩章,说着就要撕掉它。

"队长说不要撕掉!"魏强马上制止。"上头有什么都原封带着,将来剧社用起来就不再缺这少那的!"

别看上身的军服小,小秃穿上哪一件也遮过膝盖。他连试了七八件都不行。气得嘟嘟囔囔地骂:"妈的,鬼子做衣裳也死羊眼,怎么就不为咱想想!"

辛凤鸣见小秃的那股孩子气,心里非常好笑,磨牙磕嘴地上来逗趣:"鬼子在这点上也真不开眼,千不该,万不该,不该不知道我们武工队里有位三块豆腐干子高,还叫老猫偷吃去两块半的郭小秃,郭同志!"

"去你的,尖嘴猴腮的,非贾正不能治你!"小秃踢了他一脚。

"秃子,你看穿这件怎么样?"赵庆田在日本军服堆里左挑右拣,总算拣出件瘦小的来。他像大哥哥那样手扯衣领让小秃将两只胳膊伸到衣袖里,然后转到小秃面前,半猫腰地系上五个铜纽扣,拽拽衣襟。他左看了右看,围小秃又端详了一会,才满意地说:"行,就是袖子长点,挽上一截就好了。"辛凤鸣顺手拣起一顶钢盔,咣叽扣在小秃的头上;李东山抄起那把战刀,紧往小秃的腰间挎。贾正指点小秃说:"你要穿这身衣裳走到街上,保准联络员得出来迎接!"

小秃也真装起日本兵来。他重新正正头上的钢盔,双手分插在裤兜里,胸脯一挺,面孔一板,噘嘴、瞪眼地冲辛凤鸣吆唤:"你的?什么的干活?"

辛凤鸣也像个舞台上的演员,低头哈腰拿腔捏调地说:"太君,我的大大的良民,'居民证'的有!"

"'居民证'的有,拿来看看!"小秃伸手讨要。

"太君的要看,我的给……"辛凤鸣嘴里说着,猛地朝前一扑,说声:"我给你个这个!"像抓小鸡似的伸手提揪起小秃,好像抛掷篮球那样把他扔在炕上的衣堆里,逗得大伙哈哈大笑。

"秃子,穿不得大皮鞋,穿这个试试!"赵庆田又扔给小秃一双半新不旧的牛蹄式样的黑胶鞋。小秃一边穿试一边说:"剧社这也缺,那也缺,他们缺演戏的小孩不?要缺我就去!"

"嘿,看不透咱们小秃还要做文艺工作呢!"辛凤鸣撇着嘴巴说,语气非常轻佻。这下,立刻惹得小秃把脸耷拉下来,嘟嘟囔囔地说:"别这么隔着门缝看人,文艺工作怎么啦?那不是人干的?不行,慢慢学……"

四

敌人在平汉线上确实集结了重兵,要对路西的一、三、四分区搞次扫荡。进山扫荡以前,为了清除背后八路军的骚扰、牵制,再加上宪兵队长老松田的请求,就秘密地调集兵力,对高保公路以南、张保公路以东的之光边缘地区来了一次突袭性的大清剿。

这次规模不小的清剿、扫荡,是分东、南两路来的。夜袭队这次也分成了东、南两路来配合。南路敌人,由宪兵队长松田少佐率领,坐汽车到大冉村,而后由刘魁胜带道直突西王庄;东路敌人夜间出动,闭上汽车灯光顺高保公路来到梁家桥,再由哈巴狗和几个夜袭队员领路奔袭小庄子上。要哈巴狗跟随这一路来,任务是破坏小庄子的地道。哈巴狗觉得破坏小庄子的地道是个蛮有把握的事,也就自告奋勇地来了。

对哈巴狗,老松田开始是十分赏识的。是他提议对武工队要缓、软、硬兼用;黄庄村东渡口设伏被打,是他领人接济的。老松田总觉得哈巴狗经验多、阅历广,是个胆大、有办法的人。尤其是他能借八路军的地道逃跑,更觉得他真有点了不起。以后,一连接到几个有关哈巴狗的秘密情报,都是关于哈巴狗怎样逃回保定的内容。有的说:"哈巴狗是武工队暗放明逃的!"有的说:"他是接受武工队的任务回来的。"有的说:"放他回来的目的是来搞反间计!"这些情报,就是刘文彬和魏强的"借刀杀人"之计。情报一份连一份,闹得老松田也就逐渐怀疑起来:"难道他真的有鬼?要不,为什么情报都这样说?""他能借地道逃走,地道的秘密他怎么会知道?""武工队个个像人精,从他们眼下逃出,那不是猴嘴里掏枣,虎口内走人?""他怎么就能逃出这个老虎嘴?""为什么在梁家桥陷落的前十几分钟,他像知道似的又离开那危险境地?"一个问号连一个问号,个个问号他都没有找出个答案。"有鬼！有鬼！"在他的心里初步获得这么个结论。为了要证实他的这个结论,他准备在实践里看看这个浑身带有"鬼"气的哈巴狗,怎样和武工队勾串一起来捣"鬼"。他处处留心,连根汗毛都没动他的。

这次突袭性的大清剿,老松田想试试哈巴狗,又怕在"试"的当中上了当。在这种想吃怕烫的矛盾心情下,就分配哈巴狗给东路清剿部队带路,直突小庄子去破坏地道。东路清剿的队伍出发前,松田又将哈巴狗的种种情况向东路的最高指挥——龟尾少佐作了介绍,要他看情况去处理。

哈巴狗当然不知道松田肚里的鬼胎。他所知道的只是这次要跟随上千名皇军,还有警备队的两中队人马,一齐到自己借地道逃跑的那小庄子上去清剿、去破坏地道。他认为这是旗开得胜马到成功的事,所以一路上都是高兴得咧着嘴笑。若不是夜行军需要诡秘肃静,他真想闹上两口二黄。

五

一个八路军的战士,必须具备"举枪能打、端饭能吃、拔腿能走、躺倒能睡"四个条件。魏强和他的战友们都是这一类的人。他们正睡得香甜,哗哗两把沙土撒到了纸糊的、漆黑的窗户上。这个不太大的响动立即震醒梦乡里的人们。人们敏快地、没音响地从炕上爬起来。魏强这时已溜出了大门,爬到哨兵据守的高房上。

"小队长,你听村外像有动静!"哨兵轻声地说。

魏强没言语,趴在房顶上,瞪大眼睛地注意空旷、沉寂、黑纱遮盖的野外,那儿并没让他觉察出一点点秘密。眼睛没能察看到,耳朵却听到了。在村外极远极远的地方,隐隐地传来一阵忽有忽无的音响,这音响忽而从东传来,忽而在西出现。好像四面八方都有,又好像开玩笑似的消散在四面八方。

"去,快去报告队长!"魏强眼珠射向漆黑的远方,小声地命令身旁的哨兵。

队长杨子曾轻轻地爬上房顶。魏强在他耳根下唧咕了几句,他也默默地察看远方,判断情况。

一个刚派出的侦察员回来了,急忙向杨子曾报告:"队长,是敌人,敌人把村北的有利地形都占了!"

又一个侦察员来向杨子曾报告情况:"我爬着溜出村东口,发现场边的坯垛、草垛后面有鬼子唧唧哇哇乱说话。"

去南面、去西面侦察的人员,也都先后跑来报告发现了敌人。

从听见的音响到侦察来的实情,都说明小庄子面临着危难,武工队被敌人团团包围了。

严重的情况像磨扇般地压放在人们的心头,人们的视力都集中在队长杨子曾的身上。杨子曾的心情自然比旁人分外沉重。他的面孔一时严峻得像尊神,沉吟了一下,闪动着两只发亮的黑眼珠小声地说:"都到房下去!"

屋顶上,只留下一个哨兵,继续监视四方的动静。

屋檐下,杨子曾对魏强、蒋天祥说:"敌人来了,看样子力量不小。"说到这,二小队长蒋天祥插了两嘴:"那就执行我们的后一个方案,不敲锣不打鼓,趁天不明钻进地道溜出去!"

"不,根据眼下的情况,我不同意这样做。"魏强摇晃着脑袋表示自己的态度。

"为什么?"蒋天祥有点不解。

"看样子敌人的兵力是不小。敌人为什么要用偌大的兵力来这村?我认为不单是为的我们,还为的破毁这村的地道,对付这村的群众。哈巴狗在这村借地道逃跑以后,我们就估计会有这一天,但没料到,敌人筹划那么长时间。眼下,我们不能抛下正在睡梦中的群众,借地道偷偷溜走。要争取在天亮以前,通过地道将全村的孩子、老人、男的、女的都输送出村,然后我们再走。这是我们的责任,我们必须这样做。不然,就要犯罪。"

蒋天祥没有作声,只瞅杨子曾,意思是说:"队长,你的意见呢?"

杨子曾对情况的估计有三:一个,敌人是专为小庄子地道和群众来的。要为这个,敌人为什么用偌大的兵力?光个夜袭队,再配合几十个鬼子、伪军,满能办了这事。因此,他的脑子又产生了另一个估计:可能是有秘密情报员踩了自己的脚后跟。也可能是敌人在进山以前,想清理一下背后,在这里碰上了。无论如何,现在是被敌人包围了。不管敌人是大兵力、小兵力以及他为什么来,反正要为这一个村的群众负责,不然,在这个有地道的小庄子,敌人会来个大屠杀。在屋顶上,他就将掩护群众从地道走出的意见考虑出来,不过没先朝外掏。听过魏强对情况的处理,他认为在艰苦斗争中,魏强已经锻炼成了一个有远见,有判断、分析能力的年轻指挥员了,心里自然高兴异常,立刻表示态度:"就按魏强同志的意见处理。"他手指魏强:"你带上两个人赶快喊起村干部,通过他们召唤群众下地道,由你负责带出去。等掩护群众出去后我们再走。事情要在天亮以前妥善地做完。"

魏强带上赵庆田、贾正走后,杨子曾立刻带起队伍,静悄悄地借着"三通"的上、中通,绕到临街的一座高大的、有女儿墙的砖平房上。这座房子是能俯瞰全村的一个顶好的制高点。

魏强、赵庆田、贾正分头叫起村干部,紧忙利用"三通"的中间通,串家走院地通知熟睡的群众赶快下地道。一传十,十传百,在生死关头上,群众不声不响地抱孩子、搀老人地由地上迅速地转入了地道里。一盏盏小豆油灯都在地道的要冲处点着。人们都紧绷着脸儿蹲在地道里,大气不出地等待干部们的命令。为了宽慰人们,魏强神态放得非常缓和。他笑着和人们说:"别怕,蹚道的人们一回来,咱们就走!有我们在不会出错。"话是这么说,心里像揣着一团火,注意力完全集中到去两个地道口侦察、蹚道的赵庆田、贾正身上。他生怕东、西两个地道口被敌人发觉堵上;更怕的是敌人知道地道里有这么多人,搞个第二个"北疃事件"①。一会,他伸长脖子瞅瞅左边;一会,睁大眼睛望望右边。手表的秒针突突突地朝前走,离天亮没有一个钟头了。他双眉紧蹙急躁地暗问自己:"怎么还不回来呀?哪怕来一个呢!"……

赵庆田和一个年过五十的村干部,大猫腰地走到魏强跟前:"小队长,西面的洞口没指望了,敌人已经……"赵庆田生怕群众听到更不安,凑到魏强耳朵底下说:"……已经在洞口周围布上了好多岗哨!"

魏强心头不自主地抽搐了一下。他两眼瞪圆,嘴唇抖动着,没言语。

眼前,唯一能走出去的是东面假坟丘那儿的洞口了!片刻,贾正匆匆从东面跑来。

"小队长,你带上人跟我快走!"贾正扯拽衣袖抹下头上的汗,"我拽开地道口朝四外看看,黑咕隆咚的什么也没有!"

魏强冲背后呆坐静望他的村干部说:"朝后转,大伙不要说话,跟着走!"

"这个地道口和哈巴狗钻出的那个地道不一样,出去朝南,就是东西大道沟。"贾正边走边给魏强介绍。一个坡坎挡住路,贾正说:"到了!你站下,小队长。我再上去瞧瞧!小心没大差。"他爬近地道口,轻手轻脚地拽开安在假坟丘子东墙上的小四方门,慢慢地伸出头去张望。当他眼瞅到北面,像触了电般的紧忙将头抽回来,右手飞快地拔出腰间的驳壳枪。"妈的,怎么一眨眼给布上个岗?这……"借拽开的门缝朝东望去,启明星悬挂在高空,天,这就

---

① 北疃是河北省定县的一个村庄。一九四二年"五一"大扫荡开始时,敌人对该村进行清剿,该村八百多藏在地道里的群众,都被日寇用毒瓦斯熏死。

要亮了!

贾正懂得:当前最宝贵的莫过时间。责任心促使他二次将头探出去,见一个全副武装的鬼子兵,正紧贴假坟丘子的北墙根,头西脚东像条张嘴等着噬人的鳄鱼,端枪趴伏在地上。贾正小心地环视一下周围,附近并没有另外的鬼子兵。

"贾正,时间不允许。没有情况就快……"魏强带领群众爬上来催促。

贾正心头一哆嗦。他将钢牙一咬,脑袋点着说了声:"好!"将驳壳枪朝腰间一插,像只狸猫,敏捷地跳出地道口,没容鬼子兵扭过头来,他的屁股早骑坐在背上,同时,钢爪般的十个手指,狠劲地掐住鬼子兵的脖颈。由于用力过猛,鬼子兵手刨脚蹬用力挣扎了几下,眼睛、鼻子里冒出血来,再也不动了。贾正喘了一口粗气,回头望去,见魏强正蹲伏在地上指挥着群众不声不响地走出地道口,又向南拐进多半人深的东西道沟里。

贾正拽过死鬼子的步枪,纵跳到魏强跟前:"赵庆田呢?"

"他叫队伍去了!"魏强用焦急的眼神送走了最后一个逃出敌人包围的群众,望着出现鱼白色的东方,恨不得队伍马上出现。他出了口长气,说:"贾正,来!把死鬼子架到丘子里去!"死鬼子被架进丘子,他又忙对贾正说:"我再去趟,你守在这,防止暴露,不到万不得已不要打枪!"他说完,跳进地道走了。

贾正弯腰摸瞎地解下鬼子身上的弹盒,急忙煞在自己腰间。丘子外边传进"哇啦哇啦"鬼子的叫唤声。"鬼子们来了,看脚印会发觉!"他想到天将亮,脚印多,知道要出事,忙朝地道的深处走了走。刚走进几丈远,叽哩咣啷的拆砖刨瓦声在贾正背后传来。

鬼子拆毁了假坟丘子。部队再想从这里走出,已经不可能了。

一股难闻的、辛辣的味道钻进贾正的鼻孔,贾正不自主地咳嗽起来,脑袋发胀,眼泪滚出。"毒瓦斯!"贾正敏感意识到这点。顺手扯掉箍头的毛巾,快速地掖进裤裆里,撒上小便。跟着,又拿出

325

热乎乎、湿漉漉的毛巾捂在嘴和鼻子上。

"喀喀喀！喀喀喀！谁？"对面传来急促的咳嗽和简短的询问声，是魏强。

"小队长，"贾正跑过去，一眼瞧见杨子曾也在，忙说，"地道口被敌人发觉堵住了，还放了毒瓦斯！"

"走！朝回返！回到村里想办法！"队长杨子曾果断地把手一挥。

人们抛开地道，二次爬上村里唯一的制高点——临街的那处有女儿墙的砖平房上。

天亮了。

"瞧，敌人的信号！"魏强望到西面的天空，升起颗贼亮的火球，指点着说。他的话音刚落，枪声像刮风般的在村子的四外"哗哗哗"响起来。分辨不出点来的枪声里，时而夹着几颗小炮弹。小炮弹在空中呼啸着飞来，在街头、在屋顶、在村边，轰！轰！爆炸了，随后，升起一股股浓黑的烟柱。

蜷伏在砖平房女儿墙里面的武工队员们，拧眉注目地望着前方，谁也没有举枪还击。

一阵剧烈的、较长时间的枪声响过，刹那间，又化为一片沉寂。沉寂得让人浑身抽搐，心头颤抖。

"从敌人的包围形势看，像是发觉了我们；从刚才火力侦察上看，又像是不知道我们在这村。即便知道，由于我们一枪没还，他也不知道我们在哪个角落里！"杨子曾伏在房顶上判断着敌人的行动，接着，低声地传："大家注意，敌人沉静一会，恐怕就要进村搜索！"

果然，杨子曾看对了。三个一群，五个一伙，敌人组织了冲锋小集团，从东、西、南三面，端着上有刺刀的步枪，猫腰快步地奔村里走来。进了街，有的仰脸侦察房上，有的伸脖窥探胡同，有的操操老乡紧闭的大门。东、西、南三面进村的敌人，慢腾腾地在村子的十字路口会合了。大约有一百多个,都是鬼子。

隐蔽在女儿墙后面的武工队员们,枪口瞄向在街中心会合的敌人,都盼望队长杨子曾尽快发出射击的命令。队长杨子曾却像等待着什么,仍沉住气地东瞅西望,迟迟不开口。

一个大背枪的鬼子,一手举着一面红白各半的小旗,面向北,上下左右地摆了几摆。杨子曾望到这,紧喊:"请小林同志、韩干事和那两个日本俘虏快上来!"

反战同盟支部的小林、敌工科的韩干事,带着在梁家桥捉的两个日本俘虏,爬上房顶。"什么事,队长?"韩干事问。

"请你告诉那位会旗语的日本朋友,让他看看下面敌人摇晃旗子的意思是什么?"日语流利、年轻健谈的韩干事,把话翻过去。会旗语的日本俘虏,眼睛立刻盯住了十字路口摇摆旗子的敌人。待敌人又打过一阵旗语,他忙扭头对韩干事说了一阵。韩干事对杨子曾说:"他说,那个打旗语的敌人,是在召唤北面所有的日本军队都到这里集合。"

杨子曾刚把视线移到北面,在高高的金线河堤上,立刻出现了一个摆着两面同样小旗子的敌人。

会旗语的日本兵又说了一串日语,韩干事照翻道:"河堤上的敌人回答:防务移交给警备队,马上就来会合!"

杨子曾眼望着北面,心里思摸:"看来,北面的敌人剩下的都是伪军了……"

一个中队的鬼子兵,走成三路纵队,打着一面膏药旗,耀武扬威地跑步来到村北口,脚没站,步没停,一直走进了村。大皮鞋吭吭吭的声音,比牲口刨槽的劲头都大。敌人越走越接近常景春那歪把子的射击圈,他就越按捺不住了,低哑嗓门地问杨子曾:"打不?这回要打,一扫一溜胡同!"

杨子曾没言语。魏强心里虽说直劲地蹿火,就是没法。他不明白杨子曾为什么要这样做,但,又相信杨子曾会有好戏让他演。

"队长,东面窑疙瘩上的敌人也看清楚啦,有机枪,有掷弹筒,抠他两炮吧!"胡启明手握八八式,也不耐烦了。他低声向杨子曾请求。

杨子曾抬头朝东面瞥了一眼,照旧没有吱声。

李东山用肩膀撞了一下身旁的贾正,意思是让他张嘴来个三次请求。贾正偷瞧杨子曾一眼,杨子曾的严肃神态,吓得他舌头一裹,滚到唇边的话儿咽回肚里去了。

"魏强,你领十个人,都带上集束手榴弹,要快,秘密地运动到那边!"杨子曾不慌不忙,半蹲半坐的,指着南面靠近十字路口的一座小平房,"听到枪响,猛朝敌人群里甩手榴弹!"

魏强率领十个人,像闪电般的朝杨子曾手指的方向蹿了过去。杨子曾向胡启明说:"对准窑疙瘩上的敌人,你要用两发炮弹打中他!"

从村北来的敌人,没受一点阻拦,在武工队的几十支枪口下趾高气扬地走了过去,走到十字路口和先到的部队会合了。

在房上运动的魏强他们,也未露形迹地来到十字路口的上方。

十字路口,疙疙瘩瘩地挤了一大群鬼子兵。他们个个立正、扬颏地听一个站在碌碡上身穿草绿色呢衣的军官讲话。

"你俩给我瞄准那个军官!"杨子曾向贾正、李东山说。他俩的枪口立刻瞄向了鬼子军官的脑壳。

杨子曾手掌狠劲地朝下一按,高喊了声:"打!"

随着啪啪焦脆的两声枪响,鬼子军官一头攮在了地上。当鬼子们扭头想要察看的一刹那,魏强他们很大方的甩出了集束手榴弹。集束手榴弹的咚咚爆炸声,震得村里房颤屋抖,炸得鬼子兵血肉横飞。

常景春和二小队的机枪射手祝文华,随着集束手榴弹的爆炸,两挺歪把子嘎嘎嘎咕咕咕地叫起来。鬼子一片片地倒下去。一大群没死的鬼子,拼着命地顺着街筒子朝南蹿。常景春见到敌人和自己射出的子弹跑顺了道,高兴地喊:"叫你们跑!叫你们跑!叫你们一个也跑不了!"狠劲一拘扳机,一斗子子弹,撵上了一群鬼子,都叫打中了。祝文华一会连发,一会点射,也在横扫窜逃、溃退的鬼子。

使用步枪的人,个个都瞪大眼睛寻找自己猎取的目标。贾正把枪一举,对小秃说:"数着,又一个!"一个刚逃出村的鬼子,随着贾正的枪声,狗吃屎地趴在了地上。

小秃稚气地笑着说道:"数着啦,六个,整半打!"

"那就再加上一个!"贾正又一举枪,一个在漫地里跑的鬼子也应声倒下了。小秃不自禁地嚷道:"七个整!你可真是神枪手!"

胡启明按照杨子曾的命令,一按八八式机钮,射出的第一颗炮弹正打在窑疙瘩上的敌人堆里,随着轰的一声,有的胳膊大腿飞上天空,有的整个身子摔仰在地上。两个鬼子架着一挺机枪,顺着窑坡往后撤。胡启明又一按机钮,嚷叫着:"你俩也别给我动!"第二颗炮弹立刻在两个鬼子中间开了花,那一挺机枪,被炮弹炸得扔出了十几丈远。两炮抠了敌人个蒙头转向,窑疙瘩上的敌人被炸得像崩散了群的羊,到处乱窜。一部分武工队员急忙调转枪口,向四下乱跑的敌人射击。

"胡启明过来!"杨子曾将胡启明由东面调到西面。"你看,河堤那边,有群隐蔽的人,可能是敌人的指挥所!马上擂他一炮!"

胡启明单眼吊线地略略一瞄,啪地响起一小声,一颗像个小老鸹似的炮弹飞向天空,朝杨子曾指的方向飞了过去。一片火光闪过,稍沉,才传过轰的一声。从此,那群在堤后时隐时现的敌人,再也见不到了。

"好,这一炮顶用!"杨子曾兴奋得挥拳呐喊。这种狂热情感的流露,在杨子曾身上是很少见的。显然,胡启明的准确射击,让他非常满意。

敌人遭到这样猛烈火力的打击,知道遇上了劲敌,忙撤到村外,稍将部队一整理,立刻开始反击。顿时,像火药库在爆炸,又像刮起了狂风,炮弹一颗又一颗地朝武工队的阵地轰击,密集的子弹啾啾的嘶叫着横扫武工队的前沿。

激烈的战斗开始了!

刚才,让一层轻纱般的薄雾笼罩的小庄子,现在,又覆盖一层浓烈的烟火。百十户人家的小庄子,到处充满了呛人的火药气,它完全让浓烟烈火吞噬了!湮没了!

环境不让人,时间更不让人。杨子曾明白部队所处环境的险恶。这里,离保定不到二十里;这里,过河五七里地就是高保公路;这里,让敌人包围了个严丝合缝;这里,敌众我寡兵力太悬殊;这里……他一面指挥战斗,一面盘算突围走脱的办法:突围,硬拼着朝外突,敌人的火器强,会造成很大的伤亡;不硬突,又怎么办呢?……一阵冷风吹来,掀起几个队员的衣裳角,露出了穿在里面准备回分区后交给剧社的鬼子黄色军服。他见到军服,双眉一皱,心头立刻出现一条妙计。他决定要在这军服上做一篇从没做过的文章。他摆手把通讯员小铁叫过来,在他耳根下咕哝了两句,小铁蹦蹦跳跳地奔向了魏强的阵地。杨子曾回头又和二小队长蒋天祥谈了谈,立刻带领着两个日本俘虏走下了房,反战同盟支部的小林和韩干事也都急忙忙地跟了下来。他面对韩干事、小林说:"眼下的情况很严重,为了免受伤亡,安全地突出去,我决定采取这样的行动……"杨子曾将自己的决定摊亮告诉了他们,末后,他手指一个日本俘虏继续说下去:"能不能成功,这位懂旗语的日本朋友起着决定作用!你们将我们的行动告诉他,看他有什么意见?这事不仅关系到我们的安全,也关系到他们两个的生命。"

韩干事像连珠炮般的将杨子曾的意图全部告诉给小林和两个日本俘虏,再加上小林同志在旁边帮助解释、鼓励,两个俘虏连连点头,并伸着拇指,吐着生硬的中国话:"杨队长的办法顶好!""我的旗语蛮会,一定按照队长的命令做!"

打退敌人又一次攻击之后,整个队伍撤到房下,人人都脱掉便衣外罩,露出了套在里边御寒挡风的日本军服。贾正看了看周围的人们,幽默地说:"这个好,演大皇军不用化装了!"魏强帮助杨子曾穿上准备捎给剧社的那双黄牛皮的长筒马靴,又将一把战刀给他系挂在肋下。还好,昨天魏强给杨子曾挑选的那套质料好的军服,还缀着一对上尉衔的肩章。

会旗语的日本俘虏拾掇好自己的穿戴,忙和韩干事说了几句日语,意思是赶快操持两面红白各半的联络旗。

小林同志仔细地检查过人们的化装,也向杨子曾提议:"走出去,一定得打起一面太阳旗!"

联络旗、太阳旗,以往人们缴获了,都当成破布片子将它扔掉,有谁来保存它?今天,它却成为化装突围中两宗极不可缺少的重要工具。没有它,化装突围可以说是不可能,特别是那两面红白各半的联络旗更不可少。杨子曾听到韩干事和小林同志一说,真有点冷手难抓热馒头,一时想不起该用什么办法解决它。

四外,枪声、炮声施放得就像火山崩;军号声、呐喊声,也从村子的四外传过来。显然,敌人又准备发起冲锋了。在这危急的时刻里,杨子曾一眼瞅见了李东山,立刻想到他是个什么东西都愿意收藏、保存的人。听人们说,在他的"万宝囊"里能找见许多稀奇古怪的物件,难道联络旗、鬼子的膏药旗子他也能收藏起?时间不等人,忙叫道:"李东山,你收藏着日本旗和打旗语用的红白两色旗子了吗?"

"收藏着啦!"李东山把话说完,就从他的"万宝囊"里把两宗物件——联络旗、太阳旗拿了出来。

没打算到的偏做到了。杨子曾一见自己刚才犯愁的事,没费一点力气,就让李东山解决了,真是又高兴又感激。赶上去忙和李东山握握手,当时,把李东山闹了个大红脸。

两面红白各半的联络旗子,又回到会打旗语的日本俘虏手里,他找了两个棍棍穿绑上,巴望杨子曾开口,下达命令。

"你告诉他……"杨子曾向韩干事低声说了几句,韩干事用日语马上告诉了日本俘虏,日本俘虏点点头,立刻和韩干事二次爬上了四面受敌的砖平房。他将钢盔朝眼眉下戴戴,立刻左右上下冲东、西、南三面敌人摇摆起手里的小旗子。一边摇摆,一边还用日语"哇哩哇哩"地高声呐喊。他的这一行动,对敌人简直就像是发布的号令,四周的枪声由激烈逐渐稀疏下来,而后,完全停止了;跟着,敌人便继续地嗥叫起来。他又大声地用日语说了几句,忙和韩干事下了房。

会打旗语的日本俘虏在房顶上的大声叫喊,杨子曾确实有点不放心,等他俩跳下了梯子的最末一等,紧问韩干事:"他在房顶上喊叫的是什么?"

"他说,这个制高点被控制了,八路军被赶到了村子的南头,请迅速包围、搜索、歼灭掉!"韩干事学说。

"敌人嚷叫的是什么?"

"敌人回答'知道了,马上执行!'"

"敌人南头搜索,咱在北头出村!把房上的几个人都撤下来!"杨子曾怕人们不小心,遇上敌人露了马脚,叮嘱:"我们现在要冒充鬼子混出去,只要我们混过了金线河,越过了高保公路,什么也就不怕了。遇上敌人要沉着、警惕,谁也不准说话,一切都由韩干事和日本朋友们联系。魏强,你们担任前卫,马上出发!"

魏强将贾正清晨在地道出口缴获的那支三八大盖哗唎一声,推上了顶膛火。贾正将李东山当包袱皮用的那面三尺见方的太阳旗展开,绑在马步枪上,连枪带旗朝肩头一扛,朝下按按钢盔,和赵庆田并肩跟魏强走出这家砖平房的大门。他仨的背后是韩干事、会打旗语的日本俘虏。部队也都肩扛三八步枪,迈动穿有日本军皮鞋的两只笨脚,吭噔吭噔走出来。身体衰弱的杨子曾假充日本军官,骑着在卧马庄缴来的准备送给分区首长的枣红色的大洋马,气魄挺足地夹在部队中间,小林同志、张司务长、通讯员小铁、卫生员小魏,还有小秃,都排成队走在杨子曾马前。武工队这一变,已成为一支地地道道的大日本皇军。不知底细,不去交谈,休想一下识破。

顺着弯曲的小胡同,他们刚走到村东口,村东窑疙瘩上的敌人立即用红白各半的联络旗子发出询问的信号。魏强朝后给会旗语的俘虏丢了个眼色,日本俘虏纯熟地将手里的小旗轻轻一摆,真比吃仙丹妙药都灵,窑疙瘩上的敌人再也不理睬了。

贴着村东的一溜东山墙,他们大摇大摆地来在村北面,一直朝正北——金线河堤蹽过去。他们头上戴的钢盔,按在枪上的刺刀,让升起来的太阳照得一闪一闪的反着光。绑在贾正枪上的那面太阳旗,让越刮越大的西北风吹得啪喇啪喇山响。金线河的河堤离他们却越来越近,小庄子离他们愈来愈远了。

魏强紧迈脚步,盯住河堤。他估计河堤上一定伏有敌人,也为应付敌人做着准备。果然,离河堤二百米远的地方,两面红白各半的联络旗子在迎面的河堤上摇摆起来。"这可需要在敌人的面前通过了!"魏强心里思摸。会打旗语的日本俘虏顺手又摇摆两下小旗。就这么两下,伏在堤坡上的敌人不但不再过问,反而大放宽心地站起来。大约有百十号人,都是警备队员。

真是真,假是假。人们一见这么多手持武器的敌人站在居高临下的河堤上,心里又像绷紧了的弦。个个精神紧张地握紧了枪把,食指贴住扳机,大有甩枪就打的劲头。

人们这种紧张心情,杨子曾在马上一眼就看透了,他低声前后传:"镇静,这是伪军,好对付!"他的话,好像一副镇静剂,立刻赶走了人们的不安,个个又都泰然自若、旁若无人地挺起胸脯,大步杈子地走起来。

魏强他们刚上堤,一个队长身份的伪军,神情畏缩地赶上来问:"村里的八路都消灭了吗?太君!"

魏强装听不懂,翻翻白眼仁,张嘴想说,又像不会说的样子,一摇脑袋苦笑了笑,朝后努了下嘴巴,匆匆朝堤下走去。后面的队伍又像潮水似的涌了上来。

骑在马上的杨子曾神态非常傲慢,对站在堤顶上行举手礼的警备队长,连瞅都没瞅就过去了。警备队长见到"皇军"不言不语地走了过去,想问什么,又有些不敢;不问又怕担责任。末后,还是硬着头皮跑着跟在杨子曾马屁股后面,吞吞吐吐地问:"太……太太君,你们这是到哪里去?"

杨子曾装作听不懂的样子,朝前面喊了两句:"韩,你的!"韩干事扭头望下杨子曾的表情,顿时领悟他的意思,立刻充作"翻译官",朝警备队长说:"奉上级令,我们这是到河那边执行一个紧急任务去。太君说,叫你们好好在这儿监视村子,防备有什么变化。"说完,点点头随大队人马走下河堤。

警备队长本想再问一下执行什么紧急任务,又见在自己面前走过去的这一队皇军,是那么威严,自知再问也不会有什么作用,说不定惹起了日本人的火气,还会遭到一顿训斥,因此,要开的口也就闭上了。他像个缺心眼的傻子,瞪着灰暗、无神的眼睛呆望着,一直望着魏强他们蹚过了金线河,爬过了对岸的堤顶。

六

负责到小庄子上清剿的这一路鬼子的指挥官龟尾少佐,来前,以为不费吹灰之力就能彻底破坏了地道,抓捕大批的青壮年,圆满地完成上司给予的任务;没料到,如意算盘打错了,让伏在村里的武工队没头没脑地揍了一顿。这一顿狠揍,不光部下死伤了四五十名,他在金线河堤根的指挥所,也吃了一颗炮弹,自己也被炸断了左臂,心里好不窝火。过去,他对武工队并不了解,但是,他觉得今天和他对抗的这部分八路军,火力如此的猛,斗志如此的强,是他在河南打遍了汤恩伯的军队一次也没有见过的。而今,偏偏在"确保治安"区里,在保定的大门跟前碰上了。这是怎么回事?他挖空脑子也没捉摸透。

"死伤四五十个人,这是谁的过错?是我大意粗疏?那我将受到什么惩处?"龟尾少佐怕自己担责任,坐在堤坡后面左右地捉摸如何向上级交代。不是一个子弹飞来,掀掉他的战斗帽,他还不会清醒。一旦清醒了,他没顾拾起打落的帽子,也没有顾及他的伤口疼,三滚两爬爬到了堤坡下。待他开口刚要喊人,一个长得像皮球那样圆、比皮球大好多倍的东西滚跳到他的跟前,笑嘻嘻地说:"太君,你的帽子!"

龟尾少佐看到面前这个献殷勤的人——哈巴狗,立刻想到松田宪兵队长临行时低语嘱咐他"看情况去处理"的那番话。"看情况?什么情况?一切都由我来决定!没有情况我也可以制造的!"他望着这个从心里厌恶的哈巴狗,眼珠转了几转,找到了为自己开脱责任的借口。他把脸色一沉,眼珠一瞪,厉声问哈巴狗:"你的说,村里这是八路的哪一部分队伍?"

哈巴狗本想拾起帽子讨个好,当他正双手递给龟尾少佐时,却见龟尾少佐露出一副凶狠可怕的面孔,不由自主地打了个寒战。"我的妈,他怎么啦?"忙哆哆嗦嗦、结结巴巴地说:"看,看,看,看样子,这、这,这一部分像是那神出鬼没的武工队!"

"武工队!"龟尾少佐一听到"武工队"三字,老松田告诉他的什么"武工队给他个暗放明跑""是让他逃回使反间计来的"等话语,都重新在他的耳边响起来。"管你什么反间计,眼下用你先实现我肚里的计!"他将牙齿一错,装模作样地逼问:"武工队,你的清楚?你怎么知道他们是武工队?他们用什么信号告诉的你?你的快说!"

"唉呀,太君,我怎么能知道他……他……他们的信号……"哈巴狗察觉到龟尾少佐在没错找错,朝中国人身上撒气,又不敢大声申辩,只得笑脸相迎地答解,"是我多年和武工队打交道知道的!嘻嘻嘻!"心里却生怕出意外。

"什么信号的不知道?打什么交道知道的?今天,你的事情我的统统明白。是你,和武工队勾结到一起;是你,让村里的老百姓统统的秘密逃走了;是你,让皇军大大的不够本;是你,让我受了伤,是你……"龟尾少佐每说一句,朝前迈进一步;他每朝前迈步,哈巴狗就浑身颤抖地朝后退。从龟尾少佐青筋暴露的前额上看,哈巴狗知道他确实发了大脾气,吓得浑身发抖、语无伦次:"太君,不不不,你说得是,是,是,是我……我我我不敢……"

哈巴狗生怕面前的这位龟尾少佐拔刀、抽枪,他的两眼始终没离开对方的两只手。龟尾少佐话说得一句比一句重,脚步迈动得一步比一步沉。他逼问着走着,猛地站住,朝他身旁的一群鬼子一摆手,就听见啪啪啪啪啪七八条枪在鬼子手里同时响起来,枪弹打得哈巴狗左右晃摇了几摇晃,像条狗似的摔倒在地上。

突然,村里——武工队控制的制高点上出现了一个旗语兵报告:"八路军被赶到村子南头,这里占领了……"龟尾少佐一见,心里好不高兴,他立即命令所有部队朝村庄南头运动。各路部队惶惶恐恐、战战兢兢地来到村子南头,费尽九牛二虎之力,把砖头瓦块都查尽搜遍,也没发现八路军的影。

龟尾少佐心燥得像火烧。他从来中国作战的那天到如今,打过了许多仗,从没受过这么大的窝囊气:包围了村子准备破坏地道,偏偏又让武工队大揳了一顿;好容易把他们挤到村南头,又突然不见了。"哪里去了?钻地道走了?不可能。因为地道里施放了浓重的毒瓦斯。不然,又掩藏到哪里去了?"他急了,急得像条神经错乱的红眼狗,瞪着像要吃人的大眼珠子,豁开嘶哑的嗓子叫喊:"搜!搜!再搜!给我刨开地皮搜!"他相信武工队再有天大的道行,也不会逃出他布好的这个比铁桶都坚实牢固的包围圈。

七

　　武工队不仅巧妙地走出了龟尾少佐的所谓铁桶般的包围圈,而且走上了高保公路,又二次在梁家桥搞了个大名堂。

　　武工队大摇大摆地蹚过了水深没膝的金线河,魏强忙返回杨子曾跟前请示:"怎么走?队长!"

　　杨子曾挥手朝北一指:"跑步,直奔梁家桥。"

　　魏强和杨子曾相处几年,深知他不论做什么事,总是经过深思熟虑后才下定决心。越在紧急的时候,他越想得面面俱到。但是,为什么刚刚走出重围,他又偏偏命令快步朝据点走?魏强对此,实在有点百思而不得其解。他怕万一敌人发觉了,在高保公路上一封锁,再想走都走不脱;不过,他更相信杨子曾的决心不会有差错,就毫不犹豫地带头朝梁家桥走来。

　　离梁家桥据点越来越近,炮楼顶上的哨兵都能看个清清楚楚了。一个背粪筐的老大伯畏畏缩缩地迎面走来,韩干事装做翻译官上前打问:"梁家桥有多少皇军?"

　　"皇军?皇军都到南边讨伐去了,炮楼上光剩下警备队几个人站岗看门!"老乡不敢不说,又怕说走了嘴遭到不幸,说完忙朝旁边躲。

　　担任前卫的魏强,瞅到梁家桥据点附近的公路上,摆有一大溜黑麻麻的东西,他再也不充日本兵装哑巴了。"大伯,那据点跟前停的一大片,是不是汽车?"

　　刚才那个"鬼子"说话那么和蔼;眼下,这个"鬼子"又说着这么标准的中国话,确实让拣粪的老大伯对面前这伙"鬼子"有些怀疑。他心里嘀咕并没问,只是据实地告诉:"你们黑夜从保定府坐来的汽车,你们还不知道!"

骑马走上来的杨子曾也插了言:"有多少辆?大伯!"

"有二三十辆呢!"老大伯说着踏着野地走了。

高保公路两侧的深沟,在白天是不能硬爬过去的,所以杨子曾决定走梁家桥据点,好二次来个混。如今,他又发现梁家桥据点附近停放偌多的汽车,立刻喊住魏强:"我们本打算用这套衣裳再蒙混住敌人突过公路。眼下,我们即便顺利地突过公路,敌人发觉我们,也会坐上汽车追。那样一来,问题会更麻烦。我们要搞他个一不做二不休,抓紧时间……"

魏强听完杨子曾的新计划,乐得恨不得一下子飞到梁家桥。他心里思摸:"《三国》上曾有过火烧连营七百里;今天,就看我们用火创造奇迹吧!"

将接近据点,发现炮楼顶上晃起了两面联络旗,会旗语的日本俘虏把手里的小旗一摆,炮楼顶上的哨兵立即消逝了。

魏强对梁家桥据点的地形并不陌生。他在几十辆汽车跟前走过,直奔据点走来。据点里的吊桥早已平放下来等待着,魏强领着人们像走进自己家门那样随便地走了进去。

十几个警备队员持枪列队接迎;几十个汽车司机也都聚集在一起,有的抄着手,有的双手插在裤兜里,站在旁边看热闹。

假充日本军官的杨子曾在马上问:"你们的人统统来了?"

"统统的来了!太君,在楼顶上站岗的哨兵也下来迎接皇军了。"一个细高挑的警备队员双腿并齐,二目平视,规规矩矩地报告。

杨子曾用手指下汽车司机:"你们汽车司机的干活?枪的有?"

"对,我们是开车的!""我们光开车,不会使枪!""谁也没有武器!"司机们七言八语地回答。

听说守炮楼的警备队员们都在,汽车司机都没有枪,杨子曾再也不为此担心了。他立刻用中国话命令道:"你们缴枪!"警备队员们还在糊里糊涂的时候,手里的武器立即被魏强他们拧了过去。

"点炮楼子,烧汽车,行动要快!"杨子曾刚把命令说出口,武工队员就像下山的猛虎,又蹿又跳地去执行预先分配好的任务。辛凤鸣拽住一个汽车司机紧朝外跑;李东山肩扛一领炕席就往炮楼里钻。在辛凤鸣抓到一桶汽油,像泼水般的朝汽车上倾倒时,大炮楼子已让李东山给点着了。

"贾正,划火快点!"辛凤鸣倾倒汽油时吆唤;贾正手拿火把,一辆又一辆地点着汽车,喊:"瞧好吧!我都得让他们见了火神爷!"

汽车沾火,腾腾地燃烧起来;火遇大风,越烧越旺。

二十六辆排成一字形的丰田大卡车,一眨眼,变成一条大火龙。辛凤鸣手提空汽油桶,回头像欣赏自己的杰作:"好啊!这回让皇军坐着火龙回东洋三岛吧!"

第二十三章

武工队被鬼子包围在小庄上的那天拂晓,老松田带领几百名鬼子,还有一大部分夜袭队,也将西王庄严严地包围起。

敌人这次袭击的规模较大,行动突然、诡秘,有目的地先奔袭、后清剿,确实给之光边缘区的人们来了个防所难防。

和魏强分手,来西王庄召开会议、布置工作的刘文彬和汪霞,一切安排停当,将人们打发走,决定稍眯缝下眼,然后朝东王庄转移。

鸡唱三遍,天近微明。刘文彬轻轻地在外间屋咳嗽了几声,河套大娘急忙推醒了在身旁沉睡的汪霞。

这是个发生情况的时候。大娘很不放心,跟在汪霞背后走出住屋,不断地嘱咐他俩:"走黑道,你俩也别大意。耳朵、眼睛要多管些事,出村进村,周围左右要听听,身前背后多看看。"刘文彬他俩嘴里哼着,手里的枪都推上子弹。

哗喇!一把沙土撒到窗户上。这是房东赵河套大伯在房上察看街上没人,给刘文彬他俩发出"走"的讯号。大娘领他俩迈过二门,走进门洞,慢慢地将大门开开一道刚能过去人的缝子,他俩敏捷得像两只狸猫,没一点响动地走出去。待大娘用眼追望时,已经没有影子了。

提早起床的老人,想躺下再睡一觉,那是万难。河套大伯、大娘也是如此。大娘瞅见大伯给牲口起圈垫土,也走回屋,摸黑去纺她的棉花。一条棉絮刚扯出个线头,村外传来啪啪啪的几声枪响,跟着,传来一阵咕咚咕咚的跑步声。"看你往哪跑?站住!""还跑?把他们截住!""截住他!"纷乱、嘈杂的呐喊,也从村头上、街上送过来。大娘的心像烙饼般地翻个子,"莫非鬼子包围了村?""莫非老刘他俩出了事?"她扔掉手里的棉花条忙朝炕下出溜。惊恐不安的大伯早已两步并成一步地迈进了屋:"宝生他娘,刚才准是老刘他俩出了事,听嚷叫就是鬼子的声!"

老两口子急得光搓擦手心,来回地在屋里转悠,谁也不知该怎么办好。大娘心里憋闷得慌:"我到街上看看去!"赵河套大伯怕出事,双手一拦:"老天爷,你出去不是自找死!"

天色麻麻亮,街里吵吵得更凶,嚷嚷得更乱,西王庄就像一大锅泛白冒泡、上下翻腾的滚开水。一会,东面传来"妈个×的"粗野的叫骂;一会,西面传来叮咣的乱砸声。河套大伯的大门在乱吵吵的声音里,也被砸开了。几个拿手枪的夜袭队员闯进来,骂骂咧咧、推推搡搡地将两位老人押送到村西的大场里。大场里已经挤满了各色衣着,各类年岁的人。他们都是在西王庄出生成长的人们,个个眼睛喷射怒火地瞅望端枪圈围他们的鬼子兵。除了吃奶的孩子偶尔啼叫两声,谁也不言不语不示弱地挺胸屹立着。

心头沉重的大娘,脚步一接近聚满人的场边,两眼立刻瞅见了头箍毛巾的刘文彬和脑后梳起盘头的汪霞,浑身不由得打了个寒战。"唉呀,你们没走脱呀!"她心里说着,像母亲看到自生的儿女,生怕在这里有人给他俩委屈,任什么不顾地走近人群,挤到刘文彬和汪霞的跟前,用自己单薄、干瘦的身子把他俩遮挡住。

西北风尖厉地吹刮,晨雾还没有消散。"难道西王庄也要走东王庄的道?""难道人们也要遭到集体屠杀?"人们像隔层雾气的在窥察鬼子的动作,猜测鬼子的意图;同时,也在紧紧地靠拢着刘文彬和汪霞,生怕鬼子、夜袭队一眼看出他俩来。

"乡亲们,让你们担惊受怕了!"杀人不眨眼的刘魁胜,今天装做一个拿念珠、诵佛经的善良人,缓声和气地凑到挤抱在一起的人们跟前,"今天,我们到咱西王庄来,是为武工队、为县区干部来的。你们都是把家做活的好老百姓,皇军绝不糟扰你们!可是有一条,你们必须得把挤在你们群里的武工队、县区干部指出来。这个,我想你们会指的!"

人们回答他的是一大阵沉默,沉默得好像周围空气都凝结住了。

"哈哈哈……"刘魁胜瞅望着人们,不知为什么来了一阵奸诈的狂笑,笑得使人浑身发噤,脖颈上起鸡皮疙瘩。"你们应该放明白些,我的话都是为的你们。我敢担保,你们群里就有武工队、县区干部。只要皇军出头稍一查看,就能挑出来;事情是看你们对皇军怎么样!"他又朝人们走近两步,双手摇晃着嚷叫:"你们别闷头待着,都回头察看察看!看谁不是你们村里的!"

被圈围在场里的人们稍稍地乱了一下,有的也真回过头去瞅瞅,不过时间很短就又平静了。

人们的再次沉默,确实让刘魁胜的脸上有点挂不住。他像那装外婆的狼,眼珠一瞪,就要露出吃人的凶相。在背后站着的老松田轻轻地朝他吆唤声:"你的!"他顿时又变成个哈巴狗,点头哈腰连说几个"是是是"!夹起尾巴退缩到松田的身后面。

老松田缓慢地走近两步,摸摸鼻下的一撮黑毛,笑吟吟地说:"你们刚才看了看,里边到底有没有?"

"没有!"人们像一张嘴在回答。

"县区干部有没有?指出来的没关系!"

"也没有!"

"也没有?嗯?"松田脑袋摇晃着,用不相信的眼神质问着他面前的这伙子人。跟着"嘿嘿嘿"地从腔子里发出阵冷笑的声音。他阴险地笑着逼近人们。人们都向他投过蔑视、仇恨的眼光,好像说:"武工队、县区干部就在里边,偏不告诉你!有能耐你就施展吧!"

松田猛一转身,"来,问去!"他这猛地一喊,吓得刘魁胜一哆嗦,立即走到人群面前。

"真是给你们脸不要脸,一把把地朝下撕。看,把松田队长都惹生气啦!其实你们装糊涂我也知道。常说,撒谎难瞒当乡人。我,不用介绍,你们早就认识。你们把武工队、县区干部都说成没有,这个并没有人信,因为天傍明,就有两个干部想出村,让我们用枪子给截回来了!你村地洼水浅,不能挖地道;想走,没走了。你说他是钻天啦,还是入地啦?假若真有钻天入地的本事,那我也就……"没容得刘魁胜说完话,松田用军刀戳着脚下的地皮喊叫:"说的,关系的没有;不说,统统的死了死了!"看样子,他真的蹿了火,嘴唇抖动得非常厉害。

这会,刘魁胜的火儿倒熄灭了,他摇身一变成了和事佬,慢声细语地劝说起来:"常说:亲不亲,当乡人,抓起把灰来比土热。一分奈何我也不能让你们走东王庄的道。说到东王庄,那也是他们姓韦的自找!他硬拿鸡蛋碰碌碡,那还不碰出黄子来!当然,归拢包堆是跟我刘魁胜有仇。你们跟我没冤没仇,只要伸手指点下挤藏在你们里头的武工队、县区干部,我姓刘的担保你们没事!指罢!快指!"

刘魁胜满心认为装装白脸,拉拉近乎,就能打动了人们的心。人们偏偏不给面子。有的低头瞅地,有的扬颏望天,根本就不理睬他!

老松田本来就贼火上升,人们的默默无言,又像给他浇了桶汽油。他迈动大步杈子跳近人群,没选择地拽出一个老太婆,用力一搡,搡了她个仰巴跤。狗跟主人跑,刘魁胜手枪一掖,一个箭步蹿上,左手抓住脖领子一使劲,又把老太婆提起来,跟着左右开弓地扇了老太婆一顿嘴巴子,打得老太婆蒙蒙腾腾地顺着嘴角子滴答滴答直流血。

"你伸手给我指,谁是武工队?谁是县区干部?"刘魁胜左手揪住老太婆的后衣领,右手却用驳壳枪敲打她的脊梁骨。

人们一见揪出去的老太婆是快嘴二婶,心里都捏了一大把汗,个个喘气都不匀了。特别当快嘴二婶张大眼睛在人群里搜寻时,凡是离近刘文彬和汪霞的人,都尽量设法用自己的身子来遮挡。河套大娘的心提到嗓子眼。"怎么鬼子偏看上你这个鸭子屁股嘴?你敢胡吣,看过后怎么收拾你!"她紧握拳头,眼睛瞪大望着快嘴二婶,生怕她爱说话的嘴巴走漏了风声。

以往肚里存不住话的快嘴二婶,今天却和往日大不相同。虽然她来回地搜寻几遍人群,可是,叽里呱啦爱说的嘴巴,如今好像贴上封条,一声也不吭。她每次目光瞅准刘文彬、汪霞,都迅速滑过去,好像他俩没在场。死亡靠近了她,她并没有让死亡吓得想出卖良心。"一个人为国家要宁折不弯,别做墙头草。"这是徐政委在公民誓约① 大会上讲的话;在庄严宣誓的时候,那"不向敌人泄露秘密;不给敌人带路……"的条条誓词,都让她一下回想起来,"我举手宣了誓,要说了不做,那算什么人?……"

"谁是武工队?谁是县、区干部?你快给我指!"刘魁胜嗓子撕裂地嗥叫。

快嘴二婶给予刘魁胜的回答,是眼睛一白,头一摇。

"你——"刘魁胜转身用枪口逼住快嘴二婶的胸,疯狗似的捣了一家伙。

"我——"二婶只从齿间迸出一个字,往下不言语了。

"去你的蛋吧!"刘魁胜枪弹打中二婶的胸膛,二婶子栽倒了。快嘴二婶被击倒,立即引起人群里一阵哗乱,周围的鬼子啪啪啪地一放枪,才把人们镇唬住。

"再乱!再乱!再乱都叫你们学了她!"刘魁胜右手用枪逼着

---

① 是晋察冀边区人民在斗争残酷的年代里制订的对敌斗争的公约,其中有"不向敌人泄露秘密","不给敌人带路"等条。

人们,左手指点快嘴二婶的尸体,喷着唾沫星子叫:"快说,哪个是武工队?是县区干部?"

人们屏着呼吸,仍不言语。

"不能让群众为我们无辜地死!"刘文彬想到这就往前挤,汪霞紧跟着也朝前移动。在他俩面前,遮挡他俩的河套大娘和别人,像筑起的一道人的长城。他俩想挤,挤不动;想过,过不去。他俩的背后,却有好几张嘴在小声地劝阻:"别动!""动不得!""你不暴露,没人说!"

"老兔崽子,你出来给我指!"刘魁胜伸手一拽,将房东河套大伯拽离开人群,跟着扬手像对待快嘴二婶那样也要来个下马威。老松田急忙跑上前来,充装好人似的紧忙挡拦住,同时,眼珠一瞪,将刘魁胜吓得朝后退了十几步。

"老大爷,你的大大的良民,我的明白。你告诉我,武工队来过没有?"老松田眯缝着笑眼,乐呵呵地问。

大伯被刘魁胜朝外一拽,就像有刀在剜刮大娘的心。要不是人们挤架着她,当时她会晕倒了。她知道在这种场合被鬼子拽出去,不出卖自家人,想着不沾刀、不挨枪地活着回来,是个百里挑一的事。但是她宁愿自己的丈夫不活着回来,也不愿意他出卖自己人。她身上一个劲地出燥汗,强支撑身子,表示自己心里很坦然,眼瞅着大伯在听他如何回答。

大伯并没有把老松田放在眼里。他横白了松田两眼,很随便地说:"谁知道五(武)工队、六工队是什么样?反正我没见过!"

"你没见过,那今天早晨让皇军顶堵回来的是什么人?"

"那,我在家里睡觉,我哪知道是什么人?我要是诸葛亮,或许在被窝里能掐算出来!"

老松田知道面前的这个老人在戏弄、耍笑着他。他强按住火性,不笑强笑地说:"那你回头看看的,看看这堆人里谁不是你们村庄的?"

"不用看,这堆人我都认识,都是西王庄的娃娃,西王庄生的,西王庄长大的!"大伯根本就没朝人群里瞅。

"一个外村的也没有?"老松田盯住大伯。

大伯斩钉截铁地说:"有啊!还不少呢!"

"好好,那请你把外村的人们指出来!"松田从老大伯的话语间觉得找出点缝隙,满脸赔笑地往下追。

"还用指?这不是一大堆!"河套大伯伸手指点端步枪的鬼子和提手枪的夜袭队员们嘲讽地说道,"像刘魁胜他们,都不是俺们西王庄的,像你们,"他剜指着老松田,"不光不是西王庄的,也不是俺们中国人!"他回手二次指点刘魁胜和一伙子夜袭队员,"他们虽说都是中国人,因为黑了心肠,忘记了祖宗三代,所以连一点中国人味也都闻不到了!"

赵河套大伯的话音刚落,跳过来的刘魁胜一巴掌捂在了大伯的脸上!"他妈的,我扇死你个老狗日的……"跟着,娘啊老子的骂起来。

巴掌扇在大伯脸上,疼在大娘心里。刘文彬、汪霞见到这种情景,真是怒火烧胸,气炸了肺。他俩干着急,就是不能动转。要动转,也就违背了人民的意愿。

大巴掌扇肿了大伯的脸,扇得大伯热火燎辣的疼痛。刘魁胜的扇、骂,也真把耿直、倔强的大伯扇骂急了,他举起颤抖的右手,切齿地点骂刘魁胜:"你打吧,姓刘的!"他又咬牙地冲老松田:"鬼子,你们糟吧!你们是兔子的尾巴——长不了,有一天,八路军会找你们算账的……"

骄横凶狠的老松田,没想到在这里挨了一顿臭骂,气得眼斜鼻子歪。他没容得老大伯讲完话,拔枪射出了子弹。

刚强、正直的赵河套老人倒下了!他到合眼以前,一直怒视着敌人。

松田急了!松田疯了!松田再也不装做南海观世音了!他发

狠地拔出了腰间的战刀,鬼叫似的把刀在空中一挥,包围人群的鬼子兵一齐端平了步枪,个个都将食指贴在扳机上,无数乌黑的枪口对准了人群。死神的黑爪将要抓住人们。坚贞的人民并没把死亡放到眼里,大家眉不皱、眼不眨、板着威严的面孔,与凶残的敌人对峙着。

老松田挥舞着军刀,脸色涨红地喊叫:"限你们三分钟,把武工队,把县、区干部给我指出来!要不,统统的死了!"稍停,他将亮闪闪的军刀朝下一按,拉长声音喊叫:"一——分——钟!"工夫不大,他又朝下一按军刀,"两——分——钟!"他睁大眼睛,奇怪地瞅望这群视死如归的人。人们站在一起,平静得就像一池子水。他像火烧着屁股,蹦跳着发着警告:"现在是最后的一分钟!还剩四十五秒,还剩三十秒!还剩二十秒,最后还剩……"

这是千钧一发的时候,死神步步逼近了群众。

猛然,像晴天打了个霹雳,刘文彬挥动铁拳,大吼了一声:"不准开枪,我是武工队!"

铜钟般的声音,震得地动山摇,震得松田将脖颈一缩。待他刚要探头查寻呐喊的人,人群里举起无数的铁拳,张开无数的海口:"我是武工队!""我是武工队!""我是……""我……"男的、女的、老的、少的,一致呐喊,一致高呼!激昂的吼声,像海啸,像山崩,它震惊了端平武器的一群刽子手,也震呆了杀人的魔王、头道山满的徒孙、日本宪兵队长松田少佐。在这巨雷般的喊声里,他像只受惊的饿狼,狠盯住人们,一时不知所措。在他头脑稍清醒,挥刀刚要开口下达射击的命令时,一匹栗色洋马,颠颠颠地跑到他跟前。一个头戴瓜皮小帽的夜袭队员跳下马背,叽里呱啦朝松田简短地说了一阵日本话。松田听后不仅脸上充满得意的神色,而且不自禁地仰面"哈哈哈……"狂笑起来。跟着,摆手朝端平步枪的鬼子们吆喝了一大声,他们立即将枪戳到地上。

是什么让老松田抛掉大屠杀的念头?是什么又让老松田这样

得意忘形？刘文彬望了汪霞一眼，汪霞的眼珠正滴溜滴溜地转个不停。显然，他俩都在捉摸着判断着。的确，老松田急转直下的行动，也真让被围的人们有些莫名其妙。

从面容上看，松田像是有了主心骨，刚才的那种红头涨脸、发火嗥叫的疯狂劲儿都看不见了。他龇着牙得意卖诮："你们的不说，有人会说的！不用你们，武工队、县区干部，我能统统的抓住！"说到这，他将伸展的五个左手指使劲的一回攥，握成个团团。"不信，你们看！"他将毛茸茸的右手朝东北角上一指，人们的视线都转向了他指的方向。

一群夜袭队的特务押着一个双臂倒捆，脑袋耷拉到胸前的人走了来。距离越走越近，那人的脑袋也越垂越低，是什么样的长相？人们很难看清楚。等他走近了，人们才看清他那剃得光溜溜的脑袋上有一条孩子嘴似的血口子，血口子周围凝结着黑紫色的血迹。显然，这是被鬼子、特务们打的。

这个被鬼子捕住的人一钻进汪霞的眼里，她随着一震，伸手暗暗捅了刘文彬一下，怕他没看清楚，小声说："马鸣！"

刘文彬身不动，膀不摇，整个人像长在地里。他愤怒得两只眼睛瞪得滚圆，一眨不眨地盯住马鸣，盯着马鸣从自己的面前走过去，靠拢了松田、刘魁胜。

马鸣确实是个稀泥软蛋，别看他是个年轻小伙子，却受不了鬼子的一顿毒打；别看他身上挎着三号驳壳枪，这只是聋子的耳朵——摆设。

马鸣也是晚上来西王庄开会的一员，会议开过之后，他独自一人回了白家庄，找了个财主亲戚家，脱了个溜光大睡了。直到鬼子包围了村，他还放着头睡呢！天明，鬼子挨门要搜索，他才傻了眼，想躲藏也来不及了。但是，他还是慌忙穿好衣服准备去躲。他把文件朝灶膛里边一扔；驳壳枪朝柴草堆的深处一插，打算利用最近开展的"两通"，房串房地溜逃出去。没料到，刚串了两套宅院，就让迎面来的几个夜袭队特务用手枪逼堵住。他被捕了。

鬼子、特务一瞅他那干净利落的样子,就觉得他不是个地道的庄稼人;再加上他自己胆小心虚沉不住气,更让敌人发生了怀疑。于是,敌人棍子打、皮鞋踢地毒打拷问起来。直打得他鼻青眼肿、脑袋破;打得他破了的脑袋哗哗冒鲜血。打得他实在难以忍耐了,他只好向敌人道出自己的身份来。

得寸进尺的敌人,抓住一个就要俩。再一次毒打,又把马鸣的驳壳枪、文件包、刘文彬他们住宿的地点打出来。马鸣就是在这种情况下变节的。

松田一见马鸣,立刻伸手给他松了绑,掏出手绢给他沾沾头上的血,随后又将他的驳壳枪给他挎背在身上。

刘魁胜洋洋得意地指着马鸣,冲着挤挤插插的人群,使出吃奶的劲来嚷叫:"你们认识他吧?"问过,便"嘿嘿"地奸笑了一阵。接着,又像显宝似的介绍:"你们要不认识,我就来介绍,他是你们之光边缘区的教育助理员——马鸣。他……"

松田对这人待如贵宾的举动,开始就让被围的人们产生了好大的怀疑。因为他头儿低着,始终看不出是谁,一听到刘魁胜说是"马鸣,马助理员",几百双眼睛就像几百支一齐发射的箭,一齐射向马鸣脸上。大娘眼花耳不聋,听说马鸣和鬼子站在一流,气得浑身发抖,脚手发凉,心里暗说:"说话就瞪眼,做派不地道,老早看他不像个好东西!真,这块臭肉一定毁了满锅汤!"

马鸣被刘魁胜指名点姓地一介绍,不知是胆小,不敢看愤怒的群众,还是自己残留点中国人的良心,头垂得更低,脖颈更朝腔子里龟缩。背后看,好像一颗圆球安放在一块戳立的死肉上。

"你,你别不好意思的,看皇军待你多么好!你将来还要和我们一起工作呢!来,抬起头让他们看看。"刘魁胜命令着马鸣。马鸣听话地抬起了头。他那愧恶的眼神,刚和人们愤怒的目光一碰,好像看到一股巨大的、没办法阻挡的力量朝他压砸过来,他胆战心惊地紧忙又将脑袋低下了。

"皇军是在怎样对待一个投过来的人,马助理员就是一个最好的说明。和皇军为仇做对的人们,你们最好走他这条道!"刘魁胜说完,扭头冲老松田谄媚地笑笑。

松田见刘魁胜向人们夸赞、颂扬自己的仁德,也凑近脑袋低垂、身子比别人矮半截的马鸣身旁,老王卖瓜地自夸起来:"皇军从来就是中国人的好朋友,也愿意和中国朋友提携起来,建立东亚新秩序!像马助理他……"他本想指点身旁的马鸣说"马助理他的这种行动很好",没想到手指戳在马鸣头顶刚止住血的伤口,戳得马鸣疼得直哆嗦。冬天血又旺,伤口像个小泉眼哗哗又朝外冒出了紫血,腥烘烘的玷污了松田的手。松田嫌恶地忙用手帕擦拭掉。他向刘魁胜一拨楞脑袋,刘魁胜明白地命令马鸣:"你过来指罢,既迈了一步,还怕迈第二步?你要耍心眼来欺蒙会吃不了叫你兜着!"

马鸣再也不敢不扬起头来。他痴呆呆地望望人群,而后,才一步挪不了四指地走过来。有几个手提驳壳枪的夜袭队员紧紧跟随着他。

对马鸣,人们投以鄙夷、蔑视的眼光。他像那撒散病毒的瘟神,不论走近谁,谁都厌恶地扭过脸去。隔着河套大娘,马鸣看到了刘文彬和汪霞,不知为什么,他像发疟疾似的浑身哆嗦开,两条腿变成了面条条。本想再瞅上一眼,眼皮刚撩起来,刘文彬、汪霞眼里射出的四道寒光,逼迫得他噗咚瘫坐在地上。他的胆吓裂了,骨头吓酥了。

刘文彬、汪霞被敌人发觉了,一群手拿武器的鬼子、夜袭队特务簇拥到他俩的跟前。

刘文彬、汪霞被捕了!

第二十四章

一

回到分区的第二天,魏强才知道鬼子这次在之、清边缘地区展开了一次规模较大、兵力较多的突袭性清剿。这次清剿让之光边缘地区的工作遭到一定破坏,群众也遭到不小的损失。这像针扎着他的心,扎得他说不上的难受。说真话,经过近两年的日日夜夜苦斗,魏强对这个地区已有了深厚的感情。"那地区,"他吸着烟思摸,"是我们用血汗开辟出来的;那地区有唐河、金线河,旱涝能得收,年年是一麦一秋;那地区有高保公路、张保公路相夹着,不是兵荒马乱的年头,上京进府非常方便;那地区虽说方圆不到六七十里,紧紧挨着保定,可群众的斗争情绪,真像旺盛的火焰,永远在腾腾地燃烧着。"由那块地区又让他想到那地区自己所熟识的一些人。这些人好像队前点名般地都站在了他的面前。西王庄脾气倔强、忠心抗日的房东大伯赵河套和他的老伴;能说会道、外号人称百灵鸟的李洛玉;胆大心细、遇事机警的黄玉文;秘密送信的老奶奶;梁邦和他的姐姐、姐夫;梁家桥的梁洛群;保定南关的秘密"关系"——铁路工人金汉生;……他更想起了亲密的战友刘文彬和汪霞。每当想起了汪霞,就忙从衣袋里掏出拾来的那支钢笔。他将汪霞亲手一针针勾织成的浅绿色的笔套儿摘下来,若有所思地看一看;时而拧下笔帽,在日记本上画一画。虽说物是两件,却都是汪霞一人的。

"这次清剿,她和老刘会不会出意外?握别时,她不是像孩子似的说,不经一事,不长一智,再也不会出现黄庄渡口那起事情了?她们如果真的在敌人这次清剿的大风暴里,安全地度过去,那可该多好呵!"同志、爱人、老房东……魏强多么想把他们的情况弄清楚。可是环境不允许,通信不可能,唯一的办法,就是等整训结束后返回去!

敌人清剿了之、清边缘地区,马不停蹄地转向山区扫荡了。不能让敌人痛快地去扫荡山区,要揍他的脊梁,扯他的后腿;要在平原出击,搞他个首尾不能相顾;要配合山区的反扫荡,给他个腹背夹击。

在一九四四年最末月份的一个风吹雪撒的夜里,作为先遣部队的武工队,像鹰似的从分区飞了回来。魏强他们和队长杨子曾分了手,决定第一夜就住在西王庄。

魏强他们对西王庄,就像自己的家一样熟悉。他们黑夜闭上眼睛进村,只要摸到门就知是谁家。今天,一接近村边,深深感到这村的变化太大了,给人一种忧伤、郁闷的感觉。以往场里的那些密匝匝的秫秸码、干草垛,现在不见了,处处都是空荡荡的。他们刚走进村,一种沉闷、陌生的气氛朝他们袭来:左看,左边的大门被摘掉,一个没齿的破耙堵挡着;右瞅,右边的房子掀了顶,只剩下个空壳壳。到处是砖头瓦块,到处是破烂不堪。"这村难道遭受了意外的灾害?要不,为什么出现了一片凄惨、荒凉的劫后景象?"魏强推测着继续朝前走,他恨不得一下走进他的老房东——赵河套家问个究竟。

河套大娘隔窗听清是魏强的语音,没顾得系好衣服纽扣,紧忙开开二门迎出来。在漆黑的夜里,她像熟悉她家的宝生那样,一眼就看准了魏强,话没说出口,身子扑过去,热泪跟着涌出了眼眶,一直流过了两腮,滴在魏强的衣襟上。她肩头抖动,哽哽咽咽地哭泣着,好像憋闷已久的痛苦,只有在今天,在看到魏强他们,才能一下子倾倒出来。

从大娘过于激动的表情上看,她是积淤了天大的委屈,忍受了难诉的痛苦。什么痛苦和委屈?魏强眼下是不知道的。他搀住大娘低声地解劝着:"大娘,有话到屋里去说!"随着,自己的鼻子一酸,眼圈也随大娘的悲切而湿润起来。

他们搀扶大娘进到以往常住的北屋东头。贾正点着豆油灯,灯光映在大娘泪水没擦干净的脸上。大娘的脸色比早先憔悴了许多,眼神也迟钝了,额前的条条皱纹更深了。

"孩儿们哪,你们可来了!"大娘不错眼珠地瞅着人们,眼睛里充满了无限的爱,语气里流露着一种让人难以描绘的感情。她伸手将小秃揽到胸前,嘴唇刚一动,泪珠又滚落下来。"你们哪知道,你们和刘文彬、汪霞他俩分开的第二天早晨,鬼子就把这村包围了。在这村,他们糟了个够……"

赵河套大娘把当时鬼子和夜袭队横暴、凶残的情况,一五一十地学说了一遍。

魏强以往就不大爱说话,眼下,他更显得寡言少语了。悲痛,叹惜,咒骂,仇恨,笼罩着每个队员的心……

魏强他们返回之光边缘区,通过好多"关系",费了好大力量来搞刘文彬、汪霞被捕后的情报,但是,靠得住的情报,可以说一份也没有抓到手。

想要的得不到,不要的它偏来。魏强近来听到一些使他心碎肝裂的风声。这风声不是"刘文彬在城里给老松田做事了",就是"刘智生愿意将'县知事'的职位让给刘文彬"!还风言风语地听说:"鬼子释放了汪霞,她在城里隐居了!她和一个什么伪军大官结婚了。"

残酷环境里的长期相处,魏强深深地了解他的患难朋友刘文彬和汪霞。开始听到这些风传,他一个也不相信。末后,他静下心来仔细一想,又觉得无风不起浪,不由得又在另一方面为刘文彬、汪霞担起心来。法庭同样是战场,而和战场不同的是自己失去自由,完全被控制在敌人的魔掌里。在魔窟里去坚持斗争,对革命要没有火样的热情,钢样的意志,铁样的信心,很容易在难以忍耐的严酷的刑讯威逼下,抑或是在敌人的丰厚的物质引诱下,葬送了自己。"难道这俩经过烈火考验的、宁折不弯的共产党员,真的变了节?"魏强掐死即将抽尽的纸烟,眼睛朝炕上摊撂的敌人报纸投了一瞥,报上"共党区委刘文彬甘愿协助皇军剿共,妇女主任汪霞决心悔过弃暗投明"的大字标题钻进魏强的眼里。他很讨厌地将报纸拣起,双手使劲地揉成一团团。在团揉时,他的心里还在批驳:"不,不会的!"

当他对自己一反问:"真的不会吗?"真凭实据没拿到手,又觉得自己不该那样快地作出肯定。他随后又默默地教训自己:"在这种环境里,在没有可靠情报下,凡对被敌人捕去的人,不管是谁,都应该从发展这方面去看他,变不变?最好让事实替他说话。这不是对同志的不信任,而是对革命、对人民负责!"

贾正像吃喜鹊蛋似的乐呵呵地跳进了屋子,栗色的毡帽头从脑袋上摘下,朝炕上一摔,脑袋顶上还腾腾地直劲冒热气。"小队长,给你!"他忙从怀里掏出个纸叠的物件,递给了魏强。接着又说:"今天,在联络站碰上二十四团的侦察员啦,听他们说,最近咱要干个大任务。二十四团的几个连这会……"他笑逐颜开地,正要比比画画大声地继续朝下说,没想到,让魏强冰冷的白眼珠一瞪,瞪他个大红脸。他紧闭嘴巴蔫蔫地溜到了赵庆田和辛凤鸣的两夹空里。

"怎么,你可咋唬啊!真是锛得木子① 死在树窟窿里,吃了嘴

---

① 冀中农民对啄木鸟的通称。

的亏!"辛凤鸣幸灾乐祸地在一旁小声地敲打贾正的鼓边。贾正听到辛凤鸣的奚落,狠劲朝他捣了一胳膊肘子:"去你的!真是三天不打,就要上房揭瓦!看,等我以后收拾你!"

"算了算了!君子不跟牛致气!"常景春白了辛凤鸣一眼,忙掏出一包撕破口的大鸡牌香烟,只抽出一支来,送到贾正手里:"抽吧!抽吧!这是我最后的一包胜利品了。要像你刚说的真执行个大任务,省着抽它……到时候还不至于断了顿!"

贾正吸着纸烟,鼻孔喷出两根烟棍,还礼般地给了常景春个满意的答复:"我能保证你的'小锅饭'① 断不了顿,过不了两天,敌人就会接济上!"贾正这会可不敢大声说话了,他把声音压到了低八度。人们都想从他嘴里听到消息,便不约而同地向贾正围聚过来,侧着耳朵,大气不敢出地静听贾正说下去。

"……在分区,出发前队长不是说,上级要咱们当先遣部队急速回来吗?当时我捉摸,武工队什么时候都是先遣部队,队长不说,谁心里也像个明镜,哪知,这是四扇屏里卷灶王——画(话)里有画(话)。我说咱们小队长这些天对情报抓得那么紧呢,三天两头派人进据点侦察,有时还亲自出马,闹半天是在做准备,准备撒大网,逮些大鱼吃!听说,昨天夜里咱们的老参谋长就带领着主力部队驻防在于八、万安、杨各庄啦,估计今天会赶来。他们一来,还不把这弯子敌人打个野鸡不下蛋!扫他个净光净……"

"这就叫一还一报!"辛凤鸣等贾正说完,高兴地把大腿一拍,喝彩似的说:"上俩月,敌人在这儿清剿个烂虾酱;上级这是要趁他扫荡山区的空隙,在他背后戳一家伙!"

"这一戳,起码得横扫一溜胡同!"

"横扫八溜胡同也应该,我愿意马上行动!"

贾正给人们带来喜讯,人们听后觉得非常过瘾。好像这情况

---

① 小锅指烟袋锅子,饭指烟。

是千真万确,个个都喜滋滋的,自动地做起战斗准备工作来。常景春准备得更邪乎,本来歪把子早就擦了个里外干净,他又用油布将弹槽、枪膛、拉火杆……通盘地抹拭了一遍。末后指点歪把子满意地咕囔:"我现在是满对得起你,明后天你可得给我露他两手!"

魏强全神贯注在贾正带来的信上,对人们的话语行动根本没理睬。区长吴英民在他身旁手擎小烟袋,慢悠悠吸着烟,眼神也集中到魏强手里的几页写满字的白纸上。

魏强回到之光边缘地区的第二天夜晚,县委就将刚养好病的吴英民派到武工队来。他俩虽说没长期在一起工作过,却是一对老相识。一遭生,两遭熟,十晌半月一过,脾气秉性一摸透,也就无话不谈了。

吴英民很理解魏强的心情。自从刘文彬、汪霞被敌人捕去,他的心情和魏强同等沉重。开头的几天,痛苦得都不愿意咽饭。他被捕过,亲身尝试过鬼子非人道的待遇。现在回忆起种种酷刑,就像刚发生的事情一样。

当时捕他的也是老特务松田和铁杆汉奸刘魁胜。

印在他脑海里最深的是刚被捕的时光和第一次过堂审讯。

枪弹打完,不幸被捕之后,吴英民这时唯求一死。但是敌人偏偏不处死他。刘魁胜手提驳壳枪走到他的面前,瞪着一对贼眼奸笑地说:"你可打呀!你可跑呀!就冲你这连打带跑,皇军也要请你吃顿'劈柴炖肉'!然后再让你'坐坐飞机'!"

好个"劈柴炖肉"!好个"坐坐飞机"!不消半个钟头,他都尝到了。原来所谓"劈柴炖肉",是七八个身高体胖、膀阔腰圆的鬼子,个个手握一根杯口粗、二尺半长的木棍朝他圈围上来,只听一声"呔咳!",棍子像雨点般地落在他胸前、脊背、肩膀、大腿……上。一转眼,打了他个皮开肉绽,鲜血淋淋。

鬼子刚在他身上演了一出"劈柴炖肉",跟着,松田又指使五个便衣特务搀架着他,硬塞到一条刚能装盛一个人的麻袋里。他被打得浑身无力,只好听从摆布。麻袋口儿一扎,四个特务各扯一角地抬架起来,就听见一声:"一——二!"装在麻袋里的吴英民,好像个篮球,腾地被抛掷了一人多高,而后,又像块石头,咕咚掉在地上。没过三五次,吴英民被摔得天旋地转,七窍流血,很快就不省人事了。敌人的所谓"坐飞机",纯粹是拿人开心取乐。

号称车轴汉子的吴英民,经过鬼子打、摔这么两场折磨,如同生了一场大病,浑身像抽掉筋般的那么酸软,每根骨头节像用锉锉似的那么疼痛。

鬼子哪管吴英民这些,晚间,照旧提出过堂审讯。

美其名是过堂审讯,实际上是要拿吴英民试验一下各种残酷的刑具。折磨得全身无力的吴英民,完全明白,这是和敌人再作较量的时候。他昂头阔步、胸脯凸挺地走进了潮气扑面、灯光昏暗的审讯室。在这间阴森森、充满恐怖的审讯室里,他借着灯光四周一扫,头一眼看到的,不是左面墙犄角燃着熊熊火焰的火炉,和火炉上烧烤的三角烙铁;不是右面紧靠墙横卧的板凳,和板凳旁摆放的一大壶辣椒水;不是屋里地中央的一招粗、一丈多长的一根杠子,和一小盘小手指粗的绳子;不是那些不知名的摊摆在地上的各种刑具;不是分两排站立、上身赤裸的彪形凶汉;所看到的,却是迎面在桌子后面坐着的、牙齿狠锉、眼珠瞪圆的老鬼子松田。老松田身左站立的是腰插手枪的铁杆汉奸刘魁胜;身右站立的是身着西服、拖着一张驴脸的翻译官。眼前的这个稀有的场面,吴英民恍惚在哪里见过。他想起来了,那是年幼时进保定,在马号对过的城隍庙里见过。"对!城隍庙里和这儿没两样!要说有两样,那就是:一个是泥胎,一个是活人!"

桌后坐的老松田恼怒地问:"你叫什么名字?在八路军里什么的干活?"

吴英民白了松田一眼,没有言语。

"你快说!说!"松田手拍桌子嚷叫。

松田、刘魁胜的厉声厉色,在吴英民看来,简直就像半夜里走黑道,突然碰到嗥嗥狗叫,根本就没放在眼里,照旧坦然无事地静立着。严峻的眼神,却狠逼着松田,时而扫一下凶气满脸的刘魁胜,意思是:"有本事就施展吧!要从我嘴里掏出一个字去,那是妄想,根本就办不到!"

一大阵沉默过后,松田一挤眼,跟着送给吴英民一大堆常人所受不了的酷刑:坐老虎凳,灌辣椒水,烙铁烙……酷刑一种挨一种,拷问一夜连一夜。铁打的人也经不起这么折磨,吴英民却都熬忍住。虽说从虎口里胜利地逃脱出来,以往身强力壮的吴英民,现在变得瘦弱不堪了。说一句话三吭吭的毛病,也是鬼子灌辣椒水糟害的。

吴英民常用自己经受的酷刑,去联想在鬼子魔窟里的刘文彬和汪霞。有时,他暗问自己:"那常人难挨的酷刑,在他俩身上施用,他俩能经得住?即便刘文彬吃得住,汪霞,这个刚满二十岁的姑娘,能熬得起?"尝过苦痛的人,知道苦痛如何钻心。吴英民对刘文彬他俩的日夜担心,是有来由的。他常和魏强商量:怎么先弄清情况,怎么找个机会设法救出他俩来;可是情况怎么弄清?机会和办法在哪里?他俩费尽了心机,至今,连刘文彬他俩的准确下落也没搞出来。

在敌人扫荡山区,钻进腹地的时候,上级决定派大部队深入到这里执行一个突然的任务。这个任务魏强早就告诉给吴英民了。同时,吴英民也接到了县里的指示,要他用绝密的办法,来操筹战勤工作。

魏强看过贾正带来的信件,递给了吴英民:"今天盼,明天盼,眼下总算把这一天盼来了,咱们操持的工作也总算没有白做!"

"这不是说干就……吭吭……"来信也让吴英民激动起来。他孩子似的在炕上一立,"吭吭"了好一大会,才接下去说:"就要下手干起来!那我……吭吭,得再检查一下工作。这一回,吭吭,还不得来个秋风扫落叶,让人们好好地出一出上次清剿里受的那些个窝囊气?"

屋里,每个人的心弦,都让贾正和他带来的信件拨动了。大家手忙脚乱地做着各种准备,等待去迎接那即将授予的新的任务。

二

军人执行战斗任务,对时间的遵守不能有丝毫的含糊,含糊了丝毫,将会给整个的任务带来难估量的损失。

魏强辞别杨子曾,迎着黑夜的寒风,匆匆地返回了驻地。屋子的暖气逼使他急忙解开褡布,摘掉了毡帽头。屋里除了吴英民,谁也不缺。他知道老吴和几个区干部东跑西颠地忙战勤工作去了,所以也没有向人们打问。

根据工作的需要,按杨子曾的指示,魏强将全小队划分了六个战斗宣传小组。他指着摊在炕上的一张陈旧的、卷了边的地图,扼要、明确地给各组布置下任务。在五个战斗宣传小组走后,他一口气吹灭桌上的油灯,亲自带上有机枪、小炮编的一个组,紧忙走出了住屋,钻进了黑夜里。

之光县这块边缘区,今夜的景色和往常大有不同。它虽然还像往常那样寂静,在这寂静的中间,有着最繁忙的紧张活动:一行行的担架队,脚步高抬,托托托地紧朝指定的地方走;一辆辆的大车,被牲口拉着,嘎嘎嘎地朝前滚动;一群群扛锨拿镐的小伙子,大气不吭,快步跟随部队向着据点、公路在前进;一路路百战百胜的主力兵团,人骑马,马驮炮,像肋下长了翅膀,急速地向前飞奔。

冷清清的冬夜,个个村头上都拥满了人。这些人,多是老人、妇女,再有就是麻雀般跳跃的孩子。他们个个聚精会神睁大眼睛地等待着,像正月十五等待灯会、放焰火那样,等待夜半好戏的来临。

夜深了,之清边缘地区,猛地响起暴风雨般的枪声,沉雷般的炮声。张保公路上的枪声紧上紧,高保公路上的枪声急又急;一片闪电似的火光,一声沉雷般的爆炸音;一阵激厉的号声,一片听不清的呐喊。全地区的战斗,在一刹那,都进入了白热化。人们的心,被这声声巨响,片片火光激动得大有要朝嗓子眼外跳的劲头。有些人忘掉这是黑夜,这是保定附近,这是敌人明天就会来的地区,任什么也不顾地,豁着嗓门叫嚷开。

"看,着火的地方准是阮庄据点!"一个老人举起拐棍,遥指着东北方,无数的眼睛顺拐棍望过去。

不知谁又发现了新的迹象,冒失地嚷:"喂喂喂!石桥的炮楼那不也点了天灯!"这两句话又把人们的视线从东北角拽到西北上来。

"快瞧,大冉村的两个炮楼那不也起了火?"

"嘿,活像点着的两个大灯台!看着真过瘾!"

"过瘾的还在后头呢!这才是个小闹。"

"小闹?那什么时候大闹?"

"反攻呗!到大反攻的时候,那看起来才过瘾呢!"

村头上的人们,通过据点、炮楼的起火冒烟,在推敲战况的进展。哪里炮楼火光越大,他们谈论的劲头就越足;哪里没有升起火光,他们也知道,这是个战斗极不顺利的地方,也真从心眼里着急。

魏强跟随的一个步兵连,进攻刘守庙就发生了这种情形。

刘守庙据点,并没有多大兵力防守,但是,它离保定非常近。朝西奔南门,至多过不去三里地;要进东门,走那条小抄道,就更要近了。

十点钟以前,部队就把刘守庙这个据点严丝合缝地包围了。部队悄悄地包围起据点,要想通过据点里的"关系",无声息地将据点的一半拿下来。魏强因有别的事要进村,将周围的地形、敌情告诉给围攻部队的负责同志,忙去找秘密"关系";由秘密"关系"引导,去找伪大乡长——黄新仁。

魏强虽然没和黄新仁接过头,耳朵里却早有他这个人的影。他这个人,不仅和范村的周敬之——周大拿是个一刀割不断——连襟的关系,而且由于门当户对,平素走动得还挺密切。从周大拿的嘴里,魏强还得知黄新仁的二女婿田光,在警备队里混事,大小还是个头目。

女婿混伪事,黄新仁也就是伪人员家属了,再加上他又是个伪大乡长,魏强才找到他的门上来。

黄新仁是八面玲珑,哪头也不愿意落不是的滑溜人物。刘守庙离保定一望远,两顿饭的工夫就能走到,因之,他多会也是到城里去睡觉。偏巧今天没进城,也偏巧魏强他们找上了门。当时,把他吓得毛了脚,大冷的天道,浑身上下光出汗,大腿直哆嗦。

他听过魏强的自我介绍后,忙点头哈腰地套近:"知道!知道!虽说没见过面,到是常听范村的敬之提念。"

"啊!常提念?"魏强眉毛一扬,似笑不笑地问。

"是是是,是常提念。说你年轻、有为、聪明、能干!"黄新仁毕恭毕敬地点头说,"今天,魏队长到这儿来,有什么贵干,请吩咐,我一定照办!"

的确,魏强过去捎信支派他干点什么小事,他都百依百随地完成了。现在他又在当面卖功。也凭这一点,他觉得八路军对他可能不会怎么样。但是,第一次见拿枪背刀的八路军,心里还是十五个吊桶七上八下,并没有一下把心放下来。

魏强和他谈了谈抗日救国的道理,最后板着脸孔,一字一板地说:"……像我们在黄庄集上打死的侯扒皮,在东石桥炮楼附近处死的警长王东海、特务杨八,都是因为他们死心塌地为鬼子效劳,坑害老百姓,所以我们就要镇压,坚决地镇压。可是对那些虽说在给鬼子干事,但还没有真心认贼作父,丧尽天良,没忘记自己是中国人,愿意悔过自新,立功赎罪的人,我们都能宽大他。这个就叫阴阳两条道,你们可以任意挑。特别是混伪事的家属们,你们一定要为你们在外边混事的亲人们想一想,要劝他们及早回头才好。"

魏强这一番话,确实打动了黄新仁。他心里也盘算起二闺女和女婿田光来。

黄新仁回手从食橱里拿出瓶二锅头,还有一只没拆散的、保定马家老鸡铺的卤煮鸡。"魏队长,听你的讲话,我真像瞎子长了眼,以后,可该知道怎么走道了!来,没别的,愿陪你喝几杯!"

这样的人,魏强见得太多了。他知道怎么应付。本来,对黄新仁的这种邀请,他是不能奉陪的。但是,见黄新仁的态度还真挚,又想拉他将来当个"关系"使,就将满满的一杯酒端到嘴前:"谈到喝酒,八路军是不兴的;再者,我也不会。但是,为了和你交朋友,为了以后你能多做些抗日工作,我愿把这杯酒喝下去!"一扬脖,烧酒咽到肚里。

"咱是一遭生,两遭熟!"黄新仁三杯烧酒落肚,话匣子就唱开了。"魏队长,我的底细,敬之恐怕早对你说了,也就别再重复。一句话,只要你信得准我,就别拿我当外人。在抗日上,只要是我能够胜任的,你就给我做!"

"我们是路遥知马力。要做工作可以,以后有的是!"魏强满口答应,看看腕上的夜光表,时间是十一点二十分。他忽地想起村边拿据点的事,再也坐不住了,忙向黄新仁告辞。他刚走出门口,一个倒背马拐子的通信员跑了来。通信员身后跟着个穿大棉袍、戴三块瓦皮帽的人。通信员刚把"魏小队长"叫出口,那人就脚步紧迈地走到面前,亲切地去拉魏强的手。

"啊!是你!梁邦!"魏强看出了来人,忙将右手伸过去。"你这是从哪儿来?"

"我刚从县里赶到这儿!你……"梁邦像小弟弟碰见思念好久的大哥哥,乐得不知该从哪儿把话说开头,愣了好半天,才哑哑嘴巴,腼腆地诉说:"从和你们别离开,我就被送到分区学习去了,在那儿可长了不少见识。学习期满,回来就在县委敌工部里工作。上级、同志们都对我挺好,有时我闲下来回想起以往的宗宗事情,觉得要不是抗日政府、共产党,还有你们,老娘的大仇报不了,我自己还不知落得个什么下场……"

"事情过去就算啦,以后好好工作吧!"魏强悄悄地安慰下梁邦,忙将话扯过来:"在敌工部里工作,那好! 以后咱就常打交道了。哎,你怎么知道我在这儿?"

"我哪知道! 我光知道今夜十二点钟,咱们要在之清边缘地区大大地教训敌人一家伙。掌灯以后,徐政委、冯部长把我叫了去,说有部分部队要和一般的'关系'配合,把刘守庙这个据点端下一半来。怕这儿离保定太近弄不好,出了问题,忙让我出马,实在不行就朝外甩那张最后的王牌。我这不是刚落脚,就听说你在这儿啦! 真好。"

魏强和梁邦肩并肩地低声说着走出了村。橛子般的两个炮楼子,黑黑的、无声息地并排戳在离村五六百米远的地方。层层枪眼都透出黄乎乎的灯亮;仔细地望望炮楼顶上的哨兵,晃晃悠悠地走动着。

魏强他们几个,拉开距离跟在通讯员背后,轻轻地紧迈步子走着。一眨眼,钻进一间三面有墙,一面通风,没有屋顶的小场屋——围攻部队的临时指挥所。

手表滴滴滴不紧不慢地朝前走着,借表上的磷光看清:时针,正指着十二,仅差四分钟,分针就和时针压并在一起了。

再过四分钟,全线就打响了。

时间无情地前进,看来,据点里的一般"关系"是不能指望了;即便他现在朝外发出行动的信号,也来不及了。整个指挥所里的人们都急坏了,指挥员曹天池急得直劲跺踏脚。

"老曹,县委是比我们看得远,想得多。这不是把他派来啦!"

魏强手拍着梁邦的肩头,向自己的战友曹天池说,"不行,咱一起去前沿,叫他甩那张王牌好了。"他转过脸来又问梁邦:"你说呢?"

梁邦没回声,却憨笑着点点头。

意见取得一致后,马上开始行动。魏强他们大猫腰,蹿蹿纵纵地接近了据点的防护沟。大伙的身子刚刚趴好,正南、正东的远处、近处,像撕破天震裂地般地响起了枪炮声。

保定近在咫尺,敌人要出来增援,用不到两顿饭的时间,就能赶到这里。时间紧得不容耗费一秒钟,据点里的敌人被四外枪声惊起来了,乱窜乱叫在准备战斗。魏强轻轻地朝身旁拿大喇叭筒子的梁邦捅了下:"快!"

"'长城'听着!'长城'听着!"梁邦将歪脖子的大喇叭筒朝嘴边一放,就大声地呼唤开。"我是'运河'!我是'运河'!"

声音送到据点里,简直像颗看不见的大炸弹。已被震惊的敌人,眼下更慌乱,更惊恐,就像热锅里的蚂蚁,上炮楼、趴沟旁,乱占地形;枪声也像炒料豆般地响起来。

刘守庙这个据点驻扎的是警备第八中队的一、二小队。两个小队各守一个炮楼子。两个炮楼子中间垒有一堵一丈高的、红砖砌的墙。这堵墙是过去鬼子、伪军联合在这里驻防遗留下的隔挡。

警备第八中队的二小队长名叫甄友新,是梁邦的老乡,也是换过帖、磕过头的把兄弟。在一起给鬼子干事的时候,这个甄友新很听梁邦的话;虽说不是一个娘肚子里爬出来的,也不次于亲弟兄。梁邦杀敌反正,弃暗投明以后,甄友新的心里很羡慕,也愿意跟梁邦见见面,走梁邦这条道。时间一长,也就和梁邦取上联系,成了我们的"关系"。他几次要求反正过来,因为他手下掌握着几十号人,又很受"上司"的垂青,我们为了放长线钓大鱼,没有同意,他只好继续留下来。今夜本打算用一般"关系"配合搞个里应外合,把警备第八中队的第一小队搞掉。这个小队的小队长身高体胖块头大,脸黑得冒油。凭这些也就落个大黑熊的绰号。大黑熊是个行伍出身,老兵油子,胆量大,手头狠,枪法也准。他使驳壳枪不瞄,抬胳膊甩枪,保准能打断架在杉竿子上的电话线。因为他一直担任城关的警备工作,从没和八路军真杀实砍过,所以也从没把八路军放到眼里。依他自己的话说:"就没拿眼皮夹过!"这人是个钱串子脑袋,只要有钱,卖命他也干。什么国家、民族、抗日……在他的脑子里根本就没想过,也不愿意去想。"有奶便是娘!"这是他的口头禅。

为争取他,上级曾给甄友新一个任务,专在他身上做工作。哪知他是块死榆木头,想劈个缝儿都很难。

拉不成就打,不然留着也是祸害。这次在之清边缘地区出击,也就选中了他做个目标,来教育一下整个的伪军。

一切都计划好了,偏在吃晚饭时,从城里跑来了十几个夜袭队的特务。他们像得到了预兆,来到先接过把守吊桥的警卫;而后,换掉守卫防护沟的游动哨。

情况的突然变化,给接受任务的一般"关系"带来了极大的困难,他们再不敢,也不能朝外发出行动的信号了。

"……根据情况变化和工作需要,'长城',你要行动!你要行动!"梁邦没理会朝他射来的密集子弹,一个劲地朝据点里呼唤。

夜猫子进宅,无事不来。夜袭队突然一来,甄友新就提防上了。他想派人给外边送个信,可是,吊桥换上夜袭队守卫,办不到。他怕突来的情况朝他袭来,于是命令全小队披挂好,准备着。当他听到远处的枪声,而后又听到近处沟外有人用暗语朝他呼唤,命令他行动时,乐得他一蹦跳了三尺高。他知道叫他的是他的磕头大哥——梁邦;他也知道从此就会脱掉汉奸皮,摘掉汉奸帽,改头换面重做新人了。他麻利地从木套里拽出驳壳枪,回头命令一个班去解决在防护沟里边担任游动哨的夜袭队,留下一个班守炮楼,余下的自己带上,穿过那堵红砖墙,直奔大黑熊防守的炮楼子跑了来。

甄友新到一小队这边来是常事,所以一小队的士兵既没多心,也没阻挡,更没盘问。都像对待自己的直属长官那样,恭恭敬敬地闪开,让甄友新一层层地上了炮楼子。

甄友新爬上炮楼的顶层,头一眼瞅到的,就是大黑熊骂骂咧咧地举着士兵的一支步枪在准备射击。他知道大黑熊打出的枪弹,虚发的很少,忙用驳壳枪对住大黑熊背后,大喝一声:"别动,举起手来!"

洪亮的声音,震得大黑熊一抖落。他顺从地撂下步枪,转身张大眼睛一瞅,不在乎地"哈哈哈"狂笑起来,而后傲慢地讥讽:"'长城'!'长城'!闹半天八路在外边叫的是你这小狗娘养的!好啊!"他眼球凸出,手掌拍击胸脯,像只要吃人的恶狼,慢步朝着甄友新逼过来,大有一下掐死甄友新的劲头。

甄友新端平驳壳枪,连喝他两次:"站住!"他根本没理睬。就在他逼近,伸臂要搏斗的时刻,一颗子弹把他打了个仰面大朝天。

敌人的援军刚刚走出南城门,八路军已经控制了隘口,顺利地拿下了刘守庙据点;在敌人赶到刘守庙据点时,据点里的两座高高耸立的大炮楼子,都燃起了冲天的大火。为敌人在城外把守所谓咽喉的卫士们,已经跟着端拿刘守庙据点的八路军,越过了市沟,朝冀中腹地走去。

第二十五章

一

从捕住了刘文彬和汪霞,老松田真像进山寻宝得到了两颗夜明珠那么高兴;又加上马鸣谄言媚语地给他一细介绍,更乐得不知该说什么好。他生怕碰掉刘文彬他俩一根汗毛,没绑没捆地让人押着送上了汽车,像护送贵宾般的,由他亲自陪同,一直送到了保定西关,进了夜袭队队部里。

夜袭队去年遭到宪兵队副队长坂本少佐的袭击后,不久,就从城里西大街迁到了西关,和日本宪兵队住到一起来了。

这样一来,在刘魁胜说,和日本宪兵队住到一起,这是整个夜袭队获得了皇军的更大信任,身价又被抬高了;在老松田说,把这班效忠皇军的中国人调到自己身旁,在指挥上、领导上会比以前更便利、更直接。

刘文彬、汪霞虽说被捕,变成敌人的"阶下囚",从心眼里,并没把敌人装进自己的眼眶里。谁心里也都默默地叮嘱自己:"准备着,准备应付敌人施展的一切手段!"下了汽车,他们在武装特务和日本宪兵层层包围下,由满脸故露笑容的老松田和不笑强笑的刘魁胜在前带领,昂头挺胸、二目凝视,迈着坚定的大步,毫无畏惧地走进了夜袭队的两扇黑大门。

老松田再高兴莫过于今天,因为今天让他捕住了常在他统辖的"确保治安"区里活动的八路军的两个头目。在这俩头目的身上,有他所需要的很多东西,所以他心里一个劲地乐。有时,他不自禁地嘎嘎嘎地笑起来,这笑声比深夜里飞落在坟丘上的夜猫子那长声怪叫还难听,还叫人心烦。神经衰弱的人乍听到,会不自主地毛发竖立,浑身打哆嗦。

刘文彬、汪霞被松田领进了一间布置简单、酒气呛鼻的客厅里。

"请随便坐,刘区委,汪主任!"松田真像对待久别重逢的老友,笑吟吟地摊张着右手招呼刘文彬和汪霞。刘魁胜像只舐屁股的狗,跑前颠后搬椅子,斟茶水,团团转地献殷勤。

松田葫芦里装的是什么药,刘文彬、汪霞不用揭盖就能猜到。所以对他俩居心阴险的殷勤和热情都报以冰冷的面孔和怒视的目光。

松田对刘文彬、汪霞的不理睬,根本就没理会,照旧吆唤杂役递烟、倒茶、送手巾把……

眼下,他真成了主人。冲刘文彬他俩说:"来到这,千万别见外,不是战争,我们怎能认识?也很难像今天似的坐在一起,当然,交朋友更不可能!"老松田收拾得皮净脸光,武士道的精神在他身上显得更加十足。他坐在刘文彬、汪霞的对面,慢吞吞地,假斯文地说着中国话。一支燃着的纸烟,夹在他的指缝间,因为一分钟他也不定吸上一口,所以烟灰聚积得很长,蓝烟总像一条粗细不匀的线,徐徐地在朝屋顶上升。他用拇指熟练地弹掉蒙住火儿的烟灰,狠吸了一口,继续说道:"请二位原谅,不用这种没礼貌的办法,也难把二位请了来。二位既然来了,我就愿高攀一下,和二位交个朋友。更希望你们二位在建立东亚新秩序上,给我以更多的帮助!我想……"

"住嘴,你完全想错了!"汪霞对老松田的种种伪善作态,早就感到恶心了。她不时地瞅瞅刘文彬。只见刘文彬半眯缝着两眼,纹丝不动地坐在椅子上;松田的假情假意对他根本没有发生作用。当松田说出要收买他们的卑鄙意图时,汪霞就再也按捺不住心头火了,她不管三七二十一,将松垂在眼前的一绺头发朝耳后一甩,暴跳地站起来,十分恼怒地朝松田质问开:"请问,你在胡言乱语些什么?跟你们交朋友,那和豺狼拜把子有什么两样?希望帮助你们建立东亚新秩序?你别做梦啦!要是真的那样了,又和认贼作父、背叛祖国的他有什么区别?"她嘴里放着震撼人心的连珠炮,手儿不停地指点着松田和站立在松田背后的刘魁胜。

汪霞太激动了,激动得说话都发出了颤音。的确,这样的激动,在她说来还是第一次。激动得让她忘记了本身是个年轻的姑娘;忘记了是在野兽般的敌人面前。

汪霞的几句话,确实戳中了敌人的心窝。松田被她质问得张嘴结舌止不住地苦笑;刘魁胜被她指鼻剜眼一骂,脸色困窘得就像那一刹三变的外国鸡,一会红,一会白,一会又变成了酱紫色。他留神地观察老松田,只要老松田稍稍流露一点恼怒的神色,他就会蹿到汪霞跟前,没头没脑地扇打她一顿,解解心头气。但是老松田今天不但没变色,反倒笑脸相迎地劝慰:"汪主任,有话好说,别动肝火啊!嘿嘿嘿,我说的哪一句话不合适,你也要担待些!原谅些!"刘魁胜只好牙齿打掉朝肚里咽,憋了一肚子气,不但不敢朝外撒,还得替老松田帮腔说好话:"是啊,既来到这,就不是外人,松田少佐即便话有失言,咱也可以收回重商量。"他扭头又问松田:"您说是不?嘿嘿!"说完也奸笑了一阵子。

从进来,刘文彬就没撩开眼皮正眼瞅下敌人。眼下,他见到汪霞耐不住性子地站起来,冰雹般的话语朝敌人甩了过去,心里不由得暗暗佩服。他觉得汪霞虽然年纪很轻,处事却非常干练;虽然是个姑娘,胆量胜过了一般的男人。他要帮助汪霞,要在这个场合里给汪霞力量,小腿一使劲,也腾地站立起来,口没开,话没说,眼睛里射出的两道可怕的寒光,逼得松田、刘魁胜都一时不知该怎么办好。

两个腰系白围裙,手提大提盒的人儿走进来。这两个人一进屋,总算把一场僵持的局面打开了,把一片凝滞的空气冲散了。

松田奸狡地转了话题。他冲着打开提盒,一个劲地朝桌子上摆列碟子、盘子、酒杯、筷子的人问道:"今天的这个宴会,你们带来了什么酒?"

"酒?好酒啊!太君。"被问的人,像个魔术家,一眨眼,将两个没启盖的瓶子托在了手掌上。"这酒是远道来的名酒,不信,你尝尝!太君!"说着递到松田的面前。

"名酒?什么的名酒?是……"

"是从京绥线上沙城来的青梅酒!"

听说是"青梅酒",老松田立刻想起中国三国时代的曹操和刘备。他要借题发挥,用古来说今。他的两眼又乐得挤成了一条缝,自言自语地说:"青梅煮酒论英雄,好啊!今天更应该喝它!"伸手把两瓶青梅酒抓过来,又忙假正经地招呼:"坐,坐,都请坐!"自己也忙坐下了。

老松田认为,只要以礼待之,就是再刁顽的人,也得顺他的竿子爬,围他的手心转。他见菜上够,酒斟满,将一只斟满深棕色酒液的高脚杯举起,画了个半圆形招让:"为刘区委、汪主任到达保定,咱们干一杯!"脖子一扬,一杯酒灌到肚里。等低头瞅下刘文彬、汪霞,他俩手没动,嘴没张,板着副严肃的面孔坐在那里。他真火了,脸色立刻变成一块猪肝花。"嘀,真是给脸不要脸啊!"他心里说着,脸上仍强作镇静地举起筷子招让:"不喝,请吃菜!抄筷子吧,随便夹!"刘魁胜虽说早就耐不住了,见松田不动声色,也筷子指着大凉盘里的海参扒肘子,假惺惺地招呼紧让:"来来来,来吃这个,这个一点也不腻!"他拿筷子的手儿一用劲,一块颤巍巍的、乌黑、毛茸茸的海参被夹起来,眨眼,就送进了嘴里。

在这里,从摆着杯杯盏盏上看,也确实像个宴会,但是,在这个宴会上,一边是要通过吃吃喝喝,猜拳行令来达到劝降的目的;一边却是不吃不喝、不言不语地以显示中华民族的尊严。客厅里的空气,越来越沉闷,越来越紧张。各怀心思的敌对双方,都在这窒息人的空气里,不眨眼地冷冷对视着。显然,这不是个给人欢快的宴会。

这里,满席山珍海味,也确实像个宴会,但是,在这个宴会的周围,处处都布上了提绳索拿武器的人。他们像隐藏在黑暗里的怪兽,眼睛瞪圆,腿绷紧,准备随时捕噬宴会上两个手无寸铁的人。

心明眼尖的刘文彬、汪霞,对这些稍稍一瞥就看穿了。他俩明白:"敌人从来是一只吃人的老虎,即便暂时露出一点'仁慈相'也是为了要吃你!"

刘文彬和汪霞看透了敌人的本质,他们不愿意再和敌人无限期地长泡下去,刘文彬想:"晚不如早,惹翻了他,算啦!"他暗自作了决定,用巴掌朝桌上一拍,二次恼怒地站起来。接着,严厉的话语冲出了口:"这套把戏还是请你们收起来,我们不像吃奶的孩子那么容易哄。不管你话说得多么好听,想叫我们改变一丝丝主张,那也是妄想。我们和你们是敌人,敌人之间找不到共同的感情,没有什么交道可打,不是你死,就是我活。眼下,我们被捕了,怎么对待,听凭你们。我们不想活,更不想告诉你们什么东西来求活。但是,我们得告诉你们……"他越说越激昂,越讲越愤慨,他手指着老松田,眼睛瞪着刘魁胜讲下去。

"刘区委,刘区委,吃饭,吃饭,咱还是不谈政治!"刘文彬的话语没刺怒老松田。他手擎着一杯酒,照旧慢条斯理地劝说。好像"生气"俩字根本不在他身上存在。

松田不恼,刘魁胜哪敢动!也忙满脸赔笑劝说:"对对对!不谈政治,还是喝酒吃饭找高兴!"

"吃——饭?喝——酒?"汪霞牙齿锉得山响,唇间迸着单字,说着也霍地站立起来。"让你们吃个大杂烩!"她两手朝上一掀八仙桌子,就听见叽里嘎碴,噼里啪啦,一串不分点的响声,桌子上的盘子、碗里的鸡、鸭、鱼、肉;瓶子、罐里的盐、酱、酒、醋,以及所有的餐具,都扣在了老松田的身上,洒在了方砖漫砌的地上。

没提防的老松田,让桌子、家具一下砸得翻了个倒跟斗。等被刘魁胜搀扶起,浑身弄得就像刚从泔水瓮里捞出的落汤鸡,腥汤子肉块子弄了他个满身满头满脖颈。这一来,气得他眼珠凸起,青筋暴露,满脸肌肉乱抖动,小胡子一下撅起三尺高,胸中积淤的怒火一下蹿到嗓子眼,他挥手刚要发作,一想到下一步,立刻将火气又压煞住,仍装作以礼待人的样子,手儿指向汪霞,皮笑肉不笑地"嘿嘿"两声:"你的,大大的不够朋友!"

"要和你交了朋友,那还叫什么人?"汪霞撇着嘴巴说。

"算啦,他们二位累了,送到安排好的地方休息罢!"松田眼下再没办法可施了,只得从这儿找个台阶下。

刘文彬、汪霞被一群武装特务簇拥着,匆匆地走出了桌翻碗砸的小客厅。

二

别看刘文彬、汪霞当场羞了老松田的脸面,老松田好像根本没介意,对他俩还像对待上宾那样:在夜袭队的后院,专给他俩腾了一明一暗的两间房。为了好好"服侍"他们,还派了个十四五岁的小孩子,一天不离屋地沏茶倒水收拾房间。这时,他俩真是吃喝不发愁,穿戴样样有,行动没人"管",说话也"自由"。其实,在自由的后面,还有无数的眼睛监视着。

一晃,三个多月过去了。三个多月,既没有提去过堂,也没有个别审讯。

三个多月的光景,除了老松田身穿和服,足踏木屐经常到这里"生活得怎么样?""住得习惯吗?""需要什么请言语声!"像癞狗般地龇着牙说上几句没干系的话以外,就再没别人到这儿来。虽然他俩生活在人间,却与人世隔绝了。

就在刘文彬、汪霞与人世隔绝的时光里,老松田却制造了不少有关他俩的谣言,利用他的报纸,他的电台,他手下喽啰们的嘴,到处在放散。在人们一时抓不到刘文彬他俩的真情实况时,也确实受了欺蒙。就是魏强,有时也不得不咂咂谣言的滋味,自问自地想想:"难道他俩真的背叛了祖国?投靠了敌人?"

敌人制造的与世长期隔绝,也引起刘文彬、汪霞不少的烦恼。汪霞心里有时烦躁得特别厉害,不是竭力地克制自己的感情,她真想将屋里的所有陈设砸个稀烂。当她烦躁得实在透不过气来时,常凑近刘文彬:"咱俩怎么办?就这么囚磨下去?能想个办法和外面通通信吗?"

每当这时,刘文彬总像个老大哥,向她开导,对她劝慰:"别急,敌人不是个死傻子,你当他真心像供老佛爷似的把咱供到这里呀!不,他是想利用这种软磨的办法,争取咱回心转意上了他的套!让他做梦去吧!咱要攒足劲做好准备,这一手玩不转,很快他会用下一手,下两手;软的行不通,他还会跟咱动硬的!"

果然,没出刘文彬的所料,敌人新的伎俩搬来了。

一天,侍候他俩的小孩突然肚子疼得满地打起滚来。看样子,一时不治就有死的危险。只要你仔细地再看看,他是干打雷,不下雨,嚷叫得挺欢,眼圈都不红,额头上连个汗星都没有。就在这时,一个高个子便衣特务跑来,嘴里咕哝:"都出发啦!都出发啦!瞧,就剩我这一个人,可怎么着?"话是自言自语,意思又像是说给刘文彬、汪霞他俩听。末后,还是他把小孩子背出了刘文彬他俩住的那个小院子。

院里,从此再没有来过一个生人。

天刚黄昏,那个高个子特务,心里像有什么大事似的,急冲冲地走进刘文彬的住屋,驳壳枪朝腰间一插,二话没说,拉着刘文彬拽着汪霞就朝外走。他的这种突然的举动,当时真把汪霞弄蒙了。一向冷静的刘文彬,对突来的情况更冷静更沉着。他存有戒心地将手一甩,劈口问了句:"你想要干什么?"

"干什么?这哪有工夫说!你们就放心跟我走算啦!"特务真像担心害怕的样子,伸头朝院里望了望:没有一个人,只有昏黄惨淡的电灯光照着小院。他扭过头来急切地小声说着,伸手又去拉刘文彬。

"你慢着!"刘文彬将手一摆,用森严的两只眼睛逼射着对方贫血的脸:"跟你上哪去?干什么去?"

"上哪去?上你们的根据地!逃跑!"心怀鬼胎的特务,却强挺腰板地回答。

特务的话,恰巧打中汪霞的心弦。她认为这是打着灯笼也难找的"好事",没容得让这"好事"在脑子转两个弯,就插言来问:"你带我俩走?行吗?"

"行不行,趁天黑,松田他们出发讨伐没回的当儿,咱碰碰看!为了抗日,我豁出脑袋来也领你俩走,咱从后门溜!"

意外的人带来的意外情况,逼使刘文彬的脑子像开锅水似的乱翻腾。他用锐敏的眼睛审察着对方,总觉对方的言语和神态里,像有种阴险、诡诈的东西潜藏着。由对方又联想到白天侍候他俩的那个突患肚疼病的小孩的表情,更使他对这个自顶危险,准备领他俩逃走的特务产生了怀疑。敌人玩弄什么诡计?他的两只闪闪有光的眼睛在急遽地转动着。

稍留神,汪霞也看出刘文彬的迟疑表情。"怎么?他……"她冷静地从另一个角度一想,心头不由得一哆嗦。

"事不宜迟,马上行动!我这都是为你们,你们可有什么含糊的?"特务眉毛一扬,显得有些焦急,原来的低声细语,不自觉地提高了好几度。但他立刻意识到了自己的破绽,马上又低降下来:"快,我不是甘愿混这种汉奸差事的人,真愿意和你们一道去走光明大道!"

"要走光明大道那可以,我们欢迎!"刘文彬的眼瞟见特务腰间斜插的驳壳枪,试探真假的办法立刻想了出来。"怎么能证明你弃暗投明,真心抗日呢?要表明这点,你把你那驳壳枪给我!你领道,我掩护,说走就走!"

真是真,假是假,特务不论装扮得多么像样,到底经不住在节骨眼上来试验。他见刘文彬张嘴要他的手枪,立刻摆手,结结巴巴地表示不同意:"那那那,那可不行,这这这,这枪还是我拿着好!万一……"

仅几句话,敌人的整套诡计就让眼里不下沙子的刘文彬识破了。他恨透了这个特务,满肚子气火一下子蹿到了嘴头上:"是啊,你这种人是不肯把枪交给我的!万一我把你处死了,又怎能去主人面前领赏呢?"

"刘刘刘,刘区委,你别在枪上误会,我我我,我完全出于一片好心,也都是为了你们……"

"你为了我们,为我们挽了个圈套是不是?你们觉得如意算盘打得蛮不错,让我们在心急如火的时候,冒冒失失地跟你走出去,等和我们的人接上了头,你们后面跟上来的人,就可以不费吹灰之力地来个一网打尽,是吧?瞎了你们的狗眼!滚你们的蛋吧!"

刘文彬像手指捅窗户纸,几句话就把敌人的诡计捅破了,亮了白。当时弄得假投诚的特务非常尴尬,他灰溜溜地再不想待下去了,忙遮掩地说:"有话好商量,干什么发火?不信服我拉倒……"像个夹尾巴的狗,畏畏缩缩,慌慌张张地溜逃了。

汪霞悟过味来,心里挺后怕。她暗暗地责备自己:"为什么和敌人打交道,这么天真?这么没有见识?"

"对敌人可不能像对同志那样相信。你今天老实得差一点在敌人面前丧失了警惕！这可真危险。"一场短兵接火获胜的刘文彬,用事实教育着汪霞。

刘文彬看问题的深远,使得汪霞打心眼里佩服。在她说,今天又算上了一堂课。刘文彬的话语,让她愧恧得也真有点不愿再抬头。

"经一事,长一智,不要净和自己过不去！"刘文彬望望身旁还在低头来回光攥自己手指的汪霞。他很理解她眼下的心情,只好轻轻地劝慰一下,接着提醒说:"我们要从精神上做好准备,随着刚才的小接触,大风暴会马上跟着来！"

天色黑下来,院里变暗了。刘文彬和汪霞昂头挺胸,二目圆睁地立在屋中央,准备接受即将来临的暴风雨的考验。

三

深夜里,除了铁路上不时地传过火车喊咔喊咔的行走声和哞哞哞的怪吼声,汪霞住屋的周围,死般的沉静。

越这样的沉静,越给汪霞带来更多的烦躁。她今天好像吃翻了药的病人,确实不知道自己是该躺着好,还是该坐着好。总之,躺躺,坐坐,立立,走走,怎么着也觉得不舒坦。虽说她人在屋里,心早随着刘文彬去了。

在街静、更起、四处戒严的时候,刘文彬就被两个夜袭队员叫走了。不用问,这是过堂审讯。

"敌人是怎么审讯？难道问了不说就鞭子抽、扛子压、凉水灌地收拾一气？"汪霞,这个忠贞、纯洁,二十一岁的姑娘,她虽然出生于贫寒人家,从小失去了父母,跟着哥哥汪洋(黄占立)长大成人,受过苦难,流过辛酸泪,知道那挨饿、受冻的滋味,但从没经受过这样的严刑拷问,不过,从区长吴英民嘴里听说过各种肉刑的痛苦。

各种苦痛的肉刑,吴英民都像铁汉子似的扛住了,这很使汪霞敬佩。被捕前,有时她孩子般地想:"是我不幸被捕了,能扛得住吗?另一个人被捕了,又会怎么样?"

眼下,她真的被捕了。她考虑的不是自己怎么忍受酷刑,而是在为刘文彬担心。"他是四十岁的人了,能忍得住?吃得消?谁知道野兽们是在怎么折磨他?揉搓他?"想到这,热泪不自主地涌出了眼眶。

她苦痛地走到镶有大块玻璃的窗前,视线立刻射向了庭院。借着透出的昏黄的灯光,她清楚地看到庭院里正在争艳开放的丁香、海棠。

抗战第八个年头的春天又开始了。

汪霞的眼睛虽说落在庭院里一片盛开的花枝上,心头却默默地想着别处。

"我们被囚到这里,谁知魏强他们知道不?魏强只要知道,他一定会想办法来搭救!"心情非常烦乱的汪霞,脑子是一会想到东,一会想到西。人在难处总是想亲人,汪霞这时太想魏强了。和魏强的两年相处,她深知魏强对敌斗争挺有经验和办法,特别是前年冬天化装成夜袭队,突进南关,砸了车站,造成敌人自己来了个火拼那一手,至今汪霞想起来,都感到奇妙。"是啊,他能化装成特务进南关,也会装成另一种人到这西关来!他们武工队的行动是飘忽不定的,有朝一日闯进来,也会把我们救出去!"

这时,她像接到魏强来临的通知书,魏强好像眨眼之间就会到来,到达这里,探出大手从空中把她从这间屋里拽出去,拽回根据地。她高兴得乐了。

在她高兴的一刹那,一个梆子头,瓦碴脸,两道稍低垂的麻刷子般的眉毛,让她一见就讨厌的脸型,很突然的在她的脑海里出现了。

"真见鬼!怎么想起这个败类来?"汪霞比吃了蝇子还腻歪。

她想摆脱掉叛徒马鸣这副吊死鬼的面影;但是不知为什么,马鸣的面影像涂满鳔胶似的牢牢地粘敷在她的脑子里。以往,马鸣的卑劣行为,在她脑子里像掀翻陈年旧账似的想了起来。

一次,她和马鸣在一个村庄工作了多半宿,两人正准备要分手转移,不怀好意的马鸣,两眼射着邪光,开着玩笑地小声说:"就是你我二人,找个地方宿了就算啦!"话说出口,"嘻嘻"地笑了笑。

马鸣不正派,汪霞不仅深知,也存有戒心。她一听马鸣借开玩笑说出这样下流的话,加羞带气,脸色当时由粉变红而后白,眼里直劲地冒火花。她想跟他翻脸,一则,觉得不值得;二则,刘文彬曾说过:"思想改造是个细致的工作,不能操之过急!"也就使使劲把蹿上的火儿压下去,以端庄的态度,严肃的口吻冲马鸣说道:"老马,你怎么不多从工作上想想,净想些胡的歪的事,说些八不挨的话?你这脑子要不好好擦洗擦洗,将来可危险!"话虽不多,挺有劲。当时,弄得马鸣真有点难下台。

但是,狗改不了吃屎,转回头,他照旧把他的老洋钱帖子拣起来。又一次,也是他俩在一起工作。太阳挨了地皮,老松田率领一部分夜袭队员,还有十几个鬼子宪兵赶了来,进村就逐户清查。猛然来的情况,汪霞他俩想躲也躲不了啦,偏好这家挖了个藏四五个人的蛤蟆蹲。他俩只好跳下去,藏起来。

蛤蟆蹲只要把口儿一盖,黑得真是难见五指。一直存有邪念的马鸣,这时,感到时机可来了,上边敌人到底闹腾成什么样,他根本就没管,他借口蛤蟆蹲里空气不流通,憋得脑瓜仁一蹦蹦地疼。末后,甚至于假装疼得实在忍耐不住了,竟然"咳唷咳唷"地叫起来。

开始,汪霞没理他,一见他叫起来,也就信以为真,忙凑近他说:"别嚷!来,我给你掐掐!"

马鸣盼的就是这个。他见汪霞亲自凑来给他掐脑袋,认为这是鱼儿上了钩,心里乐得真比吃了蜜都甜,像个小娃娃似的一头倒在汪霞的腿上,承接汪霞的招招。

出于对同志的友爱,汪霞起初并没有觉察出他怀的鬼胎。后来,他却乘机往汪霞怀里扎。这时,汪霞才看出了他的邪恶打算,气得说不出话来,心里想:"这东西,上头闹情况,他还在这底下闹坏心!"

汪霞正在想的当儿,马鸣突然按住了她的手,喃喃地说:"瞧,这手是多软和!真是大闺女的……"

汪霞再也忍受不住啦,她使尽平生力量将马鸣的脑袋朝旁边狠劲一推搡,说声:"去你的吧!"跟着把自己的小手枪抄起来。

可能汪霞用的劲大了,再加上马鸣没提防,只听见乓当一声,圆滚滚的脑袋,正好撞在蛤蟆蹲的墙山上,撞得马鸣倒抽口凉气,直劲地"咳哟……"

"还嚷叫!告诉你,马鸣,"汪霞小声斥责,"你的思想非常坏,你要不接受同志的批评,好好地改正,有一天,会让你的思想把你拖上危险道路的!"

汪霞虽然又一次对他警告,他当时也承认自己一时冲动,做事太对不起人了。但是,他始终就没忘掉汪霞。

还有一次……

汪霞越想事越多。她想着想着就责备起自己来。"是的,为什么我从听了刘文彬的那场批评,就没把他以后的一些事情,像对我的流氓举动,在年轻的妇女面前说些下流的话,跟房东耍态度……向刘文彬反映呢?要是早反映了,也就早解决了,也或许把他早处理了,我俩也不会被捕。这都是我的过错!是我让革命受到损失!唉!我……"

"汪霞,你最近好?我这些日子病了,没顾得看你来!嘻嘻!"一种轻佻、低贱的嘤嘤声从汪霞的背后传来。

这种令人厌恶的怪声,狠戳了下汪霞的心。听声音,她知道是马鸣,心房陡地剧烈跳动起来。她站着没动,口问着心:"这个该死的叛徒,趁刘文彬被提出审讯的空隙,他走来想干什么?是不是又来……不能让他先张嘴,要把他撑回去!"她心里决定得快,身子转得更快,圆睁二目,逼视着马鸣,恼怒地质问:"你来干什么?好不好关你的什么事?你这块没骨头的稀泥软蛋,这个出卖同志的叛徒!你有什么脸来见我,你滚,滚,滚出去!"她的声音很高,叫得屋子嗡嗡山响!

身背驳壳枪的马鸣,可能来前专修饰了一番,看来比早先洒脱、利落了许多。不仅衣服穿得洁净,梆子头似的脑袋瓜上,还留起寸半长的头发。今天,他像块木头,对汪霞满脸恼火的大声喊叫,根本就没理论,很不知羞耻地欠身坐在机凳上,接着,吸着一支刚从烟盒里抽出的纸烟。

马鸣双肘一抱,叼着烟卷的那副讨厌的流氓相,汪霞越瞅越从心眼里讨厌,气得她直在当屋打转转。

"看你气得那个样!干什么拿着个棒槌认起针(真)来啦!我问你,"马鸣见汪霞不言语,光抖动肩膀生大气,便屁股离开了机凳,身子一纵,又坐在靠北墙山的一张八仙桌上,"你这么逞英豪,能逞出日本人的手心?"

"我逞不出去,我可以死!我绝不像你,缴枪,投降,出卖了良心!"

"一分奈何你当我愿意缴枪?我也是叫人家逼得没法啦!叫你说,"马鸣像个剁了尾巴的猴,腾地又从八仙桌上跳下,右手揎揎左胳膊的衣袖,没一点廉耻地比画,"好几个枪口都逼住了你,你怎么动?你怎么掏枪打?上下嘴唇一碰,说什么都不费劲,遇上真的,恐怕谁也得老毛子看戏——傻了眼!"

"这么一说,你那投降敌人,出卖同志还满有理啦?"

"问题就瞧你怎么看,从形式看,我是投敌了;从我心里看呢,我还是在抗日,不过,眼下这抗日有明抗暗抗之分,我这叫暗抗。为了叫鬼子完得更快,我才钻到他们内部来。反攻的时候一到,我们这样的人在里一闹腾,就这么一里应外合,那不就把胜利抓过来啦!其实,像我这样抗日的,并不少,好些有名气的将领,不是都在这么做着?不用朝远处说,就拿庞炳勋、孙殿英……"

"闹半天,你是把蒋介石的那套'曲线救国'论给搬来啦!你原来是个国民党,小蒋介石啊!"

"国民党怎么啦?小蒋介石又怎么啦?曲线救国论你能说不是抗日?汪霞,上头说的那个咱撂下,谈谈咱们的私事好不好?"马鸣摇晃着梆子头,龇着牙齿把话转了题。

一提到私事,汪霞就知是什么意思。她的心像丝线勒着那么疼,眼珠转个不停,脑子在考虑怎么来应付。

"你年纪才二十挂一点零,有本事,又聪明,难道就不能退一步想?打开窗户说亮话,不管你怎么骂我,挖苦我,我对你还是没变心。你要肯依着我,留在城里,那我……"马鸣手指搔着脑袋,说到这里停顿住。他的两只眼睛贪婪地瞅着汪霞,观察汪霞听后的面部反应。

汪霞回答他的是一种愤怒的神色。她再也不能忍受了,嘴唇气得抖动着逼问:"你跑到我跟前胡呲些什么?你的良心放到哪里去了?共产党哪一点错待了你?你为什么光为了你,办些坑国害民的事?"

"良心?干上了这一行,"马鸣横了汪霞一眼,顺手拍下装在皮套里的驳壳枪,鼻孔发音地说道,"就知道吃、喝、玩、乐,根本就不管良心的存在。眼下,谁有奶,便是娘,乐呵一天少两半晌,什么国家、人民,管他呢!"他说完,将指缝夹着的纸烟送到自己的两片薄而长的嘴唇间狠劲吸了口,灰蓝色的烟圈,一个挨一个地从他嘴里吐出来,越朝上升越扩大,慢慢地变了形,消散了。

"实话告诉你,要不是为了你,我不会在松田队长面前费那么多唇舌,你今天也不会坦坦然然地待在这,你会和刘文彬一样,被提出去审讯,过热堂!"

他像蚊子吸血般地死盯着不言语的汪霞,狠吸了几口烟,将烟蒂扔得不知去向,转身,又抽着一支烟,跳坐在八仙桌上,继续讨好地说道:"别太任性,钻牛犄角找套里间啦!人生一世,青春几何?不在年轻的时候,抓住时机享受享受,那可真是个大傻瓜。"

马鸣在咕囔什么,汪霞一个字也没朝耳朵里装。本来,她知道刘文彬被提出就是刑讯,现在听马鸣幸灾乐祸地一说,更证实了她的想法。她好像看到了刘文彬在受鞭打、杠压、灌凉水……也像看到了刘文彬在咬牙地忍熬酷刑的折磨,豆大的汗珠滚滚往下滴。她的两行热泪不知道什么时候滚流下来,滴落在衣襟上。

汪霞的两行热泪,将马鸣从八仙桌上引下来。他以为汪霞的啜泣是心眼活动了,忙笑脸迎上来凑近汪霞,下流地说:"我捉摸你也不是一条道走到黑的人,特别是跟我!"说完,一口烟喷在汪霞痛苦的脸上。

汪霞像挨了蝎子蜇,"嗷"的一声:"你干什么?流——氓!"

"你骂什么都行!只要听我的话,留在城里,和我……"马鸣活像个绿头苍蝇,任什么不顾,只是嗡嗡地围着汪霞转。

汪霞哪容马鸣再在她面前随便胡吣,趁他不防备,一步蹿近他,就听啪的一声,巴掌扇打在马鸣的左脸上,扇得马鸣眼睛乱冒金星,半边面颊热乎燎辣的疼。马鸣现在变成一匹野兽,再也不顾礼义廉耻了,借机抓住汪霞没抽回的那只手;跟着又三抓两挠地把她的左手攥住。"今天就是今天吧!这可不能怨我!"

汪霞一看情势不对,急了。她嘴咬、脚踢、脑袋撞地使劲挣扎、反抗,时间一长,女的总是敌不住男的,慢慢被马鸣占了上风。马鸣见汪霞的反抗力减弱了,咧着嘴淫邪地说着:"累吧?我送你歇着去!"抱起拼命挣扎的汪霞紧朝床跟前拖。终于将挣扎着的汪霞按倒在床上。

就在马鸣像饿狼似的按住汪霞,汪霞大声叫骂的时候,刘文彬一步跨进了屋门。他像父亲见到女儿在受污辱,顾不得腿上刚受过的刑伤,跌跌撞撞地跑到床跟前,铁锤般的拳头,像擂龟盖子似的照着马鸣的脑袋、身上没头没脑地擂打起来,擂打得马鸣晕头转向猪一般叫起来。待他清醒过来,才忙把皮套里的驳壳枪拽出来,枪口对准了刘文彬。

"叛徒,你别比画,来!照这儿打吧!"刘文彬指着自己的胸膛。"你们杠子压了,凉水灌了,鞭子抽了,烙铁烫了,老子并没怕!你拿枪吓唬谁?有种你就开火!"多半宿的酷刑,折磨他个精疲力尽,眼下他没顾这些,照旧像个精力充沛没受熬煎的人,一面说着,一面逼近马鸣;汪霞也摇晃散乱的短发,气咻咻地跟在刘文彬身后。她虽说还是她,眨眼却增添了不少力量。"来,姓马的,要打你一块打!干什么像条夹尾巴狗似的朝后退?"

马鸣确实草鸡了,特别在刘文彬的面前,他就像个偷儿,挨了顿臭打,也不敢张嘴出点声音;虽说武器在手,比个老鼠还胆小。他一步一步地朝后退,退到门口,才从腔子里说了句:"打死你们?别忙啊!"扭头溜走了!

四

一切伎俩都没有在刘文彬、汪霞的身上起到作用,松田再也不把他俩待如上宾,留在夜袭队后院的宽敞洁净的屋里供养了。就在刘文彬、汪霞赶走叛徒马鸣的第二天拂晓,夜袭队用汽车把他俩送进了南关的监狱里。

他俩一投入监狱,就被钉上了二十多斤重的铁镣,这一来,压得脚迈不开步。一天两顿饭,两顿饭都是两个橡子面的窝窝头,一片咸萝卜,一碗照见人的稀米汤。他俩分住在男女狱里,只在提审时能在囚车里会上一面,平时就很难见到面。

进到监狱里,刘文彬见到了县财粮科的邱科长。他是去年冬天来边缘地区检查公粮坚壁的情形时,在路上遇到下乡清剿的夜袭队而被捕的。当时,敌人怎么盘问,他都作了巧妙的回答。敌人要检查证件,他拿出了"居民证",敌人没有看出丝毫的破绽。偏偏这时叛徒马鸣走来了,马鸣上来只说了句:"这不是咱那管钱管粮的邱科长吗?"他再也混不过去,便被捕了。

老松田开始确实把他三个人当成圣宝贝。他认为只要把他们三个人争取得回心转意了,共产党的地下组织,八路军坚壁的公粮,会一掏一个净。哪知,软办法使尽也没有掏出一个字来。由此,他这才急了,由软换了硬。差不多三、六、九都要提出来,由汽车押运送到西关——夜袭队里去审讯。特别将近麦收,青纱帐将起时,松田审讯得更勤了。松田频繁审讯的目的,是希望在秋庄稼长起以前,用尽办法从刘文彬他们三人的嘴里掏出需要的东西:共产党的地下组织分布和党员名单;公粮坚壁的地点和数字。

进四月,连下了两场透雨,春苗像水葱般地欢长着,一天一个样。老松田对刘文彬他们三人的审讯更加紧了,差不多是天天提出,天天过堂,天天审问。哪怕是假日,也没有间断过。

刘文彬、汪霞由夜袭队队部解押进南关监狱的当天晚上,魏强他们就从可靠的"关系"那里得到了情报。过了十几天,县委派专人送给他们一件极机密的信。

魏强、吴英民从县委送来的极机密的信件里得知:目前国际形势是在急转直下。苏德战场上,红军已进入了德国国境,希特勒完蛋的日子就要到来。根据当前有利的国际形势,根据党中央指示,敌后各抗日根据地的武装部队,为了给四月二十三日党的七次代表大会献礼,纷纷向敌人展开了局部反攻。仅分区的部队,几天的工夫就将石门桥、辛中驿……等大据点攻克了,还一度占了任丘城。打得各处敌人急急忙忙地抽调据点里的兵力,保卫大城市和交通要道。保定四周的敌人也准备集中兵力,向市沟附近靠拢。县委根据这一情况,要魏强他们随时截击撤退的敌人,并拟出以后朝市沟里面突的办法。

从机密的信件里,魏强、吴英民确切地知道:刘文彬、汪霞虽经过多次刑讯,仍坚贞不屈地和敌人斗争着。

末后,县委在机密的信件里,特向他们提出一个搭救刘文彬、汪霞的意见。整个的意见旁边,都点上了加重的红点,意思要他们特别注意这个意见,研究执行的办法。

魏强一见到县委提供的意见,脸上立即豁朗起来,笑容挂在嘴角上。他高兴得用眼示意一下身旁的吴英民,吴英民也欢喜得眼睛挤成一条缝,随后两人都张开大嘴笑起来。随着"呵呵"的笑声,县委给他们的那件极机密的信,被一根划着的火柴毁掉了。

五

阳历四月二十九,这是日本天皇的诞辰。

这一天,按照日本国内的习惯,保定城的日本兵营、机关、企业、学校……一律放假一天;连伪机关、伪军营里担任顾问、指导官的日本人,也都歇了班。

这一天,保定的所有能逛的地方,能玩的场所,什么城隍庙、马号、西关、古莲池……都拥着很多很多的日本人:有徒手的日本兵;有挎战刀的军官;有穿和服的日本商人;有梳高头、踏木屐的日本艺妓。电影院、剧院都让日本人包了场;酒馆、饭庄都让日本人占了座;平康里、干草林等娼寮地带,今天完全变成了日本人的天下。

日本人放假庆贺天皇诞辰,在保定已经是第八个年头了。

在这一天的大拂晓,启明星还没露头,公鸡还没张嘴的时候,魏强率领赵庆田、贾正、辛凤鸣,悄悄地摸进了保定南关,在警备第七中队部的前院,自己的秘密"关系"——金汉生家里又落了脚。

"老金,我们这一来,明天你这个班该怎么个上法?"

"来得巧,明天我是个大歇班!"金汉生大手抹了一下大胡子,笑呵呵地回答。"怎么?是鬼子又在乡里清剿啦?还是在这里掩藏着捉摸个事,像黄庄那样的再捡它个便宜?"

"咱一不是躲鬼子的大清剿;二也不是想再捡黄庄那样的一个便宜。我们这次来,是想……"魏强将嘴凑近金汉生的耳根下咕哝了几句。

金汉生听过,像喝了半斤老白干,兴奋得朝大腿上一拍:"好,你魏小队长思摸的真周到,要真成了,我可再不为咱老刘他们发愁揪心了。你们是不知道,"他若有所思地长出了一口气,接着说下去,"只要我上白班,就碰上特务汉奸们用汽车装着老刘、汪霞他们朝西关夜袭队里解运;每次碰到,我那心哪,真比那刀子剜都难受!谁叫咱在人家的脚底下踩着呢?真没法。听说他们俩都是硬骨头,好样的!唉,你们总算来啦!天一亮,我就去。"

天刚麻麻亮,房后面,伪军警备第七中队部里传过了嘀哒嘀哒的一阵起床号音。金汉生穿上他那长年不离身的破夹袄;后又将件棉袍披在身上,快步走去,跟着传来不大响的锁门声。

魏强他们从头明钻进南关,潜入金汉生家,直到金汉生走去,谁也没合一下眼。天,大亮了;阳光和煦地撒满了整个大地。一切都已苏醒,魏强他们的精神更大了。

在这里,如同钻进了老虎嘴里。从神情上看,好像在自家炕头上那么安闲,谁也没把可能遇到的危险搁在心上,既不惊奇,也不紧张,大家坦坦然然地静坐在床上、凳子上;但是耳朵,却十分警惕地辨听着门外和房上传过的响动。

"到这时候啦,怎么还不回来?"魏强隔着窗口朝东南角上高挂的日头瞅了一眼,低头又瞧瞧腕上的手表,怀着异常焦急的心情,自言自语地说。

魏强这样焦心是有根据的。以往,敌人从监狱里提刘文彬、汪霞他们去西关夜袭队里过堂审讯,多在早饭后八点钟左右。现在已经是十点三刻了,而去侦察这一情况的金汉生却一直没有回来。

魏强刚把窗前的位置让给贾正,贾正却欢天喜地地低声嚷起来:"来了,小队长!"

不一会,喀哧!大门上响起开锁的声音。这声音给魏强带来了喜,也带来了怕。喜的是敌人可能又将刘文彬他俩提走了;怕的是在日本天皇诞辰的这天,鬼子放假,夜袭队也不审讯了。

"叫你们等急啦!"金汉生快步走进屋,负疚地小声说。他披出的那件青棉袍不见了,手里却提了个鼓鼓囊囊的小包袱。"准把你们饿得前心贴后心了!"他紧忙打开,里面包的是一大堆夹肉烧饼,外带一小瓶酒。他指点酒瓶说:"我知道咱八路军不兴喝它,咱要走走老辈子出兵打仗的法门,盼望来个旗开得胜,马到成功,所以我领头破下格,不管会不会,都在嘴边上沾一沾。来,魏小队长!"

魏强深知金汉生的意思,接过来闹了一口,回手递给了身旁的赵庆田。

今天不同往日,谁也没客气,大口大口地吞吃起来。

从金汉生欢乐的神色上看,魏强知道刘文彬他俩又被提出审讯去了,也就没再多问。

既然刘文彬他们被提出,为什么金汉生回来这么晚呢?是这样:金汉生出了门就朝南关监狱走来。吃早饭以后,他也没见到监狱里解押犯人的汽车开出来。"怎么?难道鬼子给他们天皇做寿都放了假,夜袭队的特务也来个大歇班?要是真的,那可就前功尽弃了。"他脑瓜门上急得光出汗。他想探问探问,便溜达到监狱门旁的一个烟摊子跟前,掏出一张毛票,买了两根烟卷。一根烟刚放到嘴上,嘀嘀嘀……汽车喇叭声从监狱里传来,一辆载有几个全副武装警备队员的、土黄色的汽车,拖着一股子黄烟,在他面前驶过去了。

金汉生看到押解犯人的汽车开过去了,高兴得心里开了花,擦火抽烟,拔腿便走。这时从监狱里走来一个法警。"喂,一盒红锡包,记账!"

走出没三步的金汉生转回头一想:"怎么能证实过去的汽车里押解的是刘文彬他们?"眼睛朝身后买烟的法警一斜,像问人,又像问自己:"这些天总是汽车解犯人,谁知他们尽犯的是什么罪?"

偏遇上个多嘴的法警,立刻搭上了茬:"什么罪?八路,共产的罪!别看天天解犯人,就是那几个硬骨头。你使尽了刑法,他连大气都不吭。听说那个女的,回回过堂,回回大骂,真少见!"他像百事通似的把话说完,扭头就走了。

"莫非这就是说书场里常听的那句'踏破铁鞋无觅处,得来全不费工夫'?"意外的收获,真把金汉生乐颠了,他三步并成一步迈,迅速离开了烟摊子,去办他想办的另一桩事——到城里秀水胡同源生当铺把他那件披出来的棉袍当出去,好换得钱来给魏强他们操办一顿战饭。

金汉生见人们都填饱了肚子,心里非常痛快。他将嘴里捣嚼的最后一口烧饼咽下喉咙,才介绍:"今天,在城里走道,打头碰脸的净是鬼子:有穿军服的,有穿便衣的,有男,有女,还有小崽子。你听罢,走到哪儿都是叽里哇啦的乱叫唤,真叫人生气!"

"南关呢?"魏强要了解一下执行任务的这一弯子有没有日本人,忙问了一句。

"南——关?一来没有地方逛;二来驻的鬼子也有限,轻易也碰不上一个!"

太阳移到正西,手表告诉魏强:已是四点半了,再过两个半钟头,刘文彬他们又要押回监狱了。

魏强瞅瞅预先带来的包袱,说了声:"咱准备吧!"大家七手八脚地忙起来。

从包袱里,魏强拿起一套黄卡其布的日本尉官军服,还有两只高腰黄皮靴。他像在舞台后面化装的演员,脱掉身上的便衣,换上了它。

金汉生从头到脚看了看魏强,称赞地说:"穿了这身鬼子服,你要在马路上和我走个对面,吓死我,我也不敢跟你说一句话,这哪像咱武工队的魏小队长呀?"他回头再一瞅辛凤鸣,辛凤鸣也改了样:雪白的衬衫往里一套,藏青色的西服一穿,黑皮鞋倍亮,灰呢帽崭新,两手一抱双肘,眼一斜,头一歪,活像个抽白面儿的翻译官。赵庆田、贾正眨眼之间,都变成了日本兵。

"好啊,装扮得太像了!登台唱戏也没挑!"金汉生欣喜得眼睛有点不够使,瞅瞅这个,望望那个,对魏强他们的化装,真是一百个佩服。

"对,今天就给他唱出去!"贾正系着末后的黄铜纽扣说。

"咱唱的这出,一定要起个戏名!"辛凤鸣扒拽衣襟道。

赵庆田白了人们一眼,像想起了什么,羞涩地说:"要起名,我倒想起一个来。看,就叫《八路军大闹保定府》!"

戏名起得顺耳,人们都满意地乐了。

一切行动的联络信号规定好,魏强将瓶子里仅剩的一点酒,洒在自己的衣服上,浓重的酒味,立即弥漫了全屋。

魏强叫老金先一步走了。在金汉生离开大约有一刻钟的时候,魏强他们四人前前后后也来到南关马路上。

是城气死镇,是府赛过集。南关虽说不如保定城里热闹繁华,南来的,北往的,男的,女的,挤挤插插足有多半街筒子人。人流里穿戴什么的都有,正像金汉生说的,轻易看不到穿黄军装、戴战斗帽的鬼子。魏强他们身上像长了毒疮,蹭满了粪便,人们撞见都是白眼相看,远躲着走。

按金汉生的手势,魏强他们钻进了一座饭馆里,在临街靠窗的一张八仙桌子跟前坐下了。隔着玻璃窗,魏强和街上站的金汉生对视一下,金汉生的影子立刻消逝了。

小跑堂的手托块抹布跑过来,一面揩拭桌子,一面殷勤地问:"太君,什么的迷西迷西?"

"酒的！肉的！大古桑①！快快！"魏强手按桌子，脸色装得非常不耐烦，又像很性急。

"这酒，您看要什么的？"跑堂的视线移到了装作翻译官的辛凤鸣身上，熟练地报着酒名："有竹叶青、白兰地、青梅、啤酒、二锅头……"

"算啦，算啦！"辛凤鸣深怕话一多说露了馅，装作内行地要起酒和菜："你送一瓶葡萄酒，再来一瓶白兰地，这菜呢？"他眨眨眼睛想了想，确实他不知道要什么菜好。因为在城里下饭馆，在他和其他的人说来，长这么大还是头一遭。他摘掉呢帽，搔搔头皮，记得在家里常听老人们念叨："到饭馆里吃饭，好吃不贵就是木樨肉。"张嘴就要："你弄个木樨肉来！再切一盘熏猪肉，一盘肠子，要快！"

"快快的！快快的！我的金票大大的！"魏强拍着自己的衣袋说。

"慢不了，太君！"小跑堂的像一阵风似的离开了，一瞬间，酒杯、瓶酒、要的菜蔬都给端了上来。

四个人，真像四个下馆子的大皇军，又吃又喝地闹腾开。别看都装疯卖傻的大口吃菜，大杯灌酒，谁也是菜多吃，酒少喝；酒洒得多，喝到肚里去的少。

两瓶子酒，眨眼糟蹋得都剩个瓶子底。

魏强用极小的声音跟辛凤鸣说："你给他算账！"扭头，又装作喝醉的样子，舌头发僵的摆着手儿大声吆唤："快快！酒的再来一瓶！"

小跑堂的像只燕子，飞快地送过一瓶酒，刚起开盖子，魏强就把酒瓶抓到手，朝嘴里一塞，扬脖闹了一大口；等小跑堂的和辛凤鸣算完账飞快地走了，魏强又悄悄把酒吐到地上。

不知内情的人乍看到魏强的样子，以为他真是醉了。

---

① 日本话，多的意思。

屋里渐渐地暗下来,墙上的挂钟当当地敲了七下,电灯突然明亮了。魏强却死盯着玻璃窗户,焦急不安地想:"到时候了,怎么还不来?难道要……"

一个面孔在玻璃窗的外面出现了,这是金汉生那张四方脸盘。他和魏强的眼睛刚一对光,就不见了。

金汉生这是在报告,也是在发信号。魏强朝下拉了拉战斗帽的遮阳,让它齐了眼眉;左手多半瓶子酒没放下,伸右手又抓起桌上的一只空瓶子,狠狠朝地上一摔,啪!闹了个粉碎。"开路!"晃晃悠悠一溜歪斜地走出了饭馆子;辛凤鸣想扶又不敢扶地跟在后面。

"开路开路的!"贾正装作昏昏乎乎的样子,摇摇晃晃地站立起来,趔趔趄趄地朝门口走去;赵庆田也变成了一步三晃,头歪身斜,双腿打着别脚的朝贾正扑过去。他俩立刻撕拉到一块,像搀,像架,像推,像搡,互相依偎着迈出饭馆子。

四个人,除了装充翻译官的辛凤鸣,谁也装作醉里麻西的样。他们谁也不看,走在马路中间,一直地朝北扎。

嘀嘀嘀……汽车喇叭声传来,跟着一辆汽车开来了。魏强看到汽车迎面开来,双手向左右平伸乍权开,粗声粗气地命令:"站住,我的坐坐!"辛凤鸣也摘掉礼帽朝汽车摆晃:"站住!站住!太君要坐坐汽车!"

吱——的一声,急驶的汽车煞住了。一个戴鸭舌帽的脑袋,从车窗里面伸出来:"太君,不行,这是押解重要犯人的汽车!"

"妈个×!你的屁股坐在橛子上啦?怎么和太君说话连车都不下?看你是不想活啦!"辛凤鸣装腔作势地朝汽车上的那个家伙骂起来。

辛凤鸣连骂带训,倒把那个家伙训骂出来了。"翻译官,您别生气,这车上押送着重要犯人,请转告太君,别坐啦!"

装作头重脚轻,站立不稳的魏强,一见汽车上跳下来的这个胸前绱挎一支张开大小机头驳壳枪的特务,忽地让他忆起那年在西王庄联欢会上,油腔滑调地唱《八路军进行曲》的那个家伙。"啊!马鸣?"想到这,心房不由得一动。他怕夜长梦多露出马脚,走向前,将提在手里还有多半瓶子酒的酒瓶朝和辛凤鸣穷对付的马鸣胸前一入:"你的,酒的新交!"

没有防备这一手的马鸣,不敢不接,又不敢接,龇牙咧嘴地说:"我的不新交!不新交!"但还是接了过去。

马鸣刚接过酒瓶子,魏强顺手牵羊地将手往下一滑,马鸣胸前的那支驳壳枪被抓了过来。

这一下可吓坏了马鸣。他双手一松,"啪啦"!酒瓶子落地,摔了个粉碎,白酒洒了一地,散放着酒香。"太君,太君,我的枪!你……"他想夺又不敢夺地伸出双手冲着魏强哀告,讨要。

"上车!上车!统统的上车!"魏强用马鸣的驳壳枪逼着面前的马鸣,开玩笑地招呼身旁赵庆田他仨,也在指挥着马鸣。马鸣退一步,说一句:"上车可以,您把枪给我!"

周围聚了好多看热闹的人,人们都伸长脖看着这场戏。这里面有男,有女,有戴大檐帽的警察和背枪的警备队员,还有两个鬼子也挤在人群里瞪眼看稀罕。他们看到马鸣那副手脚颤抖、说话口吃的熊样子,都嘻嘻哈哈地乱笑。

魏强见到赵庆田他仨顺利地爬上了汽车;同时,借着刚亮了的路灯,也望到北面远处人行道上,走来两个挎战刀,背短枪,左臂佩戴粉色袖章的日本军官。他知道这是宪兵,便一分钟也不敢拖,厉声地吆唤马鸣:"快快,汽车的上!"

等把马鸣逼进了汽车驾驶室,魏强也利落地端枪跟了进去。咣啷车门关上了。

魏强担心马鸣枪膛里没装子弹,忙拽开枪栓瞅了一眼,而后,放心地用枪指着汽车司机下命令:"开车!一直朝南、朝八里庄的开!"

只听呜——的一声,南关马路两旁的行人、房屋……都给甩到了后面。

汽车刚一开动,赵庆田他仨默不作声地将押解刘文彬、汪霞和邱科长的四个警备队员的武器扽了过来;同时,也给刘文彬他仨砸开脚镣,松开了绑绳。

夹在汽车司机和魏强中间的马鸣,他的眼睛始终盯着魏强的脸,越想,越觉得这个日本军官好像在哪里见过。他脑子翻了几翻,想起点眉目来了,跟着汗水顺着每根汗毛眼在朝外冒。他怕,他又不能不问:"太君,你……"

"我?"魏强不隐讳地告诉:"我是武工队的!叫魏强。"

"啊——"马鸣像触电似的惊叫了一声。

"嚷!你再嚷,我就把你钉在这里!叛——徒!"魏强点动着手里的驳壳枪,发着狠说。

汽车开到保定南阁,警卫南阁炮楼的敌人,已将禁止通行的黑白挡竿放下来,横拦在马路上。

汽车司机从魏强的说话口气,已经明白了现在是件什么事。他心里突突跳个不停,生怕这个假充日本军官的八路也朝自己来。见到横拦马路的黑白挡竿,只得扭头用眼睛请示下魏强:"怎么办?"

魏强一挥左手:"开!硬闯过去!"

汽车像一匹没笼头的野马,左右不顾,直朝挡竿闯了去。咔嚓!挡竿闯断了,它就更没阻拦地顺着平坦、笔直的张保公路,朝南飞快跑了去!已经跑得很远了,才听到背后的枪声响了……

第二十六章

一

刚从张保公路西面和杨子曾取联系回来的贾正,没撂稳自行车,三步两蹿地跳进了屋,把刚要出门的辛凤鸣撞得倒退好几步,也没理会,环视下周围,没有见到魏强,劈口就问:"小队长呢?"

从贾正脸上露出的那副从没有见过的高兴神气,人们断定准是从队长那里带来了好消息,不由得乱问:"你碰上喜神啦,看高兴得那样!""你别光笑了,快说!"辛凤鸣指着贾正缺少门牙的嘴巴:"还笑!还笑!看你那大缺口又暴露了!"

人们的说、笑、哄、闹,都没打动贾正的心。他照旧依着他的老主意,独享快乐地说:"什么事?好事!叫你们知道了,还不笑得跳起来,顶破这房顶?"

常景春鼻孔哼了一声:"什么事,能值得那么高兴!"

"除非鬼子投了降,不……"李东山把话说了半截,忙吸了口烟。

"嗯,这事啊,也不比鬼子投降事小!"贾正想接着往下说,辛凤鸣一点就破地说道,"咳!准是希特勒的死和德国投降的事!"

"噫!你们多咱知道的?"一被猜中,闹得贾正挺难为情。

"多咱?反正不是你头走的工夫!"李东山顺手从身旁"万宝

囊"里拿出一沓子宣传品来,这是县委派交通员——老奶奶刚才给送到的。他手指宣传品上密匝匝的字迹:"我的贾先生,你瞧瞧这上头印些什么?"

从宣传品上,先跳进贾正眼睛里的是红油墨印得很醒目的小枣般的三个美术字:"好消息"!接着,绿豆粒大的正楷字:"五月一日,希特勒毙命;五月二日,苏联红军全部占领了德国的首都——柏林;五月八日,德国向同盟国宣布无条件投降……随着希特勒的垮台,鬼子完蛋的日子就要到来了……"

贾正看过,像逮住了理:"是啊,这么好的消息,难道你们是木头,听到了不高兴?不跳起来?"

"跳不跳的不一定非得叫你看见!"李东山斜了贾正一眼。

"你要这么噎搡我,我叫你看这个玩意才怪呢!"贾正从衣袋里摸出个沉甸甸的小布包,双手捧托着在李东山眼前一晃,忙抽缩回去。由于手的抖动,布包里发出丁丁当当悦耳的音响。人们都好奇地二次打问:"什么?什么?""打开看看!""只看一眼!"

"瘦马(什么)?瘦骡子!看看?看一眼?半眼也看不上!其实,我肚子里还有好玩意呢!就是不对你们说!"贾正挤眉弄眼,指手画脚地数落了一顿,转过来,又一本正经来问只笑不语的赵庆田:"喂,你知道咱小队长哪去了?"

赵庆田刚要张嘴,常景春大巴掌一捂:"不告诉他!"

"问小队长吗?在地上面,天下头呢!有本事自个找去!"

"这是脚上的泡,自己走的!"

"你知道吗,这叫礼尚往来,常说,来而不往,非礼也!"

由辛凤鸣领头,人们鸡一嘴、鹅一嘴地朝贾正咬扯开,闹得他真是进退不行,哭笑不得。末后,他服软地告求:"行啦行啦,别闹了。"又装作真是那么当事似的二次拿出布包包,掂量掂量地解释:"我也不知道这里是什么宝物!反正队长要我回来马上交给小队长!这是工作,可别耽误了。"

贾正本想用这席话打动人们,结果谁也没理他这个茬,还是赵庆田过来告诉给他。他知道了魏强的去处又卖乖说:"我当真缺了你们这鸡蛋,就做不成槽脂糕呢!"转身,像阵风般地跑走了!

虽说各个抗日根据地在去年冬天就展开了局部反攻,冀中的人民经过积极对敌斗争,促使局面在转化。但是,大城市和交通要道附近地区,敌人的变化还不太显著:驻保定的敌人,虽然将兵力都撤到公路上,但市沟里面,在青纱帐没起来时,照旧组织部队,配合夜袭队来剔抉、清剿。为此,在这地区工作,谁也没放松警惕,还是隐蔽、秘密地活动。

要不是县委让老奶奶给魏强他们送来一批宣传品,魏强还不知道刘文彬、汪霞秘密藏在这村里休养呢!老奶奶领着魏强,院串院地串过十几户人家找到了刘文彬。她将县委给刘文彬的文件交到了,又独自一人走去,继续送她那还没有送到的文件。

受过无数让人难熬的酷刑的刘文彬、汪霞,经过两个多月的调养、治疗,外伤即将痊愈,虚弱的身子板,也将复原了。

魏强猛然露面,就像天上掉下来一样,欢喜得刘文彬、汪霞真想跳起来。他俩一人拉住魏强的一只手。特别是汪霞,手攥住魏强,却在暗暗地用力。这些天来,她时刻没有忘记他,心里闷着一肚子话想和他说;待自己跟前真的出现了这个五尺高的、年轻、机智、浑身是胆的魏强时,却又腼腆得不知该从哪里说起好,眼圈一红,泪水刷地落下来。

"看气色,还算不错!"三人客气了几句后,魏强在他俩的脸上细端详了几眼,有些担心地说:"看你俩的行动,估摸都不会落了残!"

的确,和刚救出来时相比,他俩都变成了另外一个人。那天,截来的汽车停住,他们俩都是被背到村里去的。当时,让酷刑折磨得真是体无完肤,寸步难行。衣服也都浸透了血水,和烂肉粘起来。结痂的刑疮又被打烂,新的刑疮却在化脓。伤口一阵阵地钻心发疼,就像有人在用锥子扎着一样。

两月的疗养,他们身上虽说还留有酷刑的痕迹,但毕竟不再是那寸步难移,跌倒爬不起来的人了。

挂重彩,受酷刑,只要不落残疾,是桩最让人满意的事。汪霞孩子般地扬扬胳膊,扭扭腰,又蹦又跳地活动了几下,末后,托着张稚气的笑脸,自得地冲魏强说道:"一切蛮好,现在工作蛮能行!"

魏强和汪霞之间的关系,再清楚莫过刘文彬。不过,刘文彬从没有对他俩说过半句玩笑话。今天,可能是高兴,也可能是没别人,就想开个玩笑。词想好了,话也溜到口边上,可是一张嘴,脸上不知为什么有点热,话儿立刻离了八丈远:"喂,人们怎么样?是不是随着形势转变,情绪更高了?"

"高!别看市沟封锁得紧,说一声朝里头突,谁也不会皱眉头!"瞅见汪霞那股子活泼劲,魏强心里非常高兴。他本想要说上两三句笑话凑凑趣,一听刘文彬朝这方面说来,只好也转了话题。

刘文彬提起小队上的人们,汪霞一下又忆起截汽车救他们的那次奇妙的事件。

那天,被解救以前,汪霞在夜袭队里过堂,两腿被杠子压得好像和身子分了家,想动弹一下都不能。虽说腿肚子又木又胀地疼,脑子倒是十分清醒。汽车猛然站住了,为什么站住?她不晓得。她见两个浑身满带酒气的鬼子爬了上来,还有一个汉奸,心里不由得哆嗦一下。通过刺鼻的酒气,她判断上来的鬼子都喝醉了,所以更害怕。她怕的是这群野兽借着酒醉来胡闹,因为她再没有一丝力量来反抗,只得张大眼睛,握紧拳头地等待着,提防着。

汽车开动了,飞快地朝前开。酒醉的鬼子不但没动她,甚至都没瞅她。她正在想:"这群牲口们为什么今天这么老实?"鬼子、汉奸都拽出驳壳枪,三下五除二就将押送他们去监狱的四个警备队员的枪支抨了过来。"这是怎么回事？莫非……"没容她想下去，一个鬼子凑上来，边解绑绳，边说道："你们被救了，汪霞同志！"声音听来是那么耳熟。

马达呜呜山响，汽车继续跑个不停。她望望天空，刚露脸的银星，都朝她眨巴眼地乐；她瞅瞅对面，给她松解绑绳的鬼子，龇着没门牙的大嘴直朝她发笑。她疑虑不安地默问："是真的？还是梦？"扭头瞅瞅身旁的刘文彬和邱科长，捆绑他们的绳索，也被别的鬼子、汉奸松解开。

"你看汪霞傻的，咱们真被救了！是武工队救的，你跟前那不是贾正！"刘文彬高兴地叫道。

迷惘的眼睛清澈了，她的心房立刻变成波涛滚滚的大海，激动地把手伸去拉住了贾正，鼻子一酸，流下两行热泪……

魏强和刘文彬、汪霞谈了一会，他们两人将随身的东西一检查，跟着魏强，院串院地朝小队驻处走来，也正好和贾正走了个碰头。

"在这儿碰上了！嘀，都在！"贾正搭讪两句也就回返了。

人们刚刚坐定，贾正向魏强汇报开："这是队长的信，这是军区颁发'五一'奖章的命令，这是……"他像个熟练的营业员，嘴里介绍着，东西也拿了出来，最后将那个引逗人的沉甸甸的小布包朝魏强跟前一送，说："这是'五一'奖章！"大家的眼睛马上都集中在小布包上，恨不得望穿布包，看看"五一"奖章的样式。谁也在问自己："能获得一颗吗？哪怕是二等也好啊！"

"队长说，在夏季攻势里，咱们分区的部队，继子牙河战役，现在又和十分区配合，展开了大清河北战役，堂二里、胜芳都拿下来了，眼下就剩伪治安军十九团团部和一个营在信安固守着，听说，正在谈判。我想，现在准缴械投降了！"贾正一口气说到这里，人们心里都像锅里烧滚的开水，一个劲地翻花、滚动，再也按捺不住地吵吵开："现在，信安的敌人准投降了！""小贾，你听说得了多少挺机枪?""一个连三挺,一个团九个连,三九还二十七挺呢!""缴到炮了吗?""一定会有重机关枪!"……

在人们的吵嚷中,魏强将杨子曾的来信看完,眉开眼笑地乐起来。"咱主力部队朝北平和天津打;咱们武工队就按队长的指示,"他抖动手里的一页信纸接着说,"像把牛耳尖刀似的朝保定市沟里面插,去打乱敌人的固守计划,去扩大我们的政治影响!去……好。现在颁发'五一'奖章,然后,研究朝市沟里突的办法。"

人们听说眼下就颁发"五一"奖章,个个眼睛乐得挤成一条线,嘴巴笑得像个小元宝,都希望第一枚奖章发到自己手里,佩戴在自己胸前。

"颁发'五一'奖章的条例是这样,"魏强手指捏着军区政治部颁发"五一"奖章的命令,低声地,有节奏地朗读,"凡坚持'五一'反扫荡,并在'五一'反扫荡后,坚持对敌斗争,在历次战斗中都有显著贡献的指战员,可发予银质一等'五一'奖章一枚;坚持'五一'反扫荡和'五一'反扫荡后继续坚持对敌斗争的指战员,可发予银质二等'五一'奖章一枚……"

小秃听到颁发"五一"奖章的条例,立刻泄了气。他心里说:"我没有参加'五一'反扫荡,发奖章没我的份!"本想退到后面,又好奇地想着看奖章式样,身子晃两晃,也没动地方。

裹包奖章的布包打开,一等圆形奖章和二等方形奖章,一颗颗地装在透明的油光纸袋里,静静地堆散在桌子上,显露在人们眼前。这是人民赐给的荣誉,这是有功于祖国的标志。谁见到都心里感到万分舒畅,因为它是光荣的象征啊!

"历次发奖都是隆重庄严的,今天怎能草率?"魏强看了看他周围的队员们,立即确定了发奖仪式。朝地上一蹦,有力地低声喊:"站队!"

人们虽然身着便衣,对口令遵守却很习惯。动作快得像闪电,一眨眼,前后整齐地横站了两排。二十几个人在当地一站,真是满上满。但是静得好像没有一个人。

按照颁发奖章名册上开列的顺序,魏强第一个叫:"刘太生!"

这声呼唤,立刻让人们想起那刚毅、勇敢的老战友;刘文彬的脑子里也浮现出他一手拉扯大的亲侄儿,虽说心里很是哀痛,但是也为有这样英雄的侄儿而骄傲。

肃穆的气氛笼罩了整个的屋子,人们将头低下,一阵暂短的默哀。魏强将第一枚圆形的"五一"奖章慢慢地放在桌上另一角。接着叫下去:"赵庆田!"

"有!"赵庆田细声答应,伸手接过一枚圆形的"五一"奖章。

魏强回手又拿起一枚圆形奖章,叫道:"贾正!"

"有!"贾正低声回答,恭恭敬敬地也把奖章接过来。

李东山、辛凤鸣、常景春、胡启明四个人,都光荣地获得一枚一等"五一"奖章;余下的人,都荣得了二等"五一"奖章。最末,魏强叫了一声:"郭小秃!"

"我——"小秃听到叫自己的名字,又见魏强手托一枚蓝得像海水般的奖章朝他递过来,欢喜得真不知该怎么办好,光笑,也忘了伸手去接。

"拿着,这是你的一枚!"魏强告诉他。"你虽然没有参加'五一'反扫荡,根据你机智大胆,侦察有功;特别在巧取黄庄据点时,用超人的胆量,完成了艰巨任务,所以上级决定将这枚二等'五一'奖章授予你!"

"还不接,小秃!""有什么不好意思的!"人们为小秃也能获得奖章而高兴,小秃才红着脸把奖章接过来。

布包里剩下一枚圆形的奖章,这是魏强的。

魏强从油光纸袋里取出银质的奖章来,它镀着海水般蓝的珐琅,中上部有一颗红五角星闪射着金光。刘文彬接过来看了看,递给汪霞;汪霞小心地托在手掌上,喜爱地瞅了又瞅,伸手给魏强别在左胸襟上。别人,也都在左胸襟上,挂上了"五一"奖章。

二

晚夏的黢夜,无云的星空。除了草丛里秋虫比赛鸣叫,四外非常安静。在这安静的黑夜里,什么时候会发生意外?谁也捉摸不清。因为这是敌占区啊!

魏强带领全小队人马,大小路都不走,串着没人高的庄稼,警觉地朝保定方向,朝市沟跟前走过来。

根据杨子曾的指示,根据他们进行了细致的侦察和研究,准备今夜在侦察好的地方突过保定市沟,在市沟里去进行一番活动。

眼下市沟一线,经过敌人收缩兵力而大变了!

原来的市沟,虽说沟很深,也有几个炮楼子,但因相隔的距离远,防守比较松,人们过来过去就像是平蹚;而今,虽说不是插翅难飞过,想要偷过一次也确实很难。

沟挖深了,加宽了,还放进没膝盖的臭水;炮楼都加高了,而且在两个大炮楼中间,还加修了一座夜间守白天撤、和尚坟似的小碉堡;进入黑夜,游动哨、巡逻装甲汽车经常不断。真是一地有警,四处增援。白天,即便是老百姓通过,也得检查个到,盘问个透。在这种情况下,任何人休想蒙混过去。

"能因为敌人防范严紧就不突过去工作吗?道儿是人走的;再说,那面还有自己的'关系'。他再严,老虎还有个打盹的时候!要过!要想办法过!只要过去了,工作就能铺摊开……"魏强边走边想。

李东山从前面跑回来报告:"小队长,前面二百米就是市沟!"

部队停止了,刘文彬从后面几步撵到魏强近前。他和魏强咕哝了两句,一起跟着李东山朝前走去。

不高的外沟沿,挡住了魏强、刘文彬的身形;魏强、刘文彬都两手拄扶两个膝盖,大猫腰地仔细观察沟对面的情形,听辨沟里面的动静。

之光的这块边缘地区,本来都是敌占区。但是这条既深又宽、戒备森严的市沟,又把这块敌占区划成了两个小天下:沟外,总算还安静;沟里有些乱腾腾。沟外,据点、炮楼被逼得刚撤掉;沟里,特别是沟沿上,小碉堡、大炮楼,距离相等像无数颗钉子揳在那里,又像无数的鬼怪,排立在那里张望。沿市沟的环形公路上,不仅能清晰地听到咯咚咯咚的走路声,还能隐隐地看到荷枪游动的人影。人影那方,时而扫过手电筒的光亮。

赵庆田像发现什么似的小声说了个"听!"话音刚落,一阵凄厉的、刺耳的、鬼嚎似的声音,由远而近、由小而大的、沿围城公路传了过来;一根水桶般粗的白光柱,在两颗小光柱的上面,构成个三角形射向了魏强他们。

"巡逻装甲车!"魏强一挥手,人们都伏下了。

借巡逻装甲车上探照灯的光亮,魏强看到沟那边,岗哨林立,防守甚严。严紧得真不次于三年前敌人"五一"大扫荡铁壁合围时,十步一个人,八步一个哨。

"他妈的,敌人怎么和市沟摽上啦!"贾正没好气地和辛凤鸣耳语着。辛凤鸣像回答,又像自语:"这是成心不让咱过!"

巡逻装甲汽车来回晃动着探照灯,不紧不慢地驶了过去。魏强的脑子倒转起弯来:"沟这样深,戒备这样严,要想过去,可得生个神法!"和他并肩伏着的刘文彬也在捉摸:"要想在这种情况下悄悄地过去,神人也难办到! 谁知停一回怎么样?"

时间不停地朝前跑,三星在东方露了头,拂晓就要到来了。防守市沟的敌人,不但没放松警戒,反倒更加强了。要想从这里过沟,确实是不可能了,魏强不得不和人们由沟沿上撤下来。

"敌人防守得是紧,我们还一定要过去。"魏强蹲在地上和刘文彬小声地商量。"我们不能过多,少过些;这里不能过,就另找个地方!二十分钟以后,天道最黑,这时候我们搞个调虎离山计,指挥一下敌人。具体办法,可以这样……"

刘文彬反复地做了个考虑,认为这是个办法,规定好联络地点,就分头执行起来。

赵庆田、贾正、辛凤鸣、李东山,再加上小秃,一共五个人,像五只蹿山跳涧的猛虎,掖好驳壳枪,背上过沟用的大沙绳,跟着魏强,倏然消失在庄稼地里。

刘文彬带领留下的人,二次回到市沟的沟外沿上。

十五分钟以后,魏强他们六个人,串着庄稼小跑步地来到十五号炮楼和十六号碉堡之间。他们刚接近沟沿,放着警报,射着探照灯光的巡逻装甲车又开了过来。

"好家伙,防范得真够严!"魏强望着驶过的巡逻装甲汽车,暗暗地想。他立起来,小猫腰瞧望下沟那边,荷枪放游动哨的敌人,络绎不断地咯噔咯噔地在走路;探头朝沟下望去,真是又陡又深,里边还灌放了半槽子黑水。胆小的人乍见到,会吓得头发晕。"赵庆田!贾正!收拾好,准备行动!"魏强的话音刚落,在他们原来的方位,啪啪啪!嘎嘎嘎!咕咕咕!步枪、机枪不分点地骤响起来。

这枪声就像顽皮的孩子捅了马蜂窝,市沟上所有的炮楼、碉堡,都像遇到塌天大事,嗷嗷嗷地摇响警报器;在公路上担任巡逻的敌人,都炮着蹶子朝枪响的地方跑;炮楼里的灯光霎时熄灭了:敌人显得异常惊恐、慌乱。

魏强见沟里的敌人注意力都移到了枪响的地方,轻轻地招呼一声:"过!"赵庆田、贾正像打滑梯似的轻轻地顺沟的陡坡滑落下去,咚——的一声,身子掉在水里。

"多深?"魏强问。

"蹲裆深!"贾正扬颏回答。他和赵庆田蹚水接近了对面沟坡。赵庆田蹬着他的双肩,他的双手又使劲朝上一托赵庆田的两只脚掌,再加赵庆田用力一扒爬,终于爬了上去。

魏强隔沟见到贾正扯着赵庆田撒下的大沙绳，上到了那面的沟顶，刚要迈步下沟，沟那边突然有敌人嚷起来："有过沟的啦！""别叫他跑掉！""拿活的！"

"不好！"魏强没敢再想下去，拔枪指挥辛凤鸣、李东山、小秃一起朝那边呐喊的地方当当当地开了枪；沟那边的枪声也滚成了一个蛋，不过，枪弹不是朝他们射来的。魏强再仔细望去，赵庆田、贾正早都没影了。

呐喊声没有停止，枪声越响越稠密。"他俩是活？是伤？还是死？"魏强心上像撒了一把蒺藜豆，真是扎扎划划的不好受。他恨不得腋生双翼，飞过这条又陡又深又宽的市沟去看个究竟。

远方鸡啼了，东方发了白。想现在跳到沟里爬上对岸去，不但敌人不允许，时间也不容许了！

三

天亮以前，魏强怀着惆怅的心情，赶到了范村，在周敬之的家里和刘文彬他们会合了。

经抗日政府的政策感召和屡次教诲，再加形势日趋好转，周敬之不得不装成进步样子，讲些抗日话，讨魏强他们的好。他之所以要这样做，正像背后和家里人说的："咱立着房子躺着地，一家老小在这里，早先斗不了，眼下更不敢斗，能求得一天相安无事就好！"

魏强对周大拿，处处都存有戒心。因为他知道，和这些人打交道，别看嘴头上说话比蜜都甜，说不定哪回给你使个绊。所以哪次住下都在门后面设岗，严禁家人乱出入。

今天，魏强心绪很乱，一心牵挂着没回来的赵庆田、贾正。他要尽快弄清这俩人的下落，太阳刚拱红，就把小秃打发走了。早饭刚吃罢，小秃满脸不高兴地跑了回来。人们见到他满脸不快的神色,心头上都像压了一块大石头,不约而同地想打问;魏强一摆手,把人们的话语挡回去。

根据小秃难看的脸色,阴郁的眼神,魏强暗自判断:"赵庆田他俩一定有了闪错。不然,小秃不会回来得这么快,也不会在脸上挂了哭容。"他想到这,像有人挠抓他的五脏,肚里阵阵绞痛。他不愿脑子想的成了事实,又不能不问,便说:"你为什么回来这么快?"

"不回来可怎么办?"小秃像遇到极难过的事,眼皮不撩,小嘴撇得像个瓢。这不明不白的回答,使魏强心里更恼火,抬身蹲在炕上:"你说的是什么?什么不回来怎么办?"

"什么……"小秃刚吐出两个字,眼泪像断线的珍珠,簌簌地掉落下来。他这一闹,人们更以为事已成真;魏强也是这样想。

"从范村到岳庄,从十五号炮楼到十八号炮楼,个顶个的都戒严,吊桥不放下,来往行人断了道,你说我那任务怎么完成?"从得了二等'五一'奖章,小秃情绪更高得邪乎。他常心里叮嘱自己:"这会,更得好好工作,什么任务都要争取出色地完成!"哪知道执行今天这个任务,偏碰上这么个难题。他认为这太丢人了,说完,愧恧地哭开了。

"看你这叫什么?还是荣获'五一'奖章的战士呢!怎么学会了哭鼻子啦!"魏强一听小秃说的是这个,心松宽了,假恼怒地敲下炕桌:"真没办法,不能回来大家商量,还值得哭?"话说得挺便当,要真朝外拿办法,他也是个难。"怎么办?谁能想个办法过这个沟?"人们也都从心里犯起愁来。

房东周敬之像得到什么稀罕事,从街上跑回来,跑进魏强的住屋,凑近魏强低声说:"刚才碰上了去市沟里虚报情况的联络员,他们说,黑夜,市沟边上打了两仗,闹得鬼子、伪军都不敢摆放吊桥啦!"

周敬之的一番话,让魏强想起一串事。他嘴头上答应,心里却在想:"他不是和刘守庙的伪乡长黄新仁是连襟吗?黄新仁的二女婿田光,不是在警备队里混事吗？各地一撤炮楼子,田光是不是也撤到市沟上来了？……"越想越觉得应该通过扯闲篇儿来了解一下,这样了解或者能得到意外收获,就随话答音地说:"敌人没放吊桥,那联络员可怎么进去报告？"

"报什么告？在沟这边喊应了炮楼,说上两句'平安无事',就拨马而回呗！"周敬之回答得也挺随便。

"要和炮楼上有点沾亲带故的关系,莫非也给顶回来？"

"这得看什么亲戚？也得看这亲戚在炮楼上混的什么差事。"

"拿周先生你做比方吧,要是刘守庙你们连襟的女婿田光带着班子人,在靠近一个炮楼上驻扎,在今天这个节骨眼上,能放你过去？"

"还临近呢,他就在这村的西南角,十五号炮楼上驻着呢！"周敬之说完了,又怕魏强、刘文彬怀疑他和田光有来往,忙解释:"他是昨天下午从张保公路八里庄换来的。不是傍黑联络员从炮楼上回来对我说,我还不知道呢！对这号人,我一点也不想搭理。"他说着话,一会瞅瞅魏强,一会望望刘文彬,见到他俩还是那么和善,也就放心地"嘿嘿"了两声。

魏强从周敬之嘴里把自己想要的东西掏挖出来,朝刘文彬脸上投了个欢愉的眼神。刘文彬很理解地笑笑,接着,满带安抚的口气冲周敬之说:"搭理他也不是不可以。听说田光这个人还没做过什么大的坏事！"

"他既然没有什么罪恶,又和周先生你沾点亲,那就托你趁他在十五号炮楼,给咱做点工作吧！"魏强的脑子转了几下子。他觉得任务紧迫,时间不能再拖,忙就坡上驴把话摊亮开。

"啊！"听魏强说过,周敬之吓了一跳。心气稍沉沉,才放低嗓子问:"什么事呀？能做得来,我一定做！"

"事啊,很简单,就是过沟！"魏强告诉周敬之说,"让小秃装扮你家个小做活的,跟你过市沟；过了市沟你不用管他,然后你带上我的一封信,去到刘守庙你们亲戚那里,替我把黄新仁先生请了来!"

听说要办这么两档子事,周敬之立刻稳住心儿,免去了愁容。连说了几个"行行行!"又蛮有把握地点头表示:"新仁他只要见到我,见到你的信,会立刻就到。他私下跟我说,虽然跟你只见过两三次面,他是从心眼里对你佩服!"

谁有权势谁是王,亲戚朋友都沾光,这是敌人的惯例。全市沟沿上的所有炮楼,根据保定日本城防司令今早下的戒严令,吊桥今天一律不准放下。但是,田光是小队长,是警备队驻扎十五号炮楼的最高指挥官。他一听到丈姨夫周敬之来到,破例地放下吊桥,将周敬之和小秃迎接过来。

小秃是个机灵孩子,走过市沟,眼睛东张西望有点不够使。他一眼瞧见了铁丝网上搭着赵庆田他们过沟时使用的那条又粗又长的大沙绳,也就手指沙绳地闲问:"你瞧,那条大沙绳做套股该多好,大伯,怎么咱就买不到?"

小秃为什么要说这,周敬之是不知道的,也就随话答音地:"就是,就是,谁知你表姐夫他们在哪里买的?"

面黄肌瘦的田光,对小秃的问话更不知道,也就随便地搭讪:"谁有闲钱买它呢!"接着问道:"傍明子你们没听到枪响?那是和过沟的八路军打起来啦! 大沙绳,就是八路丢下的!"

小秃故作惊愕地"嘀!"了一声。他走近田光,一口叫着一个表姐夫地问:"八路军有多少? 他们胆真大。你们怎么就叫他们过呢? 没打死一个?"

"你真是个小孩子,当八路军有几个胆小的?"田光觉得小秃说话挺有意思,也就什么也不隐讳地说开了。"其实,人家八路军过沟,俺们并没有发觉,是夜袭队出来巡逻看见的。夜袭队看见要是不咋唬就好了,他这么一咋唬,人家八路军那个手疾眼快的劲头,打了几枪,滚了几滚,就像泥鳅般地滚进庄稼地里溜走了! 眼下,各个炮楼都不让放吊桥,就是为捕拿过来的那几个八路军,连俺这楼上的日本人也都出动了!面对面让人家跑了,这回要在庄稼地里搜捕,那不是个海底捞针的事!"

小秃听说赵庆田、贾正都没有出危险,心里比热天吃冰块还痛快。他一心想到规定的联络点去找,也就不再多问话了。

田光听说周敬之是到刘守庙他丈人家去,就拜托周敬之告诉他丈人:"在今天,务必把家眷送到炮楼这里来!"

别了田光,周敬之和小秃一前一后地朝刘守庙方向走来。在两股岔道上,小秃正要和周敬之分手,左前方几块庄稼地的那边,传来尖厉的女人哭叫声,和一阵狎戏的狂笑声。"噫!这是怎么回事?"小秃止住脚步口问着心。周敬之拽着小秃的衣角,大喘粗气地说:"咱咱咱,咱,咱躲躲吧!"他的话没说完,当当当连响了几下清脆的枪声。小秃回头再望周敬之,这回他不光浑身抖动,脸色焦黄,连话都吓得不能说了。小秃伸过胳膊一搀,说了声:"别怕,跟我走!"连架带拖地将周敬之弄到右后方的一块高大深密的高粱地里隐蔽下。

沉了一大会,周敬之才把劲儿缓过来。他瞅着小秃,龇牙咧嘴地苦笑了一下。

女人的哭叫,男人的狂笑,又加上几声枪,小秃越想越觉奇怪。"这到底是怎么回子事?"他认为有必要施展下自己的侦察本领,跑去看一看。"你待在这里别动,我去去就回来!"不管周敬之同意不同意,话说完,像只敏捷灵巧的小燕,腾地飞走了。

越接近响枪的地方,小秃越轻迈脚步,减低身形地屏住呼吸,用他那鹰般的眼睛,朝左右和前面仔细窥察着。突然,一个黄糊糊的东西钻进他的眼里。这东西刺激了小秃的神经,小秃不自主地全身抖动了一下。"噫!这里怎么有个鬼子?是谁揍死的?"他多心地朝旁处再一瞅,还有一个鬼子倒在那里。他稳了稳自己的心,对自己作了个鼓励:"去,再到近前看一看!"等他刚要抬腿迈步,隔几块高粱地,又传过稀里哗啦人蹚庄稼的声音和叽里哇啦鬼子吵吵声。"不好!"他再也不想凑上前去看了,扭转头来拔步急忙朝回跑;跑到周敬之的跟前,二话没说,拉起来,搀架着他,跟跟跄跄地串着密匝匝的庄稼疾速逃走了。

四

由于青纱帐的蹿起,情势的转变,敌人将四乡的炮楼子撤到城跟前,把大部分兵力也就集中在市沟上。夜袭队也只好以市沟为界,在这个圈圈里活动了;即便有目的地朝外奔袭一下,也得弄点战斗力较强的部队来配合。

自从以市沟这个大圈圈为界线,刘魁胜简直就像只红眼狗,不分黑天白日,不管刮风下雨,想什么时候出来就出来,想到哪里去就哪里去。他认为市沟里面这块方圆二三十里的地方是他的小天下,于是,也就不再有什么顾忌了。

这天后半夜,他带领十几个夜袭队员,徒步走出了东城门,顺高保公路朝东蹚下来,到范村村西,向右一拐,又沿着市沟的汽车路南下了。刘魁胜深知市沟的东南面是个危险地带,是个武工队出没的地方,所以他要在这一面做个认真的巡查。当他们正走到十五号炮楼跟前,西南面突然响起了枪声,巡逻警卫的人,都持枪猫腰朝响枪的地方跑去;刘魁胜也想拔脚朝那边赶,回头一想,又觉得这可能是武工队耍的手腕,立即改变了主意,派两个人头前蹚道,他领着手下人马专巡查起市沟来。

头前蹚道的两个夜袭队员刚走到十五号炮楼和十六号碉堡之间,也正发现了刚爬过沟来的赵庆田和贾正。其中的一个不知是胆小,还是经验少,不自主地呐喊了一声:"有过沟的啦!"另一个也助威地喊:"别叫他跑掉!"刘魁胜他们也呜呀喊叫地闹起来。这一喊,也就招来沟那边——魏强他们射来的几串子弹;子弹像只巨大的铁掌,一下将刘魁胜他们按压在地上。

在枪响、敌人卧倒的一瞬间,赵庆田、贾正借着黑夜、深草,原地卧倒,飞速地朝十几米以外的公路滚过去。敌人撕破嗓子叫嚷咋唬,用密集的枪弹射击封锁,他俩都没有理睬。滚得靠近公路,他俩爬起,拔枪交错一掩护,敏快得像两条蛟龙,嗖嗖地蹿过公路,钻进绿色的海洋里。

老松田从电话里得到刘魁胜在十五号炮楼向他的报告,立即通知城防司令。城防司令命令全市沟的所有炮楼一律不落吊桥,实行戒严;而后又命令在各炮楼的日本部队立即在指定的地点集结,准备实行大规模的清剿。他们认为爬过沟来的这几个八路,是几只钻进屋里来自找死的山鸡,不管怎么张开翅膀扑棱闹腾,要想逃出去,那是不可能。

一切布置停当,老松田带领一部分日本宪兵和留守的夜袭队员,照直奔城东南方向出发了。

太阳刚一露头,敌人的清剿开始了。

赵庆田、贾正从弹雨里滚逃出来,钻进了庄稼地。为了尽快甩掉身后追赶的敌人,一秒钟也没敢耽误,绕飞机场,躲老炮队,一头朝西南上扎了去。他俩虽说肉皮子没受伤,衣袖、裤腿却被凿了几个圆洞洞。

背后的声音消失了,贾正将驳壳枪的保险机一关,朝腰间一插,歪着头小声地问赵庆田:"你说,咱到哪里去?"

赵庆田也正为这事在转脑子,他听到贾正问,脚步放慢些,说道:"别看我们现在甩掉了敌人,天一明,敌人会调集大批兵力来搜寻我们。我的意见是不进村,晚进村,虽说在市沟里面,到底是这么大的城郊,城郊又是一眼望不到边的庄稼,就用这些条件和敌人周旋,只要他不人挨人地排成了人寨篱,咱就不怕。"

"他排成人寨篱又能怎么样?'五一'大扫荡不是一样地闯过

来了?"贾正不服气地说,"咱俩人两条枪,走到天边上也不怕,敌人有能耐就请他施展好了!"

"你看,一遇上事,劲头又来了!干什么老像张飞?"赵庆田将右手握的驳壳枪送到左胳肢窝底下一夹,慢声细语地批评贾正毛头火性劲,"对我刚才说过的,你也动动脑子捉摸捉摸,看来有些不同的意见?"

赵庆田的一席话,说了贾正个白瞪眼;他眼皮眨了几眨,嘴张了好几张,才嗡嗡吱吱地说道:"那有什么意见?在漫洼野地里,就是比炕头上好活动!"

天色大亮,敌人开始搜索了,东、南、北三面响起了枪声。他俩就在隔三步看不见人的庄稼地里闪闪躲躲、东游西串、转弯兜圈地和敌人玩起了捉迷藏。敌人从东面搜索来,他俩迎头闯上去,将要对面,很快朝旁边一闪,错了过去;北面来了清剿的敌人,他俩又爬行到贴敌人身侧,巧妙地绕到背后去。直搞到庄稼打绺,太阳挂到正南,他俩才找了块刚刚灌浆的茂密黄豆地,钻到里面,顺着垄儿仰面朝天地一躺,大歇起来。他俩手儿紧握驳壳枪把,耳朵注意搜听着四周的动静。

"你听,小贾!"一阵乱七八糟的跑步声传过来。贾正刚要翻身爬起,让赵庆田有力的巴掌按了下去:"看你这个冒失劲!"

在他俩前头一块高粱地里,传过一片淫邪的狂笑声,推推搡搡的厮打声,女人羞辱的哀嚎声,和老年人"太君!太君!她的先生,也是你们一样的干活"的求饶声。杂乱的声音刺激了贾正,他再也按捺不住了,额头暴起青筋,活像被激怒的雄狮。"走,看看去!"顺豆垄,让两边二尺多高的豆秧子苫遮着,嗖嗖地朝吵嚷的地方爬去;赵庆田这时不但没阻拦,却紧握驳壳枪跟随着贾正爬起来。

猥亵的狂笑声越来越近,女人的哭泣声越来越嘶哑。赵庆田、贾正抬头凝神地朝前一瞅,头顶上立刻蹿起三丈多高的大火,肺管子都给气炸了。原来是三个鬼子在戏弄一个年轻的女人。贾正红着眼睛一甩手里的驳壳枪,当,把一个拍手狂笑的鬼子打了个仰面大朝天;枪响,震惊了那个狠劲搂抱女人的鬼子。他双手急忙松开,扭头刚要跑,又被赵庆田射出的枪弹打了个嘴啃泥;剩下的那个鬼子,吓得双手抱头"呀呀呀"怪叫着逃走了。赵庆田他俩各打了两枪,都没有打中。

刚才还躲在旁边苦苦哀求的老人,被吓呆了;被鬼子撕破衣裳,披头散发的妇女,也吓得两眼发了直。

贾正从豆子地里跳出来,一见那老人是刘守庙的乡长黄新仁,满没好气地吆唤:"还愣着?快走!"这一声才把黄新仁和那个年轻的妇女从昏迷里唤过来。女人稍害羞地理下衣服,由黄新仁搀架着,跌跌撞撞地跟着赵庆田、贾正,钻进对面的一块很大的庄稼地。茂密的庄稼,顿时将他们四人吞没了。

敌人虽然在背后追了一截子,因为没有找见个影儿,只好扫兴而回。

只有和敌人作长期斗争的人,才能摸透敌人的脾气秉性。赵庆田他俩知道:敌人不论怎么样扫荡、清剿,他控制的公路、据点和炮楼附近,也多是太平的。今天,他俩也就伴同着黄新仁家父女俩,趟着庄稼,朝高保公路的近前走过来。

每走一截,赵庆田都注意听听四周,看看前面。离公路还有半里多地,他就更加小心了。"别光走,我到前面打探一下去!"他和贾正打了个招呼,两手分拨庄稼朝前钻了出来。他刚钻出庄稼地,立刻和对面玉米地里钻出来的一老一小的四只眼睛对了光。两人的鼻子眼睛和脸盘都让他看了个一清二楚。他摆摆手,嘴巴张开刚要喊叫,却没让声音冲出来。小孩子见到赵庆田,真像见到家里人,蹦蹦跳跳地朝他跑过来,那个老人紧跟在他的身后。

赵庆田迎上去欢喜加亲热地将孩子双手一握:"秃子,你们什么时候过来的?你也来了,周先生!你俩怎么就上的伴?敌人正清剿,你俩知道不?"他不间断地问着,就领小秃和周敬之返回来,也正好和贾正、黄新仁家父女俩撞了个满怀。

"敬之,你这是到哪里去?"黄新仁没想到在这儿碰到自己的连襟周敬之,忙打招呼。紧贴他背后站着的女儿,朝周敬之羞答答地叫了声:"姨父!"眼泪随着声音,扑答扑答地滚落下来。

外甥女的低声啜泣,黄新仁的愠怒神情,加上小秃拽他串庄稼地走时,告诉他所见的景色,周敬之很自然地想到:可能他父女俩在路上发生了不幸。他猜测地说道:"你们是不是……"本想说"是不是在路上遇到了鬼子",刚吐出半截话,又觉得下边很难讲,随着也转了话题:"……到十五号炮楼上去?"

"可不就是为的送她,险些在道上出了大错。"黄新仁心里的恼怒和感激的话语,一下在这里倾倒出来。他手指赵庆田、贾正:"要不是叫这二位同志,不光丢人,还得把两条命搭上。这鬼子们真是六畜……"

听过黄新仁将事情由来一念叨,周敬之又宽慰又劝解:"这就叫化凶为吉,没出事情,就是大幸。"他眼瞅着还双手捂脸啼哭的外甥女:"闺女,别尽难过,哭哭就算啦!"

小秃没到联络点就找到了赵庆田、贾正;周敬之,没到目的地,也在这儿撞见了黄新仁。担惊、受怕,虽然都在他们的头上落了落,但是,祸事都让他们巧妙地躲过、闪开;要办的事情,却意外顺利地办了。

看过周敬之带来魏强的亲笔信,黄新仁口气非常肯定地说道:"去,别说魏队长有信给我,就冲这二位同志救俺父女俩,也得到魏队长跟前去拜谢!"赵庆田、贾正解救他父女俩的事,已经像烙铁般的给黄新仁的脑里打下个深印。他对武工队的行动,是又佩服又感激;他愿意用自己的行动来支持武工队,以答谢武工队救他父女的恩情。

五

说起田光,不得不谈谈他的家事。他不仅是黄新仁的女婿,也是黄新仁看着长大的亲外甥。就是因为亲加亲的这么两层关系,黄新仁在田光的脑袋里,存有无上的、没法比拟的威信。

田光的母亲,只有黄新仁那么一个亲哥哥。她在生田光的那一年,不幸守了寡。黄新仁不愿让孀居的妹妹守着孤儿在婆家不舒心,就将他们母子俩接来刘守庙过活。

田光儿时就很得黄新仁的宠爱。因为他老婆一辈子就生了两个姑娘,所以田光虽说是个外甥,净当成自己跟前的儿子看待。吃、喝、穿、戴样样把他放在前头。从小时黄新仁就看着田光有出息,也就将二闺女许配给他,要他努力读完高中再结婚。

就在田光顺利地读完高中,文凭拿到手,结了婚,度蜜月的时候,鬼子偏偏下了一道命令:高中毕业生一律应征,参加三个月军事训练。刘守庙离保定没有一虎口远,黄新仁又是一乡之长,他怎敢违抗,只得捏着鼻子打发田光进城去报到。

军训期满,本来应该派遣到远地工作,由于黄新仁投窗户,托门子花钱运动,总算把田光留在保定,分配在清苑伪警备队里当了名少尉教官。以后,警备队因为下乡扫荡、清剿常吃败仗,军官伤亡过大,也就把田光调到战斗部队里,担任了有权有势的小队长。

田光从结婚后,特别喜欢他老婆。有人形容他们如胶似漆,确实是有过之而无不及。哪怕分开一小会,他的心里也觉得空得慌。所以军训受过,一当上教官,立刻把老婆接到身边;当了有权有势的小队长,更舍不得让老婆离开了。

从张保公路上朝十五号炮楼转移时,田光怕新居没安置好,老婆抱屈,就暂时让她回到刘守庙娘家去过一夜。他知道,今天用不到太阳压了山,老丈人会给送了来;但是,他还是抓耳挠腮地乱着急。见到周敬之,又托他捎了个"务必送来"的口信。他知道口信会捎到,还是没遍数地走出炮楼,张大眼睛朝西望。眼下他确实尝到了相思的苦味了,不然,他这种沉静寡言的人,不会像吃了火炭般的烦躁。特别听到几声枪响,他更不安地走出又走进。因为响枪的地方,正是他老婆朝十五号炮楼来的方向。"是怎么回事?"他伫立着乱猜想。

几个鬼子兵,押着抬两副担架的民伕,叽叽哇哇地奔他走来。他忙迎上去看个究竟,原来抬回的是两个被敲死的鬼子。"噫,出事啦!"忙跟随担架走到炮楼后面——鬼子的宿舍里。用半生不熟的日语朝押送担架回来的鬼子一询问,才知道是有三个鬼子在他张望的那条路上,要集体强奸一个有老人伴送的青年妇女。这一来,他的头顶上像挨了一棒槌,嗡地响了一家伙。老丈人要送老婆来,鬼子在道上糟蹋妇女……像用线串珠子似的让他将这些事情串联想起来。越深想,越觉得脑子的这些紊乱思想,像那墙角的蜘蛛罗网,杂乱地紧紧地绞缠着他的心;越沉思,越觉得鬼子们要办的那桩吃草刨粪的畜类事,就像发生在他的头上。他迷迷瞪瞪地迅速地离开了鬼子的宿舍,又来到朝西张望的地方。他满脸挂愁容地低声自问:"难道这事真落在我的脑袋上?要不是,为什么她还不到来?"

夕阳照晕了田光的头,也映红了他的脸。这一切他全没有理会,照旧张大眼睛地朝着西方凝望,右手不时举到额前遮挡阳光。眼下,着急蹿火莫过于他了。忽然在他张望的那条道上,望到了一个极熟识的身影,急匆匆地奔他走来。他知道这是谁,怀着不安的心情,小跑步地迎了去。

田光走近了来人,没容得对方张嘴,劈口就问:"大舅,怎么只来你一个人?她呢?"的确,没瞅见老婆到来,他的心像有人抓了两把似的缩了几下。

奔田光来的黄新仁,是按照赵庆田的意见,先一个人到这里来找田光的。他见到了田光,自然高兴万分,笑吟吟地扬手朝背后远处一指:"她,他们都在那边歇着呢!"凭自己以往的威信,他觉得自己跟田光是说一不二的,也就毫不顾忌地说:"光,你跟我到那边去,有事和你商量!"

田光听过大舅一番话,心里更有点莫名其妙;他开口刚要打问,黄新仁将手一摆,就给他把话语挡了回去。他怀着疑虑不安的心情,跟在黄新仁身后,紧忙钻进庄稼地。走了好大一截子,走到了一大块秸高叶茂的高粱地里,眼睛瞅见老婆,这才把提揪的心放下了。田光的老婆本来窝憋了一肚子委屈,一眼瞅见披老虎皮的丈夫,眼泪刷地又流了下来。田光问:"你们在道上出了什么事?"她悲愤加羞辱,呜呜地哭开了。

老婆的热泪,像电流似的传到了田光的心上,事情让他察觉了大多半。他的脸发烧,心绞痛,不自主地"啊"了一声。

黄新仁深知田光对他的尊敬;他的行为做派田光多会也是赞成的。他觉得和赵庆田、贾正商量好的事情,眼下应该朝外端了。他斜望了赵庆田一眼,看到赵庆田同意地点点头,也就毫不隐讳地对田光说:"光,事到如今咱就打开窗户说亮话吧!"他手指着立在身旁已完全变成庄稼人打扮的赵庆田、贾正,低声有力充满感激地说道:"要不是遇上这二位侠肝义胆的同志,想不出事也难逃。就是人家舍死忘生地来搭救,俺父女俩才从死里逃了生……"

田光一察觉到鬼子要污辱的妇女正是他的老婆,脑子里也就开了快车,思前想后地盘算:"让老婆进到炮楼里,没被打死的鬼子一定会认出来,到那时,要告我个私通八路,我浑身都是嘴,恐怕也难辩说清!"想到这,胆虚地赶忙扭头望望远处——自己驻扎的十五号炮楼子。"让她返回到刘守庙去……日头压了树梢,万一路上再出个错,又该怎么办?"

由于思想集中到这,对和他岳父、老婆、丈姨夫一道走来的赵庆田、贾正也就没太注意。猛听到岳父指指点点的一介绍："光,不瞒你,这两位就是武工队的同志。"他这才像大梦初醒,知道了面前的俩人就是八路军。敌对的双方站到一起,站在离炮楼不太远的这个地方,心里不由得又添了个怕。"我感激你们救了我家里的人,可咱别见面啊!要见,也不能在这儿,这要让日本人知道了,我得担多大责任?到这来又为的什么?"一时,他很难估透八路军的来意,所以也不知该从哪里说起好,用困惑不解心神不安的一双眼睛,从脸到手,从手到脸,上上下下冲赵庆田、贾正连着打量了好几遍。

赵庆田、贾正用善意的眼光瞅望着他。他再左右地望望家里的人,不论老婆、岳父、丈姨夫,都对这俩八路挺亲近友好,自己也就慢慢地打消了骇怕的念头,不好意思地笑着说:"这我可该怎么谢你们呢?"

田光用冷漠的神态对待拯救家人性命的赵庆田和贾正,开始,很使黄新仁不满;他刚要以长者身份发作,稍沉,立刻又意识到其中的原因,忙小声开导地说:"光,俺父女俩这命是人家二位同志救出来的。你不能因为混那么份差事就来个知恩不报。再说,咱们都是中国人,能给抗日工作搭把手,就搭上把手。眼下,他俩要跟你姨夫到沟那边去,我知道这炮楼你掌大权,也就替你答应了。"

田光听说面前的这两个和蔼的八路,要求的报恩条件是要在这儿过沟,很爽快地回答:"行行行!"忽然,又面有难色地叫着黄新仁:"舅,这里还有个作难的事呢!他们二位打死的那俩日本人,就是俺这炮楼的。死的刚抬回,没被打死的那个也回来了,你说,她要进到炮楼里,万一闯上那个……"他把心里刚才想的一念叨,他老婆头一个着了急,一口拒绝说:"那样,说什么我也不进这炮楼子,我可不想再看那些畜生了!"的确,她让鬼子吓怕了。

"这……"黄新仁一时被难住了。他想领着女儿朝家返,望望傍黑的天气,又感到不平安,也真犯了愁;再想到魏强请他去,更觉得十分为难。他手掌连拍前额皱着眉头说："真想不到,这可怎么办哪？"

小秃为这事急得心里直蹿火;贾正干搓手心想不出办法来。田光犯愁地紧蹙双眉;他老婆捂着脸光傻哭。赵庆田飞快地转动着眼珠。想了一大阵,末后,他凑近周敬之咕咕哝哝地一说,把周敬之高兴得连说了几个"好"。他朝黄新仁、田光翁婿撺掇："我看赵同志的办法蛮好。干脆,外甥女过沟,到我家去住几天。范村离炮楼又不远,他姐夫愿意哪会去就去,等到那个日本人换走了,再到炮楼上来！"

"好好,就这么办！"黄新仁立刻表示赞同。

很不愿让老婆离开自己的田光,赶上了这桩事,自己抠心挖胆也想不出个不和老婆分离开的好办法,听过周敬之的话,也是一百个高兴。他觉得这样虽不和老婆在一起,从炮楼到范村也不过半里地,哪会想去都可以。更主要的是：这么一来,就把鬼子的眼睛躲开了。不过,他再一想,又怕这俩八路军过了沟,让自己的老婆出了意外,所以,欢喜的脸色像打了个闪,只一晃,又消逝了,跟着,又阴沉下来。赞同的话儿溜近嘴边,又让舌头裹了回去。

"光,你看赵同志的主意行不？"黄新仁亲切地望着田光,探索地问,"这可太两全其美了！"

"我看,这是个一举两得的好主意！"周敬之被赵庆田一捅,也赶上来解劝。"有我,有你舅,到我家去,你还不放心？"

"你也过去？舅！"田光听说黄新仁和他老婆一起过沟到范村,嘴头上才又有了活动气。又见黄新仁点头地答应："是啊,我也去范村！"田光望着老婆说道："去就去吧,到姨家住几天也好。等点灯的时候,我就看你去！"

县官不如现管。十五号炮楼就是因为田光握有大权,所以,天色刚近黄昏,鬼子还没有上岗的工夫,他亲自领着他的老婆,还有他的岳父黄新仁、丈姨夫周敬之,周敬之的身后跟着个假小作活的小秃,赵庆田、贾正一个人背了一大捆刚劈下来的高粱叶子,几个人毫无阻拦地经过十五号炮楼,平安无事地过了市沟。

六

就在那天傍晚,田光真的换上便衣,到范村看他老婆去了。魏强正盼望他来,也就趁他看老婆的当儿,经黄新仁、周敬之的介绍,与他认识了,并且和他秘密地拉上了"关系"。

道理越讲说越通透,"关系"越联系越密切。知识分子出身的田光,虽说在警备队里混了一年多,由于年轻,又多住外勤,所以那些花天酒地、弄金钱、搞女人的毒素在身上沾染得还不深,因此,对新鲜问题还愿意接受。特别他老婆,由于经常受到汪霞的教育、开导,也就常常用在汪霞那里学来的话语,在枕头边上来开导、训教田光。常说铁打的房梁磨绣针,什么也架不住日子长。田光慢慢地回心转了意,思想慢慢地倾向了抗日救国,也就秘密地来接受武工队给予的工作;抗日政府的指示,他也暗地里听从了。

自从把田光掌握住,魏强他们出进市沟再也不犯愁。以后,住十五号炮楼的鬼子朝原建制一调,武工队简直成了这个炮楼的秘密主人。有时,敌人兵力过大,清剿过紧,魏强干脆把十五号炮楼当成靠山,将换上警备队服装的武工队朝炮楼里边一带,神不知鬼不觉地隐蔽起,敌人有天大的本事,也难一下猜测到。

根据从敌人内部得来的情报,根据几天来摸索夜袭队活动的规律,天刚擦黑,魏强带领他的小队,走过十五号炮楼的吊桥,钻进市沟里悄悄地接近了高保公路。他知道,夜袭队前半夜顺高保公路来市沟巡逻,也就将兵力埋伏在公路的两侧,准备打夜袭队一个伏击。

星斗撒满了藏青色的夜空,伏天的夜晚,还残留着白日的余热。魏强他们隐藏在一排茂密的柳树丛后面,耐心等待着夜袭队。一直等到了时过午夜,也没发现个敌人的影子。"难道敌人发觉了?难道情报失了实?不然,为什么见不到?"魏强的脑子连打几个问号。他认为自己的行动非常秘密,断定夜袭队不会发觉,所以又耐心等了一个钟头。直到时间接近第二天的两点钟,他才扫兴地带领整个小队,从设伏地点悄悄地撤下来。

在潮湿的地面上,趴伏了多半宿的人们,本想吃上口肥肉解解馋,没料到连个肉的腥荤味儿也没闻到,个个气得都在肚里骂起来,直骂到走近十五号炮楼子,有的还没住口。

一块浓黑的云彩,顺风扯旗地从西北方向飞过来。一条闪电刚刚划过,随后,传过击鼓般的沉雷声。

魏强望望追上来的恶天气,用命令的口吻朝后传:"跟紧!下雨以前,跳到沟外去!"

整个队伍像支离了弦的箭,魏强就是那支箭的头。他飞快地带领人们,好像在和饱含着雷、电、雨、风的乌云赛跑,照直地奔十五号炮楼子走来。他们走近炮楼的围墙,乌云已布满天空,豆粒大的雨点开始朝下落。

田光迎出来,站在魏强身旁,关切地低声建议:"天道这就上来了,我看干脆等雨过去再走!"

刷——一条银白耀眼的电光闪过,夜,黑得变成了锅底。跟着传过山崩般的一声霹雳。"走,进炮楼子躲雨去!"魏强果决地下达了避雨命令。人们像长了翅膀,飞似的朝十五号炮楼子跑了进去。魏强和田光刚随人们走进了炮楼子,瓢泼桶倒般的大雨,哗哗哗不分点地降落下来,院内的积水,眨眼之间没过了踝子骨。

守卫十五号炮楼的这起子警备队,从小队长田光和武工队接上了"关系",就经常见到武工队,接受武工队的教育,因此,个个也都变成了身在曹营心在汉的人。今天,武工队来炮楼避雨,自然又是一番真挚的欢迎,热情的招待。

田光陪同魏强刚上到二层炮楼,一个手持步枪,浑身淋得像水鸡般的警备队员,从滂沱的大雨里跌跌爬爬地闯进了炮楼,神色慌张地环视了一下,见没有田光,拔腿就朝二层楼上跑,连滑了两个跤,也没理会。瞅见田光,就结巴地说:"报报报,报告!队队队,队长,外……"

田光知道这人一遇上害怕的事就着急;一着急就结巴半天说不上一句话。眼下见他憋得昏头涨脑,青筋暴露,心头不由得打了个冷战:"是敌人发觉了?还是他们被敌人跟上了?"忙凑近打问:"怎么回事?你别急,慢慢地说。"

那个警备队员缓了一大口气才说出:"巡逻市沟的装甲汽车,在炮楼的围墙外面,堵着门口停住了!"

意外的情况,使魏强为之一震。他要弄清情况,快步凑近西面的枪眼,朝外面窥望过去。风裹雨,雨随风,透过旋转不停的风雨,让他望到的只是漆黑一片。猛地,一根巨大的光柱,像支银光闪烁的利剑,朝炮楼子斜劈过来。白光顺枪眼钻进了炮楼里,把楼里映得变成灰白色。"这探照灯是要干什么?难道敌人是踩我们脚印来的?要不,那就是雨大道滑,他的装甲汽车被逼得抛了锚……不管是哪一种情况,先做战斗准备!"

"小队长,敌人堵住了门!我见装甲汽车上的机枪、小炮都瞄向了咱们!"贾正跑上来报告。

要弄清突来的情况,要了解敌人的意图,要应付情况的意外变化,要提防敌人的突然袭击,魏强双眉紧蹙地沉吟了一下,就开始布置行动。他命令贾正:"你去告诉炮楼里的人们,都朝二、三、四层楼上移动!要快!"

"你,"魏强将炯炯发光的眼睛移到田光的脸上,"披上件雨衣,带上两个人,大大方方地迎出去,看看敌人到底是个什么意图!不过要手疾眼快,处处留心动脑子!"

人们都移到了楼上,魏强带领赵庆田、贾正、李东山……跟着田光来到了炮楼的底层。他眼望提着驳壳枪、身披雨衣的田光伴同两个士兵在淅淅沥沥的雨帘中消逝了。雨,显然是比刚才小了许多;风,却刮个不停。

眼下,魏强的脑子激烈地翻滚着。"要是敌人真的发觉该怎么办?能凭据炮楼'丁当'一气吗?'丁当'过后怎么撤?要从吊桥上撤走,巡逻装甲汽车上的探照灯和机关枪能放过?真的打响,怎么能先炸翻巡逻装甲汽车?田光这次去,会不会被敌人抓起来?要抓起来又该怎么办?……"他一个接一个地给自己出难题,让自己来解答。没有做过军事工作的人,很难体会到摸不清敌情的痛楚;没有参加过战斗的人,更难体会到打响前十几分钟的紧张心情。魏强由于正处在这种痛楚紧张的状况中,他恨不得自己的二目变成千里眼,一下子看清这突来的敌情。田光刚刚离开,他却觉得时间过了很长,眼睛瞪得铜铃般大,倚在门旁注视着外面的动静。

田光跟在两个士兵的背后,冒雨踏着泥泞的道路,保持一定距离,朝堵在门口的巡逻装甲汽车走来。他想借着惨白的探照灯光,认真地观察下汽车上的敌人;灯光像摸透他的心思,刷地由高降低,射在他的身上,使他心头不自主地颤抖了几下。

"喂喂!快到这边来!"探照灯的后面,传过两句蛮横的声音,声音送进田光耳里,听起来是那么熟。

田光觉得这时不能躲;再者,他盘算,只有接近了才能摸清敌人的底。"去,过去看他个究竟!"边答应着"好好好!"边紧忙地朝前走。越接近了巡逻装甲汽车,他的心越跳得厉害,同时,魏强告诉他"要手疾眼快,处处留心动脑子"的话语,也在他耳边响起来。他顺手掰开了驳壳枪的保险机,紧走几步赶上了头前的两个士兵,咕咕哝哝地说了几句。

从巡逻装甲汽车上蹦下一个身瘦体高的家伙,鸡蛋里挑骨头地说道:"裹着脚啦,怎么走得那么慢?是指挥官吗?"

听语音,看长相,田光更觉得这个人在哪里见过,忽地,让他想起三个月以前,在张保公路的八里庄驻防,这个立眉横眼的人给他的那件难堪的事。

三个月以前。正是魏强他们在南关截走囚车,救了刘文彬、汪霞的第二天黄昏,十几个穿便衣的人,骑着自行车,像飞般地由南面——大冉村方向,顺公路朝八里庄——田光他们警卫的那炮楼子驶过来。

自从武工队截走了囚车,公路、据点都戒备森严了。田光负责警卫的炮楼当然也不例外。他根据上方的命令,对公路上的过往行人,都要进行搜查盘问;特别在夜晚,如果三声口令问过不回答,炮楼马上就开枪。

十几个骑车子的刚接近炮楼,守炮楼的卫兵也就撕开嗓子连问了三声口令。口令在对方听来,如同耳旁风,谁也没开口回答,照旧紧蹬车子朝前走。

当当两枪响过,这才把他们震吓住,逼得蹦下了自行车。

两枪响过,跟着也就惹下了祸。十几个人个个推着车子,骂骂咧咧地奔炮楼子闯来。其中领头、骂街最凶的,就是眼前这个体瘦身高的家伙。

"他妈个×,瞎了狗眼啦?谁要你们随便打枪?叫你们队长来见我!"这个家伙舌根硬,口气粗,厉害得真想一口吃掉一个人,根本就没把炮楼里的人放在眼里。

听到士兵报告,田光知道捅了马蜂窝,便三步两蹿地急忙跑了出来。

吊桥放落,田光走出来,本想问清楚对方的单位,说明打枪的理由,排除这场误会就算了,没料到他笑嘻嘻地走到这个体瘦身高的家伙面前,刚把自己的职务、姓名介绍过,对方送过来的却是抡圆的几个大巴掌,扇得他两眼直冒金花。对方一边扇打一边责骂:"我要巴掌问问你,问问你怎么教育的士兵?问问你为什么敢这样瞧不起夜袭队?也可以问问你为什么瞧不起我刘魁胜……"

田光知道夜袭队是日本宪兵队的宝贝蛋,刘魁胜是老松田的大红人。和这群吃人不吐骨头的家伙打交道,只有忍气吞声,逆来顺受。他忙苦笑央求:"是是是,一切责任都由我负,怨我管教得不严,我一定重重地惩治他们!"

今天,刘魁胜又找到了他的门上。开始,田光心里害怕得打了个冷战,当他一想到炮楼里现在有刘魁胜的死对手——魏强,骇怕立刻被驱逐到九霄云外。三月前的仇恨,马上从他心的底层翻上来。他按住心头燃起的怒火,冷眼望住刘魁胜盘算:"能挽个圈套把他引进炮楼,让魏队长擒住他,真是个万民欢庆,大快人心的事!"当他看到刘魁胜两只骨碌骨碌转个不停的贼眼,和他手里提的那支张开大小机头的快慢机时,又不由得胆怯起来。刘魁胜狐狸般的狡猾狼般的狠,的确把田光震慑住了。但他转头想到魔高一尺道高一丈的魏强,想到刘魁胜在明魏强在暗,又觉得满可以擒住他,这才放下了心。

"噢,在这儿又和你碰上啦!"刘魁胜的一双贼眼尖得像锥子,只横扫了一下田光,立刻辨认出来。他用手里的大小机头张开的快慢机,指点着田光的鼻子尖,"嘿嘿"地奸笑了两声,用戏弄的语言说道:"今天,你怎么不开枪欢迎我们啦?"他五指舒开的左手掌,"这玩意就是顶事!"扭头望望刚跳下巡逻装甲汽车穿便衣的同伴们,同伴们和他一起"哈哈哈"地张嘴大笑起来。站在巡逻装甲汽车上的那个又粗又胖又高,唇上留撮黑胡子的家伙,也随着刘魁胜的笑声咧咧嘴。

由于伏天的炎热,刘魁胜确定点灯以后带领人马出来巡逻。他觉得这时候出来巡逻有几个好处:一、能截击过市沟的八路军,因八路军的武工队要过市沟多会也在前半夜;二、兜风乘凉,再也没有前半夜的野外好。巡逻够了,凉快透了,回到城里搂着二姑娘睡它个黎明觉,真是件再美不过的事。所以近来他都在前半夜出来。

今天,刘魁胜本想还那么做,偏偏在出发前,接到老松田的一个电话。电话里要刘魁胜在夜十二点钟带上四个精明强干的夜袭队员,跟他坐着巡逻的装甲汽车由西而北,而东,而南地围市沟转着圈子认真巡逻一趟。

刘魁胜像条驯服的哈巴狗,很乖巧地连着答应了几个"是是是!"

夜十二点出发,奔正西,到后半夜的两点半,他们才巡逻了市沟的一半。当他们坐着装甲巡逻汽车由北而南地刚开过高保公路时,瓢泼般的大雨,哗哗地从天上倾倒下来。

天上下大雨,地上积水多。眨眼之间,公路上积了没过膝盖深的泥水,再加上新筑的胶泥公路路基差,坑坑洼洼的凹凸不平,巡逻装甲汽车开足马力来到了十五号炮楼,只是呜呜地干叫唤,没法走动了,这才刹车抛了锚。

刘魁胜这时向老松田建议,等雨稍稍小点,就进到炮楼里休息;叫司机将机器做个通盘检查,让炮楼里的人们出来帮忙将巡逻装甲汽车从灌满泥浆的陷坑里揉上来,再走也不晚。他的建议立刻得到了老松田的点头赞许。所以雨稍小点,他就钻出巡逻装甲汽车,准备到炮楼去接洽,就在这时,田光迎了上来。他见是田光,是被他打了个下马威的人,不但不朝眼里放,反倒无顾忌地嘲讽、奚落开。

田光因为下定决心要哄刘魁胜进炮楼,所以对刘魁胜的讥笑、戏谑根本就没理论。完全装成个没皮没脸、没血没肉的人,满脸赔笑地顺情说着好话:"不受磨炼不成佛,要不是受了刘队长的那次教训,这些日子还不知得闯多少祸!"说完,不笑强笑地也"嘿嘿"了两三声。

大后半夜,一阵猛雨下过,西北风吹得人们浑身发噤。气虚血亏的刘魁胜,让风吹刮得上下牙齿直打架。

田光一见有隙可乘,就想借着刘魁胜的冷劲朝炮楼里让。还没等他开口,刘魁胜倒先向他提起要到炮楼里去休息。末后还半开玩笑地问了田光两句:"凭松田宪兵队长的到来,我想你也不会怠慢的!"

听到有老松田在,田光不由得又有点害怕,冷静地一想,又觉得一个松田又能调了多大的蛋,也就意味双关地说:"别说松田宪兵队长到,就是刘队长您来,还不是在赏给我脸!山珍海味、猴头燕窝我这没有,除了这个,我都现成,不信,你去了,也就知道了!"他转身朝跟在背后的两个士兵说:"快去!告诉魏司务长,快叫大师傅起来做准备,就说我马上要在炮楼里请客!"两个士兵都像接受了重大的任务,嘴头上紧答应着"是!"拔腿急朝炮楼跑过去。

松田手拖军刀,由刘魁胜搀扶跳下了巡逻装甲汽车。汽车上的探照灯光,顿时熄灭了,周围立刻又变成漆黑一片。松田认为在这儿和他的巢穴里一样安全、保险。就摇晃着肥胖的身子板,像只老狗熊紧跟在田光身后,毫无顾忌地、慢慢腾腾地朝炮楼走来。

越接近炮楼子,田光的心越突突地跳得厉害;特别见到炮楼底层从门缝里钻出的一线灯光,他紧握驳壳枪的右手,好像安有弹簧,止不住地乱抖动。他在警备队里,虽说干了一年多的小队长,论起真杀实砍、冲锋陷阵,确实见得还不多,今天要搞个和鬼子、夜袭队短兵相接,这是以往做梦都难梦见的事。他认为办这种事的,都是些吃熊心喝豹胆的人。"难道我也是?不!我是因为有魏队长和武工队给壮胆!"魏强一在他脑子里出现,他又担心那俩士兵走到魏强面前,说不清、道不明地给误了大事。眼前他最怕的也是这一手。他咬咬牙,心里发着誓:"要真的误了事,我豁出命去,也得把枪里的子弹抡给他们!"

田光领着松田、刘魁胜他们走到离炮楼子大约有三四十米远,十几条黑影子从炮楼门里挤出来,不声不响地朝后面——原来鬼子住的那排房间蹽过去。

黑影子跳进刘魁胜眼里,他多疑地厉声问:"那些人是干什么的？为什么深更半夜乱出溜？"

"他们？"田光镇静地随口答来,"他们都是驻炮楼的弟兄。准是为欢迎松田太君和您,在拾掇屋子,操持用品乱忙活!"其实,他知道那些黑影是谁,也知道是在干什么。

不过,这几句话立刻解除了刘魁胜心里的疑团。

等走到离炮楼子还有五六米远,刚送信去的两个士兵匆忙地走出炮楼、走近田光。一个嗓音洪亮的士兵向他报告:"遵照队长您的命令,魏司务长开始着手准备,刚把客厅收拾干净,特来向你报告!"

听过士兵的流畅报告,田光像吃了副定心丸,立刻把心放了下来。待报告的士兵朝路旁一闪,他快步地走到炮楼的门口,伸左手将门推开,朝屋里飞扫了一眼:灯光通明的屋子,寂静得没有一丝响动;回身,左手手心向上,哈腰点头,很礼貌地来招呼背后的松田、刘魁胜:"您请进!"

松田、刘魁胜都像进凯旋门的胜利者,傲气十足,二目直视,挺起胸脯走进了屋。还没容得他们站稳,屋里的四周像火山爆发般的突然呐喊起:"不许动!""把枪放下!""举起手来!"宏大的声音震得炮楼子晃了几晃,震得松田他们摇了几摇。随着高声呐喊,十几个平端驳壳枪的小伙子从窗帷后、楼梯下、立柜旁……跳出来。离门口近的两个夜袭队员,发觉事情不妙,调头就朝门外跑,田光和两个士兵的大小三支枪的枪口,也一齐对准了他们。

仇人相见眼珠红。魏强瞅着面前的松田、刘魁胜,这两个就是在东王庄屠杀一百六十七个无辜人民的刽子手,打死西王庄赵河套大伯、快嘴二婶的凶犯,用酷刑折磨刘文彬、汪霞的罪魁……他心里不自主地翻了好几个过,仿佛无数的孤儿、寡妇、老人都拥到他的眼前,里边有房东河套大娘、韦青云的父亲、快嘴二婶……他(她)们都满脸流泪地向他哭诉,伸手向他要求:"给做主!给报仇!"松田、刘魁胜的杀人情景也浮现在他的眼前。他气得浑身发抖,牙齿错得咯吱咯吱山响,脑子几次指挥右食指:"抠抠抠!"驳壳枪抬了几抬,但是革命的纪律把立刻要敲死他们的念头打消了。

刘魁胜眼下像跳进陷阱里的一匹野兽,他不甘心自己的倒霉,还想找个空子挣扎一下。乜斜眼睛地盯住魏强。借魏强扭脸的空隙,刚要轻抬手腕地朝他射击,贾正挥枪喊了声:"放下!"当!枪弹正好打中了刘魁胜的手腕子,手里的那支张开大小机头的驳壳枪,当啷掉在了地上。贾正狠狠地白斜了刘魁胜一眼,顺手拣了起来。

老松田用眼一扫面前拿枪人们的穿戴和神色,知道这是碰上了劲敌——武工队。十几支乌亮的、滚圆的枪口威逼得他不得不低下头去,将毛茸茸的两只大手乖乖地举起来。

外面,火光映红了半边天。魏强知道赵庆田他们把巡逻装甲汽车对付了,也就指挥人们押解着捆绑好的松田、刘魁胜,迅速地撤离开十五号炮楼子。

第二十七章

一

立秋节气过去三天了。

早饭后,升起的太阳虽说又开始施展它的威力,露珠依旧钉伏在肥硕、葱绿的庄稼叶上,闪着晶莹的光亮。

以往,冷落的东、西王庄,今天像逢集赶庙,数不尽的人流,从四面八方朝这里涌过来,汇聚到两村中间北头的一块四四方方的留麦地里,欢天喜地的等待着。

人们来自不同的村落,却怀着一个共同的心愿:"打死汉奸刘魁胜!""枪毙老鬼子松田!""报仇!""伸冤!"……

随着战争形式的急剧好转,再加上武工队神出鬼没的节节进逼,敌人也就逐步的向保定城里龟缩了。于是,抗日组织便在各村公开建立起来。眼下,鬼子的这个"确保治安"区、残酷的敌后的敌后的人们,已让欢乐代替了忧愁,舒畅顶换了悒郁。

正是由于环境的变化,大白天,才能在这里召开一个远近村庄群众都来参加的规模较大的公审大会,公审血债累累,罪恶滔天的刽子手。

魏强将四外的警戒布置好,又通盘地做了次检查,才缓步朝会场走来。他走近那座苇席搭的简陋的主席台下,正在台上的汪霞用眼睛向他打了个招呼。他抬腿刚要朝上迈,背后忽有人喊:"魏小队长!魏小队长!"他扭头顺音一瞧,是李洛玉,忙亲热地凑迎上去,指点洛玉的汗脸:"瞧热得,简直用汗洗脸啦!不是到河东送军鞋、军布去啦?什么时候回来的?"

"这不是才到!热倒不热,这汗都是急出来的!你是不知道,在河东一听说今天要在俺村里开公审大会,恨不得一步迈回来。"洛玉说着,将脑袋上的蘑菇头草帽摘下来,当成扇子在脸前摇扇。

因为环境日渐好转,为了斗争的需要,近来,行政村也重新划分了。以往分着办公的东、西王庄,头麦熟时就合并一处了。合并后,经过全村群众的选举,李洛玉当了这个新行政村的村长。

"你知道吗?到河东去,也顺便把长庚大伯带去了!"

"我倒听说啦,他那疯癫病不是好些啦?"

"是好些,"洛玉觉得魏强只知其一,不知其二,将草帽重新扣到头上,从背后腰带上摘下烟袋,挖了锅子烟,吸着,"可是,县委说军区新建了一座精神病疗养院,来信说务必要把他送去就医,为这个我才把他带到河东去。"

听过学说,魏强连连地点头说道:"好好,上级就是结记得周到。我本打算让他见见刘魁胜的下场,这样就算啦!你要写个信告诉韦青云同志,省得他结记!"

"这个,你就不用惦记了!"洛玉像报功的样子,朝魏强显本事说,"昨天,我把他送到交通站,立刻写了一封信,托交通站朝热河那边转了去!"他狠吸了一口烟,在鞋底上磕掉烟灰,忽见汪霞跳下了主席台,"小汪!"他连连摆着手叫起来,同时搡拥着魏强,"走走走!"一起朝汪霞迎上去。他俩刚接近主席台边,汪霞闪动一对水汪汪有神的大眼睛,笑嘻嘻地甩动胳膊走过来。在台上指挥人们贴红绿标语的刘文彬,也像迎老朋友似的快步地凑到了跟前。

见到他俩,洛玉怀里像揣有秘密似的低声说道:"这回到河东,可碰上个解气的事!你们猜猜是什么吧!"他见人们都睁大眼睛望着他,就先指汪霞,后指刘文彬说道:"在这村出卖你俩,用刑法收拾你俩的叛徒马鸣,让咱政府判处死刑,枪决了!"

"你亲自看见了?在哪村?"汪霞觉得解了大气,忙问。

"我没有见到枪毙他,在宋村倒看见枪毙他的布告了!"

对叛徒马鸣判处死刑,魏强、刘文彬、汪霞都不觉得奇怪;他们奇怪的倒是为什么拖了三个月才处理。受过战火洗礼的人,知道怎么思摸事情。"时间拖了这样久,主要是要从马鸣嘴里多掏出点东西来,以便弄清他的全部罪行,作出正确的判处。"想到这里,方才涌出的奇怪感觉,就像风卷残云火烤冰般消逝得个一干二净。

"对这种变节事敌,吃了秤砣铁心的家伙,就得这么办!"刘文彬挥动着手掌说,"河东里昨天处决了叛徒马鸣,咱们今大就公审铁杆汉奸刘魁胜!"

全神贯注,栽耳静听的李洛玉,本来盼着刘文彬一下说完解气的话,刘文彬偏偏说到"刘魁胜"就没有下文了,急得他紧忙打问:"那松田个老兔崽子呢?"

贾正不知道什么时候早站在了他的身后边,插嘴说:"老松田早吹灯拔蜡了!"

顽皮的郭小秃,甩动手腕,狠劲将中、食指在洛玉的脸前一捻,焦脆地响了一声。接着说:"他比刘魁胜先走了一步,早在阎老五那里报到了!"

老松田的确是死掉了,是他自己死去的。

松田在警卫市沟的十五号炮楼里束手被擒以后,深知自己罪恶的深重,预感到了自己的必然结局。在十几条枪口逼迫下,他不得不乖乖地背过双手,顺从地让贾正绑上,但是,心里却不断地盘算脱身的办法。市沟里的一切,在他看来都是希望:望到西方红光冲天的保定城,他希望立刻从城里驰来一队擎战刀、骑战马的武士把他抢走;瞅见沿市沟的环形公路,又希望有一辆配有强大火炮的巡逻装甲汽车疾驶过来救走他……但是,这些幻想,就像小孩吹起的胰子泡,一个跟一个地破灭了。

"我是天皇陛下的忠实军官,在保定是一呼千诺的日本宪兵队长,堂堂的皇军少佐,怎能被共产党拖走?怎能让八路军抓去?听从他们的摆布,这不仅是对我个人的伤害,更重要的是伤害了大日本帝国的尊严……"松田边走边想。想到这儿,又瞅了瞅他们一群被俘的人和押解他们的武工队员,心里像喝了一大桶冷水,立刻凉了下来。他清楚地知道自己再也找不到活路,便下定了死的决心。

一场瓢泼桶倒的闷雨下过,河水陡然大涨。金线河河身不仅让雨水灌了个多半槽,从水的浑浊、流速看来,而且还在朝上涨。晨风吹起,朝雾落下,四周村庄的鸡啼了。从魏强他们来的方向,传来了急剧的枪声,显然,敌人发现十五号炮楼出了大问题。

假如敌人要真的踩着脚印追上来,魏强他们正处在个背水而战的不利局面。当时,身负重责的魏强,双眉紧锁地望着宽阔的河面和湍急的河水,他恨不得立刻发现一只船,哪怕是只极小的也好;但是,没有。

魏强正焦急地思摸渡河办法时,东察西看的小秃,忽然像得到宝贝似的,手指着下游河弯子,低声地叫道:"那有火亮!"人们朝他手指的方向转了过去,果然,有个忽隐忽现的一颗小红火儿,"是渔船上的人在抽烟!""烟火是肯定的,不一定是渔船!"大家乱猜起来。

"我瞧瞧去!"贾正自告奋勇地说。得到允许,撒腿就跑。

"是渔船就不是单个!我也去!"李东山取得魏强同意,拔脚忙朝贾正追。

时间不长,贾正、李东山各拽一只小五舱顶着逆流走上来,到魏强跟前靠了岸。

双手摇船桨的老乡,用亲切的语调,像招呼又像慰问:"都辛苦啦,同志们!咱分拨上船,快过!"

听口音,魏强断定都是老根据地——白洋淀的老乡,走近水边,亲切地招呼:"不辛苦,黑夜里请你们帮下忙!"

一共是十个俘虏,魏强决定先押六个俘虏过去,第二趟再运松田、刘魁胜等。

虽说流大水急,第一趟总算平安无事地到达了对岸。第二趟老松田、刘魁胜各被押上了一条船。魏强坐在渡运松田的小船上。不大的小五舱被划动着慢慢离了岸。刚接近二流,船板被冲击得发出了啪啦啪啦不规则的音响,越朝前走,小船越显得轻得赛个瓢,一个劲地朝下溜,一个劲地在摇荡。

"到正流头上了,同志们都坐稳,看住了差!"双手用力摇船桨的老乡,刚低声地喊过,老松田像头水牤牛,眼珠瞪圆,用肩膀狠劲地朝左边的贾正一撞,借着小船大摇大晃的一刹那,一头扎进几丈深的急流中。魏强在右边,伸手一把没抓住,尾随着也噗咚跳到了河里。贾正、李东山、辛凤鸣,还有小秃,也都仓忙地朝河里跳。大家伙凫水、扎猛子紧找急捞,费了九牛二虎之力,也没摸捞着松田的影儿。

嗜血成性的老松田,就这样畏罪自杀了。

得知老松田死的经过,李洛玉左手摇晃着魏强的肩膀,右手指点着刘文彬和汪霞,笑眼瞅望着贾正、小秃说道:"武工队今天不光把三害的最后一害给除掉,还把老奸巨猾、罪恶滔天的老松田给惩治了,这真是双喜。咱一定摆几桌酒席,庆贺庆贺!"

"眼下这才是个开始,你先沉住点气!等打败鬼子一并来个大的庆贺,不更好?"魏强手拍着洛玉的脊背说。

"到了哪会儿说哪会的话! 你们忘了这是群众自己许下的心愿?"洛玉又像唱喜歌的,掰着手指头数落开:"打死刘魁胜,家家把酒敬! 打死老松田,重新过个年! 这事是群众许下的,群众要办,谁拦也拦不住。叫我说,你们就趁早随和点。不啊,扣上个不大不小的帽子,就叫:不——走——群——众——路——线! 明白吗?"

洛玉高一声低一声地像个相声演员在表演,一下引来了好多人。人们把他和魏强、刘文彬、汪霞……围了个椅子圈。等洛玉的话音刚落,也都七嘴八舌顺着说起来:"得喝喝,按倒了松田、刘魁胜是件大喜事!""咱们许的心愿咱们一定还!""要庆贺,必须把有功的武工队请上!""这是理所当然的事,谁能喝水忘了挖井人,简直是多余的嘱咐!"

"乡亲们请谁都行,可得给我留三个人!"人圈后面突然传过来老太太的声音,这是河套大娘。大伙尊敬地唿喇闪开一条道,大娘借机走进了人圈。她一瞅见洛玉,就喷起脸来说:"百灵鸟,不管人们怎么争怎么抢,魏强、汪霞、刘文彬,他仨都给我留下,少哪一个我也拿你是问!"

洛玉听完大娘的吩咐,学着京剧里武生的架势,抱拳大声念着道白:"得令呵!"跟着锵铿锵地又数敲了一阵锣鼓点。

所有的人,又被洛玉的滑稽动作逗得笑了一阵子。

人散,洛玉凑近河套大娘,很正经地说:"老嫂子,有个事,你听了保准高兴得念阿弥陀佛!"

大娘爱听又装成不想听的样:"我那么迷信!有什么好事,你就说吧。"

"昨天,在河东交通站上,遇见两个刚从路西过来的同志,他们朝我打听西王庄。等我一问,原来是咱宝生在陆军中学的同学。他俩说:'我们给赵宝生同志家里带来个口信,让告诉家里,他已毕业,身体满壮,不久就回到冀中,准备参加大反攻!'"

"洛玉,你这是⋯⋯"

"我这是千真万确的可靠消息,里面要有半句谎话,就让我吃饭得噎食,跌倒就断气!"

洛玉指天呼地地一赌咒,河套大娘才由不信转到相信了。她眼里充满了慈爱的光辉,以母亲平和的口吻喃喃地说:"宝生,我那孩子,你,你⋯⋯"

不知是为儿子学习期满,就要回来参加大反攻而高兴,还是听说儿子回来,思想起惨死的丈夫而悲恸,也许两者融合,相互交织在一起,让她无法遏止地落下了两行老泪。

汪霞急忙扶住大娘,跟着给魏强丢了个眼色。魏强跑着搬来一张椅子,靠主席台安置大娘坐下了。

细心的汪霞,当然能洞察大娘的心情,边替大娘揩拭泪水,边安慰说:"今天,你应该高兴啊!大娘。松田,松田死掉了,刘魁胜,刘魁胜待一会就公审处决。宝生兄弟这就要回来,瞧,哪件事不叫人称心如意?"

"是啊!是啊!"老大娘握住汪霞的手,点着头说道:"傻闺女,你哪知道大娘的心,我这是高兴得流泪!"

十点钟已到,公审大会在区长吴英民的主持下开始了。

"老乡们,吭,吭,今天,是我们伸冤报仇的日子。我们要公审背叛祖国,甘心事敌,双手染满人民鲜血的铁杆汉奸刘魁胜。"吴英民虽说在医院里经过多方治疗,但让松田、刘魁胜用酷刑摧残所遗留下来的咳嗽,始终没有除掉根,他的身体仍然很衰弱。但是今天他要代表政府接受千百人的控诉,也要代表政府宣判汉奸刘魁胜的罪行,心情真是说不上来的激动。他使劲按住像要爆炸的心,继续说下去:"来这里开会的人,差不多都受过他的害,被他伤过的,吭,吭,我也是其中的一个……"

会场上,几千人都强按住心头的怒火,凝目盯住主席台,谁也不言语地耐性等待着,等待吴英民发布"带汉奸刘魁胜前来就审"的命令,等待仇人刘魁胜被人民武装解押着进入会场。

"带汉奸刘魁胜前来就审!"几千人盼望的这一声,终于从吴英民的嘴里喊出来。刘魁胜以往那副凶煞神样,今天不见了。他弯腰驼背,灰溜溜的完全变成了一个大烟鬼,被四个手持驳壳枪的武工队员押着,一步迈不了五寸地走了来。

人们见到了刘魁胜,都像得到了立起的命令,不约而同地站起来。个个怒目横眉,挥舞拳头地呐喊:"要求政府做主!""给受害的人们报冤仇!""枪毙铁杆汉奸刘魁胜!""把刘魁胜……"几年来人们心里积淤的怒火,今天,都豁着嗓子喊出来,洪亮的声音,伟大的力量,吓得刘魁胜藏头缩颈浑身发着抖。

一群妇女袖藏剪刀,手攥锥子,气汹汹地迎了上去。她们是东王庄死者的家属。她们要用剪子、锥子去和刘魁胜算账,替父兄,替丈夫,替儿子来报仇!

要不是武工队员们的拦挡和劝阻,刘魁胜就得死在这剪刀、锥子下。在这群众的怒潮面前,刘魁胜的苦胆都快吓破了。他被两个武工队员拖架着来到主席台下,头不抬,眼不睁,背北面南地朝人们跪下。

"汉奸!汉奸!"

"卖国贼!"

"奸臣,秦桧!砸死他!"

"砸他,砸死他!"

血海深仇推动着人们,大家拾瓦拣砖,朝着刘魁胜乱投过去!

刘文彬、魏强、汪霞等人,都跑到主席台边,高举双手吆唤:"不要投!不要投!""大家不要投!"

"大家注意!刘魁胜的罪恶,三天三宿也控诉不完,经政府审讯,已查证清楚。现在就来宣读政府的判决书!"吴英民见到人们停止了投砖抛瓦,马上掏出判决书念起来:"汉奸刘魁胜,男,二十九岁,本县刘家桥人。从抗日战争开始后,就背叛祖国,投靠敌人。历年来,杀人无数:只一九四二年'五一'扫荡以来,在东王庄一地就杀死无辜群众一百六十七人;去年秋季,又在西王庄造成了惨案……根据汉奸刘魁胜罄竹难书的罪行,根据受害家属的控诉,根据晋察冀边区惩治汉奸条例,依法将其判处死刑,绑赴刑场,立即枪决!"

"枪决!"两字刚从吴英民的嘴里说出,两个武工队员像鹰抓兔子般的从地上把刘魁胜揪拽起来,连揿带架把他推搡出会场,朝主席台后面拖去。

枪决刘魁胜,谁也觉得不满足,都拥到主席台前,拦挡执刑的武工队员:"待会!""等一等!""这样太便宜他了!""给我们零剐了他吧!""我们要扒出他的心来看看,是黑的还是红的?"

人们正喊喊喳喳,吵吵闹闹地朝吴英民,朝魏强、刘文彬乱要求乱提意见,闹得不可开交的当儿,两辆自行车,快得像两支箭,从东王庄村里照直朝会场驶了来。

县委徐立群同志和他的警卫员来到了。

徐立群同志像有什么喜欢大事要告诉人们。他撂稳车子,笑嘻嘻地急忙跳上主席台,简单地冲魏强、刘文彬他们打了个招呼,忙走近主席台边,豁着嗓门朝人们说:"老乡们,静一静!"他两手朝下用力一压,像个音乐指挥,一下把一切乱嚷嚷的声音都给压煞住了。

"刘魁胜的罪恶太大,把他枪毙了,我知道这难解你们的心头恨。可是,不要为他耽误了我们的时间,耽误了我们的工作,只要杀了他,就算把仇报了。让他们去枪决刘魁胜,我来告诉大家一个重大的好消息。"

人们听到徐立群同志说有个重大的好消息,也都不再为刘魁胜纠缠了。大家聚精会神地等待徐立群同志把好消息快快说出来,连枪毙刘魁胜的枪声,都没注意用耳朵听。

几千人的会场,静得能够听到人们的呼吸声。

徐立群同志见到人们焦急的表情,等执刑的枪声响了,立刻挥舞着双臂大声报告说:"好消息是,八月八日苏联向日本宣战了!红军以排山倒海的力量,在东北出了兵!"他的语音刚落,立刻响起了春雷般的欢呼声。有人高兴地喊叫:"这下鬼子的末日可就来到了!"有些人痛快地附和:"我会猜,出不了三天准投降!""也可能'丁当'一气!""'丁当',那不是鸡蛋碰碌碡?"

"乡亲们,安静一下,"徐立群继续讲起来,"听我说最好的消息,今天是八月十五日,在昨天,日本天皇向中、苏、英、美宣布无条件的投降了!鬼子现在投降了!"

徐立群同志的最后一声,简直就像庆祝胜利发射的礼炮,人们的心,都被这一声振奋得跳荡起来。不论孩子、老人,不分男的、女的,个个都像吃了兴奋剂,喝多了二锅头。会场上沸腾了,青年小伙子对撞膀子,老年人擦泪,孩子们乱蹦,人们情不自禁地呐喊:"胜利了!""胜利了!""我们中国胜利了!"人们撕破嗓子地狂呼:"共产党万岁!""毛主席万岁!""支援我们的子弟兵!""到城里找鬼子算账去!"

刘文彬攥住魏强的手:"伙计,总算把这一天打出来了!"

"是打出来了!是在党的领导下打出来的!"魏强紧握着刘文彬的手说。同时,用左手又把吴英民的右手抓住。

汪霞装做妒嫉的神情:"看你们亲热的,简直就像那……"

"吭吭!不论怎么亲热,也没有你和魏强那样亲热!"吴英民挤眉弄眼地一说,弄得汪霞羞答答地走开了。

"说起来,抗战胜利了,你俩也该打个报告,操办结婚的事,好请我们喝喜酒啊!"刘文彬关怀地提醒魏强。

魏强难为情地推却:"刚取得抗战胜利,还不知有多少工作要做呢!哪有工夫考虑这一码事!将来结婚保证有酒喝!"

一阵喧闹声过去,徐立群同志又继续讲起来:"日本投降了,这是值得我们庆贺的事;但是,有件极不公平的事情也要告诉你们,那就是蒋介石给所有的鬼子下了一道命令,要他们原防驻扎,严阵以待,不准向八路军、新四军、华南纵队缴械投降……"

不容徐立群说完,人们都愤怒地呐喊起来:"不行!不行!""这里的鬼子,应该把枪械缴给我们!""鬼子不缴,我们揍他!""要把队伍开上去,强迫鬼子缴械投降!"

群众的怒吼犹如排山倒海。徐立群挥舞着拳头说:"对!我们要把主力兵团开上去!也要把我们的地方武装、游击队整编好,继续朝前面开!要逼迫鬼子低下头来,把枪缴给我们!朱总司令已经下了命令,要我们向城市、向交通要道进军!"他稍一停顿,就开始大声地号召:"青年小伙子们,为了壮大我们的子弟兵团,为了让我们人民的武装力量更强大,为了迅速地把鬼子的武器缴过来,为了解放保定、天津、北平和各大城市,要勇敢地报名!踊跃地报名!报名参加子弟兵,到大兵团去!到自己的队伍里去!去强迫鬼子缴械投降!"

徐立群的一声号召,立刻有几百个青年报了名。李洛玉带领东、西王庄的适龄青年一马当先地集体把名报;黄玉文和小黄庄前来开会的二十一个青年一合计,也尾随李洛玉一起报了名。

"我也去!""我也去!""写上我的名!""我叫王玉海!""把我也写上去!我叫赵保国!""我,把我写上,我叫……"青年报名参军的热情,就像狂涛巨浪,势不可挡。

二

吃过早饭,队长杨子曾在魏强他们常住的西王庄河套大娘的那间北房子东头,和魏强、二小队长蒋天祥聚集在一起,开会研究起新任务来。

杨子曾是昨天夜间,率领二小队越过张保公路,在这里和魏强他们会合的。

"根据眼下的情况分析,"杨子曾说,"蒋介石是要和日本人、伪军合流在一起,来跟我们打内战。我们每个共产党员,每个革命军人,都应该从思想上做好准备,也只有这样,才不至于因情况的突然变化,造成张皇失措。"

"是,我们要从思想上做好准备!"魏强复诵了一遍,接着说,"蒋介石要真敢搞内战,咱也让他落得个鬼子的下场!"

"回去和同志们谈一谈。在残酷的斗争里,党把我们当成一把锋利的牛耳尖刀,插到敌人的心脏里,打得敌人顾头不能顾尾;眼下,党同样要把我们当成先锋部队来使用,我们要继续战斗。先回去做准备,十点钟我们在村北集合!"

魏强从杨子曾屋里走出,刚走到街上,偏巧碰上了汪霞,汪霞闪动亮晶晶的一对眼睛凑近魏强,悄声地问:"杨队长来了,你们准备执行什么任务去?"

"这……恐怕是朝保定进军!"魏强和汪霞并肩走着,轻声地说,"反攻了,工作任务更繁重,你要注意身体!"

"嗯。"汪霞点头答应下,回口又关怀的小声叮嘱魏强:"不要光结记我,忘记你自己!你听见了吗?"

魏强没吱声。汪霞使肘轻轻触动一下魏强的胳膊,两人对瞅了一下,"噗哧"都笑了。

"你们区委会研究工作了吗?"魏强把话题转到了工作上。

"研究啦!根据县委的指示,我们区里的绝大部分同志,都要随军去做支前工作,刘文彬同志也去。"

"那你呢?"

"我也去!"

"那好,又做上伴了!"魏强玩笑似的说,接着"哈哈哈"地笑起来!笑得汪霞脸上泛起了两朵红云,与白净的脸蛋,黑溜的眼睛相互一衬托,越发显得美丽、俊俏、秀气!

武工队在村北集合,群众也提着篮子抬着开水地跟了来。他们把武工队围了个风雨不透,都愿意把和自己同甘苦,共呼吸的子弟兵——武工队多看上两眼,看着他们从胜利再朝新的胜利迈进。

河套大娘挎着竹篮子领着一群妇女走近魏强他们,见一个,给一个,不管你怎么拒绝,总是劝你"装上!装上!装上留着路上吃!"硬朝衣袋里塞。有鸡蛋、烧饼,还有桃子、鸭梨、芝麻糖。连刘文彬、汪霞也不例外地塞给了一份。

嘭嚓,嘭嚓,吃叭嘭嚓,一群敲锣打鼓的人,从村里急步地簇拥出来,他们是用热火朝天的音乐,来欢送向城市,向交通要道进军的光荣子弟兵团。

"来了！来了！"不知是谁喊了一声。果然，攻无不克，战无不胜的冀中子弟兵团，从正南开来了。头前，一匹高头战马上面，坐着一个威武的军人。他一见到武工队长杨子曾，朝马屁股狠狠抽了两鞭子，战马四蹄蹬开疾驰过来。

"参谋长！""参谋长！"队员们一见到自己的老首长来了，都高兴地指指点点抿着嘴地乐。辛凤鸣说："参谋长准带了二十四团来了！不信就仔细瞧。"

"你们瞧，诸葛亮转世又说话了！"贾正斜楞着眼睛说俏皮话。

参谋长跳下马来，用鞭子朝行进的部队一挥，部队就在村边上停止住。

杨子曾从参谋长面前接受了新的任务回来，魏强立刻带起他的小队，担任前卫朝北走了去。余下的刘文彬、汪霞等一起子地方工作人员，掺到二小队中间，跟在杨子曾身后，向东、西王庄欢送的群众招手道别，也离开了原来的集合地点。

原先，在敌人"确保治安"区，神出鬼没单独活动了近三年的武装工作队，今天，像条小溪汇合到主流里似的和大兵团汇聚到一起了。它立刻变成了子弟兵团的前卫，变成了行进部队的一支尖兵。

站在大道边，站在毒日头下欢送部队的人群，个个喜眉笑眼地在欢呼，欢呼声震撼着碧绿的原野；欢腾的锣鼓声，有节奏地响着，响彻了蔚蓝的天空。排山倒海的铁的子弟兵团，排着三路纵队朝着正北，朝着保定城，朝着平汉铁路，朝着胜利，大踏步地前进！前进！

一九五六年三月初稿于保定
一九五七年十二月修改于北京
一九五八年七月定稿于北京
一九六三年一月校订于天津